中国当代
长篇小说
绘画评点本
野莽 主编

纸厦

Zhi Sha

野莽 著
陈泽 评点

中国工人出版社

1

二十世纪的最后一年秋天，京郊县城卖葱花豆腐脑儿的朱土改，将他苦写三年零三个月的一本长篇小说，送到了他一心要找的凤凰出版社*。他把书稿包了又包，裹了又裹，外面还套一个塑料袋，用一只草绿颜色的帆布挎包装着，斜挎在背上，像个三十三年前大串连时的红卫兵，辗转坐车，大费周折，才终于到达目的地。这时他又渴又累，全身疲软，虽说渴的滋味比累还要难受，却觉得肚子里的水重得直往下坠，心想那些水分当初要是能存在嗓子眼里，不必急着变成尿，岂不是两全其美？中途转车的时候，路边本来有一个公共厕所，富丽堂皇得像座王府，但他正打算进去，又发现前面有一位女士，正从坤包里往外掏钱，便知那是个收费的机关，而且想必还不便宜，最起码一碗葱花豆腐脑儿又赔进去了，觉得太不划算，于是就硬憋着，上车下车意守丹田，每移一步都小心翼翼。

朱土改来到出版大楼门口，见有一个卫士把门**，便尽力做出气宇不凡的样子，昂首挺胸地往门洞里跨，卫士却挥手将他拦住，朱土改想，莫非他们也像城郊人养的狗，一眼就能认出生人？俗话说狗咬丑的，难道我就那么丑吗？对这一点他本是有准备的，出门前特意吩咐老婆，用装满开水的瓷缸充作熨斗，把洗干净的裤子烫出两道笔直的火车轨道，脚下的猪皮鞋也用打湿的抹布擦了一遍，不信他就比不上这座楼里最差的一个！正忿忿不平着，突然间看懂了卫士的手势，不是不让他进，而是要他去外面的小平房里，填张单子再来。朱土改返身来到平房，小窗口里的一位小姐正冲他笑，那笑容里有一种料他必然回来的英明，早已在窗台上为他准备好了一本会客单，一支细绳儿拴着的圆

* 取名凤凰，影指文末的涅槃，如不散的阴魂，萦绕全篇始终。

** 从内部写起，却以客观之，情同刘姥姥初进荣国府，先见卫士的威风。

珠笔。朱土改明明觉得受了戏弄，但还得按照单上的各项指标，老老实实地填写，填罢了走去交给卫士，这才有了进入门洞的资格。

就这样来来往往，折腾了一个够数，肚子里的尿更胀了，简直有了快要失禁的迹象，朱土改全力坚持着，还得注意走路的姿态，警惕门口的卫士回过头来看他，不允许脚下的步子太乱，像一位练习竞走的选手，直奔楼里画有人头的房间。救命的男厕所就在眼前，朱土改一步冲了进去，解裤就掏，刚刚尿到一半，忽听得背后传来一声喝叫，是个女人的声音，尿就一下子吓断了，剩下的一半连同家伙本身，本能地缩回裤里。他的脸色煞白，心也狂跳不止，一时间竟怀疑自己慌不择门，闯进了女厕所，犯下让天下人笑话的错误，回头一看，果然一个老女人恶狠狠地冲他走来，手里握着一杆擦地的拖把[*]，瞪着他直嚷："你瞧瞧，你瞧瞧，俺新擦的地，又给你踩成这个样子了！"

朱土改朝地上一看，雪白的地砖上，真的留下他的一串黑脚印，心想这也奇了，怎么别人进来撒尿，地上没有脚印，他进来撒尿，地上就有脚印呢？难道这厕所地上的砖也和人一样，长着势利眼，看他一脚踩下，就知道他是一个未成名的穷作家吗？心里竟惭愧得不行，又有些委屈，也顾不得去水池子里洗手，对那手持拖把的老女人赔礼地笑笑，踮高着脚尖溜了出去。

走廊里静得出奇，两边所有的房门都关闭着，朱土改把每一扇都小心地推一下，全都纹丝不动，来到顶头一间，门却大开，里面乌烟瘴气，三男一女围在一张桌边坐着，各自面前摆着一排麻将，男人一边抽烟一边摸牌，每摸一张就往自己的那排中一插，根据牌的好坏，嘴里或叫或骂，或猛地把牌往桌上一击，脸上露出万般的痛苦。朱土改看那打麻将的四个人样，都不像是编辑，头又伸进去了一点儿[**]，穿过他们的肩缝往背后看，却看见一个骨瘦如柴的紫脸老头子，坐在另一张桌子后面，用五颜六色

* 又见女保洁扫男厕所，乱了章法。

** 蹑足潜踪状，谨小慎微心。

的烟盒码一座楼房*，神情专注，满脸严肃，每码一个烟盒上去，身子都要紧张好一阵子**。有一次一个烟盒没有码好，从楼顶上扑地掉下来，紫脸老头子浑身肌肉一抖，双手又颤巍巍地把它重码上去，看那尽心竭力的样子，也是打扰不得的，便把头又缩了出来。在门外呆站一会儿，心想就这么站到明天也不是个办法，就下个决心，再次伸进头去问道："请问几个同志，这里面有没有编辑老师？"

一个黑脸皮人伸手过去摸牌，却把头扭向他问："你认识字吗？"说完把刚摸的那张看了一眼，突然一声大叫，将面前所有的牌都推倒了，望着同桌的几个人喊，"今天你们服不服我？你？你？还有你？"

被问的人都不得不服他，纷纷从兜里往外掏钱，一个苕大个子诡笑道："当然是要扶你的，不扶你方三儿不就尿到裤子上去了吗？"

大家齐声笑着，像是一群被赶着下河的鸭子。一桌中唯一坐着个单眼皮女人，假装羞得不行，伸手推了苕大个子一掌说："就你的一张嘴坏！"又"哗"地推倒自己面前的牌，抱怨另一个缩脖子说，"我一直等着你的幺鸡，你不给我放炮，却老是在我下面碰啊，杠啊，把我都搞死了！"

大家笑声更响，缩脖子男人像买彩票中了大奖，笑得直喘气道："想我的幺鸡放炮怎么也不早说，害我在你下面瞎碰瞎杠的，我心里还想你给我一洞，或者二饼也行，可你硬是不给，只好靠我自摸，一把又没摸着。"

单眼皮女人这才发觉，刚才自己说错了话，被缩脖子的嘴巴乘机占了个大便宜，便用手狠着劲儿去揪他身上的肉，边揪边骂："好你个蒋委员长，你这家伙比王金刚还坏！还想我给你这个给你那个，要摸就摸你的头！"

这几个都市男女嘴里吐出的黑话，乡巴佬朱土改全都耳熟能

* 用烟盒搭建楼房，点出纸厦。

** 因为是纸厦，根基不稳，弱不经催，故而需小心经营。

详，这些话都是农村人说的，既是下流话又是双关语，为的是干活儿不累，句句围绕着裤裆里的那个物件。他想这里是文学的殿堂，又不是庄稼地里，这些人怎么也都学会说了呢？这样想着他感到有点儿困惑，还有点儿莫名的兴奋，减少了一些对这座大楼的神秘，心里一时轻松起来*。朱土改同时又发现，在三男一女打闹笑骂的时候，坐在他们背后的紫脸瘦老头子丝毫不受影响，一直埋头用烟盒码着楼房。紫脸瘦老头子的桌上还铺着一张图纸，每码上去几个烟盒，他都要往图纸看上一眼，然后再码几个，像个专心致志的老科学家，为了事业把一身的肉都耗干了。朱土改又困惑地想，他这是干吗呢？

朱土改第二次缩回头来，站在外面发起了愁，想不通这么森严的一座大楼，里面却住着这么下流的一群男女，门外还有人站岗放哨，保卫着他们打情骂俏。这么站着，忽然他明白了黑脸刚才的意思，是让他自己去认门上的牌子。他就换了一边，开始从打麻将这间房子的对面认起，对面一间的牌子上写着三个字，朱土改一不小心嘴里念出声来："传家宝……"正想着世上哪有这样的部门，背后打麻将的房里就笑成了一团，黑脸又"叭"地扔出一张牌，边笑边骂道："真他妈的傻 ×，你才是传家宝呢，你是你妈的一个活宝！"

朱土改挨了骂，知道念错了，心中却对那个黑脸冷笑说，你这个只配打麻将的人，你是在骂一个没成名的作家呀！嘴里不敢出声，走到近处一认，牌子上写的原来是"专家室"，仍然不明白那里是干什么的，便走过去推门咨询。门开了，里面坐着一个高鼻凹眼的外国老头儿，正对着一台电脑打字，他慌忙把门拉上，那外国老头儿竟丝毫也不觉得**。朱土改继续往前找，终于找着了编辑部，心里一喜，这次把门推开，里面坐的就是中国人了，是一个瘦瘦的光头的背影，大着胆子探进小半个脸去，问："老师，我能进来吗？"

*文学圣殿一般的出版大楼，其实也只是一座藏污纳垢的纸厦。

**偌大的出版大楼，找了这么久，总算碰到一个干正事的，却是个老外。

里面的光头应了一声说："找谁？"

朱土改说："找编辑老师。"

光头问："有事吗？"

朱土改："有事呢，我是来投稿的。"

光头说："进来谈吧。"

朱土改就进去了。他看见光头的面前放着一部书稿，正看得入神*，等朱土改站了一刻，才转过身来，望着他斜挎在背上的黄挎包问："是译稿吗？哪国的文字？翻译的是谁的作品？"

* 这也算是个干正事儿的人，没白来。

朱土改听不懂这些话的意思，龇咧着嘴，把黄挎包从背上费力地摘下来，取出书稿双手献过去说："我写的全是我们黄村的事儿，写了三年零三个月，写得可苦了，请编辑老师指教。"

光头听他这么介绍，再细看他满脸沧桑，一副苦大仇深的模样，明白了道："我还以为你送来的是一部译稿，挑出我们国家的好作品，翻译成英语法语德语日语什么的，原来还是你自己写的，这类书我们目前还不能出。"

朱土改一急，脱口问道："为什么？"

光头说："这是国家对我们的分工，就比方你们家里，男人在外干活，老婆在家主事。"

朱土改说："老师你可说错了，我家恰恰是反过来的，老婆在店里卖葱花豆腐脑儿，我在后面顶多帮她收一收钱。**"

** 朱土改家里是女主外，男主内，隐喻主次颠倒本末倒置的凤凰社。

光头笑道："这不过是打个比方嘛，意思是我们目前只出外语书刊，申请出版国语书刊的报告打上去了，还没有批下来。"

朱土改一听，反而激动了说："那国家终究是要批下来的，我就在这里排队等着，我来投稿是在批准之前的，按先来后到，我排第一。"

光头见他憨得可笑，就丢下书稿和他聊道："我们这里不是卖葱花豆腐脑儿，按先来后到的顺序，来得早不一定写得好，写得好也不一定能够出，何况就是按先来后到，我正看的这部书稿也排在你的前面。”又问他说，“全国这么多的出版社，你是怎么找到这里来的？”

朱士改说：“昨天我在报上看到京城有个凤凰出版社，在全世界都是有名气的，历任主编都是个中央的大头头。”

光头笑着摇手道：“并不是什么大头头，无非是学术界的泰斗，文化圈的名人而已。我告诉你正确答案，首任主编是中国现代文学史上的第三号大作家，第一号三十年代死了，第二号五十年代当了大官，第三号就义不容辞地做了我们的主编；第二任主编是大翻译家兼大作家，丹麦国王曾经派大臣漂洋过海，把一面丹麦国旗送到他的家中，直到去年他死的时候，那面国旗还在他四合院的书房里飘扬着呢；第三任主编是大翻译家，你知道第一个把《红楼梦》翻译成英文的是谁吗？就是他，在国外他的名声比在国内响多了*；第四任主编更有意思，简直富有传奇色彩，十年前……我不说了，后来的事情不好说了。*”

朱士改吓得咧着嘴，都快傻了说：“我就听说凤凰社是国内第一。”

光头说：“笼统说第一是不规范的，它不过是与共和国同龄，历史久点，级别高点，牌子大点，名声响点，但是若论出书，兴许还要倒过来了，我在世博会上看到很多好书，让人爱不释手，赞不绝口，一看书脊，印的都是地方出版社，而凤凰社却连毛也没有几根，快成一只唐老鸭了。”

朱士改说：“老师不要谦虚，山不在高，有仙则名，书不在多，有几本好的不就行了吗？”

光头说：“谢谢你的好言安慰，不过了解内幕的人会怀疑这是一种讽刺。其实建国之初，这里只有三个中国人，一个外国人，成立一个编辑小组，还相当不了现在的一个科级，却是国际上最辉煌的时期**，后来升成处级，国外的书刊订户大大减少，再后来升成局级，不叫主编叫总编了，官儿有市委秘书长那么大了，

* 闭眼可评远古事，张口难说眼前人。

** 三个中国人打不了麻将，也没有闲人去用纸烟盒搭纸厦，倒还能认真干点儿正事，所以创造了辉煌。

印的书刊却快要没人买了。总编一任不如一任，日子也一天不如一天了。”

朱土改对社史不怎么感兴趣，一门心思只想着出书，就说：“老师，您怎么称呼？”

光头说：“看你年龄比我还大，就别叫我老师，你叫我名字好了。”

说着顺手拉过一只盒子，从中抽出一张名片递给他。朱土改捧在双手的掌心，觉得这张名片十分有趣，上面画着一个瘦和尚头，下面印着一串电话号码，中间是三个形状古怪的大字：阿里巴，朱土改还想在上面找个头衔之类，好作称呼，可是再没有了，就试探性地撒了个谎说：“这个名字我经常在书上见到的，如雷贯耳！*”阿里巴笑道：“你一次也不可能见到，因为我从来不写文章，它只出现在户口本和工资单上。”朱土改碰了一鼻子灰，心想这人与众不同，前几次他背着书稿去找出版社，用刚才这个办法，把编辑们骗得乐滋滋的，虽然书稿最终还是还给了他，但当时的气氛确实很好。阿里巴见他不好意思，就转过话问：“你还给过别的出版社吗？”

朱土改这次不敢再说假话了，苦笑说：“给过，总共给过四五家，他们看我不是名家大腕，有的干脆不收，有的勉强收了，也不给看，过段时间等我一问，就编个理由还给我，到阿老师这儿是第六家了，我老婆说六六大顺，这次兴许能遇上贵人，阿老师就是我的贵人。”

阿里巴点头说：“其实我已经看出来了，你还算是老实，很多作者为了达到目的，都说有多少家出版社派人坐飞机去，住在他附近的宾馆里等他稿子，编辑在你争我夺中打破了脑袋，有的住在医院里，还哭着给他打电话，说是要与书稿同在。凭你对我说了实话，最起码我应该把你的东西认真读完。”

说着把纸包一层一层打开，像给冬天的婴儿脱掉棉裤，地上

* 千穿万穿，马屁不穿，朱土改竟也深谙此道。

的旧报纸张霎时就积了一堆。书稿的外围已经很脏，里面却是新的，首页的上方写着“狗娘”，下方写着“牛八”，阿里巴便笑了问：“哪是书的名字，哪是你的名字？”

朱土改严肃地回答：“狗娘是书名，牛八是我的笔名，我本名叫朱土改，土地改革那年生的，把‘朱’字拆开不就牛八吗？”

说完就有点儿得意地盯在阿里巴的脸上，希望得到他的认可。阿里巴却哦了一声说：“原来你是新中国的同龄人*，土改这两字挺好的，改成牛八，猛一看还以为一个狗娘生了八头小牛，是一部二十世纪末的新聊斋呢。”又问，“怎么要叫这个书名？”

朱土改说：“我们那里骂人兴说狗娘养的，我取这名，是骂书里那些狗男狗女。”

阿里巴刚说一个“此名不雅”，朱土改就乘机要求说：“那就请阿老师给改一个名吧！”

阿里巴笑道：“书名我得看完稿子慢慢再想，作者笔名嘛，我倒是觉得与其叫牛八，还不如索性叫牛八爷好了。”

朱土改吓一跳说：“我哪里敢称爷，只要书能出版，叫我孙子都行！”

阿里巴说：“叫牛八爷好，牛八爷给人耳目一新之感。”

说着掂了掂手里的书稿，约莫着三斤来重，半尺多厚，方格稿纸的上方，一律印着某某养猪场办公室的红字头，可能是一位养猪场的朋友支援他的，心想这些年看到的书稿，基本上都是激光打印，有的索性寄来一张软盘，插进电脑就能打开阅读，最先进的是从网上发来 E-mail，此公却还写得这样苦，心里就对他又多了一分同情。

* 也是凤凰出版社的同龄人。

2

阿里巴请朱土改坐在沙发上，一目十行地翻看他的书稿，觉得书中有些情节还很动人，只是文笔欠雅，有时词句不通，作者分明属于那种文化水平较低，写作能力较强的人。心里发着叹息，从稿纸上抬起头来，看他一眼，瞥见他的裤裆开着，下面还湿了一块，就用手指着那儿问他："你那儿是怎么了？"

朱土改低头一看，脸色顿时红如猪血，回想自己刚才在厕所里，吃了那个手拿拖把的老女人一吓，竟把几滴尿撒在裤子上了，而且裤裆拉链也忘了拉，进门时先是站着的，不大显形，一坐下就裂开个大嘴巴来，慌得赶快拉上拉链，把厕所里发生的事情对阿里巴讲了一遍*。阿里巴为他的诚实感动，大笑一通之后，对朱土改说："不是厕所地砖势利眼，而是刚擦过的土砖水分没干，晾一会儿再踩，才不会留下脚印，人家刚擦就让你给弄脏了，当然要发火的。不过把你的尿吓回去了，可不是件好事，将来会落下个前列腺的毛病？"

朱土改问："什么是前列腺？"

阿里巴胡诌道："前列腺就是位于尿道前列的那道战线，门口的卫兵似的，那里一堵，就什么都别想通过了。"

朱土改听他这样比方，就想起刚才的一幕，不知怎么联想到这座大楼门口的卫士，咧嘴笑笑。又见他随和得很，与自己过去见过的编辑有所不同，就也随口问道："阿老师，你们这么大的机关，男厕所里怎么要雇个女人，正撒着尿，她说进来就进来了，想着怪吓人的！"

阿里巴一个人待在大楼里，平时感觉得闷，又不爱和勤杂人员抽烟打麻将，憋不住时就和几个编辑嬉笑聊天，再不过瘾，就

*引出讲故事的农民作家老婆。

把女编辑打发走了，叫这打扫楼道的老女人来讲一段荤故事。今天来了作者，虽不是老朋友，却觉得憨厚老实，而且越是外面的人，说话才越安全，愿意和他胡侃，就笑了说：“她也吓过我的，一回惊，二回怪，三回就觉得挺可爱了。女人扫男厕所，这种现象很普遍的，分析起来，可能也是受市场经济的影响，一是现在的下岗女工太多，二是北京的大老爷们儿不干这事儿。不过这个女人很有意思，她不给别的机关扫厕所，却专门要扫出版社的，你猜她是为什么？”

朱土改就猜道：“肯定是觉得在这里能长知识？”

阿里巴笑道：“她的男人是个农民作家，写了二十多年，先是写不出来，后来倒是写出来了，有点儿小名气了，却跟一个写诗的女孩儿搞上了，把她给一脚踹了。她原本在老家粉条厂搞推销，后来粉条厂一垮，就跑出来打工，专找出版社的厕所扫，好对编辑们讲她男人的事儿，让我们不给那个没良心的人出书。你说这个女人多天真，中国有几百家出版社，她哪里扫得过来。出版社出书，也不取决于作家有没有良心，目前的图书市场反过来了，作家越是没有良心，越是歪理邪说，口出狂言，书才越是好卖。*”

朱土改瞪大眼睛听着，怀疑阿里巴是故意讲给他听的，话里有一种警世恒言的意味，便乘机表个态说：“阿老师，我可不是那样的人，在您的帮助下，我这辈子如果能够成名，我绝不去搞写诗的女孩儿，更不会抛弃我的老婆！”

正说着，有人把门敲得咚的一响，在外面嚷道：“你们说俺啥来着？”

朱土改探头往门缝一看，正是在男厕所见到的那个老女人，心有些慌，阿里巴却笑着喊了一声“谢婆子”，说：“我正在对这位作家介绍你，说你是我们楼里的刘姥姥，一肚子的笑话，可以随时改善我们枯燥的编辑生活。他也说你厉害，走进男厕一声

*读者越喜欢探异猎奇，作者就越荒谬怪诞，可叹！

吼，吓得男人抖三抖，害他裤裆敞着就往出跑，跑到我这里躲起来了。”

谢婆子一听来的是个作家，不由得勾起心头旧恨，推门进来说：“啊，作家来了？作家是多不得了的人哪！”

谢婆子弓着个腰，在屋子里东张西望，认出沙发上坐的一个人，正是刚才把地砖踩出一串黑脚印的，就朝他一指说：“你就是作家？难怪俺看着像俺家原来那个老东西，阿老师你可不能给他出书，一出他家女人就糟球了*！”

阿里巴怕她给人难堪，就岔开说：“谢婆子你坐下，今天我这里的女编辑看电影去了，就只剩我一人，快说个荤的给我听听！”

谢婆子拿眼睛朝朱土改的裤裆瞅，见那里已合上了拉链，就挨着他坐下说：“说到裤裆，俺就给你说个裤裆的事儿。俺村有个张女子，有天迎着门，坐在地上剁猪草，剁哇剁哇，把个裤裆挣破了，下午弟娃放学回来，一进门就看见了，不好直说，就打哑谜，说姐，今天俺作了两句诗，姐你听着：一朵莲花就地开，谨防门外有人来。张女子往裆里一看，脸一红就往屋里跑，她觉得弟娃有用了，会作诗了，把这事说给村里的李女子听。第二天，李女子想试试自己弟娃，就把裤裆故意戳个洞，也迎着门，坐在地上剁猎草，哪晓得她的弟娃放学回来，照她裆里就是一脚，说你个不要脸的，×都出来了**！”

朱土改听着要笑，又不敢笑，像憋尿一样憋着，眼睛直往阿里巴看。阿里巴却大笑道：“这个太庸俗了，再换一个。”

谢婆子说：“啥叫庸俗？俺再说个不庸俗的。俺村还有个王女子，她的裤裆倒是没破，有天端着个凳子，坐在门口剥豌豆，天看着看着要下雨了，老公公怕院里的小鸡娃儿淋雨，举根竹棍儿哼哧哼哧，把小鸡娃儿往屋里赶。王女子只顾剥豌豆，两腿把门挡着，小鸡娃儿过去了，又回来，过去了，又回来。老公公急得在门外扯起嗓子喊，儿媳妇啊，快把你的腿丫子叉开，让俺的鸡

* 才勾起旧恨，又有新仇，自然是如此声色。

** 村妇的荤段子，当是如此格调。

娃子好进去！”

朱土改这次憋不住了，笑得沙发嘎吱乱响，阿里巴点评说：“这一个还不如上一个，上一个里还有两句莲花禅诗，这一个里只有一个鸡娃子了！”

谢婆子说上瘾来，一发而不可收，见阿里巴的光头是刚剃过的，眼睛一眨又说：“解放前，俺村有个和尚庙，庙里有个骚和尚，见一个女人，搞一个女人。有天一个骚寡妇到庙里烧香，和尚抱住她就往暗屋里拖，骚寡妇说，不能搞的，不能搞的，俺那里长的有牙齿，俺男人就是被它咬死的！骚和尚说，不要紧的，不要紧的，俺的家伙长得大，你男人害怕我不害怕！暗屋里黑灯瞎火的，骚寡妇听说他的家伙长得大，想先拿指甲掐一下再说，骚和尚听说她那里有牙齿，也想先把脑壳伸进去试试，两人就搞起来，骚和尚一脑壳拱去，骚寡妇一指甲掐来，骚和尚吓得喊了声俺的个妈呀，没想到真的有牙齿！骚寡妇也吓得直拍心口说，俺经过的男人也不少了，还没见过你这么大的！骚和尚的光头上，以后就落了一个疤，村里人还以为是老和尚烧的，其实是骚寡妇的指甲印呢。*”

说完又看阿里巴的光头一眼，见他们笑得刹不住，自己却半点儿也不笑，转身出门，提着拖把打扫别的厕所去了。阿里巴对朱土改说：“也难怪她的作家男人把她踢了，你说如果让曹雪芹和刘姥姥在一张床上睡觉，他老先生睡得着吗？”

朱土改连连回答：“睡不着，睡不着，不对，他应该睡得着呀，夜里有人讲故事听，就像哄宝宝睡觉一样，那才容易睡着呢。”

朱土改见这么大的一座楼，除了这间屋子，再就是打麻将的屋子有人，别处都静得让人生疑，完全不像以前他去过的几家出版社，人来人往，大呼小叫。如果除去这两间屋，倒像是一家病毒研究所，或者破产倒闭了的国营企业，很是奇怪，问阿里巴说：

* 这一个更为庸俗不堪，窃以为从讲色情笑话可以看出一个人的审美水平和文化水平，百试不谬。

"阿老师，怎么就你一人上班？"

阿里巴说："今天是国庆放假前的最后一天，大家都看电影去了。"

朱土改讨好道："就你不看电影，还看书稿，真是个好编辑啊。"

阿里巴一笑说："我也没有你想的那么好[*]，如果换个片子，不是那个看烂了的沉船故事，说不定我还要去看[**]。而且今天我还有个约会，有位记者等会儿要来找我的。"

朱土改脸上露出无比的羡慕道："你们这里真像神仙过的日子一样，门口有人站岗放哨，保卫你们的生命安全，里面的人也不干正经事儿，有的看电影，有的打麻将，有的码纸烟盒子。"他没敢说讲荤故事，害怕说得不好把阿里巴得罪了。

阿里巴说："怎么？你还看见一个码纸烟盒子的？肯定是那个名叫李享大的老头子，那可是我们这里的三朝元老，算得上是个俗世奇人，一年四季，一天到晚，勤勤恳恳，兢兢业业，干的就是这一件事情，老人家立志要用七十三万只烟盒，代表过去的两千年，一年三百六十五天，盖起一座摩天大楼，冲刺吉尼斯世界纪录，大楼共一百层，代表二十世纪，上下各五十层，又代表着凤凰社的五十周年。[***]"

朱土改点头说："你们社和共和国是同龄，和我也是同龄，共和国今年五十岁，你们社今年五十岁，我今年也是五十岁，你说巧不巧？"

阿里巴随口笑道："巧，看来我们有点儿缘分。"

这间屋里虽然只有一人，却沿墙摆了四张桌子，朱土改审量着问："这个编辑部除你之外还有三人？"

阿里巴笑道："你倒是很会观察生活啊，这边是一个老编辑，那边是一男一女两个年轻的编辑。老编辑懒得看电影，把票给了女编辑，让她和她的男朋友看，我的票被男编辑要去了，说是和

* 阿里巴倒也诚实，没有以忠于职守自诩。

** 沉船故事？是说《泰坦尼克号》吧。

*** 一部《纸厦》由两条线贯穿始终，一条明线是凤凰社，是写实；一条暗线是纸厦，是象征。

他的女朋友看。”

朱土改把四个人的年龄一盘算，老的老，小的小，阿里巴正好是个承上启下的人物，又试探道：“阿老师，你是个头儿吧？*”

阿里巴说：“是个很小的头儿。”

朱土改听着一喜，心想不管大头儿小头儿，是个头儿就好，如今的世道，有职就有权，有权就能办事，联想到自己的书稿，期望值就随着阿里巴的地位，水涨船高，没话找话说：“还说你们社里没钱，没钱还买票请人看电影？既然你们两个不看，他们两个想看，只买两张也就够了，交朋友自己人和自己人交，肥水不流外人田，这不就省出两张的钱来？”

阿里巴笑道：“世上哪有你这样省钱的！人家愿意把肥水流到外人田里，不愿流在自己田里，你能把他堵住另扒一个口子吗？往往一个单位的人，不管肥水瘦水，香水臭水，什么水都不大容易流在一处，因为互相都看得很清，闻得很透。”

朱土改点着头说：“是这样的，是这样的，真是听君一席话，胜读十年书，今天听阿老师说了这多，只怕读二十年书都不止，把书稿交给你这样的编辑头儿，我总算是看到了希望！”

说着嗓子里面有点儿变调，两只眼窝的颜色，渐渐由土黄变成猩红，不知不觉涌出一些水来，亮晶晶的就要漫出眼眶。这时又听到有人敲门，阿里巴说：“请进。”

一个高鼻凹眼的外国人手里端着一篇稿子，推门走了进来，朱土改觉得这个外国人有点儿面熟，忽一下想了起来，恰是坐在专家室里对着电脑打字的那个老头儿，就留心着听他和阿里巴谈话。外国人说：“阿里巴先生，您好！”

阿里巴说：“斯蒂芬先生，请坐！”

外国人说：“我不坐，我要站着，我想向您请教一个问题，这篇稿子里写了一个马屁精，请问马屁精是一种什么妖精**？中国神话辞典里怎么没有它的名字？”

* 生活在底层人民的狡黠。

** 踏破铁鞋无觅处，得来全不费功夫，作者特意让斯蒂芬来应景，阿里巴面前正好站了一个地道的马屁精。

名叫斯蒂芬的外国人说中国话有点儿拗口，问题提得更是荒唐，朱土改差点儿笑出声来，听阿里巴回答说："马屁精不是妖精，别说中国神话辞典，就是中国鬼话辞典里也查不出来。马屁精是形容一种善于讨好上司的人。"

朱土改很想助阿里巴一臂之力，根据他们黄村对马屁精的解释，插嘴再补充一句，却见斯蒂芬恍然大悟说："明白，文章里说，你们中国出产马屁精，有悠久的历史。"

阿里巴不置可否地笑了一下，回答他说："你们英国也是一样，奥斯汀笔下的那个牧师柯林斯，不就是一个马屁精吗？"

斯蒂芬对他耸了个肩，说声"谢谢"，就端着稿子走了出去。朱土改这才"扑哧"笑道："这个外国老头儿是干什么的？"

阿里巴说："他是我们从英国请来的专家，专门把中国话翻译成英国话的，不是什么老头儿，他才四十岁，还没你大吧？"

朱土改不大相信道："原来还小我的，那他到我们这里来了，剩下他老婆一个人在家？"

阿里巴说："他和我一样，还没有老婆，他是一个独身主义者。"

阿里巴嘴下留情，没有对陌生的朱土改如实相告，其实斯蒂芬是个同性恋者，每晚回到专家公寓，都要和一个美国男人光着屁股跳舞，跳得满头大汗，痛快淋漓，第二天一早又开始玩儿命地工作。朱土改颇有感触，说："别看他是个老外，又取了个女人的名字，人还是很踏实的，我看他比你们的人还要踏实，你们的人有的看电影，有的打麻将，有的码纸烟盒子，他却一个人坐在屋子里，给你们翻译马屁精。"说过之后，忽然怕阿里巴听了不高兴，忙补一句道，"不过阿老师也很踏实，我看整座大楼里面，就你和这个叫什么芬的是踏实人。*"

阿里巴心里有事，希望他坐会儿就走，把书稿放在这里，等自己看过再谈意见，就说："稿子的事我会尽力的，却不能打你保

*斯蒂芬不应该那么早离开，再听听这一段，就对马屁精这个词的理解更深刻了。

票，你先回去，下周这个时候，来听我消息。”

朱土改只好站起身来，紧紧握着他手，提出请他去外面吃一餐饭。阿里巴笑道：“看你目前的状况，吃一餐饭的钱，够你卖十天葱花豆腐脑儿的，谁能忍心去吃你的？一不小心吃了，还不知道你将来在书里怎么写他呢。”

正推托着，听得楼外响了一声汽车喇叭，阿里巴看一眼手表，知道是找他的人来了，顾不得和他再说，就起身整理桌上的书稿。果然，门口一亮，进来一位身穿白衣白裤的女郎，朱土改从来没有见过这么漂亮的女子，直觉得一缕白云从他的眼边飘过，落在阿里巴的面前，又变成一朵白莲花，阿里巴一见到她，眼里顿时放出两道电来，便明白自己这下真该走了，一个劲儿地道着歉说：“真对不起，阿老师，我不知道，这是您的爱……太太？我该叫师母才对吧？*”

白衣女郎脸上微微一红，阿里巴笑了说：“别瞎猜了，刚才我不是对你说过，我在等一位记者吗？这是《北国书虫》的女记者，叫金铃子。”又对金铃子说，“这是一位业余作家，名叫朱土改，笔名牛八爷，给我送书稿来的。”

金铃子方才噢了声说：“那就也上车去，大家一道吃晚饭吧。”

朱土改作揖似的连连摆手，嘴里直说不了**，和他俩分别握了个手，慌忙就走，一路想着两人见面的亲热劲儿，猜不透这一对男女到底是个什么关系，等他走了以后，他们两个在一起又会干些什么。走到走廊尽头，听得打麻将的那间屋子里喊声如雷，他忍不住又往里瞅了一眼，见那三男一女都兴奋得很，看形势已经进入高潮，坐在他们背后的紫脸瘦老头子，桌上码的纸烟盒子又多出好几个了***。

* 活画出没眼色的一个朱土改，而且刚刚阿里巴不是说了自己还没有老婆吗，应该是刚才太紧张了，耳不过心。

** 这次倒开窍了。

*** 拿着国家的俸禄，兢兢业业码纸厦。作者讽世之言。

3

阿里巴走出这座大楼，就觉得自己变成了一只秃鹰，越是头上没毛，越想远走高飞，本来就不是待在鸟笼子里的货色。不管这笼子多么华丽，多么清洁，每天还有谢婆子们用拖把反复打扫几遍，他总是感到憋得心慌，有时连气也喘不过来。他怀疑自己上辈子是员武将，有勇无谋，一生老是中敌军的诡计，最后战死沙场，这辈子就让他改弦易辙当了文人。可是他宁可还做武将，横刀立马，那是何等的痛快！

这座出版大楼，外面是现代建筑的气派，里面却似神秘的古堡，你说一句本无意义的话，说不定就在冥冥之中被人录下，某一天它会突然在空中播放出来，但是你的声音语气已经走调，内容也变了，连自己听着都觉得可怕。你做一个本无目的的动作，又说不定会击中一个黑暗中的人影，某一天他突然给你一下，打得你莫名其妙*。阿里巴喜欢和陌生人说话，就像自己找上门来的朱土改，甚至打扫厕所的谢婆子，和这样的人说话反而安全，想说什么，就说什么，不必有什么后顾之忧**。

阿里巴把他在这里的日子，总结为三点式，单身公寓一点，出版大楼一点，连接两点的中间一点，那是接送他们上班下班的豪华大巴。每个白天，他要在大巴里度过两个小时，大楼里度过八个小时，还剩下一点儿多余的时光，他可以带回公寓，不过那剩余的时光叫作夜晚，很多事情都不能做了。

大楼里的人一边打麻将打牌，一边抽烟喝茶聊天，看小报上的绯闻，一边却有人左手拿着一个小本儿，右手捏着一支笔，每天早上八点，准时出现在走廊里，神情庄严，目光如电，在陆续到来的每个人的名字后面，画着各种各样的符号。符号中有钩，

*在这样的环境下，打麻将，讲黄色笑话，搭纸厦反而是最安全的。

**难怪谢婆子那么粗俗的笑话会引起他的兴趣，朱土改这样一个不入流的业余作家也让他谈兴颇浓，原来阿里巴一直处在压抑之中。

有叉，有圆圈，有圆圈里套个圆圈，有两个圆圈里再打个黑点。吴诗言是凤凰社的总务处长，他制作了这些奇特的符号，又赋予这些符号实际的意义，月中领取工资，月末颁发奖金，大家手中的票子多少不等，这时候，吴诗言面无表情的脸上，就渐渐露出权力者的微笑*。打麻将打牌的人来得最早，如坐在勤杂室里的那三男一女，他们几乎个个都能提前，先去自己的办公室里打好开水，抹好桌椅，然后就陆续集合在这里，开始等待时机的到来。

阿里巴带着金铃子走过马路，打开车门，半个身子已经钻进去了，却从车窗里看见从对面过来的一个年轻人，正是编辑部的于剑，身边跟着一个大个子的女孩。阿里巴又把身子退了出来，叫了一声于剑，问他道："怎么不等散场就回来了，难道还有比看电影更好的事？"

于剑一眼认出是他，脸就红了，站住对他介绍说："这位是我的女朋友，目前还在女子保镖学校学习，我带她来认认单位，看看我写的诗。"

阿里巴兴奋道："嗬，还是个女保镖，从来都听说美女爱英雄，今天却来个侠女爱诗人，这就和写诗一样，出新意了！"

女保镖走到远处停下，抬头看大楼顶上几个高悬的大字，于剑叫了一声"芝英"，大约是她的名字，她却并不扭头回答，继续扬着脸看字，于剑脸又一红，对阿里巴抱歉道："阿头儿，我走了。"

阿里巴挥手说："去吧去吧，我也走了。"转脸又望金铃子一眼说，"我也带着一位女朋友呢。"

于剑如逢大赦一般笑着，飞也似的去追他的女保镖了。

金铃子问阿里巴说："这是你的部下？刚才你对他说我什么？"

阿里巴一本正经道："说你也要给我介绍一位女朋友呢。"

* 此等人似曾相识，作者写来犹如眼见。

*阿里巴血气方刚，不甘于受制度束缚，因此处处碰壁。

金铃子忍着笑说："真是一派胡言！"

阿里巴挨在金铃子的身边坐下，一边看她开车，一边对她说着编辑部的故事，说于剑在他手下是个好编辑，但在社人眼里却是一个懒汉。因为酷爱写诗，诗兴大发的时候，常常一写就是半夜，第二天清早上班不免迟到，于是唯有在于剑的名字后面，从头到尾画满了符号。吴诗言指着这些符号，气愤地来找他的麻烦，要他对于剑进行严肃批评，他当面答应说，好吧。可是转过脸去在编辑会上，却大力支持于剑说，只要你把稿子编好，诗不仅要写，还要多写，一直写成一位大诗人，夜里写诗早晨起不来，就索性别来，免得让人看见，给我打个电话，在单身公寓看稿就是。于剑遇上知音，感恩不尽，以后果然就按这样做了。吴诗言穷追不舍，他就一口咬定这是他的安排，并且索性亮出观点说，我认为一个优秀的编辑，可以睡在床上把事情干得有声有色。

金铃子听得咯咯直笑。阿里巴说，吴诗言发觉他的屁股不和总务处坐在一起，而紧紧地贴着违纪青年，便把他视为于剑的同谋，碍着他大小是个部门的头儿，明里不敢攻击，暗中却放出风来，说他公然主张大家，要睡在床上把事情干得有声有色！什么事情能够睡在床上干，而且还又有声音，又有颜色，那不就是搞女人吗？听到这话的人就觉得他太轻狂，竟敢与凤凰社的制度为敌。*

读过军校、干校和党校的电大毕业生吴诗言，从此死死盯上了于剑不放，他居然还看过一本希腊神话，问于剑道："于诗人，你是射箭的箭，还是宝剑的剑？"文学硕士于剑误以为有什么填表的事，老实回答："宝剑的剑。"吴诗言说："我看还不如改成射箭的箭好了，你前几个月的考勤表上，多像丘比特的神箭射成了一个羊肉串啊！"于剑红着脸说："你说得对，你简直也是一个诗人了！"于剑把这事告诉阿里巴，阿里巴责备他说："你怎么不回答他，你宁可做拔剑而起的武夫，也不愿做暗箭伤人的小人！”于剑后悔莫及道：“当时我一点儿准备都没有，下次他再敢阴阳怪气，我就对他不客气了*！”

当晚于剑模仿一首著名诗人的诗，写出了以下的八句话：“有的人来了，等于走了；有的人走了，等于还在；有的人上班了，等于下班；有的人下班了，正好大干。”打油诗贴在他桌边的墙上，不幸当天就被吴诗言揭去，把它交给了社长赵小月，于剑预备党员的资格，立刻一笔作了勾销。于剑无处诉苦，独自喝了一瓶燕京啤酒，竟对党外人士阿里巴号啕大哭道：“阿头儿，我真后悔来了这里，我怀疑它不是凤凰，而是一只啄吃同类的怪鸟！我预感到有一天，我会被它活活啄死的！”又问阿里巴说，“阿头儿，你来这里有几年了？”阿里巴想起在他出生的年代，全国风靡着八个京剧样板戏，就学着其中一出的人物笑道：“八年了，别提它！”不料这话又经过吴诗言的嘴，传到赵小月的耳中，赵小月就把阿里巴叫去谈话，说他是不是度日如年，把这里当成解放前的夹皮沟？阿里巴反驳说：“那我把你又当成什么人了？是二〇三首长呢，还是座山雕？”赵小月回答不出，转而又去批评于剑。

金铃子的车开得和她本人一样漂亮，一路上追风逐电，阿里巴让自己忘掉社里的事，彻底放松，和她并肩而坐，不时地侧脸看她**。车窗开着，十月的秋风，从外面斜吹进来，托着她黑色的长发，像海藻一样浮起沉落，雪白衣服的扣子一颗没扣，里面贴肉的短衫也是雪白的，领口开得比腋下还低许多，使胸前露出一道迷人的沟豁。两只活泼的乳房，从她的短衫下竖了起来，随着车身的起伏颤动不已，那样子令人心痒难禁。

阿里巴在朱土改去之前，一直埋头看着一部论乳房的书稿，那位自由投稿的作者，在序中自称他观察过无数女人的乳房，书中多是比喻奇特、论点精辟的语句。他把它们一种一种地进行

* 诗人哪里会吵架啊！这事儿注者也常常经见，有时跟人对垒，一时语塞，过后想着就生气，而且越想越气，想的时候倒每每竟有了可以回怼的妙词金句，想当时他那么说时我应该这么说，就又懊悔不已，怪自己当时怎么就没想到。

** 唯有美丽的女人可以让男人忘记烦恼，可往往越是美丽的女人，越会带给男人更多的烦恼。

归类，以夏天的农作物来作比，得出的结论是，少女的乳房是桃子，小巧精致，硬揪揪的，两个尖尖的小乳头好像桃峰，由于没人敢来攀登，显得结实而又坚挺；少妇的乳房是剥了壳的荔枝，在丈夫的抚摸下已长圆了，成了一个球体，丰满柔嫩，软乎乎的，那里面多半有奶水了，轻轻儿碰一下，奶水就要漫溢出来；中年女人的乳房是两只葫芦，上面小下面大，昔日那迷人的白肉都坠下去了，拖里拖沓，松垮垮的；老女人的乳房是蔫了的南方的茄子，它完成了人生的使命，如今只剩下薄溜溜的一层皮了，拉里拉垮，皱巴巴的。太瘦的女人，乳房是贴在胸脯上的两片蘑菇，无论看着还是摸着，都和男人没有什么两样；太肥的女人，乳房则是西瓜，它又太大了，大得男人一只手抓不住，双手抱在怀里，又压得喘不过气来。不过似那样肥大的女人，又有谁有勇气去抱她一下呢[*]？

那位作者要求出版此书，说这是全世界第一部关于乳房的专著，不仅有重要的学术价值，而且有广阔的市场前景，希望能给他最丰厚的稿酬。阿里巴笑着心想，可惜作者没有见过金铃子的乳房，不然此书将更完美。因为他敢断定，紧挨在自己身边的金铃子，身上的一切都会长得恰到好处，在那件颤动不已的白色短衫下面，是二十世纪全世界最美的一对宝贝。

认识金铃子是在春天，知道她是少妇却是夏季，那时候他已经迷上她了。阿里巴坐在车里胡思乱想着，顺着金铃子胸前的那一道沟豁，他的想象步步为营，一直伸进她的纵深处。他信任自己的想象，敢跟论乳房的作者夸下海口，金铃子的那对美乳一定是伊丽莎白香瓜，那样浑圆白嫩，妙不可言。他不知道什么时候才能揭开它们的面纱，真正地看到它们，把它们整个儿地拢在手中。会不会就在今天？今天是他们初识的半年之后，金铃子主动约了他来，说是带他去梦园[**]，看看她新买的房子。她在电话里的声音甜美而又神秘，容易让他想到这里。

* 想来写这部论乳房书稿的作者，才情也只是平平！呵呵，一笑。

** 梦园，是阿里巴圆梦的地方吗？抑或是金铃子也要圆梦。

阿里巴觉得喉咙发燥，他想起渴望一词的由来，舌根下不由得滋出一股口水，他咕儿的一声把它咽了下去。他和她近在咫尺，伊丽莎白香瓜的气息扑鼻而来，他突然想找个理由挨她一下，试试她身体的反应。车子正好在前面一个地方猛一拐弯，阿里巴觉得机不可失，假装身子一倒，左手就势按在了她的腿上。车子拐过弯后继续前进，阿里巴的手却不再拿开，黑发飘飘的金铃子脸上没有任何异样，既不反对，也不鼓励，只是嫣然一笑说："你的身子那样横趔着，不觉得有点儿别扭，有点儿艰苦吗？"

阿里巴从这一笑，自以为已经成功地破译了她的密码，大着胆子小声地说："只要能接触到你的身体，我怎么都不会觉得艰苦和别扭，相反我会感到无限幸福。"

车子开进一片写着梦园的小区，左转右拐，停在金铃子新买的那套房下。第一次受邀到别人家里做客，正常人一般会首先打量房间、家具和设施，游行似的走上一遍，发表几句言论，然后到洗手间打肥皂洗手，嗡隆嗡隆地烘干，坐在被指定的沙发上，等待主人递来的茶水、咖啡或者削了皮的水果。然而阿里巴却不像一个正常的人，他像那位前去投稿的朱土改，已经憋不住了，一进屋就用屁股把门撞上，双臂紧紧地抱住金铃子，嘴唇贴住她的嘴唇发狂地吻着，并且同时腾出一只手来，伸进他琢磨已久的她的胸脯。金铃子娇喘吁吁，任他手口并用，在他间歇的时候问道："你怎么知道我会同意呢？"

阿里巴望着她的眼睛回答："我怎么不知道你会不同意呢？*"

金铃子张嘴又问了一个"你"字，阿里巴就用嘴把她后面的问题堵了回去**，然后又迅速地撤离开说："你邀我到梦园，这里怎么却是楚国？"

金铃子以为他说小区门口那两个字写得不好，就一笑说："看来你是不懂书法，那两个字还是他们请我出面，求我当书协主席的舅公写的，幸好不是狂草，要不然，还不知道你会认成什么国

* 问得倒也巧妙，男人在这个时候往往能够思维敏捷。

** 一根舌头能说话，两根舌头在一起就说不出话了。

呢！”

阿里巴见她果然上当，得意地大声笑道：“我的意思是说，我俩都成庄周和惠施了，在楚国的河边，辩论什么子非鱼我非子一类的问题，实在是一种浪费，多么美好的时刻啊，嘴唇的功能不应该是辩论，而应该用来无穷无尽地接吻才好！”说罢又把嘴吸盘似的贴了上来。

金铃子方知中计，两只手同时在他腰上掐了一下，那手就顺势搂在他的腰上了。阿里巴为了证明嘴的功能，一鼓作气，把她吻得快要停止了呼吸，直扭着身子告饶，这才歇下来，找张沙发坐下，两人都大口大口地出气。阿里巴觉得屋里的空气很坏，有一股浓浓的胶脂和油漆的味道，才知道这房子买下装修以后，金铃子还一直没来住过，自然也没有来过别人，如此说来，她是把他当成一个特别的人了。这么一想，更觉得刚才一阵吻得合理，只是在吻的时候，怎么就没觉出这屋里的臭气呢？原来他吸进的气，是她从体内呼出的，他呼出的气，也是她向体内吸进的，只一瞬间，他们已经成了共呼吸的人，这些气息都是他们随身所带，屋里的臭气都被他们抛在身后，一时还不能进入流通。更何况男女在这样的时候，又都是忘乎所以的，没见几乎所有的爱情小说，一到高潮就这样写着：时间凝固了，万物消逝了，世界只剩下他和她了……吗？阿里巴天马行空地想着，差点儿一个人笑出声来，起身到各处走走，协助金铃子把所有的窗子都打开，让屋里的废气散发出去，换进一些外面的秋风。

见他对她精心购置的房子如此漠视，一句赞美的话也不说，金铃子不高兴了，故意激着他说：“住惯了单身公寓的人，猛一下子进到这里，连话都说不出来了是吗*？”

阿里巴突然大笑道：“我知道你一直跟我在车上一样，心里有事使劲儿憋着，现在再也憋不住了！你说我连话都说不出来了，我就说出来给你听听，我告诉你一句实话，我根本就没心思看你

* 女人在有心炫耀的时候却得不到赞美，如锦衣夜行，不免丧气。但金铃子在这个时候还在意男人对房子的态度，而且这样说话，未免流俗。

的房子，我从踏进这门开始，一直是在看着你的*。”

金铃子更生气说：“没有我这房子，你敢这样死乞白赖地看我吗？”

阿里巴点头道：“这倒也是，其实我一进门就头昏眼花，开始还以为是坐你的车子晕车，接着才知道是看你的房子晕房，后来到各间房里转了一圈儿，就觉得是进了公主府了，之所以没说出来，是怕你太得意，也怕你笑我没见过世面，想不到却被你误会了。**”

金铃子这才忍不住笑了说：“不赞就不赞，一赞又赞过了头，我看你进门以后头也没昏，眼也没花，就是嘴和手出了毛病。”又问他道，“在车上的时候，你那一双眼睛贼溜溜地把我看着，是看什么？”

阿里巴反问道：“你不看我，怎么知道我在看你？”

金铃子说：“别又来庄子惠子那一套了，我是从反光镜里看见的，司机的眼睛当然不能乱看。”

阿里巴就老实坦白说：“我在偷看你的胸，刚刚看了一部书稿，里面说你们女人的乳房分好几个类型，什么桃子呀，荔枝呀，葫芦呀，茄子呀，蘑菇呀，西瓜呀什么的，我就一直在琢磨着，你的乳房属于哪一类呢？”

金铃子脸一红，逼视着他说：“恐怕不是看别人书稿里写的，而是你自己夜里睡不着觉，凭空想出来的吧，要不，要不就是一类一类地体验过了***！”

阿里巴一下慌了，责备自己言多必失，飞速回忆过去的经历，不敢全数供出，却做出万分诚实的样子，适当举出两个说：“绝对没有那么多，在你之前只有两个，都是少女，桃子型的，而且是五月天还没成熟的山毛桃。”

金铃子听他说以前还有两个，心里初时涌起一丝酸酸的味道，再一想这样恰恰是正常的，三十多岁的男人，如果连两个也

* 这样的话，女人应该是爱听的。

** 总算圆了过去，男人之美，在于说得白日见鬼。

*** 桃子、荔枝、西瓜都是甜的，此处却有了酸酸的味道，是因为还没成熟吗？

没有的话，不是傻呆那就是虚伪了。于是反而觉得他光明磊落，有大家风度，印象里更加可爱起来，就笑了问："那你想象我的是个什么类型？"

阿里巴说："真是神了，我在车上想象你的是两个伊丽莎白香瓜，刚才一摸，竟和我想的一模一样。不过你这香瓜是去了皮儿的，又白又嫩，又光又滑，从外面看耸得高高的两座乳峰，像对熟透了的大蟠桃，齐天大圣偷王母娘娘的那一种。摸着又比蟠桃细腻多了，像荔枝一样柔软而有弹性，上面还附带着两粒鲜红的樱桃，再一细看，却是紫红的桑葚，比北方的草莓精致，是长在南方的同科姊妹，当地人叫它泡儿。这泡儿可分两种，一种艳而有毒，一种美而无毒，你的这对宝贝是无毒的，它甜如蜜，又醉如酒。说到蜜和酒，你的乳房又像是两只白玉琢成的蜜罐，里面盛满了专供男人享受的蜜汁。它还像两只古代官窑烧制的瓷碗，比玉还白，白玉还有微瑕，而它就找不出半星的污点，是一对只与青春有缘的无价之宝，体积和质感都恰到好处。这说明你是处在少女和少妇之间，虽说是有了老公，但老公忽地一头到了美国芝加哥，这一对儿刚刚开发出来的宝贝，就及时地密封了起来，人又保养得好，好像定格了似的，所以它们才这么妙不可言。*"

金铃子听他张嘴就来，洋洋洒洒，滔滔不绝，开始还想骂他胡说，可是再听下去却有一定的道理，心里竟生出一种佩服，却故意讽刺道："算得上是一篇论美乳的文章了，想不想发表出来？"

阿里巴说："这都是从我看的那部书稿里偷来的话，发表出来会侵权的，作者自称是全世界第一部乳房专著，他的书还没有出版呢。"

金铃子笑道："什么世界第一，两年前我在美国的时候，就读过玛里琳·亚罗姆女士编写的一部书，名字就叫《乳房史》，你这样孤陋寡闻，将来有人抄了书稿在你手里出版，你都还蒙在鼓

* 也只有做编辑的男人才会在这个时候还能这么长篇大论吧。

里！”

阿里巴一下愣道：“你真看到这样的书了？”

金铃子说：“要不要我给你念几个章节的题目出来？”接着就清清嗓子，正经念道，“这本书的编法和我们中国的史书不同，不是编年体的，却按作者为它赋予的各种属性，分为神圣的乳房、色情的乳房、家内的乳房、政治的乳房、精神的乳房、商业化的乳房、医学的乳房、解放的乳房，等等等等。作者最后把女人的乳房联系到社会政治，主张女人在游泳池可以赤裸着上身，公共场合可以给婴儿哺乳，夏天在马路上行走可以穿极少的上衣，里面也可以不戴胸罩，这些都不会引起任何人的议论，一切只要自己认为合适，而不要别人认为合适。”

阿里巴失声叫道：“我的个天，我收到的那部书稿讲的就是这些东西，里面还有什么埃及女神伊西斯给儿子荷鲁斯喂奶；圣母玛丽亚给耶稣哺乳；古希腊斯巴达王后海伦因美乳而引起的战争，又因美乳而得到的赦免；古罗马母狼哺婴的神话；克里特岛手举双蛇的露乳女神塑像；法国画家德拉克洛瓦的名作《自由引导人民》；女歌星阿内·沙佩尔站在车顶上真的露乳高歌。还有什么什么的，我还以为他是一位饱学精思的乳学家，原来却是个文抄公！幸亏今天我和你聊到乳房，不然我真被他给蒙骗了！难怪书里都是外国的乳房，竟没有我们中国的一个，想必那位玛里琳·亚罗姆女士写《乳房史》时，中国女人的乳房都还裹在一层一层的棉布里吧！”

金铃子说：“这本书倒是近年写的，只不过她以为中国还是三寸金莲的时代，因此就不屑一提，其实如要认真地翻译，书名应叫《西方乳房史》才对。”

阿里巴来到另一个世界，心花怒放，只坐了一会儿，手又痒了，强拉着金铃子倒在他的怀里，两手又悄悄从后面抄过去，插进她的内衣，偷袭敌军的营寨似的，突然一下握住了她去了皮儿的香瓜，上下左右地抚摸着说："不管别人怎么论述，我只认为你的乳房是最好的，比海伦的还好，将来填补《东方乳房史》的空白，一定要把你写进去，此外才是杨贵妃：'贵妃浴出，对镜匀妆，裙腰褪，微露一乳，……指妃乳曰：软温新剥鸡头肉。'"

金铃子一边抗拒着他，一边笑道："除去宫廷雅韵，民间歌谣也应写进去的，如乡下人说，'没嫁人是金奶子，嫁了人是银奶子，生了娃娃是狗奶子'。这一金一银一狗，中国女人的形象就被活画出来了。"

阿里巴心不在焉地答着她话，腾出一只手来慢慢滑向她的肚皮，接着那手就像一架失事的飞机，直向她的裤子深处扎去，另一手则忙着去扯皮带。金铃子知道他想干什么，捉住他手向外拔着，拔而不动，就红着脸呼的一下站起来，望一眼亮晃晃的窗子外说："人说心急吃不得热豆腐，大天白日的怎么能做这种事情？*"

* 是拒绝也是邀约，欲拒还迎，这女人倒有情致！其实大白天做这种事也并无不妥。

阿里巴兴犹未尽，细细领会着她话里的意思，心里一阵狂喜道："你是今晚要留我住在这里了？"

金铃子不回答，阿里巴便把她认作默许，盼着夜晚快些到来，手脚就不再乱动了。金铃子见他规矩，就又在沙发上坐下，却和他保持着一尺多远的距离，说："说会儿正经话吧，今天向你投稿的那位作者，听他一口一个阿老师的叫，我的眼泪都快要流下来了，你是不是经常接待这样的人？"

阿里巴说："现在虽然是世纪之末，金钱至上，物欲横流，但是为文学献身，痴心不改的人还是有的。平均一周总要来那么两三个吧，更多的是寄稿和打电话，我真想帮他们一个个都圆了这个文学梦，可是我又只能寄予同情，八九十年代的出版社，和五六十年代是不一样的，没有了培养作家的义务，国家不给补贴了，全靠自己挣钱，我们去培养他们，谁又来培养我们？"

金铃子惑然道："你们出版社不是叫作凤凰，国内出版社的百鸟之王，用三十六种外语鸣叫，背插着飞向世界的翅膀，国家唯一养活的宠儿吗？”

阿里巴说：“说是养活，却只能吃个半饱，出的外语书中国人不买，说是给外国人看的；外国人也不买，说是中国人译的；又是政治宣传品，用飞机运出去，再用轮船运回来。卖书的人白白胖胖，外面一人一个啤酒肚，里面一人一个脂肪肝，成天坐在屋里喝茶打麻将，等着偶尔来一个人，上门买一本书。”

金铃子说：“居然比我们报社还要糟糕，不过我们报社倒招聘了一个发行的大腕，绰号叫作‘北方的狼’，将来你有没人卖的书，我去找他替你卖了。”

阿里巴说：“有这样的好事，那就把这个朱土改的‘狗娘’拿去，请‘北方的狼’卖，俗话说狗是狼的舅舅，这样推算狗的娘就是狼的舅奶了，让这两人认个亲戚，他俩一个出书，一个挣钱，我俩也一个行善，一个积德，岂不是四面八方都是好事*？”

金铃子说：“我没看过书，不知道写的什么，写得怎样。”

阿里巴就势把书中的故事粗讲了一遍，又夸大其词地赞美了一番作品的特色，说得肚子都觉饿了，叫嚷着要吃金铃子做的晚餐。金铃子说：“今天不行的，刚进来什么也没有买，等下一次，我一定让你尝尝我的拿手绝活，待会儿我带你去外面，找个清静的地方吃吧**。”

听说有下一次，阿里巴喜得鸡啄米似的点头，觉得吃什么他都愿意。

* 狗娘和狼这亲戚掰扯得也够奇绝，亏了作者想得出。

** 就是有东西吃今天也不能做，一次把什么都干了，还怎么有下一次。

4

梦园小区的门口，就是一长排的餐馆，阿里巴坐车进来时，并没怎么在意，这时随着金铃子去找吃的，就一家一家地关注起来。家家门口都站着穿旗袍的小姐，把好端端的脸上抹得五颜六色，一见人来就笑脸相迎，有的还得儿得儿地跑下台阶，堵住人说先生里面请。阿里巴一个也不搭理，眼睛朝天，专看餐馆门头的招牌，看见一家写着“正宗毛家菜”，便对金铃子说：“就是这一家吧。”

毛家菜馆里的人并不多，两人进去，选张迎窗的桌子坐下，小姐捧了菜谱过来，用别扭的普通话问：“先生小姐用点什么？”

阿里巴说：“你说一句湖南话给我听听。”

小姐忸怩地笑着，脸色憋得像邻桌的那盘腊肉，做了好一阵准备才说出一句，却是豫剧里面的话音，阿里巴起身就走道：“原来是一家冒牌的。”

小姐慌得不知道怎么办才好，想解释却怕又露出河南音来，客人走得更快，眼睛就搬取救兵似的直往收款台望。这时就从台子后面，站起一个细细高高的男子，蓄一副大背头，穿一身灰布中山装，笑眯眯地走了过来，用标准的湖南话说：“我就是这里的老板哦，小姐是外地的小姐，师傅却是长沙的师傅，专门到韶山冲去学过厨艺。等会儿上菜的时候，让他来跟先生见一个面，今天感谢二位的光临。”一边说着，一边垂着两手弯了一下腰。

阿里巴确定晚餐就在这里吃，老板听说金铃子是一位女记者，当下表态，对他们八折优惠。阿里巴便把那省下的两折变成表扬，回报给老板，让他高兴，就说：“下次我带一位导演朋友来，以后再拍片子，不妨让你去试试镜头*。”

*信口胡诌，只图一时爽快，却留下烦心根由。

老板果然高兴得语无伦次，又重新宣布，这餐饭免费，算是他请二位的客*。气氛一时达到高潮，邻桌的客人目光似电，纷纷向这里射来，河南小姐这下转忧为喜，见阿里巴已开始翻看菜谱，就走过去紧贴着他的后背，不时用手指出一道菜名，忽然发现与他同来的那位白衣女郎把她盯着，忙把身子离开了一些。

这是阿里巴首次与金铃子一起吃饭，不知道她的口味如何，也没问过她老家是哪里，就试探道："湘菜的特点是辣，比川菜有过之而无不及，嘱咐师傅少来点辣椒？"

金铃子说："既然你选了这个风味，少了辣椒就显得不伦不类了，不如顺其自然的好。**"

阿里巴听她这样说，知道她是吃过湘菜的了，就点了几个有代表性的，又要了一盘臭豆腐干，问金铃子喝什么酒，金铃子说："我来杯绿茶，如果没有，就换杯菊花茶，你自便吧。"

阿里巴在她脸上看了一阵，想劝终于又没有劝，就转脸对小姐说："我来一杯扎啤，菜要快上。"

两人静坐着等菜，金铃子小口抿着菊花茶，定定地望着阿里巴问："你知道我是怎么喜欢上你的吗？"

阿里巴用当下北京最时髦的话说："当然知道，一见我这酷毙帅呆的样子，你觉得盖帽了，没治了，于是你就晕菜了。"

金铃子突然放下茶杯，侧过脸去"扑哧"一笑道："真是脸厚，你酷什么毙帅什么呆？笑起来像灵隐寺的济癫和尚！我是喜欢看你脖子一梗的样子，像只好斗的公鸡似的，上次和你们那几位翻译在一起，为一句什么诗的译法，你脖子一梗，吓得别人都不作声了。另外我还喜欢你的名片，就一个秃头，一个名字，什么衔儿都没有，不像有的同行，写了编审后边还加一个括号，里面标个相当于教授，写了主编后边又加一个括号，里面标个司局级，其实你也是一个主任，括号里可以标一个相当于处长和县长的***。"

* 如今这样的人随处可见，可笑，可叹。

** 丢一个诱饵，就有人上钩，名利面前，人人趋之若鹜。

*** 顺其自然固然好，可惜很多人不知道顺其自然的真谛。

阿里巴恍然道："哇赛，幸亏没标，不然多了个满大街都是的处长，却把个倾国倾城的美人儿丢了。你算是上了我一个贼当，名片上写满大头衔的，无非是小骗子，连小头衔也不写的，却是大手笔、大骗子。因为它给人一种新鲜、神秘、好奇的感觉，像国画里的空白，音乐里的休止符，数学里的哥德巴赫猜想，诱惑着你对它发生兴趣，果然引起了你对我的重视吧？"

金铃子说："你的确是个大骗子，不过骗过之后，又向被骗者公布行骗的经过，退还骗得的成果，就是一个艺术家了。"

阿里巴说："难得还有人这么夸我，你知道我那名片一次印了多少吗？"

金铃子说："十盒？"

阿里巴摇头说："不对，是十万张，折合成盒，大概是一千盒，一分钱也没有花。我让美术编辑把它设计在一本书的封面旁边，前面五张，后面五张，那本书印了一万册，你算名片是多少张？我告诉你，之所以不印头衔的真正原因，是想那十万张名片这辈子也发不完，不知道片主以后会变成什么东西，说不定是个世界级的大文人，也说不定是个卖烤白薯的，还不如索性空着，让无情的岁月来填写。*"

*这个想法倒蛮有趣。

说话间，酒菜一样一样地端了上来，这次换了一个好看些的小姐，从她脸上自信的微笑衡量，极有可能是这家菜馆的第一佳丽，却笑而不言，大约仍说不出大背头老板那样的话来。直到上那道臭豆腐干，才出来一位师傅，就是老板说去韶山冲学过厨艺的那位，三根指头顶着盘子，空中转了一圈儿，直递到两人面前，用正宗的湖南口音大声喊道："最高指示，火宫殿的臭豆腐还是好吃。"

金铃子一个字也听不懂，阿里巴却纠正说："不是好吃，而是好呷。"

金铃子问："什么典故？"

阿里巴说："从前有个大人物，年轻时喜欢吃长沙火宫殿的臭豆腐，后来老了又去吃过一次，临走时说，火宫殿的臭豆腐还是好呷。"

吃罢晚饭，天已黑了，阿里巴起身谢过老板，因为喝酒，早把刚才说过的下次带一位导演来，让他试试镜头的事全给忘了，一边擦嘴，一边直着往门外走。老板把他们送出门外，又送下台阶，接着又送上马路，走了一程，见他还不提起，就只好自己搓着手问："先生下次带朋友来，需要我提前做些什么准备？*"

金铃子悄悄用胳膊碰了阿里巴一下，阿里巴才猛地想了起来，对老板说："什么都别准备，猝然临之，自然应之，这就是本色演员的最高境界。"

老板千恩万谢，目送着他们走进了梦园，身子还在路边站着。进到房里，阿里巴觉得已到了金铃子说的晚上，就用屁股抵住房门，抱着金铃子要和她履行诺言，金铃子的身子像一条鱼，使劲儿向后翘着，用手直扇自己的鼻子说："喝酒喝出一身的臭汗，你得先去洗一个澡。"

阿里巴激动得浑身发抖，直觉得里面一阵一阵地发燥，心想看你雅的，等会儿不还要出一身的汗吗？嘴上却强忍着说："别说冲澡，就是用葵花牌肥皂咯吱咯吱洗一洗也行。"一边手忙脚乱地脱去外衣，一边用眼睛各处视察，见有东西相对的两间卧房，每间里面都有一张豪华的软床，便厚着脸问，"今晚我们睡哪一间？"

金铃子从柜里抱出一条毛毯说："我妹妹在北大复习考研，明天我就接她住过来，她睡东边一间，我睡西边一间。"

阿里巴说："不行，我得睡东边一间。"

金铃子问："又有什么典故？"

阿里巴说："你是梦园公主，我是东床驸马呀。"

这样说着，身上的紧张缓解了一些，阿里巴就去敷衍了事地

* 这顿饭可不能白请啊！

洗了个澡，真的躺在东边一间的床上，光着身子，耐心地等待金铃子的到来。

靠床的墙那边正好就是浴室，他隐约听到那边流水溅地的声音，知道那是金铃子在洗淋浴，浑身又紧张起来，心里好像战鼓擂动，想象着那一团雾气之中，站着一个白玉一般赤裸的肉体，高高低低，曲曲弯弯，上面淋湿的黑发垂泻下来，如雪山上的一道黑瀑，便联想到达·芬奇名画中的裸体女人了，好几次想跳下床去，悄悄地推门去窥视一眼。但他爬起来又倒下去，倒下去又爬起来，后来他存心检验自己的毅力，就命令自己趴在床上一动不动，一会儿想象着身子下面就是金铃子，一会儿想象着那仙境中迷人的玉体，马上就要自动地来到他的身边，那时候一切都会和他渴望的一样，想怎么做就怎么做了。他劝自己现在把什么都忘了，只管养精蓄锐，安心地等待那销魂的一刻。

墙那边的水声终于停了，换上断断续续的脚步声，阿里巴凭着感觉，知道她正在擦干头发和身体，正在低头套着拖鞋，正在把浴衣披在身上。销魂的一刻马上就要到来，他闭上眼睛，可是脚步声没有了，等着重新响起，却是向另一个方向走去。他实在忍无可忍，翻身下地，要去把人捉来，正这时“叭”的一响，电灯熄了，黑蒙蒙的床面前，站着一个白花花的人影儿，肩上只笼着一条宽大的浴巾，阿里巴喊了一声铃子，冲上去一把将她抱住，不由分说地平放在床上，自己几乎同时就压了上去。

然而根本都没找着，一片混乱之中他就泄了。疯牛一样的阿里巴垂头丧气，追悔莫及，大声嚷叫着说：“为什么要熄灯啊，黑灯瞎火的我怎么看得见哪？”

金铃子听他毫无道理地嚷着，觉得实在幼稚可笑，由此得知他并不是个老手，嘴里喊得厉害，却毛手毛脚，是个口头革命派，是个十足的外行。又感到这样的人其实是更有意思的，不由得扑哧一笑。阿里巴嚷了一通，见金铃子似乎连一点儿歉意也没有，反而还笑，就索性明着向她抱怨，不该把预备时间放得太长，让他的激情已一点一点地升到巅峰，结果一临阵就跌了下来。又胡乱打比方说：“这就像又要对方射箭，又先把靶子藏着，不许他一箭一箭地练习，到时候突然亮出靶子，射手怎么能够射中九环？古人说有的放矢，你这不是害他无的放矢么？牛津出了一本《魔鬼辞典》，要是我来编这本书，就在里面加进一个词条：无的放矢，即男射手的梦遗、手淫和早泄。”

金铃子又“扑哧”笑道：“真是个好编辑，这么沮丧的时候还想着本职工作，只可惜不是个好射手，自己不行还怨别个。”

说罢张开双臂，把他搂在自己怀里，作为对他失败的慰问，还想和他好好地说一会儿话，却听怀里早已呼噜呼噜地打起鼾来。

5

凤凰社沉浸在一片悲壮之中，一百个人里三层，外三层，围桌坐成一只奶油蛋糕花卷，眼睛像蛋糕上一颗一颗的红樱桃，直瞪着坐在核心的赵小月的脸。凤凰社第十任社长赵小月，心中万分沉重，脸上却灿烂地笑着，说："轻松一下，轻松一下，今天不是追悼会，也不是批斗会，充其量不过是个断奶会，大家都笑一笑，为什么不笑？笑嘛，小阿你先笑！"

阿里巴却偏要正经地说："我一岁的时候就断奶了，不知道怎么现在才说断奶，我也想笑，但是笑不出来。"

赵小月就用他的最高水平注解道："断奶，就是上级不再给我们拨款了的意思，好比妈妈不喂怀里的孩子奶了，要让孩子自己在外面找奶吃了。"

阿里巴又说："凤凰社都五十岁了，是只老鸟了，本来就不应该再吃谁的奶了。"

赵小月一脸灿烂的笑容，突然一网收尽，随手翻开一个塑料皮的小本儿说："可是我们的杂志，在国外的订户越来越少，到今年又是一个大滑坡，德语的只有九十六份，日语的只有三百二十八份，法语的只有四百一十二份，英语的倒还有八百五十份整，算是矮子里的一位将军，但是这个八百五，我们怎么耍得起来呢？赔钱呀，要命呀，形势严峻呀，给奶吃时奶都不够，不给奶吃了又到哪里去找奶呢？今天我把大家召集在一起，请大家都来想想办法吧。"

大家却都想不出办法，有人缩着个脖子*，小声儿对身边一个苕大个子说："听听，他赵小月过去胡球出书，只图自己拿翻译费，把一个好好的社都搞穷了，现在没办法了，却要大家来想办

* 是那个打麻将占女人便宜的缩脖子吧？缩脖子说话，当然只能是小声儿说。

法，别说我没有办法，就是有办法，也要等换了社长才说出来。”

莒大个子说：“你没听人说过，养官儿就像喂猪，好不容易喂肥一个，又要换个瘦的来喂，等到喂肥不知还要费多少饲料，倒不如只喂一头肥猪算了，再换瘦猪大家吃亏更大。*”

阿里巴扭头一看，见一个是印制科的科长郑三发，一个是销售科的科长王金刚，就各自捅了他们一下子说：“有话怎么不敢大声说？缩着个脖子像个乌龟一样！”

郑三发说：“谁敢大声说？谁不把脖子缩着，他还不把人家的头给一刀剁了！”

赵小月听见他们这里净说小话，又点阿里巴的名道：“小阿你想说什么，你就先说！”

阿里巴就首当其冲，冷笑一声道：“当年的八国联军，我们这里英、法、德、日，占了四国。现在上面挤给我们一点可怜巴巴的奶，我们舍不得吃，还要喂给他们。而他们并不想吃我们的奶，倒是我们自己一厢情愿，手上痒痒，主动印些本本儿送给人家看，人家又不愿看，白赔血本，我们这是自己找亏吃，是个中国大傻 × 呢！”

赵小月痛苦地摇着手说：“不是手痒痒，也不是找亏吃，更不是那个难听的什么，而是上面让我们这样做的，过去给我们的奶，其实就是让我们转个嘴，再喂给他们，如果不出外语书刊，一滴奶也不会给我们，连我们凤凰社这个供奶户都吊销了，牌子都摘了。**”

阿里巴说：“摘了倒好，换个牌子就是，不出书刊了，来卖水饺馄饨什么的，除了工商税务，谁他妈也别想来指手画脚，水饺应该这样包哇，馄饨应该那样煮啊！”

大家七嘴八舌地响应着说：“小阿说得对，不给奶还想做我们的娘吗？谁买水饺馄饨，谁才是我们的娘呢，我们得听娘的。”

赵小月的表情难看极了，说：“你们都说着了，难处就在这

* 瘦猪更饿得慌，只会吃得更多，也吃得更难看，这就更苦了下边的人了。

** 用供奶吃奶来比喻凤凰社的经营状况，预示其在新世纪来临面对市场经济时的无力与无奈。

里，我们要做的事情，恰恰是把不给奶的人当娘供着，而把给奶的人当孙子待，娘只许我们出外语书刊，不许我们卖水饺馄饨，出版社是不能改成小吃店的。昨天我和思奇、文夫，也谈到了这个问题，三人初议了一下，准备打个报告，先停几种杂志，比方说，先把德、法两本停了，英、日两本暂时保留，以观后效。”

阿里巴又嚷道：“搞得就像留党察看似的，依我看与其开除两个，不如一锅端了干净！”

此语一出，满场哗然，气氛从悲壮中缓解过来。赵小月笑道：“你这是要造反吗？”

三人初议一下，是赵小月的工作用语，刚才在会上提到的思奇和文夫，一个是副总编，名叫钱思奇，另一个也是副总编，名叫孙文夫，和社长赵小月一起，形成三足鼎立之势，共同支撑着这个凤凰社。社里原本还有第四个领导人，名叫李中国，年前去法国做了访问学者，明春才能回来任职*。赵小月模仿中国老一代的革命家，对他目前的两位副手统统省去姓氏，叫起来亲切而又和气，但是心里正好相反，他说是三人初议一下，其实往往提议的是他一人，决议的也是他一人**。

赵小月到社已有十年的历史，是德高望重的第九任老社长把他调来的，钱思奇却五年不到，当年调来任分管英语的副总编前，不幸风声走漏，凤凰社有一位名叫罗戈尔的资深翻译，自认为副总编非他莫属，串联二十八名编译人员，进行抵制，此次行动虽然未果，但使钱思奇的名誉受到重创。钱思奇似乎虚怀若谷，高风亮节，部里给凤凰社一个指标，推举一人享受国务院终身津贴，候选的老编辑和老翻译，一个比一个成绩斐然，赵钱孙李身居高位，首当其冲，然而谁也想不到的，钱思奇当场划掉了自己名字，极力推举的是罗戈尔，为此竟当着孙文夫的面，要把他的名字也给划掉，说是编辑比起翻译，是小巫见大巫，其他语种的翻译比起英语翻译，也是小巫见大巫，言下之意是，终身津

* 四位领导，正好是赵钱孙李，百家姓的头四位。

** 这点也是模仿吗？表面一团和气，心里一腔杀气。很早前看过一部电影《面对面，背靠背》，讲机关单位的事，把几位领导之间的钩心斗角描摹得传神极了。

贴舍罗戈尔其谁。这一句话，不仅得罪了孙文夫，得罪了所有的编辑，也得罪了日语翻译赵小月。

虽然一场混战之后，这个终身津贴最后为赵小月所得，但是钱思奇的慷慨激昂，公正无私，使所有的人都心生疑惑，认为他是大奸若忠，故作姿态，明知罗戈尔不是赵小月的对手，却要借机显示他的大度*。

对比起十年的赵小月和五年的钱思奇来，孙文夫的根基最浅，来这里任分管国语的副总编，时间只有一年零两个半月，虽然没像钱思奇一样遭遇抵制，却仍有想得此位的人，处处设下套子，让他落马，与使用明刀的罗戈尔相比，暗枪更是防不胜防。赵小月先入为主，是一条又粗又拧的大腿，钱思奇和孙文夫，不过是两只细条条的小胳膊，联合起来也敌他不过。何况钱孙两条胳膊之间，不时还会产生一点儿摩擦，结不成永久的统一战线，三人就像魏蜀吴三国演义，纷争之中，权力最大的赵小月就做了霸主。譬如说停办杂志，这话原是由孙文夫引起，孙文夫主张英、法、日语全部停掉，换上一本国语的，钱思奇主张停去法、日两种，留下英语一种，赵小月力排二议，无论如何一定要把日语保下**。

赵小月和钱思奇，原本都是学的俄语，后因中苏两国断交，钱思奇改学英语，赵小月却改学日语，日语在他心中，毫不逊于英语在钱思奇的心中的地位，虽然日语杂志的国外订数，比法语杂志还少，但他对于日语杂志的挚爱，仍使他把它与超出一倍的英语杂志并列。三人的矛盾由来已久，社人皆知，今天的断奶大会，连英国老专家斯蒂芬，上周刚飞到北京的美国女翻译玛丽娅小姐，都列席参加，钱思奇和孙文夫却没有来，两人知道是赵小月的演讲专场，会上将讲出一些未经议定，却要以他们共同名义公布的事，就不约而同地采取回避的态度，一人声称去美国大使馆会见朋友，一人宁可请病假，说去医院用激光切割痔疮***。

* 前有大骗小骗，现有大奸小奸。

** 保下谁负责的，谁就有可能继续吃到奶！因为赵小月，保下了日语，因为钱思奇，保下了英语。

*** 痔疮可以用激光切割，心中的芥蒂用什么切除和消解呢？

阿里巴一听到“三人初议一下”，就联想起魏子野的一句妙语，不由得偷看了一眼墙角，魏子野正半睁半闭着两只眼睛，坐在那里佯睡，样子滑稽之极，阿里巴差点儿笑出声来。

魏子野曾对他一人说：“这是一只三条腿的老凤凰，若是站着不动，的确比一只老母鸡还要稳重，若是起飞，屁股下面的东西可就多而又多了。”阿里巴记得他当时还补一句道：“尤其那条粗的，不知道自己属于多而又多，一路上还指挥着两条细的，三条腿的老凤凰悬在空中争论不休，就非得吧唧一下掉下来不可了。”

魏子野编辑之余，还以野人的笔名发表小说，和副总编孙文夫，美术编辑东方白，被人并称为凤凰社的三大名编。三个人中他最散淡，看似一天到晚昏睡未醒，却随时都有奇思妙语，是阿里巴在同行中，最感兴趣的一个*。赵小月的前任，老社长在赋闲之前，曾想让魏子野做杂志编辑部的主任，话也谈了，行将下聘，编辑部的周泉突然有请，邀他到家吃饭，两人喝着酒，周泉打开 VCD 说：“我给你放首歌听，其中有句歌词，是写我们两个人的。”里面就出来一个甜蜜的女音，感人至深地唱起来，唱到“最懂得你的人是我”这一句，周泉说：“是不是？全社最懂得你的人，是不是我？头儿让你当主任，别人都以为你欢喜，唯有我知道你忧愁。你明明知道入党做官，可是你连党也不入，记得你有一次自比禹王，说是‘君子在野，小人在任’，你真是一个野人，不愿治人，也不愿治于人，既然如此，你不如把这职位让给我，以后我对你睁一只眼，闭一只眼，随你去自由自在，读书写作。”

魏子野点头笑道：“我明白，我同意，最懂得你的人也是我，上次你给我看你们同学会的十周年合影照，说坐在前排的这个是副局，那个是正处，站在后排的这个在大学教书，那个在中专带课，而你站在不前不后的中排，当时我就知道你的心情很失落了！”周泉听魏子野说了同意，又知他已看破自己的心事，连喜

*出版社是知识分子扎堆的地方，明争暗斗固然多，但也不乏一些桀骜不驯的能人异士。阿里巴算一个，这魏子野更要算一个。

带臊，脸上艳若桃花，坦白承认道："你观察分析得很对，我不是你，不能以作品立身，只能和庸人们比级别啊，谢谢你的理解和成全。"说着又换了一首"月亮代表我的心"，把自己感动得泪眼蒙眬，让杯中酒代表他的心，端起来和魏子野当地一碰，象征着两人一言为定*。

第二天周泉端着一部书稿，去向老社长请示工作，顺便说道："昨天魏子野和我一起吃饭，喝了酒说，'君子在野，小人在任'，说他是一个野人，不想当这个芝麻官儿**。"老社长初时一疑一愣，看着周泉满脸忠诚，继而就一气一恨，对周泉说："这么说，我们都是小人了？好吧，那我就只好'废仁哲，任奸佞'了。"次日就宣读任命书，让周泉当了主任。

当上小人以后，周泉因为有言在先，不敢立刻变卦，处处对魏子野客气有加，但这只是限于面子，心中依然不敢放松警惕，两人之间的关系就这么微妙着，在别人眼里像是一个谜，只觉得他们年龄相当，学龄相仿，工龄相同，莫非这就是相互尊重相安无事的秘密？然而一想到社龄，就发现两人相差甚远了，周泉三十年前上的大学，是工农兵学员，魏子野二十年前才上大学，恢复高考以后读的本科，两人来社一前一后，资格一老一嫩，相距十年之多。社里评选高级职称，指标发到编辑部里，不多不少，正好一个，周泉扳着指头算账，此次最大的对手，仍是魏子野，便又请魏子野吃饭，想不到魏子野微微一笑道："不必吃了，有话直说，这个高级你先当吧，我晚了你十年，理当在你后面，我不屑于职务，却还在乎职称，你得记住，下次我就当仁不再让了。"周泉又一次大受感动，哗地淌下两行泪说："论起水平，你在我之上，论起资历，我才在你之先，这次是你让给了我，如果下次我不投你一票，天……"魏子野笑问："天怎么？"周泉本是想说天诛地灭，话到口里停了一下，却改了一句说："天理不容！"

第二年的这个时候，社里果然又下来一个指标，印制科的科

* 君子往往就是这样被小人算计的。

** 刚还觉得，这周泉也算个真小人，这么看，此人是小人无疑，还是个坏小人。哈，小人还有好的吗？注者天真了。

长郑三发积极活动，把周泉拉到一家小餐馆里喝了几盅，明确地指出道：“我这次最大的敌人是魏子野，你无论如何要投我一票，而不要投魏子野，那个狂人从来把一切都不放在眼里，你就是给他一个终身院士，他也不会放个屁来感谢你的！”

周泉趁着酒后，对他吐了真言说：“你放心吧，我就是不投你，也不会投他的，既然都说他清高狂傲，那我就成全他一次好了。”郑三发相信了他的话，起身又敬他一杯，表示由衷的感激和无限的信任。喝罢酒回到社里，走进会场的时候，两人的眼睛都还是红的，评选开始，周泉真的在魏子野的名字下面画了个叉，而在郑三发的名字下面画了个钩，为了让郑三发相信，自己没有白喝他酒，画罢了把手里名单往左一斜，将那个钩亮给郑三发看。

可是郑三发恰恰坐在右边，而左边坐的是魏子野，酒后的周泉头昏眼花，两边方向搞不清了，被魏子野看个正着。魏子野胸有成竹，知道谁也竞争不过自己，看完周泉的精彩表演，心中暗笑，故意当着郑三发的面，拍拍周泉的肩膀，对他道了一声“谢谢”*，郑三发立刻愣了。随后宣布评选结果，魏子野以绝对优势，独占鳌头，从此郑三发和周泉就结了怨，见一次面，嘴上说一次风凉话，心里骂一次操你妈的。周泉对郑三发赌咒发誓，说那天绝对投的是他，绝对不是魏子野，也要请他喝一次酒，还是在那个小餐馆里。郑三发却模仿着魏子野的样子，拍拍他的肩膀，对他道了一声“谢谢”，转身走了。周泉知道郑三发中了魏子野的计，已将他推入永远的不可辩解之中，心里与其怨怪郑三发的愚蠢，不如仇恨魏子野的恶毒**。

从此周泉和魏子野的关系，日渐打破了过去的微妙，周泉也不再谦虚忍让，魏子野就更加明目张胆，常常为着一言一物，发生一些真真假假的争论，别人听着像是斗嘴好玩儿，只有两人自己心知肚明，说者都是有意，其言必为心声。如周泉升了职称，

* 魏子野清高孤傲，却不傻，这招高明啊！

** 小人之形如描，小人之心如画。总把罪责怪在别人头上，全然不想自己之作为。

工资涨了一级，魏子野也升了职称，工资也涨了一级，然而周泉因为有了职务，工资又涨了一级，这一条魏子野却没有了，到了月中的日子，周泉从财务科黄莲花*那里领来工资，一个一个地分发给大家，临到魏子野时就玩笑道："怎么我的比你多了？"魏子野问："多了多少？"周泉学孔乙己道："多乎哉？不多也，不过八十块钱。"魏子野明白这数字正好是主任津贴，便一笑道："正好是我八百个字，今晚回家写上一段，我俩又是一样的了。"

断奶会继续往下开着，上至社头儿赵小月，下至开车的方三儿，几乎所有的人都发表了观点，参加了论战。这时忽听得会场里发出一阵哽咽，大家顿时都闭了嘴，从各个方向去寻找那个声音，只见坐在一角的李享大正在拿手擦着眼睛，哽咽声是止住了，却似哭似喊了一句道："我想不通，我死也想不通，我今年都五十九了，在这里干了一辈子，没有功劳有苦劳，没有苦劳有疲劳，为什么要断我们的奶，为什么？为什么哇？**"

大家见他哭得伤心，多数人都受了感动，有的陪着嚷叫，有的摇头叹息，唯有阿里巴却"扑哧"笑道："李老爷子您放心好了，昨天我夜观天象，正东方凤凰星座的星星正明亮着，我可以借您一个胆子，在您那七十三万个纸烟盒子的大楼码好之前，我们这座大楼还塌不了的！"***

周泉小声对阿里巴说："我只听说有孔雀星座、天鹅星座、乌鸦星座，你听说过有凤凰星座没有？"

阿里巴解释说："这说明无论我们怎么折腾，那里都没有我们的一席之地。"

赵小月敲敲桌子说道："大家别开小会，刚才李老爷子这一哭，倒让我想起一件事来，不是听说李老爷子有个亲戚，在部长家里当保姆吗？要是你能利用这个关系，到部长面前哭一鼻子，要他别断了我们的奶，回来我给你涨一级工资，分一套三居室！"

李享大继续哽咽着，也不表态。杨梅悄悄碰了一下阿里巴问：

* 黄莲花，这名字取得妙，由名可以想到其人之样貌。

** 原来是盖纸厦的李老爷子啊，三个为什么，活画出一个巨婴症患者，真是嗷嗷待哺啊！

*** 想是除了此处，再也没有这样的地方供他继续实施这样的伟大工程了。

"这老家伙真有那么大神通？"

阿里巴说："他可是个神秘人物，没准能成。"

杨梅越发好奇地问："怎么个神秘法？"

阿里巴就怪笑着，用手罩了嘴小声地说："这第一，闹不清他到底有多大年龄，一到涨工资的时候他的工龄就长了，年龄就大了，一到要退休的时候，他的工龄就短了，年龄就小了；这第二，闹不清他到底有没有亲人，只听他自己说有两个弟弟一个妹妹，大弟李享远，二弟李享高，三妹李享美，*可是几十年没见他们有什么来往；这第三，他说他是一个革命烈士的后代，这事就更虚无缥缈了。至于他每天半夜两点从床上爬起来，穿好西服，打好领带，提着皮包，出门去垃圾堆上捡纸烟盒子，第二天用它们来码摩天大楼，说出来就像是小说里写的一样，而且还是荒诞小说里写的。**"

杨梅果然不相信道："莫非就是你写的荒诞小说！"

* 大远高美，暗指李享大的假大虚空，也影射了纸厦的虚有其表。

** 有时候现实比小说更荒诞。

6

魏子野在会上一语未发，是觉得不屑一语。他认为赵小月的道德文章，治社本事，远不及生了他气的老社长，老社长把职务的接力棒交给赵小月，原本想的是从台前隐到幕后，还任一年赵小月的教练，然后逐渐撒手不管，目前社里有很多事情还需要他。却没想到他不撒手，赵小月把他的手给掰开，立刻搞起了自己的一套，老社长这次的气生得更大，再也不想见到赵小月了，恰逢儿子儿媳在英国定居，便随他们去了英国，含泪告别了这只心爱的凤凰。这使赵小月悲中有喜，因为从此以后，他就可以任意挥舞手中的棒子了。然而这只棒子在老社长手里运用自如，一到他的手里，却指哪儿哪儿不灵，急得他左右乱打，无意中又伤及了钱思奇和孙文夫，害得钱、孙二位连他召集的会都不参加，三条腿的凤凰踉踉跄跄，各行各的，飞不高也走不远，直往下坡路滑，如此下去，一场血腥的自残，只在早晚之间 *。

别看凤凰社人少社小，还不如京郊巴掌大的一个村子，县长级的干部却有二十一个，一个一个眼睛都像斗鸡，红得出血，陀螺一样滴溜溜转，就在赵、钱、孙的头上来回周旋，无不看透了他们关系的微妙，分别在三个人的面前，讲着另外两个的是非，满心希望一场混战之后，三个中被啄下一个，自己就扑地一翅子飞去，把缺口补上。魏子野羞与这些乌七八糟的人物为伍，决不后悔当初的急流勇退，他以观察生活的态度，正好将这眼见的一切写进书中。周泉在老社长面前巧使离间，做了主任，对魏子野怀有三分感激，七分畏惧，感激的是他的清高坦荡，把一个小小职务让给了自己，畏惧的也是他的清高坦荡，把这事对人说了 **。魏子野心明如镜，知道周泉唯愿他什么也不要做，提前退休回家

* 赵小月就是魏子野说的那只又粗又重的第三只腿。

** 君子坦荡荡，小人长戚戚。以小人之心度君子之腹，总以为别人行事也跟他一样。

才好。

魏子野不做主任，却要做个好编辑，在选稿中对作品的认真，与对待职务的态度相反，常常因为某篇稿子的艺术问题，和周泉发生一些分歧。这时魏子野的两只半睁半闭的眼睛，就全部睁开了，当着众多编辑的面，光芒直射，咄咄逼人。周泉便觉得魏子野这人太迂，迂得可恼而又可笑，与他有关的东西弃之不要，却来争这些与他无关的东西*。便胸怀大度，多数时候能让都做了让步，少数时候还想当着大家，维护一点主任的面子，也不和他论争，却悄悄跑到孙文夫那里，争取得到孙文夫的支持。如果孙文夫的意见倾向于魏子野，他就回去继续让步，如果孙文夫的意见倾向于他，他就把孙文夫请去，参加他们的讨论，让魏子野和孙文夫发生矛盾，最后由孙文夫以副总编辑的名义，一锤定音。有一次遇上孙文夫不在，周泉又以此法去说通赵小月，请赵小月来拍板，赵小月理所当然地端着一只茶杯走来，刚刚坐下，做出一个洗耳恭听的样子，魏子野一笑，对周泉说："这本书的作者说，雍正帝是被曹雪芹和林黛玉合谋用砒霜杀死的，社长又不是红学家，你把他请来干什么呢？"赵小月红着脸，点头说了一个"对"字，看看手表，声称要去开一个会，端着茶杯起身走了**。

过了一年，部人事司有一个人，看到发表在杂志上的一篇文章，署名野人，作者介绍栏里，又说了原名和单位，打电话到凤凰社，要找一个名叫野人的作家。电话是打到总务处的，吴诗言素知魏子野瞧不起他，明明从外面寄来的邮件和稿费单里，知道野人是魏子野的笔名，却若无其事地回答对方道："我们这里没有作家，也没有野人。***"对方疑惑道："你是不是刚来的？姓什么？叫什么？"

吴诗言反问道："你是什么人？姓什么？叫什么？"

对方说："我是你们主管部人事司的，姓王，叫王朋。"吴诗

* 不能无我，何以清高？看来周泉还是懂不了魏子野啊！

** 蛇打七寸，这魏子野倒清楚赵小月的短板。

*** 又一个小人做派，这种人不能成事，但绝对能够坏事。

言一听是上级单位，大惊失色，更不敢公布自己的姓名了，对着话筒说了声“请稍等”，拔腿就去找赵小月，说是上级来电，调查魏子野的情况。赵小月赶来接了，清清嗓子，先说野人不在，接着为上级负责道：“这人不仅是个野人，而且是个狂人，总之是个不可重用之人。*”又说，“我是这里的社长，第一把手，欢迎部领导下来指导工作。”

又过了一年，部人事司那个叫王朋的，在作协的一次茶话会上，和魏子野碰巧相遇，两人住在一间房里，王朋听说他就是野人，拉住他的手就说“久仰”，又顺嘴说出了上次打电话的事，原来王朋也写文章，上次并不是部里要调魏子野去，而是他个人觉得魏子野的文章写得有味，无非是想交个朋友，却让总务处长以及社长闹了个误会。魏子野第一次听到赵小月对他的评价，自然回忆起两年以前，那次没有结果的学术讨论，便明白了赵小月，是一个能把一句真话怀恨到死的人，从此把他看得更轻，在他主持的所有会上，都一概地睁一只眼闭一只眼，作养精蓄锐状了。

会议中途休息一会儿，赵小月很民主地让大家上趟厕所，回来再接着开。一百个人中无论男女，竟没有一个上厕所的，怀着对断奶事件的深重忧虑和巨大恐惧，人们肚子里的尿，似乎都像发动机里的汽油，无形中被耗干烧尽。他们暂且忘记了这件事情，休息的时候，仍紧紧围绕着断奶问题议论不止。杂志编辑部的主任周泉趁着休息，拿过开水瓶子，给赵小月的茶杯里续了些水，然后试着就断奶的问题，谈了一点儿自己的看法。赵小月也没怎么听清**，一边喝茶一边把头点着，周泉就觉得他合上了拍，接着开会以后，他便公开打了第一炮，叽里咕噜道：“上面的精神是对的，我们的要求也不错，说来说去，问题还是一个奶字，上面给也好，我们找也好，杂志总是要办的，皮之不存，毛将焉附？我们大家可是这杂志上的一百根毛哇！”

* 木秀于林，风必摧之。魏子野在此处，真是处处受敌。

** 要听清也就没有下文了。

郑三发因为上次评职称的事儿，自以为把周泉的肠子都看穿了，听他讨好上面，扭过头去，小声对身后的阿里巴说：“他算个毛啊！”

阿里巴笑一笑，问周泉道：“我听你说了半天，一会儿杂一会儿毛，杂毛杂毛的，听不出你说的是什么意思啊？”

有人就笑出声了，郑三发的笑声最响，像河边一只快乐的老鸭子。周泉听见了郑三发骂他的话，一时气得说不出话来。

赵小月说：“蒋委员长，你笑什么？*”

郑三发收了笑说：“赵头儿喊我绰号，我不敢笑了，刚才我是笑周泉发言，他叫周泉，想得也是太周全了，上面要是听到他这番高见，不把你的社长撤了，换上他当才怪。可是谁当社长都是一样，杂志要办，奶又不给，这不是蛮不讲理吗？”

会场哄的一声大笑起来，赵小月差点儿发脾气说：“大家都是知识分子，怎么能在会上当着女士的面，当着外国专家的面，尤其还当着外国小姐的面，说出这样粗鲁的话来！”

郑三发赶快低下头去，不出声地诡笑着，脑袋一颤一颤的。刚来的美国女翻译玛丽娅，在英国专家斯蒂芬和郑三发之间坐着，糊里糊涂地看大家笑，教她中文口语的是个西安籍教授，她就用不伦不类的陕西话，问坐在身边的斯蒂芬说：“他们在笑什么？”

斯蒂芬耸了一下肩道：“我也不大明白，好像是东方式的幽默。”

玛丽娅还不罢休，又问坐在身后的阿里巴说：“他的话有那么幽默吗？”

阿里巴憋着笑说：“这句话比较复杂，散会了我再告诉你吧。”

会继续往下开着，赵小月说：“刚才有人担心无奶可吃，我告诉大家，面包会有的，奶会有的，在哪里呢？在马上就要批准出版的国语书刊里，也就是说，要用国语书刊挣钱，养活外语书

* 据说蒋介石的小名就叫三发子，因此这个郑三发才得此绰号。

刊。”

会场再一次喧闹起来，郑三发又想了一句精辟的粗话，是把男人的什么东西填进女人的什么东西里面，差点儿又要说出口来，看见玛丽娅把雪白的脖子伸得又细又长，正等着听他的，便笑着缩回去了。

会议结束以后，玛丽娅还记着阿里巴答应过她的话，缠住他不放道："请你把那句幽默话告诉我吧。*"

阿里巴喜欢听她说陕西话，就把嘴俯在她的耳边，严肃地逗着她说："他们说要用刀，在女性的身体上面，切下男性的生殖器，切不下来，就要撤去社长的职务。"

玛丽娅吃惊极了，瞪大一对美丽的蓝眼睛，用手指着自己的腹部说："在我们的身体上面？你们中国人怎么这样残酷？这样不讲道理？我们的身体上面哪里有那件东西？这样的话有什么可笑的？告诉我，你们中国发生了什么事情？"

阿里巴说："什么事情都没有发生，我们只是面临着一场出版界的体制改革，玛丽娅小姐，改革你懂吗？"

玛丽娅摇动金发，茫然地望着他，一心期待他的讲解，阿里巴却给她一个神秘的笑，然后扭头走了，心想这个问题就更复杂了，一旦真正实行，也许你就得回你的纽约，斯蒂芬也得回他的伦敦了。

回到自己的办公室，阿里巴从抽屉里拿出朱土改的稿子，花了三天时间，他已经把这部稿子看完，初步印象，与市面上流行的小说相比，本书并不算差，文字上再作一些处理，是可以达到出版水平的，他也愿意全力帮助那位卖葱花豆腐脑儿的可怜作者，使此书成为凤凰社五十年来，出版的第一批国语小说中的一本。从会上赵小月的讲话中听，国语书刊的出版是没有问题的了，需要考虑的，只是要打开国内的销售渠道。过去出版外语书刊时，有一个国际文化公司负责总发行，一本书翻译好了，写个

* 这老外也够执着的。

内容提要，寄到世界各国，问对方要多少册，三个月后国外的数字纷纷报来，用加法汇在一起，就是这本书的印数，于是通知出版社开印，印好了一车运到国际文化公司，再由他们转托国际航班，用飞机运往国外，全部过程就是这样，销售科只要打个电话，书就销到全世界了。而国内却不一样，他们根本就不懂得，北京城里的一本书，几天之内怎么到达广东的一个小镇。

凤凰社的社情虽然不同，审稿制度却与别社没有大的区别，一部书稿的出笼，也要经过三审定案，一审叫初审，二审叫复审，三审叫终审，分别由不同资格的编辑担任，程序一如人民法院审案，如何判决要看终审。本书的初审自然是阿里巴，担任复审的是魏子野，魏子野与本书作者，几乎是同时代人，书中故事很多都是亲历，读时感触尤深，同情也尤甚，自然就大力支持此书的出版，只在稿笺中补写一句道：“小阿言之有理，‘狗娘’似觉不妥。”并替他想了两个书名，写在后面，又转送给负责终审的孙文夫。

下午孙文夫从医院回来，对赵小月解释说：“医院里从德国进口的那台唯一的激光机，出了故障，大夫建议改为手工切除，我不同意，就把时间移到下周。”

赵小月心里明白，却装糊涂，反而笑着问他：“你知道钱思奇去美国大使馆，见到朋友没有？”*

孙文夫说：“我不知道。”

两人就各回自己的办公室里。孙文夫已大致看完了那部稿子，两审文字也浏览过了，最终通不通过还在犹豫，想先上个厕所，回来再写意见，出门刚走没有几步，却遇见总务处的主任吴诗言，喊了一声孙总，一向死着的脸这时活了，递他一份文件，顶上印着红头文字。孙文夫站在那里几眼看完，原来是凤凰社出版国语书刊的报告，上面批了下来，喜得厕所也不上了，转身回去就打电话，吴诗言从屁股后面跟上来说：“别打了，赵头儿和钱

* 意思是他明白钱、孙二位都是编了个不能开会的理由敷衍他。

总都看过了，就你自己没看。”

孙文夫手里举着话筒，忽然从吴诗言的脸上，想到了自己的座次，原来他在这里无论干什么事情，始终是排在第三位的，就连看一份通知都不例外。当着吴诗言的面，孙文夫不想露出尴尬，也就不急着把话筒放下，却改而给阿里巴拨了一个，要他马上过来商量件事，然后重新坐下，提起笔来，在朱土改的稿笺上签了“同意”两字*。

*没想到出版社的明争暗斗，却成全了朱土改。

7

这两个字改变了朱土改一生的命运。朱土改做梦也想不到，在他正帮老婆收卖葱花豆腐脑儿钱的时候，运气悄然向他走来。因为是凤凰社五十年来，第一批国语书中的第一本，赵小月十分重视。过去社里召开业务会议，翻译方面由钱思奇主持，编辑方面由孙文夫主持，会后两人向赵小月汇报，这一次破了先例，赵小月亲自挂帅，主持召开了一个扩大编委会，由编辑、印制、销售、总务，各处各科的正副头儿参加。几经商讨，确定首先推出此书，先说编辑，三大名编全都上阵，孙文夫为主审，魏子野为策划，东方白作装帧设计，责任编辑自然由阿里巴担任，安排已毕，再说印制和销售*。

郑三发坐在赵小月对面，看他脸上出现了多日不见的红光，想送他一个空头高兴，同时也给老冤家，销售科的科长王金刚出个难题，就抢先表态说：“没问题，我和大李马上安排印厂，这么好的一本书，是印十万，还是印八万？”

大李叫李先来，是印制科的副科长，凤凰社的第一人精，会拉二胡，写毛笔字，画水墨山水，下围棋。就是不去勤杂室打牌，算得上琴棋书画俱全，尤其还会看人看脸，听话听音，郑三发一撅屁股，他就知道想在王金刚的头上，拉不大不小的一橛屎了。便附和道：“当然是十万为好，要还嫌少，就十二万？”

王金刚知道这两人都不怀好意，心里想骂操你妈的，忽然却笑着说：“我看十二万也不多，索性印个一百二十万，发就发它一笔大财，把天安门买下来，大家都爬上城楼，向全国人民挥手致意，说是凤凰社已经富起来了，让马车开辆轿车送你们去。**”

马车是销售科的副科长，多年来跟着他的顶头上司，和他们

* 如此安排，绝对是凤凰社的明星阵容了。朱土改何其有幸，那本还没有定名的小说何其有幸。

** 这话说得云遮雾罩的，一听就不怀好意。

的共同敌人坚持做着不懈的斗争。赵小月说："你这话是什么意思？"

马车替王金刚回答道："王科长的意思是，郑科长和李科长的本事大，让他们来当销售科长，不管印多少书都卖得出去。"

魏子野和东方白不是处级，也不是科级，但因为是名编，可以享受开会的待遇。两人坐在墙角，一边喝茶，一边开着小会。东方白说："你看他们这四个人，像不像说相声的？"

魏子野说："不像，倒像演小品的。"

东方白说："等一会儿打起来，就像演京剧了。"

魏子野说："你看过活报剧没有，是不是更像那个？"

阿里巴听他俩说得有趣，也凑过来说："要是我当导演，就这一出戏，既然这几个演员演不了，我就另招几个来演得了。"

周泉也搭了话说："你的意思是他们都不行，不如换人是吗？"

大家怪他不该把话点破，就笑一笑，一个字也不说了。孙文夫见这会开不下去，急得直皱眉说："怎么一开始就打起嘴仗来，你们之间的阶级斗争也未免太复杂了。编辑、印制、销售，是出版社的三点一线，好比是一条龙，编辑是龙头，印制是龙脊，销售是龙尾，龙头再动，龙尾不摆，再好的龙也是一条死龙，既然是条死龙，那么何必出笼？"

孙文夫一提阶级斗争，两军对垒的四个人中，首先是两个主将不作声了，原来郑三发和王金刚，过去都是首钢的工人，后来被安置到知识分子成堆的凤凰社，这么一说，两人又想起他们原本还是同志，一条战壕里的战友，曾经并肩而战，只是后来你说我印书发了财，我说你卖书搞了鬼，在长期的矛盾中结下宿怨，于是便不再作声了。

周泉建议道："刚才我听小阿说，这卖书就像演戏一样，一个人演不了，可以换第二个，小阿你说这话，是不是你可以找到别的销售人？*”

阿里巴毫无思想准备，有一种不小心被当众出卖的感觉，见王金刚和马车的眼里，目光像两双筷子一样向他夹来，忽地想起在梦园的时候，金铃子对他说过的那条“北方的狼”，就笑了说：“的确有一位朋友，向我介绍了一个图书销售界的大腕，我看不妨把他请来，看他能不能销售此书。”**

孙文夫立刻就说：“这是好事，怎么不能？你现在就去把他请来！”

大家继续开会，阿里巴一人出去，给金铃子打了电话，谈了他们刚才议定的事，请她转告北方的狼，然后又回到会议室，听着大家发言，直到把一个上午开完。北方的狼下午就自己开车来了，说是狼，其实是东北一个姓郎的年轻人，随身带着两位朋友，一位穿旗袍的女士，一位戴眼镜的先生，三人来到会议室坐下，参加会谈的仍是上午一班人马，只是赵小月因部里有会，不再参加，让孙文夫代他主持。双方各自交换了名片，阿里巴见姓郎的名片上，名字就叫小郎，头衔是《北国书虫》的总发行，旗袍女士叫马翠花，头衔是中外图书销售公司总经理，眼镜先生叫秋竹，却是一位北大中文系的文学博士，便把眼睛转向了那位博士的脸问：“是在读的吗？”

秋竹点了一下头说：“是。”

阿里巴又问：“什么时候毕业？”

秋竹又用一根中指推了一下眼镜说：“今夏。”

阿里巴说了几个中文系大名鼎鼎的教授的名字，秋竹一一点头，表示认识，说到一位国际著名的老教授，秋竹方才破例多说了几个字道：“他是我的导师。***”

孙文夫刮目问道：“毕业后准备从事什么？”

秋竹又一字千金地说：“念书。”

孙文夫说：“那就是念博士后了，美国还是法国？”

* 这种出卖人的勾当，总是由周泉干，而且干得不动声色，作者安插得不露痕迹，读者切不可一晃而过。

** 聪明的脑袋不长毛，这光头阿里巴的应变还是一如既往地敏捷。作者笔下，无空穴之风。

*** 看来颇以此为傲。

秋竹说："前者。*"

孙文夫本想问他，愿不愿意来凤凰社工作，听他说要去美国，就不再问了，心里对这位秋博士突然生出一种莫名的反感，就有心嘲弄他道："你一个读书的学生，是在郎先生那里打工挣钱吗？"

秋竹的脸顿时红了一片，一口气竟能说出多句话来**，他说："我是他的营销策划，我们合作已多年了，这是将由我参与策划的第七本书。"

小郎说："秋博士在我这里，每月拿一份固定的工资。"

阿里巴哦了一声说："原来是这样，他肯定擅长给你的书刊写广告词儿吧？刚才我们孙总问他，毕业后准备从事什么，就是想把他弄到我们销售科来呢。"

王金刚担心这话不是玩笑，又怕这位博士动心，一嗓子叫起来说："你真是高射炮打蚊子——大材小用，就是请他来当销售科长，他也不会来的！"

秋博士红着一张脸，一声不吭，阿里巴撇开他又问马翠花说："马总也是郎先生的合作人吧？"

马翠花高跷着腿，从小手提袋里抽出一支女士香烟，先轻轻问了一句："可以抽吗？"然后才点燃抽了一口，用手拍拍小郎的肩膀说，"我是他的铁姐儿。***"

小郎又说："马大姐的老爷子就是署里的马副署长，年前刚休息的，署里各司都有他的老部下，社里以后有这方面的事儿，需要疏导疏导，可以请马大姐出面。"

郑三发和王金刚虽然政见不和，眼光却是惊人的一致，四只眼像四道闪电，嗖嗖地往马翠花旗袍开衩处射，见跷起的那条大腿，白花花从衩子里露出来，郑三发的喉结率先动了一下。阿里巴纳闷道，副署长的女儿，本应是一身书香，做派怎么像个妓女，连名字都带着烟花味道？又想，幸亏老爹是已经休息的副署长，大腿跷的那个高度，旗袍都快炸到大腿转弯处了，若是正当

* 如此说话，活现出一个装模作样的伪学者。

** 原来博士的头衔也可以用来做铠甲，铠甲被戳穿了，话也能说全了。

*** 不仅有酸菜味儿，还有江湖味儿。

权的署长，还不屁股蛋子都要出来？嘴里却说："以后当然免不了的，如果这本书成了禁书，我就去找马大姐求情。"

马翠花见坐在对面的两个半老头子，眼睛像两双筷子，一左一右夹住她的大腿不放，索性又换了一条跷着，坦然一笑说："以后大家都是朋友，有事找我，不必客气。"

小郎的身份，金铃子已对阿里巴讲了，他便不再多问，抓紧谈了本书的情况，又提出合作的设想。小郎说："你们想怎么个合作法？"

孙文夫说："我们负责印制，你们负责销售，按照定价的百分之六十结算，怎样？"

小郎笑道："看来孙总还没入道，你说的是四六折，这个不行，我发到全国各地是五五折，倒赔本了。"

孙文夫退一步说："那就五五折。"

小郎仍然笑道："那就是说，我白给你们卖书，一分钱也不赚。"

孙文夫问："依你说多少合适呢？"

小郎说："也别依我说，马大姐是总经理，让她按照市场的惯例，定个统一标准好了。"

马翠花说："市场的统一标准，千册以上都是倒四六折。"

阿里巴插问："什么是倒四六折？"

马翠花说："就是我们占六，你们占四，按定价的百分之四十结算。"

郑三发一声惊叫道："我的个妈，四折连成本也不够的！"

小郎笑道："郑科长算得不对，一本书的成本总和，一般只占定价的二点五折左右，如果超过三零折，那里面就有问题了。本书我们就按三零折计算成本，正好你们赚一个折，我们赚一个折，假设一本书能卖十万册，每册二十元，双方各自可以有二十万元的利润。"

王金刚听说能卖十万册书，吓得斜看了一眼郑三发，正好郑三发也在斜着眼睛看他，老对头眼光里的意思是，怎么样，我开头就说印十万吧？为什么人家能卖十万，而你一千也卖不出去呢？你这个混饭吃的家伙！

阿里巴从小不喜欢数学，一听几点几折脑子就晕，直到小郎说出一个十万的大数，脑子才出现了一火车的书，心想不愧是北方的狼，能拼能杀，英勇善战，比凤凰社的两个脓包科长强。孙文夫忍不住又问："一本书还没出版，你怎么知道能卖多少？"

小郎说："我这只是假设。这本书的情况，我已听金小姐讲过了，据说作者是个卖葱花豆腐脑儿的，写了三年，才写出这部东西，《红楼梦》是面壁十载，它也相当于三分之一本《红楼梦》了。书中的那些男男女女，其中就有他和他的女人，这本身就是一个炒点，读者一定会感兴趣，当然在双方签订协议之前，我还要看看书稿，书名最好也改一下，我想即便不说十万，五万是绝对没问题的。"

孙文夫没有野心，心想五万也行*，凤凰社还从来没有卖到五万的书，五万册书的利润是十万元，开门第一炮，也算嗵的一声，打出响声了。谈判顺利往下进行，谈到如何付钱的时候，双方终于出现了分歧，孙文夫主张先交钱，后发书，马翠花却坚持卖完书，再给钱，双方的意见统一不了，小郎使着劲儿地看孙文夫脸上的表情，好像是运用B超，观察对方体内的脏器，看够了说："我倒是想了一个折中的办法，孙总您看怎样，作者稿费由我们付，编辑校对费由我们付，打字出片费由我们付，封面设计费由我们付，推广宣传费由我们付，印刷装订费由我们付，也就是说，所有的费用都由我们付，一切风险都包在我们身上，你们什么也别管了，我们还纯粹交你们五万元钱，这样如果可行，我们就干，如果不可行，我们今天只当交个朋友，下次再合作。"

小郎说罢挪了一下屁股，对马翠花和秋竹分别看了一眼，意思是让对方看出，他已准备告辞了。孙文夫犹豫起来，心里没

* 对于刚断奶的孩子，应做如此想。

底，心想这个主意是阿里巴出的，人也是阿里巴请的，关键时刻，他应该发表一点意见，便问他道：“小阿你说呢？”

阿里巴老早就想说了，这时就说：“我看可以，我们自己一千也不能卖，人家却能卖五万，当然要选择人家，虽然我们利润不多，但是一年能够这样顺利地推出一百本书，也是五百万了。”

孙文夫动了心，转看郑三发和王金刚两位，都低头不语，李先来和马车两个副手，头虽抬着，却都朝他俩看。阿里巴说：“孙总要么这样，现在提倡公平竞争，我们自己的人，谁要是能达到以上指标，可以优先考虑自己操作，如果不能达到，那就让给人家。*”

孙文夫又重点看王金刚，王金刚的脑袋几乎进了两腿之间，孙文夫说：“既然这样，事情就定了吧，后面的细节，由小阿负责处理。”

两方面的人都散了以后，阿里巴找到坐在一角的魏子野说：“野哥，刚才大家都说了话，就你一人闷头喝茶，好像这里是家茶馆，大家都是红尘俗人，为一点蝇头小利苦口争辩，唯有你是个世外超人。”

魏子野说：“我知道你心里急得狗啃似的，恨不得社里一天出一本书，一本赚五万元才好，但是你不知道，这是一只五十岁的凤凰，别说是你，它比我的年龄还大，都成一只鸟精了，肚子里的五脏六腑，七弯八拐，根根绊绊，疙疙瘩瘩，你吃下一粒米，不知道它会梗在什么地方，你拉出一橛屎，也想不到它会堵在什么地方，就是你刚才那一席话，已经至少得罪三个人了。”

阿里巴吃一惊问：“哪三个人？”

魏子野说：“一个是蒋委员长。”

阿里巴笑道：“你是说郑三发子，这件事跟他风马牛不相及啊？”

魏子野说：“此言差矣，恰好是牛中有马，马中有牛，牛马相及，我们这个时代净出怪胎。你没听新新三字经说**，要想发，

* 知道王金刚徒有其名，并非金刚钻儿，揽不了瓷器活儿，故而言之。

** 新新三字经，这比葫芦庙里葫芦僧拿出的『护官符』如何？

管印刷；莫嫌贵，好处费吗？印一本书，让公家多花一万，和厂家对半分成，私人就能拿五千的好处，你却答应把书交给别人去印，使他眼看到手的好处飞了，他不恨你恨谁？”

阿里巴问：“还有呢？”

魏子野说：“新新三字经里还有一句，要想富，管书库；不推销，大懒猫。销售科连一千也销不出去，只图读者上门卖几个零花钱儿，装进兜里去喝口小酒，你却让别人一下销售五万，两相比较，不是显得他太臭屎无用了吗？所以他也恨你。*”

阿里巴说：“这个是王金刚，我想到了，第三个是谁？”

魏子野迟疑一下才说：“这个人你无论如何也想不到，做领导的最忌讳的，是当着别人的面，要他亲口对人做出许诺，同意吧，要背不守信誉的恶名，不同意吧，又要负取消合作的责任。你今天当众逼他表态，犯了大忌，虽说他也许还不至于恨你，却从此把你这张狂记在心里了。”

阿里巴明白他说的是孙文夫，心里有点发怵，嘴上却硬着说：“要办事情，我顾忌不到这么多了，就说你吧，你一心超然世外，与人无争，但是只要往这里一坐，其实你就把有些人得罪了，要知道你活在世上，本身就是一件得罪人的事情，要想注意，除非你就死了。**”

魏子野叹口气道：“你说的倒也是个哲学，不过即便是活着都得罪人的人，睡觉时毕竟比说话时要罪轻得多。我是过来之人，而你还是当局者迷，不过既然你决定要这样办，不办你会心痒难禁，那么你就小心着去办吧。刚才我说的只是内部，外部更是要注意的，他那三人，一只狼，一匹马，还有一条眼镜蛇***，眼睛里放出的都是贪婪之光，只怕你的那位女记者朋友，也未必真正地认识他们。”

* 真是步步惊心。

** 对于阿里巴来说，做一只囚笼里的秃鹰，与死何异？故听了魏子野的话，才不免有此一叹。

*** 都说蛇鼠一窝，狼、马、蛇三个能凑一起去，也是新奇。

8

阿里巴苦思冥想，绞尽脑汁，给朱土改的小说改名《黄村》，因为书中的男人女人，公狗母狗，都生在一个名叫黄村的庄子，黄村要比狗娘含蓄。阿里巴本想把这个好消息，及时地告诉朱土改，让他体验一番梦想成真的滋味，可惜朱土改的葱花豆腐脑儿店没有电话，如果写信寄去，也要花三天工夫，想着正好明天上午，就是上次约好见面谈稿的时辰，就决定等他来时再说，并且顺便签订出版合同。稿子已经编定校好，排成了书的模样，封面也已设计出来，主图是东方白手工绘的，再用电脑制作出来，北方秋天的乡村，有人狗在篱笆内外萎缩地走动，萧瑟荒凉，一派土气*。

阿里巴拿给魏子野和孙文夫看了，大家也都满意，孙文夫说："三个臭皮匠，顶个诸葛亮，再把印制和销售的两位科长叫来，大家一起参谋。"

阿里巴就站在走廊里，叫了一声郑三发，又叫了一声王金刚，科里的人回答科长不在，再换两个副科长叫，回答马军也不在**，只有李先来一人在上厕所，听到叫声一边系裤，一边就奔出来，阿里巴说："真是名副其实，三个科长都没有来，就你一个先来。"

李先来笑道："以后立个制度，有了好事就让给先来。"

阿里巴说："叫你就是有好事，东方白设计了一个封面，孙总特意请你去参谋参谋，说你又会写字，又会画画，是凤凰社的小才子。"

李先来一听东方白，脸就有些发白，小了声儿对阿里巴说："谁的东西我都能参，他的东西我不能参。"

* 这个封面跟书名和内容倒相辅相成，凤凰社里的名编到底出手不凡。可见这样的出版社虽然死气沉沉，可却是人才济济，只是在这栋碉堡一样的大楼里，无法施展。

** 这些人都是避而不见，这种不合作态度，注者犹历历在目，作者也应亲身经历。

阿里巴惑然道："你就这样怕他？"

李先来说："去年他差点儿把我打死了，全社人都知道，你怎么不知道？"

阿里巴越发惑然道："我是真不知道，除了看稿，我从不关心别人事的，东方白是个斯文之人，就是你打他他都只会跟你讲理的，他怎么还会打你？"

李先来说："这是真的，为他老婆的事。"

阿里巴笑道："别的你可以先来，这个你可不能先来啊！"

李先来急着申辩说："你没听我说完，不是你想的那个，别人的老婆我不仅不能先来，后来也不行的，我是为他老婆和他离婚，说错了一句话，他就一砚台朝我砸来，* 幸亏我躲闪得快，不然今天就没我了！"

阿里巴一时忘了封面的事，紧紧追问："你说他老婆什么话了？"

李先来心有余悸道："我说你老婆是不是嫌你的小东西小了，你得去想个法儿呀！就这一句，我本是为了他好，又是句玩笑话，想不到竟被我说中了，东方白的小东西真的是小，和他的个子不成比例，你没见他在厕所里撒尿时，总是侧着身子不让人看？他老婆背着他，偷偷跟了一个比利时人，东方白以为我是故意揭他疮疤，不是他怎么跟我动了真的？"**

李先来还要说时，正好斯蒂芬手里拿着一份译稿，从走廊里路过，看样子是去钱思奇那里，阿里巴赶快小声制止说："真是近墨者黑，跟蒋委员长在一起，就学会了一口一个小东西，而且还扯到了洋人的大东西，我劝你赶快不要说了，不然让斯蒂芬听见，他又得来向你咨询，那是一种什么器官，听懂了还要和你辩论，为什么洋人的就大。"

李先来就不说这一句了，却仍咬住东方白不放说："他这人是狗咬吕洞宾，不识好人心，魏子野劝他和老婆离婚，他和魏子野

* 东方白打人须用砚台才合理，作者细微之处一笔不落，若是用拖布打，那就成保洁员了。

** 太阳下面没有新鲜事，这太阳照不进来的大楼里，竟然也没有隐私事，一帮人只关心别人的破事，难怪出版的书卖不了几本！

好得像一个人，我怕他和老婆离婚，他却拿砚台打我，连敌我矛盾这个首要问题都分不清楚，我还怎么去参他的谋啊？*”

阿里巴说：“不说了，不说了，什么敌我矛盾，你不是敌人，魏子野也不是敌人，快去看看封面，孙总还等着你呢。”

李先来乌龟似的缩着脖子，直往后退说：“我不去，我真不去，你拿刀子杀了我吧。”说了转身就进了他的屋里，反锁了门再不出来**。

阿里巴一个人也没叫来，回去对孙文夫说：“这本书是别人包印包销，和两个科都没关系，不看也罢，我们不正好是三个人吗？何况孙总，野哥，你们本身就是两个诸葛亮，加上我一个臭皮匠，顶得上一个姜太公了。”

孙文夫脸上有点儿不高兴，却不是对阿里巴的。他把封面又看了一遍，方才拿笔在上面签字。阿里巴还记着东方白打人的故事，越想越觉有趣，跟着魏子野一道出来，就信口问他说：“李先来说你劝东方白和他老婆离婚，有没有这事？”

魏子野说：“京剧里有个鼻梁上抹一块白，嘴里说韵白的二丑，那就是李先来。君子成人之美，如果东方白老婆不和他离婚，我不会劝他和老婆离，但是君子又待人以诚，如果东方白老婆要和他离婚，我也不会劝他不和老婆离，我只是给他讲了一个唐朝的放妻故事。”

阿里巴问：“什么是放妻？”

魏子野说：“唐朝的放妻，就是今天的离婚，敦煌刚出土了一件文物，有一个名叫李甲的，和后来那个杜十娘的情人同名，在放妻书中这样写道：‘既以二心不同，难归一意，快会及诸亲，各还本道。愿妻娘子相离之后，重梳蝉鬓，美扫蛾眉，巧逞窈窕之姿，选聘高官之主。解怨释结，更莫相赠。一别两宽，各生欢喜。***’”

阿里巴说：“真是个好老前辈，不仅胸怀宽广，而且还有远

* 物以类聚人以群分，可惜李先来不明白。

** 遇到好事要先来，需要办事后来也不来。

*** 好一个『一别两宽，各生欢喜！』唐人尚有这样的胸怀气度，可惜一千多年后的今人却还执迷不悟。

见，比现在的一些恶男人聪明多了，要前妻打扮得漂漂亮亮的，去嫁个大官儿，有朝一日自己下了岗，和新妻混得没饭吃时，还可以求前妻看在曾经放她一马的情分上，在当大官儿的新老公那里找份工作。”

魏子野笑道：“东方白听了这份放妻书，豁然开朗，一定要我再口授一遍，他用工笔小楷抄在宣纸上面，绢帛裱了在卧室墙上挂着，不久就把他的老婆放了。这可能就白鼻二丑李先来所说的，我劝东方白离婚的事。”

阿里巴又问：“李先来还说东方白用砚台打他，有没有这事？”

魏子野说：“这更是胡说了，当时东方白刚作罢画，手里端着砚台去洗，听他说了一句难听的话，气得身子发抖，砚台就掉在地上了*。不过李先来该打，砚台却不该打，那是一方古砚，他的一件宝物，相传是乾隆年间的。东方白捧着碎砚大哭，周泉进来了，吭哧半天，想了一句有学问的话劝他，说砚破了，镜子没破就好，破镜不能重圆，意思是要设法保住老婆。谁知他边哭边说，老婆满街可找，古砚一生难求！”

阿里巴哦了一声，说：“原来还是这么回事。”又问，“李先来说他和老婆离婚，是他老婆嫌他家伙小了？”

魏子野忍不住笑出声道：“你不知道他说这话的缘由，李先来写字画画，外行说好，东方白却总是指出不足，李先来觉得处处比不上东方白，只有家伙是他的几倍，就一有机会就取笑他，一来是炫耀自己，二来是打击东方白。东方白生气上火，正好是中他的计了。**”

阿里巴想，凤凰社的事情真是复杂透顶，就为一句屁大点的闲话，也能出现多种版本，出版本身的工作就更不用说。这样想着，从出版想到刚出土的放妻书，忽然又怀疑说：“你刚说的那位唐朝丈夫，现在我又认为他是一位幽默大师，那份所谓的放妻

* 可惜了砚台，真该砸在李先来头上，或许就不会碎了。

** 真是一波三折，一件事情两个人讲，完全反了。再次印证一句话，小人伎俩多。

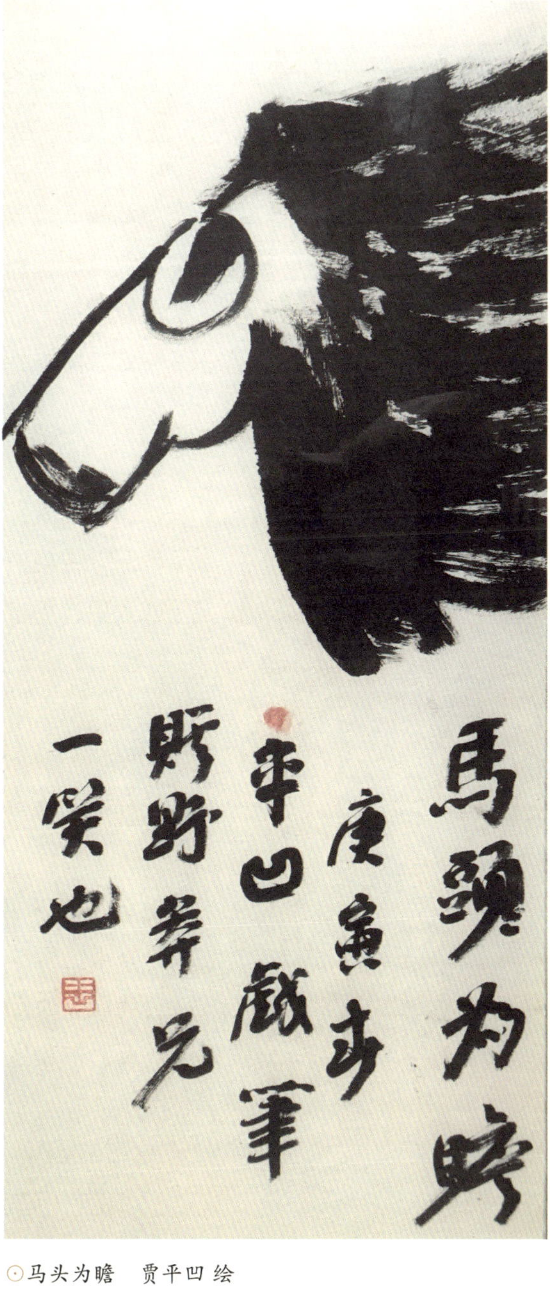

⊙马头为瞻　贾平凹 绘

书，无非是一篇公文体的文学作品，作者或许是在尝试一种文体革命，是二十世纪的日记、书信、词典小说的先河，弄不好还能捞个这类体裁小说家的鼻祖当当。*”

魏子野说：“我也曾这么想过的，不过后来还是认为，那是一份真正的离婚协议书，李甲的婚姻观必然是受了唐朝对外开放，文化交流的影响。唐朝的女子敢把半个乳房都露在外面，下面还露出一个肚脐眼，贵妃带头，举国效之，比目前的现代派女孩儿还要现代。你那编辑部的杨梅，顶多也只敢露出两条白胳膊、白大腿，才相当于鲁迅所处的三十年代的摩登女郎。”

那位远嫁比利时的夫人，阿里巴至今没有见过，心中一直是一个谜，见魏子野知之甚多，便乘机问道：“东方白的前妻，想必是个现代派了？”

魏子野笑道：“中国只出现代派的脸谱，连一张真脸也没有，更别说骨子里了，刚刚跳罢双人摇滚，回去就为遗产打起架来。就说东方白的老婆，嫁了个比国男人，还要带走中国女儿，请客送礼又塞美元，让法院把东方美丽判给了她，改名叫作梅妮多弗。”

阿里巴说：“那你怎么不劝他把女儿也放走？”

魏子野说：“这个恐怕苏秦张仪也劝不住他了，就说唐朝，也只有放妻书，而没有放子书。你听听后面的故事，就知道他的决心有多大了，他不服那个判决，从中院上诉到高院，都维持原判给他驳了回来，最后就找律师咨询，听说这判决如果半年不能执行，算是自行作废，他就连夜带着女儿逃走，第六个月的最后一个晚上，十二点钟以后才敢回来。老婆要想得到梅妮多弗，还得重新起诉，但是害怕前夫又逃了，自己白塞美元，气得直骂中国的法官无能，只好一个人跟着比利时人走了。**”

阿里巴这时方才想了起来，他当主任以后，东方白曾经请过半年的事假，说是带女儿去东南亚三国旅游，现在他才明白，原

* 应是做了多年编辑的口吻，说闲话也不忘做学问。有些人做学问的时候在说闲话，有些人说闲话的时候在做学问。

** 差点又中了作者圈套，明着似乎是阿里巴闲话八卦，实则是让东方白的人物性情、行事特色及爱女之心呈现于读者面前。切不可看岔了。

来还是逃难去了！魏子野见他怔怔地想，一脸痴呆，就笑了说："身边有这么动人的传奇故事，你都毫不知晓，这个主任是怎么当的，只怕将来部下有人死了，你也会蒙在鼓里。"

阿里巴自嘲道："我是一心扑在书上，要等你写成了书，我才能从书里看到。"

魏子里笑道："兔子不吃窝边草，我要是写了身边的人，被写的人还不恨得吃我的肉！"

阿里巴说："不，你必须写，昨天我看到一个统计，出版社每年出的书有几百万火车，没有一本是写出版社的，你无论如何得填补这个空白，创作需要生活，而生活就是窝边草，你这个兔子不吃，难道像天狗一样去吃月亮不成？"

魏子野说："听你这么一说，我就只好写了。"[*]

两人正说笑着，阿里巴的手机"嘟"地响了，他看一眼表上时间，不用接听，就知道是金铃子打来的，对着机子说了一声"马上下来"，转身丢下魏子野，拔腿就往外跑[**]。大楼外面，果然停着金铃子的车，从摇开的车窗里，露出她的半身黑色西服。阿里巴绕过去，一头钻进车里，对她说声"快开"，边说边把手机关了，防止他曾在走廊叫过的郑、王二人，从哪里钻了出来，孙文夫就又召他回去，参谋封面的事。

金铃子说："看你这惶惶然的样子，该没有犯下什么案子吧？"

阿里巴随口说："犯了。"

金铃子叫了声"啊"，阿里巴小声笑道："是和一个有夫之妇勾搭成奸，驾车潜逃。[***]"

金铃子就伸手在他背上狠揪一下，嘴里骂了一声："讨厌！"

一见到金铃子，阿里巴立刻快乐无比，车子开上马路，他的老毛病又发了，一双眼睛贼似的盯住金铃子不放，想着刚才她骂他讨厌的话，就哧地笑了说："你那老公真有意思，全世界哪里不

* 原来这《纸厦》是魏子野的手笔，就如《红楼梦》是石头兄的手笔一样。

** 哈，见色忘友，这腿拔得真够快的，倒是个有趣的人！若美人在等而还妄谈学术，就没劲了。

*** 事情被这么讲出来，也应是阿里巴的作为，这也许是金铃子喜欢他的可爱之处。

能去，偏要去美国，美国哪里不能去，偏要去芝加哥。”

金铃子说：“芝加哥怎么不好？”

阿里巴一字一顿道：“你听，知、家、哥，他要是知道家里有个阿哥，怎么会好？*”

金铃子又骂了一声“讨厌”，开车走过一段之后，却接着说：“不过他不会干涉我的，正如我也不会干涉他，远隔重洋，相见无期，他不应该要求我像古代的贞女烈妇一样，男子拉一下手，就要把那只手砍断，与人有了一夕之欢，就要投井上吊，他是个现代人，应该理解现代人的情感生活。”

阿里巴眼也不眨，盯着她那张一启一合的迷人的嘴，用心地咀嚼从那红唇白牙之间，轻轻吐出的“理解”两字，此时不由得全身的血流加快，心跳和呼吸也随着加快，下身某个部位的筋肉，竟莫名其妙地蓬勃起来**。他觉得她的话似乎是一个暗示，暗示着他们的相爱是合理的，应该的，并且还是安全的，同时也暗示着芝加哥的那位先生，在性生活上同样如此。他为她的话激动不已，觉得她字字句句都说在了他的心坎儿上，嘴里就全力地支持着她的观点，说：“其实古代的女人，也并非全都那样傻不拉叽的，虽然有害怕情人翻墙过来和她睡觉的，‘将仲子兮，无逾我墙’，但是也有激将男子脱了裤子过河来和她野合的，‘子惠思我，褰裳涉溱’。”

金铃子打断他的话说：“《诗经》里可没说脱裤子的话，褰裳只是挽起裤子，河水又不深，何必小题大做，如果是你说的那样，一上岸岂不就把河边的女子给吓跑了？”

阿里巴诡辩道：“那我再给你举个脱裤子的例子，‘有女怀春，吉士诱之’，‘舒而脱脱兮，无感我帨兮’，那女子要吉士脱她裤子的时候要轻点儿，慢点儿，用现在话说叫作悠着点儿。”

金铃子又打断他的话说：“又胡说八道了，那‘脱脱’才是轻慢的样子，帨是佩巾，你想一想，连她的佩巾都不要他撼动，怎

* 得了便宜还卖乖。

** 怎么是莫名其妙，应该是不由自主。一笑。

么能要他脱她的裤子呢？*”

阿里巴继续诡辩说：“连她的裤子都不要他脱，怎么能和她做那件事呢？”

金铃子生了气道：“你是一个胡搅蛮缠的人，不知道是你这个大编辑在书中加错了注解，还是存心把那古代的女子说得风流放荡，尽量和裤子挂起钩来，借以说明她们并非傻不拉叽，早在两千年前，就和现在那些穿着露脐装的女歌手一样，敢扯着嗓子对男人喊，抱着我抱着我？”

阿里巴嘻嘻地笑着，想起那个令他反感的秋竹博士，答话时用的“前者”一词，便故意沉着嗓子，说了一个“后者”，果然就引起金铃子的讥讽道：“刚才说话还那么粗鲁，怎么一下又变得羞羞答答了？**”

阿里巴说：“你介绍来和我们合作销书的那匹北方的狼，他带来一个替他宣传策划的秋博士，回答问题就是这种方式。”

阿里巴感到浑身胀得难受，直想把她扳过来，搂在怀里，可是座下的车子，在大马路上开得飞快，来往车流如织，车窗外偶尔闪过一座岗亭，他正要伸手去摸摸她腿，一个警察挥旗向他一指，吓得他慌忙缩回手来，心想这事你管得着吗？***这时刚刚超过他们的一辆红色轿车，忽然减速，顺着小旗的旗尖儿开过去，停在了路边，警察大步跨了过去，他才知道原来不干他事，眼睛又转到金铃子的身上，盯着她令人着迷的双乳。那两只剥了皮儿的，又白又胖的香瓜，现在隔着一层布，紧挨着转动的方向盘，随着车身的起伏，在黑色的衣服里微微颤动。今天的天气比那天凉快，她的衣扣没有解开，雪白的胸脯，以及那道诱人的乳沟，都被掩藏在了里面，可是他仍能利用想象，看清楚里面的一切。他觉得自己可以听见，那两颗南方草莓和内衣丝绸摩擦时，发出的美妙动人的沙沙声，同时还闻到一缕来自肉体的香气。他奇怪自己上车以后，并没有说多少话，怎么嗓子眼里这样干渴，渴得

* 似乎金铃子更像个做编辑的学者。

** 这是为了引出秋竹博士，哈，叫引蛇出洞更贴切。

*** 做贼心虚才会这样。

心里生出一种焦躁的感觉。阿里巴把漫到舌根的一泡口水咕的咽了下去，然后闭上眼睛，嘴里祈祷似的念着："快到梦园，快到梦园。"

金铃子哧地一笑，说："我听见你在说什么了，无非才几天没来，就想成了这个样子，是念给我听的吧？不过这次到了梦园，你可不能再像上次那样，横行无忌胡作非为了。"

阿里巴睁开眼来问道："为什么？"

金铃子说："我妹妹还等着要见你这个客人呢，她可是个厉害人物，你得有个思想准备才好。"

阿里巴一听家里原来还有个人，"啊"了一声，就再也说不出话来，像只被谁扎了一刀的水球，扑的一下泄了气，整个身子就软塌在车座上了。

9

车到梦园，三人见了面，阿里巴看金铃子的妹妹留着一头男式短发，穿一身乳白色运动衫，猛一眼看去像个小帅哥儿，只是胸脯那里挺得很高。金铃子对他介绍道：“这就是我的妹妹，叫金樱子。”

阿里巴的眼睛忙从她的胸上抬起来，说：“怎么都是中药？你们还有一个哥哥叫金龟子吧？”

金樱子觉得这个光头很有意思，却不说话，只礼貌地请他进屋坐下。金铃子说：“又胡说了。”

阿里巴正经道：“不是胡说，小的时候我读过一本小说，书名叫《草木春秋》什么的，忘了作者是谁，哪个朝代的人，书中人物都是中药的名字，根据药性分为正反两大阵营，如人参是正方的丞相，砒霜是反方的军师等等。有一家金氏三兄妹，名字就叫金龟子、金铃子和金樱子，两个妹妹貌若天仙，哥哥却是一个坏蛋。现在回想起这本书来，还是很好玩儿的，真想把它找来重新出版。”

金铃子说：“三句话不离本行，樱子我来为你介绍一下，这位是我的朋友，叫阿里巴，是凤凰社的大编辑。”

金樱子乘机报复道：“我还以为是四十大盗呢，下次再来别请我开门，念个口诀门就开了。”

阿里巴说：“你得喊我阿哥，不信问你姐姐。*”

金铃子见他们两个一见面，就干起了嘴仗，忍着笑直不言声儿，独自一人转身去下厨房。阿里巴见她把他扔给自己妹妹，身上顿时别扭起来，起身叫道：“时候还早，千万不要亲自做饭，等会儿饿了，还是去吃门口的正宗毛家菜。”

*问姐姐那就该叫姐夫啦！

金铃子一边往腰上系着围裙，一边回过头说：“上次我要出去吃，你却要我自己做，这次我要自己做，你却又要出去吃了，还好意思再去毛家菜馆，你带的导演呢？人家老板还等着试几个镜头呢。”

阿里巴方才记起，上次图嘴快活，自己亲口许下的愿至今没还，再也不提去吃毛家菜的事了。金樱子从他俩的话里听出，姐姐刚买的房子，妹妹还没来住，这个所谓的阿哥就已捷足先登，并且还像两口子似的，过起了家庭生活，只怕是除了吃饭，还有一些说不出口的项目，鼻子里很响地“哼”了一声，一扭身进了她的房间，再不出来，丢下阿里巴一人在客厅里傻坐着。*

直到金铃子叫吃饭的时候，金樱子还是不搭理他。阿里巴心里明明知道，金樱子已猜透了他和她姐姐的关系，却大智若愚，索性把她当作自己的姨妹，一个劲儿地想出好听的话来讨好，不惜用金铃子来作陪衬，摇着头感叹说：“第一次见到铃子，觉得在这个世界上不可能有比她更漂亮的人了，可是今天见到樱子，才发现世界也是在进步的啊。**”

说罢偷偷直看金樱子的表情。但是金樱子却没有表情，这话如被别的女学生听了，一定或是自谦，或是自得，更多的或是嘴上谦虚，心里得意，暗中把这话背诵下来，回家写进日记里面，锁进小木箱中，几十年后红颜褪了，还可以取出来重读一百遍的，然而金铃子的妹妹金樱子怎么会是这样的俗女子呢？偏不接受他的空头人情，居然放下筷子，直视着他的眼睛说：“原来你生在这个世界上，只是专门为了看漂亮女人的啊！”

阿里巴厚着脸说：“不是专门，而是缘分，譬如人在旅途，目的是往前走，但是发现了美丽的风景，必然驻足，你们姊妹二人就是两道美丽的风景，不看是有违人性的，只有傻瓜和伪君子才会不屑一顾。***”

金樱子说：“所以你这个聪明人，真君子，发现风景的旅行

* 这妹妹是在吃姐姐的醋还是在吃阿里巴的醋，谁知道呢？

** 这么说难道还想得陇望蜀啊！

*** 不屑一顾倒不至于，说熟视无睹更恰当些。

家，看了第一道，又来看第二道，同时心里还期盼着，眼前奇迹般地出现更加美丽的第三道是吗？”

阿里巴吃了一惊，想起近年来国内流行的大学辩论赛，竟怀疑眼前的这个冷美人，是大学辩论赛的首席辩手，曾经荣获过个人冠军，急忙中还真说不出能够与之匹敌的精彩话来，这下方才想起，金铃子在车上要他有个思想准备，当时他正为不能和金铃子温存而恼火着，并没把这话放在心上。金铃子见他张着个嘴，红着个脸，梗着个脖子，整个脑袋都涨得快要流出鲜血了，知道他今天遇上了劲敌，不忍心让妹妹再逼他了，便用筷子当地敲了一下盘沿，好像裁判宣布休庭道：“樱子，把你的小嘴儿用来吃菜！对了，你应该和我们的客人喝杯酒的！”

金樱子听姐姐说到客人，而且是我们的，就笑着瞟她一眼，举杯对阿里巴道：“刚才你不是要我叫你阿哥吗？阿哥，敬你一杯！”

阿里巴受宠若惊，刚一举杯，金樱子又补一句说：“我叫的这个阿哥，不是你想的那个阿哥阿妹的阿哥，而是姓阿的哥们儿的阿哥，请你千万不要自作多情。*”

阿里巴一饮而尽道：“不管是哪个阿哥，只要是个阿哥就行！”

吃过了饭，金樱子帮着姐姐打扫残局，又端出一盘剥了皮的苹果，两杯绿茶，阿里巴看见苹果，想起他曾比作女人乳房的桃子荔枝之类，进而想到去皮的又白又胖的香瓜，身上又蠢动起来，眼睛直要去看金铃子百看不厌的胸脯，可是金樱子正坐在他的对面，那眼光就闪烁不定，四处乱滚，害怕被她看出，他的心里怀有一个鬼胎，便假装正经地去拿苹果，可是手到中途，却转弯拿到了茶，为了掩盖自己的心不在焉，想顺口说几句水果和茶不能同吃一类的闲话，又怕遭到金樱子的奚落，只好双手捧着滚烫的茶杯，埋下头去一口接一口地连喝，那杯子又小，沏得又

* 此地无银三百两，怕自作多情的不只是阿里巴。

少，几口就把一杯茶喝干了，自己起身续了一杯，喝得脖子里冒出白雾似的热气，汗也从额头上冒了出来。

不料这样更被金樱子看出破绽，扑哧一笑，对金铃子说：“姐，你见过有这样喝茶的人吗？我听《红楼梦》里的妙玉说，一杯为品，二杯即是解渴的蠢物，三杯便是驴饮了。你快去把他挡住，不让他喝第三杯了。”

阿里巴放下杯说：“阿哥生来就是一个急性子人，就是妙玉把她去年用沙罐子接的雨，五年前用扫帚扫的梅花上的落雪，拿来给我沏茶，我也会抱起杯子咕咚就喝，嘴巴一抹转身就走，不和她谈什么陆羽茶经的。”

金樱子说：“我早看出你无心品茶，你是来解渴的。”

说罢扭身进了她的屋子，反手把门关了，外面剩下金铃子和阿里巴两人，你看着我，我看着你，回忆她说这话时脸上的神情，好像是一点儿也不带笑的，两张脸便都腾的一下红了。阿里巴不知道金铃子下一步将怎样安排，小声问道：“我什么时候走？”

金铃子也小声说：“你别急嘛。”

阿里巴干瞪着眼，声音小得几乎要参看他的嘴型才能听懂，他说的是：“我怎么能不急嘛！”

这时门声一响，金樱子换了一身服装走出来，她原本穿着的运动衫，配男式短发是很合适的，现在换了一件粉红色的真丝长裙，裙裾垂得很低，脖子上垂了一条纯金项链，脸上还略略施了淡妆，手里提着一只大的纸袋，这副样子反倒显得有些不协调了。阿里巴心想她莫非是要出门，暗自一喜，却稳住阵脚，听她远远地对金铃子说：“姐，今晚我去参加一个同学的生日 Party，上周就定下来了，我忘了告诉你。*”

*不是忘了，明明是临时起意，找的借口。

阿里巴不由得心花怒放，使劲儿憋着气，害怕一不小心笑出声来。金铃子笑道：“怪不得这样打扮，原来是准备去跳探戈的。”

又嘱咐说，“不过要早点回来，现在外面乱得很，前天的晚报上又登了一个抢劫杀人的案子，回来时宁可乘坐公共汽车，最好找个朋友送你。”

金樱子意味深长地看她一眼说：“放心吧姐，今晚我不回来了，同学举办的是通宵舞会。*”说罢又用同样的眼光，扫了阿里巴一下，也不道声再见，就昂首出门去了。

金樱子前脚刚走，阿里巴后脚就一蹿而起，紧紧箍住金铃子的腰，两人滚倒在沙发上，胳膊和腿缠在了一起，他的身子压在她的身子上面，一阵狂吻，直把她吻得喘不过气来，好半天阿里巴才移开嘴说：“以后我得信天命了，这个老天爷真是有眼，正发愁今天怎么办呢，它就安排了一场通宵舞会！”

金铃子用手伸在他的额上，重重地按了一下说：“你以为真有这回事吗？”

阿里巴发愣地望着她说：“你是说樱子不想破坏我们，才谎称参加同学的生日 Party？”

金铃子说：“你没发现，樱子是个刀子嘴豆腐心的女孩儿？她去跳舞，提上那么大一个纸袋干什么？”

阿里巴恍然大悟道：“难怪临走时的那一眼，看着有点儿怪怪的，又说要你放心，真是一个奇女子，她用刀子把豆腐掩盖得这样严密，若不是自己的亲姐姐，天下谁能看得出呢？**”

金铃子说：“人家在时，你张嘴结舌，人家一走，你又卖弄起好口才来，那天你的那篇洋洋洒洒的论美乳，要是樱子在场，恐怕早就把你骂得无地自容了！”

阿里巴点头承认道：“的确是个才貌双全的好妹妹，我若是个皇帝，就纳你们两个做姊妹二妃。”***

金铃子冷笑说：“别说你做不了皇帝，就算做了皇帝，也是一个赖皮皇帝，谁愿做你的妃子？何况中国皇帝的纳妃史上，只有先有妹妹后才有姐姐，而没有先有姐姐后才有妹妹的事，不信你

* 这是告诉两人放心安心去『解渴』，樱子真会成人之美。

** 怕不是看不出，是身在局中，且又急不可耐，无心顾及细末之处。

*** 一个姐姐尚且应对不足，还想妹妹？呵呵，一笑。

想想汉代的赵飞燕和赵合德，唐朝的杨玉环和杨玉瑶，看她们姊妹谁先谁后？”

阿里巴笑出声道：“无非是一个幻想，就试出了你的小气，我告诉你，也请你放心，我不会打樱子主意的。”

金铃子立刻回答说：“谅你也不敢。”

暮色来临，阿里巴像主人一样拉开电灯，重新把金铃子揽在怀里，把手伸进她的衣服，轻轻摸遍了她的身体，灯光下仔仔细细欣赏着她，忽然说：“今天你这身黑衣黑裤真是好看，比起上次的白衣白裤，又别有一番韵味，樱子在时我不好夸你，一直忍到现在才讲，难怪听得人说，要想漂，一身孝；要想俏，一身皂。这话用在你的身上，真是再合适不过了。”

金铃子说：“可是你别忘了，我们第一次见面的时候，我穿的却是一身天蓝色的套裙。”

阿里巴说：“我哪里会忘，就是忘了我自己，也忘不了那天的你，你穿那套衣服，也美得像个天使，我还以为你是太平洋航空公司的空中小姐呢，当时就心痒痒地想，如果我去美国，就一定设法乘坐你的那趟班机。女人啊，只要长得漂亮，穿什么衣服都好看的。”

金铃子歪着头，试探真假地望着他说：“是吗？等有一天，我把我妈妈七十年代住干校穿的破衣服，穿一套来给你看看。”

阿里巴煞有介事地说：“不过女人最好看的，你知道是穿什么吗？”

金铃子问：“穿什么？”

阿里巴回答：“不穿什么。”

金铃子愣了一下，马上就明白过来，满脸通红地骂道：“赖皮！”

阿里巴挨了骂，却乐得哈哈大笑，真地动手解了她的上衣，再接再厉，又把她的裤子强行脱了下来，使她变成一个赤裸裸的白人儿，见她红着脸来抢他手里的衣裤，便挽一个团，呼地扔在客厅一只大柜的顶上，金铃子手忙脚乱，努力护住自己的身子，羞得再也不好意思取了，阿里巴趁势抱起她的裸体，急火火地走进东边的那间房屋。

金铃子拉上窗帘，把电灯熄了，却点燃一支蜡烛，让屋里的光线朦胧乳白，宛如月下，阿里巴在如云似雾的烛光中，看着金铃子在床前走来走去，比白天更多了百倍的魅力，直感到身上快要禁不住了。但他吸取了上次的教训，决定按部就班，循序渐进，规劝自己不要再犯性急的脾气。他把她平平坦坦地放好在床上，双腿分开，跪在她身体的两侧，将手穿过她的腋下，拢到后背，尽量压制着自己的呼吸心跳，使它们和平时一样均匀，然后身子慢慢地伏了下去。可是一贴上她那柔软温热的胸腹，他立刻就失去了控制，心跳和呼吸一个比一个快，身体的内部好像有一匹潜伏已久的野马，此时已挣脱缰绳，咴的一声蹿了起来，昂首伸颈，直要冲进她的深处。

烛光下的金铃子闭上了眼睛，嘴唇像玫瑰花瓣一样轻轻颤动着，从中发出叹气般微弱的呻吟，一动不动地仰躺在床上，无论怎样都迎接着它，一任它在自己的里面左冲右突，步步紧逼。阿里巴气喘着问："铃子，铃子，我们这是在干什么？"

金铃子也气喘着答："我不知道。"

阿里巴说："怎么会不知道，它的官名叫性交，洋名叫做爱，古代雅名叫云雨，当今还有一个蠢名，你知道叫什么吗？"见金铃子并不问他，便主动告诉她说，"叫操……！"

金铃子睁开眼睛，在他背上狠狠掐一下说："难听死了！"

阿里巴顾不得疼，却疯狂地快动着，逼迫她道："你说，叫操……！"

金铃子说："我不说，也不要你说。"

阿里巴又是威逼又是哀求，要她按他的说法再说一句，哪怕鹦鹉学舌也好，正这时突然大叫一声“完了”，体内的那匹疯狂的野马还远没有冲到极限，就口吐白沫倒了下来，随后消失在广袤的草原上。

阿里巴气喘吁吁，汗流滚滚，一侧脸望见了那支又粗又长的蜡烛，刚刚才燃完了一个小尖顶，直埋怨自己不该太快，又想人要是长着那样一支蜡烛多好，任何时候都昂然坚挺，永远立于不败之地，又怨金铃子不和他配合问答，害得他一个人孤掌难鸣。他唉声叹气，后悔得直想宣布这次不算，宁可回到开始之前，一切从头再来，他要金铃子向他保证，一定要听他的话，让他尽情地过一次瘾，领略一下登上巅峰的滋味，又告诉自己，这次一定要真正做到沉着冷静，从容不迫，自始至终保持一颗清醒的头脑，不能再让那匹疯马，坏了他们本来应该更好的好事。然而他浑身的筋肉发软，连骨头也要散了，体内像被一阵洪水卷过的土地，平静而又空虚，一时半会儿，是不能卷土重来的了。

天色快亮的时候，一夜未睡的阿里巴重整旗鼓，要求金铃子又来了一次，但是事到临头，比昨晚还要糟糕。阿里巴承认了是自己的问题，这次不再怨金铃子了，他满怀沮丧，简直有些自卑起来，心里涌起一股深深的愧意，感到对不起金铃子，对不起这个名叫梦园的地方，对不起她的妹妹金樱子伟大的理解和智慧的支持，也对不起他这个所谓童男子的一身元气。他俯身望着金铃子那双睡意蒙胧，晨雾一般的眼睛，充满歉意地说：“对不起，你觉得远远不能满足是吗？是不是它的尺度不够？那位住在芝加哥的先生身材多高？人体的每个部件是不是都按比例长的？我会不会有什么病？你该不会认为我这辈子完了吧？”

金铃子也仰望着他的眼睛，见他的问题一个接着一个，充满了惶恐和疑虑，连声音都有些发颤了，便笑着抬起手来，就像对她的孩子似的，轻轻抚摸着他汗湿的光头说*：“傻孩子，别胡思乱想了，你什么问题也没有，就是性子太急，和你的工作作风是

* 若是樱子，也能这样安慰他吗！

一样的。你可以去问问心理医生，听听他的意见，看看书，做做试验。”

想着朱土改今天要去凤凰社，他必须得上班才行，阿里巴早早起床，刷牙洗脸，早点也不想吃，就要去赶头趟客车。金铃子说：“今天我也上班，可以同一半的路，我开车把你送到以后，再去我们报社。”

阿里巴摇头说：“不必了，我怕在门口遇到樱子，见面毕竟有些不好意思，说不定她昨晚就住在附近哪家宾馆里面，天一亮会回来的。”

金铃子说：“她才没你这么傻呢，昨晚她肯定回学校了。”

阿里巴想她为了瞒过他们，毅然穿着舞衣回到校园，路上一定会找个公共厕所什么的，进去把妆换了，这样想着，对她的感激和抱歉，就又增了一分。金铃子给他煮了一杯牛奶，又切了一盘蛋糕和火腿肉，逼着阿里巴吃。阿里巴直说头有些昏，心里好像要吐，什么也吃不下去，只把那杯热奶喝了。接着又说：“我还是觉得我有问题，上个月我见着一位大学同学，已经结婚三年了，孩子都两岁半了，他对我说，他每夜还能平均保持两次以上，我问他结婚那夜呢，他说结婚那夜倒是一次没干，我说那怎么会呢？他说因为新娘肚里的孩子已经六个月了，不能干了。我问他真正的第一次呢？他说那还是上中学时，和班里的一个女同学，在野外的一条小河边，一夜干了十三次，创下了吉尼斯纪录，天亮时发现鲜血把草地都染红了。”

阿里巴越想越自卑，挥起拳头捶打着自己的膝盖，就像那里是他的生殖器，他要它为全部问题负责任似的。他痛苦地问着自己：“我怎么就这样不中用呢？”

金铃子红着脸说：“你那同学他不是人，是头种猪！不过也说不定是个吹牛大王，以性事为荣，还说不定是想骗骗你这个童男子，让你宁在花下死，做鬼也风流。”

阿里巴一会儿觉得同学的骄人战绩实不足信，一会儿又怀疑金铃子是有心安慰他的，不知道他俩究竟是谁在骗他，苦笑道："我还是弄不大懂，他要是把我害死了，那他岂不背个罪名？"

金铃子说："他背什么罪名？我才会背个罪名呢！*"

说着忍不住"哧"地一笑，脸又红了，阿里巴听明白了她的意思，也忍不住一阵大笑。

* 这话说得好，不过要给这罪名安个合适的名称倒颇费思量。

10

金铃子把阿里巴送到离大门百米远的地方，让他下车自己走过去，掉转车头，又开向她的单位。阿里巴看看手表，离八点上班的时间，还差二十分钟，在门口犹豫着进还是不进，原来守门的卫士是认识他的，因为上周部长前来视察工作，带着一个大个子司机，门卫放过了又矮又小的部长，却咔地给司机敬一个礼，说声“首长好”，行管处觉得他给单位丢了脸，当天就把他解雇回家了，又另换了一个。这个刚来的小门卫，对谁都不认识，见阿里巴又瘦又黑，又是一个光头，这么早就在门口逛荡，怀疑他想搞什么名堂，就指着他喊：“干什么的？”

阿里巴说：“我是这里面的人，夜里做梦都想着上班*，早上看错了表，所以就提前来了。”

小门卫不信，阿里巴庆幸自己带着工作证，便掏出来给他看，小门卫认准上面的相片，和他对了又对，方才放他进去。走廊里黑沉沉的，阿里巴开了门，却不忙着开灯，一头倒在沙发上，又昏昏糊糊地睡了一觉，听到外面逐渐响起了脚步声，担心有人开门进来，不敢再睡，又爬起来坐着，翻开那部编校后的书稿，在删改过的十几处地方，重新又看了一遍，觉得的确是天衣无缝，如果不对照底稿的话，就连作者牛八爷本人，也未必看得出来了。

果然又过一会儿，诗人于剑走了进来，身后跟着的是女编辑杨梅，一路和男人一样，侃着昨晚的世界杯足球赛，嗓门儿特大。杨梅在大学读硕士时，是校学生会的文体部长，毕业分配到凤凰社后，第一次参加市保龄球赛，就拿了个业余女子队冠军，从此威名远扬，人称杨保龄。人也长得苗条标致，像个模特儿，

*不这么说还好，这么一说，真的也像是假的了，信你才怪。

臀部塌塌的，胸部平平的，坐在阿里巴的对面，阿里巴总怀疑她没长乳房，屁股也不达标，如一根长在晚秋的扁梅豆角，美丽而不动人*，远不如金铃子那样浑身都是风韵，一见就能着魔。

社里很多人却将杨梅视为社花，翻译部的头儿，英文翻译费英雄，自从杨梅来到此社，家中黄脸婆大受冷落，费英雄常常不早不晚，赶在下班的前十分钟，手里拿着一首古诗，来向杨梅请教某字的含意，他好在英文中寻找相应的词汇。一首古诗，教授可以讲一堂课，博士可以作一篇论文，学者可以引经据典，东扯西拉，写出一部二十万字的专著，硕士十分钟当然是讲不透的，杨梅讲着讲着，就误了坐回单身公寓的车，费英雄突然发觉时间已晚，于是就满怀歉意，请杨梅到餐馆吃饭。杨梅欣然前往，吃罢了饭，华灯初上，费英雄又请杨梅到舞厅跳舞，杨梅也欣然前往。跳罢了舞，费英雄还要送杨梅回公寓时，杨梅不欣然了，**说声“拜拜”，招手要了一辆出租，就独身一人走了，剩下费英雄久久地伫立街头，心中一片惆怅。

这样很花了一些精力和财力，关系却像一张照片，定格在最初的吃饭和跳舞上，不能像电视剧那样往下发展。神思恍惚的费英雄，发现有一天下班的时候，杨梅在阿里巴的背上打了一下，说了一声“哥们儿等我”，费英雄心里突然一酸，这两个人郎才女貌，简直是天造地设的一对儿，而且还是近水楼台，整天耳鬓厮磨，较量起来，他哪里敢做阿里巴的情敌！从此他知难而退，拱手让贤，依然回到黄脸婆的怀抱，下班的前十分钟，不再向杨梅请教古诗，翻译中真的有了疑难，宁可去问魏子野和东方白。一次在文中遇到“望梅止渴”一词，费英雄问到魏子野，魏子野微微一笑，拍拍他的肩道：“典出《世说新语》，魏军口渴，远途无水，武帝挥鞭指向一片梅林，说是看见梅子就不渴了。其实费翻译可比曹操，也是懂得这个办法的，心里渴的时候，就在远处看看杨梅，从来也没真吃。***”

* 这比喻形象，一个清瘦标致的女子如在眼前。

** 这一顿一挫，结得好。流水有意，落花无情。

*** 文人损人，真是绵里藏针，给人一种不期待的伤痛！这一节的幽默风趣，颇得钱氏风格。

费英雄满脸通红，看着魏子野那神秘的笑容，怀疑杨梅把什么都告诉了他，在编辑们中都已传开，以后连编辑部的门也不好意思再进，心里对杨梅由爱生怨，觉得她对不起他的一片真情。

于剑比杨梅早两年到了这里，他生性孤僻，在凤凰社所有的编辑中，只爱和年长他一倍的魏子野交往，两人一起论诗评文，观点虽有异同，每一次却都谈得酣畅淋漓。魏子野读了他一些还没发表的诗作，惊异他的诡思奇才，发觉其诗既受西方现代派的影响，又隐含有李贺、王令之气，只一试谈，果然于剑能够横溜倒背二人名句，如李贺的“我当二十不得意，一心愁谢如枯兰”，“况是青春日将暮，桃花乱落如红云”；王令的“长星作彗倘可假，出手为扫中原清”，“终当力卷沧溟水，来作人间十日霖”。除了两位古代的早夭才子，于剑更崇拜西方的短命诗人，如拜伦、雪莱、普希金等，此外还对一些名人遗言、绝笔、墓志铭之类的文字极感兴趣，* 十八世纪的法国神父，空想共产主义者让·梅叶，死前撰写的《遗书》三卷，六十年代已有人译成了中文，于剑酷爱此书，从北京图书馆借来了它的英译本，立志要把它翻译成诗，开篇一段译成了这样：“可爱的朋友呵，别怨我生前沉默，让世界陷入黑暗，直到我末日来临，方才大声呼喊。**”

魏子野觉得其音哀绝，胜过原译，有一次私下对东方白说，担心于剑天才早夭。如同杨梅像个潇洒的男人，于剑则像个腼腆的女郎，什么时候发现他的小白脸颜色变红，那一定是刚刚和生人说过了话。当年也有人曾经打赌，于剑杨梅两个才男才女，半年之内将成一对，因为扬眉剑出鞘，意思是杨梅一旦示爱，于剑必然束手就擒。但是半年过去了，一年过去了，一年半又快过去了，打赌的时间早已过期，杨保龄既没对他动一下蛾眉，于诗人也没有宝剑出鞘。*** 杨梅除了打阿里巴的背，同时也打于剑的，常常在室内的光线转暗，于剑还大趴着身子，两片眼镜都快埋进书稿里时，她就“叭”的一下替他开了灯，又在他的背后猛击一

* 世间难得有知己，跨海通古觅知音。哦于剑难容于当下现实的结局埋下伏笔。

** 于剑大声呼喊之时，也是其末日来临之日。

*** 若真如打赌者所言，《纸厦》则流入刻板与俗套了，这是作者构思独到之处，也是现实自然之理。

掌道：“哥们儿还没讨老婆呢，一旦把眼睛看坏了，讨个丑老婆可就吃了大亏！”

打赌杨梅嫁于剑的人终于告输，因为在这时候，发生了一件出人意料的事情，于剑在离单身公寓不远的女子保镖学校，谈了一个毕业后要做保镖的女学员。打赌人又转移目标，盯住杨梅的顶头上司阿里巴，觉得当年杨梅之所以来社，冲的就是阿里巴，而阿里巴之所以留下杨梅，为的就是讨老婆，不信请看，他从来没有把她当作手下，她也从来没有把他当作头儿，相互之间，自由而又散漫，亲热而又随便。

然而紧接着，又一件出人意料的事情发生了，有人亲眼看见，一到周末，就有一个女人开辆小汽车来，停在门外，一按喇叭，阿里巴飞也似的跑出门去，一头钻进车里，车子就“呜”的一声开到一个地方去了，那女人美得像个妖精，杨梅哪里是她的对手！*疑点好像遇上工兵的地雷，一个一个地被排除了，杨梅上班下班，果然还是独往独来。费英雄埋怨自己被挫折冲昏了头脑，引起判断上的失误，于是死灰复燃，而且燃得比第一个回合更加炽热，更加猛烈，毅然跳过吃饭和跳舞，买了九朵象征爱情不变的玫瑰花，直接来到单身公寓她的房外。他以为杨梅会打开房门，来迎接他，不料房门打开了，杨梅却迎而不接，他站在门外，她站在门里，他不说话，她也不说话，他对她笑笑，她也对他笑笑，一点儿也不像经典电影中，那种惊心动魄的初恋情景，双方的微笑就像是长矛和盾牌，他刚要刺进就被她挡住了。

这么僵持了一分多钟，费英雄觉得进去已是不可能的事了，素有洁癖的杨梅，今天一定是在打扫卫生，不希望别人进去看到脏乱。他把藏在背后的那九朵玫瑰，猛地一下亮了出来，心想这花儿是他的心，他的身体不能进去，那就让他的心进去，代表他和杨梅朝夕作伴吧。又是一个不料，不料杨梅回手一指说：“我这里已经有一束了，这一束请你带回去，送给别人好了。”

* 扁梅豆角不是阿里巴的菜，金铃子才是。但并非谁强谁弱，只是萝卜青菜各有所爱。

费英雄当头挨了第二棒，顺着杨梅的手型一看，天哪，一双硕大无比的皮鞋站在屋子正中，就像描写第二次世界大战的电影中，德国纳粹分子的军用皮鞋，中国人根本就没有那么大的脚。这一瞬间，费英雄明白了杨梅拒不让他进去的道理。他毅然扔下玫瑰，表示追求的放弃，转身走在了回家的路上。第二天上班，费英雄无精打采，形同病夫，杨梅送给他一盒巧克力，说是她和她的德国朋友小罗伯特，特意送给他的，向他表示深深的歉意。费英雄嘴里吃着小罗伯特的巧克力，心里忿忿地骂着："罗伯特，大萝卜，好一朵中国的梅花，插在了你这泡德国的牛屎上！*"

编辑部的两个才男一个美女，先后阴差阳错，失之交臂，肥水一次又一次地流进外人田里，成为凤凰社一条又一条的新闻。三人又相处得那样亲热，这使费英雄实在也想不明白。于剑和杨梅一进门，看见阿里巴一脸萎靡，好像觉没睡醒的样子，杨梅又潜到他的背后，猛击一掌说："哥们儿，房事不可过重！"

阿里巴暗吃一惊，以为她已察觉了他和金铃子的事，便反守为攻道："我哪里有什么房事，我是日夜都为你想着，怎样才能对付那个德国鬼子，想得睡不着觉，把自己活活整成这个样子的！"

杨梅的脸并不红，只是嘻嘻地笑着，与他毫不相干的于剑，脸却无端地红了，把笑憋在嘴里，从地上提起两只瓶子，出门去打开水。杨梅又反攻为守道："哥们儿看得起德国人，赶明儿我给你带个德国妞儿来，保证治好你睡不着觉的毛病。"**

阿里巴看看时间，九点刚过一刻，趁着杨梅去上厕所，抓紧给金铃子打了一个电话，告诉她说，他果然是个工作狂，一坐下看稿头也不昏了，胃也不吐了，要她放心，下班时再听他的消息。刚把电话挂上，电话却又响了，拿起来一听，是小门卫打来的，说有一个自称牛八爷的人，要进来见他，要他出去相认以后，才能放那人进来。阿里巴挂上电话就往出跑，老远看见朱土改手里捏着一张会客单，脸红脖子粗地和小门卫论理说："上次那

* 情敌口吻应如此。费英雄应该想，梅花需要有营养的牛屎，就释然了。

** 还是哥们儿口吻，这种关系的男女之间，往往不会产生爱情。

个门卫，一见纸条就放我进来，这次换了你，怎么有纸条也不让我进？”

阿里巴还记着小门卫喝问他的事，走过去拍拍小门卫的肩说：“让他进来，他是在我们这里来出书的作家，作家你知道吗？就是写书的人，书你读过吗？就是白纸上印满黑字的本本儿，读了书就有文化，不读书就没文化。*”

小门卫气呼呼地，指着朱土改手里的会客单说：“他身份证上是朱土改，纸条上却是牛八爷，我知道他到底是什么人？”

阿里巴掏出笔来，把会客单上的名字呼呼地改了过来，对小门卫说：“牛八爷就是朱土改，朱土改就是牛八爷，这一改不就是一回事了？”又对朱土改说，“你这个作家也是，你不是说不敢称爷吗，看你自己把自己害的！”

朱土改紧紧贴在阿里巴的身后，快步进了大门，走到编辑部里坐下，阿里巴向他介绍了两位年轻编辑。杨梅问：“他是谁？”

朱土改说：“你们不知道我，我却知道你们，上次我来，正好你们二位一块儿看电影去了。”**

于剑脸又一红，杨梅纠正道：“不是我们二位一块儿看电影去了，而是我们二位分别和自己的朋友一块儿看电影去了。”

阿里巴又向两位年轻编辑介绍了他，杨梅说：“满脸沧桑，一看就是个作家。”***

阿里巴说：“告诉你一个好消息，你的小说决定出版了。”

朱土改一听就要下跪，满脸都是泪道：“我这不是在做梦吧？”

阿里巴赶快双手把他抓住，好不容易又按进沙发坐下，笑道：“快别这样，来人看见不好，这都是你多年奋斗的结果。”接着又征求他意见道，“我想把书名改成《黄村》，你看好不好？”

朱土改说：“你改的还能有不好的？《黄村》好，书里的人物故事都在黄村。”接着又问，“那我就叫牛八爷了？”

* 阿里巴还记恨着门卫刚才对他的态度，这嘲讽门卫应该还是能听出来。

** 朱土改记性倒好，与出书成名之后再见杨梅时的言辞作对照。

*** 不经沧桑，何言世事？

阿里巴说："就冲着那个小门卫，你也要叫牛八爷。"又拿出两份电脑打印好的文字，递给朱土改说，"这是出版合同，看好了签一个字。"

朱土改瞪着眼问："还要签什么合同？"

阿里巴说："别害怕，这是对你有利的好事，出版你的书，我们双方要约定一些条件，比方说付你多少版税。"

朱土改眼睛瞪得更大道："什么叫版税？"

阿里巴说："就是根据书的印数和定价，决定付给作者的钱。"

朱土改又问："我听说有人出书要交钱，你们不会要我交钱吧？"

阿里巴哈哈大笑道："牛八爷同志你放心吧，是我们给你钱，要给好几万呢。"

朱土改突然从沙发里滚了出来，阿里巴一把没有抓住，"扑通"一声跪在了地上，吓得杨梅和于剑从座椅上一跳而起，双双叫道："作家快起来！作家快起来！" *

11

过几天小郎打电话来，说是书印出来了，印厂马上把样书送到社里，他正张罗着销售界的新书首发式。这使阿里巴暗暗吃惊，因为如果让本社的印制科管理印厂，一本书多则一月半，少则半个月，才能出来，印厂也不送样书，得让社里派车去取，取书的人和开车的司机，每人一次领一笔出差补助，印制科还替印厂叫苦不迭，说人家全厂职工，是当成中央下达的紧急任务，加班加点，夜以继日地赶出来的。阿里巴忽然想起魏子野警示他的话，为这次印书的事，他将得罪郑三发和李先来，便在电话里顺便向小郎咨询，这次印书的工价多少，小郎立刻警觉地说："我们的包印包销合同，都已经签订好了，降低多少成本，那是我们的事情，阿老师你问这个，到底是什么意思？"

阿里巴笑道："肯定是有我的意思，但不是你想的那个意思，我不会多要你钱，我只是想了解一下，目前的印刷行情如何。"

小郎就明白了说："那我实话告诉你，每本才二块五毛钱，可是如果你们的人去，同样的书，同样的厂，同样的纸张，同样的印制质量，有可能每本就是五块二毛钱。*"

阿里巴问："印厂又不是你们开的，为什么你们去印书就便宜，我们去印书就贵？"

小郎说："阿老师你真糊涂，印厂不是我们开的，也不是你们开的，但是正因为不属于我们任何一家，所以他们才狠劲赚我们两边的钱呢。可是我们的钱不是好赚的，要价高了，我们转身就走，另找一家，印厂满世界都是，现在全国的印刷行业都不景气，揽不到活儿，发不出工资，见我们前脚一走，后脚吓得跟屁股就追，转个脸去，就把价钱砍下来了。但是对待你们就不一样

* 两块五和五块二，换个人这价格就颠倒了。这世界有时候就是颠倒的。

了，你们有社会主义的优越性，吃大锅饭，玩儿职权，钱是公家的，关系却是私人的，他们不宰你们宰谁？多宰公家一斤肉，返给私人四两，出去是从账上，回来塞在兜里，这叫回扣，又叫好处费，北京人背地里说是玩儿猫腻，这里的名堂多着呢。一去一回，由二块五到五块二，一本书翻一番，再冒个尖，十万册你算算相差多少？所以你们的书就贵了。这也就是我要求印厂由我安排的道理，那天谈判的时候，我看见你们的什么印制科长、销售科长、财务科长、总务处长、社长总编，大大小小一兜子的官儿，都傻子一样坐在那里，不能说穿，今天我对你说，是看金小姐的面子，我是金小姐的朋友，你也是金小姐的朋友，既然大家都是朋友，我又喝了点儿酒，因此才对你酒后吐真言。”

阿里巴正想着他替社里销书，又透露了这些行业内部的奥秘，对他有了好感，但一听他说到金小姐时，口气居然有点卖弄，并且把自己和他相提并论，心里又有些不乐意了，* 心想金铃子认你做那个朋友，原是让你为我这个朋友效力的，如果天下的朋友都是一样，那金铃子倒成什么人了？

果然印厂下午送样书来，把车停在大楼门口，阿里巴要组织人去搬运，印厂的人拦住他说不用，原来随车来了几个彪形大汉，每人肩扛手提，几个回合车就空了。过去印制科人带着司机，从印厂运回了书，常常在门口一声大喊，于是全社出动，社长总编带头，连英国专家斯蒂芬都得放下译稿，火速出去搬书，如果因故无人响应，任务便按道理落在了销售科，身强力壮的销售科人，心里喜气洋洋，嘴上骂骂咧咧，穿上蓝布大褂，把书搬完放好，即时就填一张劳务费单，到财务科去领补贴。**

阿里巴开包看了样书，印得还算漂亮，只是在东方白设计的封面上，添加了一行文字，以西厢金瓶，镜花红楼什么的作比，词采华艳，极富有煽动性，一看就是为了好卖，对本书过火的宣传，这行文字不是作者的，也不是编辑的，阿里巴很自然地想到

* 这是有了醋意。

** 今非昔比。小圈子被打破，既得利益者失去了利益来源，自然会用各种手段阻挠和对抗，且往下看。

了那个秋竹博士，断定必然是他干的，对他就又加了一分反感。继而又想，只要书能畅销，宣传一下也没有什么不可。

他将样书拿给孙文夫看，孙文夫正为一篇稿子生气，周泉选了一篇描写藏北的文章，交给一位年轻翻译，花一个多月的时间译了，送到英国老专家斯蒂芬那里，斯蒂芬改了一半改不下去，断然提出，要另换一篇中国民俗方面的。孙文夫掐指一算，重新安排一篇万把字的文章，连译带改，核了又校，来来往往，至少又得一月，而一个月后，正好是杂志运到欧洲和美国的时间，分明是来不及了，这时看了阿里巴送来的样书，对那行封面文字同样不满*，当场就要给小郎打电话，责问这是怎么回事，但是话筒里面都是忙音，停会儿又打，还是不通，气上加气，正好吴诗言推门进来，递他一份赵钱二位已签过字的文件，接过手里看了，原来是审办国语杂志的报告，也被批了下来，一肚子气顿时消了大半，转怒为喜，无意间手里的话筒落在电话机上，封面文字的事情给放了过去。

首发式是以座谈的方式，在一家五星级的宾馆举行，宾馆的会议厅里拉了横幅，门口贴着海报，有一位穿旗袍的小姐，站在海报下面，指导来宾签到。市电视台和主要报纸的记者，男男女女来了不少，凤凰社却只来了阿里巴一人，每人面前一杯茶，一只烟缸，一本新书。朱土改昨天特意从老婆手里，拿了两百块卖葱花豆腐脑儿的钱，说是马上就拿稿费给她填上，上街买了一套铁灰色的西装，硬翘翘地穿在身上，又配了一条花领带，歪拉巴叽地把脖子勒着，人就坐在屋子的一角，手里捧着一本《黄村》，封面看了又看封底，再翻开看里面，看了用手摸摸，摸了接着又看，** 不等小郎介绍，记者一下认出他是本书的作者，有人就率先凑过去说："您就是牛八爷先生吗？"

朱土改赶快站起来说："是的是的。"

记者紧紧握住他的手说："恭喜您大作问世，祝贺您一举成

* 作为一位知识分子，还是有一定专业底线的！

** 如父母对待初生的儿女，每个作家，作品初次出版时，想必都是如此。好在朱土改比较幸运，遇到了阿里巴，等待出版的煎熬并不长。

名！”

朱土改机械地回答：“谢谢，谢谢。”

最初过来的几位记者，就在他的身边坐下来，抓紧开始采访，其他记者也坐过来听现成的，偶尔地插上一两句问话。一个女记者问：“请问牛先生，您觉得什么是您最痛苦的事？”

女记者过去曾用这个问题，问过很多著名作家，著名作家回答的都是，作品不能得到他人的理解是最痛苦的事。她猜想这个牛八爷肯定也会这样回答，把录音笔都掏出来了，喂到他的嘴边准备录音，* 却不料朱土改想了半天，似乎还想不出来，后来突然想起第一次到凤凰社来投稿，就回答：“尿胀了到处找不到厕所，那是最痛苦的。”

记者们“哄”的一下笑了，觉得这个土作家还很幽默，女记者脸一红，接着又问：“那么您觉得什么是您最幸福的事呢？”

她猜想他这次肯定要回答书出版了，不料朱土改这次很快就回答道：“那当然是最后终于找到厕所了。**”

记者们大笑不止，觉得他不仅幽默，而且机智，想必类似这样的噱头，书中处处都是。全场只有阿里巴一人，笑得与众不同，边笑边和朱土改直对眼色。

马翠花和秋博士坐在小郎的左右，一个跷着白花花的大腿抽烟，另一个却把双手放在两只膝上，两人的姿势做派，应该把性别调整一下才好。阿里巴一见那个装模作样的秋博士，就想起书的封面文字，走过去在他肩上叭地拍了一掌，吓得他一个激灵站了起来，一看是阿里巴，赶快伸手来握。阿里巴说：“你知道有几位老作家要联名告你吗？”

秋博士脸都白了，用一根中指把眼镜往鼻梁上推了推，喘着气问：“哪几位？为什么告我？”

阿里巴说：“是曹雪芹他们这一帮子，告你牵强附会，鱼目混珠。”

* 这个喂字用得好。

** 假作真时真亦假。本来是一句真话，却被当成机智幽默的调侃，作者惯用的这类反讽，随处可见，须细细品味。

秋博士立刻就明白了，白脸又变红道："的确是有点儿拔高，是郎先生请我包装炒作的，不这样写他不满意。"

阿里巴笑道："真是有钱能使鬼推磨啊，下次我再出版你列举的那四部书时，也请你来包装炒作，你该不会把它们比成《黄村》吧？"

秋博士听出他的讽刺，努力和解说："其实我都是为你做的工作，也为作者。"

阿里巴说："我就不感谢你了，至于作者，我让他下次请你去喝一碗葱花豆腐脑儿，多放一点儿五香佐料。*"

秋博士的脸红如猪血，正愁不能收场，这时小郎走来，请阿里巴向大家介绍关于这本书的情况，阿里巴就把本书的故事情节和艺术风格，简明扼要地讲了一下。接下来是朱土改，讲他是怎么写这本书，写了又是怎么背着稿子到处找出版社，编辑们是怎么不搭理他，最后他是怎么遇到阿里巴的，讲完这些还想讲，却发觉再没有可讲的了，就像歌星那样说了一个："谢谢大家，谢谢。"

记者们知道了他的底细，交头接耳起来，没有采访过的就向他提出一些问题，朱土改刚一回答，下面立刻发出笑声。

秋博士坐在那里，一句话也不说，可能是受了阿里巴的打击，一时恢复不了元气，只是不时伸出一根中指，把眼镜往鼻梁上推一推，推完手又回到原处，大家以为他有精彩发言，等了一会儿，仍是没有。还不到一个钟头，座谈会就结束了，马翠花招呼着大家，到楼下餐厅用餐，用完餐她从屏风后面，提出一只纸袋，从中一个一个地拿出红包，一位记者发给一个，记者们也不客气，动作都很熟练，把红包装进自己的黑包里，分手的时候，只说一声争取什么时间见报，然后扬一扬手，出门作鸟兽散了。

阿里巴手里捏着一把记者们送他的名片，在门口和朱土改说

* 阿里巴讥讽秋竹博士的价值，也就是一碗葱花豆腐脑儿。只是这多加的五香佐料，应该要比他在封面上添加的西厢金瓶之类的宣传词更有味儿。

了一会儿话，也去向小郎告辞，却被马翠花拦住了说：“你急什么，我们又没把你当老记，你看连红包也没给你是吧？你和牛八爷是我们的贵宾，晚上我们请你的客，对了，还有秋博士。”话里虽然点了三个人，眼睛却一闪一闪，只盯在阿里巴一人的脸上，好像另外两个不用她请，自己会留下来的。

阿里巴从她话里听出三个信息，一个是晚上，一个是请客，一个是比记者拿红包的待遇还高，心想这是干什么呢？话里的请客，分明不是吃饭的意思，而且刚刚才吃过饭，吃饭又何必一定要在晚上，一日三餐随时都可以吃的。心里打鼓，就想到了社会上传说的那些内容*，慌忙推辞说：“马大姐，晚上我还要赶回去，看另一部书稿，我就不参加了吧。”

马翠花白他一眼，又一笑说：“我知道你想到哪里去了，大姐已经听说了，你还是个童男，不会教你坏的，无非是去跳跳舞，打打保龄球，出了汗去游游泳，连桑拿也不洗，好不好？”

阿里巴听她把话说得这样开，知道是个大手笔，便索性也厚着脸笑，放开来说：“我哪有你想的那么纯洁？我是一个假童男，要坏早就坏了，哪里还用你教，别说洗桑拿，什么我没见过？以后再有这类活动，马大姐心里想着我就是了。不过今天晚上，我是真的要回去看稿子，昨天刚收到的，作者是一个老家伙，年纪比牛八爷还大，写信说请我快看。*”

站在身后的朱土改听了这话，最先受到感动，便帮着求情说：“阿老师是个好编辑，马……马女士就让他回去吧，我也回去，我们下次再见。”他觉得自己的年龄，可能比马翠花大，不好意思叫马大姐。

这时小郎在宾馆前台结完了账，拿着发票过来，发觉阿里巴是真的想走，就笑了笑，对马翠花说：“大姐就放阿老师这一马吧，下次再聚，我们一定记着，把金小姐也请来。”

阿里巴一听这个名字，脸上立刻发热，回忆着小郎刚才的

* 是托词，也是实情，为后文做伏线。

笑，猜想他是否已经知道了他们的事情，害怕马翠花再把话题转到这一方面，就抓住小郎的调解，赶快和他俩分别握手，嘴里说：“下次一定，一定。”

马翠花说：“那你等等，小郎你去看看我的包里。”

阿里巴心里明白，她要像对那群记者一样，发他一个红包，慌忙摇着手，逃也似的转身走了。* 朱土改怀里抱着一摞他的书，小心翼翼，像从妇产医院抱回他的孩子，无心玩耍，也急着要回葱花豆腐脑儿店，便紧紧跟在阿里巴的身后。那里就只剩下了一个秋博士，留也不好，不留也不好，两只闪闪发亮的眼镜片子，在小郎和马翠花的脸上照来照去，马翠花遗憾地说：“想不到大家都有事情，那么我们也再见吧，多谢你为这书费了一番心血。”说着把要送阿里巴的红包，转手塞给了秋博士**。

阿里巴急着回去看稿是真，老家伙是他南方老家的人，姓袁，名飞北，偶然从文艺报上，看到凤凰社可出国语书刊的消息，就用特快专递，给他寄来一部长篇小说稿。附一信说，本来有三家出版社约过稿的，他想的是像诸子兄一样，乘凤凰而周游列国***。阿里巴见信如面，记起了一段往事，多年前阿里巴回老家看望父母，正好锅城有三位作家去南长城观光，一个叫柏诸子，一个叫鲁一叟，还有一个就是袁飞北，在南长城的烽火台上，阿里巴最先认识的是柏诸子，那次正听导游小姐对着游客，讲伍子胥当年夜过昭关，一夜之间鬓发皆白的典故，一位红脸的老夫子，对身边二位同行者摇手道：“不对，《左传》上说，伍奢为楚平王所拘，长子伍尚随使回郢都，与父同死，次子伍员一人在吴，南长城原为楚长城，乃楚秦交界之地，不通吴国，此昭关，非彼昭关也。”

阿里巴大为佩服，过去和他攀谈，方知是一位专写历史小说的老作家，对春秋战国最有研究，已写过老、庄、孔、孙等圣贤之书，原名柏文房，以后索性依了同行的戏称，改叫柏诸子了，

* 阿里巴怎么也不屑于与那一帮拿红包的记者为伍。

** 秋博士是不会推辞的，他比起那帮记者更为不堪。

*** 可见之前阿里巴所言不虚，又是一个欺世盗名之辈。

今日听导游小姐胡诌，随口对两位同行的作家纠谬，想不到却和阿里巴交了朋友。回京之后，阿里巴收到柏诸子的赠书，读后十分赞赏，觉得正好可以纳入凤凰社的译书选题，于是作了重点推荐，四部小说很快就译成英、法两种语言，接着还要再译德、意、西、奥、荷、日、韩、俄等语，柏诸子遂成了走向世界的中国作家，受邀赴欧美等地讲学，一时间把身边的作家眼红得要死*。

那次通过柏诸子，阿里巴又认识了白脸的鲁一叟，黄脸的袁飞北，三人分别都比阿里巴年长一轮以上，相比之下，他喜欢和一身匪气的鲁一叟胡侃，觉得此人是个杂家，将来成就非在一方，而对袁飞北的印象，却只是那一双肿眼皮，像商业街门脸房挂歪了的闸门，下边留出一个三角口子，** 从里面透出两点白，那就是他的眼珠，稍稍一笑，三角口子就全部封闭，里面在干什么，鬼都不知道了。阿里巴不喜欢这样的眼睛，由此不喜欢长这样眼睛的人，再由此不喜欢和长这样眼睛的人发生往来。

但是分别之后，恰恰是袁飞北来信最勤，称兄道弟，无数次地回顾昭关之遇，时而寄一幅自己写在宣纸上的字来，有的是摘古人诗句，有的则是自撰的祝词，如听人说阿里巴当了编辑部的主任，就拟古一首七绝，说什么青云鹏程之类，羞得阿里巴无地自容，害怕被同事朋友看见取笑，想那宣纸和手纸一样，见水就溶解的，心里说声对不起飞北兄了，就把它扔进坐便器里，放水冲掉。***

他感到此人有些俗气，曾把他的字拿给东方白看，东方白说："墨迹闪烁，欲露故掩，描痕似乎太多，这是书家大忌，尤其你看这个猫字，大约他想的是字中有画，画中有四只猫眼，但猫眼应该是滚圆的，他却画成了两对三角形，这就给人以诡诈之气。依古人说，文如其人，字也应如其品，这样的人，不可深交。"阿里巴翘起一个大指头道："你有的说得对，他长的就是一对小三

* 最眼红的当然要数这袁飞北了。

** 这比喻太传神了，一个耷拉眼皮三角眼的老头子形象跃然纸上，一副诡诈之相，此类人不可交。

*** 可惜了宣纸，宣纸何错，竟由此俗墨污之。

角眼。不过有的就未必对了，你怎么能从一个字上，断定一个人的品行呢？”东方白说：“玄是有些玄，不过我敢和你打赌，不信以后你可以试。”

一口气看完了稿子，阿里巴有些失望，袁飞北是柏诸子一块儿的作家，物以类聚，近朱者赤，柏诸子的小说写得那样好，按理说袁飞北的小说也应该不错，可是不然。阿里巴把他的稿子放下，翻出他夹在信中的名片，看着上面的头衔，是一级作家、书法家、国务院终身津贴享受者，名片的背面还有文字，是他发表过的作品，获奖的名称，看着都很陌生，远没有柏诸子的响亮。但他想帮这个袁飞北一把，因为毕竟有过南长城的一面之缘，人家又那么大一把年纪，写一辈子，很不容易，投到这里，怪可怜的。*

同时袁飞北的水平再差，一个号称一级的老作家，也差不过初学写作的小青年，就像正规军里的一个老兵油子，总比连手榴弹都不会放的妇女民兵强。至少语言通顺，错别字少，市面上卖的多少小说，里面错得都不能看呢。他就在稿签上面，写了一些好处，又写了几点不足，建议修改一下，可以考虑出版。为了引起关注，把柏诸子也抬了出来，说这两人是一块儿的作家，意思是提醒后面的审稿人，对这人要参考着认识，力争能够爱屋及乌。**

* 俗语说：可怜之人必有可恨之处，老而不为尊，更可恨。

** 难得阿里巴一番成人之美之心，只是希望不要埋下隐患。

12

阿里巴纵观全凤凰社，觉得在文学艺术上，唯有魏子野是他的知音，因此特意请魏子野来复审袁飞北的这部书稿，希望魏子野支持他。过去在许多问题上，魏子野也的确是支持他的。但在审完这本书后，魏子野却不支持他了，说袁飞北远不如牛八爷，还把两人好有一比，说牛八爷是一个打光膀子的乡野村夫，体有瑕疵，却肌肤坦露，出语笨拙，却心灵澄澈；*而袁飞北则是一个城市假女人，胭脂口红搽了一脸，一心想向读者献媚，然而反遭两者唾弃，雅的读者厌他粉重，俗的读者又嫌他味酸**。

魏子野写在稿笺上的话，一个字就是一颗子弹，把这部稿子点击得到处是洞。阿里巴和他敬佩的魏子野，第一次在同一本书上，发生了如此重大的分歧。如同魏子野取笑他带着私情，他也怀疑魏子野揣有成见，直盼望孙文夫终审时，能够站在天平的他这一方。但是终审意见下来，魏子野的评价，竟然正中孙文夫的下怀，稿签上批了八个字道，子野金睛，老妇态丑。***在魏子野射得千疮百孔的稿子上，吧唧一枪，彻底击毙。

阿里巴见袁飞北的书稿，重又回到他的案上，心里老大不高兴，觉得孙文夫一定是受了魏子野的影响，就埋怨起魏子野来。魏子野说："他写信对你说，此稿刚刚落笔，可是我看这部稿子，里面共有四种改动的笔迹，结尾落款的日期也是改过的，证明除了他外，至少有三人仔细看过，那么就不是他说的那样了，完稿的时间，至少是在一年以前。敢在稿子上改字的，不是本人，便是编辑，又证明稿子已退过多家。你是一个粗心大意的人，不加细看，就深信他言，而这人又以一级作家自居，放不下那个臭架子，不像牛八爷那样老实直说，却越发用吹嘘来误导他的朋友。

* 这才正是写作的难能可贵之处。

** 此评语说得精要，骂尽那些矫揉造作之徒。

*** 越来越觉得孙文夫倒有些见地。

当然退稿中也不乏名作，文坛之大，终有遗珠之憾，然而这部稿子实在平庸，你这人是讲义气，说了那么多的好话，绝非看走了眼，而是想普度众生*，可是编辑不是菩萨，他度不了所有的作家，更多的人命中注定，是要掉在苦海中的。”

阿里巴被魏子野点拨一通，几乎心悦诚服，心想不愧是个名编，便讪笑着，承认自己的确是想救袁飞北一命，就好像受人之托，推销其人的土产，无形中自然要多说此物的好处，而那些好处，本来是子虚乌有的，想蒙混过关，却遇上了名编的法眼。

魏子野这时才笑了说：“这个名叫袁飞北的，我早就听说过了，是个很有心计的人，除了写小说，他还写字，他把他出的书送给书法圈的人，又把他写的字送给文学圈的人，让两边的人都知道他有革命的两手，而第二手并不比第一手弱。近些年他写的东西，别说出书，连个发表的地方也没有，他就此主攻写字，前年让亲戚凑钱，在京城办了个书法展览，去年又找企业赞助，到美国办了个书法展览，回到锅城，哄得小报记者屁滚尿流地报道，第一次的标题叫，《飞北飞北，南国作家的书法飞到北京》，第二次的标题叫，《文美字美，东方书家的作品轰动美国》。** 最后才知道，两篇署名亦北的报道都是他的儿子写的，标题为他自己所加。其实美国人并不懂中国书法，只要看着是方块字，都觉得新鲜，各类展览也极随便，把写的字往大街上一铺，就算是举行展览了，什么时候我带你去办一次，你同样可以成为东方书家。”

阿里巴说：“过去他寄我信时，每次都夹一张字，我并没看出那字的妙处，歪头巴脑，颤颤抖抖，就像是生命垂危的病人写的。”

魏子野说：“你看出一点来了，他那字就号称颤抖体***，最初是因发疟疾时写字一抖一抖，抖出来看着有点怪怪的，由此得到启发，以后就故意这么抖起来了，写时绝不希望有人看见，身子

* 魏子野是懂阿里巴的，阿里巴认其为文学艺术的知己，大幸也！此时却因一心想帮别人，迷在局中或是故作糊涂。

** 仅看标题，也真够俗的。

*** 颤抖体，哈，这本来是作者信手拈来的嘲讽之语，不想后来竟真有人写此字体示众，据说还是一个名人。

坐着，两腿乱颤，写出来就成了你说的那个样子。锅城人说他最好的字，是下乡时坐在开动的拖拉机上写的。”

魏子野一本正经，阿里巴半信半疑，再把东方白的说法，串联起来一想，觉得此人至少不是等闲之辈，书稿既然没有通过，那就退还给他，自己也算了却了一桩心事。为了证明已努力过了，阿里巴把稿签附在书稿里，委婉地写了一封回信，一并装进一个大的牛皮纸袋，送交给收发室，担心误了他另找出路，让收发员也用特快，当天寄还给他。做完这件事情，浑身一阵轻松，好像大便干燥者在他人的协助下，终于泄去了肚里的积物。*

然而只过了一周，这个特快专递又回到他的案上，阿里巴大为诧异，以为是写错了地址，被邮局退了回来，细看封套上的字，却是袁飞北的颤抖体。打开一看，扑面而来又是他一张字，阿里巴无心赏读，先把附信展开看了，信上又是问好，又是致谢，东扯西拉，转弯抹角，最后言归正传，说是看了稿签上的意见，觉得不无道理，因此根据上面要求，日夜奋战，把那些地方改了一遍，再次寄来，敬请继续赐教。阿里巴开始怎么也想不起来，他们什么时候说过要他修改的话，最后突然记起，是自己在初审中这么提过，可是被复审的魏子野否定，又被孙文夫三审定案，那句话已经是无效的了，想不到袁飞北却删前去后，好像小报上的文摘，单单把那句抓住，来了这么一手。**

阿里巴心中的烦躁，几乎快要升为愤怒，觉得好不容易拉出的屎，打个转身又回到他的肠里，比拉出去前还要难受。看见魏子野从门外进来，就苦着脸，连信带稿都推给他看，魏子野匆匆只扫一眼，就一笑说：“他把我们这里当成垃圾收购站了，这种层次的人，值不得把稿签寄给他看，像你这样的热心快肠，一不小心，就会走进他设的圈套。”

阿里巴说：“如果这次我不回信，他还会怎么办？”

魏子野说：“他会给你打电话的。”又摇摇头，叹口气道，

* 这袁飞北的小说写得得有多臭啊！

** 本想脱开手，不想却被黏住了。估计这也是袁飞北第一次收到编辑这么正式的退稿稿签，就像抓住了一根救命的稻草，哪肯松手！

"唉，作家当到这个份儿上，也算可怜。*"

几乎一天，阿里巴心里都不大舒服，赌气不看袁飞北改后的书稿，连别人的书稿也看不进去。中午休息的时候，谢婆子提着一根拖把，长驱直入，从走廊那头走到这头，路过编辑部时，在门上"咚"地敲了一响，探进半颗脑袋嚷道："你们要有废纸，现在就去倒了，别等厕所清理过后，再去乱倒。"

东方白听着可笑，随口添一句说："你们要有屎尿，现在也去拉了，别等厕所清理过后，再去乱拉。"

大家都一抽一抽地笑，杨梅问阿里巴道："哥们儿，是不是上面要来人检查卫生了？"

阿里巴说："不会的，不会的，大家放心好了，这是谢婆子的通知，又不是吴诗言的通知。"

谢婆子说："你们真是一些懒猪，上面不来人检查卫生，你们连地也不扫，窗户也不擦的！"

阿里巴忽然对谢婆子说："进来坐一会儿吧，大家都闷得很，想听你讲故事呢。"又对杨梅说，"你不是说下午有事吗？就不用请什么假了，可以提前些走，别让吴诗言看见就是。**"

杨梅高高兴兴地收拾书桌，道声再见，起身挎起坤包走了。阿里巴想了想，又对于剑说："你要有事也可以走。"

东方白问："我和魏子野是不是也回避一下？"

谢婆子说："你们不安好心，屋里只有一个男人，俺是不在这里待的。***"

阿里巴起身把门关了，说："谁个不安好心？好久没听你讲荤段子了，今天要听你讲一个。"

谢婆子就一屁股坐下，勾着个头酝酿。这时门又开了，已经背着书包出门的于剑，现在却又不好意思地转来，说是忘了拿一本书，坐回他的位上，拉开抽屉在里面翻着。阿里巴说："你已经出去了，怎么又进来？"

* 更为可恨，可怜之人必有可恨之处，古人诚不欺我也。

** 讲荤段子支开女同事，仅此一点，这阿里巴就不是下流之辈。

*** 谢婆子竟有如此避嫌之心，有趣。

于剑红着脸说：“阿头儿，整天坐在这里，我也闷得很，简直快要透不过气了，让我也听一听吧，现在的年轻人，谁还在乎这个？连杨梅都不会在乎了！*”

谢婆子坐了一会儿，酝酿好了一个故事，开口说道：“刚才谁说出去进来的，俺就讲一个出去进来的事儿。俺们村儿里有一对孤寡老人，过去割资本主义尾巴，不许喂猪，家里穷得很，现在改革开放，允许喂猪了，日子富了，人也返老还童了，每天吃了夜饭，爬到床上，总要做点儿那活儿。有天夜里，老头子趴在老婆子身上正做着，两个贼娃子把院墙打了个洞，想爬进来偷他们家喂的猪，一个钻进洞里，一个留在洞外，就听屋里的老头子问：‘进来了吗？’老婆子说：‘左边的一个进来了，右边的一个还在外面！’里面的一个吓得就缩出去，换外面的一个进来，又听屋里的老头子问：‘进来了吗？’老婆子说：‘右边的一个进来了，左边的一个还在外面。’两个贼娃子撒腿就跑，听得屋里的老婆子埋怨老头子说：‘你是咋球搞的哩，让它们两个都跑出去了！’”

众人听得大笑，都解了闷儿，阿里巴见有人把门推了道缝，接着又鬼头鬼脑地合上了，怀疑是吴诗言，就对谢婆子笑道：“你快出去，别进来了，小心有埋伏！”

谢婆子说：“忙啥，俺还有一个打麻将的没有说，那个可好听呢。”

阿里巴说：“留着等会儿再说吧，版权归我们所有了！**”

想不到第二天刚一上班，凤凰社真的热闹起来，外面的电话不断地往进打着，不是书店就是书摊，要不就是边远地区的读者，纷纷要批销和邮购一本名叫《黄村》的小说。王金刚和马车两人，每人手里一部电话，一手举着话筒，一手捏着钢笔，刷刷地记着对方的地址，又指挥手下人向印厂要书，谁知手下人告诉他们，说是印厂一本不给，因为结账付款的不是他们，而是小郎。王金刚亲自向小郎要，小郎更说不行，理由是全国各地包括

* 于剑说的也是实情，阿里巴竟不知道。

** 为后文做伏线。

台湾在内，都归他一人独家总销，两家都销就乱套了。王金刚气得拍屁股大骂：“操他妈的，钱都让人家挣了，自己一分都挣不到！”

王金刚边骂边去找赵小月告状。赵小月让他找孙文夫，孙文夫又往阿里巴推，阿里巴得知书已畅销，存心要气一下自己找上门来的王金刚，乘机对他进行教育道：“这件事不能怪全世界任何一个人，要怪只能怪你自己，出版前我首先问过你的，你说一千本都卖不出去，这样我才找到小郎。现在人家想方设法，闹得全国轰动，你又想横插一杠，坐收渔利。你要真想卖书，比这更好的书我多得是，以后你也独家总销一本，给社里赚个百八几十万块钱，自己也得个几万块钱奖金，岂不是好？* 这一次，我看你就算了吧！”

王金刚知道自己缺理，骂骂咧咧又往回走，走廊上和郑三发一头碰上，两人又由互相攻击的对头，变成一条战线的战友了，王金刚骂给他听道：“操他妈的，至少印了十万！”郑三发也骂给他听道：“操他奶的，一本都轮不到你卖！”

阿里巴出门去找魏子野，听见郑三发骂得比王金刚还狠，想起小郎解剖他的话，说他找印厂一本印费是二块五，出版社找印厂一本印费却是五块二，两者相差一倍还多，忍不住就“扑哧”一笑。郑三发回过头问：“你笑什么？”

阿里巴说：“我笑你俩都气成了那样，一个骂操他娘，一个骂操他奶，你操的级别比他还高，不想不知道，一想吓一跳，原来你们还是父子两个。**”

两人初时没有觉悟，站着想了一会儿，突然一下子明白过来，郑三发占了个大便宜，狮子一样张着嘴巴狂笑，王金刚却气得要找阿里巴算账，阿里巴早已溜没影儿了。

下午继续有人要买《黄村》，还有人背着麻袋，提着现金找上门来，王金刚嘴里公然骂着：“操他妈的，没人买的书堆了一

* 这是将王金刚一军，就是再好的书到了他手里，一样卖不出去。

** 哈哈哈，文人骂人无脏字，绵里藏针痛煞人。

库，有人买的书一本没有，老子没法干了！”“咔嚓”把门一锁，拔出钥匙，在手里一圈一圈儿甩着，名正言顺地到勤杂室打麻将去了。

凤凰社的勤杂室，只有少数几人不屑光临，魏子野戏说它的名字只取对了一半，杂而不勤，应叫杂懒室才是全对，阿里巴却说索性叫作杂种室才好*，因为去的杂人品种众多，不卖书的销售科人，不务正业的总务处人，不会编稿写文的编辑，译稿被改得一塌糊涂的翻译，闹脾气不出车的司机，等等，都是这里的常客，有时打麻将，有时打牌，有时瘾发大了，还来几圈儿带赌的。每天拿着杆笔给人打钩划叉的吴诗言，是满屋人的共同朋友，因此这里的人都有着很高的出勤率，每月的奖金也水涨船高，从周一到周五一天不少，就是在双休日，还有人对家中老婆谎称加班，来这里享受快乐的时光**。

有一次赵小月路过门外，发现里面烟雾冲天，喊声震地，回去叫来吴诗言问话，吴诗言说：“这些人骨头是懒一点儿，本事是差一点儿，但是心却不坏，老社长退休的时候，他们都是拥护你上台的基本队伍。”赵小月受了感动，于是不再追究，勤杂室此后就合理化，成了免费的娱乐站。*** 时而赵小月在万忙之中，还抽空去看望一下大家，拍拍这个肩膀，打打那个屁股，又建议方三儿先扔一张没用的小牌，而千万要把大猫保护起来。方三儿是给赵小月开车的司机，兼打牌的天才，爹妈在二十多年以前，就把他的名字取得像张扑克牌，仗着自己开车，和赵小月挨得比别人近，就黑着一张脸说：“我们是没用的小三，你是有用的大猫，你把我们扔了，只顾保护自己，心里过得去吗？”大家一时都不动牌了，侧耳听着回音，赵小月懂了他们的意思，也玩笑说：“这一盘是大猫，不能保证下一盘还是大猫，不过只要是大猫，就自然会保护你们的。”几个打牌的也懂了赵小月的意思，为了持久地打下去，就一片声地叫道：“赵社长就是我们的大猫，我们下一

* 这名字很贴切。

** 在国企待过的人，应该都对这样的勤杂室不陌生。

*** 勤懒无所谓，专业不要紧，站队才重要。

盘还要大猫！*”

买书的人不肯善罢甘休，在走廊里来回走着，四处敲门找销售科的人，王金刚和马车不知溜到哪去了，下面的几个人知是买书，闭门不出，买书人就敲到隔壁的印制科，没好气地向他们打听，印制科的郑三发也不在，李先来一人坐在屋里正练着字，就用握笔的手朝着勤杂室的方向，飞快地指了两指，又及时地缩回去写他的字了，不想刚才这么一动，一坨墨汁正好掉在了他的裤裆上，心情立刻遭到破坏，字练不下去了，嘴里骂着敲门的买书人，骂几句觉得买书人是无罪的，就又转骂起销售科的人来，起身把门关得天衣无缝，有人再敲决不理了。一群买书的人按照李先来的指点，径直赶到勤杂室，好像抢购流血大甩卖的商品，堵住门口，其中一个摆书摊的汉子，冲着乌烟瘴气的屋里喊道：“这真是叫作今古奇观，凤凰出版社的人上班打牌，却不卖书，何不把出版社的‘版’字右半边改了，把反动的‘反’字，改成卑鄙的‘卑’字，就叫凤凰出牌社**好了！”

屋外的人大笑起来，连屋里的人都笑了。王金刚正好起了一把臭牌，全是数字，连带人头的都没一张，正窝着火，这时火上加油，把手里的臭牌叭地撂了，冲出门来，对着那人厉声吼道：“刚才这话是你说的？你卖书卖出文化来了是吗？不仅会卖书还会改字是吗？你说谁反动？谁卑鄙？谁叫凤凰出牌社？马车，你去把社长叫来！”

马车这盘起的是把好牌，两个猫都来了，放在桌上怕人看见，就握在手里，竟真的直奔社长办公室。赵小月不在，马车转身又到副总编办公室，孙文夫也不在，只有钱思奇一人坐在那里，戴着一副老花眼镜，正审校罗戈尔翻译的《诗经》。马车说：“有人来社里游行示威，还高呼口号，赵头儿不在，钱总还不快去看看！***”

钱思奇吃了一惊，摘下眼镜，随着马车就走，来到勤杂室门

* 无处不官场。

** 这个社名改得贴切，跟杂种室正好呼应。

*** 可怜博古通今，却中小人伎俩！

口，果然看见围了一圈儿的人，却不是游行示威，也没有高呼口号，而是要求买书，屋里坐了两桌的人，正在抽烟打牌。再看告状的马车，手里也捏着一把牌，钱思奇发了火道：“你们在搞什么名堂？人家买书，你们为什么不卖给人家？都给我出来，各就各位，回去上班！”

屋里的人一看是钱思奇，脸都黑了，牌一扔就溜了出来，门外买书的人围住钱思奇，向他控诉着王金刚，钱思奇平时最看不惯的，就是销售科的几个懒汉，便指着王金刚和马车的鼻子吼道：“我告诉你们，谁来买书，谁就是你们的大爷，你们倒好，本末倒置，反过来给别人当大爷了，还不赶快去给这些大爷大娘开库取书！*”

马车辩解说：“我们哪里有书卖给他们？”

钱思奇又吼道：“胡说！你们不是天天叫嚷书卖不出去吗？有人来买怎么又没有了？”

马车要继续辩解说：“他们要的不是库里的书，他们要的是《黄村》！”

钱思奇又是一声把他吼断道：“什么黄村黑村，人家要什么村，你就给人家什么村，不给撤你的职！”

吼罢气冲冲转身就走，王金刚当着自己吼过的人，挨了钱思奇的吼，大失面子，冲着钱思奇的背影，也小吼了一句道：“操你妈的，等你以后当了社长，你再撤我的职吧！”扭脸又骂马车说，“你他妈的也是一个笨蛋，这是个倔巴佬，谁要你把他给叫来了？”

两人骂骂咧咧地收拾起牌，回他们的销售处去，路过编辑部时，听得里面热闹得很，打扫厕所的谢婆子手里拄着一根拖把，像一个说书艺人，正绘声绘色地讲着荤故事。谢婆子说：“那个二傻子进了窑子，婆儿嫌他钱少，叫他去弄一个墙眼，二傻子先趴着墙眼望望，见墙眼那边有四个人在打麻将，就对着墙眼弄了。

* 钱思奇虽有诸病，但也还存有一个知识分子的风格，不似赵小月那般不堪。

二傻子第二回又去，这回多给了几块钱，婆儿给他安排了一个婊子，二傻子也先趴在婊子那眼里望望，婊子问他望什么，二傻子说：'怎么不见有四个人打麻将呀？' *"

屋里一阵大笑，王金刚有气正没处发，站在门口一声吼道："你们在说谁呀？一个扫厕所的臭女人也敢骂起我们头上来了！"

阿里巴笑道："谁敢说你了？你们今天打的是牌，而她说的是打麻将。"

王金刚说："不也是一样吗？操他妈的！"

* 哈哈，难怪当时不讲，原来时候没到。

13

上午是凤凰社的读报时间，公费订阅的各种报纸，浩浩荡荡地进入各室，室内有人就堆在桌上，如果某个室内没人，就从门缝里吱溜一下子塞进去。报纸里往往夹着一些邮寄品，比方书信、稿件、杂志之类，从收到的这一刻起，大家就沏上茶，开始了分门别类的阅读。先是读书信，书信是要读一至几遍的，其次是报纸，报纸是选着看，然后是杂志，杂志是哗哗地翻，最后才是各类稿件。稿件是审阅，需要放到诸事做罢，心情平静的时候。从八点到十点，是上午的第一阶段，好比一场篮球赛的上半场，打罢了休息半个钟头，可以做做体操，玩玩游戏，再重新上场，就是上午的第二阶段了，从十点半到十一点半。中饭时间到了，大家都记得这件事情，各自放下手里的阅读物，拿上社里统一分发的饭盒，一路说着俏皮的话，到食堂去排队吃中餐。一天的二分之一就这么过去了，吃罢中餐休息一个半钟头，才到下午的上班时间。

魏子野是不看报的，他的信件最多，杂志和稿件也很不少。他收到一封来自巴黎的信，是李中国寄给他的。在法国做访问学者的李中国，偶尔在巴黎一家书店看到魏子野写的一本小说，觉得很好，就把它介绍给法国的一家出版社，那家出版社也觉得很好，顺便，请李中国代为联系版权，并且担任此书的翻译，李中国就来信和魏子野谈这件事情。魏子野固然超脱，但读信后也高兴得很，作品能够走出国界，这未尝不是一件好事，他在心里感激着李中国。其实李中国在没出国之前，还在凤凰社任副总编的时候，魏子野和他的关系并不十分密切，只不过李中国喜欢魏子野的文章，魏子野敬重李中国的翻译。李中国的法文在国内绝对是第一流的，傅雷是把法国作家的作品译到中国，而李中国则是把中国作家的作品译到法国。一位名叫阿甄的中国西部作家，写了一部极具争议的小说，经过李中国的翻译，已获得了仅次于龚古尔文学奖的一项法国大奖。另一位华裔作家名叫阿剑，一心要摘取诺贝尔文学奖，在作品译成瑞典文之前，也曾经请他把它译成法文。李中国是无心做官的，可能是这一点，使他和魏子野在精神上靠近了一步。无心做官却做了凤凰社的副总编，这是因为必须要有一位头儿分管法语杂志的人来定稿，这个头儿便非李中国莫属。

李中国在信中写了他在法国的网址，要魏子野用 E-mail 向他授权，可惜魏子野至今没有学会使用电脑，他只会笨拙地使用传统手段，在纸上写好回信，装入一只国际航空的信封，送进邮局，贴足邮票，让它乘飞机越过太平洋，来到李中国的手里。魏子野写好信后放在桌上，上邮局前先去上一个卫生间，这时赵小月进来找阿里巴有事，见魏子野桌上有封写给法国的信，而且还是李中国收，不禁愣了一下，随口问阿里巴道："他们两个还有这么亲密的往来？"

阿里巴稀里糊涂地反问道："谁们两个？"

赵小月朝魏子野的桌子斜一眼说："这个人和李中国。"

阿里巴"哦"了一声，看赵小月的脸色，好像对这事相当重视，就故意糊弄他说："他们两个的往来一直是亲密的，难道你这个社头儿还不知道？而且依我看岂止是亲密，简直是有些神秘！*"

赵小月听到"神秘"一词，不知真假，心里就有些疑神疑鬼起来，怀疑魏子野在给李中国的信中讲了他的坏话，便想必须得找个机会和李中国聊一聊，谈谈他对魏子野的看法。正这样想着，魏子野手里拿着一叠信稿从外面进来，赵小月就转而和阿里巴谈《黄村》的事。

* 说者无心，听者有意，估计阿里巴信口胡诌把魏子野给害了。

《黄村》一书意外走俏，京城首先出现了盗版，紧接着这股盗版之风迅速蔓延，全国各大城市的盗版本至少有二十多种。这些盗版书错字连篇，墨迹不清，纸张低劣，连开本也大小不一，印数高达一百多万册。大量读者不明真相，把买到的盗版书按照书上印的地址，退给凤凰社，书里夹着信，表示着恼火甚至愤怒，要求换上合格的书。赵小月一下慌了，怀里抱着一摞盗版书，逼着阿里巴快想办法。

阿里巴接着书来，选着翻了几本，见里面几乎每页都有错字，有的错得实在荒唐，让不知情的读者买去看了，不可能不骂他这个编辑。他的脸上一会儿发红，一会儿发白，一会儿又变得一片紫乌，呼呼地喘了一阵子，忽然却"扑哧"一笑说："这书错得还不离谱，还有错得更离谱的。前些天我读到一篇写周作人的文章，说他当年做编辑时，在书稿中校出的错字，排字工第一遍没改过来，第二遍也没改过来，第三遍倒是改过来了，却这里对了那里又错了，气得他提笔在校对稿上骂道：'看清楚了，你这只猪！'谁知最后书印出来，这一页里多了一句话：'看清楚了这里有一只猪！'你说好笑不好笑？*"

东方白插言说："还有一个更好笑的。法国一名地理学家介绍一座山峰，文章中写的是它海拔 36000 斯托帕，斯托帕是法国旧的长度单位，排字工多排了一个'0'，作者校对时表示这里多了一个'0'，排字工就又在这里多加了一个'0'，这座山就由 36000 斯托帕变成了 3600000 斯托帕。作者气得也和周作人那样骂道：'应该是 36000，畜牲！'后来这篇文章里就这样写着：'这座山峰海拔 3600000 斯托帕，上面生活着 36000 种畜牲。'**"

大家的眼泪都笑了出来，杨梅双手按着肚子，在椅子上笑得东倒西歪，嘴里直叫"饶了我吧"。魏子野趁热打铁，接着也讲了一个道："我讲一个不幽默的，保证没有人笑。斯大林读了高尔基写的《姑娘与死神》，在书最后一页作了一个批示说：'这本

* 哈哈，这也算是文坛逸事，作者信手拈来，一部《纸厦》涉猎之广，素材之丰，俯拾皆是，实难为也！

** 又出一典，若非资深编辑，何知此等逸事，受教了。

书写得比歌德的《浮士德》还要强有力。爱情战胜死亡。约·斯大林。'当时的苏联，伟大领袖说的话是最高指示，刚说的话是最新指示，要向全国人民及时发表，但他批示的'爱情'两字拼写有误，这段语录发表以后，竟有两位著名教授在《真理报》上撰文说：'世界上存在着腐败没落的资产阶级爱情以及新生健康的无产阶级爱情，两个爱情截然不同，拼写岂能一样？'斯大林看了这篇文章，又作了一个批示说：'笨蛋，此系笔误！约·斯大林。'"

这次大家果然笑不出来，赵小月对这个故事有些反感，觉得别人都是信口开河，唯有魏子野是暗藏杀机，说不定又在影射他这个文学上的外行*。便正经了脸，转回话说："大家别光顾着说笑话，面对这样疯狂的盗版，还是都来想想办法吧。"

阿里巴也正经了说："办法我倒是有一个，可以变百害为一利，只是不知道你会不会按我说的去办。"

赵小月说："你得先说出来我听。"

阿里巴就说："你可以派郑三发、李先来、王金刚、马车，带领四支人马去全市各个书店书摊，见人卖这本书，只管收钱就是，因为这本书上明明白白印的是凤凰社出版，凤凰社出版的书，卖的书钱当然是归凤凰社的，有人不同意，把工作证掏出来给他看，再有人不同意，就告他的盗版罪**。"

赵小月生了气说："我们都已经被包围了，你还有心开什么玩笑！"

阿里巴两只眼睛瞪得溜圆道："我哪里是开玩笑，是你要我想办法，我才绞尽脑汁地在想办法，我想的办法是让凤凰社兵不血刃，坐收渔利，发它一笔大财，解决上面断奶给我们造成的经济危机。"

赵小月越发生气说："那么面对这些读者的退书，我们应该怎么办？"

* 多虑了，魏子野或许是有影射，但绝不是影射赵小月。

** 这分明是把锅甩给赵小月和他姑息下的一帮无所事事的马仔。

阿里巴又想了一会儿，这次严肃地说："我们应该和广大读者站在一起，作为共同的受害者，对铺天盖地的盗版书进行抵制，进行控诉。"

阿里巴的回答像江湖医生开的药方，并且是空头的，去不掉赵小月的这块心病，赵小月心里越发烦乱。这时王金刚又推门进来，向赵小月请示说，锅城书店还欠社里一笔书款，他想在近期把它收回来，为了节省时间，来去坐飞机最好。按凤凰社的财务规定，处级以下的干部，一般性质的出差，是不能坐飞机和火车软卧的，王金刚正好是个不能坐飞机的级别，可是他想趁这个机会坐一次，就来向赵小月请示，希望得到他的破例批准。赵小月铁着脸说："我批准也不行，财务科的权力大得很，连我都受他们管的。"

王金刚忽然记起一件事说："有天马车接到一个电话，也是从锅城打来的，是个女孩儿，说是你的外甥女，问你的电话号码，马车告诉了她，不知道你的外甥女给你打了没打，我们也忘记对你说了。*"

赵小月的脸上一下松缓了许多，说："当晚就打给我了，什么外甥女，是侄女，我亲哥的女儿，在锅城文化局里工作，父母都不在了，我一直说是去看看她的，却一直抽不出来时间。"

王金刚说："那就下个决心，这次和我一道去吧，你侄女在文化局，和书店也有关系，说不定还能帮我们收收书款呢。**"

赵小月心就动了，对阿里巴说："刚才说的事情你再想想别的办法，千万要打击不法书商，刹住盗版之风！"

阿里巴还站在那里不动，嘴里实事求是地说："不法书商连公检法都打击不了，盗版之风连党中央都刹不住，你要我怎么去打击，怎么去刹？"

赵小月急道："实在打击不了，刹不住，我也并没说是要把你怎么样嘛！"

* 总能找到缝隙，小人生存之道。

** 这算是说到赵小月心坎里了，这些人每天正事不干，总在揣摩领导心思，关键时候总能派上用场。

阿里巴的脑子突然开窍，明白赵小月的意思是只要在主观上努力就行，不一定考虑客观效果。又见王金刚在一边急得走步，时而还拿白眼翻他一下，心里更明白了，他们接下来要研究坐飞机的事情，便对赵小月笑一笑，点个头转身走了。

果然等他一走，赵小月就对王金刚说："看来我这个社长是要御驾亲征一次了，不然老是待在社里开会，群众也是有意见的。*"

王金刚知道事情成了，笑道："社长亲自出马，对书店是个压力，这次如果能收回款子，功劳全在于你。"

赵小月谦虚道："功劳自然是你的，只要群众知道我有一点儿苦劳就行。"

王金刚说："那么这事就这样定了，我得马上订机票去。"

赵小月问："还是要坐飞机？"

王金刚笑道："你是局级干部，中共中央规定你是坐飞机的呀，我的级别低，但我是陪同人员，就算是一个保镖，秃子跟着月亮走，当沾光的也要沾一点儿光嘛。"见赵小月还在犹豫着，王金刚就换了句话说，"你实在不愿意和我一道，那我就去给你订一张机票，我自己坐火车走，不过那样麻烦很多，飞机飞得快，火车跑得慢，你先到锅城没人安排你的住宿；而我要是提前一天走呢，先到锅城还顾不上办正事，就要急着到机场接你。不管怎样都是不划算的，现在时间就是金钱，时间就是一切，如果实在不好办的话，我的机票我自己出钱好了。**"

赵小月一挥手说："你去跟莲花说一说吧。"

王金刚最近和女会计黄莲花吵了一架，起因是他去广州出差，回来后报销车票和住宿费，黄莲花接过一摞子单据，先不忙着给他报销，却和女出纳张洁闲聊天说："难怪听人家说，到了北京嫌官儿小，到了广州嫌钱少。"张洁说："还有一句说到了深圳嫌身体不好，我不懂是什么意思。"王金刚急着取钱办事，催了

* 把借公费探亲访友还能说得这么冠冕堂皇，也只有赵小月之流才能如此顺畅自然。

** 为了一张机票，也是用尽手段。

她们一句道："你们在聊什么呢？"黄莲花顺手就从单据里抽出一张宾馆的服务费，递还给王金刚说："没什么聊的，就聊这个，你私人搞了三陪小姐，还要公家给你买单，是不是嫌自己钱少？"王金刚一听火了，就把过去销售科每领一笔费用，黄莲花都要雁过拔毛，不从里面提成就不给他们支付，* 为了把钱领到手，他们只好让她提成的事嚷了出来。黄莲花冷笑说："你要是觉得这样做不合适，那就大家都把钱退出来，让我再细算一遍。"王金刚知道如果让她再细算一遍，必然会给他算掉一大笔钱，比她从中提成的还多，便不和她说这事了，却换个话头揭发她道："你要是这样严格对待蒋委员长，我就服你是个正派女人！"

黄莲花的男人是郑三发，蒋委员长是王金刚给他取的代号，一直卖书的王金刚看过一本《金陵春梦》，得知蒋介石的小名叫三发子，于是就把这名字安给了郑三发。郑三发嫌黄莲花干瘪得像块腊肉，在外边搞了一个年轻的女人，那女人和王金刚也熟悉的，是一个没结过婚的老处女，在一家书店卖少儿读物，长得也不怎么样，只不过身上的肉比黄莲花的腊肉要丰满，也白嫩一些。郑三发和老处女偷情的事，黄莲花若有所闻，也曾和他闹过几场，但是郑三发毫不害怕，唯愿她把事情闹大，索性把她一脚踹了，一不做二不休，去和丰满而白嫩的老处女过幸福美满的日子。王金刚刚才这一句话，可以说是一把双刃的剑，一方面是指郑三发也在外面嫖娼，另一方面又说了他们两口子在公家的钱财上，也没有什么正派可言。果不其然，听了这话的黄莲花脸色一黄，嘴里说了句"以后不许你再胡说八道"**，从王金刚手里第二次接过那张宾馆服务费，转手递给张洁，让她给他报了。

但是从此以后，王金刚也有了把柄在黄莲花的手里，尽量不碰这个女人，有事路过财务科的门口，扭着脑袋往别处看。这次要和赵小月坐飞机去锅城，不碰是不行的，王金刚把一切都想好了，就先打电话订好两张机票，然后才到财务科，开口就要借两

* 这提成够新奇的。

** 相互抓着把柄，就只好沆瀣一气，将这只凤凰从里面挖空吃尽。

万块钱作出差费。黄莲花一听就想起上次的事，冷着脸问：“干什么要花这么多钱？又去广州？”

王金刚这次笑道：“你不是说到了广州嫌钱少吗？这次就到锅城好了，去收一笔书款，是赵头儿安排去的，他要亲自和我一道。”

黄莲花一时没话说了，想想又问：“这次能收多少书款？”

王金刚说：“锅城书店欠我们一百多万，打算收回一半，也有五十万吧。”

黄莲花说：“两人借一万还不行了？回来的路费不够，可以让对方垫付了，然后从我们的书款中扣除。”

王金刚高声叫起来道：“一万哪里够用？两张机票就花差不多了，下飞机还住不住店？打不打车？办不办事？请不请人吃饭？想不想把书款收回来？”

黄莲花两眼盯着他问：“你什么时候升局级了，也不给我们买糖吃？”

王金刚仍然笑道：“你这是骂我呢，说我不够坐飞机的资格是不？其实我也是不想坐的，这玩意儿近些年老爱往下掉，吧唧一掉下来，别说一个破局级，就是联合国级都没用了，可是赵头儿硬逼我坐，我说你实在要我陪你坐飞机，到时候你可要给我报销机票。*”

* 空口白话，说得这样自然，小人嘴脸如画。

黄莲花从鼻子里一声说：“他也没有那么大的权力，连他坐飞机有人也要干涉，上次他去欧洲五国，钱头儿知道了就发脾气，说英国首相布莱尔的老婆孩子坐飞机到意大利，一家五口花了4万英镑，折合6万美金，保守党还反对给他们报销，要他们自费度假呢，何况中国一个小萝卜头儿的社长！社里都穷得什么打板凳叮当响了，他凭什么还要公费出国？还要我们学人家白金汉宫的工作人员，对他进行监督抵制。”

王金刚因为赵小月默许了他坐飞机，就替赵小月说话道：“什么汉宫，就是子宫你也监督抵制不了！他姓钱的骨子里是什么东西，我还有不知道的，他不就是想推翻我们的一套，向人家英国美国学吗？可惜呀可惜，可惜他生错了地方，生错了时候，要是坚持到下个世纪再吧唧生下来，或者索性吧唧在那边，他就不会今天也发脾气，明天也发脾气了！他就是把肚子气破，把里面的屎气出来，社里也是赵头儿当家作主，赵头儿金口玉言说了算哪！*”

黄莲花听他嚷了一通，一副理直气壮的样子，又坚决站在赵小月一边，就断定赵小月是真的批准他坐飞机了，两眼向上翻着想了想，像是在计算一笔经济账，接着转脸吩咐张洁，去银行取一万元现金。张洁一出柜台，王金刚不想和黄莲花二人相对，也跟着退了出来，嘴里小声哼了一句流行歌曲，就像已经成功地坐在机舱里面，马上就要抵达锅城了。**

* 真是有奶就是娘啊！这种人干别的不行，但该站谁的队那是门儿清。

** 小人得志是如此表现。

14

锅城是王金刚的图书销售基地，锅城书店的正副总经理是一对夫妇，男人叫范玉基，女人叫周玉莲，凤凰社的销售科长王金刚下来收款，是这对夫妇二人主动提出来的*。这本是一笔欠了多年的老账，过去屡催屡拖，悬而不决，夫妇二人采取了目前国内私人和公家在商业往来中，最聪明、最常见、最有效的一种办法，就是给奉命讨债的个人一小笔钱，而把收债单位的大笔款子拖欠不给。得了小钱的讨债人回去叫苦不迭，让丢了大钱的单位无计可施，每派人催讨一次，分文无回，反而还赔进一些旅行和吃住费用，久而久之，发誓要收回欠款的信心壮志，气球似的一天比一天缩小。转而一想，偌大一个公家的钱财，何必害得私人伤肝动怒呢，况且欠债人付给自己的好处，又十倍于单位发给自己的奖金，于是这一百万收不回的老账，终究就变成不去收的死账了。

不想出了奇事，收账的人已不提了，欠账的人却自己提起来，王金刚初是一喜，继而一疑，** 接下去就从他们后面的话中，验证出自己喜得不对，而疑得有理。原来这对夫妇果然是醉翁之意不在酒，想的是以收款的名义，把王金刚请到锅城，商榷他们想在锅城办出版分社的事，事成之后，一定会有重谢。王金刚在电话里听出了他们的意思，知道这事非同小可，自己无权作主，脑子一转，就也以收款的理由把赵小月搬来，让他表态，这样一来人情就成了自己的，责任却在赵小月身上，能成是他的努力，不能成是赵小月的不愿配合***，锅城书店的关系保住了，无论成败如何，这两个男女都得感谢他。既然是请他下来收款，那么他们至少也得付他一些，回去对社里有个交代，他也可以从中提一

* 这夫妇一饭（范）一粥（周）确是天造地设一对，王金刚应该没少在此吃饭喝粥吧！

** 物以类聚人以群分，小人伎俩小人知。

*** 用人不妥，即被算计，是赵小月蠢吗？也不尽然，纸厦将倾，必出各类宵小之徒，促其轰然而塌。

点儿成。

范、周夫妇早已在锅城最大的饭店订下房间，又在锅城最好的酒楼订下宴席，双双赶到机场迎接凤凰社来人。王金刚提着皮箱抢先一步，为双方介绍道：“这位是我们凤凰社的社长，日语翻译家赵小月先生；这两位是锅城书店的总经理范玉基先生，这位是范总夫人，著名女强人，锅城书店的副总经理周玉莲女士！”

夫妇两人应声就猛扑过来，一人伸出一只手，同时逮住赵小月的两手使劲儿地握，把出访过日本的赵小月吓了一跳，觉得这个欢迎热烈得有点儿过度，嘴里却客气地说：“早就听王科长说了，你们开的是夫妻店，当年司马相如和卓文君当垆卖酒，现在你们是坐台卖书啊！”

司马相如和卓文君的故事，是赵小月把一篇古文翻译成日文时，让一位助理翻译向魏子野请教“当垆”一词，由此而得来的，此时灵机一动，用在了锅城书店的这对夫妇身上，自觉得这是一种很大的褒奖，只等着听这两个男女的谦虚。想不到这两个男女只是卖书，对卖的书却统统不看，不知道那两个卖酒的是什么人，周玉莲抢了先说：“赵社长是在笑话我们了，说句您不爱听的话，如今这书哪里有酒好卖啊！”

范玉基立刻配合着说：“赵社长说到卖酒，我们正打算把书店的牌子摘了，改成酒店呢！”

赵小月听不出是叫苦*，认真地摇头道：“不能改，不能改，书店是精神酒店，锅城人民不能没有精神！”

两人和赵小月握了好一阵子，方才转向王金刚。赵小月发现王金刚和这两口子的关系不同寻常，因为他俩和他见面只是握手，虽然握的时候先是一只，后又加上一只，并且握得相当有力，时间也很持久，但是和王金刚见面却用了拥抱。其中和女人周玉莲轻轻拥抱时，男人范玉基还笑着鼓起掌来，并且还说了两句鼓励的话道：“好！好！再亲密一点！再热烈一点！”

* 这种贩夫走卒欺行论价的事，社长是不明白的。

赵小月想起两人刚才说要把书店改成酒店的话，似乎觉出了这话的目的，便从这一刻起，不禁为一百万书款担起心来。范玉基扬手招来一辆小汽车，四人分前后上了，小司机问："几位去哪儿？"

范玉基说："送我们京城出版社的领导到红火酒家。"

小司机就不再问，加大马力直奔前方。初到锅城的赵小月从小司机这沉默和熟悉上，知道红火酒家是一个人人皆知的去处了，身子便不安起来道："随便找个近处吃饭就是，何必跑这么老远？"

周玉莲说："赵社长下来，我们图个吉利，您听这个酒店的名字多好！"

赵小月顺嘴问道："是生意红火的意思吗？"

范、周夫妇异口同声说："对的对的！"

王金刚也尾追着说了一个"对的"，开车的小司机却突然开口笑道："我说不对，至少不是全对，你们这都是望文生义，一知半解。"

王金刚不服气道："那你说说它的意思？"

小司机说："你们是京城出版社的领导，大知识分子，我一个破开车的，不敢班门弄斧。*"

赵小月说："说吧说吧，没关系的。"

小司机就一手掌盘，一手遥指前方说："你看左前方的那家酒店，背靠山岗，面对江水，清早进来对江饮酒，可以看见江上日出。白居易在《忆江南》这首诗中写道：'日出江花红胜火，春来江水绿如蓝，能不忆江南。'红火酒店的红火，意思不仅是生意红火，而且还有一层江边的早晨，花儿颜色比火还红的意思，这就比世俗的发财又多了一分诗的意境了。**"

王金刚立刻不说话了，赵小月心中也暗吃一惊，老实承认这两句诗，连他也不知道出处，刚才一句"当垆卖酒"，几乎把他

* 听这司机口吻，倒不像个白丁，至少比范、周夫妇强些！甚至赵小月也该惭愧了。

** 果不其然，赵小月听到『红火』，只想到生意，哪里还能想起『日出江花红胜火』的诗句。知识分子成了政客，也不免流俗。

的学问都用完了，如果被人夺了社长的饭碗，也许连一个开车兼作导游的人都不如，不禁在心里暗暗一颤。

车到红火酒店，门口早有穿红旗袍的小姐笑脸迎着，领进一个雅间，人一入座，接风宴席就摆了起来。赵小月借故要去一下卫生间，周玉莲连忙要去带路，才走一步又退回来，觉得自己毕竟是个女人，领着个男人去拉屎撒尿，不是那么太合适的，便火速用眼睛去指挥男人。范玉基领会她的意思，立刻起身接替了她。然而赵小月的目的却不是解手，他把夫妇二人都推开了，点名叫王金刚说："这地方你肯定不止来一次了，我要你带我去。"

王金刚知道他有话要说，带他走进卫生间里，自己就站在小便池边，也陪着撒一泡尿。果然赵小月一边尿着，一边试探王金刚道："俗话说吃人家的嘴软，拿人家的手短，你对这话怎么理解？"

王金刚严肃地抖着裤子说："赵头儿你放心好了，我这个人公是公，私是私，钉是钉，铆是铆，吃了人家的嘴照样硬，拿了人家的手照样长。"说着又自我纠正一句道，"不过我这双手从来没拿过人家的。吃了喝了，人也抱了，这是逢场作戏，人家欠我们的钱，一分也不能少的，不信你等会儿看着。"

赵小月就放了心说："这样就好。"*

谁知坐下以后，范、周夫妇只是劝酒劝菜，男人杯不离手，以各种理由要赵小月喝，女人筷头子则像鸡啄米似的在盘子上面直捣，嘴里喊的是吃，两人丝毫也不提那一百万书款的事。王金刚心里和夫妇二人一样明白，唯有赵小月一人糊涂着，到底有些沉不住气了，喝了两杯锅城大曲，脸也红了，心跳也快了，浑身上下也发燥了，正好趁这时候直爽着说话。赵小月看了贴身的王金刚一眼，见王金刚半闭着两只眼睛，头有点儿歪，时而还猛地向前点一下子，好像醉了的模样，便只好亲自来说，端起杯道："范总，周总，我敬两位老总一杯，这次两位请我们下来收款，

* 这样就能放心？还是够蠢。

真是解决了我们的燃眉之急，我代表凤凰社全体人员，向你们二位表示衷心的感谢！”

范、周夫妇如同听到首长喊了一声立正，刷的一下就站起来，端起杯道：“赵社长，王科长，我们也代表锅城书店全体人员，向你们二位表示热烈的欢迎！”

王金刚一听把他也包括了进去，不好再装醉了，只得起身陪站着，心里直觉得好笑道，什么范总周总，什么代表全体，你们本身不就只有两口子，外带两个卖书的临时工吗？嘴上却替他们捂着，不能当着赵小月的面一枪戳穿，单听着他们对于赵小月提出的收款，到底怎样回答。

范玉基一时没有想好，周玉莲开口回答，脸上的颜色如这家酒店的名字，日出江花般的绯红，连两只眼睛也染红了，像一只机智灵活的母兔，不知道是因为喝酒，还是因为惭愧。周玉莲说：“真是对不起赵社长，对不起王科长，总共有二十八个书摊进了我们的书，原本都说最近要付款的，可是一个个突然变卦，说是年内不能付了，只能等到明年再说，真是把人肝都气疼了，肺都气炸了，整个人都气得要死不能活了！*”

随着她的嘴里往下形容，赵小月脸上的笑容一点一点地淡了，手上的劲儿也没了，软绵绵地垂下酒杯道：“这么说，我们岂不是白来一趟？”

范玉基慌忙接过口去，像是研究好了轮流上阵，这一个说的时候另一个想，而另一个说的时候这一个再想。范玉基说：“看赵社长说的，怎么会是白来一趟！我们还有更好的事情要向您汇报，想跟您合作，希望得到您的支持呢，这事要是办成了可不止一百万，一年一百万也是打不住的！事情是这样，赵社长，我们想在锅城建立一个凤凰社的分社，归赵社长的统一领导，在这里编书、印书、发书，一条龙地开展业务，不要总社一分钱的投资，每年还上缴总社三十万元的利润，另外还给赵社长个人十万

* 若非如此巧舌如簧，也不能忽悠赵小月中了圈套。

元。赵社长如果不放心的话，可以派一个人来，比方说派王科长来监管我们的工作，让王科长兼任我们的分社社长，如果赵社长还不放心，赵社长还可以亲自监管我们。”

赵小月先听清了一个三十万元，接着又听清了一个十万元，最后把听到的所有东西理了一遍，才理出了一个头绪，那就是建立分社和派人监管的事。赵小月又看了王金刚一眼，王金刚装没听到，挤鼻眨眼地问范玉基道：“刚才你们说什么来着？我可是一句也没听到！”

范玉基笑而不语，赵小月一眼识破王金刚是在演戏*，他不可能没有听到，即便是真的没有听到，这两口子以后还能不给他说吗？什么以后，兴许他听到的比自己还早！赵小月正色道：“你没听到？你没听到我告诉你吧，他们说每年要给我十万块钱！向我们社上缴利润当然是对的，可是给我的钱就不对了。”

周玉莲直用眼睛埋怨男人，不该当着第三人的面，说出给赵小月十万元的话来，尽管这人是王金刚。便慌忙设法挽回说：“赵社长千万别误会了，范总说的是如果您答应兼职的话，这十万元是您正儿八经的工资，又不是别的什么不合法的收入。”

赵小月撇开这话不谈了，却转而问道：“你们需要我们做点儿什么呢？”**

又轮到范玉基说了，这次他说得非常干脆道：“什么都不需要您做，一年只给我们一百个书号，让我们可以开展工作就行了。”

赵小月垂下眼皮想着，范、周夫妇的眼睛赌博似的直向他看，看了一会儿，出乎他们的意料之外，赵小月的脸上根本没有出现为难的表情，收款事情带给他的不愉快，好像被他转移到了一边，或者让新的事情给覆盖了。他觉得这件事情可为，这个组织可建，但是这个名字不可以叫。不能够叫分社的，赵小月思索着说：“怎么能够叫分社呢？”

范、周夫妇两颗心脏扑通乱跳，齐声问道：“赵社长也帮我们

* 此时才识破王金刚在演戏。

** 此话一出，算是已经默认了。范、周夫妇和王金刚这一出『请君入瓮』竟进展得如此顺利！

想想，叫个什么名字好？”*

赵小月想来想去也想不出来，两人骨碌乱转的眼睛便向王金刚求援道：“王科长也帮我们想想，叫个什么名字好？”

王金刚早在京城的时候就想好了三个名字，这时就说：“何不就叫编印站，不行就叫发行站，再不行就叫联络处好了。”

说罢就带领着两人的眼光，好像里应外合，一齐来向赵小月请示。赵小月这下才想出来了，一锤定音说：“就叫联络处吧，让王金刚兼任这里的处长。”

王金刚心里的惊喜，竟不亚于范、周夫妇，与其说是感谢赵小月，还不如说感谢这两口子，谁知值得惊喜的事情还没有完，运气来了门板也挡不住，赵小月封罢他的联络处长，忽然想到他在凤凰社无非才是个销售科长，名不正言不顺的，便半是自语，半是对王金刚道：“看来这个社还缺个总管，回去以后得向部里打个报告，增设一个处级机构，暂时定名为社务管理委员会，让你来当社委会主任，兼管这里就可以名正言顺了。”

王金刚喜上加喜，怀疑是梦，把手伸到桌子下面，悄悄掐了一下自己的大腿，感觉很疼，就相信这是千真万确的了，却把一百个同意藏在心里，嘴上故意说了一个不同意，并且很坚决道：“这个我可不同意的，我离不开销售科，销售科也离不开我。”

赵小月白眼瞪着他道：“你的意思是说，没你销售科就完了，马车就当不了科长了？”

王金刚受了赵小月的批评，乘机不吱声了，心里比蜜还甜。范玉基性急地端起杯来，提醒王金刚说：“王科长还不快敬赵社长一个酒？”

周玉莲急忙纠正男人说：“还叫什么王科长，应该叫王主任、王处长才对，我们现在已经是他的下级了！来，让我们先敬我们的最高首长赵社长一杯，然后再敬我们的顶头上司王主任一杯！”

赵小月的手被周玉莲强行捉着，举起了那杯酒道：“不过这事

* 惊喜来得如此突然，心脏当然要扑通乱跳。

还没有最后决定，回去以后还得跟他们两位商量一下。”

范玉基想再烧一把火，把生米做成熟饭，便红着脸，装出几分醉意道：“赵社长是一社之长，提拔干部还要跟两个什么鸟人商量？”

王金刚拍拍他的背说：“范总你喝醉了，别说两个鸟人，那是我们的两个副总编呢。”

不想范玉基越发放肆说：“副总编又怎么了？别说是副总编，就是总编，在社长的面前不也是个鸟人吗？”

说罢脖子一仰，一杯酒咕儿的一响没了。周玉莲学着男人的样子，紧跟着也喝了一杯，赵小月龇咧着嘴，觉得这人虽粗，出言不雅，对他的一番敬重却是极难得的，只好也把这杯喝了。*

* 德寡而位尊，祸必至也！秦赢将灭而必出二世，蜀将亡而必有阿斗，凤凰将死也一样会有一个赵小月。

15

两人在锅城住了两天，赵小月去文化局看了一次侄女，侄女又到宾馆看了一次他，此外的全部时间，就是研究建立联络处的事[*]。范、周夫妇白天陪着他们吃饭说话，晚上还想给他们安排一些其他的活动。第三天吃罢中饭，正要午睡，忽然有人打开房门，伸进一颗小姐的头来，说是请京城来的两位搬到另外两间房去，赵小月已把外衣外裤脱了，身子半卧在床上，听了这话一愣，王金刚动作慢些，只脱了一件上衣，便气呼呼走过去对小姐道：“这间房我们住得好好的，为什么要我们搬？是克林顿来了要住还是怎么？”

小姐笑道：“先生理解错了，是锅城书店的范总和周总让我们通知换的，说二位是京城来的首长，住在双人间里不大方便，要我们把二位换到两个单人间去住，房钱都已预先交了，这个双人间我们已安排了别人，一会儿人就来了。”

王金刚立刻没了话说，一听双人间换成单人间，心里就八成猜中了那两人的意思，不由得心猿意马起来。在他们对话的时候，赵小月早已重新穿好衣裤，下床来收拾东西，嘴里埋怨着范、周夫妇说：“你看这两口子！你看这两口子！双人间住着挺好，有什么方便不方便的！”

换过了单人间，赵小月还想和王金刚说话，就关上自己的房门，到隔壁王金刚的房间来坐。王金刚随手拿起宾馆里的杯子，又取了一包宾馆的袋茶放进杯里，泡上水一边递给他，一边笑道：“第一回跟赵头儿出外，给你讲个住单人间的笑话听。”

赵小月未听先笑道：“肯定是个荤的。”

王金刚说：“不荤不荤，很有思想性的，十年前的事了。说是

* 一百万书款早已置之脑后。

撒切尔夫人率团到苏联访问，和戈尔巴乔夫密谈到深夜，从戈尔巴乔夫的会客厅谈到撒切尔夫人的单人间，两人出来的时候，撒切尔夫人高兴地对戈尔巴乔夫说，还是资本主义好，把共产主义压到下面去了！”

赵小月笑问道：“你这是听谁讲的？怎么和我听的那个版本不一样？*”

王金刚说：“我这是偷听来的，前天去编辑部找周泉，魏子野正对着一屋子的人神侃，把大家侃得云里雾里傻笑。想不到赵头儿还有一个版本，我想听听你那一个。”

赵小月一下收起笑说：“我早对你说过，作家和党不是一条心的，你不能和魏子野有多的来往，这个人的思想有问题，同样是说笑话，他说出来的笑话就和别人不同。我听到的那个笑话恰恰和他说的相反，两人出来的时候，戈尔巴乔夫高兴地对撒切尔夫人说，还是共产主义好，把资本主义压到下面去了！而且还说让资本主义吸取一点儿共产主义的精华。”

王金刚明白了赵小月的意思，强忍着笑做出赵小月那样的表情，点头附和道：“这个版本好，女人就应该在下面。不对，资本主义就应该在下面，东风压倒西风嘛。”

赵小月喝了几口袋茶泡的水，觉得味道不怎么好，嗓子里有些不舒服，就起身回到自己房里，沏了一杯自带的绿茶，正喝着，听得有人按门铃，忙放下茶杯去开了门。门外站着一位浓妆艳抹的小姐，穿着领子开得极低的大红长裙，颈子上却勒着一条白丝巾，赵小月初以为又是宾馆的服务员，等着听她讲什么住房规定之类，小姐却丝毫不讲这个，而是笑吟吟地开门见山道：“赵先生，范总和周总派我来陪一陪您。”

说着浑身上下就动了起来，像是一个装足了电池，又打开了开关的人形玩具。赵小月猛地吓了一跳，心里便有几分明白，再看小姐的脸，上面的红粉足有宾馆服务员的三倍，眼光一溜儿滑

* 赵小月听到的应是另一版本。

下来，又看见露在外面的大半个胸脯，白花花，鼓堆堆，看样子肯定也软绵绵的，哪里是宾馆服务员的装束！赵小月不敢再看，赶快对准她的眼睛，喘着气道：“谢谢，谢谢，请回去对两位老总说，我休息的时候从来不习惯有人陪我。”

说了就后退一步，随手要关房门，小姐眼尖脚快，把一只高跟鞋像杠杆一样撬了进来，红嘴儿里撒着娇说：“人家又不是您想的那些人，让人家进来陪您说会儿话嘛，要不怎么回去向两个老总交代？”

赵小月不敢再关门了，再关门就会夹断小姐光溜溜的玉腿，便只好让一步道：“那你就只许和我说话！”

小姐进来先在沙发上坐下，向赵小月问了几句长短，接着又主动谈起锅城的风土人情，文物古迹，劝赵小月抽空出去看看。赵小月转而判断她是一位导游小姐，一问果然是的，心里就放松了一些，觉得刚才是场虚惊，也险些委屈了两位老总派来的友谊使者。为了表示补过，起身为小姐也沏了一杯茶。

小姐双手接茶杯时，指尖无意似的在他的手背上划了一下。她的指甲又尖又长，上面画着十朵花儿，赵小月白嫩的手背被划疼了，稍一退缩，杯子里的水溢了出来，有一些洒在了小姐的红裙子上，把自己的裤子也溅了几滴。小姐被烫得吸溜着小嘴，腾地跳起，却不先擦自己，而是举着一张纸巾向他扑来，手到裤子前面却停住了，因为那里正巧是开口的部位。赵小月红着脸无地自容，连声说“对不起”，将剩下的小半杯茶急放在桌上，眼睛盯着她被水打湿的裙子，那里已接近了裸露的胸脯，不知道开水渗进去，烫着她的乳房没有。小姐仿佛看穿了他的心事，疼似的皱了一下眉心，用两根指尖轻轻将裙口向外拉了拉，不让它和里面的肉贴着，同时让凉风进去吹吹烫过的地方，嘴里却宽慰他说：“没事儿，赵社长，真的没事儿，一点事儿都没有！”

赵小月麻木地听她说着，这一刻他的精力都倾注在眼睛上，小姐和他面对面地站在屋中，之间只有半条胳膊的距离，他的个子比她要高一些，眼光稍稍一垂正好抵达她的胸脯。当她用指尖拉起裙口的时候，里面的两只乳房已完全彻底地露了出来，她居然没戴胸罩，它们像一对红嘴的大白鸽，扑棱棱地直要飞出裙外，飞到对面人的怀中。赵小月觉得自己的心脏跳得特别的快，紧接着突然又不跳了，连呼吸也停止了，人就像要死了一样，只有眼睛和耳朵还能管事，他看见她的红嘴一动一动，从里面发出一种声音说，真的没事，一点事儿都没有！她说的似乎是她的胸脯，可是他却似乎听出了别的意思，因为她在说这话的同时，眼睛略微有一点儿斜地望了他一下，身子也悄悄向前挪了一步。赵小月突然间恢复了心跳，同时从丹田那里吸出一口长气，从鼻孔里吐了出来，他慢慢抬起两只垂着的手，正要从两个方向伸往对方的背后，这时候门铃和刚才一样响了。

赵小月浑身一震，顿时觉得这声门铃拯救了他，这声音像一记警钟，来得真是及时，使他在正通往黑洞的路口停止了脚步，大梦忽觉，迷途知返。人并不是任何时候都可以自救，有时更需要外界的力量，目前的情况就是这样。他不用征求小姐的意见，一秒钟也不拖延，以很快的速度走到门后，亲自伸手把门打开，把门外无论什么人都放进来。这次进来的是王金刚，*猛看见赵小月的屋子里站着一位妙龄女郎，脸上带有一丝惊吓，嘴里就“哦”了一声，转身想退出去，赵小月伸手一把拽住了他。赵小月说：“我正要去叫你的，正好你就来了，这位是你的朋友范总和周总介绍来的朋友，当然也是你的朋友了，她叫……小姐您叫什么来着？”

小姐含笑看他一眼说：“我也姓赵，你们就叫我赵小姐吧。”

王金刚冷静下来，认识到刚才在骤然的事物面前，自己采取的态度是不对的，便大智若愚地笑道：“原来是赵社长的小妹，你应当喊我王哥。”

* 王金刚此时来找赵小月，所为何事？故意还是无意？

气氛于是就缓和下来，赵小姐从赵小月的脸上知道今天是不行了，就礼貌地说："赵社长，王哥，我先走了，如果有时间的话，我会再来看你们的！"

说罢先和王金刚握了个手，然后再握赵小月的，她的手在他的手中久久不动，眼睛闪闪发亮地仰望着他，让他看出里面有一丝幽怨，万种遗憾，并且还有两星深情的泪花。赵小月分明是都看出了，却装作什么也没看出，从她手里抽出自己的手来，居高临下地拍拍她的头说："回去给两位老总讲，让他们尽管放心，我们决定的事是不会变的！好了我不送你了，让你的王哥送你上电梯吧！"

赵小月对自己的行为感到了满意，对于刚才这件差点儿发生的事情，他觉得处理得很好。现在他的心跳和呼吸已经平静下来，和赵小姐来访以前几乎没有什么差别。他为自己骄傲起来，到底是当了多年的领导，在猝然来临的诱惑面前，在别人的帮助下，终于经受住了考验。不过他从王金刚看赵小姐时那对发痴的眼睛上，担心类似这样的诱惑王金刚经受不了。王金刚是农民出身，送到手边的便宜决不放过，个子又大，身体又好，年龄也比他小好几岁，如果是出于锅城书店经理的统一策划，一位小姐此时前来找他，另一位小姐彼时就不会去找另一个人吗？

赵小月越想越有道理，等王金刚回到隔壁房间，看了一会儿电视，忽然怀着测验的心情，试着给他拨了一个电话*。电话一连几声没有人接，他坚持着不挂，后来终于有人说话了，居然真是一个年轻的女子，说话的声音比刚走的赵小姐略粗一些，人好像偎在被窝中的，懒懒地问他："先生找谁？"

赵小月证实了自己的想法，知道小姐抢接客人电话的目的，原是故意暴露自己的身份，告诉给客人打电话的其他小姐，这里已经有人先入为主了。他便及时地挂了电话，不给王金刚接过话筒的机会，不然等会儿两人见面，都会感到不好意思。赵小月回

* 此时赵小月要也去敲门，不仅文字显得呆滞，也与赵小月身份不符。

想起自己刚才的情感历程，将心比心，设身处地，一瞬间大度起来，心想共同出来一次很不容易，领导不干也就罢了，部下想干就让他干一干好了，据说现在全国山河一片黄，哪里还能找到一个像自己这样，纯洁而又高尚的人呢*？

晚饭时候，范、周夫妇依然赶来陪同，见面就问单人间是不是比双人间好，却绝口不提派小姐来的事，赵小月首先道了谢谢，却说单人间有单人间的好处，双人间有双人间的好处，也不好主动问起别的，心里猜想着那含怨而去的赵小姐，莫非是假冒他们二位的指使，自己找上门来卖淫，而他们背了黑锅还不知道？倒是王金刚做贼心虚，总想着自己那个小姐接的电话，一个谜团不能解开，就试着问范玉基道："我们换了房后，你给我打过电话没有？"

范玉基眼睛盯着他直摇头说："没有。"笑一笑又反过来问他，"有人给你打电话了？男的还是女的？"

王金刚也摇头说："我不知道。"

周玉莲狡黠地笑道："难道不是你接的？"

王金刚方才发觉自己说走了嘴，**脸上一红，慌忙诡辩道："我是说不知道有人打电话没有，不是说不知道打电话的是男是女。"

赵小月突然也笑着开口，又像玩笑又像警告，又像对范玉基又像对王金刚说："不知道锅城有没有艾滋病，那玩意儿如果染上可就完了！"

王金刚脸上更红，嘴里陪他们三人干笑，却一句话都不再说。范、周夫妇通过这次试验，发现赵小月只是贪财，并不怎么贪色，原本准备安排的什么歌厅舞厅，桑拿按摩一类活动，整个晚餐期间就不再提了。

范、周夫妇走后，王金刚忽然神秘兮兮地问赵小月道："刚才那位自称姓赵的小姐，你猜她到底是谁？"

*真不知此等人竟还能作如此自忖，真作假时假亦真，演戏久了，自己入戏太深，骗别人把自己也骗了。

**百密难免一疏，何况又做贼心虚，难免露出马脚。

⊙葡萄　汪曾祺 绘

赵小月经他一问，立刻又想起她道："不是范、周两个的熟人吗？"

王金刚极有把握地说："刚才一见面我没有认出来，过后一想就想起来了，她哪是姓赵，她姓范，叫范彤彤，就是范玉基的亲女儿，上次在他家里我还见过她，她还把我叫过王叔叔的，这次怎么就把我忘了。"

赵小月心里一惊，想到了美人计，身上就有汗要出来，脸上却努力地镇静着，做出想不明白的样子，皱着眉自语道："真有意思，为什么要和我开这个玩笑呢？"

王金刚见他装糊涂，便也不把事戳破，笑一笑不再说话，回到自己房间休息去了。赵小月也回到自己房间，由刚才的小姐想到世上的女人，又由世上的女人想到家中的妻子，忽然鬼使神差，想给她打个电话回去，告诉她有位三陪女郎找上门来陪他，却被他坚决地拒之门外的事，说的时候适当地夸张一点儿，衬托出自己的正派形象，借此向妻子讨一个好，因为走前因为一件鸡毛蒜皮的小事，她赌气没有理他。这次他在锅城的表现，正好可以促进夫妻关系的解冻。

赵小月拿起电话正要拨号，不想门铃又响了，他本能地想到范玉基的那位女儿，心想莫不是她卷土重来？浑身顿时又紧张了，放下手里的电话，整理一下衣裤，喉咙里准备好了一句话，这才起身去开门。不料门外站着的却是另一位小姐，赵小月把喉咙里的话缩了回去，换一句问："找谁？"

小姐说："找一位从京城来的凤凰出版社的社长，赵小月先生。"

赵小月说："我就是，有什么事？"

小姐惊喜地叫道："哎呀，您就是赵社长？我介绍一下我自己吧，我是锅城的青年女作家，名叫璀璨，* 锅城书店的两位老板是我的朋友，听他们说您来锅城指导他们的工作，我特意来拜访

* 多俗气的作家能给自己取这么俗气的名字，又是作者信手拈来。

一下您，希望今后在著作的出版上得到您的支持！”

说着就像一位天真的小姑娘，偏着头，扬着脸，调皮地看着赵小月，脸上露出璀璨的笑容。赵小月这才注意到，这位小姐长得圆嘟嘟的，没有中午的赵小姐妖艳，脸上却好像多了一些文化，为了证明这一点儿，右肩上还挎着一只书包，一边用嘴和他说话，一边用手把坠在一侧的书包挪到了前面，犹抱琵琶似的半遮住自己的腹部。赵小月的态度便有所改变，含了笑道：“原来是位女作家，谢谢你来看我，刚才你说你叫什么名字，转脸我就忘了！”

璀璨就放慢频率，又说一遍道：“我叫璀璨。”

璀璨说的是锅城普通话，又有点儿夹舌头，赵小月笑道：“怎么叫这么个名字，吹颤*，是笔名吧？”

璀璨急得一跺脚，拼命从齿缝里发出声音说：“不是吹颤，而是璀璨，1997 年 7 月第三次修订的《现代汉语词典》，第 216 页，形容珍珠美玉光彩夺目的那个璀璨**，当然是我的笔名哪！”

赵小月见她纠正得这样仔细，就知道已不止他一人听成了吹颤，她也不止一次引用现代汉语词典了，为了掩饰两人共同的尴尬，他一连在嘴里重说几遍，直到彻底巩固，才蓦地一拍额头，佯作从记忆深处打捞起来的样子道***：“哦哦哦哦，想起来了，想起来了，这个名字很熟，我好像在哪里见到过的！”

璀璨看不出赵小月是逢场作戏，竟以为他是真的见过她的名字，便乘机大力宣传自己道：“赵社长一定看过我写的作品，我发表过很多文学作品，有小说、散文、随笔、诗歌，也发表过很多新闻作品，有通讯、报道、消息、批评，已经出版过第三本书了，正准备出版第四本书。”

赵小月听到这里，总算明白了她来拜访的目的，不过心里反而踏实下来，才敢让她进屋道：“请璀璨小姐进来谈吧。”

璀璨走进房间，不等赵小月请坐就主动坐了下来，不坐沙发

* 赵小月对文艺不通，这个误打误撞的名字倒取得贴切。

** 把字典背得这么熟，看来这个女作家是对自己这个名字太钟意了。

*** 这个赵小月，颇有点像钱钟书《围城》里的李梅亭。

也不坐写字台前的凳子，却一屁股坐在赵小月的床上，又把赵小月吓了一跳。直到璀璨卸下书包，从中掏出一本书，打开扉页写了几行字，笑着双手递给赵小月，这时他才放心。璀璨把扉页上的话又口述一遍说：“请赵社长批评指正。”

赵小月翻一翻书，又看一看出版者说：“这家出版社我还没有听说过的，是一个省市级的吧，以后有了新的作品，也可以在我社出版。”

赵小月本来是猜中她的心事，随口说说而已，不想璀璨正等着这一句话，速即从书包里掏出一叠电脑打印的书稿，递给赵小月说：“我就是想在你们这里出本书的，全国有很多出版社都向我约稿，我都看不中他们，我只看中你们一家出版社。*凤凰出版社，多美的名字，多好的牌子，多有象征性的诗意啊！赵社长你今晚帮我看看，明天一早，我就来和您签订合同。”

赵小月突然发现璀璨不是天真的小姑娘，而是一只狡猾的老狐狸，直埋怨自己不该顺嘴约稿，自己本是虚情，她却当作实意，竟雷厉风行地投起稿来，现在不收还不行了。**赵小月会译日文，会管组织，对文坛的事情却一概不懂，不知道眼前这个璀璨是个什么作家，写过哪些作品，名气怎样，水平如何，一个夜晚的时间，就逼着他把一本书稿看出来，明早还要签订合同，他可不干这样的傻事。然而作者是范、周夫妇的朋友，不便硬行回绝，只好婉言推道：“璀璨小姐这样吧，书稿我先带回社里，交给有关编辑审读，我是社长，管全面的，分管国语书刊的是一名副总编，还有几名老编辑，我带回去让他们看看。”

璀璨急切地问：“副总编叫什么名字？几名老编辑叫什么名字？”

边问边在书包里找笔，又找本儿。赵小月说：“副总编叫孙文夫，老编辑有魏子野，东方白，还有……”

璀璨不等说完就拍手叫道：“哎呀，您说的这几人我都认识，

* 又一个女版的袁飞北，锅城代有俗人出，一代更比一代俗。

** 不是啥时都能逢场作戏。

他们在京城出版界号称三编！”

赵小月别别扭扭地问：“什么三鞭？”

璀璨哈哈大笑说：“赵社长真是官僚，自己手下人的绰号都不知道！不是三鞭酒的那个三鞭，而是三个有名的编辑的意思，全称叫作三大名编。”

说罢又笑，这次不做小姑娘状了，两眼灯泡似的直射在赵小月的脸上，意思是她认识的人物之广，已经延及京城，布满了他的周围。赵小月被灯泡照得很不自在，没话找话道：“不知道璀璨小姐还认识我们社的哪一些人？”

璀璨毫不客气地反问：“您再点几个给我听听。”

赵小月就又点道：“阿里巴……”

璀璨刚一听到这里，嘴里就嘟哝了一句说：“怎么叫这样个怪怪的名字，不是《天方夜谭》里用开水烫四十大盗的那个男孩子吗？”

赵小月说：“跟你一样也是笔名，本名叫李阿波……”

璀璨一听，“啊”的一声大叫起来，两只灯泡奇亮无比，圆嘟嘟的身子像个皮球，从床上咚的一响弹到地上，抓住赵小月的手问：“李阿波？您说的是李阿波？阿里巴就是李阿波？好哇，原来他变成了阿里巴！*”

赵小月见她呼吸急促，脸色桃红，这样留给他的印象，就好像阿里巴曾经是她的老公，后来离家逃走，改名换姓，将她彻底抛弃了似的。料定其中必有缘故，便笑一笑，顺水推舟道：“既然你认识阿里巴，这本书稿我就带回去交给他，请他帮你看一看，小阿是我们的编辑部主任，有什么意见你就直接去找他谈吧。”

璀璨又呼呼地喘了一阵气说：“我是要去找他谈的！”

说完这句就不说了，想起自己一听到阿里巴的名字，怎么就激动得跳下地来，实在是有点儿失态，就又重新坐回床上。赵小月见她又嚷又叫，害怕在这两人的世界，被人听见产生误会，随

*原来竟是阿里巴的旧相识。

手拿起电话拨了个号说:“是王金刚吗?”

这次接电话的不是三陪小姐柔软的声音了，而是王金刚本人，回答说:“是，你是赵头儿吧?”

赵小月说:“你马上过来一下，这里来了一位青年女作家，我给你们介绍介绍。”然后挂了电话，问璀璨道，“这个王金刚你是不是也知道?”

璀璨一门心事都用在了阿里巴的身上，听得这样一问，想也没想就摇头说:“不知道了，我只知道《西游记》里的八大金刚，四大天王，这个姓王的金刚我不知道。*”

* 璀璨心不在焉，但作者针砭宵小之笔，竟是见缝插针，丝毫不乱。

16

王金刚自告奋勇前往锅城，只收回两千元的书款，坐飞机，住宾馆，请客吃饭，路途补助，却花去了两万多，回到社里结账报销的时候，黄莲花的脸板得像个屁股，低头坐在那里一声不吭。王金刚献上一盒从锅城带回来的特产麻糖，说是总共买了三盒，给了老婆一盒，给了女儿一盒，这一盒是送给她的，黄莲花也不收。王金刚又说她的荤话，问蒋委员长昨夜怎么整她了，黄莲花也不理他。王金刚觉得这是一个蠢女人，郑三发扔下她在外面搞老处女，真是活该，早晚有一天还会把她一脚踹了。拿她当个人看，给她老婆和女儿一样的待遇，她不领情，拿她当个玩物，开她女人最喜欢听的玩笑，她也不买账，人缘不好造成了她的消息闭塞，一点儿也不知道自己马上就是社委会主任，就要管她这个财务科了。

王金刚在心里笑了一下，软的不行，就又来硬的，不再讲客气了，就学她的样子把脸板了起来，粗了声说："这是我和赵头儿两个人的，你不给我报销，我叫赵头儿自己来吧。"

说罢转身要走，黄莲花果然一声喊道："你给我回来，谁个不给你报销了？我是要先问你一句话。"

王金刚知道她要问什么，转过脸说："报就好，你问吧。"

黄莲花抬起头问："你走的时候是怎么说的？"

王金刚反问说："我走的时候说了很多话，我都记不清了，你说我是怎么说的？"

黄莲花说："你记不清了我给你记着，你说你这次至少要收回五十万书款。"

王金刚坦然承认道："我的确是这么说的，我还想收回一百万呢，我还想把日本鬼子当年欠我们的血债都要回来呢，可是这世上的事能由我想吗？幸亏有赵头儿跟在一道，你让他说，锅城书店的老板为什么只能拿出两千块钱来！”

黄莲花说：“你不要总把赵头儿放在前面，我这人谁都不害怕的。”

王金刚终于把藏在心里的笑露了出来，变成一声冷笑说：“也未必吧，光明书店有个姓田的小婊子，你害怕吗？”*

黄莲花一听这话，屁股似的脸上变得一片惨白，立刻浑身无力，趴在桌上说不出来话了。王金刚斜着看她一眼，心里竟无一丝同情，觉得这都是她自己逼的，这句话无异于一串子弹，将这可恶的女人射倒在会计台上。

在王金刚和黄莲花发生冲突的同时，赵小月和钱思奇的冲突比他们还大。三人的班子会上，赵小月兴致勃勃地提出他在锅城想好的三条主张，第一条是在社内增设一个社委会，第二条是在锅城建立一个联络处，第三条是让王金刚升做社委会的主任，兼任锅城联络处的处长。想不到这么好的三条，居然没人响应一条，孙文夫不说话，只是笑，钱思奇却连笑也不笑，瘦脸冷得像块冻肉**。赵小月心里便也一寒，知道遇上老问题了，决定用老办法来进行解决，喝了一口保温杯里的热茶，动手收拾桌上的笔记本儿说：“如果你们没有什么意见的话，这件事情就这么定了。”

说完做个散会的架势，正在起身出门，不想钱思奇抢先站起身道：“我有意见！”

赵小月听着一愣，知道担心的事情果然就要发生，却仍硬着口气说：“有意见怎么刚才不说？”

钱思奇说：“有意见什么时候说都可以，现在说更不迟，而且刚才我也并没有说我没有意见。”

赵小月说：“可是你也没有说你有意见。”

钱思奇说：“那么你认为我不发表意见，证明我有意见，还是

* 小人刻薄恶毒之至矣，却能混得风生水起！

** 这比喻奇绝，作者真是鬼斧神工！

证明我没有意见呢？”

赵小月说：“当然是证明你没有意见。”

钱思奇说：“你又错了，恰恰是证明我有意见，我的意见是你们这样做的实际效果是，个人利大，单位利小，或者个人有利，单位无利，姑且我还不说你们的行为动机。”

赵小月突然红了脸，高声说道：“什么大小有无，效果动机的，我就知道有人是故意跟我唱对台戏，我说这样，他就说那样，我说那样，他就说这样！我告诉你，有意见也只能证明你有意见，当怎么决定我还是要怎么决定！*”

钱思奇的脸色比他还红，声音比他还高道：“那你就以你个人的名义决定好了，以后再不许说什么和我们研究过的！”

赵小月说：“你不能代表孙文夫，孙文夫并没有说他有意见！”

钱思奇说：“你问他有没有意见？”

赵小月记着上次评职称的时候，钱思奇推翻了孙文夫，孙文夫在心里恨着钱思奇，从此以后不会支持他的，况且他觉得孙文夫是棵柳树，柔韧而有弹性，即便心里有意见，也不会像钱思奇那样骚白杨似的刺破青天，戳得他下不了台。因此他竟听了钱思奇的建议，转而问孙文夫道：“文夫你有没有意见？”

不料孙文夫想了想，又笑了笑，最后竟像柳树一样摆摆头说：“我有意见，社里增设社委会这个主意不错，在外面建立联络处却错了，让王金刚当主任，当处长，就更是错上加错，此人只会打牌，不会卖书，连销售科长也当不好，还当什么主任处长，无功晋爵，何以能服众呢？”**

赵小月想不到这两个平时政见不和的人，此时竟拧成了一股绳，共同来对付他一个，这才深深地感到自己的孤独。孤独中他想起远在法国的李中国，接着又提出说：“这件事我说了不算，你们说了也不算，我们还得征求一下李中国的意见，他是我们社的

* 赵小月的霸道和强势之处，与钱思奇不同。

** 柳树也能硬一回，难得！

领导成员之一，如果正面的意见达到半数，决定就算通过。”

当晚赵小月打开电脑，在网上给李中国发了一个 E-mail，特别阐明成立这一内一外两个组织，它们的重要性和必要性，而这两个组织一旦成立，主任兼处长的职务非王金刚莫属。李中国刚好收到魏子野的国际航空邮件，正要打个电话，把这不会利用网上优势的迂老夫子嘲笑一番，这时却发现了赵小月的电子邮件，一时不明白他到底是什么目的，就在给魏子野打电话时，顺便打听了一下。

魏子野世事洞明的笑声，从遥远的地方跨洋过海传了过来，把从各个渠道听来的消息，告诉李中国说：“王金刚请赵小月陪他到锅城收账，收了两千元，花了两万多，锅城书店的老板要求在当地建一个联络处，每年缴凤凰社多少钱，给他们个人多少钱，要王金刚兼任处长，赵小月一口答应，却觉得王金刚是个销售科长，管起来名不正言不顺，回来就提出成立一个社委会，让王金刚先拿下主任，再把处长兼了。小独裁者做梦也没想到，这事遭到钱思奇和孙文夫两位的全力反对，以二比一败下阵来，只好寻求你的海外支持，意在将比例扭成二比二，如果你一同意，人数就算过半，事情就算成了。”

李中国将这万分复杂的内幕，总算听了个一清二楚，从法国叹过来一口气道：“野人兄到底是作家，把问题剖析得如此透彻。”接着又骂了一声，“这个老贪官，他是一心想拔光凤凰的毛，把自己变成一只肥母鸡！”

魏子野赞道：“你这句话也说出了作家的水平！他是一只骑在凤凰背上一边拔毛一边长蛋的母鸡，一旦凤凰身上的毛被拔光，用京城人的话说，吧唧掉在地上，就是一只死母鸡外加一摊臭鸡蛋了。”

李中国给赵小月回了信说，在明年回国之前，他的身份不是凤凰社的副总编，而是访法学者，他的意见不起任何作用，因此他不发表任何意见。赵小月大出意外，气得要死，凭着自己的感觉，认定是魏子野在从中捣鬼，比钱思奇和孙文夫更为可恨，一时把魏子野恨入了骨髓。[*]这件事情就像造船，刚刚画好一张图纸，宏伟的计划就遭到惨重的破坏。

可是赵小月又不好马上告诉王金刚，王金刚还怀着在锅城的理想，面向大海，在沙滩上操练着驾驶。并且在一次马车请下馆子的时候，趁着喝得半醉，对在座的几人透露了赵小月在锅城对他的安排。一起喝酒的除了马车，还有李先来和牌友方三儿，大家就乘机向他敬酒，马车觉得这餐酒喝得值当，居然得出了一个秘密，心想王金刚往高处一走，自己就从低处一跳，变成销售科的一把手了，与其说是祝贺他，不如说是祝贺自己，举起杯来，把那两个字说得格外响亮。方三儿的黑脸都喝成了仿古家具的颜色，像是肩膀上扛着一个出土文物，有哥们儿王金刚来管社务，桑塔纳自然就会跟他自己家的一样。

唯有李先来心里咚咚地打鼓，因为销售科和印制科长期不和，王金刚和郑三发是冤家对头，每次两边发生冲突，他自然都是站在自己这一边的。李先来极希望王金刚是酒后吹牛，却又害怕万一是真的，为了保险起见，也站起来敬了他一杯酒，嘴里说："过去因为工作上的事情，老弟跟你有些磕磕绊绊，金刚老哥千万不要在意，以后还请多多包涵，多多关照！[**]"

说到这一句的时候眼睛不仅红了，而且还有些水汪汪的。王金刚"咕咚"一口把酒干了，一笑泯恩仇道："亲兄弟有时还要打架，牙齿有时还要咬破舌头，我们之间的这点儿矛盾算个什么，何况过去我都冲着那个王八蛋郑三发的！"

接着又从郑三发骂到黄莲花，方三儿插言道："这就是你的不是了，男人和你有仇，他的女人和你有什么相干？"

王金刚说："和我不相干，却和我的机票相干，我和赵头儿坐飞机去锅城，她报了赵头儿的机票，就不肯报我的机票！"

* 映照前文中魏子野与李中国的通信，自己认定捣鬼的是魏子野。说来有趣，这些蛀虫，往往总是对外不行，对内很行，对外蠢如猪，对内奸如鼠，对外被人算计样样准，对内算计别人件件行。

** 一帮小人嘴脸如画，听见风声马上攀高枝儿。

方三儿嘿嘿地笑着说："等你当了社委会的头儿，你在她的上面，她在你的下面，她肯定要抱你的大腿了！"

李先来拭拭眼角说："这个女人是只母猫你不知道？"

王金刚撇嘴道："什么公狗母猫的，一张死屁股脸，就是扯起嗓子叫春，除了郑三发谁去操她？"

李先来说："我说她是母猫不是这个意思，在这方面肯定她是完了，我指的是她只要有鱼吃就行，不管什么死鱼烂虾，只要在她嘴边，闻到腥气她不咬一口就不放过。每次我们科里给印厂付钱，自己领出版费，她个人都要从中扣一笔的，那边是她不让张洁插手，这边是她男人不让我插手，* 两人一里一外，一唱一和，这些年就像开夫妻店一样，把社里的银子都掳进猫窝里去了！"

马车深有同感道："你说得对，我们领发行费时也是这样，明明是她拿了钱，还不许填她的名字，还要我们填自己的名字，这样做出的账，老天爷都查不出来，以后就是查出来了，钱也是我们自己拿的，你说这女人阴不阴毒？ **"

方三儿说："嘿，那不就像是车匪路霸一样，车子开到一个关口，那是她的地盘，她的领土，不给买路钱她就不让你过？"

王金刚又笑又骂道："操她个没人操的母猫，难道老子坐飞机，还有她的领空不成？"

骂完又笑，转而佩服方三儿的领土一说，拿眼睛死盯着他，说是想不到他还有些文化，竟能打出这样贴切的比喻。方三儿嘿嘿地笑，忽然又说出一句他想不到的话说："知道了我有文化，等你当了你说的那个头儿，就让我别开车了，也坐几天办公室吧！"

王金刚趁着酒兴，胡乱表了个态说："这并不是什么做不到的事，只要听话，给你一个办公室主任你也能当，如今的大小官儿，说起来不就是吹牛拍马，见风使舵那回事吗？ ***"

马车和李先来也半真半假地要起官儿来，王金刚假装有了醉意，把自己当成赵小月的角色，一一都给他们许了愿，让马车顶

* 原来是自己没捞到好处，才有此说。

** 映照前文中报销提成的事，作者总是一笔不漏。

*** 说得虽然直白，但也说得透彻。王金刚正是看透了这些官场的套路，才能玩得转赵小月，也算是经验之谈。

他的职，李先来顶郑三发的职。李先来问："那郑三发呢？"

王金刚用手做成一把枪的样子，闭上一只眼说："把他给我吧唧了！"

马车和方三儿都笑，李先来却认真地点头道："不用你吧唧他，早晚是有人要吧唧他的，就是国家嫌他贪得少不吧唧他，黄莲花也要雇人吧唧他，因为她辛辛苦苦当车匪路霸，弄回家的那些子钱，他转一个手，又拿去塞进那个姓田的婊子 × 里，等于黄莲花在给他养着婊子，等她一明白这个道理，还有不吧唧他个坏良心的，到时谁还用枪，花钱找个不要命的东北人，拿报纸包块砖头，照他后脑勺子一下。"

大家听他说得合情合理，也都纷纷点头，唯有方三儿一人坐在那里翻着眼睛。王金刚问："你一没有搞票子，二没有搞婊子，你怕个什么？"

方三儿转眼一瞪他，问道说："谁说我怕了？我是在想，郑三发一吧唧，他的钱都归谁？"

李先来说："幼稚，归他的孀妇黄莲花呀！"

方三儿又问："黄莲花杀人要偿命的，她一吧唧钱又归谁？"

李先来说："对呀，应该物归原主，还给我们凤凰社吧！"

方三儿嘿嘿地笑道："谁个幼稚？别看你会写几个破字，画几张破画，你才幼稚！这时要是有个高人，不嫌她丑去把她搞上，等她把郑三发一吧唧，两人就结婚，财产一登记，再把黄莲花一吧唧，还不什么都是他的了！"

王金刚又拿眼睛死盯着他，脸上露出佩服说："你想去做那个高人？"

方三儿连忙摇手说："我在后面出出主意还行，要去动真格儿的，不出一夜就会露馅，社里倒有一个人最合适，不信你们去说着试试，到时让他和我签个合同，事情成了他得凭良心，把得的财产分我一些，三成都成。"

大家都边笑边猜，从未婚的想到离婚的，李先来率先叫道：“莫非是东方白？可是他前妻长得多漂亮，本人又那么清高，这些年都没看上一个，黄莲花就是搭上一百万，恐怕他也不会要她。”

方三儿急得直喷嘴道：“你们怎么老想着知识分子，你们怎么没想到李亨大，那老头子孤苦伶仃的，一天到晚闲得没事干，不是手淫就是码纸烟盒子，找个女人再怎么丑，也比干那两样事好吧？”*

*这一通酒饭，吃得热闹，喝得谄媚，聊得狠毒，算得阴险。真是众生百相皆画出，人心薄凉谁能知！

17

对于团结中学以下文化程度的勤杂人员，王金刚有着百分之百的把握，心中没底的是那些编辑翻译之类。想起在锅城时，那位女作家璀璨托赵小月，赵小月又转他带给阿里巴的书稿，他决定在阿里巴的身上打开一个缺口，再把关系逐步建进编辑部内。王金刚来找阿里巴的时候，阿里巴面前放着一部书稿，正和杨梅交谈读后的印象，王金刚敲门进来道："你们的生意真是兴旺，一部还没看完，这又来了一部。"

说着就把手里的书稿放在两人之间。杨梅见书稿出自他手，觉得大不正常，便漠然道："有些作者也是怪了，投稿不找编辑部，却找销售科，就像是人生了病去找兽医，门都没有摸着，这种作家的档次就可想而知了。*"

王金刚对杨梅的态度，友好于黄莲花的十倍，只管将自己贬到最低处说："杨小姐抬举我了，我哪里够得上兽医，顶多只是个抓兽药的。不过赵头儿和我在锅城碰上一位青年女作家，人家却是有名气的，她请我们把这本书稿带给阿主任看看。"

杨梅挪过书稿，看着第一页上的作者名说："这位青年女作家的名气这样大，我怎么从没听说？"

王金刚笑道："你没听说，给你们阿主任看，保险他听说过的，人家已经出版过三本书了。"

阿里巴往过瞟了一眼，断然摇头说："我也从没听说，如今的出版社，有的是认人不认书，有的是认钱不认人，有的是认钱不认书，却很少有认书不认人的，因此徒有虚名的大作家，腰缠万贯的小作者，给老板磕头的叫花子，向财主卖身的准妓女，以各种旁门左道骗钱出书的人多得是，别说出三本，出三十本也不罕

*又一骂，可见杨梅对此人的厌恶程度。

见。*”

王金刚的笑变得怪异起来，说：“可别骂人家是准妓女了，这位青年女作家是认识你的，还说和你有过一段亲密的友情，多年来一直在苦苦地寻找你，埋怨你不该躲着她，连名字都变了，过一星期专程要到京城来找你的麻烦呢！”

杨梅的一双眼睛，闻声像飞镖一样向阿里巴投来，阿里巴的脸顿时红得似火，使劲儿地瞪着璀璨两字，赌咒发誓道：“什么璀璨，珠光宝气的，我要是认识这样的俗女人，和她有什么交情，这辈子……”

后面的誓言还没出口，杨梅火速用手捂住他的嘴道**：“何必这样害羞，认识又怎么样？亲密又怎么样？优秀的男人谁没有几个风流故事？”

阿里巴挣开她的手说：“可是我的确是冤枉的！”

杨梅皱着鼻子，噘着嘴说：“会不会像邓丽君唱的那样，她没忘记你你忘记了她？或者是她也没有忘记你，你也没有忘记她，不过你把你的名字改了，害得她找不到你，她也把她的名字改了，害得你对不上号了？”

这句话似乎提醒了阿里巴，满脑子哗哗地响着，好像秋风入窗，在装满旧物的屋子大肆翻腾，一时也翻不出有可能是璀璨的女人。低头沉思一阵，问王金刚说：“这个名叫璀璨的青年女作家长的什么形象？多大年龄？个子多高？”

王金刚见他越想知道，就越不让他知道，说：“我一见漂亮女人眼睛就花了，什么都没看出来，过几天她就来了，那时你自己去好好看吧！***”

阿里巴一边猜着这位神秘的作者，一边把书稿草草翻了一遍，这哪里是什么文学作品，分明是一堆记录材料，一会儿记一位厂长，一会儿记一位书记，一会儿记一位书记兼厂长的所谓书法家，他的丰功伟绩，是多年来给全厂职工写了大量的新春对

* 骂尽世上欺世盗名之辈。

** 关键时候捂得好，真要说出什么毒誓，若应验了可如何是好！

*** 从王金刚口中引出，璀璨人还没到京城，这飞短流长已经到了凤凰社。

联。书稿里有两篇语法不通的小说，三篇错字成堆的散文，还有十多首赞美爱情的诗歌，比起一些不知所云的现代派诗，倒是通俗易懂得很，然而更像摇滚歌星唱的歌词。全书是一个大杂烩，也可以说是低价火锅，白菜豆腐猪血粉条什么都有，序言里却说显示了她的天生的全才，只差没说是百科全书。有一支改错别字用的红笔，把“天生的全才”中的“生的全”三字挽了个圈儿，意思好像是想删去，如果删去那就是“天才”了。阿里巴不由得笑了起来，是一种替作者难为情的苦笑。他把书稿重新塞进牛皮纸袋里，递给杨梅说：“这袋子真像牛皮，还挺厚的，* 你拿去看着办吧，上面有作者的地址。”

杨梅揣摸着他说的话，逼他进一步说明白道：“你是不是要我退还给她？”

阿里巴依然笑着，王金刚慌忙叫道：“不能退，千万不能退的，这位青年女作家是锅城书店老板的朋友，锅城书店正在和我们商量干一件大事，一年有几十万元的利润，赵头儿已经答应给她出版，过一个星期她就来签合同了！”

阿里巴冷冷地说：“既然赵头儿答应了她，就让赵头儿给她出吧，还来请我们看什么呢？”

王金刚说：“这不是说明社长尊重你吗？”

阿里巴说：“尊重我就得听我的，杨梅你就按我说的办吧。”

王金刚见他如此坚定，不知道他和璀璨两人，谁个说的是真，谁个说的是假，担心杨梅真的退稿，做出影响他和范、周夫妇的事来，进而祸及他身，就转身出去，给璀璨和那一对男女打电话，提醒他们紧紧抓住赵小月不放，要赵小月亲自过问一下璀璨的书稿。

一个星期还没有到，第三天的下午快下班时，璀璨就来到了编辑部，肩上挎着一只书包，嘴里叫着李阿波的名字，不敲门就走了进来。恰好这天阿里巴不在，杨梅和东方白也不在，只有近

* 意思是这作者脸皮怕比这牛皮袋子还要厚。

视眼于剑一人值班，正把脑袋埋在一本诗集里面，听到叫声扭头一望，但见一道红光照耀在自己身后，吓了一跳，细看却是一个全身是红的女人，上衣和上衣上的书包是红的，裤子和裤子下的皮鞋是红的，连头发也由黑色染成了红色*。于剑问："请问您找谁？"

来人小姑娘似的一偏头说："李阿波啊。"

于剑说："我们这里没有叫李阿波的。"

璀璨说："怎么没有？他还是你的顶头上司呢。"

于剑扶了扶眼镜笑道："我的顶头上司是阿里巴，看来您是搞错人了。"

璀璨说："我没有错，是你错了，李阿波就是阿里巴，阿里巴就是李阿波，你连你顶头上司的身世来历都搞不清楚，可见是一个刚分来的大学生吧？"

于剑实事求是地回答说："我在这里已经工作两年了。"

璀璨皱了一下眉头，看这工作两年的编辑也不请坐，就自己找个位子坐下来说："你们的阿主任哪里去了？"

于剑说："我不知道，要不要您给公寓打个电话，看他在不在家。"

璀璨"啊"的一声叫道："家？他都有老婆了？"

于剑用古怪的目光看她一眼道："没有，我说的是他住宅。"

璀璨吐了口气，用手拉开书包的拉链，从里面拿出一个小镜子，照了照脸，又取出一管口红，在嘴唇上仔细地补上颜色，然后收起一应器具，跷起一条红色的腿说："我不给他打电话，你帮我打一个好了，就说是他上大学时的一个女朋友来了。**"

于剑愣一下问："如果他问我您叫什么名字，我怎么回答？"

璀璨说："谅他也不会这么问的，因为他那时候并没有很多的女朋友。不过如果他真的要问，你就说我现在的名字叫璀璨。"

于剑突然"哦"了一声道："原来您就是璀璨，我已经读过您

* 这装束和打扮都不知道该怎么形容了，不知道的还以为谁送来了一个红包。

** 难道真是阿里巴说的之前经历过的两个山毛桃中的其中之一？

的诗了。”

璀璨的眼里一下放出两道金色的光芒，放下腿来拍着手说：“真的吗？太好了！在哪本杂志上面？”

于剑淡然一笑道：“杂志上怎么会有那样的诗呢？我是在那里读到的。”

说着用嘴一指杨梅桌上的那只牛皮纸袋，璀璨顺眼一望，认出那只袋子正是她在锅城宾馆交给赵小月的，里面原封不动地躺着她的书稿，脸上顿时不愿意了。忽又想起这位编辑刚才说过的话，说是杂志上不会有她这样的诗，就又兴奋起来，问于剑道：“你刚才说什么来着？你是说国内的杂志办得太平庸，上面从没登过我这漂亮的诗吗？*”

于剑低头看了一眼自己的脚说：“不，我是说您写的那东西不是诗，您根本就不懂诗。”

璀璨有些不相信自己的耳朵，可是她得相信自己的眼睛，她亲眼看到这个编辑说刚才那番话时，苍白的瘦脸上一片不屑的神情，她认为这人如果不是嫉妒，那么一定就是有病，蓄意对她进行残酷的打击，在这样的时候，她特别要保持应有的自信，并且把这种自信传达给攻击者。想到这里她夸张地笑了一下，接着飞快地沉下脸说：“谢谢你的批评，我知道我会怎么写下去的！”

阿里巴和璀璨的见面，是极其富有戏剧性的，他们一个知道对方是谁，一个却不知道谁是对方，虽然做好了充分的准备，阿里巴的心里还是万分紧张。于剑按照璀璨的吩咐，在电话里告诉他来人是他大学时的女朋友时，他的脑子里立刻出现了一个冰清玉洁的王妮儿，心想她毕业后去了一个偏僻的地方教书，从此就像隐居在那里，与外界都断了交往，任他去多少信也不回的，怎么突然会来到京城找他，又怎么会改了这样一个艳俗的名字？

阿里巴骑着车子来到社里，这时候完成使命的于剑已经走了，凤凰社的人都走了，整座出版大楼就只剩下了这主宾二人。

* 真是无知者无畏还不自知！用『漂亮』来形容诗，也确是璀璨才能说出来的，作者真是一笔不落。

编辑部的门开着，像是要测试一个人的良心和记忆，璀璨考官似的坐在屋里，手里拿本杂志似看非看，跷着一条红腿动也不动。阿里巴一眼就发现了，她不是他心里所想的王妮儿，站在门外像个考生，认了一阵终于认出她来，身上觉得一冷，像是起了一层鸡皮疙瘩，嘴里却僵笑着说："你不是袁宝珠吗，怎么变成了这个模样？*"

璀璨再也忍不住了，从位子上皮球似的一弹而起，扑过去双手搂住他的脖子，大声叫道："你做梦也没有想到吧！"

阿里巴慌忙反手把门关上，身子就靠在门的背后，解绳子一样使劲儿解着她的手臂**，小声吓唬她说："快松开手，快松开手，一会儿就有人来！"

璀璨双手搂得更紧，连身子也吊了起来，故意大着声说："我不怕，我就是要人看见！"

阿里巴使了一把足劲儿，好不容易把她解开，快速逃进一只沙发里面坐下，拍拍另一只沙发说："坐下说吧，你的书稿我已经看了，怎么也没想到璀璨是你！"

璀璨高声嚷道："我也怎么都没想到阿里巴是你呀！"接着又连珠炮似的嚷，"这些年你都跑到哪里去了？为什么不理我了？怎么要给自己取这么个怪怪的名字？"

阿里巴耐着性子，一五一十地回答着她的问题说："大学毕业我本来分配在一个政府机关，在那里待了一年，像判了一年有期徒刑，第二年就到了这里。我想理你也不知道你在哪儿，不是听说你去海南发了财吗？后来我改了这个名字，是因为北方人把"伯"念"波"，李阿波成了李阿伯，有人还故意叫李阿爸，我就索性在三字上作了调整，不能叫阿爸李，也不能叫李爸阿，叫爸阿李更不顺口，就改成阿里巴了。这就是我改名的缘故，可是你为什么要改名呢？袁、宝、珠，你听，多么闪光的名字啊***！"

璀璨缓了口气，又扑过来，抡起一对拳头，擂鼓似的擂着他

* 袁宝珠，又是一个袁家人，难道是袁飞北的本家？

** 解绳子一样，哈，亏作者竟能想到这么精准的比喻！只是这绳子怕不太好解。

*** 宝珠已经够俗气了，没想到还有更俗气的璀璨，谁说俗人没有想象力？在创造庸俗方面，绝对也是鬼斧神工！

说：“你能改，我就能改！你这个狡猾的家伙，你把强盗都烫死了，你是个大强盗！”

阿里巴成心打击她说：“我就是再大的强盗，也不会去盗你珠宝的。”

璀璨逼问阿里巴，这些年他见到王妮儿没有，和她恢没恢复恋人的关系*。从这张嘴里听到王妮儿的名字，阿里巴的心里好像被刺了一针，比在独自一人默默想念她时更加疼痛。那是他喜欢的第一个女孩子，在他读大学四年级，任学生会宣传部长的时候，一个在水乡长大的女孩子走入了校园，清清爽爽，安安静静，美得像朵芙蓉。阿里巴觉得这朵芙蓉是上帝送给他的，他一下子爱上了芙蓉，芙蓉也一下子爱上了他。这时候又有一个走读生走了进来，走读生每天走读太累，她想读，但不想走了，就借住在这位同乡女大学生的宿舍。情人节的黄昏，女大学生各有约会，把一间珍贵的宿舍留给了王妮儿，王妮儿坐在宿舍里傻等着阿里巴，因为阿里巴有事去得晚了，她却等来了哥哥的电话。王妮儿的哥哥是个警察，出外办案路经这里，她急着去车站迎接警察哥哥，仓皇中犯了一个严重的错误，居然委托走读生替她接待阿里巴。走读生也犯了一个严重的错误，似乎把她的哥哥误听成了表哥，便这样对阿里巴说，可能她今晚回不来了，她去接她的表哥去了**。阿里巴犯下的错误比她们两个的错误加起来，还要严重十倍以上，那已经不是错误，那是罪恶。他气昏了头，他发出一阵狂笑，他去喝酒，他还一把拉走了走读生，把他坚硬的右手搂在她的腰上。她的腰粗壮而又结实，围度甚至超过王妮儿那美妙的臀部，他觉得过去搂的是一枝荷杆，今晚却是一截木头，但是既然他的头是昏的，他就什么也不顾了。这天晚上他喝了个大醉酩酊，一觉醒来已是半夜，所在是温暖的宾馆，怀里是温暖的走读生，她叫袁宝珠。从此芙蓉一般的王妮儿姑娘，永远永远地离他而去***。

* 阿里巴和王妮儿曾经的恋人关系由璀璨口中说出，引出下文。

** 这个走读生当然不是听错，而是有意为之，可恶。

*** 青春的莽撞会让人将最珍爱的东西随手抛去，以为什么都能够随意挥霍！

阿里巴曾经怀疑，袁宝珠是一个成功的阴谋家，他想证实自己的感觉，他却无法得到王妮儿的配合。他痛下决心，在校园门口无耻地截住了她，问她：“那晚真是你的表哥？”她裙裾飘飘，匆匆而行，惨然一笑说：“是的。”他追赶着她，希望她是口出谎言，挥着拳头，几乎对她发出了威胁：“我们可不要犯了错误！”她更加惨然地一笑：“可是我们已经犯了！”阿里巴绝望地停下脚步，目送着眼前这朵美丽的芙蓉走进污泥，他觉得她在他的心里就此死了。想不到她却一点儿也没有死，她像一位神奇的烈士，永远活在他的心里。突然的一天，在同样的校园门口，他看见了她和一个仪表堂堂的男人，用世纪末的时髦词儿说，那个男人真叫酷毙，叫帅呆，随行的还有一个妩媚的女人。他终于出了一口长气，满以为他的灵魂得到了解脱，不料她却故意当着他面，笑着叫了那个男人一声“哥哥”，又叫了那个女人一声“嫂子”。他犯起傻来，不敢再截她了，他怕她的哥哥一拳揍扁他的鼻子，他可不是便衣警察的对手。王妮儿叫罢哥嫂，极其短暂地瞥他一眼，然后向他走来的方向走去。*

* 此时的阿里巴如能醒悟，或许还能挽救他青春的爱情。

那一刻，他想冲进学生食堂，在肉案上抄起一把切肉刀，把袁宝珠一刀杀了！不过到了晚上，袁宝珠跛着一条腿，推着一辆不能再骑的自行车，把两张交响乐票塞进他的手里，说是她急着回来给他送票，险乎儿死在公共汽车的轮下，他满脸的杀气竟然退了一半。阿里巴想起一本西方小说，觉得自己像那一刀劈成两半的子爵，已经鲜血淋淋，从肉体到灵魂，是再也不能弥合的了。谜底后来被揭开了，是她自己揭开的，她泪流满面，承认了她的自私和卑鄙，请他原谅。

他用圣经一般的语言，冷静地回答她说：“除非你打开胸膛，掏出心脏向王妮儿忏悔，然后在我们的结婚典礼上作为伴娘。”

自私和卑鄙的袁宝珠达不到他的要求，全世界的女人都达不到他的要求，阿里巴望着一去不回的王妮儿，决定用同样的自私和卑鄙，发泄怨恨，排遣寂寞，他要对这送上门来的走读生狂轰滥炸，事后像扔母狗一样将她扔掉*。然而他又犯了错误，这次的错误虽不严重，但是实在幼稚得可笑，袁宝珠要的就是这个，她丝毫也不幻想未来，她把他的严惩当做嘉奖，每次都被他弄得乐不可支，直到阿里巴发现自己上了贼当。

* 用卑鄙报复卑鄙，下场只会更惨，这个蠢货。

18

袁宝珠化名的璀璨叫了一辆出租，把阿里巴运往她下榻的台湾饭店*，在途中迫不及待，一鼓作气地向他介绍着如今的自己，豪气冲天地说道："自从你离开我以后，可以毫不客气地说，我的事业发展得很快，我现在是市作家协会的会员，市新闻者协会的理事，市日报的记者主任兼晚报的文艺编辑，发表了大量的作品，如果除掉那些老家伙，我就是本市挂头块牌子的作家和记者。怎么样，你有点儿不敢相信吧？"

阿里巴当头泼了她一瓢凉水，微微一笑道："从你的那本书稿里，我怎么一点儿也看不出来呢？"

璀璨立刻就不高兴了说："你打击我！你嫉妒我！你真坏！"

阿里巴说："怎么可能，我这是实事求是。"

璀璨偏过头来看他一眼，看出他的脸色板着，才觉出他原来是严肃的，便暂时不出声了，过了一会儿才小了声音，不让前面的司机听见道："我知道这是你对我过高的要求。"

阿里巴又一笑道："你真是自作多情，我对你的要求一点儿也不过高，我凭什么要对你要求那么高？"

璀璨害怕他说出更难听的话来，这次是真的不再出声。司机觉得他俩的关系有点儿奇怪，大着胆子问道："你们是同学，老乡，还是恋人？"

璀璨向前倾了一下身子说："你看呢？"

司机说："恋人？"**

璀璨咯咯地笑着，转脸看了阿里巴一眼。阿里巴正色道："你猜的什么都不是，我是编辑，她是作者，她写了一本书正请我看着。"

* 哈，把阿里巴运往下榻的饭店，这是在运自己的战利品吗？作者用笔真是奇绝！

** 司机倒是会拣女人喜欢听的说。

璀璨觉得作者没有作家好听，编辑不带衔也不容易被人重视，就补充了一句说：“我是来京出书的女作家，他是凤凰社的编辑部主任，我们过去的关系是很好的。”

车到台湾饭店门口停下，阿里巴觉得这地方有些面熟，忽然想了起来，车往前去一点儿，就是他曾来过的梦园小区，心想真是奇了，这么大个京城，无数个宾馆饭店，她哪里也不去住，却恰恰住在了金铃子的旁边，如果在这里遇上金铃子，他倒在两人面前都说不清了。阿里巴匆匆随她走进饭店，在门外眼睛不往两边观望，害怕被偶尔来此的金铃子看见，直着来到她包住的房外。璀璨一进去就从里面把门锁上，让门外亮出一块请勿打扰的牌子，然后就搂住阿里巴，踮起脚来，在他的光头上摸个不休，嘴里笑嘻嘻地说：“你怎么把头剃了？你还想当和尚？这些年你真的没近女色？今天我要检查检查，看你这个和尚是真是假！”

阿里巴睁眼看见的是她，可是眼一闭上，满屋全都是王妮儿了。他不想看见她的样子，想起当年的办法，就闭着眼睛和她说话。璀璨一眼识破了他的老把戏，当年失去王妮儿后，他就发明出了这个办法，来对她偷工减料，敷衍塞责。她可不能让他得逞，把双手顶在他的脑袋后面，用涂了口红的嘴唇舔开他的眼睛，让他不得不正视自己。接着又发狂地吻他的嘴，把舌头伸进他的口腔里搅拌着，又试图把他的舌头吸出来，满屋里都响起吧唧吧唧的声音，好像要一次亲个够，补足她这多年的遗失。这里不是大学生宿舍，不是编辑部，而是她自己花钱租住的饭店，门已经锁结实了，外面还挂了一块写了标语的牌子，那是为色情站岗的哨兵。璀璨没有一丝儿后顾之忧，她嘴里狂吻着，手又伸进他的内衣里面，在他胸前背后四通八达地摸索着，把阿里巴搓疼得龇牙咧嘴，自己也累得呼哧直喘。阿里巴眉头紧锁，眼睛一脱离她的嘴唇又紧闭起来，让眼前再现芙蓉般的王妮儿，他听之任之，让他的感觉偷天换日，将这认作是王妮儿的亲吻，王妮儿的抚摸。

璀璨把自己忙了个不亦乐乎，最后她毅然丢掉了阿里巴的手，自己仰脸朝天倒在床上。她也像阿里巴那样闭着眼睛，等待着他来动手，从上到下，由内而外，先急切地解开她的衣扣，两手抓住她饱满的双乳，揉上几圈儿，再鲁莽地扒掉她的裤子，然后像个英雄的骑手，一纵身伏卧在她的肚皮上面。或者什么顺序都不按了，直接就跨上战马，昂首扬鞭，咴的一声冲进阵来。她屏住呼吸，迎接战斗，然而她以这种姿态等了很久，没有人来和她发生摩擦，睁眼一看，阿里巴直僵僵地站在屋子中央，两只眼珠倒是大大地睁着，却不转动，面对着窗外的一片荷塘发呆*。璀璨不由得生他的气了，跳起来扑到他的身后，将他拦腰抱住拖到床边，先把他一掌推得仰倒，索性将自己压在他的身上。阿里巴就又闭上眼睛，由着她呼哧呼哧地折腾，一会儿工夫，被她扒成了一个精光的男模。璀璨只把自己脱了一半，就有些等不得了，伏在他的身上动作起来，嘴里发出"啊啊"的叫声。

阿里巴从没和王妮儿发生过这样的关系，他继续想象着骑在身上的女人是王妮儿，但是他的感觉不能奏效，王妮儿清洁得像一块玉，安静得像一条无风的窗帘，如此波涛翻滚，大叫大嚷的事情，只有袁宝珠才做得出来。他又把身上的女人想象成金铃子，那可是最令他销魂的女人，但是他的记忆又不同意，他记得他的每一次进入，她只是浑身上下微微地震颤，小猫一样低低地呻吟，她的姿态从来都是被动的，承接的，不积极的，任凭他如何动员和请求，她都摇头，决不肯打破规矩伏在他的身上。和金铃子在一起的时候，情况完全是反过来的，每一次都是她闭着眼睛，而他则把眼睛睁得又圆又亮，唯恐看不见她沉醉的表情。他看见了她的乳房，她的腹部，她的大腿，她的整个身子肌肤松软，颜色雪白，随着他的起伏波动，海绵似的压缩进去，又弹簧一样弹跳起来，那时候他觉得自己真是一个快活得要死的男人。

* 跟王妮儿在一起时也有过这样的一片荷塘吧！

可是现在他真像是要死了，却没有什么快活可言，骑在身上的是一个强壮的身体，不是他要的那种松软和温柔，它好像一架能干重活的机器，一旦发动起来就干个没完，而自己完全是应付差事，毫无激情。阿里巴心里非常纳闷儿，和金铃子在一起做这好事的时候，他真想持之以恒，再接再厉，一辈子无穷无尽地做下去，却不大一会儿就做完了，如同胸怀大志的战士钢枪走火，一次性的子弹提前出膛，一场战斗就只好草草结束，留下战友间含笑的埋怨，和永不知足的夸张叹息。而现在的情况恰好相反，他恨不得马上收兵，但它陷入她的体内收不回来，有一个生理上的问题让他惊奇，它遭遇的并非他喜欢的女人，为什么还像一个不要脸的畜牲，不讲原则，依然坚挺，而且在时间上持久得可疑。后来他总算明白过来，它是不肯发泄，认定了这个发狂的女人不是它的对象，它的对象是海绵弹簧似的金铃子。想到这里他居然笑了起来，整个身子突然一个颠簸。

璀璨愣了一下，"吼吼"地喘着，停下问道："你笑什么？"

阿里巴如实地说："我笑我们都是畜牲，我是一头骟驴，你是一头骚母驴，再骚的母驴碰上骟驴都会无计可施。"

他满以为这样说了，璀璨会骚情丧尽，恼羞成怒，呼哧一下翻身下来，却没想到璀璨脸上笑得像颗宝珠，闪着汗光，反驳他道："你是骟驴？骟驴还有你这硬吗？"

阿里巴叹口气说："我说错了，无计可施的是我自己！"想想又说，"好了好了，到此为止吧。"

璀璨抗议道："你想得美！"

说罢就要重整旗鼓，阿里巴不想再和她纠缠下去，一咬牙翻过身子，将她卷在下面，发力几下，璀璨一声大叫还没出来，他早已把事情作了了结。

倒在下面的璀璨兴犹未尽，像春天里绽开花瓣的野花一样，一动也不动地继续伸展着四肢，等待着巅峰的到来，却感到阿里巴猝然停下，接着退了出去，整个身子软不叽溜地向着一侧倒下，这才知道事已毕了，心里很是不满。这时候桌上的手机嘟地响了，她从床上一下坐起，衣服裤子都不用穿，光着身子就爬下了床，用两脚探索着地上的拖鞋。同时一只手去拿起手机，另一只手叉在腰间，嘴里面喂喂地和对方通着电话，站起来在地毯上舒服地走着，一会儿柔声细语，一会儿哈哈大笑，背对着阿里巴踱上几步，突然一转身又迎面向他走来，一脸炫耀和挑逗的笑容。随着来来回回脚步的走动，正面白花花的两个奶子，背面白花花的一个屁股，相互比赛似的晃个不停，又像是城市公园里的维纳斯活了，褪到脚下的裙子被人干脆扒去，一条胳膊却接了起来，举着手机打个不休。

阿里巴想着笑了起来，觉得这个想象极大地拔高了她，若是说出来被她听见，她会比书稿出版和嫁了好男人还要得意。他突然为刚才的行为感到后悔，责备自己怎么就没有管住自己，他觉得这个女人完全没有了羞耻，和几年前的袁宝珠相比，这个璀璨更是彻底地完了。

璀璨的感觉正好和他相反，觉得自己的事业又跃上了一个高峰，她的手在空中又比又划，如同一位指挥作战的女将军，对着电话里的人物说道："告诉您一个消息，周总，我的书马上要出版了，其中第一篇就是写您的，出版后我一定签字送您一本，然后您让您的公司付我一万元钱，我再送您的公司一百本书，这样您说好吗？"

电话里的周总说了一句话后，璀璨同意得奶子直颤，双方算是达成了协议，接着她又接二连三，主动地给人打了几个，每一个都是什么总之类的，口气基本一样，内容大体相同，无非是她的书要出版了云云，要对方给她多少元钱，她给对方多少本书。最后一个叫作马总，璀璨飞快地瞟了阿里巴一眼，见阿里巴糊里糊涂，正无动于衷地穿着裤子，便把手机向嘴唇靠近一些，似乎泄露着两人的关系，并且用手遮住一边，让出来的声音相对小点儿，扭捏了一下身子说道："讨厌，谁没想着你哪？人家在忙着出书嘛，书一出来我就飞到你的身边，还不行吗？"

阿里巴装作一句也没听清，心里却明白马总是她的什么人了，沿着这个思路再想下去，前面那个周总，以及后来的其他各总，都有可能是她的什么人，喉咙里便有了想呕的感觉。想着璀璨送给他们的这本书稿，原来果真是这样下贱的货色，那些有钱的老总用钱买下书的版面，同时还买了她的肉，她却恬不知耻，手机打得眉飞色舞，惊天动地。而自己和这一群从不认识的奸商政客，贪官污吏，居然因为这一本破书，因为这一个比书更破的女人，成了在一条战壕干过的战友！这样想着，终于忍不住"哇"的一声，慌忙用手捂住了嘴，向着背后的卫生间跑去。

璀璨打完一批电话，又站了一阵，觉得有点儿冷了，这才在上身穿了内衣，下身仍让它光着，也去上一个卫生间。她看见阿里巴含了一口凉水，张着嘴，仰着脸，对着镜子哗哗地涮着喉咙，眼泪都挣出来了。池子里残存着他吐过的黏液，水龙头正流着的水老也冲不下去，一时闹不清在她打电话的时候，这里发生了什么事件。便紧张地问："你怎么了？"

阿里巴发狠地摇摇头说："太脏了！太脏了！"

璀璨四处观察，紧紧追问："哪里太脏？是池子吗？是马桶吗？是这整个卫生间吗？真是很不像话，我去叫服务小姐来打扫一下！"

说着就跑进卧室，拿起房里电话打宾馆的内线，要服务小姐马上就来。阿里巴"噗"地吐出嘴里的水说："这不是小姐打扫得干净的，要是小姐比这些更脏呢？小姐要是她妈的一个婊子，谁个又来把她打扫干净？"

璀璨从他的粗话里听出一点儿味了，回想刚才所打的电话，断定内容已被他听见，不过她却并不在意道："什么婊子婊子的，真是难听死了！*”

阿里巴用手指着她的光屁股说：“你嫌难听，就不嫌难看？”

璀璨故意放鞭炮似的，把屁股拍得“叭叭”直响**，挑战地说：“嫌我难看为什么还要看我？嫌我难看为什么还要弄我？”

阿里巴真的来了火道：“请你说清楚了，到底是我弄你，还是你弄我？”

两人就真的闹了起来，璀璨穿上裤子，赌气不理阿里巴了，对着镜子开始化妆。阿里巴心里越发反感，索性指出她的要害道：“你的那本书稿我们还在看着，根本没有做出决定，你就到处吹牛说是要出版了，还说给这个签字，给那个送书，如果万一不能出版，我看你怎么对那些给你钱的人交代！”

璀璨冷笑道：“你们的社长都同意出版，你个小萝卜头儿还想阻拦？”

阿里巴以为她是虚张声势，问道：“我们的社长是谁？”

璀璨从皮包里掏出一个名片夹子，从夹子里抽出一张名片说：“不是赵小月吗？还带着个名叫王金刚的，听说我是锅城书店老板的朋友，两人都抢着请我吃饭呢！”

阿里巴一下怔住，想起这本书稿正是王金刚交给他的，就在心里相信了她说的话，暗自对赵小月的鄙视又多了一分，嘴里却死硬着说：“既然赵小月同意出版，那我就把书稿还给赵小月好了！”

璀璨重又抱住阿里巴的脖子，翘起她刚刚打上口红的嘴唇，在他脸上吧唧亲了一下道：“不要和我生气，人家毕竟是爱你的嘛！”

正说着门铃一响，璀璨知道来的是服务小姐，心里很不耐烦，却想着是自己打电话叫来的，就从阿里巴的怀里坐起身子，对门外道：“进来吧！”

服务小姐彬彬有礼地走到她的面前，微笑着问：“小姐有什么

* 是映照自己，才觉得难听吧！

** 此形象简直就是一个市井泼妇，何来作家形象？

吩咐？”

璀璨把一肚子气全部发在了服务小姐的身上，厉声喝道：“要你去打扫一下卫生间，你看看里面都脏成了什么样子！”

阿里巴闷着头说：“不怪人家，那是我刚才吐的。”

服务小姐感激地说：“谢谢先生，不过我也应该打扫。”

*写璀璨的随性，却正是这样的人，竟能大行其道，顺风顺水，作者讽世之笔。

19

璀璨看出阿里巴对她的态度，由此及彼想到她的书稿，防止有变，就一头扎在台湾饭店不走了，逼着阿里巴把她书稿读完，然后早些出版。阿里巴见她催得紧急，好像救火似的，就胡乱编了一个理由，说因为是女作者写的，他交给了一位女编辑，得首先听取一下初审意见，再作决定。璀璨明知他是推托，却穷追不舍道：“你告诉我，那个女编辑是你下面的人吗？”

阿里巴哭笑不得道：“什么上面下面的，又不是睡火车上的卧铺，我们都是同事，一道编书，不讲上面下面，可能和你们锅城不一样。”

璀璨分析说：“你们之间连个上下级都没有，看来就不是一般的同事了，而且我一说下面，你立刻就想到卧铺，想到睡觉，这说明你潜意识里就有这个东西。”

阿里巴怪笑着说：“你是著名的青年女作家，难怪会研究别人的潜意识，那你坐火车来的时候，比方说买的下铺，中铺的男人说是小姐劳驾，让我睡在你的上面，你也会笑着点头吗？”

璀璨落落大方道：“这有什么不可以的？中间隔着一层铁板，又不是真的睡在我的上面，即便真的在一起睡觉，如果当时我想睡，那个男人也想睡，一起睡睡又怎么样呢？*”

阿里巴就不再说，越发相信她是和很多男人睡过的了，而且和睡火车的上下铺一样，速战速决，夜里上车时还不认识，天亮一到站就下车了。这样年复一年，车复一车，累计下来，睡过的男人岂不有一车厢了？

璀璨根本不考虑阿里巴在想什么，一心只扑在她自己的书稿上，继续追问阿里巴说：“看我书稿的女编辑叫什么名字？年不年轻？漂不漂亮？水平到底怎么样？”

阿里巴成心气她道：“她叫杨梅，比你年轻，也比你漂亮，水平更是比你高多了，翻开你的书稿只看了几页，就叫嚷说语法不通，错别字又多，没有一点儿文学价值，是她坚持要把书稿退给你的。”

说完就专注地看璀璨的脸，本来是想看她受到打击以后，脸上是个什么表情，谁知璀璨听了这话，不气不恼，竟将计就计，要去找杨梅当面谈谈，顺便看看那个年轻而有水平的女编辑，长的究竟是个什么样子。吓得阿里巴赶快阻止，害怕她去胡说八道，一口答应把她的书稿从杨梅手里拿过来，由他亲自来看，璀璨这才高兴，及时地掏出手机，给书中的老总们打电话说，书马上就要印出来了，因为她的文笔太好，出版社的编辑抢着做这本书的责任编辑，最后近水楼台先得月，由编辑部主任亲自任了此职*。

阿里巴听她竟敢当着自己的面，大吹其牛，气得一连串地冷笑着说：“你再胡夸乱吹，我真要叫你下不来台了！”

璀璨叭地关了手机说：“你瞎嚷嚷什么？就算我是胡夸乱吹，我也是夸你们出版社，吹你们出版社，证明你们有眼力，帮助你们多销售嘛！”

阿里巴说：“销售多少，并不能取决于吹功大小，其实你这本书的所有读者，我早已经统计出来了。”

璀璨问：“有几千？”

阿里巴不语，璀璨又问：“几万？”

见阿里巴还是不语，璀璨发狠给自己打一股气道：“如果有十几万人，那就太好了！”

阿里巴摇头说：“不是十几万人，而是十几个人。”

璀璨咄咄逼人道：“请问你是怎么统计出来的？”

阿里巴说：“把你歌颂的那一堆人加起来，再凑上你，就是读

*真是应了一句话：人至贱则无敌。

者的总和。”

璀璨竟毫不脸红道：“你算错了，那一个老总不是一个人，而至少是一百个人，你听到我给他们打的电话没有？让他们每个企业包销一百至二百本书，就是你们一本都卖不出去，加上我赠送朋友的书，至少也够两千本了。”

阿里巴问：“我们卖不出书，哪有收入？没有收入，哪能出书？”

璀璨笑道：“你真迂腐，谁说你们没有收入？我给你们钱哪！”

阿里巴又问：“你哪有那多钱？”

璀璨见他是真不懂，就把此中机关一语道破说：“羊毛出在羊身上，自然是老总给我，我再给你们，我的前几本书就是这么出的。”

阿里巴方才知道，璀璨采取的还是这种出书方式，想起那天对王金刚总结的话，说是如今的作家中，有给老板磕头的叫花子，向财主卖身的准妓女，不料这本书的作者竟兼而有之。不过既然她已打通赵小月的关节，社里又能坐收渔利，一本书也不用卖，却能得到一笔可观的书款，何必不成全她呢？心态一换，顿觉轻松起来，当天璀璨请他吃饭，他就坦坦然然地去吃，两人出外选择餐馆的时候，他竟把她带到台湾饭店和梦园小区之间，选了那家正宗毛家菜馆。

正宗毛家菜馆的小姐又换了一茬，一个都不认得他了，阿里巴带璀璨进去找个位子坐下，先要了壶茶喝着，接着才抄起菜谱点菜。璀璨用眼睛打量着这菜馆，皱皱眉说：“这里不怎么样，我们换个地方去吃。”

阿里巴却端坐在那里不动道：“到底是从锅城来的，一看就是个外行，真正的美食家是不在乎门面的。等会儿我让你尝一道菜，还见识一个大人物。”

璀璨问："谁？"

阿里巴说："我先不说，到时吓你一跳。"小姐按他吩咐，首先上了一盘火宫殿的臭豆干子，璀璨用鼻子闻了一下，又皱皱眉说："这是什么鬼东西，怎么臭烘烘的啊？"

阿里巴说："闻着臭，吃着却香，不信你尝一块试试。"

璀璨用筷子夹起一块，伸长颈子咬了一个小角，吧唧嚼着，最后点个头说："嗯，还可以的。"

说着把剩下的臭豆干子分作两次，全都吃进嘴里。小姐接着又上了一盘熏干炒腊肉，阿里巴对她说道："把你们老板请出来，就说他的一个老朋友来了。"

小姐脆声应了个好，不一会儿那老板就从一间房后走了出来，老远认出是他，立刻满脸是笑，把步子加快一倍，小跑似的朝这里奔来，中途就伸长两手，哦嗬连天地用湖南话叫着："今天可是个好日子，你还有没忘记敝人这里！"

说着抓住他的手就握，握了他又握璀璨，忽然觉得有点儿不对劲儿说："小姐怎么长胖了些？"

阿里巴知道他把璀璨认成金铃子了，忙岔开话道："来来来，我给你俩介绍一下，这位是正宗毛家菜馆的老板，这位是影视制作中心的导演璀小姐，上次我说过以后带个导演来，今天就给你带来了。别看璀导年轻，她可是个京城大腕！*"

老板这才认清，原来她不是上次来过的那位小姐。璀璨是个聪明绝顶的人物，在弄虚作假方面比阿里巴老练多了，一听就知他的用意，大模大样地站起身来，向老板伸出一只手说："老板你好！"

老板受宠若惊道："导演您好！"

阿里巴鼓掌大笑，问老板道："这位璀导她要请你出演个角色，你该不会拒绝的吧？"

老板兴奋得双手直搓，用湖南话说："我做梦都想不到有这好

* 阿里巴倒是能就地取材，因人设岗，这璀璨做影视比做作家更合适。

的事情，哪里还会拒绝哟！”

两人吃饭的时候，满面红光的老板一直站在他们身旁，看着他们吃菜，陪着他们说话，阿里巴知道他是记着上次说过的事，想试一个镜头，便说：“今天璀导还有事情，要不就可以请你演个小品，说段台词儿。这次我看就算了吧，璀导记着，下次再来一定请他试试，最好把摄影师也带上。”

璀璨肚子饿了一天，一边埋头吃着，一边慎重地点头。老板不觉有点儿失望，但紧接着又把希望寄托在下一次了。这时一个浑身脏污的叫花子走了过来，手里端着一只搪瓷缸子，眼巴巴地望着璀璨说：“这位女导演，能不能让我也演一个电视剧，就演一个没饭吃的人，我不要工资，管饱就行。”

阿里巴把他瞅够了，一拍腿说：“对呀，不拘一格降人才，我看他要是演，不见得比那些电影学院毕业的人差，他可以演卧薪尝胆的勾践，庞涓断膝的孙膑，边塞牧羊的苏武之类，或者演武训讨钱办学，更有生活体验，不用指导就行，不信你也试一试看。”

璀璨真的摆出个导演的架子说：“试个屁，癞蛤蟆想吃天鹅肉，是人不是人都想当演员，我们演员就是那么好当的？”

说罢掏出钱夹，想从里面翻出两个钢镚儿，翻了一阵没有翻出，也没零的纸币，就拿出一张一百块的票子，噗地丢进叫花子的搪瓷缸里，赶他走说：“走吧走吧，该干什么，还是干什么去吧！”

叫花子千恩万谢地走了，菜馆老板细细领会她说的这话，怀疑女导演是含沙射影，有心说给他听的，脸上一红，兴致大减。勉强又坐了一会儿，说是要去厨房看看，和两人打声招呼，也起身走了，此后直到他们吃罢结账，再也没有出来露面。*

* 用流氓来对付流氓，用骗子来对付骗子，阿里巴这一招倒是高明！

第二天阿里巴便去编辑部，从杨梅手里拿过璀璨的书稿，埋下头来一鼓作气看完，错误之处用笔改得一塌糊涂，然后在稿签上写了这是作者自己出钱，出版自己的书，交给孙文夫去审读，意思是告诉孙副总编，在文学艺术上不必要求太严格了。孙文夫看了稿签，再看书稿，看到满纸都是阿里巴的字，就明白了作者的功底，心里开始打退堂鼓，但再看文章经过改动之后，却又比原来通顺多了。正犹豫着，王金刚打电话来，说是赵头儿让他转告孙总，有一位名叫璀璨的青年女作家，书稿正让阿里巴看着，如果看完送到他的手里，请他尽可能地关照一下，因为可以利用企业投资，社里不出一分钱，反而能够净赚一万五千块，再过两月就过年了，用这钱给大家发点奖金有什么不好呢？孙文夫觉得在这件事上，赵小月似乎是出于公心，完全是为社里着想，就考虑着是否让一让步。又想这次赵小月从锅城回来，精心策划的三条方案，都被他和钱思奇给抵制了，心中不悦，已有很多日子不理他们两人，今天却让王金刚来传话，分明是想调解关系，就决定听他一次。

当天下午，孙文夫又接到捷报，《黄村》首版印十万册，一销而光，接着加印十万册，又一销而光，第三次索性加印二十万册，没几天也销出去了，看这势头，不知道还能销售多少。凤凰社根据和小郎签订的合同，一边追收了四次利润，还嫌不如对方的多，提出收回书版，自印自销，小郎却拒不肯交，说是合同上没有写这一条，宁可加倍付费。孙文夫后悔极了，一时忘了王金刚和马车的整天打牌，不去卖书，赵小月的放任，钱思奇的发火，以及自己的生气，心想早知有这样的好事，这本书就不包给“北方的狼”了，而让自己的销售科来卖，票子岂不是哗哗啦啦，肥水全都流进了自己田里？因为这本书是阿里巴编的，书名也是阿里巴改的，在京郊小镇卖葱花豆腐脑儿的作者牛八爷，更是阿里巴从无名之辈中挖出来的，就连全国包销此书的小郎，也是阿里巴的朋友的朋友，孙文夫就对他刮目相看起来，再审读他送来的璀璨的书稿时，作者就暗中占了不少便宜。

阿里巴编的第一本书，就给社里挣了这么多钱，使他一下子竖子成名，赵小月大会小会，都使劲儿地进行口头表扬，只是没有一分钱的奖励。杨梅就乘机拍阿里巴的肩膀，说："哥们儿，凤凰社有三大名编，我们听着不大习惯，中国人作总结喜欢用四，古书有四大名著，京剧有四大名旦，杂志有四大名刊，怎么名编就只有三大？我们推选你也当一个名编，凑个四大名编吧！"

阿里巴说："只听说有三鞭酒，没听说有四鞭酒的，孙总威震山门，是虎鞭，野哥身手迅捷，是鹿鞭，东方白勤耕苦耙，是牛鞭，我是什么鞭？"

杨梅已想好了一个，就说："你一天到晚胡叫乱哐，是狗鞭。"众人一阵大笑，其中周泉的笑声最响，嘎嘎啦啦，像唢呐吹到高音的时候。无论几大名编，都没人想到周泉，明知是个开心的玩笑，他的心里也是有想法的，便借着大笑发泄出来，又讽刺道："不知道你们这些名编，相当于什么级别，一月的工资是多少？*"

郑三发立刻插一句说："周头儿做梦想的都是级别，以后遇上有级别的好事，可别忘了把他也算上。"

周泉原想打击阿里巴，不想却意外遭到郑三发的打击，戛然一下就笑不出来了。阿里巴反而同情起周泉来，把话转开去说："杨小姐，三鞭也好，四鞭也好，你懂得什么是鞭吗？"

杨梅知道阿里巴要报复她了，就使劲儿地翻着眼睛，思考着说："鞭长莫及，扬鞭催马，鞭肯定就是动物体内一种类似鞭子的东西，是不是腿里的一根筋？"

众人又是一阵大笑，魏子野忍着笑说："你这个女硕士！你这个女硕士！"

郑三发说："她说得对，鞭就是一根筋，不过不是长在腿里面，而是长在腿外面的。"杨梅看大家脸上表情不对，笑得也怪，突然一下明白过来，捂着脸就往外跑。

* 写赵小月总是赵小月，写周泉也总是周泉，作者汪洋四十万言，却丝毫不乱。

魏子野对阿里巴说："看看，比得上唐朝的女子吗？"

另外的几本书，也经印制科印了出来，凤凰社一时书籍成山，堆满一库。其中有两本日本小说，是赵小月亲自翻译的，由于国内出版社的通常做法，是一次性支付译酬，标准又低得可怜，他就模仿日本作家和日本书社，按照印数的多少取酬。虽然他是社长，但也和社里签订了一个合同，把一个人劈成两个，甲方是法人赵小月，乙方是译者赵小月，左边让吴诗言盖上公章，右边让老婆盖上私印。不仅是翻译，还兼任译审，译校，编辑，校对，连打字排版也是自己，若不是自己不懂美术，不得已让东方白设计封面，那么这本书就是他一人作了包揽。这样做的好处是报酬可以翻上几番，至于工序繁多，劳累加倍，那纯属是外行的误会，唯有内行知道，以上种种，却可以在电脑里同时完成的。他让吴诗言一项一项地填单，财务科一次一次地发给他钱，吴诗言乐意做这件事，认为机会来了，进可以做一个赵小月的人情，退可以捏一个赵小月的把柄，有这件事在自己手里，不愁以后不能升迁。他认为这事除了天知地知，再就是他和赵小月本人知道，安全得就像永远锁在保险箱里一样，而保险箱的钥匙却掌握在他一人手里。*

然而吴诗言的算术是不精确的，因为除了天地和他们两人，还有两个人知道，那就是会计黄莲花和出纳张洁。财务科保险箱的钥匙，并没有掌握在吴诗言的手里，而是掌握在黄莲花她们的手里，只不过她们拿着钥匙却不能擅自打开保险箱，吴诗言让她们打开她们才能打开。每次拿到赵小月领钱的单子，这两个女人就哇哇直嚷，她们的心里怎么也不能平衡，觉得社里的钱像水一样，全都流到社长的塘里去了。她们不由得怀念起了公正廉洁的老社长来，过去老社长在的时候，是有饭大家吃，社里出了一本书，全社的人分五个等级拿钱，本书的翻译是一等，一千块钱左右，本书的编辑是二等，五百块钱左右，翻译部和编辑部的人是

* 奸险小人如画。

三等，两百块钱左右，印制科和销售科的人是四等，一百五十块钱左右，财务科和勤杂室的人是五等，一百块钱左右，社长总编以及总务处长，按五种奖的平均数拿钱。这种分配方法，叫作少数人吃肉，多数人喝汤，吃肉的人虽然拿得多，但是只有一次，喝汤的人虽然拿得少，但是次次都有，加起来也基本上相当于吃肉者。经过科学测算，社里又有了一种心平气和的说法，叫作与其吃一顿足肉，还不如顿顿喝汤。管钱的黄莲花和张洁，就属于顿顿喝汤的女人。

赵小月上台以后，效法商鞅，进行变革，废除了大锅饭，发明了吃独食，亲自带头，以身作则，一本书一包到底，成千上万的钱进了一人腰包，别人分文不得。社里人都被蒙在鼓里，却不能瞒过发钱的财务科，黄莲花不敢公然抵触，就使阴招，支使张洁，故意把领钱的单子放在柜台上，让来报销药费的人看个一清二楚，然后下去广为散布。于是看到单子的人愤怒了，在私下大骂："你这个狗日贪财的商鞅，你变的什么破法，我们要把你毙了，另外再选一个！"

此言一传十，十传五十，传得社人皆知，传到钱思奇和孙文夫的耳中。两人妄图挽救赵小月，在班子会上正式对他提出批评，赵小月却哂然一笑，* 对钱思奇说："以后你可以翻译一部美国小说，也按这样领取报酬。"又对孙文夫说，"如果你自己写一本书，这个制度同样也适合于你。"

两人受了呛白，赌气退了出来，孙文夫摇头道："真是不可救药，不可救药！"

钱思奇附和说："既然不可救，那还救他干什么？**"

孙文夫侧着看了他一眼，觉得他脸上的表情庄严而又肃穆，像是雷雨到来之前的天空，孙文夫不由得想到了武装起义，同时还想到了明年春天的改选。

钱思奇主管着英语杂志，一天到晚修改审定译稿，是没有

* 套用一句话：上帝要其灭亡，必先使其疯狂。

** 作者双关语，借人喻世，影射这座纸厦已病入膏肓，无药可救了。

时间翻译美国小说的。孙文夫比他更忙，除了审读外语杂志的原稿，还要全面管理国语杂志，而且自己又不是作家，明明不能去写书的，见赵小月不仅不闻过则忧，反倒口出激言，未免太自私，太霸道，气焰也太嚣张了。两人就有了一个共同的心理，但愿社里的每一本书，都卖得越多越好，唯有赵小月翻译的那两本日本小说，一本也卖不出去，以此打消他的气焰，也把他引到正业上来。* 赵小月的心态却刚好和他们相反，凡是他自己翻译的书，他都用行政手段，要求用最美的装帧，最好的质量，最高的工价，最大的宣传，不惜血本地进行包装。别的书内页用的是凸版纸，书写纸，他的书却要用双面胶版，别的书封面用的是铜版纸，他的书却要用特种纸，什么显赫珍珠，繁星白玉，汀特莱特之类，真正是武装到了牙齿。他觉得形式能救内容的命，希望能像《黄村》一样，接二连三印上四十万册，他的翻译费水涨船高，装一麻袋。为了刺激销售，赵小月还想出了一个聪明的办法，销售科的人每销出去一本，按定价的百分之五，在财务科领取补助。销售科的人就拼命地往外寄书，可是往往前脚把补助领了，后脚书又退了回来，于是换个地方再寄，寄了又领一笔补助。为了防止财务科两个女人心怀嫉妒，从中作梗，他又想出第二个办法，出一本书，黄莲花和张洁各发二百五十块钱，这样一来，两个二百五就积极配合，不再把各种单据摆在外面，让全社的人都来看了。

即便这样，效果还是不尽如人意，赵小月又找到阿里巴，要他全力协助销售科，对两书进行重点推销，阿里巴理解了他的意思，不敢怠慢，就打电话请小郎过来洽谈。小郎正忙着《黄村》的第四次加印，让马翠花代他过来看看，马翠花过来看了一下内容提要，详细内容一页也没有翻，坐一会儿就起身走了，说是回去和小郎商量一下，再做决定，回去之后却再也没有消息。阿里巴主动询问，打遍了名片上印的所有电话，办公室一直没人，住

* 两位还是有挽救之心。

宅房总是占线，大哥大永远关机，寻呼机无人回话*。

阿里巴回忆马翠花看内容提要的时候，一边吧唧吧唧地嚼着口香糖，一边哇啦哇啦地打着手机，脸上的表情平淡如水，怀疑这两本日本小说她都没有看中，便把这结果告诉赵小月，赵小月一听不高兴了，以为这两本书不是阿里巴编的，他就消极对待，不肯卖力，却不好明着批评他，心里对他的好印象几乎全都消除掉了**。阿里巴从赵小月的脸上，看出了一些蛛丝马迹，但他懒得解释，只顾埋头编自己的书，又因为接受了孙文夫的新任务，兼任那本国语杂志的编辑主任，就更觉得时间不够用了。

* 怕这只是一个徒有空壳的皮包公司。

** 印象好坏，全看是否利己。

20

国语杂志是一份文学选刊，在全国已发表的诗文小说中，撷取精品，梅开二度。杂志取名的时候，孙文夫十分慎重，把全社的资深编辑都请了来，号召一人取一个名，要突出一个“选”字，最后择优录取。周泉从孙文夫的话里得到启示，抢先取了一个说：“就叫‘择优录取’吧，择也是选的意思。”

魏子野笑笑，另取了一个说：“不如叫‘凤毛麟角’，不仅选在其中，凤凰也在其中。”

阿里巴立刻拍案叫绝。孙文夫却说：“绝倒是绝，只是前者太俗，太直露，后者又太雅，太含蓄了。”

阿里巴舍不得那个“凤”字，又取了一个道：“要是不讲含蓄，那就把‘选’字公然亮出来，叫‘凤凰选翎’如何？”

孙文夫说：“‘凤凰’很好，不过‘翎’字过于文了一点儿，我们的目标是五湖四海，天南地北，不分白领蓝领，全中国十三亿人民都来订阅，应该一目了然才好。”

于是重新又取，却怎么也取不出一个十三亿人民都说好的。最后孙文夫一锤定音说：“综合一下，本刊就命名‘凤凰文选’好了。”

大家都不反对。接下来就确定班子人员，孙文夫为主编，赵小月和钱思奇为编委会正副主任，阿里巴为编辑主任，余下人员由阿里巴组阁，因为编辑工作量大，可以在原有的人数上再增加一个，人选让孙文夫认可就是。阿里巴听说增人，谁也不想，首先想到的是魏子野，原以为周泉会因为魏子野是外语杂志的主力，不乐意给，谁知周泉却出人意料地乐意，慷慨大方得令人吃惊。* 阿里巴便明白过来，周泉想的是魏子野一走，他正好一手

* 周泉想借此机会将魏子野从自己卧榻之旁请走。

遮天，从此再无别人可以顾忌了，反而担心事情有变，当场就作出表示，要为魏子野举办一个欢送仪式。魏子野对他笑了笑说："天下之势，分久必合，合久必分，说不定哪天我还回来，何况凤凰本是一只，现在无非是分身而已，搞得这样悲壮，是不是还要到易水边上相送？*"

周泉见自己心事被他一眼识破，就不敢再说这话，心想这人真是难对付，心里又七上八下起来。编制和人员草定下来以后，编委中除了阿里巴，最后又加了魏子野和周泉两位。阿里巴迫不及待地去找魏子野报喜，魏子野却哂然一笑道："刚才在会上我不好驳你面子，其实我并不想到你那杂志去的，你事先也不摸摸我的底细，一上任就急着点名要人，莫不是明天就出刊了？如果大家都有这样的效率，这只老凤凰还有腾飞的希望，但我从来是一个悲观消极的人，我担心事情最终不会如你所愿，还把我也搅和了进去。**"

阿里巴狡辩说："我只知道你和周泉同床异梦，怎么知道你还不愿和他分道扬镳呢？"

魏子野说："过去周泉与我作对，那是因为他要争当主任，后来他把主任当到手了，对我就反而是又感激，又害怕的。因此我也是又轻松，又自由了，这既符合我的心性，也有利于我的写作。可是你要我来，必然寄望过高，我是出力还是不出力呢？"

阿里巴说："这还用说吗？当然是要出力，而且要出大力，我有一个想法，我想建议孙文夫设一个执行主编，或者副主编也行，让你来当，你的水平和资格也理当如此，这样你就不是我的下级，而是我的上级了，我们上下呼应，尽心竭力，会把杂志办得好的。"

魏子野笑道："我要是想当什么，恐怕早就当了，别说副的，也别说执行，我们这个国家有个特色，正官儿其实比副官儿更好当，上面有主管单位，下面有执行人员，稳掌帅印，号令三军，

* 这样的讥诮，应出自魏子野之口，别人也说不出来。

** 还是魏子野看得透彻，因为他一直在作壁上观。

是再好当不过的了。我是害怕那样一来，立刻就会打破我的宁静，中国人最讲级别，就像郑三发说周泉那样，不认为主编是一份职责，而认为是一种官职，又会怀疑我要篡党夺权了，我就是为你累死，人家也会说我是鸟为食亡。*”

阿里巴说：“听你这么一说，连我的军心都有些动摇了。”

魏子野笑着拍拍他肩，又转开了话题说：“最近我受一个地方的作协邀请，游了一趟武当山，在山顶上结识了一个会拆字打偈语的老道，也学了一手，不信你可以随便问一件事，让我说给你听。”

阿里巴嬉笑着问：“那我就问《凤凰文选》的前程。”

魏子野说：“施主请出一字。”

阿里巴顺嘴就报出一个字道：“凤。”

魏子野闭目沉思一刻，口中念出四句偈语道：“清风忽来，一虫化鸟，惜无梧桐，却又去了。”

阿里巴问：“这是什么意思？”

魏子野睁开眼说：“前两句是一个繁体的‘凤’字，后两句是说它没有良木可栖，只好眼睁睁地看着它飞走了。”

阿里巴一下认真起来，说：“你是说这本杂志前景不妙？”

魏子野说：“不管妙与不妙，从现在起，我们已经身在其中了，听天由命吧。”

孙文夫想在这个金秋十月，把《凤凰文选》的试刊号推向市场，新年的第一个月正式创刊，鉴于有限的人力和财力，暂时定为两月一期。他一边抓紧编稿，一边还要组织销售，去销售科找人商量，那里的门却反锁着，一连叫了三声才开，原来王金刚和马车，还有手下的几个人，每人对着一个绿色保险箱，正在忙着数钱。他们刚参加完金秋降价书市，把积压的图书卖了一些现金，谁收的装进谁的保险箱里，按照规定的折扣标准，交给财务一些书款，剩下的一些就归自己，井水不犯河水，各人心中

* 凡事有舍才有得，若无魏子野闲云野鹤的心性，想也写不出那么多书和好文章了。

有数。

过去销售科只管批发，零售由印制科兼管，因为这是个守株待兔，白捡便宜的好事，王金刚就向赵小月反映，批发零售应是一家，不然有人买书你推给我，我推给你，引起混乱读者有意见，出版社还要受损失的。赵小月觉得言之有理，没和钱、孙两位商量，就在一次会上作了宣布，于是销售科便从印制科手里，一举夺得了零售权。* 郑三发明知是王金刚从中搞的鬼，却因为是赵小月的决定，不敢吭声，内心里和王金刚的矛盾也由此升级。孙文夫看不惯这两人鬼里鬼气，整天内斗，可是有赵小月为他们和着稀泥，只好忍在心里，看不惯也得看着。

* 有利可图，自然力争不让。

王金刚见敲门而入的是孙文夫，又埋下头问："孙总有什么事？"

孙文夫说："向你了解一下市场行情，新创办的杂志你能销多少册？"

王金刚本来就只在乎赵小月一人，对钱思奇不太在乎，对孙文夫是毫不在乎，加上后来又听说了，赵小月在锅城给他加封的两个官衔，是他们两人联合起来给否定的，其中孙文夫的否定明确而又具体，起到了关键性的杀伤作用，就更不买他的账了。并且处处与他作对，这时便懒模懒样地回答他说："孙总真是，你的鸡蛋还没有下出来，我怎么知道能卖多少个呢？**"

** 一副无赖嘴脸，可恨可恨！

孙文夫笑着和他辩论道："你本身是个卖鸡蛋的，怎么连鸡蛋能卖多少个都不知道呢？

王金刚说："你的鸡蛋是个什么样子我都没看见，我怎么能给你报出卖数呢？"

孙文夫依然笑道："我这是比鸡蛋更有价值的凤凰蛋，鸡蛋好卖，凤凰蛋不是更好卖吗？"

王金刚说："可惜你不是皇上，想封它个什么，它就是个什么，你说它比鸡蛋好，是个凤凰蛋，人家要说它还不如鸡蛋，是个臭鸡蛋呢？”

孙文夫的笑再也挂不住了，猛地一下板起脸道：“看来你是不想销了，那么我只好去另找别人。”

说了转身就走出门去。王金刚对着他的背影一拱手说：“阿弥陀佛，谢天谢地，愿找谁就找谁吧。”

走过去把门又反锁起来，接着数卖书的零钱。孙文夫在下级面前受了挫折，忍了几忍，本来已把火气忍了下去，如他刚才赌气说的那样，自找销路，但前脚刚一出门，就听后脚王金刚说“阿弥陀佛”，马车跟着又说了一句“你真胆大”，后面就是几个手下人鬼里鬼气地笑，已经忍下去的火，就又升了起来。回到办公室里，正好看见赵小月坐在他的位上，在和钱思奇商谈外语杂志的事，便黑着脸对赵小月说：“我看那个王金刚应该撤了，销售科长不卖书，不如回家卖红薯，他还比不上一个七品芝麻官儿吧。”

钱思奇一听这人的名字，就想起自己不仅动过同样的念头，并且还说过同样的话，王金刚却故意气他，说是等他当了社长再说。他觉得孙文夫的这一句话，真是说到他的心里去了，对这个滚刀肉似的人物，他们英雄所见是略同的，就插一句道：“不是应该撤了，而是早就应该撤了！”

赵小月站起身问：“为什么？他怎么不卖书了？”

孙文夫说：“杂志和书一样，也是出版社的工作，销售科怎么能够两样看待，漠然置之？”

赵小月笑道：“原来你说的是你那本杂志，我还以为你说的是书呢。这人是个牛犟筋你不知道？连我都缠不过他，上次因为那件事情没有办成，他本身就背着思想包袱，你得和他好好地说，来硬的是不行的。”

孙文夫冷笑说：“我明白你对这事的态度了，你不是把它当作社里的公事，而是把它当作个人的私活。”

钱思奇坚决地站在孙文夫一边，对赵小月说："我看恰恰是来软的是不行的，你看他们七八个人，二三辆车，十多万块钱的工资，外加奖金和补贴，一年才卖出去几本书？"

赵小月说："那我就是真的把他撤了，又让谁来当销售科长？有一个总比没有好吧？卖几本书总比一本都不卖好吧？"

孙文夫听他像个农村女人，满嘴横话，知道和他永远也争不出一个结果，就劝阻钱思奇说："不说了，不说了，我就只当没有这个不管销售的销售科，自己去想办法销售好了。"

赵小月不管这话是不是讽刺，居然点头笑道："我支持你，这样一来，问题不就解决了吗？其实我和你们一样，也在考虑销售科长的事，不瞒你们说，有个能人想到我们这里来，听说是个卖书大王，我打算最近找他来谈谈，合适的话就把王金刚换了。不过这事还得保密，防止打草惊蛇，他一知道索性一本书都不卖了，外面的书款不去收，收来的书款也给分了。"

其实钱、孙两人都缺心计，赵小月的微笑后面，藏有一个天大的秘密，他们都没有看出来。赵小月是凤凰社的社长，是法人，是一把手，是孙文夫的顶头上司，孙文夫却自恃是公认的名编，精通文学，独具慧眼，而赵小月只是一个日语翻译，文学上仅限于拿来主义，虽然在年轻时翻译过芥川龙之介和川端康成的小说，但是经他译出的二川作品，却卖不过其他好译者的译本，近年又在翻译大江健三郎的书时，因为大量误译和删减，受到国内读者的指责，由此声名简直有些狼藉。孙文夫担心让他坐了虚席，会瞎指挥，就硬着头皮，在申请《凤凰文选》的编制报告中，给自己写了一个主编，却给赵小月挂了一个编委会的主任，把他名字尊敬地排在顶头，看看他的态度怎样。赵小月的态度不怎么样，既不明着反对，也不暗中赞成，心里明白得很，编委顾问这些玩意儿，是拿去封那些无职无权的糟老头子的，孙文夫拿来封他，未免为时过早。而且编委主任下面的一排编委，还以姓氏笔画为序，孙文夫打头，阿里巴居二，后面方才又是他的名字，幸亏他这一个赵字，比钱思奇和魏子野的姓少几笔画，不然位置还得靠后。

赵小月原本是受了孙文夫的煽动，想把杂志办得前无古人，天下第一，销售一百万份，盈利几十万元，弥补外语书刊的经济亏损，把凤凰社的困难局面扭转过来。然而这样一来，他改变了思想，变得袖手旁观，看着孙文夫孤身而战，对销售科下达的工作任务，只有书而没有刊。孙文夫全然不懂他的心理，自知已没有了后路可退，真的赌气，发扬自力更生，艰苦奋斗的精神，拉着阿里巴，兵分两路去联系书刊批发市场，以及一些书店书摊。轰轰烈烈地忙了半月，效果也不大理想，他这边总共也才一千多份，阿里巴通过小郎的关系，找到一个专销杂志的书商老胡*，答应以倒四六的折扣，先试着包销三千份，先不付款，销后结算。不过这个老胡和小郎是一个口气，要求由他安排一家京郊印厂，印费先从凤凰社出。孙文夫明知苛刻，眼看着出刊时间将到，只好咬牙答应下来，决定达到保本印数就行，开机先印五千，抢在月底全部散发出去。

不料稿子编好，三校已毕，连封面带内文都已制成胶片，马上准备下厂印刷了，老胡还不来取，连小郎也没有了消息，两人名片上的各种电话都打不通。气候一天天变冷，月底眼看就到，孙文夫急得发疯，逼着阿里巴两天之内把人找到，阿里巴这才后悔不该多事，情急之中想到金铃子，求她帮忙找人。金铃子义不容辞，先请《北国书虫》的社长，以报社的名义传呼小郎，在他的寻呼机上打出“十万火急，即刻回电”的字样，接到小郎从海南打回的电话，又请小郎务必找到老胡，让他速即去取杂志胶片。

当晚老胡果然回了电，不过人在河北，说是明天早晨八点，派一人去把胶片取走，送到印厂，争取五天内印出杂志，一周后

*通过狼找到一只老狐狸，这下估计要栽了。

他就回京，把工作重点转入销售。孙文夫算算时间还来得及，心里方才安定下来，但是还怕误了时间，次日清晨不到七点四十，就骑车赶到社里，等候那个陌生的取片人。一直等到九点，整整过去一个小时，还不见陌生人来，快十点时，孙文夫忽然接到一个手机电话，说他就是老胡委托的人，因有要事不能来了，要他们派人十一点前，把胶片送到动物园门口，直接交给印厂一位联系业务的小姐。

孙文夫直想骂人，可是还得道谢，放下电话就让阿里巴派一个人，带上胶片，坐司机方三儿的车子，去动物园的门口，和印厂的小姐接头。阿里巴首先想到于剑，刚一开口，于剑指着头上的一个白十字，红着脸说，上周他和女朋友到极乐山庄蹦极，从空中落下来时，脑袋在地上磕了一下，医生嘱咐他说，最好不要出门吹风。阿里巴咕哝说："什么女子保镖学校的女学员，连男朋友的脑袋都保不住，毕业了怎么去保首长和大款的镖！"接着又想到杨梅，杨梅说她不认识人家，人家也不认识她，现在社会上乱得很，一个女孩子独自一个去和陌生人接头，万一出了问题可怎么办？

阿里不知还能派谁，魏子野比自己年长，又是资深名编，知名作家，还是他点名请来扶植他的，人家是师爷，不是跑腿儿。除此之外，还有一个东方白，资格比魏子野还老，年龄也更大一轮，明年就到了退休的年龄，出门可别被车撞了，还得大家去把他抬回来。编辑部总共就只有这几个人，阿里巴在心里派来派去，最后只能派到自己。

阿里巴从司机房找到勤杂室，又从勤杂室找到停车棚，方三儿的人毛也没见到一根，返身找到总务处，向吴诗言打听方三儿的下落。吴诗言是社里的车辆总管，怪阿里巴不懂规矩，没通过他就去直接要车，推说方三儿带女儿上动物园了，估计十二点才能回来。* 阿里巴心想今天真是巧了，人都往动物园那

* 宵小之辈故意设障难为几位书生，纸厦将倾，为之奈何！

里集合，如果他等到那个时候，印厂的小姐肯定走了，误了大事他可吃罪不起。便飞步出门，去马路上拦了一辆出租车，直奔动物园。

这一次两边的人总算接上了头，阿里巴满头流油，心中暗笑，觉得自己今天这个角色，很像五十年代电影中的地下党人，历经千辛万苦，已成功地把密电码交到女交通的手里。望着女交通那高大雄伟的背影，心想这家京郊印厂，真比地下党组织还会用人，既以女人的性别招揽了生意，这女人的身体又比男人还壮，兼有公关和防暴的双重功能，胶片交她手里，可谓万无一失。阿里巴一边擦汗，一边等车，可是公共汽车长久不来，出租车倒是川流不息，却不等开到眼前，就被人过去截走。都快十二点了，这时他猛地想起，吴诗言说方三儿带女儿上动物园，估计十二点才能回来，心想要是能遇上方三儿，岂不正好？*便去停车场查他的车号，查遍全场也没查出，再看时间已经过了，这时迎面来了一辆带凉篷的人力三轮，蹬三轮的是个老头儿，阿里巴灵机一动，纵身跳上车说："你把我送到前面一站，那里车多，我下来转乘公共汽车。"

三轮车把他运到前面，阿里巴给了老头儿五块钱，转乘公交车回到社里，大家都已吃中饭去了，跑步赶到食堂，却早已没有了饭菜，他感到身上的累，远远超过了肚里的饿，懒得去下餐馆，就一头倒在沙发上，饿着肚子睡了一个午觉。

谁知接着又是一个不料，不料过了一天，老胡安排的京郊印厂，急火火地打电话来过问，说是昨天派小姐来取胶片，车间的机器都等着开印，为什么今天还没回去，如果胶片现在还不送到，杂志误了期限，可就怪不着他们了。孙文夫大吃一惊，追问阿里巴是怎么回事，阿里巴立刻产生怀疑，莫非昨天遇上了女骗子？可是冷静一想，印杂志的胶片又不是钱，骗子要它干什么呢？又回忆昨天那位小姐，虽然体壮如牛，却像是个猪脑子，难

* 这种鬼话阿里巴也能信？倒不是阿里巴傻，是作者借他戳穿吴诗言的谎言。

道路上把胶片丢了？*

正百思不得其解，忽然电话又响了，这次是京郊一家出租汽车公司，说是他们的一位老司机，在车上捡到一包硬硬的东西，外面的牛皮纸袋上，印着凤凰出版社，还有邮政编码，单位地址，传真电话，便按着上面的号码打过来，要他们马上派人去取。孙文夫猜测那包硬东西，十有八九是下落不明的胶片，好像宝贝失而复得，放下电话，就要年轻力壮的阿里巴再跑一趟。

阿里巴在沙发上睡完一觉起来，精神又抖擞了，再接再厉，火速出发，心想着上次寻找方三儿，险些误了大事，这次根本不去要他的车，直奔马路，拦了一辆出租，赶到那家出租汽车公司，直奔经理办公室。阿里巴进门一眼认出，他亲手交给小姐的那个牛皮纸袋，如今正原封不动地放在桌子上面，他一把抓住经理的手，就使劲儿地握了起来。**

经理松开他的手，样子很像电视里偶尔出现的好干部，严肃地说："你不要感谢我，要感谢你得感谢我们的司机，是他在自己的出租车上捡到的。"说了又批评他道，"你们的人怎么这样不小心呢？"

阿里巴赔笑道："不是我们的人，而是印厂的人，很有可能是遇上一个小偷，盯上了小姐怀里的这包东西，以为是钱就偷去了，乘坐你们的出租车回家，在车里打开一看不是钱，就气得扔下不要了。"

经理认为他分析得很有水平，又问："这包东西值多少钱？"

阿里巴笑笑说："这个没有办法计算，印完以后分文不值，就是一堆没用的垃圾，可是没印之前贵重无比，丢了会造成极大损失。如果只算成本，封面内文加在一起，大约要值三千块钱。"

经理想了想说："那么你就拿出百分之十，作为对我们司机的奖励吧，司机出车去了，这钱由我代转，我还要在全公司的范围内，召开一个学雷锋的表彰大会。"

* 竟然能出这种事！

** 总算失而复得，也算侥幸。作者是想衬托出此时的凤凰社在一种窘迫中求生存的危机感。

阿里巴幸喜自己兜里还带着钱，二话不说，掏出三张一百块的票子交给经理，请他打了一张收条，又千恩万谢了一次，然后也不回社，就在公司要了一辆出租车，直接把胶片送到印厂。

21

试刊号终于在十月底赶了出来，京郊印厂以为凤凰社是条大鱼，想抓住不放，厂长亲自带人送货上门，吩咐司机把卡车停在楼外，带头抱了一包样刊，一马当先闯进门来，遇人就问谁是头儿。阿里巴带他见了孙文夫，厂长反客为主，掏出烟来要敬他们两人，两人摇手谢了，孙文夫急着开包验刊，一看印得还算不错，就笑着请厂长坐下，一边让阿里巴去组织人，把杂志卸下两千册，暂时码在编辑部里，另三千册送到老胡指定地点。阿里巴正要出门叫人，厂长却欠身站起来说：“领导别忙，我们厂的规矩是先验货，后付钱，再卸车的。[*]”

说着从腰里摸出一张开好的发票，阿里巴接过发票说：“这有什么问题，我们是国家一级出版社，称雄国内，名扬国外，还怕我们不给钱吗？”

阿里巴转身就去了财务科。厂长觉得这个衙门干脆，人也爽快，嘿嘿地望着孙文夫笑道：“知道你们是个大机关有钱，不然我们还不敢印呢，现在到处都是欠钱不给的事，我们吃亏可吃够了。以后我们还要靠你们支持，不管什么书刊，都拿给我们印吧，我们是署里挂号的十佳印厂之一，实力雄厚，设备先进[**]，信誉最好，从不盗版。”

厂长正下力气地宣传着，阿里巴拿着发票又从财务科回来，瞪着两只眼睛，对孙文夫说：“黄莲花说赵社长对他们有话，社里的钱只能保证外语书刊，国内图书要见他的批条才付，国内杂志申请创办的时候，喊的是自负盈亏，以盈补亏的口号，社里至少不能倒贴资金。”

孙文夫一下愣住，脸上一红一白，接着站起来一拍桌道：“世

* 引出赵小月的刁难和编辑部的同事凑钱付印书款的窘迫。

** 与后文收钱时的话作对照。

上哪有这样管理出版的，没有投入，哪有收益，活活一个外行！”

阿里巴也愤然附和道：“就是牛八爷和他老婆开店，也是先买黄豆和小葱，后收葱花儿豆腐脑儿钱，晚上再刨去本金，计算利润，堂堂一个出版社长，竟连一个卖葱花儿豆腐脑儿的牛八爷老婆都不如了！”

坐着等钱的厂长听他们这样说话，一下子大失所望，害起怕来，哭丧着一张脸直叫道：“领导可别和我们开玩笑啊，我们是个村办小厂，小本生意，不给钱我们只好把杂志运回去了！”

阿里巴说：“你刚才还说是实力雄厚的十佳，怎么眨眼又成村办小厂了？”

厂长辩道：“十佳也不是干活儿不要钱哪！”

孙文夫突然大声问他：“到底有多少钱？”

厂长指着阿里巴手里的发票说：“不多不多，才两万多块，在领导眼里，是个芝麻大的小数。”

孙文夫听到这个数字，可不算是芝麻，嘴上硬着，脸上板着，心里却扑通打着鼓，低了声对阿里巴说：“我们先给他凑一凑吧，等老胡付了钱再退我们。”

阿里巴苦着脸说：“我哪里有那么多的钱，最多也只能凑个一千。”

孙文夫低声说：“你去发动一下大家，能凑多少，就凑多少，不够的我再来想办法。”

阿里巴抽身就走，孙文夫又叫住他说：“重点是魏子野，社里有人反映，说他最近动静不小。*”

阿里巴回到编辑部，来不及细说根苗，直接发动大家道：“有一件紧急又紧急的事情，临时需要凑一笔钱，兄弟姐妹们有多少就拿多少出来，不是义务捐款，也不计算利息，这事由我负责，到时原数偿还大家本金。”

就听得屋子里扑扑通通，一片翻桌拉屉声响，杨梅带头翻出

* 魏子野远离官场是非，孤野清高，才能有新作不断问世。

五百，于剑翻出三百，东方白从衣服兜里掏出两百五十块，笑着说："不好意思，身上只带了这多，只能给你个二百五吧。"

正好周泉来他这里，商谈着外语杂志的事，对阿里巴说了一声"你等等"，起身回到自己的编辑部里，过会儿手里端了一沓钱来，交给阿里巴说："这是我瞒着老婆，攒的三千块私房钱，以后你别还到我老婆的手里，也千万别让她知道我有小金库。"

阿里巴说："你这么积极地凑钱，你知道我们是干什么用吗？"

周泉说："怎么不知道？一方有难，八方支援，再说我不仅是社里的人，而且还是你们杂志的编委，这样做是应该的嘛。"

阿里巴一愣说："你怎么知道是为我们杂志的事？"

周泉说："不为你们杂志，还为我们杂志不成？"

阿里巴把他的话细品了一遍，说："你的钱我不能要，本来是分工不公，同是杂志，一个有奶，一个没奶，好比分兵打仗，你们的队伍有皇家粮草，我们的队伍却粮草自谋，懂事的会弄清其中内幕，若是不懂事的，听你说倾囊相助，倒会笑话我们了，还不如我们自己从别处设法。"

周泉笑了说："你又小心眼了，全社人都知道你少年气盛，武艺高强，领兵打的是一场硬仗，目前遇到困难，只是没有天时地利，没人认为是你不如我，我是为了救你燃眉之急，而没有任何恩赐之心的。*"

阿里巴见他无限真诚，方才把他的三千块私房钱收了下来，转身又去动员别人。在阿里巴忙着向人集资时，魏子野戴着一副眼镜，品着一杯好茶，仰面躺在沙发椅上，优雅地看着一本文学杂志，等阿里巴走到他的面前，叫了一声"施主"**，才把手里的茶杯和杂志一样一样地放下来，拉开抽屉，拿出两张高额汇单，又把他的证件也交给阿里巴，笑道："我知道有人盯上了我，不做奉献是不行的了。但是如果赵小月来，我肯定不会这样崇高，我

* 周泉此举，倒令人颇感意外。

** 这一声『施主』叫得苦啊！

害怕他不相信。你的面子比社长大，你去帮我把钱取了，杂志卖了后给我补上。*”

阿里巴惊愕道：“怎么一下来了这么多钱？”

魏子野说：“刚出一本新书，这是首版稿费。”

阿里巴说：“新书出来，怎么也不送我一本？”

魏子野说：“你也没有开口索要，我怎么好主动相送？”

阿里巴激将道：“一向豪爽的野哥，什么时候也变得小气了！”

魏子野哈哈大笑说：“一本书不过才十多块钱，而你手里拿的却有我一万多块，我哪里是小气，只是在凤凰社这样的地方，编辑们时时能见到大作家，和大作家握过手，照过相，写过信，打过电话，往往就觉得自己和那个大作家是一个级别，其他作家没有一个是比得上自己的。可能这就是俗话所说，没吃过大猪肉，却看见大猪走过路，看见大猪之后，就认为自己至少是头二号猪了。其实大作家和谁都握手，大猪见到谁都走路，很多编辑一篇文章也写不出来，只会走路乱晃，那就是见过大猪的不良后果。**”

阿里巴笑道：“你这是春秋笔法，羞煞我辈。”

魏子野说：“过去我出了新书，总要买些来送人的，最起码送给向我要书的人。后来有人拿在手里，说作者是想达到怎样阴暗的目的，从此我就不敢再乱送了。”

阿里巴猜测道：“你说的是周泉？”

魏子野摇头说：“此人倒不至于这样。”

阿里巴说：“过去我一直认为野哥活得潇洒，想不到比别人还要沉重，*** 但是我若要书，就说你的书写得太臭，害怕示人，这样你就不敢不送给我了。”

魏子野果然拉开抽屉，从中拿出一本书，递给阿里巴说：“知道你有这样的绝招，早就给你准备了一本。”

* 关键时候，还是魏子野出手相救。

** 这魏子野真是出口如刀，由此也可窥见其文风，难怪李中国和王朋对其文章赞赏有加！

*** 潇洒在表，沉重在心。眼看纸厦将倾，赤子之心，哪有不沉重的！

阿里巴去邮局取了款，还差不到三千了，又把自己和孙文夫的添上，高高的一摞现金，交给厂长说："领导要你当面点好。"

厂长笑得满脸开花，把指头伸进嘴里，在舌尖上蘸一点水，一张一张地点着，每十张大票叠一小扎，点完后装进腰上别的黑皮包里，极礼貌地道着歉说："正好，一分都不少，初次见面，不好意思，真是对不起领导，做梦也想不到，说出去也没人信，你们私人出钱给公家办事的，比那些腐败分子可强多了。我还从来没有见过你们这样的人，今天深受教育，领导，现在你们可以去卸货了。"

阿里巴懒得听他啰唆，领着一干子人，车上车下地忙乎一阵，把两千册杂志搬完了，对他一挥手说："走吧，以后不要来了，我们不可能再让你们印书了。"

厂长并不生气，依然满脸开花地笑着说："看你们穷成这个样子了，我们还敢给你们印书吗？*"说罢一下钻进车里，卡车屁股扑哧冒出一股黑烟，哐啷哐啷地开走了。

* 这话反问得好。

阿里巴心想他说得虽然可气，却并没有什么错，直为自己的社里害羞。回到编辑部，正好看见一幕动人的景象，孙文夫紧紧握着魏子野的手，眼睛闪着泪花，嘴里一句话都没有说，魏子野也一句话都没有说，两人就那样默默地对望着，像是在革命最困难的时期，终于取得联系的一对地下党人。阿里巴知道孙文夫的话藏在心里，当着其他三个编辑不好出口，就陪他在走廊里走了一段，果然孙文夫叹口气说："都说魏子野清高狂傲，目空一切，和谁都不容易搞好关系，却不知道这正是他的可贵之处，就我们社里的这些关系，怎么搞得好呢？"

阿里巴居然激动起来道："社里总算又有个明白人了，一个和谁都搞得好关系的人，他还能是个正直的人，还能是个被正直人瞧得起的人吗？"

整理完杂志，阿里巴坐下整理自己的票据，把出租汽车经理打的三百块钱收条，还有来回各种车票，用订书机订在一起，拿去财务科里报销。黄莲花、张洁交换一个眼色，让他去请吴诗言签一个字，阿里巴又到总务处，吴诗言把票据细细地看了，还给他说："按照社里规定，这些票都不能报销的，那三百块钱没有正式发票。再说那个什么公司的司机，又不是我们的人，凭什么我们要给他发奖金呢？"

阿里巴说："他捡到我们的杂志胶片，打电话要我们去取，帮我们解决了一个大问题，是一个活雷锋！"

吴诗言说："既然是雷锋，还要什么奖金？" *

阿里巴说："不是他要，是他们经理提出来的，想通过奖励，在司机中树立正气，再说这样的司机，至少比我们的方三儿好一百倍，我们也应该表示感谢一下，一期杂志的胶片，你知道要值多少钱吗？"

吴诗言想了想说："这样好吧，让孙总写个证明，附在后面，先把这钱报了，下个月在责任人的工资中扣除。"

阿里巴问："谁是责任人？"

吴诗言说："谁丢的胶片，谁就是责任人。"

阿里巴哭笑不得道："胶片是印厂的人丢的，印厂是老胡找的，老胡是我们请的，谁也没和谁签什么合同，你到哪里去扣谁的工资？"

吴诗言绕开这个三百块说："出租车票是不能报的，我们自己有车，为什么要在外面坐出租呢？"

阿里巴强忍着火说："你不说方三儿带女儿去动物园了吗？"

吴诗言说："是啊，我是说了，可是我还说他十二点回来，你怎么就忘了？你应该再等一会儿，这都是社里规定，你不能怪我。"

阿里巴存了一肚子的火，嘭地一下冒了起来，竟像王金刚一样大声骂道："我操你妈的规定，老子不报销了！"

* 又画出一个胡搅蛮缠的无赖。可一心做事的人偏偏处处受此辈掣肘，也与后文中有求于阿里巴时的行为作对照。

一生气把票据扔在地上，又用脚踏了两下，转身就走。吴诗言挨了骂，原想回骂一句，但转而又想，骂的是规定，又不是我，便一点儿气恼也没有了，异常沉着地说："不报销就好，这不什么事都没有了吗？"*

* 小人得逞，是如此嘴脸。

22

连凤凰社的人也没想到，试刊号刚一问世，就大受欢迎，老胡的三千份，全都销了出去，只等着一个月后收回钱来。社里的两千份，也出去了一多半，剩下一些，还可留给读者邮购。根据行家经验，新的杂志办到多期，尤其是满一年时，有收藏癖的订户，还会设法求购最早的一期，名报名刊的试刊号和创刊号，多年以后，就是历史文物，参加市场拍卖，价值还将不菲。当然这是遥远的事了，孙文夫想的只是当前，和阿里巴带着试刊号，又跑了一趟邮局报刊发行所，希望通过他们向全国征订。

发行所热烈欢迎，一口答应，但是接着提出，至少要收一万份的征订费，即便只有一千订户，这笔钱也一分不能少的。孙文夫拿过人家的计算器，在上面按来按去，按了半天，最后按出一个数字，吓了一跳，老胡的三千份杂志款全交回来，正好和这个数字相抵，如果征订三千不到，这笔钱反而赔进去了，便犹豫起来，说是先回社里，研究研究。

孙文夫对邮局的人说了两个研究，但是回到社里，却一个研究也没有，没人和他研究，只有他向人汇报，向一人说了算的赵小月汇报，希望打动他，得到他的支持，像支持他最近亲自组织出版的一套翻译小说一样。孙文夫使劲儿地煽动着，把红军革命作为例子，把赵小月作为政治课的学生，说是星星之火，可以燎原，先把火种播撒出去，不愁将来燃遍天下。孙文夫说得嘴巴发干，因为里面的水分都化为唾沫，星星之水都溅到了赵小月的脸上，煽动变成恳求，恳求变成哀告，只差没跪在地上立下军令状了，赵小月始终微笑着，掏出手绢，擦干脸上的星星之水说："你们都是文人，到处都是朋友，如果能找到一家赞助商，杂志不就好办了吗？*”

孙文夫也陪他笑，笑是苦的，说：“你说的是一个古老的主意，我早就想到过了，只是和人一谈起来，人家就要当杂志的主编。”

赵小月一下就收了笑说：“那当然是不行的，主编又不是商品，随便当还行了！”心里却想连我都不让当，何况一个外人！

阿里巴插嘴说：“不过可以挂个名誉主编，利用他的投资，满足他的虚荣，让外行人看着是一个主编，内行人一看却是一个名誉，目前国内有很多明智的杂志，都是这么做的。”

赵小月想了想，这才表了一个态说：“要是给的钱多，也可以考虑送他一个名誉。**”

孙文夫听赵小月明确发话，投资可以挂名，才正式往那里想了，这一想就想起了一个人物。孙文夫在调往凤凰社之前，已做过一家杂志的主编，有不少投稿的作者，自称是他的学生，其中有一个名叫张义夫，写作的决心很大，经常寄些小说散文诗歌之类的东西来，请他指教，还在写给他的信中，赌咒发誓道：“此生不成大器，宁可投进大海！”但是写了十年，连个小器也没有成，仅只发表了几首补白的短诗，自知是不行了，又怕违反誓言，就一个人跑到北方一个新开发的名叫枪岛的城市，做起了海鲜生意，很快就暴发了，在海边开了一座酒楼，任董事长兼总经理。上月在京城一家饭店，请几个官员吃饭，无意中遇见孙文夫带着全家，在这里为他母亲祝寿。孙文夫说：“原来你没有死，那次我一收到你的信就回信劝你，千万不要在一棵树上吊死，不久信给退了回来，我还以为你已经投海而死了呢！”张义夫不好意思地笑道：“当时我的确是这么想的，真要去死时，又有些舍不得了，我才三十多岁，老婆有了，儿子还没有，没个传宗接代的人呀！但是我又发了誓，怎么下台呢？忽然想到当年郑庄公赌咒发誓，不理他的母亲武姜，说：‘不及黄泉，无相见也！’后来想见母亲

* 这么讲似乎是早有主意了。

** 用钱可以换名誉，难怪有人说：这名誉可值钱了！原来都是这么来的！

又怕犯咒，颍考叔就献计说：‘阙地及泉，隧而相见。’挖条地道假装是黄泉路，母子两人才在地下相见。我就学人家郑庄公，对人解释说，我说的投进大海，并不是要自杀，我干吗要自杀？而是改弦易辙，下海经商。现在我的酒楼就在渤海湾，一到涨潮的时候，半个酒楼就在海水里面，我这不是投进大海了吗？*”孙文夫听他引经据典，自圆其说，就夸他道：“到底是绝顶聪明的人，就凭这一点，也会成为一个大老板的。”张义夫高兴之极，假称去服务台买烟，掏出卡来，把孙文夫一桌酒席的账给结了，分手时又紧紧握住他的手说：“孙老师，以后有什么困难，尽管找我，诗我是没有了，钱我是有的，有空儿就带着全家，到枪岛来玩一玩儿，那可是秦始皇求仙的好地方哦！”

孙文夫当晚给张义夫写了一封长信，开头转弯抹角一番，然后渐渐进入主题，谈了由他主编的杂志面临的窘境，上又不能上，骑虎又难下，希望他能看在昔日情分，伸出援助之手，并请他出任名誉主编。京城离枪岛三百多公里，孙文夫预计至少往返一周，才会收到他的回信。可是信发出去的第三天，张义夫就打来了电话，说他此时正在一艘海轮上，上船前酒楼派人送来孙老师的信，已经阅过，内情尽知，孙老师不必那么客气，需要多少，直说就是。孙文夫一下没有思想准备，不知说多少合适，也不知究竟需要多少，只记得五千册试刊号，印制费就花了两万多，加上前期制作，编校稿费，估计每期三万就够了，如果一年六期，应需一十八万，如果一年十二期，应需三十六万，就壮起胆子，报了个数说：“如果一年能赞助五十万，那简直是太好不过了！”

张义夫在电话里笑道：“这样吧孙老师，中国人办事讲究双数，讲究圆满，今年不是世纪末吗，明年不是一百年吗，我马上通知酒楼财务，开张一百万的转账支票，不过您得答应我一个条件。”

* 出尔反尔之人的自圆其说，何患无辞！

孙文夫又喜又怕，不知是个什么条件，他不知道赵小月答不答应，嘴里却充好汉道：“有什么条件你只管说。”

张义夫说：“我要您亲自来取，差旅费多少都有我报销，不来我可是要食言的哦！”后面的话音越来越小，别的声音却轰隆起来，不知是轮船的马达声，是海上的风浪声，还是手机的线路出了问题。孙文夫挂了电话，大为感慨，刚刚还山重水复，马上又柳暗花明，看来古人说得有理，世上的事情全在人为，办事的路子也不止一条，有这一百万资金铺底，杂志在三年之内可保无忧了。为了这一大笔钱，孙文夫决定到枪岛去一趟，他明白这个学生的用意，是逼他去赏赏风景，吃吃海鲜，看看那座涨潮时就在海中的大酒楼。他想既然差旅费有张义夫报销，到时把阿里巴也带上，因为办这个杂志，阿里巴又是出力又是出钱，吃苦遭罪，还陪他受够了气，吃亏不小，得让他补补损失。[*]

这几天阿里巴正忙得不可开交，一本《黄村》轰动了全国，前一阶段，来批销此书的人络绎不绝，由于吃了王金刚的闭门羹，批书的人倒是日渐少了，近期又大量收到读者的退书，一个一个的牛皮纸袋上，全都是点名道姓寄给他的，拆开一看，书中无不夹着愤怒的来信，说是此书错字连篇，缺页少码，有些段落还认不清楚，纷纷质问他这个编辑是怎么当的，要求换书，有的还提出索赔。阿里巴看着这些退书，的确是有些别扭，除了读者的揭发以外，封面颜色也不均匀，开本尺寸也不统一，不像是一个娘生的孩子。他想到盗版，拿出自己的原版书一对，果然不是一个版本，便耐着性子，给要求换书和索赔的读者一一回信，说明内情，告诉他们，在哪里买的就在哪里退，如果配合他查出盗版的人，不仅出版社要给予奖励，国家新闻出版署还要给予奖励。

阿里巴由此想了起来，过去曾经听人说过，京城地铁出口处，常有人卖盗版书[**]，他抽个时间，骑车去了一个地铁出口，

* 孙文夫到底不似那些『卸磨杀驴，兔死狗烹』的官僚政客。

** 由《黄村》盗版，引出此次地铁口找书，再由找书，引出买地摊盗版《素女经》，如此环环相扣，方使后文情节不突兀，此是作者全书枝繁叶茂但又顺其自然的铺排之法。

果然见有一个中年女人，在地上铺了一块塑料布，几十本花里胡哨的书平摆在上面，封皮上印着女人的屁股和奶子，还有一些妖魔鬼怪。阿里巴装作无心的样子，走过去问：“有没有《黄村》？”

卖书的女人说：“最后一本刚被人买走了，要买明天这个时候再来，我给你留着。”

阿里巴问：“为什么要这个时候来？”

女人看他像个买书人，就对他说：“这个时候都下班了，一般没人来查。”

阿里巴穷追不舍道：“为什么有人要查你们？”

女人说：“我是才下岗的女工，还没办营业执照的。”

阿里巴摇头道：“不对，我听说下岗工人可以一边就业，一边办照。”

女人说：“我就实话告诉你吧，这些书不是从正规渠道进的。”

阿里巴问：“为什么？”

女人说：“因为比正规渠道便宜，好给你们打折扣啊。”

阿里巴说：“我知道了，是盗版书。”

女人见他把事说破，索性不再遮掩，把地摊上的书一本一本地推荐给他道：“小伙子买几本吧，这都是禁书，正规书店买不到的。”

阿里巴做出不放心的样子问道：“不怕一万，只怕万一，要是万一有人来查呢？”

女人说：“也不要紧的，我长期在这儿摆摊儿，多少认识几个他们的人呢。”

阿里巴正半信半疑，恰好这时走来一个市管干部模样的人，蓝衣蓝裤，头上扣一顶蓝大盖帽，左胳膊上戴着一个红袖箍子，上面印了几个黄字，女人一见就赔笑道：“黄科长来了？”黄科长面无表情，也不搭理，弯腰从摊上抄起一本印着屁股奶子的书说：“还敢卖这个东西？”

⊙蜻蜓　王祥夫 绘

女人低了声说："就这一本，卖完再不敢了。黄科长要是觉得有问题，就把它没收好了。"

黄科长把书夹进胳肢窝里 *，抽出手来指指地摊说："要注意啊！"

* 没收到自己家去了！

女人喏喏应着，看着黄科长转身走了，又回过脸来，接着和阿里巴说话。阿里巴问女人说："这人就是管市场的？怎么我看着就像跟你是一伙的？什么没收，不明明是拿回家去自己看吗？"

女人笑道："这书谁不想看？他也是人！"又接着刚才中断的话说，"小伙子你买一本吧，原价一本二三十块，我作十块一本卖给你。"

阿里巴耳朵听着她说，眼睛看着地摊，心里却是一惊，想这女人居然把他编的《黄村》也当作禁书来卖了，嘴上不由问道："《黄村》明明是好书，怎么会是禁书呢？"

女人说："现在没禁，可是马上就要禁了。"

阿里巴问："你怎么知道？"

女人说："我老卖书，有经验的，不管是什么书，我这儿一卖，上面就禁，上面一禁，我这儿就卖，凡是上面要禁的书，好卖着呢。"

阿里巴一惊，女人看他眼睛盯着书摊上的禁书发直，以为是被封面上女人的屁股和奶子勾的，就笑了起来，再一次下力气地推荐说："小伙子别不好意思，我知道你心里痒痒得很，人的正常需要，憋着可不好，想买就买一本吧，这是《房中术》，这是《春宫图》，这是《秘戏考》，这是《素女经》，别说像你这大的小伙子，还有多少六七十岁的老领导，都托人到处打听着买呢！小伙子还没结婚，但是有女朋友了，是吧？买回去和你的女朋友一道看，那才好呢！"

阿里巴又是一惊，以为女人是认识他的，就问："你怎么知道我还没结婚，但是有女朋友了？"

女人故作神秘地说："我是看书看的，我这里还有麻衣看相的书，十个九准，小伙子把这书也买一本吧。"

阿里巴才放下心来，眼睛回到书皮女人的一对大奶子上，突然心里一阵燥热，同时想起那次在梦园，天亮前又失败之后，金铃子要他看看书的话，便快速地看了一眼周围，掏出十块钱递给女人说："来一本吧。"

说罢选也不选，顺手抄起一本塞进裤兜。* 女人得寸进尺道："再来一本，八块拿去。"

阿里巴坚决不要了，却对女人说："你要是告诉我在哪里进的盗版《黄村》，我就再买你十本书！"

女人一听就摇手说："你走吧，那是不能说的，你买一百本也不能说，死也不能说。"

阿里巴没有捉住盗版，无功而返，意外的是得了一本禁书，他恨不得像俗话说的那样，骑驴读唱本，边走边看，就在自行车上把书翻开，看看里面到底是些什么名堂，居然利用地摊，把出版社打个大败。可是又怕出交通事故，不敢这样，憋着回到编辑部里，一时还看不成，因为大家都在，心想卖书的女人说得对，等着和金铃子一起看吧。杨梅见他从包里掏出一本书来，做贼似的飞快往抽屉里塞，凑过去要看一个究竟，阿里巴咔嚓就把抽屉锁了，拔了钥匙笑道："少儿不宜，你不能看的。"

杨梅说："哼，你才是少儿，不给我看，我就去告诉赵头儿了！"

正笑闹着，见孙文夫在门外招手要他过去一下，便正好脱身走了。孙文夫对他讲了枪岛的那位老板，答应给他们一百万，但要他们亲自去取的事，阿里巴喜道："怪不得我清早起来左边的眼皮直跳，原来是财喜来了，要去我们三人去吧。"

孙文夫知道他说的另外一人是谁，笑问："为什么一定要去三人？"

* 为后文去枪岛做伏线。

阿里巴说:“子曰，三人行，必有我师焉。”

孙文夫说:“你的老师是魏子野，往后你要多学他的慷慨解囊，少学他的清高狂傲。”

阿里巴喜滋滋地回去，问魏子野说:“明天你愿不愿去一个好玩儿的地方？”

魏子野说:“那要看是什么地方。”

阿里巴说:“当年方士徐福带领三千童男童女去过的地方。”

魏子野说:“那地方如果没有去过，绝对要去，如果去过，绝对不要去了，而我正好是去过了的。”

杨梅听他们说去去去的，又凑过来问:“你们要到哪里去玩儿？”

阿里巴说:“一个好地方。”

杨梅说:“要去大家都去。”

阿里巴故意气她道:“请我们去的那人，他不认识你，你也不认识他，现在社会上又乱得很，一个女孩子去和陌生人接头，出了问题谁个负责？”

杨梅想到那天派她去动物园门口，和印厂来人接头，她推托不去的事，知道阿里巴至今还念念不忘，耿耿于怀，今天乘机进行报复。却仍然厚着脸皮说:“你说掉了四个字，那次我说的是‘独自一人’，这次有你我就不怕了，索性让于剑也去，再把他的那个女保镖带上，就万无一失了。”

于剑头上的伤势已好，听她说女保镖，脸就红了，嘀嘀咕咕地说:“看你那个厉害样子，比保镖还要保镖，还要保镖干什么呢？”

杨梅笑了说:“说得也是，保镖只能对外，内部有人想欺负我，十个保镖也没有办法。”说着挑衅地瞟了阿里巴一眼。

阿里巴看看她的瘪胸脯，又看看她的塌屁股，心里暗想，等你那些地方长丰满了，像金铃子了，可能我就想欺负你了，但是现在请你放心，还不会的。嘴上却只笑不说，做出一个被她击中要害的样子。想到金铃子，阿里巴的心里又躁动起来，这些日子他忙着书和杂志的事，金铃子也和她们《北国书虫》的社长去了一趟香港，他们已有好久没见面了。就忽然想起让她代替魏子野的指标，岂不是好？吃罢中饭，阿里巴便去对孙文夫说："想不到魏子野已去过那里，不想再去了，倒是有个记者一直关心着我们的杂志，和我们合作销售《黄村》的那个小郎，也是她帮我们找的，这次我想请她跟我们一道去，以后要她成为我们的特派人员，每期免费刊登我们的目录广告，义务联系我们的图书销售。"

孙文夫斜看他一眼说："你说的那个记者是个女记者吧？"*

阿里巴说："你怎么知道？"

孙文夫说："你一撅屁股，我就知道你拉什么屎。"

阿里巴笑了说："恐怕你不是看我的屁股，而是看我的胸脯吧，看我说话的时候那里起伏得比平时要快，猜测心潮澎湃者，必有桃花水汛是吗？"

孙文夫笑道："想带就带一个嘛，其实像这样的年龄，带一个反而比不带安全，现在外面的世界都精彩得很。"

阿里巴明白了他的意思，就厚着脸皮说："原来我以为你是一介老儒，想不到你这样懂得外面的行情。"

阿里巴急着要把这消息告诉金铃子，让她提前做好准备，就出去借了一个电话，打到她的记者部里，可惜金铃子不在。接电话的是个男声，听说找金铃子，并不回答她在哪里，却详细地盘问他说："你是谁？"

阿里巴说："我是她的一个朋友。"

男声又问："你姓什么？"

阿里巴说："姓阿。"

男声又问："你叫什么？"

阿里巴说："我叫阿里巴。"

* 阿里巴自以为很保密的事，没想到社里人人知道，连孙文夫这样的老夫子都一清二楚！

男声又问："你在哪里做什么工作？"

阿里巴说："我在凤凰社做编辑工作。"

男声又问："你是她的什么朋友？"

阿里巴有些火了，反守为攻道："你已经问得不少了，现在转到我问你了，你是谁？是那里的什么人？"

对方吞吞吐吐地不想回答，阿里巴冷笑道："看来你是个来历不明的人，是不是给报社打扫卫生的临时工？"

对方索性不回答他了，阿里巴平心静气道："你会写字吗？如果会写，请你帮我给金小姐留张条子，让她回来后给一个姓阿的回电话，谢谢你了。"

对方嘴里放屁似的咕噜了一声什么，就把电话挂了。阿里巴觉得那人有点神秘，莫非真是给报社扫地的人？但如果是，盘问他的身份干什么？莫非是搞保卫的人？如果是，那又怎么不盘问到底？莫非是她的老公从芝加哥回来了？阿里巴又回忆了一遍那个声音，的确有些咄咄逼人，气势汹汹的味道，如果是她的同事，怎么会那样问？又怎么敢那样问？那样问了就不怕得罪了她的朋友吗？阿里巴心慌意乱起来，幸亏只说是朋友，而没说是男朋友，不然可就麻烦了！这样想着，又觉得对不起那个接电话的人，因为人家是有资格盘问他，而他却没有资格讽刺人家，一个没资格的人，如此反击一个有资格的人，将会把两人之间的金铃子，置于一种什么境地！

阿里巴提心吊胆，等着金铃子的回电，久等不来，又怨自己好糊涂，如果真是金铃子的老公，怎么会那样讲信用，为自己的爱人和自己的敌人，传递勾结的信息呢？如果那样的话，那人不是可笑之至，就是可怕之极。虽然金铃子对他说过，他们两人的婚姻，是自由而开放的，但按他的理解，那是在分的时候，远水解不了近渴，远弓也射不死情敌，一旦合了，老公还是要紧紧抱住老婆，不能耳听着别人来插手的。他不敢再给记者部打电话，又偷偷溜出去，给金铃子打了一个手机，只响一下她就接了，他的心里扑通直跳，问：“你现在什么地方？”

金铃子说：“在记者部里啊。”

阿里巴问：“身边还有谁？”

金铃子说：“除了我和社长，没有别的人了。”

阿里巴问：“这么说刚才你不在的时候，接电话的就是社长？”

金铃子说：“是啊，你问这个是什么意思？”

阿里巴心里有了一点儿明白，又笑问她道：“那位知道家里有个阿哥的人，回国了吗？”

电话里的金铃子小声骂了他一句说：“你又在胡说什么呀？”

阿里巴就彻底放了心说：“下班后你到我这里来，我有好事要告诉你呢。”

不到下班金铃子就来了，这让阿里巴高兴而又慌张，身穿一套金黄色衣服的金铃子，像一颗落进屋里的太阳，把编辑部的每一个角落都照亮了。于剑一见到她，还没等到阿里巴的介绍，脸就莫名其妙地红了，蜻蜓点水似的和她碰了一个手，就坐下去埋头写着，也不知道写些什么。魏子野整理好了书包，从椅子上站起身，走到两人面前，双手在他们的肩上同时拍了一下，对阿里巴说：“记得我上午说的话吗？你说的那个地方，如果去过，绝对不要去了，如果没有去过，绝对要去。”

阿里巴听着这话，分别是对他的暗示，只是金铃子现在还不明白。杨梅的眼睛像暗夜里的探照灯，在金铃子的身上左一下右一下地扫射，最后对于剑挤了个怪眼说：“我们也走吧，你去找你的女保镖，我去找我的德国佬，大家各得其所！”

阿里巴对她也怪样地笑着，金铃子却听不懂杨梅的黑话，阳光灿烂地笑着，和他们一一握手，等屋里只剩下她和阿里巴两个人了，才偏了头说：“莫非是我把他们都赶走了，有什么好事？”

阿里巴说：“明天我带你去枪岛玩儿，快给你们社长打个招呼。”

金铃子说：“不用打招呼了，明天正好是我休息，我从香港回来，连衣服还没顾得洗呢。”

阿里巴说：“你们那个社长心术不正，以后你得小心点儿好。”

金铃子一愣问：“你并没有见过这人，怎么这样评价起他来？”

阿里巴笑了说：“前些年我国出了一些耳朵认字的人，我也有这个特异功能，会用耳朵认人。你送朋友的时候，我给你打了一次电话，你们社长把我当成特务，只差没问我有没有痔疮了。”

金铃子皱眉道：“我不听你说这样难听的话！”

按照双方约好的时间，阿里巴去要社里派车，明天送他们去枪岛，吴诗言又作梗道：“人家请你们去，应该有辆奔驰来接才是。”

阿里巴冷笑道：“如果不是人家赞助我们，而是我们赞助人家，我们是可以提出那样要求的。”

吴诗言想了想说：“让我去问问方三儿，明天车子能不能空，要他直接来告诉你，你在这里等着。*”

说着转身去了闲人打牌的勤杂室。过一会儿，方三儿手里端个罐头瓶子做的水杯，走三步喝一口，一摇一晃地来了，并不正眼看他，直着走进总务处里坐下，等着阿里巴问他。阿里巴说：“我们明天去一趟枪岛，你能不能开车送送我们？”

方三儿斜眼望着他说：“你不是说，我把车子开到动物园，带我女儿看老虎去了吗？”

阿里巴愣道：“真是荒唐，我什么时候说过这话？”

方三儿说：“你没有说？你不是还在动物园的门口，查过我的车号吗？”

阿里巴一下想起来，那天去动物园门口，向印厂人交杂志胶

* 唆使方三儿来对付阿里巴。

片的事，就解释说："那是我去给印厂的人接头，想你开车送我，吴诗言说你开车送女儿到动物园去了，我就乘的公共汽车，交完胶片老是不来公汽，又想坐你的车子回来，在门口却怎么也找不着，要说我查你的车号，就是为这个查。"

方三儿说："你们吃屎分子（知识分子），总是能辩，不管是为什么查，你总是在查我了。"

阿里巴哭笑不得道："那我就是查你了吧。"

方三儿突然把罐头瓶子往桌上一蹾，吼一声说："既然要查我，还坐我的车子干吗，不怕我一车把你翻死了吗？*"

阿里巴听他出言恶毒，明知是吴诗言从中捣了大鬼，却一时解释不清，就冷笑说："你一个开车的，不要太猖狂了，既然你的车子爱翻，我们就不坐你的车，我们去坐不翻的火车行吗？"

说罢也不要车了，转身就走，去把这事告诉了孙文夫。孙文夫除了生闷气，也别无办法，两人只好决定乘坐火车，和对方又重新约定见面地点**。

* 知识分子竟受这种鸡鸣狗盗之徒的窝囊气，真是气煞人也！

** 可怜孙文夫极力挽救凤凰社于危难之中，但却处处受阻，大厦将倾，为之奈何！

23

次日清早，一行三人乘车来到枪岛，刚一出站，便见一个年轻人举着牌子，眼睛骨碌碌地在出口找人，孙文夫认出牌子上写的是他的名字，走过去说：“我就是孙文夫，这是我的两位同事。”

年轻人扑过去，和三人分别握手说：“我叫李建党，过去是张义夫的诗友，现在是张义夫的助理，张总昨晚接到南方老家的电话，弟弟和人赌博输了，差点儿把人打死，被公安局抓了，张总带了一箱子钱，连夜赶回去打通关节，走前特别叮嘱我，要好生照看孙老师，一定要等他回来才走。”

孙文夫一听这话，怀疑情况有变，不由得和阿里巴对看一眼，李建党觉出他的心理，及时笑道*：“不过张总走前，已让财务准备好了一百万块钱的支票，孙老师走时可以带上。”

孙文夫这才把心放回肚里，坐上李建党的车，来到宾馆登记房间。李建党的眼睛像两只绿头苍蝇，在金铃子的身上飞过来，又飞过去，猜不透她和两个男人之间的关系，就小声问孙文夫说：“开两个总统套间？”

孙文夫说：“我们又不是总统，住什么总统套间？”

李建党说：“这是张总的命令，要是违背，张总回来炒了我的鱿鱼，孙老师您要负责。”孙文夫不敢负责，就向阿里巴那里努一努嘴，对李建党说：“你去征求一下他们的意见。”

李建党问：“阿老师，你们二位住一个总统套间？”

阿里巴说：“不知道你们这里的规定，没带结婚证，能不能住在一起？”

李建党笑道：“可见阿老师很少出门，全国都不讲这一套了，宾馆拉不来客，来了想怎么住就怎么住。”

* 李建党察言观色的能力应该比在诗文上炼词锻句的能力要强。

阿里巴说："为老总省钱着想，住一间吧。"

正说着，金铃子走过来问："你们两个在说什么？"

李建党不作声，阿里巴说："李助理让我们住一个总统间。"

金铃子说："去去去，我一人住一个单间，要不这里有我们社一个记者站，我到那里住去。"

阿里巴叹口气道："天生不是当总统夫人的命，由你去吧。"

当天晚上，李建党在大酒楼摆下盛宴，为三人接风洗尘*，主人一方除李建党外，还有一个是张义夫的女秘，正好坐在阿里巴的对面。李建党说张总手下，得力的女秘只有两个，都是大学毕业，高薪招来的，一个被他带回南方老家，打通关节去了，这里留下一个，接待京城来的贵宾。阿里巴因有金铃子在场，不好细看女秘的脸蛋和胸脯，只鹭鸶般地伸长脖子，仰认这座酒楼的名字，问李建党说："为什么叫湿脚大酒楼？"

对面的女秘抢答道："这是张总取的，民间有一句话，叫常在河边走，岂能不湿脚，张总把河边移到海边来了，意思是客人进楼饮酒，可以踩到海水。**"

阿里巴点点头说："好像还有一句话是，要想不湿脚，莫在河边走。"女秘听了，"扑哧"一笑。金铃子从桌子下面，把阿里巴踢了一脚，他就不再作声了。一个大堂经理模样的人，从后台走来，一手在前，一手在后，向三位贵宾一弯腰道："分应光冷，鹅根代表崩几龙行三伟字夷最怎诚给借亿！"

阿里巴笑问女秘道："请你给我们翻译一下。"

女秘说："这是粤语，是说欢迎光临，我谨代表本酒楼向三位致以最真诚的谢意！"

阿里巴详细看着他的脸说："广东人都是额头凸出来，眼睛凹进去，怎么这个广东人恰恰相反，额头凹进去，眼睛凸出来呢？"

女秘抿嘴笑着，李建党说："阿老师好眼力，他是本地人，因为吃海鲜，人们都认粤菜，张总就让他学说广东话了。***"

* 在赴张义夫之约中，安插一个李建党，是作者横云断山之法，若直写张义夫，则枪岛之行就失色了。

** 要表达这个意思也不用取『湿脚』这么直白，可见张义夫改弦易辙，下海经商是对的。

*** 挂羊头卖狗肉，张义夫写诗不行，做生意倒是在行！

满桌都笑起来，大堂经理又说了一句：“精细唔侯亿希，唔侯亿希！”

阿里巴说：“这句我来给各位翻译，他说真是不好意思，不好意思！”

宴会正式开始，海鲜上得超多，大家吃得却少，孙文夫每样尝点儿，金铃子有的连尝也不尝，阿里巴觉得对不起主人，也对不起这一桌菜，故意做出大开眼界的样子，狼吞虎咽着，有时还站起身来，伸长筷子够远处的一盘，嘴里说着：“你们看，中国人民站起来了！”

女秘知道他是搞笑，就把转盘轻轻一拨，那盘菜端端正正来到他的面前，他也只吃了一口，又不行了。李建党不断地向三位敬酒，三人都不怎么喝，一瓶酒让自己一人喝了个精光。接完了风，李建党又带他们去海边，看秋末冬初的大海，说是明年夏天再来，尝尝在海里游泳的味道。阿里巴见海边有几人在冬泳，就脱着衣服，也要下去，李建党看他又瘦又弱的样子，一把抓住他说：“人家是多年的修炼，都成鱼了，你不行，下去准打哆嗦，冻出个毛病来，张总回来要批评我的。”

海上有一条铁的索道，索上吊着缆车，可达海中心的一座岛上，李建党讲了一个民间故事，说那就是仙螺岛，又带他们坐缆车去岛上玩儿。玩儿罢了，再回酒楼吃晚餐，晚餐以后，接着安排晚上的项目。李建党吩咐女秘，陪着金铃子小姐，就在后房休息，待会儿市里报社要来车接她，因为她是京城记者，依照惯例，市报有一个小型的座谈会。孙文夫和阿里巴两位男士，由他带回宾馆，双方洽谈一下投资办刊的事。明天天不亮起床，随他去看海上日出，回来早餐，然后坐海轮去山海关。阿里巴心里纳闷儿，为什么要把金铃子一人分开，刚问了一句，孙文夫就取笑他说：“两情若是久长时，又岂在朝朝暮暮？”

李建党见他不好再问，也就笑笑，不再答了*。谁知回到宾

*不答比答要好，这个助理还真是八面玲珑，也为后文做伏线。

馆，李建党只字不提投资办刊的事，却把他们带到歌舞厅，请他们跳舞听歌。歌舞厅就在宾馆地下，孙文夫一脚迈进去，就感到味道有些不对，厅很大，舞池却小，只能容十几对人共舞，一台悬空电视连着卡拉 OK 机，设在舞池一角，这个上去唱一首，那个上去唱一首，唱得好的能与歌星媲美，唱得差的简直像驴叫，但是即便连驴都不如，也能博得一阵掌声，还有七零八落的喝彩，循声望去，正好发自他来的那个地方。厅的三方，全用木板隔成一间一间，像火车里的软卧车厢，来客就坐在里面，每个男人怀里搂着一个女人，那些女人一个都不是男人带来的。进门的那一方，是一长排的沙发，像公园里的躺椅，上面坐满浓妆艳抹的小姐，那就是男人怀中女人的来源。每进一个男客，坐女们便像鱼儿见了鱼食，快速地游过来，鲜红的嘴里，用各种风格的普通话问："先生需要陪吗？"

进到舞厅的先生一次只能从中挑走一个，剩下的扭头就走了，坐着等候下一个的到来，也有极自尊的，对那位挑走别人的先生背影，鼻孔里发出一个"哼"字，那意思是，我还看不中你呢。阿里巴方才明白，李建党为什么把金铃子分派给市报，而把他们两个请到这里，这门上虽然挂着歌舞厅的牌子，并没像厕所一样标出男女，然而进来的全是男人，没有一个女人。*

孙文夫想起林冲误入白虎堂，转身想要退出，但已晚了，一排坐女从沙发上一弹而起，迅速分为三组，一组围住李建党，一组围住阿里巴，一组围住孙文夫，红嘴里"先生先生"地叫着，孙文夫一边应付，一边想着脱身之计，说是钱包丢到车上去了，回去拿了钱包就来，一个小姐识破他的计策，用手一点李建党说："这位先生经常来的，一看就是他请客呢，不要你破费的。"

李建党见死不救，已经和一个小姐黏糊上了，孙文夫只好硬着后退，一下又踩了身后一个小姐的脚，小姐尖声叫起来，更不要他走了，孙文夫突然把手伸进兜里，掏出一本证件道："我是从

* 作者特地插此一段，是为照出当时娱乐场所暗娼遍地的市井之态，也是侧面衬出张义夫为显示豪富的心态，是一笔做两笔用。

京城来的记者，你们再不放我走，我可要给你们曝光了！”

大家一愣，孙文夫乘机逃了出去，李建党只好丢下怀里的小姐，一路喊去追孙老师，追到门口才把他追上，孙文夫嘴脸乌青，大气直喘说：“开车，走！”*

李建党问：“阿老师呢？”

孙文夫说：“不管他了！”

阿里巴见两人逃了，只剩下他一人，惊慌大于扫兴，转身也要走，一个四川妹子扯住了他，开始叫着先生，后来感到大哥更亲，就改叫大哥说：“大哥你走不掉的，刚才你已经摸我的奶子了，你走我就叫我们老板儿！”

阿里巴的心情彻底败坏，想发脾气，又怕遭到讹诈，到底摸没有摸她的奶子，只有他们两个自己知道，也许还有她的同伙看见，但她们只会为她作伪证。便妥协道：“好吧，请你跳个舞吧。”

川妹子立刻喜笑颜开，拉着他就下舞池，这舞池里的舞，根本就不按国标舞跳，男的双手兜着女的屁股，女的双手搂着男的脖子，肚皮贴着肚皮，脸贴着脸，两个身子连成一个，在音乐声中，左一扭右一扭的，只见四条腿动，四只脚却几乎在原地踏步。川妹子的胸脯耀武扬威，鼓得像座青藏高原，令人怀疑其中有诈，和她跳舞，有给大老远的穷邻居搬家，怀抱一台九寸的彩电，想放又放不下来的感觉。阿里巴问：“你是不是做过隆胸术？”

川妹子问：“什么叫隆胸术？”

阿里巴说：“就是把你的胸脯子一刀划开，往里面塞些猪肉，缝上后胸脯子就变得老高了。”

川妹子说：“大哥你说得好怕人哟，我的胸脯子可不敢用刀子划，老板儿叫我抹药我都不敢，我只在外面垫了一层海绵。”

阿里巴说：“你说刚才摸了你的奶子，我什么时候摸过你海绵了？”

* 写孙文夫，特地对照赵小月。若是赵小月来此，必跟孙文夫不同。

川妹子说：“对不起大哥，我不那样说你就走了，小费我就挣不到了。”

阿里巴说：“你要再敢这样，小心我就打死你！”

川妹子说：“我知道大哥是记者，不敢打人的。”

阿里巴问：“知道我是记者，怎么还敢跟我纠缠？”

川妹子说：“莫说是记者，公安我们都不怕，文的武的，红道黑道，我们老板儿和他们都是哥们儿，天天在一起搓麻。*”

一支曲子跳完，阿里巴进一间包厢坐下，川妹子跟过来，坐在他的腿上问：“刚才那个年纪大的，是你们的什么人？”

阿里巴说：“是我们的总编。”

川妹子问：“总编、总理、总统，他们哪个最大？**”

阿里巴说：“都一般大。”

川妹子说：“怪不得他那么凶！”

说着又主动把自己衣服解开，拉过阿里巴的手，往她的奶子上按，说：“刚才你没有摸，我说你摸了，害你吃了个亏，这下你真的摸一下吧，你不摸我的心里过不去的。”

阿里巴看着那么大一个胸脯，青藏高原似的，可是掀开了，里面只有窝窝头大的两点儿，其他全是海绵，想到假冒伪劣一词，连再看一眼的欲望都没有了，就缩回手，站起身子，掏出一百块钱递给她说：“小费够吗？”

川妹子说：“大哥别走，大哥要想打炮，哪怕少给点儿钱都行。”

阿里巴问：“什么叫打炮？”

川妹子说：“我不信大哥连打炮都不懂，大哥是假装不懂吧？打炮就是把你的东西放进我这里面，动呀动的。”

阿里巴故作傻帽儿道：“什么东西？干吗要放进你这里，我的东西都放进宾馆寄存处了。”

川妹子说：“哎呀大哥，你叫我给你咋说哟，大哥你不打炮，

* 老板有背景，这一个小姐也跟着嚣张。

** 有知识的编辑遇上没文化的小姐，看这天怎么聊得下去！

就打一个水枪吧？”

阿里巴问：“什么叫打水枪？”

川妹子说：“就是你的东西不进我这里面，我在外面用手把它搓出水来。”

阿里巴从没听说还有这么个项目，觉得新奇，却又有些恶心，忽然想起孙文夫，这时肯定已回了宾馆，不知道正在怎样猜测他呢，尤其更要命的，还有一个金铃子，市报的记者座谈会，想必已开罢了，就呼地一掌，推开半身脱光的川妹子说：“我不懂你们的黑话，我要走了！*”

* 要是不跟孙文夫同来，阿里巴会不会留下呢？

24

回到宾馆，阿里巴急着去向孙文夫报到，证明他回来了，没干那事。正好孙文夫还没有睡，四仰八叉，躺在床上看电视剧，脸上一副无动于衷的表情，李建党不在这里，可能把他安抚一番之后，已经走了。孙文夫见他进来，也不怎么搭理，轻描淡写地扫了一眼，接着又看他的电视。直到一集演完，两个和电视剧毫不相干的人异军突起，一个男人一个女人，四只手托着一个药盒，男人指着上面的字说："喝了肾宝"，女人娇娜地靠着他肩膀道："你好，我也好！"

阿里巴凑过去，挨着孙文夫的身子坐下，搭讪着说："孙总你看，这个广告拍得好没道理，男人吃药，肯定对男人好，怎么对女人也好呢？我想不明白。"

孙文夫知道他是没话找话，偏不回答，阿里巴知道他还在生歌舞厅里的气，笑道："孙总你别怪我，不是我在后面机枪掩护，你还脱不了身呢。"

孙文夫这才开口说："你是为了掩护我吗？要真是掩护，一会儿就撤了，你怎么搞了这长时间？"

阿里巴嬉笑道："你用了一个搞字，证明组织上已经怀疑我了，你也不想想，长官都逃了，我哪里还有心恋战！"

这时肾宝的广告完了，电视剧重演起来，孙文夫用手往空中一指说："别只想着向我诉说清白，还有一个更要紧的人吧？"

阿里巴明白他指的是金铃子，就转身出门，去了金铃子的房间。金铃子刚洗完澡，蓬松着一头湿发，穿着一身自带的睡衣，正给金樱子打着电话，嘱咐她晚上一人在家注意，听内容刚通上话不久。电视开着，也是孙文夫看的那一个台，阿里巴心中暗想，或许她也看过肾宝广告了，不知她看时有何感想。金铃子听见有人进来，扭头一看是他，就匆匆把话说完，挂了电话对他抿嘴一笑道：“玩儿得可好？”

阿里巴关了门，坐下来说：“没有你，有什么好玩儿的？”

金铃子说：“没我你才好玩儿，有我你才不好玩儿呢。”*

阿里巴说：“我就知道你会这样想的，带我们去了一趟歌舞厅，找了几个小姐陪我，可惜没有一个比得上你的。”

金铃子做出个生气的样子说：“好哇，你把我和三陪小姐相比，这笔账我先给你记下，我再找你一个话里的漏洞，你说小姐里没有一个比得上我的，所以你才回来，那如果有比得上我的，你岂不是就不回来了？”

阿里巴透过她如烟似雾的眼睛，看出她的心里真是这样想的，便正经八百道：“我要是那样的人，这次就不会带上你了。**”

一句话又感动了金铃子，就笑着不再往这里说。阿里巴问：“刚才你是给樱子打电话吗？”

金铃子说：“你管呢。”

阿里巴说：“樱子是我们的妹妹，我当然要管的。我听她问你在这里和谁住，你为什么嗯了一声，没有回答？”

金铃子听着一愣，接着嗔道：“你竟敢偷听我们说话？”

阿里巴说：“其实我什么也没听见，这是我心里想的，不料一下就猜中了。你告诉我，你为什么不回答她你和谁住？”

金铃子说：“我才不告诉你呢。”

阿里巴说：“你不告诉我，我也知道，你是准备好今晚和我睡了，回答是和我吧，你不愿她唠叨你；回答一个人吧，又不愿你欺骗她，所以就嗯过去了，那一个嗯字里面，有着很大的学问。”

金铃子用指头在他额上重重一点道：“算你明智，还知道樱子会唠叨我的，那你这次回去，打算怎么讨好她？”

* 听这口吻，金铃子是知道支开她，他们去了什么地方。

** 这倒是真的，想阿里巴也不至于堕落至此。

阿里巴说："我都想好了，给她买个漂亮的大螺壳，再把今天李建党讲的螺仙的故事，讲给她听，劝她早些嫁个渔夫。"

金铃子瞥他一眼说："有人就想天下的女人都嫁愚夫，自己好做奸夫！我家一个愚夫还不够，还想再有一个愚夫不成？"

阿里巴说："看看，又想偏了不是？我说的是普希金诗里写的那个渔夫，靠每天打鱼为生的。"

金铃子继续逼他道："你希望我的妹夫每天靠打鱼为生？"

阿里巴做出一副苦恼的模样，说："我怎么说也不符合你的意思，我不和你说了，我和你睡觉吧。"

金铃子说："谁和你睡觉！"

说罢起身坐到沙发上去，顺手拿起遥控器，叭叭叭叭地换台，阿里巴嬉皮笑脸，又凑过去说："别换了，这会儿净是广告，刚才我没来时，有个卖肾宝的，不知你看了没有，男人说吃了肾宝，女人说你好我也好。我问孙总，男人吃了肾宝，为什么女人也好？孙总那么大的学问，居然翻着眼睛答不上来，你知道为什么吗？"

金铃子忍不住"扑哧"一下，笑了一半却又忍住，起身又坐回床上说："你是个赖皮，你不要脸，我再也不理你了！*"

阿里巴不好意思再凑过去，远远地看她半真半假地生气，睡衣的带子散开了，也不系上，由它漏出里面雪白的腹肌，往床上一坐的时候，两只乳房往上一弹，坐下以后，它们两个还颤动不已。阿里巴的舌根下面又生出水来，想起和她一起做过的好事，继而又想起在京城的地铁口，从女人手里买的那本禁书，这次走前，他特意带在包里，准备作和金铃子试验的教材，便突然一起身说："我那里有一本好书，我去把它拿来，今晚共同学习。"

说罢开门走了出去，来到他的房外，刚打开门，就听里面电话铃响，以为是孙文夫找他有事，跑去接了，却是一位小姐的声音，说："宾馆设有特种服务，先生需要不需要按摩？"

* 这么说，看来是知道了。此处写金铃子与阿里巴调情，是特为璀璨作照，写金铃子的娇媚，是映照璀璨的粗俗。

阿里巴信口问道："按摩一次要多少钱？"

小姐说："按规定收费，十五分钟一百元。"

阿里巴嘴里算着账说："十五分钟才九百秒，那就是按十秒钟要一块一毛一分钱。"

小姐无情地讥笑他道："宾馆开办这项服务已有五六年了，享受服务的中外宾客，少说也有几十万人，还从来没有一个像你这么算账的。"

阿里巴说："那就按一个摩吧，不过要讲按德，当按的地方按，不当按的地方不按，按就使劲儿，时间上也不能打折扣，我要眼睛看着墙上的表。"

小姐说："我们小姐当然讲按德的，就怕客人不讲躺德，过去闹过纠纷，十次有九次都是客人的问题。*"又问，"先生按摩，是要本国的小姐，还是要外国的小姐？"

阿里巴觉得她是故弄玄虚，就也故意点道："那就要一个外国的吧。"

小姐说："外国的付费加倍。"

放下电话，阿里巴心口乱跳，觉得有点儿不安，还有一点儿后悔，担心会有意外的事情发生，有一会儿想开门出去，到金铃子的房里躲躲，便去打开柜子，在包里找那本书，因为手忙脚乱，找了好久才找出来，拿在手里正要出门，这时门铃响了。他强作镇静，走去把门打开，门外站着一个，还真是个外国女郎，牛高马大，下巴齐着阿里巴的鼻子，像个打排球的，长得却不好看，看脸型不是来自欧美，可能是个俄罗斯人。

外国女郎进来关上了门，动手就要把他推倒按摩，阿里巴见她性急，身子往后挪一些说："别忙，你先坐下，时间可以从现在开始计算，我不要你吃亏的。我问你，你会说中国话吗？"

女郎生硬地回答："会说几句。"

阿里巴说："我认得你是一个俄罗斯姑娘，你叫什么名字？"

*哈，看到按德我已捧腹，此处再出一个躺德，作者游戏之笔，随手拈来，趣味横生。

女郎说："喀秋莎。*"

阿里巴说："好漂亮的名字啊，你会唱《喀秋莎》吗？歌里的姑娘也叫喀秋莎，'喀秋莎站在峻峭的岸上，歌声好像明媚的春光'。"

喀秋莎高兴起来，满脸生动，笑了问："你也喜欢俄罗斯歌曲？"

阿里巴说："我还会唱你们的《三套车》呢，'可恨那地主要把它买了去，以后苦难在等着它'。你听那农夫和老马的感情是多么的深呵！"

喀秋莎叫起来道："你们那个，什么搞错了，不是马，是姑娘，地主要把姑娘买去，她的情人不愿意！**"

阿里巴听着一愣，心想这支歌儿中国人唱了半个世纪，原来都翻译错了，今天这两百块钱，只当是查出了一个国际盗版。喀秋莎看看腕上的表，催促阿里巴道："躺下，按摩开始。"

阿里巴听她话音，又看她脸，简直是在发布军事命令，却不仰着躺下，偏要趴着，让她按摩腰脊，和捶背差不多。喀秋莎一边按摩，一边用水汪汪的眼睛，期待地望着他的后脑勺问："需不需要，别的服务，价格另算？"

阿里巴无意中想起，苏联是中国的老大哥，曾几何时，老大哥的女儿们，就沦落到了如此地步，心里突然难过起来，摇摇头说："不需要了。"

十五分钟的时间到了，他给了喀秋莎两百块钱，喀秋莎接过票子，举到灯光下面，认了认真假，然后冲他笑笑，事情已做完了，不需要交流了，喀秋莎不再说生硬的中文再见，却说了一句俄语："达斯尼达雅！"

阿里巴学舌道："达斯尼达雅！"

望着她牛高马大地走了出去。不一会儿，听得隔壁一间房外，门铃又当地响了一声，阿里巴心里叹道，喀秋莎啊，这可是

* 这名字在某一个年代，是个中国人都知道啊！让喀秋莎来做服务，作者不经意间影射出了当时老大哥的经济状况。

** 哈，在这种场合纠正一首歌曲翻译，这算是信手拈来的神来之笔，其实也是在嘲讽部分人为了迎合需要的随意篡改。

你自己要卖给地主的，还让我们唱什么苦难在等着她！

坐着休息一阵，阿里巴才拿了那书，去到金铃子的房里，笑嘻嘻把书放在她的腿上。金铃子这时气已消了，头发也快晾干了，一个人端坐在床上，等着他送好书来看，一瞥书的封皮，却是《炒股入门》，又生气道："我都是老股民了，还入什么门！"

说着把书往床上一扔。阿里巴说："你翻开看看，里面是些什么？"

金铃子又捡起来，双手劈中间一翻，只见一个精光的女人，跪在一个精光的男人前面，把他身上一根棍子样的东西，往自己的两腿间插，脸一下子就红到脖子，睡衣内两只松软的胸乳，向上一挺一挺的，呼吸变得又快又响，忽地一下把书合上，扔到阿里巴的怀里说："你们出版这样的好书，不关门才是怪了！"

阿里巴慌忙接着，好像搂住一件稀世珍宝，嘴里强辩说："我们哪里敢出，这是一位从香港回来的朋友借我看的，看完还要还他，上次在梦园我的表现不好，是你说要我看一看书，我听了你的话，才去借了这本书看。"

金铃子迷人的胸乳，仍是挺个不止，轻喘着说："其实我到香港，也看见过这些烂东西，却不叫你这个书名。"

阿里巴哈哈大笑道："我这是怕被别人查出来，使的偷梁换柱之术。不过这名字也挺符合内容的，我就是要炒你的股，入你的门！"

金铃子的脸红得像血，竖起两根眉道："你要是再敢胡说八道，我就真的跟你恼了！"

阿里巴不敢再说，想起金铃子的洁癖，又想起自己这个身子，在歌舞厅抱过了川妹子，刚又被喀秋莎按摩过，担心被她闻出味儿来，就一头钻进金铃子的卫生间里，脱光衣裤，放水哗哗地洗澡，洗完擦干，把亮晃晃的顶灯熄了，只开一盏壁灯，调得只剩下蜡烛大的一炷亮光，然后才抱起金铃子，一点一点把她脱成一个白玉般的人儿，正要伏下身去，电话铃炸地一下响了，把他吓得身子一抖，仰面朝天滚倒在床上。

金铃子摘了话筒，自己不听，却喂到他的手里，阿里巴只好帮着接了。是一个男子的声音，极温柔地问：“小姐需不需要按摩？”

阿里巴听着除了性别，内容和他接到的电话一样，随即就明白了，便弄扁嗓子，装作女人的腔调说：“谢谢，今晚就不需要了！”

答罢挂了电话，想了想，怕那男人过会儿还打，又把话筒提起来，歪放在机子上面，让全世界的电话打来，都是嘟嘟嘟嘟的忙音。嘴里笑道：“还想为你按摩，不知道有位超一流的按摩大师，此刻就睡在你的身边！”

金铃子忍着笑，暗暗将他掐了一把。凭空加了这个插曲，今晚的气氛更好，阿里巴就摆出大师姿态，把那本书翻到有用的章节，放在两人的身子一侧，耐着性子，屏住呼吸，参照着书里写的，什么九浅一深，右三左三，摆若鳗行，进若蛭步，细细体验了一回，果然比上两次大有长进。金铃子恼羞全消，幸福地闭着眼睛，泪水都流了出来，时而发出一声低吟，身子在下面轻轻地战栗着。阿里巴翻过一页，又试了试另一法则，什么八浅二深，死往生还，右往左往，弱入强出，效果比刚才更好，咬牙坚持的时间，竟比过去的三倍还长，想着自己过去，仗着身强力壮，只会蛮干，一点儿章法也没有的，在什么都懂的金铃子心里，肯定是可笑之至。

阿里巴正惭愧着，突然就叫了一声，全身顿时死了一般，一动也不能动了，金铃子睁开湿漉漉的双眼，用手拭着他额上的微汗，慰劳着说：“你这个土匪，居然变成学院派了！”

阿里巴慢慢地抬起身子，低头看她下面，宾馆的洁白床单上，已黏糊糊地湿了一片，想着明早小姐来整理床时，看见了不知会怎么办。嘴里却应着金铃子的话，有感而发道：“原以为自学可以成才，看来还是要读书，真是急用先学，立竿见影啊！”

天快亮时，阿里巴才偷偷溜出去，回到自己房间，刚想要补个好觉，李建党就来按铃，催着去看海上日出。阿里巴为了装出昨夜什么也没有干，迅速穿衣洗漱，还抢先去叫孙文夫，接着又去叫金铃子，不等大家聚齐，精神抖擞地第一个来到门口，边走边还做着扩胸动作。车子在门口停着，李建党靠在车外，记着昨晚的歌厅事件，站着等人，总是没事，就一遍又一遍地对阿里巴道歉说：“昨晚真对不起，害你没有尽兴。”

阿里巴拍着他的肩膀安慰着他，又反过来向他道歉说：“不是你对不起我们，而是我们对不起你，尤其是孙总对不起你。”

正说着，孙文夫和金铃子一前一后，朝他们走了过来，听到阿里巴的后一句话，孙文夫远远问道：“你说我对不起谁了？”

李建党慌忙抢过去说：“不是说您，是说歌舞厅的小姐对不起我们。”

这话刚一出口，发现又说错了，原来金铃子就在身后，边听边把眼睛往阿里巴看。李建党什么也不说了，快刀斩乱麻道：“上车，大家快上车，再晚就看不到日出了！”

大家一齐上车，车子呜的一声开向海边，海边已站满了车子和人，都是来看日出的，天色看着看着亮了，可是那日就是不出，东方的海天相接处，乌云好像故意要挡住太阳，越往下面越浓，往上却又渐淡，一缕金光射破了云的稀薄处，将天边染出一片黄亮，这个迹象，说明已经日出过了，只是肉眼不能看见。大家纷纷表示了失望，李建党再一次觉得对不起他们，气得大骂：“你个狗日的日出，我日你个日出！”

孙文夫见他当着金铃子面，口出秽言，就劝阻道：“别骂了，一会儿是狗一会儿是你，骂的是你自己，太阳还是没有出来！*”

* 是劝阻也是戏骂，人不自重必自辱之，这李建党如狗一般。

25

吃罢早餐，大家去坐海轮。船头喇叭里有个导游员，是张油嘴子，一路百说无穷，船到求仙入海处，油嘴子说：“呶，大家朝那儿看，那个人举着酒杯，他就是秦始皇，在这里送方士徐福，下海去找长生不死药。徐福带了三千对童男童女，找哇找哇，找哇找哇，实在是找球不到，最后船漂到一座孤岛边，徐福说，去他个球哟，药没找到，回去也是死，不回去兴许还能活，就带着童男童女，在这里住下来。徐福说，你们抓紧结婚吧，童男童女问，啥叫结婚？徐福说，就是一个男的配一个女的，一个女的配一个男的，睡觉生娃，生娃睡觉。童男童女就抓紧结起婚来，不多久就发展成了一个国家，这就是现在的日本国。因为童男童女都才十一二岁，现在上小学的年龄，生的娃娃发育不良，总长不高，所以日本人个子都矮。生的娃娃都没有姓，怎么办哪？徐福说，你们都给我往前走，走到哪里走累了，就在哪里歇下来，在那里看见什么，什么就是你们的姓。他们就往前走，走哇走哇，走哇走哇，有的走到了一棵松树下面，就姓松下，有的走到了一口水井上面，就姓井上，有的走到了一块田地当中，就姓田中，有的走到的地方左边有根藤子，就姓佐藤，还有的走着走着，咕咚摔一跤，身子横在路上，索性就姓横路了。”

阿里巴就站在喇叭下面，听得大笑不止，旁边两个旅客说：“这故事还有别的版本，比这个更好听的。”

一个就说：“日本人的老祖先，你知道是谁吗？是我们中国的武大郎，所以他们的国旗上，就画一个武大郎打的烧饼，表示纪念。日本人生的儿子，有叫太郎的，有叫次郎的，有叫三郎的，就是没有一个叫大郎的，为什么呢？因为不能把老祖先当儿子叫哇！”

另一个说：“我的这个版本和你又不同了，徐福创建了日本国，他想要三千对童男童女牢牢记住，自己是从哪里来的，就问他们，你们是从哪里来的？他们回答，海！所以日本人一听上级训话就说：海！徐福把童男童女一对一对都配好了，就剩自己是个单的，夜里睡不着，对着大海直嚷，你们都有日的，就我没有日的，我日谁呢？我只有日我本人哪！日本人这个名字，就是这么来的！”

阿里巴笑得快要喘不过气了，海风从侧面吹来，把他的笑声洒满一船，他一边笑，一边大叫金铃子递给他笔，说是要记下来，回去让魏子野写进小说，金铃子说：“谁个像你，就喜欢这些黄色故事！”

阿里巴忽然转回脸去，问那两个讲不同版本的旅客道：“听你们的口音，是东北人吧？”

两个人说：“是的。”

阿里巴的表情肃穆起来，说：“明白了，你们的家在松花江上，知道你们为什么那样痛恨日本人了！”

阿里巴笑够了，才忽然发现他的笑声很孤独，金铃子一直不笑，而孙文夫极目远眺，似乎根本没有听到这些笑话，双手死死抓着船栏，面色阴郁，眉头紧皱，一头干燥的长发，被海风吹得在眼前乱飞，模样像个悲剧英雄。便摇晃着走过去，和他并肩而站，笑问道：“孙总在想什么？”

孙文夫说：“我在想，凤凰社如果是一条船，它应该往哪里开呢？”

阿里巴笑道：“大海航行靠舵手，赵小月是我们的伟大舵手，他可以见风使舵。”

孙文夫摇头说：“赵小月不是舵手，他只是个胡乱划桨的人，舵手是在部里。”

阿里巴说：“我知道你还在想什么。”

孙文夫说：“你说我还在想什么？”

阿里巴说：“国庆节放假那天，你们都去看《泰坦尼克号》去了，就我一人在社里等人，那时我想的问题，就是此刻你想的问题。”

孙文夫说：“难道你在想，如果凤凰社这条船要沉，船上的人都会怎么办？”

阿里巴点头道：“大家肯定都成了恩格斯所说的，典型环境下的典型人物了，赵小月会首先跳上救生艇，一只手挡住他不喜欢的人，一只手把那些拍他马屁的人拉上来，第一个拉上来的是周泉，第二个拉上来的王金刚。王金刚上来骂声操你妈的，一巴掌把赵小月打进海里，转身又对郑三发喊，把从印厂吃的回扣都给我吐出来，要不叫你也下去！郑三发怀里抱着五个存折，说，我就是要吐，也不能吐给你，你贪污的书款还比我少吗？周泉已经被赵小月拉上来了，可是一见他落水，就又返回船上翻他的社长任命书，想把上面的名字改成自己，就在这时，一个大浪打来，凤凰号哗的一下翻了。*”

孙文夫这才大笑起来，笑得眼泪都出来了，边笑边说：“太刻薄了！王金刚你描写得不错，但是你不要这样描写周泉，上次印厂向我们逼款，他积极响应我们的号召，把瞒着老婆的私房钱都献出来了。”

阿里巴这时也想起大家凑钱的事来，就动员孙文夫说：“等这一百万赞助到手，回去把大家的钱都还了吧，兄弟姐妹们都困难着呢。”

李建党担心他们晕船，送了几粒药片过来，一人一片噙在嘴里。孙文夫向他打听张义夫的消息，李建党说：“张总昨夜打电话给我，说这几天还回不了，一箱子钱没把公安法院摆平，弟弟没放出来，弟媳妇又跳河了，他要我做全权代表，陪你们吃好，喝

*阿里巴的玩笑一语成谶，今日戏言身后事，最终都到眼前来！

好，玩好。*”

李建党像领导做指示一样，一连凑了三个排比词儿，还要再说一个“睡好”，一眼扫见金铃子，忽然想到唯有这项是不能陪的，便把快要出嘴的话缩了回去。孙文夫一听张义夫一时回不来了，决定今晚就走，李建党实在挽留不住，当场掏出手机，打给张总的女秘，要她准备支票、合同和送行的车辆，并且通知酒楼，举行隆重的欢送宴会。

孙文夫说：“车子就不必安排了，我们坐火车来，还坐火车回，火车又安全，又舒服。”

李建党就不再勉强，又陪三人看了山海关，老龙头，受了一番爱国主义教育，然后直接返回酒楼就餐。这一餐的海鲜档次，比昨天又有所提高，各种酒摆了一桌，存心要把三人灌个大醉。席间李建党频频把盏，喝到半酣，让女秘把支票取来，拿在他的手里，让孙文夫过一下目，又把合同交给孙文夫，让他看后签字。孙文夫看到第三条时，目光移得慢了，脸上现出为难的神色，笑着抬起头说：“张总任名誉主编，是我们研究通过的，你任副主编，我们还没研究，只怕不大好办。”

李建党讪笑道：“孙老师不要误会，我并不是沽名钓誉之辈，挂一个虚名，无非是在张总忙时，作为投资一方，替他关顾一下，孙老师看着办吧，不行就重新再谈？”孙文夫瞥一眼他手里的支票，硬着头皮又往合同下看，看到第五条时，第二次抬起头说：“我们这是选刊，你还没有发表的文章，是不能登在这上面的。”

李建党脸上的笑越发强硬**，说：“我的文章是写张总，写这座大酒楼的，孙老师就是破例，也应该登上去嘛！”

孙文夫还在为难着，突然间阿里巴通红着脸，满嘴酒气道：“我说李助理，千万别以为拿了你们的钱，就什么都是你们的了，当了主编，还要当副主编，要知道那都是我的领导啊，可是截至

* 这么一说，就是在做戏了，为后文做铺垫。

** 原来这几天做狗做马似的殷勤款待，都是要付出代价的。

目前，我还不知道你到底读了几年书，写了几篇文章，比我阿里巴强得了多少！”

一桌人全都愣住，李建党脸也红了，却仍笑着说：“阿老师，你听我说……”

阿里巴挥手打断他的话道：“别叫我阿老师，你要是当了副主编，你就是我的老师了。”

李建党面子上下不来，双方僵持着，孙文夫满脸悲壮，沉思一刻，对李建党说：“小阿喝醉了，请你原谅，我答应你的条件，就这样吧，签字。”

阿里巴大声嚷着：“我没喝醉，我哪里喝醉了？*”

孙文夫瞪他一眼，又丢给金铃子一个眼色，让她拉他过去。

签好合同，取过支票，火车进站的时间也快到了。满面春风的李建党，把一篇早已准备好的打印文章，慎重地交到孙文夫的手里，然后亲自开车把他们送到车站。阿里巴听孙文夫说他喝醉了，就索性装醉，在车里发着酒疯，胡说八道，想起海轮上听到的故事，大骂李建党是日本人，像占领我们的东三省一样，用阴谋诡计窃取了一个副主编。李建党脸上一红一白，但他副主编已经到手，文章也算登出去了一半，就让自己也当醉话听着，一路还嘿嘿地笑。

车到站口，李建党和每一个人握手，轮到阿里巴时，阿里巴握住他久久不放道：“李副主编的手真长，谨防有一天被人捉住剁了！”

李建党大智若愚道：“从今天起，我们的手已经绑在一起了，要剁只会一起剁的！**”

一上火车，阿里巴就和孙文夫闹个不休，说是丧权卖国，奇耻大辱，真要如此，他决不在那两个狗屁主编下面干了。孙文夫知道他心口如一，说到做到，和社里许多人都不一样，慌得一个劲儿地劝他忍辱负重，顾全大局，又想讲个历史典故，让他从中

* 此时此刻，醉与不醉又有什么区别？

** 这说的也是实话，也是在李建党预料之中。

得到启示，先想到卧薪尝胆的勾践，觉得不妥，这又不是复仇，改而想到甘受胯下之辱的韩信，才觉得有参考价值。连讲带哄，阿里巴还是不服，孙文夫一拍腿说：“你以为我的心里就不难受吗？告诉你，我的心里比你还要难受，难受又怎么办？杂志办不起来，我的心里更难受！横竖都是难受，命中注定我们就处在一个难受的时候，只能等我们有钱了，才会不难受，那时别说李建党，我们把张义夫都一脚踢了！*”

阿里巴听他说出心里话来，方才把嘴闭上，孙文夫苦着脸，又交给金铃子一个艰巨的任务，要她务必稳定他的军心。金铃子经过这两天的同行，觉得这个孙主编，真是可敬可佩，就密切配合，竭力效劳，威胁阿里巴说；“如果因为这件事情，你和孙总断了关系，我就和你也断了关系。”

阿里巴见她一脸严肃，说的都是真的，口气这才变软。

回到京城车站，都十一点多了，孙文夫听阿里巴和金铃子在小声商量什么，心里明白得很，就主动做个人情，说现在时间太晚，坏人又多，金小姐人长得这样漂亮，要阿里巴务必做好护花使者，亲自送她回家，这两天出差累了，明早多睡一会儿，上班可以略微晚些。话说得明确里面透着含糊，阿里巴就高兴这样，一口答应，又反过来嘱咐孙文夫说：“你也得注意支票。”

三人在车站分手。车站没有去梦园的公交汽车，金铃子叫了一辆出租，要司机绕道先把孙文夫送到家，然后再去梦园。孙文夫坚决不坐，把装有支票的提包抱在怀里，跑步颠颠去赶末班电车。电车是赶上了，只是回到楼里，电梯又没有了，大气喘喘爬楼，一直爬完十二层，才回到自己家里，洗洗刷刷，忙完又坐在灯下，翻看李建党塞给他的那篇文章，看得愁眉不展，躺下又睡不着，想着这篇文章该怎么改，直到后半夜，才昏昏地睡过去。**

次日清晨，孙文夫骑车上班，在楼道里第一个见到吴诗言，

* 如此看来，这次张义夫去救人只是一个幌子，避而不见是早有预谋！

** 此处再写孙文夫的窘迫与可怜，特意照出赵小月的贪婪与可恨。

一手提着一瓶开水，勾着头从对面走来。吴诗言负责全社的考勤，每天下班最晚，上班最早，孙文夫叫了他一声，吴诗言抬头见是孙文夫，打了个招呼道：“孙总回来了？”

孙文夫说：“回来了，这两天社里有什么事？”

吴诗言说：“事情可多了，几乎都是坏事。”

孙文夫紧张地问：“出了什么坏事？”

吴诗言把手里的开水瓶放在地上，一样一样说道：“你走的头天夜里，方三儿打牌打一通宵，第二天去印厂运书，开车开着开着睡着了，车子一脑袋翻下去，打了几个滚儿，最后栽进一口水塘里，车也完了，书也完了，人可能也要完，正睡在医院里紧急抢救呢。*”

孙文夫听着一惊，心想这场事故，正好发生在他们去枪岛那天，幸亏方三儿不送他们，不然他们也都完了。吴诗言看了一眼孙文夫的脸色，知道此刻他在想什么，就说：“你们去枪岛那天，我本来是要派他送你们的，可是后来一想，这人好喝酒，怕他酒后驾驶，发生事故，就故意没有派他。小阿不明白我的苦心，可能还在心里恨我，现在你看，幸亏那天没要他送，去枪岛是高速路，要是坐他的车，恐怕比栽进泥塘还惨！**”

孙文夫知道他用的是倒推理法，当时作了梗，事后又讨好，却也给他个空头感谢说：“小阿不明白，我明白的，谢谢你的把关。”又问，“还有什么坏事？”

吴诗言说：“编辑部的于剑失踪了。”

孙文夫又一惊道：“那个写诗的于剑？看他人很老实的，怎么会失踪呢？总共才两天没来，凭什么断定他失踪了？”

吴诗言说：“昨天社里分鱼，一人一份，大的三条，小的五条，你的一份通知你夫人来领了，小阿的一份给了魏子野，就剩于剑的一份，杨梅给他装好放在桌上，才发现桌上有他的诗稿，是翻译一个外国人写的《遗书》，什么黑暗哪，末日呀，里面的

* 呼应前文跟阿里巴吵架说翻车的事，真应验了，且应验到自己身上，因果报应，一丝不差。

** 此人真是机巧，这种时候还能讨个人情！

话都很不健康的*。别的人都判断不出这是什么意思，只有魏子野说他出事了。一听说于剑失踪，李先来就把他的三条大鱼提去，换了三条小鱼，郑三发又来，把他的三条小鱼也提走了。”

孙文夫叹道：“这些人，真是可怜啊！”又问，“还有呢？”

吴诗言说：“还有就是《黄村》那本书，上头说是封面有问题，内容也有问题，昨天发出通知禁止卖了。赵社长已经追究了东方白的责任，听说等你们回来，还要追究小阿的。**”

孙文夫这一惊非同小可，详细追问吴诗言是怎么回事，吴诗言说：“我也搞不清楚，一会儿赵头儿来了，你去问他。”

孙文夫的心情彻底坏了，几乎把取回一百万元赞助的喜悦，冲减得干干净净，一时就呆呆地站在走廊上，动也不能够动，只觉得脚边有一样什么东西，扑哧扑哧地在鞋边蹭着，低头一看，是一个擦地的老女人，双手握根大拖把，撅着屁股在擦洗楼道，慌忙挪一下脚，让她擦脏脚站过的地方。

吴诗言也挪一下脚，对那老女人说：“谢婆子你也太认真了，这地方随便擦擦就是。”

谢婆子也不理他，把这段地擦干净后，突然直起腰来，拄着拖把问道：“刚才你们说谁失踪了？这好的地方还嫌不好，还想往哪里跑？”

吴诗言说：“是我们的一个年轻人。”

谢婆子嘴里唠叨着说：“如今的年轻人也是怪了，这地方就像老爷住的一样，吃现成的，做现成的，成天坐着啥活儿不干，连厕所都有咱扫得白花花儿的，还人心不足，未必还想住到天上去当神仙？***”

吴诗言搭过一句就不再搭言了，转脸又和孙文夫说话，谢婆子重新握起拖把，往前拖了一段，突然又直起腰，回到这里来问：“这年轻人跑了，还回来不？”

吴诗言说：“谁个知道，你问这个干什么？”

* 这样的诗文在吴诗言眼里，应是这样的判断。吴诗言，误诗言，污诗言。作者真会取名字。

** 前面一递一进，都是为此做铺垫。

*** 谢婆子俗人俗语，俗眼看世界，怎么能理解于剑的痛苦！

谢婆子嘴里吭哧一阵，讪笑着说："他要是不回来了，俺有个儿子，大学马上就读完了，让他来抵这个数行不？俺保证他不失踪！*"

吴诗言摆手道："不行不行，我们这里可不是厕所，任什么人都可以蹲进来的！"

谢婆子一脸的失望，站在那里还不甘心，吴诗言像挥苍蝇一样一挥手说："快拖你的楼道去吧，别癞蛤蟆想吃天鹅肉了，待会儿都上班了，人来人往的就拖不成了！"

谢婆子生了气，小声嘀咕道："你不答应就算了，为啥说俺是癞蛤蟆？你是天鹅？你比俺儿子强？说不成俺儿子赶明儿比你强呢！"

说罢搂起拖把就走，将楼道地板戳得扑通乱响。孙文夫觉得吴诗言说得过分，有心宽慰她几句，就冲她后背问道："你儿子在什么大学？读什么系？什么时候毕业？"

谢婆子重又看到希望，飞速地扭过头说："俺儿子上的北大，中文系，明年毕业，学习可好了，还会写诗！"

孙文夫说："到时你带他来见见我吧。"**

吴诗言听着一愣，看了孙文夫一眼，也看不出他的真伪。谢婆子赶快道过了谢，转过脸去又嘀咕说："古人说得不假，阎王好见，小鬼难缠，俺这次是遇着了！"

* 谢婆子如此做想，我为于剑一哭！

** 再为后文留下伏笔，避免剧透，且往下看。

26

吴诗言迅速组织了一批人，兵分三路，一路由王金刚和郑三发带着，拿了社里的印件和本人的工作证，去图书批发市场，配合上面查禁《黄村》；一路由李先来和马军带着，提着水果罐头去合同医院，看望连人带车栽下水塘的方三儿；还有一路由他亲自带着，去女子保镖学校，寻找于剑的女朋友，向她打听于剑的下落*。女保镖说她已有三天没有见到于剑了，并不知道于剑出了问题，一听消息，反而向他们要人。吴诗言带人又到于剑的住处，凤凰社的单身公寓。

单身公寓往南，离专家公寓只一百米，于剑过去常到英国专家斯蒂芬和美国女翻译玛丽娅那里，向他们讨教外国当代诗歌的译法，可是最近一周，再也没有去过；单身公寓往北两百米，就是女子保镖学校，学校里有个文化教官，是于剑的中原老乡，也爱写几句诗，于剑常常背着新写的诗稿，步行到女子保镖学校，念给教官老乡听。有一次，现在的这位女友到教官室里去倒水喝，教官半笑半真，劝于剑何不人如其诗，真正做个传统的叛逆，阳柔阴刚，男文女武，诗人娶保镖，也算是一段人间佳话。女保镖见于剑脸红得出血，觉得挺新鲜的，立刻就过来和他握手，表示同意。

那段时间，杨梅正和小罗伯特打得火热，每天夜晚，在那德国人半拉子的中国话，乌鸦般的大笑，老牛似的喘气声中，于剑浑身躁动不安，把公家的床垫翻得扑通乱响，通宵难眠。他明白是自己的性受到了压抑，造成了饥饿，生出了欲望，这时见女保镖飒爽英姿，笑嘻嘻地挺在他的面前，哪里也不比杨梅差，就试着和她谈起恋爱来。谁知竟像有人说的鸡蛋和石头，总也产生不

* 勤杂室的杂种们这下都有事干了。

了温度。于剑爱的方式，就是以充沛的激情，写出滚烫的情诗，一首一首，一本一本，来势凶猛，足足写了一书包，背过来念给她听，女保镖却一个字也听不懂，觉得这玩意儿没意思极了，* 还不如干脆抱在一起，痛痛快快练练功夫。于剑失踪的前一个夜晚，两人就在女子保镖学校不欢而散，于剑把给她写的新诗撕成碎片，撒满花坛，背着书包负气而回，女保镖眼看着他渐渐远去，一步也没相送 **。

寻找于剑的这支人马，什么也没有找到，中午在单身公寓对面的烤鸭店，要了一只挂炉烤鸭，两斤卷生葱丝和甜面酱的荷叶饼，又要了三小瓶二锅头酒，饱吃一餐，因为有吴诗言带队，让坐台小姐开张发票，吴诗言当场就签了字，拿回社里报销，说这餐饭是为了安慰于剑的女友。*** 其实于剑的女友此时正在保镖学校，和她新的男友也喝着酒。

下午两点，社里忽然收到区派出所的电话，说极乐山庄的蹦极塔边，一座小山包下，发现一具男尸，从他衣兜里搜出一个工作证，得知死者名叫于剑，是凤凰社的一名编辑，要他们速去认领，并配合公安，查明死因。吴诗言不敢迟延，火速又把人带去，认出那个血淋淋的年轻人，果然是于剑无疑，在他纵身跳下的小山头上，扔着一只啤酒瓶子，里面滴酒不剩，分析他是为了增强死的勇气，特意先把自己灌个半醉，又分析他本来想从蹦极塔上往下跳的，因为他和女友曾经来玩儿过蹦极，想在死前再体验一次空中的刺激，但这次一定是在夜间，没人开门，方才改为登山。

赵小月派人一边通知他的亲人，一边准备他的丧事。于剑之死是一个谜，全社的人都自作聪明地参与破案，赵小月说这是一个颓废派青年的精神堕落，钱思奇说不能排除是被人谋杀，周泉说如果是谋杀一定与他的女友有关，吴诗言说也许他加入了一个犯罪组织，东方白说他是经历了失恋的痛苦，杨梅说他是性情抑

* 这比对牛弹琴更不切题。

** 事业无成，爱情受挫，把诗人于剑逼到了死角！

*** 寻找于剑是幌子，借机找个公款吃喝的机会才是目的。借孙文夫的话：这些人真可怜！

郁所至*。孙文夫和阿里巴这几天恰好不在，不好做出推断，此外还有魏子野不发一言。

吴诗言把一切都看在眼里，就暗中对赵小月说：“于剑性格孤僻，平时很少和人交往，全社唯有魏子野和他还说得来，他们一个是作家，一个是诗人，据说魏子野读了他的诗后，曾经对人说过他会短命，于剑失踪时留下的译诗，别人都看不懂，也只有魏子野一看就明白了，会不会在于剑自杀之前，魏子野对他有过什么影响？”

赵小月说：“人命关天的事，你可不能信口胡说，你说魏子野影响了他，难道魏子野会劝他自杀不成？”

吴诗言说：“魏子野这人思维与众不同，值得注意，东方白和老婆闹矛盾，一百个人都是劝和，只有他一个人劝离，东方白的女儿判给了老婆，一百个人认为合理，又只有他一个人劝东方白带着女儿逃跑。”

赵小月的心似乎被他说动了，沉思一阵，点个头说：“可以把你的思考告诉公检法。**”

方三儿命大，*** 被救护车拉进医院时，脑袋上只看见血，看不见五官，大家一致认为不等拉到人就会死，可是抬进医院用水一洗，五官现出来了，一样都没有大的损坏，只有那张黑脸的左半边，被车窗玻璃划了一条口子，证明翻车时人是栽向左边的。洗干净的黑脸肿得放光，使人想到一种名叫黑而亮的皮鞋油，看着又像个暴发户的钱包，左边缝了二十七针，从太阳穴直达下巴，像是钱包上的一道拉链。嘴巴却出奇的好，还能一动一动地骂人，骂那晚打麻将的那几个人，趁他上厕所撒尿的时候，偷看了他的牌，又合伙整他，那一盘输得太惨，后来打到天亮，就是为了捞回那一盘输掉的钱，不想钱没捞回，第二天车又翻了。

他的老婆半个屁股坐在床沿上，看他脖子上顶着个带拉链的大黑钱包，也没怎么掉眼泪。只是见有社里的人在场，又是挤

* 每个人的说法都照出的是自己。

** 老奸巨猾的赵小月，表面上劝阻，暗地里煽风。

*** 好人命不长，祸害遗千年。于剑死了，方三儿却能活着，天理何在？

眼，又是噘嘴，不许他乱说熬夜打牌的事，担心社里不仅不报他的医药费，反过来还要他赔车。方三儿明白了老婆的意思，就不骂打麻将的人了，转而骂那条马路，骂吴诗言这个狗日的东西，不该一大早就派他拉书，过了一会儿，又骂赵小月也是个狗日的东西，每天坐他的车，现在怎么不来看他，只派两个小科长来，而且科长都还是个副的！老婆拼了命地挤眼噘嘴，可惜都阻挡不住，话都骂出口了*。

李先来和马车听着，心里直难受，想着自己大老远的赶来，把他方三儿当爹看望，这人狗嘴里竟不吐象牙，没有得到他一句感谢的话，反倒被他骂了一通。马车眼睛盯着放在墙角的一兜子苹果，想着这是自己提来的，走时把它又提走好了，让这张臭嘴巴一个也吃不成。李先来却不动声色，笑嘻嘻地听着方三儿骂人，不时还陪他骂上一句，骂完又安慰他说："别骂了，骂着嘴倒不疼，脸疼呢，你的脸不是破了，缝了二十七针吗？你就闭着嘴巴好好养伤吧，你这伤怎么说也是为了社会主义出版事业而负的，党和国家领导人会来看望你的，总书记会来看望你的，你不是说赵小月是个狗日的东西吗？这样的东西算个什么，就不用他来看望你了，我们这两个副科长就更不用来了，我们还要回去给你联系修车呢！"

马车立刻像说群口快板一样附和说："说得对，我们还要回去给你联系修车呢！"两人就弓起身子，一一和方三儿握手，握了又和方三儿老婆握，路过那兜子苹果时，马车回头看了一眼，见方三儿的老婆正把他看着，才临时打消提走的念头。方三儿被李先来一通话说迷糊了，等两人走后，越想越觉得这话不对劲儿，气得又骂起来："你他妈的李先来，你在嘲笑你家大爷呀，你这个狗日的东西！**"

王金刚陪赵小月在锅城走了一趟回来，社委会主任没有当成，目前还是销售科的科长，心里老大不高兴的，称病休息了几

* 这两人是该骂，但不该如此骂。在这件事上，吴诗言和赵小月并没有错。作者是为了画出方三儿这个泼皮蛮不讲理的嘴脸。

** 看这伙杂种平时聚在一起吃喝玩乐，一派亲兄热弟的样子，现在都在看笑话，狗咬狗，热闹，解气！

天。刚一上班，就遇到社里发生的这些事情，又要和郑三发一道，去京郊图书批发市场，配合上面的人查禁《黄村》，心里更不高兴了，一路坐在车里，半句话也不说，郑三发透过他的精神状态，猜出他的主任黄了，心情正好和他相反，时不时地故意逗他说话，王金刚不愿让人看出自己心事，尤其对郑三发，更不能露出底细，于是就好像名人答记者问，问什么答什么，只是注意着分寸*。

两人到了那里，却不见一个上面的人，两排长长的铁皮房子，火车车厢似的连着，靠右手顶头一间的外面，很多人围着在向里观看。郑三发是第一次到这里来，问：“那里在干什么？”

王金刚内行地说：“可能是作家签名售书，二渠道经常搞点子这种活动。”

郑三发早听说过，出版社的图书销售一般靠两条渠道，国家新华书店是一渠道，民间书铺书摊是二渠道，二渠道比一渠道流得通畅，就像小老婆比大老婆更讨人喜欢，因为年轻而有活力，事情做得机灵，看来这话不假，凤凰社就从没搞过作家售书。郑三发要挤过去看，王金刚就陪着他，两人挤到那间铁皮房子外面，见门口竖着一块大木牌子，牌子上写着“著名作家牛八爷签名售书”十一个字，迎门横着一张桌子，桌子后面坐着一个穿西装的乡巴佬，乡巴佬的手边码着一摞书，郑三发突然叫了一声：“那不是上面要查禁的《黄村》吗？”

王金刚定睛一看，说：“还真是的，莫非上面又不查禁了？”

郑三发又问：“那个在书上写字的就是作者？”

王金刚其实也不认识，听说朱土改两次到凤凰社，他们都错过了见面的机会，就回答说：“不是作者能去签字？真是人不可貌相，怎么看也像个卖油条的。**”

郑三发说：“你说错了，我听说他不是卖油条的，是卖葱花豆腐脑儿的。”

* 三件事，三队人马，三样写法。先写于剑之死，是简写；再写医院看方三儿，是简中有繁；最后写查禁《黄村》，应是繁中有繁，因为前两件都是旁文，此处才是正文。

** 狗眼看人低，王金刚眼中的朱土改。

王金刚又说："哎呀你再看，像不像上次我们打牌时来向我们问编辑老师，被方三儿骂出去的那人？"

郑三发说："像。莫非那次就是来送书稿的，送的就是这本书稿？*"

两人一时忘了自己的使命，也挤过去看朱土改签字售书。朱土改的身子左右，一边坐着一个人，一个把签好名字的书交给读者，一个把读者的钱收到箱里，刚才在远处两人没有看清，走近了才觉有些面熟。王金刚又首先认出，坐在作者左右的一男一女，原来是那次到社里商量销售《黄村》的人，拿书的男人叫小郎，收钱的女人叫马翠花，他的桌上还留着他俩的名片，便走过去喊了一声郎先生，又喊了一声马总，那两个人一时记不起这两个人来，互相看了一眼，马翠花问："你们是……？"

王金刚说："我们都是凤凰社的，他是印制科的郑科长，我是销售科的王金刚，真是贵人多忘事，眼睛只认得箱子里的钱，却认不得人了。**"

马翠花便站起身来，笑脸迎道："原来是郑科长，王科长，快请进来坐坐！"

郑三发疑惑着说："不进来坐了，听说上面正在查禁这本书，社里是派我俩来协助的，你们还敢在这里卖吗？"

小郎笑道："我怎么没听说这个消息？"又转脸问马翠花，"马大姐你听没听说？"

马翠花像外国女人一样耸了一下肩膀，瞪着眼说："我也没听说啊，这消息是从哪里传来的？"

郑三发和王金刚都说不出来。小郎对马翠花说："马大姐，你打电话问问你家老爷子，让他再问问署里，看到底有没有这回事？"又转脸对两人道，"她家老爷子就是管你们的，年纪大了，刚从副署长的位子上退下来，但手下的人还都管着事情。"

两人听着这话有点儿熟悉，想起上次双方在社里会面时，也

* 呼应前文，衬出多少狗眼看人低的势利小人！

** 每个人说出的话，照见的都是自己的影子，表达的也是自己的内心。王金刚此话，竟把两方面都说中了。

是这个小郎曾说过一遍的，也不知道真假虚实，就静下来听马翠花给老爷子打电话。马翠花说：“这点儿小事用不着惊动老爷子，我直接问图书处的贾处长就是。*”

* 且看马翠花手段如何！

马翠花随手就从包里掏出手机，拨了个号，仰着脸笑吟吟地说：“贾大哥吗？我是谁？你说我是谁？听出来了？听出来了就好！那晚在我家老爷子那里没吃好吧？那是我的新妈，不会做菜，下次我来！别客气，问你件事，听说你们要查禁一本名叫《黄村》的书，是不是真的？你们最近没有禁书？你听说这本书了？正在审读？真有问题就要查禁？这本书就是我们包发的，写得挺好的嘛，读者都喜欢看，卖得挺火，查禁它干什么呀？啊？越是这样越要注意？那正式意见下来以前还能不能卖？能卖？但是最好别卖？我们自己看着办？好吧你放心吧贾大哥！”

马翠花打完手机，先对小郎说：“还真有这回事情，不过现在还没定论，贾处长说，卖书的事我们自己看着办。**”

** 这贾处长是真的假的？

小郎说：“我们自己看着办，那不就是抓紧卖吗？”

王金刚和郑三发把电话内容听了个一清二楚，见马翠花和小郎一脸坦然，两人对个眼色，就不再过问了。

朱土改埋着个头，手在书上签字，耳朵却听着他们说话，听说自己写的这本书一会儿要禁，一会儿又不禁，一会儿不知道禁还是不禁，心里既稀里糊涂，又担惊受怕。听说和马翠花说话的这两个人，是从凤凰社来的，忍不住偷看了一眼，却一个也不认识，凤凰社他只认识一个阿里巴，还有编辑部那两个不知名的年轻人。

读者一听《黄村》要禁，买的人就多了，一窝蜂地拥上去，把个朱土改签得脸上汗珠直滚，头都抬不起来。小郎快速递书，马翠花大把收钱，王金刚被挤得东倒西歪，退到了人群的外面，心想自己为社里卖书，门前是多么的冷落，简直不明白这是怎么回事，忽然他挤进人群，把小郎手里的书抢了一本，请朱土改给他也签个名字，郑三发也觉得机不可失，上前在小郎手里抢书，一手还做出付钱的样子。

马翠花摆手说："你们两人就不给了，算是我们赠送的吧。"

郑三发和王金刚手里拿到了签名本，心里却都不是个滋味，想着这书本是凤凰社出版的，按道理说，他俩一个管着印制，一个管着销售，别说一本，十本都可以随便拿，可如今还要假装抢购，最后才落了个赠送，这个世界真是不正常了。又看了一阵签名售书，两人忘了过去的宿怨，议论着以后把这法子引进到社里，书也可以多卖一些。*

这时抢购签名本的读者走了一批，新的一批还没有来，空当中的朱土改吐了口气，抬起头来，用西服袖子擦着额头上的汗，马翠花见了，递他一块纸巾，朱土改接在手里，索性低头在地上擤了一泡鼻涕，用擦过汗的纸巾把鼻孔擦了。郑三发见人少了，就凑过去，坐在一捆牛皮纸包的书上，问朱土改说："牛作家，你是怎么认识我们社阿里巴的？"

小郎笑着纠正道："他不姓牛，他姓朱，牛八爷是他的笔名。"

郑三发说："那就是朱作家，你这本书是怎么到阿里巴手里的？"

朱土改一夜成名，有一种扬眉吐气的感觉，当着众多读者的面，不好再称阿老师了，用手扶了一下系歪的领带，慢声回答道："你是说我这本书的责任编辑吗？他是我的朋友，老弟，我写了好书，是会优先考虑他的。**"

* 这两人能做如此想，颇令人意外！

** 人性之弱点，概不能免！朱土改已成了牛八爷，一夜成名，难免生虚荣之心。

27

两人回到社里，正要向赵小月汇报查禁《黄村》的事，一脚踏进社长办公室，就看见东方白和赵小月两军对垒，一人手里拿着一本《黄村》，正在进行激烈的辩论。赵小月说：“你也是凤凰社的老美编了，居然设计出这样下流的封面！”

东方白说：“你说这书的封面怎么下流了？”

赵小月说：“女人的屁股，男人的生殖器，男人和女人的性交，都画上去了，还要怎么下流？”

东方白说：“请你指给我看，哪是女人的屁股，哪是男人的生殖器，哪是男人和女人的性交？”

赵小月被逼不过，就用手在封面上找着，像在地图上查找旅游风景点，气得嘴唇直打哆嗦说：“这这这，这不是吗？”

东方白把头凑过去，顺着他手指的地方看着，不禁笑道：“你是凤凰社的社长，不懂美术，文学该要懂一点儿吧，鲁迅先生那句话是怎么说的来着？同是一部《红楼梦》，才子看见了什么，道德家看见了什么，换成这本书的封面，我们看见的都是村子，村子里的人和狗，怎么你就看见了那多别的东西？你不下流，能看出封面是下流的吗？*”

赵小月辩他不过，一拍桌道：“你说我下流，你就把我这个社长撤了，你来当吧！”

东方白却不拍桌说：“你说我下流，你也把我这个美编撤了，可是我当得了你这个社长，你却当不了我这个美编，你没听别人教育孩子说，不好好给老子读书，长大叫你去搞行政！”

赵小月嘴脸乌青道：“搞行政怎么了？”

东方白说：“搞行政的人看见公章，都觉得不是女人的阴道，

*眼之所见即是心之所想！什么人眼里即看出什么，东方白这次有底气。

就是男人的龟头。”

郑三发和王金刚看他两人针锋相对，开始还不分胜负，后来渐渐地，挨训的东方白占了上风，训人的赵小月反而招架不住了，便互相使个眼色，悄悄退到门外，两人又结成了统一战线，小声商量着告不告诉赵小月，这本书目前并没有查禁，让他别那么紧张。王金刚说：“赵小月一听这个消息，不就不再追究东方白的责任了吗？”

郑三发说：“赵小月不追究东方白，东方白可就更加得理不让人了，这样一来赵小月下不了台，就会把火气转到你的身上，当时不发，将来迟早要发出来，要告诉他，最好等东方白走了再去告诉。”

王金刚觉得在这个问题上，郑三发高他一着，事想得这样周到，话说得这样真诚，而且明知他社委会主任当不成了，并不看他笑话，还好心为他点拨，觉得通过此行，他俩之间的矛盾已经缓和，就拍了一下郑三发的肩膀，两人分头回到自己科里。*

谁知东方白一走，赵小月就气急败坏地去找阿里巴，阿里巴已坐车到机场去了，去接于剑的哥哥。于剑的哥哥听到弟弟的死讯，瞒着父母，立刻一个人坐了飞机赶来。赵小月又找到孙文夫，把一肚子被东方白堵回来的气，连本带息发在孙文夫的头上。孙文夫听他发完才说：“这件事我一回来就听说了，这本书我是认真看过了的，里面到底有什么问题，我正在回忆，一时还回忆不出来，等上面下了正式文件，我们再研究一下解决的办法。”

赵小月说：“出了问题你才和我研究，没出问题时你怎么不和我研究？”

孙文夫说：“原本我们不是有个明确分工，国内图书由我负责，出国图书由钱思奇负责，行政工作由你负责吗？**”

赵小月一听到行政两字，就想到东方白刚才说别人教育孩子，不好好读书长大去搞行政的话，突然觉得东方白的话是有来

* 从王金刚心里所想，再描出郑三发的阳奉阴违，两面三刀。

** 这下无意中又戳到了赵小月的痛处。

由的，说不定就是受了孙文夫的影响，顺着这个思路扩展开去，又想起他去参加魏子野和周泉的学术争论，魏子野说他听不懂曹雪芹和林黛玉合谋杀死雍正，他让吴诗言对于剑严格考勤，阿里巴却主张睡在床上把事情做得有声有色，这四个人被称作是凤凰社的四大名编，莫非这四大名编上下左右地联合起来，藐视他这个搞行政的社长？就冷笑着，把对东方白说过的话，换个句式又对他说："你的意思是我不懂文学，只会开会，不适合做意识形态领域的领导对吗？那么等到社长改选的时候，由你这个出坏书的名编来当社长好了！"

孙文夫见他一脸杀气，出言不善，话题远远超出这本书的范围，一时也发了火道："什么是好书，什么是坏书，是由读者来评判，而不是由你来评判的，新形势下的文学社，社长当然要懂文学，不过你把社长看得比在社里干事还要重要，而我不是这样，如果在这个社干不了我想干的事情，我是不会来当这个空头社长的。"

郑三发和王金刚紧追着赵小月的屁股，来到孙文夫的总编办公室，把从马翠花电话里听到的消息，大致告诉了赵小月，赵小月立刻如释重负，脸上的表情缓和多了，当着两个下级的面，对孙文夫变得客气起来，说："文夫，书的事没事了就好，方三儿的事也没事了，下面就是于剑的事还是个事，等会儿思奇回来，三人再研究一下，我这是事前研究，而不是事后研究。"

说完对孙文夫和解地一笑，转身走了出去。郑三发和王金刚就争先恐后地向孙文夫表功，想让他明白是他们的汇报，才替他解了围，这份人情应该欠在他们头上，以后要体现在有关方面。谁知孙文夫只和郑三发说话，却理也不理王金刚，就像这个围是郑三发一人解的，王金刚就知道了，是因为那次他不预计杂志的印数，孙文夫一气之下走了，那股气至今还憋在心里，自己也生起气来，心想不理就不理，嘴里唠叨了一句，一个人先走了。

郑三发巴不得王金刚走，剩下自己独领风骚，心里还记恨着王金刚当年抢了他的零售权，乘机向孙文夫反映情况，让孙文夫进一步认识到王金刚的臭屎无用，*说："《黄村》是一本多好的书，连我这个不懂文学的人看了，都感动得直流眼泪，东方白的封面也画得好看，听说这本书的作者还是个卖葱花豆腐脑儿的，是孙总一手培养出来，现在一下子成为著名作家了，真不简单，书市上多少人抢购啊，那两个销售人一会儿赚了那多的钱，如果社里的销售科有那个本事，王金刚有那个本事，那多的钱不都是社里赚了吗？"

孙文夫听了，一会儿欢喜，一会儿后悔，一会儿悲哀，摇着头叹息不已，嘴里直说："真是的！真是的！"

接下来，关于《黄村》的各种消息，通过各种渠道，不断地传到凤凰社，其中最为传奇的一条，是说这本书一级一级地送审，送到最高一级，首长没时间看，把这事委托给他的秘书处，秘书处有个秘书，正好是那个牛八爷的老乡，看完书说："这本书写得很真实嘛！"

赵小月虚惊一场，一颗心又回到肚里了，及时召开全社大会，充满激情地进行演说，要阿里巴抓住这个作者，把他的下一本书也要来，甚至连作者都一起要来，社里出工资把他养着，以后就住在社里写，写了社里出，不再包给别人销售了，让郑三发负责总印，印它个一百万册，让王金刚负责总销，把书铺满长城内外，大江南北，三山五岳，五湖四海，旮旮旯旯到处都是。大家就在下面开起了小会，王金刚小声嘀咕着说："要铺你去铺，我可没有那个本事。"

郑三发这次紧挨孙文夫坐着，也小声说："我说的对不？他自己也承认没那个本事。"过会儿又说，"书写得好，把书要来出版就是，把写书的牛八爷也要来，是写书还是卖葱花豆腐脑儿呀？"

孙文夫忍着不笑，东方白对赵小月的余气未消，接过话来挖

*呼应前文，若是王金刚有知，该作何想！

苦道："谁说社长不懂文学，昨晚他一生气，回去读了一箩筐书，今天一张嘴，就能说出那多词儿来。"

孙文夫还是忍着不笑，阿里巴又补一句说："词儿都是好词儿，念着抑扬顿挫，怪押韵的，不过又是山上，又是水里，把书铺在山上谁个爬上去看？铺到水里还不打湿了哇？"

孙文夫这次实在忍不住了，赶快起身，提前退出会场。郑三发见他一走，屁股一挪坐在了他的位子上，又对阿里巴说："今天我去图书市场，你猜我看见什么了？"

阿里巴警觉道："难道是捉住盗版者了？"

郑三发说："盗版者倒没捉到，却认识了著名作家牛八爷，在一个铁皮房子里签名售书，他说你是他的朋友，他的老弟。"

阿里巴一愣，接着笑道："他真的对你这么说的？前两次他还叫我老师，这一次就叫我老弟，下一次再见面时，说不定就要叫我老侄了，这样的人我再不敢出他的书，更不敢把人也要来，我害怕当他的老孙子。*"

* 是非之人，总有是非之事！这朱土改图一时的虚荣和嘴上爽快，也是活该！

于剑的哥哥名叫于戟，是一个老实巴交的乡下老师，曾经教过于剑的小学，他相信太阳从西边出来，也不相信于剑会自杀，一下飞机就直奔凤凰社，要找社长追究死因。赵小月过去对于剑印象很坏，由此影响到对于戟的热情，草草安慰了几句，就推说要去国际关系学院，会见一位日本学者，让吴诗言全权处理于剑的丧事。吴诗言安排于戟在宾馆住下，白天见见于剑生前的女友，晚上看看于剑留下的诗，于戟泪如泉涌，泣不成声，于剑过去是他的学生，现在他却看不懂于剑的诗了。

魏子野帮他一首一首地解析着，于戟见魏子野在念诗的时候，竟和自己一样泪流满面，以为他知道于剑的冤情，就突然跪在他的面前，请他把杀死于剑的仇人告诉自己，魏子野痛苦地摇头，告诉这位可怜的哥哥说："谁也没有杀死他，杀死他的是他的思想，你看他最后的这一首诗是这样写的，我将从年轻的高台跳下，让地上的尸体更加年轻，最近两年，已经有三个年轻的诗人自杀了，一个卧轨，一个割腕，第三个像屈原一样溺水，才二十五岁，于剑的诗中有个‘更’字，说明他的心情是很迫切的，他要在小于二十五岁的时候做这件事情，这样说来他是有预谋的。”

于戟失声号啕说：“是的，今年是他的本命年，他才活了二十四岁啊！”于戟得知魏子野和自己是同年生人，是个作家，就把魏子野视为弟弟的知己，自己的庚哥，要求他为于剑写篇祭文，魏子野含着泪说：“我会写的，但这篇祭文不能在明天的告别会上念，原因你是应该知道的。”

于戟重重地点头说：“我知道。”

第二天，于剑的遗体告别会上，他的大学同学和诗友还来了不少，社里的人却寥寥无几*，三个头儿只来了孙文夫一人，阿里巴负责的国内杂志编辑部，人都来了，外语杂志编辑部里，周泉是唯一代表。因为要写几个字挂在告别室里，吴诗言特地还派来了字写得好的李先来，除此之外谁都想不到的是，还自愿来了三个外国人，一个是英国专家斯蒂芬，一个是美国翻译玛丽娅，斯蒂芬读过于剑的诗和文章，两人也在专家公寓交谈过几次，对于剑的看法和赵小月南辕北辙，认为他是一个天才的诗人，可以与雪莱和拜伦相比**。

斯蒂芬表现得很激动，拉着于戟的手，用中英夹杂的话生硬地安慰着。玛丽娅的妈妈是虔诚的天主教徒，她模仿着妈妈的样子，在胸前划着十字，嘴里用陕西话喃喃地说道：“上帝是不主张自杀的，他为什么要跑到山上，扑通一下跳下来？他不高兴这里，他怎么不跳槽？***他真是一个英俊的中国神经病。”

还有一个外国人是杨梅的男朋友，德国的文化商人小罗伯特，小罗伯特冷静地看着逝者，挽着杨梅的胳膊向他慢慢走近，告完别后，小声地对杨梅说：“这就是你的同事给你安排的男朋友

* 人情淡薄如此，为于剑一哭！

** 有多少这样的天才诗人，被这样可恶的官僚和世俗的污浊杀了。

*** 毕竟是老外，虽然生活在中国，但还是隔海相望，哪里懂得中国！

吗？幸亏你有眼无珠，看中了我，不然用你们中国人的话说，你就是一个没关门的寡妇了。”

杨梅哭笑不得道：“看来你的中国话进步得很快，一句里面只错了两处，你要想我夸你，就不能说我有眼无珠，而要说我慧眼识珠；结婚前男朋友死了，叫没过门的寡妇，而不叫没关门的寡妇，如果不关门，那夜晚不是很多人都进来了吗？”

小罗伯特赶快记下来说：“Yes，没过门的寡妇，慧眼识珠。你是慧眼，我是珠。”

杨梅说：“你是猪，我们社里的费大翻译说了，你是一头德国大蠢猪。*”

小罗伯特摇头道：“No，这个人一定爱上你了，是不是那次送你玫瑰花你不收，那个名叫费好汉的？”

杨梅咯儿地笑出声道：“哪是什么费好汉，而是费英雄！”

小罗伯特也嘎嘎地笑道：“不到长城非好汉，好汉不就是英雄吗？”

火葬场的进出口两侧，是长长的两排小店铺，铺子里摆满了雕刻精致的骨灰盒，陪葬的玉器、石器和陶瓷器皿，没有写字的花圈，一束一束的鲜花，各种各样的时令果品。铺子外面的空场上，还有一些卖冥币的女人，一边走动一边叫卖，那些钱的样子和市场流通的人民币相似，只不过上面印的是一个戴着皇冠的阎王爷，因为人到阴间，这样的钱才能买到饭吃。杨梅陪着三个外国人走到那里，忽听玛丽娅一声大叫，她发现一个女人卖的冥币中，有一沓子是她们的美元，只是数额大得惊天动地，上面从一百亿元印到五仟亿元。杨梅掏出一张真钱，递给卖冥币的女人说：“我买一张最大额的。”

卖冥币的女人就把五仟亿的递给了她，不是一张，而是一沓。小罗伯特望着她说：“这也是中国的文化，是送给我的吗？”

杨梅庄严地摇着头道：“不，你还活着，我这是送给死去的诗

* 百忙之中，还补此一笔，作者细针密线。

人于剑的。他活着的时候想出一本诗集，可是一直没有钱出，我要他到了那里，自费出版一本最豪华的诗集。*”

三个外国人参观小店铺时，在火葬场进出口的另一侧，一位长发青年神情悲壮，怀里抱着一摞电脑打印的传单，见人就散发一张。阿里巴正好迎面走来，长发青年上前一步，把一张传单送到他的手里，一双眼里含着希求。阿里巴接过传单一看，居然是于剑的诗友们为他募捐，说要出版他的诗集。魏子野刚好也走了过来，正第一个向另一个募捐人交钱，分明是在做着表率作用，身后果然就来了一些响应的人，阿里巴便也倾其兜中所有，将票子全都交给了长发青年，然后在小本儿上登一个记。

长发青年看见小本儿上的名字，叫了一声“哎呀”，扑过来握住他们的手说：“原来是野老师，是阿老师，于剑生前常对我说起你们，他说你们是凤凰社最理解他的人。我是他的中原老乡，在女子保镖学校当文化教官，他的女朋友还是我介绍的，唉，于剑在九泉之下会怪我的呀！”

魏子野拍拍他的肩说：“他在九泉之下，知道你在募捐出版他的诗集，会感谢你这个天下第一知音的**。诗集出版以后，别忘了送我一本啊。”

教官说：“一定，一定。”

阿里巴问：“怎么不见他的女朋友？”

教官又“唉”了两声，后面就不说话了。于戟见魏子野带头为于剑的诗集捐钱，又一次泪流满面，和他紧紧地握手拥抱，临别之时，于戟忽然激愤起来，对着于剑的遗像号啕大哭道：“不！于剑一定是被人害死的，社里隐瞒了事件的真相，我要起诉姓赵的社长！”

李先来写完字后，也不进去和于剑告别，一个人在火葬场外蹲着，这时见大家告别完了出来，就起身跟了过去，恰好听到有人要起诉姓赵的社长，认不得说这话的是于剑的哥哥，以为是他

* 可怜可叹，也为后文诗友募捐做铺垫。

** 女保镖不懂于剑，男教官倒懂得于剑。文学的诗集竟是武学的教官募捐出版！

的同学朋友，在旁边插一嘴道："如今的年轻人活得不耐烦了，自己找死，还想怪谁？*"

于戟正悲愤着，一听这话，扑过来一手揪住他的衣领，另一手捏成一只拳头，呼地朝他打来，李先来眼尖手快，双手先把脑袋护住，嘴里还硬着说："你是谁？你敢打谁？"

魏子野用身子隔住两人，厉声喝住李先来道："他是于剑的哥哥，还不向他赔礼道歉！"

李先来这才知道得罪的是死者的亲人，吓得赶快说："是我一张臭嘴，我不该乱说！"

于戟还不罢休，举着拳头又扑过来，李先来退到魏子野的身子后面，双手在空中胡乱遮挡，魏子野说："既然是一张臭嘴，那就自己扇一下吧。"

李先来知道魏子野是救他的，用手在脸前试了两试，真的在嘴上扇了一下，魏子野这才拦住于戟，推他进到车里去了。

处理完几件意外发生的事故，凤凰社又花了一大笔钱，屋漏更遭连阴雨，社里财务账上本来就是赤字，哪里还有钱付，正好孙文夫从枪岛上带回了一张支票，转眼就从里面消去五分之一，孙文夫不懂财务，被吴诗言活活蒙在鼓里。吴诗言害怕给他花光，向合同医院住院部诉苦，医院好不容易同意方三儿带上物药，回家疗养，可是吴诗言只一开口，方三儿老婆都同意了，方三儿却誓死不肯，睡在床上大喊大叫道："谁再他妈的废话，出院我就把谁给吧唧宰了！**"

吴诗言相信这个黑脸说到做到，自己的命再不值钱，毕竟比方三儿要贵几毛，为了全社人民的利益而死，虽然重于泰山，但他情愿轻于鸿毛地活着，就不敢再说，眼睁睁地看着方三儿睡在医院，一天几百地花下去。*** 阿里巴记着为从印厂取来杂志的试刊号，还欠着兄弟姐妹们凑的钱，就找出印厂的发票，到财务科去把钱讨回来，正在数钱的张洁却回答他说："吴处长已嘱咐我们

* 这李先来可杀。

** 泼皮无赖嘴脸如画，这样处处为难孙文夫的人，现在竟要孙文夫找来的钱去医治，真是讽刺！

*** 作者没让方三儿死，是要这个无赖继续耗尽这只将死凤凰的血肉。

黄科长了，这笔钱一分也不能动，从明年杂志的第一期到最后一期，全部费用都已预算好了。”

阿里巴气得一时话都说不清了，歇了一会儿，才一字一句地阐述道：“这笔小钱是我们为社里垫上的，这笔大钱是我们为社里讨来的，从我们为社里讨来的大钱中，退还我们为社里垫上的小钱，为什么不能动呢？”

吴诗言只说是不能动，没说是为什么不能动，张洁回答不上来了，黄莲花板着一张死脸替她说道：“到底是四大名编里的人，说出话来就像写的文章一样，不过文章是文章，钱是钱，总不能把你们打着社里旗号讨来的钱，都变成你们自己兜里的钱吧？”

阿里巴见这两个女人横不讲理，满嘴胡说，气得哇哇乱叫，无计可施，* 心想这钱都是听了孙文夫的动员，他又动员大家解囊相助的。孙文夫是社里的副总编，杂志的主编，怎么说也是三个头儿中的一个，三足鼎立中的一只脚，魏蜀吴中的刘皇叔啊，何不变个法子，去向孙文夫要钱，让孙文夫来收拾这几个无耻的小女人。于是又拿了发票，“哐”的一声撞门而出，听得黄莲花的嗓门儿在屋里尖嚷道：“你要是把门给撞坏了，将来还得从你这小钱里扣！”

阿里巴气得转身回来，又“哐”的一声把门撞开，看着里面的两个女人吓得直拍胸口，一脸怪笑地说：“没有撞坏，你们看，这不又打开了吗？”

* 世事颠倒如此，几位挽救出版社于危难之际的知识分子，竟被一撮宵小之辈玩弄于股掌之间而无处说理，作者若无亲历，如何能写出此等不平之事！

28

牛八爷写的《黄村》几经反复，一个月后终于还是被禁了，上面也没有列出它的什么罪状，只说是格调不高，不许再卖。凤凰社的人盼穿秋水，盼它赢利，年终好发一笔可观的奖金，因为已经很久没发这个玩意儿了，全社人民心里都是这么想的，一社之长赵小月在会上也是这么说的。现在眼看奖金就要到手，形势却又突然恶化，就像一只命中注定在海上大起大落的赛艇，观者尝够了喜悦，也受够了惊吓，赛艇跳起来了又沉下去，沉下去了又跳起来，跳起来了再沉下去，按照已成惯性的思维，这次沉下去后，都以为还会跳起来的，谁知它再也跳不起来了，不是自己跳不起来，而是裁判把它罚下场了。金牌丢了，还受通报，社里的人觉得背了冤枉，实在可惜，始而难过，继而牢骚，后来就开始了无穷无尽地抱怨和谴责，一部分恨着上面不认识的人，一部分恨着身边认识的人，后者自然就是本书的责任编辑阿里巴。于是在走廊、厕所、饭厅等公共场所，再和阿里巴迎面相逢的时候，脸上的笑就多少有些变形，嘴里名编名编地叫着，声音长悠悠地落在那个“名”字上面。赵小月又及时地召开大会，批评阿里巴道：“刚才在走廊上，我听有人叫你名编，你是个什么名编？名可名，非常名，编出一本这么坏的书来，你这个名编名得与众不同嘛！*”

说这话时，赵小月的眼睛骨碌转着，到处寻找东方白和魏子野，甚至还想找孙文夫，因为他们是四大名编，在这本书的问题上，他们审的审读书稿，设的设计封面，四人都有脱离不了的关系。阿里巴觉得是他株连了九族，通红着脸，跳出来和赵小月辩论道：“上次在这个地方开会，为这本书，你把我表扬得我直想上

* 此时这样说，特地与之前书好卖的时候讲的话作对照。

厕所，这次开会同样在这个地方，也为这本书，你却用老子的语录来挖苦我，向大家证明你不是外行，还读过《道德经》。其实一本书不管别人是什么看法，你应该有个自己的看法，如你认为它好，别人说坏你也得说好，如你认为它坏，别人说好你也得说坏。老子除了说‘名可名，非常名’外，还说过一句‘天下皆知美之为美，斯恶矣’，你懂得是什么意思吗？”

赵小月也通红了脸，继续挖苦他道：“我哪里懂得是什么意思？还得请名编赐教才行。”

阿里巴被逼到这般境地，索性不顾一切，竟然不客气地赐给他教道：“针对这本有争议的书，这句话的意思是说，别人都说它好时，它已经有了坏了。可是你当时怎么就一点儿也看不出来呢？”

赵小月强辩说：“这句话请你不要问我，出版前我是没有看过这本书的，要问你先问你们复审的魏子野，再问你们终审的孙文夫。”

阿里巴听他一口一个“你们”，分明是要把他们打成一个集团，便冷笑说：“可是出版后你看过这本书的，按规定社长应该存一本样书，别人说好，你却免费要了三十本，折合销售价算是四百七十五元，你一分没给，拿去广为散发，如果当时看出它是坏书，你完全可以做出批示，何必那样欢欣鼓舞呢？”

赵小月辩不过阿里巴，又转问东方白道：“你也是名编，有名的老美编，你认为你的封面设计得怎么样？”

东方白说：“这个问题我已经对吴诗言谈过了，上流人自会看出上流的韵味，下流人除外。”

赵小月逼问他道：“你是说，谁禁发这本书谁就是下流人？”

东方白说：“还有什么比狐假虎威更下流呢？”*

赵小月敲着桌子叫道：“听听都成什么名堂了！大家都来发发言吧！”

边敲边叫，边把眼光落在坐在对面的郑三发身上。郑三发背后对孙文夫说王金刚的坏话，其实他心里比王金刚更恨孙文夫，

* 东方白这一句回复得有水平，可以跟设计封面的水平并驾齐驱啦！

原因是在创办《凤凰文选》的时候，他自告奋勇地安排印厂，孙文夫的管理和赵小月不一样，先要他报出每本杂志的印价，郑三发回去给印厂打了半天电话，过来报了一个每本七块八，孙文夫不急着拍板，又叫李先来联系一家印厂，也问一个印价，李先来脸上做出诚惶诚恐的样子，死也不肯联系，孙文夫觉出其中跷蹊，笑着给他吃个定心丸说，我不会告诉郑三发的。李先来便伏在孙文夫的耳边，说他认识一家印厂，每本只要六块六。孙文夫从抽屉里摸出一个计算器，按了一阵，得出郑三发比李先来要贵几千块钱，基本上定下要用李先来的印厂了，恰好李先来刚走，包销杂志的老胡就介绍了那家京郊印厂，对方一报价，只要四块二，比两人都要便宜很多，后来就由老胡定了这家印厂。

郑三发和李先来都在暗中等着，自己联系的印厂来谈回扣，等来等去，等到杂志印出来了，两人才发现受了孙文夫的戏弄。李先来心里虽有不满，但同时也有得意，因为过去出书一直是郑三发安排印厂，多年来吃的回扣不计其数，而他一分也捞不着，这次他总算把郑三发给卖了，郑三发的回扣生涯，也就可以到此结束。郑三发不知道自己的副手从中插过一脚，就当着李先来的面，露出对孙文夫的深仇大恨，说是不让他安排印厂，总有一天会印出问题。郑三发日夜盼望的事情终于发生了，问题果然出来了，虽说和印厂没有半点关系，但他恨不得全往印厂身上扯，往不让他安排印厂的孙文夫身上扯，坐在那里把脑袋夹在两腿之间，一副痛心疾首的样子，这时昂起头来，泪水汪汪地望着赵小月问："能允许我问一句话吗？"

赵小月说："怎么不允许你问？"

郑三发就开口问道："在这本书的问题上，小阿有没有责任？有责任，东方有没有责任？也有责任，但是谁个更有责任呢？有关领导更有责任。谁个终审通过的书稿？谁个同意的别人拿去印制？谁个同意的别人拿去包销？我问完了。"

郑三发把一系列的问题问完了，话语戛然而止，等于将一颗冒烟的炸弹，扑地丢到孙文夫的面前，自己却连看也不看那里一眼，又把脑袋缩回两腿之间，静悄悄地听着爆炸的声音。可是他又没想到，阿里巴根本就不领他的情，捡起炸弹就扔到外面去了，或者说用自己的身子扑在了炸弹上面。阿里巴说："你说错了，这本书销得多，盈了利，是我的功劳，出了事，惹了祸，是我的过失，是非功过，我都不愿与人分享，无论谁也分享不了。*"

说完也像郑三发一样戛然而止。周泉做人的艺术，是在背后攻击对自己不利的人，毫不留情，而在公开的场合，却对不利自己的人也打圆场，对有利自己的人更要打圆场了，他总是在身边一切人的纷争之中，化不利为有利，让有利更有利。** 此时周泉就规劝大家说："大敌当前，我们不要打内战了，上面只是禁了我们的书，不是还没处分我们的人吗？"

周泉原计划用一句话，落得孙、魏、阿和东方四人的感激，却万万也没想到，世上的事情总是有得有失，得了四个，失了一个，话音刚落，郑三发的脑袋从两腿之间一下子昂了起来，这次他冲着周泉，不阴不阳地问："能允许我再问一句话吗？"这次不等回答就问道，"你说大敌当前，要我们不打内战，意思是要共同对敌，可是我们还不知道谁是大敌呢，中宣部？国务院？还是中共中央？"

周泉吓了一跳，虚汗都冒了出来，再也不敢打圆场了，转眼直朝赵小月看。赵小月本来的用意，是把这会开成他的批判会，阿里巴等人的检讨会，其他编辑心中的杀鸡吓猴会，但是这会一开起来，他就掌握不住斗争的大方向了，会议变成一场混战，最后发表总结性演说的不是他，而是过去从不开口的魏子野。

魏子野侃侃而谈道："文学不是数学，用同样的结果来检验对错，文学也不是体育，用同样的标准来衡量高低。文学本应该与

* 阿里巴这样说，其实只想把事揽在自己身上，不想牵扯东方白、孙文夫和魏子野。

** 周泉，万事要周全！

数学和体育一样，有一个知道对错的阅卷教师，有一个识别高低的裁判先生，但是非常可惜，目前的社会一方面没有可以服众的这两种角色，一方面很多人都想来担任这两种角色，因此什么东西都没有标准答案，也没有记分原则，百姓有百姓的看法，官员有官员的说辞，专家有专家的评论，闲人有闲人的非议，一本书如果是写给百姓，百姓自然有发言权的，但是这个权利，往往给了官员，而且就像百姓和百姓的口味不同，官员和官员的眼光也不一样。我听说了，他们的署找到我们的部，想把部属的出版社都一刀切了，又收编过去，连部一道统一看管。我们的部却不同意，说部和署是兄弟关系，一个辈分，如果归过去了，岂不成了叔侄关系，无形中矮了一辈，级别也低了一等，部长成了局长，局长成了处长，处长成了科长，科长成了科员，等于全都受了降级处分，就是天堂也不去了。署里一听生了气，就在我们出版的书上来做文章，同样的一本书，在署属的出版社出了风平浪静，在部属的出版社出了就电闪雷鸣。以《黄村》为例，这类书在别的社出得多了，安然无恙，就是引起一点儿争议，至多是不拿它去评奖，而凤凰社一出，就恨不得连人都抓起来，送进牢里关上三天，然后拉出去吧唧枪毙才好。*”

赵小月知道这人开会从不轻易开口，一开口就滔滔不绝，不知道还要说到什么时候，居然不客气地挥手制止道：“别在这里写小说了，我们这是在研究问题！”

魏子野说：“请你不要打断我的话，我这不是小说，而是定罪心理学，恰恰是用来研究这个问题的。刚才我分析的那种事故，其实是另一种原因造成，如果部里不求辈分，不争级别，只是为了本身的出版事业，索性就不争什么兄弟，休说侄儿，就是孙子当又何妨，让凤凰社以及其他的乌鸦麻雀社，统统都招安过去，即便《黄村》格调再下降十拍，我想也不会下什么禁令。出版社的高低大小，可能只有社长在乎，读者是不怎么在乎的，所

*《黄村》出版，源于内斗，《黄村》被禁，也源于内斗，只是级别更高一点的内斗。此为作者行文的大架构处。

谓的小社，出的书多书大，它就是大社，所谓的大社，出的书少书小，它就是小社，社员连饭也没吃的，它还会被人认为是个空社，甚至假社，有可能由有到无*。这场悲剧的真正原因，就出在文学的裁判不是文学，小说的裁判也不是小说，任凭九佬十八匠的外行，一看卖书的牵强附会，胡说八道，就草木皆兵，乱打一通，作者和编者不能心悦诚服。不信我们可以做个试验，《黄村》的作者不是在写下一本小说吗？阿里巴你去告诉牛八爷，下一本小说的名字叫作《黑村》，格调和这一本保持一致，写出来了我们不出，而让一家别的社来出版，保证就不会禁了。”

魏子野无党无派，无官无权，他是一个野人，社里开会几乎从不发言，偶尔发出言来，与众不同，格外好听，有一定的思想性和艺术性。大家开会开得枯燥的时候，都希望听他发几句言，这次他终于发了，而且不是几句，而是有条有理，有情有趣的好几十句。大家听得嘻嘻哈哈，叽叽咕咕，胸怀顿时宽广起来，心情也都轻松起来，对阿里巴的怨恨大大消减。郑三发却又挑起来说：“我们刚还看着天要黑了，听你这么一说，原来天还没黑，是人看走了眼，觉得天要黑了，那我们就放心大胆地回去睡觉，有人找上门来，就让他去找那个卖书的小郎，还有那个老爷子当过署长的马大姐。”

王金刚接口说：“上次在图书批发市场，我就怀疑那个马大姐的署长老爷子是个假的，**还故意当着我们的面，给他手下人打个什么手机，操她妈的，像个戏子，要是真有个管事的老爷子，别说书没问题，就是书有问题，电话一打也没问题。”

马车却说：“我看马大姐倒不像你说的那样坏，坏的是那个名叫北方的狼的小郎，真是引狼入室，幸亏是条小狼，要是老狼，我们可就更惨了！”

李先来说：“你们都姓马，你就说那个马大姐好，我看那个马大姐不仅像个戏子，而且还像个婊子，旗袍衩子开到大腿丫子去

* 伏下后文中纸厦倾覆，凤凰将死。

** 这出戏是要王金刚戳穿才合理。

了，腿子一跷，白花花的大肥屁股都露了出来！”

马车说：“我们是说卖书，你说人家白花花的大肥屁股干什么？”

大家听两人放开大树，而在枝节问题上争吵起来，觉得滑稽，笑个不止，郑三发把话又转回去说：“刚才魏子野说了，要把牛八爷的下一本书取名《黑村》，我劝你还是别这么取了，这本书被你取名《黄村》，差点儿被打成黄书，下本再取名《黑村》，万一被打成黑书，只怕还要追究谁是印黑书的人。”

王金刚也早想说话，这时乘机道：“还要追究卖黑书的，那时我们可都变成黑人了。”

众人都笑，魏子野也笑道：“谁都知道你们二位是社里的红人，种类不同，怎么会变成黑人呢？这本书正是因为你们一个管印制的科印价太高，一个管销售的科不愿销售，社里才请了一个不相干的外面人来，帮你们印，帮你们销，人家没拿你们的工资，干活儿自然想赚些钱，你们又不去管，因此才发生了这件事情。要说追究，应该追究的你们科头儿，当然还有管你们科的社头儿。不妨都想一想，如果本社体制健全，大家各司其职，怎么会编书的人去找人卖书，卖书的人去找厂印书，半个世纪没问题的凤凰社，现在突然出现问题了呢？”

王金刚和郑三发联合起来，也不够魏子野轻轻一击，一时便哑口无言。赵小月虽然忌讳着魏子野，却又觉得他说得不是没理，只是对他关于什么大社小社，空社假社的一番高论，听着不大舒服。本来心里已经怀疑，这话是有所指的，后又听他主张不仅要追究两个科长，而且还要追究管科的社头儿，就更认准他是冲自己来的了。但又不好发作，担心激起他更多的言论，就红着脸宣布道：“关于这件事情，但愿到此为止，上面不再追究，我也不再追究，上面如再追究，我也只好往下追究，散会。”

29

阿里巴心情坏到极点，散会以后饭也没吃，一个人坐在沙发上面，痴痴呆呆地看墙。恰在这时，电话又响了，声音还格外的紧急，一接是袁飞北打来的长途，先是寒暄了一阵，然后就转入正题，问他那部修改后的小说收到没有，* 阿里巴努力克制着自己说："收是早收到了，只是没时间再看，上次随信寄给你的稿签，上面主张改后出版，那只是我的初审意见，复审和终审都没同意，这才退还给你，可能是他们写得太客气了，你误会了。"

袁飞北说："我没误会，我仔仔细细地研究了稿签，发现他们是喜欢我这部稿子的，只是从市场销售角度，担心像我这样阳春白雪的东西，如果曲高和寡，会对你们社造成经济损失。因此我又想了一个办法，找一个人印制发行我这本书，不要你们投资，反而交你们一笔钱，这样你们既消除了后顾之忧，又增加了经济效益，听说国内很多出版社，目前都是这么做的。"

阿里巴一听就明白了说："你说的是买卖书号，署里不允许的。"

袁飞北说："这是合作出版，哪里是买卖书号，有几家出版社主动找我，希望我以这种方式在他们那里出版。**"

阿里巴想，老把戏又来了，只不过换了一种方式，就赶快动员道："那你就在他们那里出吧，换个地方，换个编辑，说不定情况就不同了。"

袁飞北叹口气说："我不是舍不得你这个老朋友，舍不得你们这个凤凰社吗？昨天柏诸子从新马泰回来，还说在那几国讲学时讲到凤凰社，讲到你呢，又责备我的书稿为什么不寄给你。想起那年在南长城相见，我们是三人行，柏诸子的小说你已译了四

* 紧处加楔，此时再出袁飞北，作者步步紧跟，读者亦一气不歇。

** 还来这一套说辞，故技重演，是袁飞北作为。

本，鲁一叟的作品你也选过一篇，就剩下我一个人了，这本书你不投资出，我自己找人投资在你这里出，目的只想在后记里面，留下一段对你的文字纪念，以后和柏、鲁两人谈起你来，也有一个共同的感谢。*”

阿里巴听他说到南长城，说到柏诸子和鲁一叟，当年的旧情涌了上来，口气不由得就有点儿改变说：“那我再和头儿商量一下，回头在电话里告诉你，代我问他们两个好啊！”

袁飞北说：“好的，好的，你集中精力看稿，不用你给我打电话，我每天给你打一个电话好了。”

阿里巴一放下电话，立刻就后悔了，觉得自己防着防着，又进了这只老狐狸的圈套，明知他是老把戏，还改变原本的主意，居然又同意他每天打一个电话来，而他不达目的，电话是不会停的，直责怪自己像那首香港流行歌里唱的，我总是心太软，心太软。

阿里巴答应再和头儿商量一下，当时是出于应付，只想早放电话，这下认真想起这事，却感到不好和头儿商量，赵小月因为这一本书，已经恨死他了。钱思奇分管外语书刊，从来不越雷池一步，可商量的只有一个孙文夫，而孙文夫刚刚受了他的株连，他实在不好意思又去找上门去。可是不去又不行的，千里之外翘首期盼的袁飞北，已把他的这句话记在心里，今晚就会打电话来，如果不去商量，怎么回答人家？**阿里巴犹豫过来，犹豫过去，最后还是决定去找，因为即便不是为了袁飞北的这一本书，他也得去向孙文夫表示问候。孙文夫为他受伤，他无灵丹妙药可送，但可以送点儿安慰，送点儿歉意。

副总编办公室里，钱思奇和孙文夫脸色阴沉，对面而坐，一摞英文稿件，一摞国内杂志，好像两座人造的山，两山之间空出一个豁口，平时二人可以互望，此时却都低头无语。阿里巴从这景象，已明确看出钱思奇对孙文夫的态度，心里的不安又加一

* 先示之以利，再动之以情，老奸巨猾。

** 阿里巴还是心慈面软，这也是袁飞北一而再再而三找他的原因，这个老狐狸总是能找到人的弱点，或者说他用这套方法应对每个出版社的编辑，总有中其圈套的。

等，但是当着钱思奇的面，把不安藏在心里，脸上却故作轻松地笑着。孙文夫明知道他的来意，故意不看他说：“你来看望我了？”

阿里巴嘻嘻笑道：“小的知罪。”

孙文夫说：“知罪你还这样嬉皮笑脸？”*

阿里巴看钱思奇一眼说：“知罪的是心而不是脸，脸皮必须厚着，才能来请罪啊。”

孙文夫这才抬起头道：“这件事不再说了，回头你把那匹北方的狼唤来，还有那个什么前署长的女儿，我要狠狠地训他们一顿，为什么胡乱宣传，自己给自己脸上抹屎！”

钱思奇突然站起身来，一拍案道：“你们说的都还不对，有人是给我们脸上抹屎，给他自己身上揣钱！”

说罢怒气冲冲走了出去。阿里巴愣了一下说：“我们也在生他们的气，他怎么又把气生在了我们的身上？”

孙文夫说：“他是认定我俩中有一个人，受了那匹北方的狼的贿赂，方才允许他们做出那样的宣传！”

阿里巴说：“我明白了，一定是郑三发和王金刚在从中捣鬼，他们一个没拿到印书的回扣，一个没挣到卖书的补贴，就怀恨在心，陷害忠良。**”

孙文夫说：“我也这样想着，可是钱思奇也恨死了王金刚，要说只能是郑三发。不过这事过去之后，总能水落石出，你也用不着费心多想，以后好好编书编刊，不要再出问题就是。你来找我，是不是还有别的事情？”

阿里巴说：“有，上次有个名叫袁飞北的，给我们寄过一部书稿，被我们退了回去，你还记不记得？”

孙文夫说：“记得，那部书稿写得平庸，出了也没人买，我们只会白赔本的。”

阿里巴说：“他改了一遍，又寄来了，这次要求自己出钱，不

* 孙文夫到底涵养深厚，特再与赵小月一照。

** 忠良总是容易被陷害，是因为有人总是偏听偏信小人谗言。

要我们赔本，免了稿费，同时再交我们一点管理费。”

孙文夫说：“一个稿费都挣不到的作家，哪里有那么多的钱？”

阿里巴说：“他也是求人投资，卖了书收回成本，近些年很多作家也都是这么做的。”

孙文夫想了想说：“平庸的书倒是不会惹麻烦的，这事可以考虑。*”

* 可叹可叹，出版业沦落至此，究其根源，实在不是孙文夫们能挽救的！

阿里巴的心里替袁飞北一喜，又替他感谢着孙文夫，没想到一本书失利之后，下一本书还会这样顺利。这样想着拉门出去，低头往编辑部走，正好撞在一个人的胸脯子上，那胸脯子软绵绵的，肉乎乎的，把阿里巴吓了一跳，抬头一看是玛丽娅，心想难怪这样丰满，原来是个美国小姐。还没等他说对不起，玛丽娅就笑嘻嘻地用陕西话说：“没关系，没关系。”

玛丽娅一边说一边往前走着，忽然想起什么，又返身回来追上阿里巴，一时忘了他的全名，就说：“巴，请你卖给我一件东西。”

阿里巴说：“你又忘记我叫阿里巴了，叫我巴，别人听见，不知道是用中国话叫你父亲呢，还是叫你情人的昵称？”

玛丽娅笑嘻嘻说：“父亲不像，情人有一点儿像。”

阿里巴问：“什么东西你们美国没有，还请我卖给你，我又不是超市，哪有什么好东西卖？”

玛丽娅说：“禁书，《黄村》。”

阿里巴目瞪口呆道：“你又没有开会，你怎么知道这本书？”

玛丽娅耸耸肩说：“我是听斯蒂芬说的，斯蒂芬是在因特网上发现的，是他指使我来向你买的。”

阿里巴说：“禁书是不能卖的，何况就算不是禁书，也应该由销售科卖。”

玛丽娅说：“然而销售科的那个什么金刚说，这本书由一匹什么狼卖，那匹狼是你的朋友，刚才你不说你是我的情人吗？你就卖给你的情人两本吧。”

阿里巴说：“我先问你，你为什么一定要看禁书？”

玛丽娅说：“禁书好看，禁书里面都有男人和女人做爱的故事，斯蒂芬他们英国的劳伦斯写的禁书，蔑克里斯和康妮做爱，纳波科夫移居我们美国写的禁书，亨伯特和洛丽塔做爱，我都喜欢看，我就是没有看过你们中国人写的禁书，不知道你们中国的男人和女人怎样做爱。[*]”

阿里巴笑道：“这本书里可没有男人和女人做爱，不让卖是因为被你们这样的人理解错了，如果你和斯蒂芬不怕失望，我就送你们一人一本吧。”

玛丽娅高兴得双手合十，要在他的额头上亲吻一下，阿里巴毫无吻的准备，慌得两只眼睛前前后后地看，害怕走廊上这时突然走来一个人，撞见他们，造谣生事，使劲儿把头往后仰着，不让她的嘴唇贴上。心想这个美国小姐的嘴唇又宽又大，滚烫如火，姑且欠下这一个吻，以后找个地方补上，也未尝不是一件快事，[**]就快速走回编辑部里，趁屋里几人不注意时，抽出两本《黄村》，夹在胳肢窝里，出来交给了玛丽娅。

晚上一回到单身公寓，阿里巴就要给金铃子打电话，告诉她《黄村》的事，但是刚走到电话机边，电话机就响了，拿起一听，又是袁飞北的，看来他真如昨晚所说，每天要打一个电话过来，从今晚起已正式开始。袁飞北照例先寒暄一阵，问阿里巴是不是刚刚回来，此前他已打过一次电话了。[***]阿里巴开口就把孙文夫的表态告诉了他，要他马上准备一笔钱，交到社里，他的书就可以印了。阿里巴原以为袁飞北会大喜若狂，不料他却老练得很，竟然得寸进尺地要求说：“能不能这本书不在京城印，就在锅城印好了？锅城的印价比京城便宜，作者又在锅城，很好监督的。”

阿里巴想了想说：“等我再请示一下头儿，再作决定，不过你先得把钱汇来，然后再办印制手续。”

* 这个玛丽娅还真是直接，怎么想就怎么说，一点儿也不拐弯抹角！

** 再为后文埋下一支伏笔。

*** 难怪，否则还以为这袁飞北有千里眼，盯着阿里巴进门就打电话。

袁飞北又得尺进丈道：“能不能先把印制手续办了，我再拿着手续找人给钱？”

阿里巴直听得心烦意乱，说得口干舌燥，好几次要挂电话，袁飞北却死磨活缠，又搬出柏诸子来，说是如果社里还不放心，柏诸子答应为他作保，凤凰社要付柏诸子的稿费，也有好几万呢。阿里巴磨他不过，想着他这一个电话，话费至少要花好几十块，如果每晚坚持打下去，这笔开支也不老少，同是一个协会的作家，柏诸子大批写书，大把挣钱，袁飞北吭吭哧哧写好多年，好不容易写了一本，不仅挣不到一分钱，反而还要倒贴老本，才能出笼，若不是热爱文学事业，胜过自己生命，还不早就改行卖红薯了！这样想着，不由得心又软了，又听他说柏诸子为他作保，口气就松了下来道：“这事也等我请示一下头儿再定吧。”*

*当断不断，必受其乱，估计阿里巴这次又中了圈套。

袁飞北差不多大获全胜，手握话筒不绝地道谢，让阿里巴在千里之外，听到他感激得已经涕零。阿里巴说：“不用谢了，快挂了吧，太晚了会影响家人休息。”

袁飞北笑道：“这里哪有家人，我家离作家协会不到百米，我是在作协给你打电话的。”

阿里巴方才得知，他是在用公费打私人电话，心想到底是条狡猾的老狐狸，对他的同情又一扫而光。这个麻烦透顶的电话，几乎耗去了他两个小时。阿里巴急着要和金铃子说话。电话响了十好几声，方才有人接了，却是金樱子冷冰冰的声音，听说找金铃子，就回答说：“姐姐睡了，这么晚了，有事明天再说好吗？”

阿里巴说：“樱子，我是你阿哥，我有要紧的事要告诉你姐姐。”

金樱子还在追问什么要紧的事情，阿里巴从电话里听到一阵脚步声响，一定是金铃子从妹妹的话中听出是他，穿着睡衣，趿着拖鞋，小跑着奔了过来，接过话筒说：“我是铃子，出了什么事吗？”

阿里巴害怕把她吓坏了，故作轻松道："没什么大不了的事，就是那头北方的狼胡乱炒作，把《黄村》炒得太邪，引起上面误解，把这本书给禁了。"

金铃子娇喘吁吁，警觉地问："那你们社受通报没有？你受批评没有？"

阿里巴如实坦白说："受了，不过暂时都不严重，我和头儿已在会上闹翻了，不知道往下还怎么发展呢。"

金铃子恨道："这个小郎，真是条狼，我真后悔当初不该把他介绍给你！"

阿里巴说："怎么能够这样去想，只要动机是帮助我，无论后果如何，我都应该感谢你的。"

金铃子小了声说："难怪这几天我的右眼直跳，又见不着你人，连电话也不给我打一个，就担心要出什么事，今晚你能过来一下吗？"

阿里巴尽力克制着自己道："不，明天再说。"

金铃子停了一刻，声音小得阿里巴凭感觉才能听得清了，她说："你要保重。"

阿里巴突然哈哈大笑道："何必这样悲壮，早知如此，还不如不告诉你呢。"

这个夜晚，阿里巴通宵未眠，隔着半座京城，金铃子也通宵未眠。双方并没约定，完全是心灵感应，第二天两人都去各自的单位，心神不定地坐了半日，吃过工作午餐就往梦园赶，金铃子开车，阿里巴转乘两次公汽，前后不到一个小时在梦园相会。金铃子已烧好了水，给他沏好一杯绿茶等着，阿里巴进门就打听金樱子，听说刚刚出去，走时说今晚不回来了，一时狂喜不禁道："真是个好妹妹，是不是知道她的阿哥要来，和上次那样特意避了？"

金铃子说："美得你的，只许你有朋友，就不许人家有朋

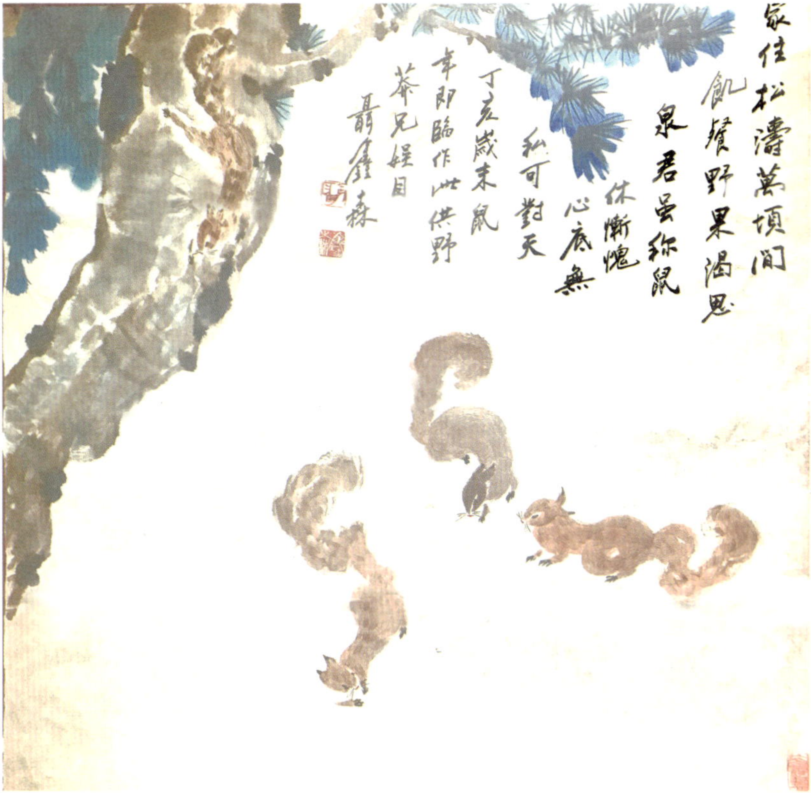

⊙鼠　聂鑫森 绘

友？”

阿里巴瞪着眼说：“怎么她也有朋友了？她还是个在校女生，按过去的校规是不能谈朋友的。*”

金铃子说：“人家有朋友了，你急个什么，莫非你像宝玉那样，吃在碗里，望在锅里，有了宝钗，还想宝琴，大观园里的好姑娘一个也不许走，全都应该归你一人所有不成？”

阿里巴方才发现自己失态，慌忙笑着，为自己掩饰道：“我哪里比得上人家宝玉，我顶多是个薛蟠，你等着，我要来做‘女儿乐’了。”

说着茶也不忙着喝，屁股也不挨沙发，就双手抱住金铃子的细腰，如饥似渴，贴住她的嘴大吃大喝一通，又从两只手里腾出一只，哧地溜进她的内衣里面，直奔那对迷人的香瓜。金铃子急着要问昨晚没问完的事，不想现在就江河直下，挣开他说：“你先坐下，说说你和你们头儿，都闹到什么地步了？”

阿里巴只好坐下来，摇着手说：“几乎到了不可收拾的地步，他挖苦我，我挖苦他，最后他挖苦不过我，就又把话转到东方白的身上。我知道他昨天当众丢了面子，这笔账记在心里，找机会再和我算的，昨晚我想来想去，我想不在他那里干了。”

金铃子说：“昨晚我也是想来想去，想的也是这件事情，我们报社的一个副总编上月去了国外，位子还空着，如果你愿意改行编报纸，我可以试探一下我们老总的意思。**”

阿里巴喜道：“编书编刊和编报纸差不多的，不算改行，只要你们的老总任人唯贤，我倒愿意改换一下环境。”

听她说到她们老总，阿里巴忽然想起一个人道：“你说的老总，是不是那个对你有意思，一听男人打电话找你就进行盘问的社长？”

金铃子说：“你不要想得太多了，人家并没有你想的那样坏，更何况即便人家对我有意思，也不等于我对人家有意思的。”

* 哈，阿里巴得陇望蜀之心昭然若揭，作者再伏下一支根脉。

** 两人心有灵犀，都想到一处了。

阿里巴把她的话细细领会了三遍，方才放心地一笑，不再去想那件事了，接着刚才的话说："俗话道，树挪死，人挪活，人不能在一棵树上吊死。最近我是越来越感觉到，那里不是我的久留之地了。"

金铃子说："既然真有这种想法，那我就去对他说了，能把这件事情办好，我的心里才会安然，要不我会觉得一生都欠了你的，就是走了也问心有愧，抱恨终生。"

阿里巴生了气说："才说不许说这样的话，你又说这样的话了！"忽然又问，"刚刚你说就是走了也如何如何，你要往哪里走？"

金铃子顿了一下才说："我一直没有告诉你的，我的护照已经办下来了，可能下月就要走了。"

阿里巴又惊又急道："你要移居芝加哥？"

金铃子轻轻地点了个头说："是的，我的丈夫在那里等着我。*"

阿里巴低头不说话了，他和金铃子相好以来，还从来没有想到过这个问题，就像金铃子永远都不会到哪里去，永远都是属于他的。现在，这个问题突然来到他的面前，好比一只潜伏已久的海船，时间到了，它要扬帆启程，把金铃子从他的怀中带走。他的心里接受不了，双手却又阻挡不住，过去的三十几年，没有金铃子他也活了过来，那是因为他不知道，世上还有这样一个奇妙的女人，自从和她合成了一体，在今后的日子里，没有了金铃子，他想不到他会寂寞成什么样子。

金铃子捉起他的一只手来，把它压在自己的手心上，让它们紧紧地握在一起，感叹道："人生在世，聚散无常，《红楼梦》里是怎么说的，天下没有不散的筵席，只要常常能够想起我们曾经拥有的日子，知道我们彼此都还活着，还没有忘记对方，虽然我们远隔重洋，心里也是高兴的了。"

阿里巴更加无语，把第四只手也搭上来，按着她的手背，让

* 铃子不走，樱子怎么入怀！

它们作为代表，代表他们身体上所有的部位，让它们紧紧地纠缠在一起。忽然他把她的手松开了，双手从她背后伸过去，使劲儿搂住她腰，把她直着抱了起来，从客厅摇摇晃晃走到卧室，两人一道摔倒在床上，真的全身都紧紧地纠缠在一起了。他把她压倒在自己勃起的身下，焦急地解开她所有的衣服，让她雪白丰满的身子在床上展开，以前所未有的挺拔和茁壮，趁着这具迷人的肉体还没有离开之前，分秒必争地插了进去。阿里巴疯狂地蠕动着，气喘如牛，嘴里一遍一遍地大声呐喊着："铃子！铃子！我不准你走！我永远要你！一个人要你！我要你穿着婚纱和我结婚！让芝加哥的那个男人滚他妈的蛋吧！"

金铃子散乱的长发，在他的疯狂下左右摇摆着，飘来飘去的发丝遮住了她的眼睛，阿里巴用嘴唇将它们左右拨开，让她美丽的眼睛能够看见自己脸上的表情。金铃子第一次把眼睛睁开了，自下而上地仰望着他，从他的身下抽出手来，用掌心擦着他脸上如雨的汗珠，苦笑着说："别再说傻话了，这是不可能的。"

这一次阿里巴简直丧失了理智，全然不按素女的指示，章法大乱，又回到了自己最初的野蛮，一会儿就受到了惩罚，浑身的力气和体内的精液一道，泄了一个干净。他伏在金铃子的身上，动也不动，像一只在飓风中狂颠怒吼的战船，最后帆倒舱破，搁浅在温暖而柔软的沙滩上。金铃子用手轻轻抚摸着他，像温柔的海潮轻轻抚摸怀中的船身，两眼痴望着他，想听他说出清醒之后的第一句话。阿里巴一边喘气一边牢骚着："忙了半天，我才明白，长期以来，我搞的还是一个美国人，一个假洋鬼子的老婆啊！"

他以为他竟说出这样难听的话来，金铃子一定会生气的，会把他掀下床来，翻过身去再不理他，便用四肢把自己的身子稳住，以便迎接她的报复。但是金铃子却没有生气，金铃子只是微微一笑，然后说道："我给你讲个故事，是我们老总的夫人讲给我的，她说有一个丈夫，他的老婆在外面有了情人，他知道以后气得不行，就和老婆离婚，让她合法地投入那个情敌的怀抱。当他自己的老婆成了别人的老婆，这个丈夫又千方百计去勾引她，让她又成了自己的情人。现在，老婆还是那个老婆，做爱还是那样做爱，不同的只是他和情敌交换了身份，他的心理却平衡了。”

阿里巴想了一阵，想不明白这里面的哲理，就笑问她道：“你编出这样一个荒诞不经的故事，对我有什么启示作用呢？”

金铃子说：“你把故事反过来一想，不就想明白了吗？”

阿里巴又想了一阵，还是想不明白，金铃子就“扑哧”笑道：“看来你真没有那个丈夫聪明啊！*”

*也不见得是阿里巴不聪明，是阿里巴从来没有处在丈夫的位置上，很难像那个丈夫那样去换位思考。

30

第二天金铃子一到报社，就找到她的上司，向他介绍了阿里巴的情况。和她预先想到的几乎一样，名叫江慕才*的上司名如其人，正在物色得力的人才，顶替他已出国的副手，听了阿里巴的简介，觉得正是报社所需，加上是金铃子的极力引荐，居然一口就答应下来，说是近日约阿里巴来见一个面，如果双方满意的话，就可以马上调人过来。江慕才一直是喜欢着金铃子的，这次正好机会来了，要她领他一个人情，便掩了门，笑对着她，神情和语气都透出一种微妙，他说："有心顶缺的人真是不少，昨夜我一连接了十多个电话，害得我觉也没有睡好，既然你也出面介绍，那么考虑到我们的关系，我当然就优先安排你介绍的人了，你得好好地感谢我哟。"

这是一句男人帮了女人之后，千篇一律爱说的话，江慕才的身子往后仰了一下，就等着金铃子妩媚地开口，问出一句被男人帮过的女人，千篇一律爱问的话，比方说"你要我怎么感谢你呢"。那时候他就用自己的眼色，暗示给她一个感谢的方式。但是金铃子却轻轻一笑，偏了头调皮地回答他说："以后我会努力工作，让我的这位朋友也努力工作的。"

江慕才不甘心地逼问道："还有呢？"

金铃子想了想又回答说："还请你吃饭，敬你一杯酒，祝你心想事成，万事如意。"

江慕才摇摇头说："什么心想事成，万事如意，我心里老早就想着一件事，一直都没有成，我什么事都如意，就是那一件事不如意。"

说完又一心等着金铃子，问出"那是一件什么事呢"，那时

* 江慕才，这名字取得好，倒希望能人如其名。

候他就索性向她走去，告诉她那是一件什么事。但是金铃子又偏头笑道："有一位哲人曾经说过，一生都处在追求中的人，才是世界上最幸福的人。这句话尤其适合男人，祝你成为这样的幸福男人。"

金铃子说罢对他扬一扬手，飘然而去。

阿里巴把他将走的打算，私下告诉了魏子野，魏子野自然十二分地支持，接着他又告诉孙文夫，孙文夫却反对了。孙文夫有先见之明地说道："这几天我看你垂头丧气，见了谁都不理，已料到你在打走的主意，你怕赵小月给你小鞋穿，就想大脚一走了事，可是你没想想我们创办的杂志，千辛万苦，编了印了，没人卖自己找人卖，没钱付自己掏钱付，茹毛饮血，卧薪尝胆，现在刊也卖了，钱也有了，你却为了这件小事，赌气要走，以后我们的杂志销售一百万份了，想起来你会后悔的。*"

阿里巴说："你不是社长，你不要留我，赵小月是什么人，你比我更知道，若是他对我下手，将来后悔的恐怕是你。孙子曰，'三十六计，走为上计。'这次你放我走，文坛之大，山不转路转，人生何处不能相逢？我们后会有期。"

孙文夫说："正因为我比你更知道赵小月，我才料定，就是我放你走，他也不会放你走的。"

阿里巴冷笑道："我又不是周泉之流，猫一样地听话，也不是吴诗言之流，狗一样地咬人，他认为我目无法纪，胆大包天，就是这一件事好歹过去，有朝一日也会惹出大祸，引火烧社，烧了他的乌纱帽，他还留我干什么呢？**"

孙文夫说："不信我俩打赌，你写个请调报告，试试看吧。"自从在三个人的班子会上，日语杂志被取消后，赵小月已看出钱思奇和孙文夫两人，和他的关系由貌合神离，已演变到公然为敌，想着旧的一届班子行将期满，就开始策划一个新的班子，让周泉顶替孙文夫，让费英雄代替钱思奇，再增补一个副社长，让

* 孙文夫到底是一介书生，总还抱有希望。

** 留下顶罪啊、穿小鞋啊，当然还要帮社里干事啊！

吴诗言干着，把三足鼎立的局面，变成四平八稳。又想着上次从锅城回来，任命王金刚为社委会主任的事也被两人抵制掉了，王金刚至今还背着思想包袱，还计划让王金刚顶替吴诗言空出来的总务处长，下面再让郑三发顶替周泉，李先来和马车两人，顶替郑三发和王金刚，剩下来的位子，再安排新的合适人选，这样一来凤凰社的整个局面，就基本上被他一手控制住了。

赵小月在心里一遍一遍地策划着，有时会突然想起周泉告诉他的话，说是魏子野曾对人讲，一队猴子爬楼梯，第一格年迈德高的老猴子爬到顶格，上楼去了，第二格年富力强的中猴子就升上一格，占了老猴子的位子，第三格年轻力壮的小猴子也升上一格，占了中猴子的位子，就这样循序渐进，下面一格猴子的头，顶在上面一格猴子的屁股上，亦步亦趋，秩序井然，别处的猴子一般都插不进来，梯子上的猴子一般也掉不下去。赵小月明白周泉告诉他这话是什么意思，自己也越来越觉得，他就是魏子野讲的那只爬到顶格的老猴子，心里就越发恨起魏子野来，同时也越发要加快他改组的步伐。*

这个秘密计划，赵小月是最先透露给了周泉和吴诗言的，他把他们视为自己的见习副手，已经提前使用起来，社里一有大小事情，就找两人商量，赵、钱、孙三人的班子会，实际上暗中已改成赵、周、吴三人开着**。阿里巴写来的请调报告，本来应先经孙文夫和钱思奇传阅，最后由赵小月批示，赵小月却及时地召来周泉和吴诗言，首先征求这两个人的看法。周泉知道阿里巴和魏子野好，两人虽然在地位上与他无争，但是在社内社外的声誉上，总是压着他的，因此阿里巴要求调走，就好像魏子野不当主任，他从心里感到高兴。周泉说："既然他自己要走，又不是谁个要撵他走，君子成人之美，那就放他走好了。铁打的营盘流水的兵，有人想走，有人还想来呢，上周还有一个博士生打电话来，想在这里求职，说他这一生最大的意愿，就是在凤凰社这样的文

* 这个猴子的故事伏下后文中李先来在橱窗宣传栏写的寓言。

** 凤凰社的领导班子，作者用了中国《百家姓》的前八位姓氏，赵钱孙李，周吴郑王。现在钱孙靠边，周吴越前，郑王等待上位。特为李中国留下伏笔，现在且看这赵家天下能否守住！

学圣地当个编辑，少了胡屠户，还愁吃不成拔毛猪吗？”

赵小月点点头，又问吴诗言的意见，吴诗言的意见恰恰相反。吴诗言说：“这个阿里巴，可不是个简单人物，如果他是正常调动，放他走了，他会感谢你，但他这是怀着怨气而走，放他走了，他只会恨你。走时还带着一个处级职务，走到哪里至少也是平级，甚至还有可能升个半格，他又能说会道，还有才能，为了证明他的价值，一定会在新的地方干出成绩来，然后对你进行攻击，社会上的人不明真相，也会对你产生不好的舆论。不如先把他稳住一段，适当的时候把他职务免了，再放他走，那时候就不是他炒你的鱿鱼，而是你炒他的鱿鱼，他是被动，你是主动，他就走也不好，不走也不好了。他要是不走，从此就会变得老实起来，他要是还走，是光着屁股走人，到了新的地方不会一下子就有职位，到那时他再调皮，连那里的人也讨厌他，人们就不会说你不用人才，而会说他这个人才不好用了。*”

赵小月又点一点头，觉得吴诗言不愧是搞行政的，在这方面胜过周泉**，就全权委托吴诗言，去找阿里巴好好谈谈，说凤凰社需要他，赵社长原谅他，还是留在这里继续干吧。决策都已定好之后，赵小月才来和孙文夫商量。孙文夫不知道他是装模作样，虚晃一枪，早已准备好了想法，就等着他来，赵小月只一开口，孙文夫就说目前正是用人之际，阿里巴虽有过失，但他是杂志的一员主将，年轻有为，不能走的，社里应该真心挽留，不仅不要处分，反而还要安慰，消除他头上的阴影，保护他工作的激情。

赵小月听着暗暗冷笑，脸上的笑却自始至终地慈祥着，连连点头，表示言听计从。孙文夫真以为赵小月顾全大局，和阿里巴一笑泯了恩仇，竟大为感动，*** 等着赵小月走后，忙把阿里巴叫过来说：“我说得不错吧？果然你是走不了的。赵小月嘴上批你，心里并不恨你，而你闹着离开，无非是误以为你们已到了不可调

* 这次才是阴险狡诈之人的刻毒之心，在一起时不让你好过，走了也不让你好过。

** 不是吴诗言胜过周泉，是吴诗言比周泉更坏，更得赵小月之心。

*** 宅心仁厚之人，自然不会把别人想得太坏，以为人人都像自己一样，往往因此误了自己，也害了别人！

和的地步，既然他已经挽留你了，我又是需要你的，你何不放下包袱，轻装上阵，把《黄村》的事情彻底忘了，以后全心全意编好书刊呢？”

阿里巴心里坦荡荡的，像一间无门无窗的破屋，什么人都可以一眼望穿，他本不是一定要走，只是匹夫见辱，仗剑而起，金铃子也急着拔刀相助，好像后面的追兵就要来了。今见情况并非这样，赵小月居然留他，孙文夫又苦心劝说，他的决心也就一下小了，几乎没说让我再考虑考虑一类的话，就对孙文夫说：“那我就相信你的，赵小月如果再找我算账，我就去找你算账了。”*

孙文夫说：“你找我算完了账，我再去找他算账不迟。”

赵小月暗中组建的新班子里，暂定有费英雄，却对他只敢暗示，不敢明说，因为通过观察，费英雄又不同于周泉和吴诗言，他与赵小月的关系，好像与钱思奇是等距离的，因为都是英语翻译，钱、费二人在业务上的交往更多一些，他俩常常在公开场合，当众叽里咕噜，说些别人半懂不懂的话，然后哈哈大笑。赵小月心怀政治事变的谨慎，担心费英雄知道了纲领，无论用英语还是中国话，说将出去，让钱思奇得知一丝半点风吹草动，改组受到影响就不好了。**

费英雄大致能够领略一些赵小月的意思，虽然他求功心切，但是更切的还是求偶，那次他手捧九朵玫瑰，被杨梅拒之门外以后，又找过一个学西班牙语的小女孩，依然没有成功，两次轻创都没有倒下，倒是在杨梅和德国人小罗伯特的跨国之恋上，打开了思路，受到了启发，把眼睛转向了乘飞机来到自己身边的美国女翻译，活泼漂亮的玛丽娅。屡受挫折的费英雄这么想着，既然中国女人可以对外出口，中国男人何尝不能向内引进，凤凰社的第二任主编，《红楼梦》的第一位英文译者，享誉世界的柳成荫先生，不就是娶了英国太太苔蕾丝，他的翻译事业方才到达巅峰的吗？

* 书生误人，为之奈何！也是阿里巴一腔义气，全然没想人心险恶。

** 奸险小人算计之心，总是谨小慎微。难免坦荡之人总会落其圈套，并非孰傻孰精，而是一边有害人之心，一边无防人之意。

费英雄和周泉是工农兵时代的大学同校，周泉是中文系，费英雄是英文系，周泉是最早一届，费英雄是最晚一届，如果看脸，费英雄和周泉年龄相仿，如果看身份证，周泉则比费英雄年长十岁。有人以貌取龄，说费英雄身份证上的出生年月，是专为讨现在的老婆而修改的，也有人以讹传讹，说老婆到手后没过几天，就愤愤然地骂了一句：“你这个人什么都是假的！”想必那分手前的一个“假”字里，包含了无数的秘密，自然也包含了他身份证上的年龄。* 费英雄的夫妻不睦，和他的年龄一样是一个谜，他自己对人公布的谜底，是因为他学的英语，而她学的却是日语，好比钱思奇和赵小月，两人没有共同的语言。听的人都抿嘴而笑，反问他追求她的时候，两人不都是说的中国语吗？费英雄是有心计，有肚量的，听了也就随着一笑，不再怎么辩解。费英雄工农兵大学毕业以后，就分配到凤凰社，在翻译部协助外国专家工作了一年，又去美国进修了一年，回国后就谁也不服了，自认为他的英语翻译是当今第二，仅次于举世闻名的柳成荫先生，走路时仰着木瓜脑袋，挺着啤酒肚子，像一个十月怀胎的孕妇，让迎面的人觉得里面都是学问。

然而经费英雄翻译的文章，却几乎篇篇被钱思奇找出漏洞，如一位中国的残疾作家，小说里有一句“呜呼哀哉，一命归西”，却被他翻译成了“一个人痛苦地哀叫着，默默地走在西方的路上”，钱思奇把他叫过去，用手指着那句话说：“如果有人告诉我你死了，也说你哀叫着回到西方的家里吗？”费英雄明知错了，却狡辩道：“其实到西方去也离死不远了，西方有密西西比大监狱，去服刑的几无生还。还有西部大峡谷，你看过美国西部片没有，到那里去冒险的有几个活着？”钱思奇说：“照你这么说，《封神榜》里写的‘一股黑烟直往西天而去’，通天教主他们也都是到美国去了？”费英雄无言以对，钱思奇问：“你比赛珍珠如何？”费英雄不知道赛珍珠是谁，反问道：“赛什么珍珠？”** 钱

* 作者在费英雄身上的笔墨，其幽默讥诮完全得到了钱钟书先生的精髓。

** 一个自诩英文翻译全国第二的人居然不知道赛珍珠！也难怪，唯有无知者无畏，正因为无知，才敢给自己这么排名。

思奇笑道：“三十年代的女大翻译家，第一个把我国的《水浒》翻译成她们英文的。”费英雄说：“我是一个中国男人，她是一个外国女人，我怎么能够和她相比？”钱思奇说：“连她都闹了不少笑话，譬如说武松骂声‘放屁’，她却翻译成了‘请把你的屁放出来’，可想是译海无涯，学无止境啊！”费英雄被他说得脸都红了，却解嘲道：“这个洋女人幸亏是在三十年代的中国，如果是在六十年代的中国，这样子来翻译那句领袖诗词，她可就要挨批斗了！”钱思奇说：“像这样的笑话不少，我还看到《泰晤士报》上的一条消息，说是当年维多利亚女王为一座新桥的落成典礼剪彩，记者把‘走过’一词的英语写成了‘Piss’，后来这条消息翻译成中文，就变成维多利亚女王‘在桥上撒尿’了。当然这是英国记者的问题，而不是中国译者的问题了。”费英雄乐得哈哈大笑，这才觉得钱思奇不仅水平在他之上，而且还以妙语为他下台，从此把自己排在当今第三了*。

费英雄当年去美国进修，是加利福尼亚州的一所大学，但是得知玛丽娅在美国的时候，却在哥伦比亚大学东亚系上学，就和她套近乎，说他也是哥伦比亚大学毕业，上的是英语系。金发女郎玛丽娅，异国见到准同窗，不亚于中国人见到老乡，一听这话，两眼竟有些泪汪汪的。美国女人眼睛的颜色和中国女人不同，位置也往里凹着，像是望远镜的镜头，杨梅觉得其貌不扬的费英雄，玛丽娅竟看着味道十足，从此以后的每个夜晚，他就成了专家公寓的常客。费英雄一心想让杨梅看见他和玛丽娅的恋爱，就没事找事，又开始去编辑部串门子了，一去就拉着玛丽娅，** 两人一个说英语，一个做翻译，向编辑们咨询一些生僻的中国文化词汇。

杨梅见他搞上了洋妞儿，半点儿也不嫉妒，笑嘻嘻地拉着玛丽娅的手，连比带划地向她讲解，又对他做着庆贺的鬼脸。费英雄说：“其实这些问题，她在哥伦比亚大学是学过的。”

* 此段明写费英雄，暗衬钱思奇。作者一笔做两笔用，从中可窥见作者学识之渊博，中外学界趣事，五花八门，信手拈来，随笔成文。

** 此人不仅学术方面浅薄，做人也一样浅薄。

杨梅笑着问玛丽娅道："听说你们还是哥伦比亚大学的同学，你来我们中国，是他把你勾来的，还是他把你拐来的？"

玛丽娅用陕西口音问道："什么是勾？什么是拐？"

杨梅解释说："这两个字都是用不正当的手段诱惑异性的意思，勾是一个在此方，一个在彼方，而拐是两人同时从一个方向，去到另一个方向。"

玛丽娅摇头说："No，哥伦比亚大学很大，在那里见到中国人，也是知人知面不知心的。"

杨梅听着愣了一下，忽然忍住笑问："你的意思是不是说，在那里见到我们中国的学生，就算是认得出他的脸，也记不住他是谁对吗？那不叫知人知面不知心，那叫作知道不多，或者叫认识不深。"

玛丽娅连连点头说："Yes，Yes，不过对他，我压根儿就不认识！"*

费英雄说："她读的是东亚系，我读的是英语系，又是不同的年代，我们当然是互不相识。"

东方白伏在案上看一篇美术理论，听人说话他看不进去，这时抬起头说："你以前是上的工农兵大学，那年头反帝反修，怎么还能去美国留学呢？"

费英雄的脸唰地一红，火速敷衍道："我坐的是那个时代的末班车，到这里工作之后再出国进修的。"**

东方白"哦"了一声说："原来你是进修生。"接着又问，"听说你也像我一样，和老婆离婚了？"

费英雄怀疑东方白是故意当着玛丽娅面，出卖自己是结过婚的，慌忙把话转移到他身上说："你一个人不也活得挺好的吗？什么时候活得不耐烦了，再找一个女弟子就是。***"

玛丽娅的精力用在前面一些政治名词上面去了，对后面的话没太在意，连连追问着道："工农兵大学我不知道，反帝反修我不

* 听这口吻的意思应该是跟费英雄并没有到恋爱的程度。

** 看来这个所谓的留学也是假的！

*** 费英雄这话说得有点意思！哈，看来他自己是已经活得不耐烦了吧？到处招惹女弟子。

知道，费英雄说的那个什么末班车，我也不知道。”

费英雄刚刚受了一场虚惊，这时又害怕有人给她讲解，什么是工农兵大学，就火速敷衍道：“你不知道的东西还多着呢，以后你得向我慢慢请教，我们中国有五千年的文明历史，比你们美国复杂多了，什么叫博大精深，这下你该明白了吧？”

魏子野一眼看穿了费英雄的心理，就好比点了驸马的新科状元，打马游乡，专去造访过去嫌贫不嫁的女子，这位准新郎携同洋妞儿，是来向杨梅显示情场得意，因祸得福的，便微微笑着，也插一言说：“我没去过哥伦比亚，但从书上看到，哥伦比亚大学现在的东亚系，就是二十世纪初的汉学系，费翻译知不知道哥大汉学系的由来？”

费英雄想了想说：“当然是美国政府为了中西文化的交流，这不相当于我们北京的两所外国语学院，以及各所大学的外语系吗？”*

魏子野说：“非也，十九世纪末，有一个名叫丁龙的中国苦孩子，被当作猪仔卖到美国加州，在一个名叫卡本蒂埃的富人家做劳工，卡本蒂埃见丁龙做事非常诚实，就问他这是为什么，丁龙回答，中国两千年前有个叫孔夫子的，他教导人们说受人之托，忠人之事。卡本蒂埃觉得他很诚实，就让他做了自己的管家。丁龙一生未娶，把主人给他的工钱全都积攒起来，要做一件有利于中国的事情，卡本蒂埃感谢这位管家的忠于职守，在离开加州回返到纽约的时候，答应可以帮他完成一个心愿，丁龙就说，他想把一生积攒的钱，交给一所有名的美国大学，请这所大学创立一个汉学系，研究我们的中国文化。卡本蒂埃大为感动，在丁龙捐献 1.2 万美元的基础上，又拿出 27 万美元，捐给他的母校哥伦比亚大学，请求校长劳欧先生，满足他这位华人管家一生唯一的愿望，并且以丁龙的名字为这项活动命名。于是美国最早的汉学系就创立了，劳欧校长委托一位名叫弗兰兹·博厄斯的教授筹建此

* 再进一步，衬出其专业上的一知半解和孤陋寡闻。

系，在欧洲遴选‘丁龙汉学讲座教授’的人选，最后由一位名叫夏德的德国教授荣任此位。这就是你所就读的哥伦比亚大学，东亚系的前身，汉学系的由来。*”

魏子野说到中途的时候，费英雄就开始笑了起来，魏子野话一落音，费英雄笔直地走到他的面前，伸出自己的双手，紧紧地握住他的双手说：“谢谢你，亲爱的作家先生，谢谢你对我们进行爱国主义教育，讲了一篇情节曲折，故事动人的传奇小说，你的想象力真是太丰富了，尤其是那些美国人的名字取得真像啊！**”

魏子野对他笑笑，也不再说，玛丽娅却高声叫起来道：“他说的都是真的，在我母校的校史里，记载了这件事情，说你们中国的皇帝母亲知道以后，还派人送了五千册书来。”

魏子野又笑着纠正说：“不是慈禧太后，而是总理大臣李鸿章，驻美公使伍廷芳。”

费英雄仍不相信确有其事，下班回家，饭也不吃，就忙着翻开一本美国人名词典，居然真的查出那些人来，贺拉斯·W.卡本蒂埃，出生于纽约唐人街，一个皮匠的儿子，毕业于哥伦比亚法律学院，去西部加利福尼亚州冒险成功，捐助母校建立汉学系；劳欧，巴特勒，二十世纪初哥伦比亚大学的两任校长，哥大汉学系创始人；弗兰兹·博厄斯，美国文化人类学巨匠，当代文化人类学之父；夏德，德国也是欧洲最早的汉学家之一。费英雄暗自吃了一惊，第二天上班的时候，在楼道里见到魏子野，态度大变，讪笑道：“你又没去哥大留学，怎么对那里的情况了如指掌？”

魏子野也笑道：“秀才不出门，全知天下事啊，你也没去哥大留学，不也对哥大的女学生，把那里说得就像去过一样？”

费英雄这才意识过来，魏子野早已知道他的底细，脸上一红一白，拍拍魏子野的肩，拱手求道：“多多包涵，多多包涵！”

魏子野笑道：“我不仅不对人说，而且还提醒你，过去你是望

* 史海沉钩，信笔而至，衬魏子野博识多才。若非作者博闻广记，实难为也！

** 不知自己浅薄，竟然不信！

梅止渴，现在你得亡羊（杨）补牢，学学人家丁龙的诚实，别再让另一头洋羊也跑了啊！”

费英雄又拱一回手说：“谢谢指教，谢谢指教！”*

出门的时候正好阿里巴进门，出于惯性，费英雄对他也说了一个“谢谢指教”，阿里巴被谢得糊里糊涂，赶出来问：“我指教你什么了？”

* 是应该谢，但愿能听从师教，从此不再作假。

31

阿里巴留了下来，继续编书编刊。袁飞北又给他打来电话，意思是书稿不必寄回，只用特快专递，寄去书号和准印单，因他手里还有另一份书稿，拿这手续去印书就是了。谁知那些东西寄出去后，袁飞北迟迟不寄管理费来，此前一晚打来一次的电话，再也不打来了，阿里巴主动打过去问，家里却没有人接，这样空打了几次，阿里巴又改为写信，信也没有人回，不知是否收到，左思右想，就担心袁飞北遇到什么祸事，万般无奈，只好把电话打到柏诸子家，说了袁飞北自费出书的事，又向他打听此人的下落。柏诸子听了，在电话中长叹了一口气，好一阵子无语，阿里巴紧着追问，柏诸子才实情告诉他说，早在三年以前，袁飞北也用这办法出过一本书的，那家倒霉的出版社中了他的圈套，管理费分文也没收到，最后还倒付他的稿费，哑巴吃黄连，有苦说不出。* 又埋怨阿里巴道：“你和他打交道，怎么不先对我讲一声呢？”

阿里巴说：“他就是打着你的旗号，说你让他来找我的，又说你答应为他作保，我才相信了他。”柏诸子急道：“他的人品，他的书品，你不知道，我又不是不知道，我怎么会让他找你，怎么会为他作保呢？”

阿里巴也急道：“那我现在怎么办？”

柏诸子说：“你得快马加鞭，把书号和准印单要回来，现在可能还不算晚，因为昨天鲁一叟还对我说，他要向他借一笔钱，他怕他诡计多端，借了不还，推说买了房子，没钱借他。也许要借没借到的这一笔钱，就是想用来印书的。幸好鲁一叟没借给他，不然他把生米做成熟饭，你就完了。**”

* 真是绝倒，竟然还有如此手腕！这样精明，何苦非要写书呢，去经商去做官岂不是如鱼得水，更能发挥所长！

** 仅用柏诸子一人之言还不足以画出袁飞北面目，须再加上鲁一叟，这样层层递进，才能使袁飞北显形。

阿里巴直叫苦说："覆水难收，我还要得回来吗？"

柏诸子说："我教你一个办法，你给他写封急信，就说你们刚刚接到上面一个通知，严令禁止这种出书方式，社里召开紧急会议，决定以正规方式出版他的书，还按国家标准付他稿酬，要他三日内之，把书号和准印单寄还给你，晚了就登报声明作废。"

阿里巴为难地说："这不是骗他吗？"*

*此时居然还不想骗人，阿里巴也竟如此迂腐！

柏诸子又叹道："君不知以其人之道，还治其人之身的道理，除此之外，就只剩下一个办法了。"

阿里巴说："请你教我。"

柏诸子说："你替他把那笔钱交了。"

阿里巴一听说替人交钱，就想起上次京郊印厂送来杂志，他替社里交钱的事，全社没有一个人夸他高尚，那钱还险些从财务科要不回来，发誓以后再也不做那种傻人了。就说："我哪里有那么多钱交，况且就是有那么多钱交，我又凭什么要替他交？既然这样，我就只好听你的，学着以其人之道，还治其人之身了。可他是个会设圈套的人，还会进我的圈套吗？"

柏诸子有十足的把握说："他写了这么多年，从来都是赔钱出书，这次只要你说给他稿费，他就会的。"

果不其然，阿里巴写信不到三天，就收到袁飞北的特快专递，书号和准印单一样不少，还多了一封长长的回信，说是头天晚上收到这些东西，恰好第二天清早，作协就派他去一家乡镇企业采访，写一篇歌颂人家的报告文学，刚刚回来，正要从银行寄钱，就收到了这一封信，恭敬不如从命，只好按他的指示办了。信里又夹了一张字，依然是颤抖体，写的是李白赠汪伦的那首七绝，一笔十抖，酷似情不能禁，阿里巴看到后两句，"桃花潭水深千尺，不及汪伦送我情"时，心里冷笑道，我这印书的宝贝，险些掉进你的桃花潭里，石沉大海一般，好不容易打捞出来，我才不会再去送你情呢。当天把一应手续交还社里，就不再理他了，让自己从心里把这事忘掉。*

谁知从这以后，袁飞北家许多天没有人接的电话，又一晚一个地打了起来，询问他的字收到没有，书的进展如何。阿里巴也学会了敷衍，就笑着致谢说：“字收到了，颤抖得很厉害的，是去乡镇企业采访的路上，坐在手扶拖拉机上写的吧？书还没有进展，正在新华书店紧急征订呢，如果征订数达到了五千册，就可以马上开印了。”

袁飞北紧紧追问道：“如果不到五千册怎么办？”

阿里巴说：“那就只好再等一等，五千册是个基数，少于这个数字我们会赔钱的。”

袁飞北说：“那我明晚再听你的好消息吧。”

阿里巴就有些不耐烦道：“可见你是一个外行，一天怎么就能给你消息，而且是好消息呢？”

袁飞北说：“你不是说紧急征订吗？”

阿里巴说：“如果不是紧急，图书征订的周期是三个月，你这本书最少也得十天。”

袁飞北紧抓不放道：“那我就过十天再给你打电话。”

阿里巴变硬了口气说：“你别给我打了，有了消息我给你打吧，别又去乡镇企业了就是。**”

阿里巴把袁飞北失信不肯交钱，他只好从袁飞北手里收回书号和准印单的事，一五一十告诉了孙文夫，孙文夫因为阿里巴留下没走，心里记着他的情分，以为袁飞北真是他的好朋友，不希望两人因此失了和气，就好心劝道：“人家如此执着，这大一把年纪，还在文学的道路上苦苦追求，虽然不该转弯抹角地用计，但他目的是为了出书，而不是为了去干坏事，如果是在五六十年代，这本书国家赔本也给他出了，可悲的是他不该遇上市场经济。既然你答应帮他征订，就不妨真的去征订一下，认都不认识的朱土改你都帮了，袁飞北毕竟还自称是你的朋友，别说五千，

* 能如此决断倒好了，可惜依然拖泥带水，留下后患。

** 阿里巴心里也清楚袁飞北说的去乡镇企业只是个幌子，此人人品应该已经明了，竟依然充当救蛇的东郭！

只要有三千的数，我们就帮他圆了这个梦吧。*”

阿里巴听孙文夫这样一说，心又软了，当天夜里，在灯下写了一页征订文字，非常富有煽动性的，把袁飞北的这一本书，吹得有它本身十二倍的好，次日就传真到新华书店。但是第十天出来的订数，却连一千也不够，只有九百一十八册，阿里巴问负责征订的业务员说：“是不是把数字统计错了？”

业务员挺幽默的，回答他说：“我总不会把九千一百八，认成九百一十八吧？别看你这本书牛皮吹得挺大，可是这个姓袁的作者名气太小了，没人知道，要是和袁世凯大总统沾点儿边儿，比方是那个卖国贼的孙子，我就能给你征订到九千一百八十册了。”

阿里巴吓唬他说：“你可别做那犯法的事，作者一旦告你侵犯名誉权，要征到九十一万八千册，才够他的赔偿费。**”

业务员说：“我这不是看你挺失落的，才故意逗你玩儿，没事儿我改他的家谱干吗？他倒不会告我，我怕袁大总统的后人会告我呢。”

这天中午刚吃过饭，阿里巴和东方白正一人躺在一只沙发上，闭目养神，猛听得哐的一声门响，睁开眼睛一看，一个黑脸汉子手握一把菜刀，背后哗哗啦啦响着，直向两人走来，两人吓得跳起身子，退到一张桌子后面，阿里巴惊惶地问：“你你你，你干什么？”

黑汉也不回答，从腰上解下一根铁丝，扔在地上，两腿咚地跪了下去，嘴里呜里哇啦地大叫，手里的菜刀一下一下举到空中，将那铁丝剁得满屋乱飞。两人心惊肉跳，还不明白这黑汉要干什么，黑汉把那根铁丝全部剁为碎段，从地上爬起来，又提着菜刀，追到两人退守的桌前，哇啦叫着，把雪亮的刀口指给他们看，东方白突然醒悟过来，黑汉是个哑巴，在为五金厂推销菜刀，方才拍着胸口，比画着问：“多少钱一把？”

哑巴伸出一只巴掌，翻过去一下，又翻过来一下，接着解下

* 孙文夫仁心可表，可惜用错了地方。

** 若真这样做了，袁飞北怕是求之不得，谢还来不及呢，怎么会告！

背上的一捆菜刀，哗地扔在两人面前，让他们从中选挑。东方白对阿里巴说："十五块，不贵的，可以买一把，放在这里明年夏天切西瓜用，同时还支持了残疾人的事业。"

阿里巴就掏钱买了一把，好歹把哑巴打发走了，心里余悸未消，想不通戒备森严的大楼岗哨，那次把一个卖葱花豆腐脑儿的作家拦在门外，这次怎么却把一个背上挂满菜刀的哑巴放了进来，已经换过一次的门卫，恐怕又该换了。东方白还在用手拍着胸口，说："乱刀剁上门来，这可是个不祥之兆，最近我们做事得处处小心，千万别又惹出什么问题了。"*

阿里巴笑道："谁出问题，就该剁谁。"

袁飞北心里记着上次说的十天时间，九个晚上按兵不动，第十天阿里巴一回公寓，电话就及时地打了过来。阿里巴料定是他，拿起话筒不等他先开口，就主动说道："告诉你一个沉痛的消息，今天下午十四点三十五分，征订数字出来了，九百一十八册，猛一听挺耳熟的，再一想原来是日军侵略东北的日子，离五千还远着呢，怎么办？"

阿里巴说完这句就停下来，静听袁飞北的悲哀，原以为苦苦等候十天十夜的袁飞北，会被这当头一棒打闷过去，至少三五分钟才能苏醒过来，不料袁飞北一听，却高兴地叫道："我在各地开书店的朋友，至少也有十一二个，听说我的书要出版，争着要在当地宣传销售，还要请我去搞签字仪式，一处销个三百，十二个也是三千六百，加上征订的九百一十八，就是四千六百八十，余下的三百二十，三十册送交各有关单位和部门，二十册出版社自己留存，十册是作者的免费样书，五册给编者，另五册送领导和其他工作人员，最后还剩二百五十，由我全部买了。**"

阿里巴听他像说相声一样，如此精确地计算这五千册书，行云流水，滚瓜烂熟，心想他当初为什么要搞文学，搞得自己好苦，也害得别人好苦，如果去搞数学他的长项，只怕世界难题哥

* 这里忽然节外生枝，出此一节，是再为后文留一伏线。

** 最后剩下二百五，是作者顺笔戏言，有意讥刺袁老儿，老而不尊，岂不与二百五无异？

德巴赫猜想，也被他猜出来了，又听他自称要买二百五，心中暗笑，记着柏诸子说过的话，只怀疑他又是假的，如果再上他的圈套，自己倒是一个二百五了。袁飞北听电话里没了声音，误以为阿里巴经他这么一算，已经犹豫起来，在想是印还是不印，就趁热打铁道：“明天我就把那些卖书朋友的地址，特快给你寄来，你可以马上开印，从铁路把书给他们发去。”

阿里巴收到袁飞北开的朋友名单，哪里是十二个，二十个也不止，每一个都有名有姓，有邮政编码，有地址单位，什么东西都有，就是没有电话，不能亲口落实。心中又生疑惑，想起柏诸子的埋怨，和袁飞北打交道，怎么不对他讲一声，这一次就及时给他打了电话。柏诸子却不在，夫人说他怕人打扰，找个地方住了下来，躲在那里写公孙龙子，连家里人都找不着他。* 阿里巴的电话本上，柏诸子的电话号码下面一行，就是鲁一叟的电话号码，他就顺便给鲁一叟拨了一个，鲁一叟正在床上睡觉，爬起来懒洋洋地问道：“你是谁？”

阿里巴说：“我是阿里巴，听说袁飞北向你借钱，你为什么不借给他？”

鲁一叟说：“还是阿老弟，说起借钱，他去年借我的钱还没有还，你与其劝我借他，还不如劝他还我，我一不是贪官，二不是奸商，三不是卖淫女，我的钱可是一个字五分钱，五分五分地写出来的，来之不易啊！**”

阿里巴笑道：“我谁也不劝，只想对你念一个名单，你帮我听听，告诉我哪些人是袁飞北的朋友。”

鲁一叟听得莫名其妙，就听阿里巴一个一个地念下来，听完了说：“这些人有一多半是我的朋友，他哪里有那么多朋友？这些人的名字地址，是他从我的名片夹里抄过去的，他把这些给你寄去，是想搞什么名堂？”

阿里巴的疑心又重了一层，把袁飞北设计出书的事从头说

*特意避开柏诸子，这样才能寻到鲁一叟，如此行文，方不呆滞。

**说者真切，听者刺心，一叹！

了*。鲁一叟说：“幸亏你问到我的头上，不然你真把他的书给我那些朋友运去，不是坑了你，就是坑了我的朋友，要不就是坑了广大读者，他写的那些玩意儿，凭良心说怎么卖得出去呢？”

阿里巴已从话里知道，袁飞北在鲁一叟心中的地位，比在柏诸子心中还低，试问他道：“依照你的意思，我还给你那些朋友运不运书呢？”

鲁一叟笑道：“阿老弟是个聪明人，这个我不表态，此人当作家是个末流，当阴谋家却是第一流的，** 如果知道我对你说了什么，将来改行从事职业报复，我倒不是怕他行凶打人，只是怕他害我写不出惊世之作。”

阿里巴说：“鲁兄差矣，惊世之作恰要写出百人百面，世间万象，他若害你，倒是帮你了。”

鲁一叟说：“说得有理，那我就教你一招，既不害编书的你，也不害我卖书的朋友，你不妨起草一份销售合同，按他寄给你的名单，每处寄去两份，如果对方签了字，盖了章，同了意，你就运三百册书去，如果对方不签字，不盖章，不同意，你就一册也不能运。”

阿里巴说：“那我就试试看吧。”

不出鲁一叟所料，四十多份合同书寄出去，一份也没返回，对方理都不理，阿里巴心里彻底明白过来，为了让袁飞北明白他的明白，就把这个结果告诉袁飞北，问他还有什么办法没有，袁飞北万万也没料到，直肠直肚的阿里巴会给人家寄合同书去，就像阿里巴万万没有料到袁飞北会寄假朋友来，匆忙之中，想不出新的绝招，*** 长叹一声，人也老实下来，可怜巴巴地央求阿里巴说：“如有合适的书商，请你帮我物色一个，全权负责销售，我宁可不要一分钱的稿费，只要一百册样书，赠送亲朋好友，证明自己的创作成果就行。不过你千万不要对外声张，这事只能天知地知，我们两个人知，不能让别人也知，尤其是我身边的柏诸子和

* 阿里巴总算有了心眼，但愿不中圈套，且往下看。

** 注者也如此认为，除了做学问，现在百业以阴谋为盛，此人却偏以己之短入行，若另谋他业，何愁不成！

*** 阴谋家也终有技穷之时。

鲁一叟，他们如果知道了底细，就会看我一个天大的笑话，而且以后作家晋级，对我也是大不利的。”

这个电话又打了快一个小时，阿里巴突然想起，今晚是他打给袁飞北的，电话费得由他付，嘴里慌忙答应着帮他找人，草草就把电话挂了。次日上班，阿里巴又把这事对孙文夫讲了，孙文夫还是那句话说：“能帮就帮他一下吧。” *

阿里巴为难道：“可是哪里去找那么合适的书商，像小郎那样的人，我还敢找他吗？”

孙文夫想起一个人说：“给我们销售杂志的那一个老胡呢？”

阿里巴说：“我也想到这个人了，但那个是狼，这个也是狐，我怕一不小心吃了他的亏，又把你连累进去了啊。”

孙文夫叹道：“真是世风日下，人心不古，连一个胆大包天的人，也变得前怕狼，后怕狐了。不过社里的销售科这样无用，不利用社会力量还是不行的。”

阿里巴揣摸着他的意思说：“你是想再利用老胡一次？ ** 那我就打电话请他过来，对他拼命地吹吹这一本书。”

孙文夫说：“你打吧，不要露出是你求他。”

阿里巴笑道：“这个我明白的，我要他来求我。” ***

* 这孙文夫也是妇人之仁，甚至迂腐。只论人情亲疏，不看书稿优劣，最后功败垂成，误人害己，也是必然。

** 且看后面猿狐（袁、胡）如何斗法？

*** 何苦做这样的局来帮一个欺世盗名之辈，害人亦害己。

32

《凤凰文选》连着出了三期，外界反响越来越好，销量也越来越大，杂志的销售总代理老胡，从各大城市频频传回佳音，说是照着这个势头，明年突破五万没有问题。编辑部的人都很振奋，销售科的人却反而恼起火来，王金刚又开始骂娘道："操他妈的，钱都被别人赚了！*"

从屋里骂到屋外，又从楼道骂到厕所，在厕所里遇到郑三发，两人并排尿着，郑三发故意逗他道："当初你要是销售，钱不都被你赚了，哪里轮得到从外面跑来的一只老狐狸呢！"王金刚气得尿一股一股地往前蹿着，说："我又不是算命先生，谁能算到这破杂志还有人买？"

郑三发率先收了尿说："那你还骂人家什么，要骂就骂你自己有眼无珠，要换了我，我就不卖赵头儿翻译的那些日本鬼子的破货，一门心思来卖我们国家自己的杂志。"

王金刚这才发现，一不小心又进了郑三发的套子，紧跟着也收了尿，冲他背影小声骂道："老子偏不骂自己，老子偏要骂你，操你妈的！"

王金刚一边扎着裤子，一边回到科里，正接到一个边远地区读者的电话，说是听人说了这本杂志，可是他们那里买不到，要求汇钱过来，在这里邮购一本。王金刚对着电话里说："这个破杂志有什么看头，我们白送都没有人要，就你个傻子才买，四块八毛钱一本，还不如买两个鸡蛋摊饼吃呢！**"

边远地区的读者决不相信说这话的人是销售科长，以为电话错打到另一家杂志去了，那家杂志正好是这家杂志的死对头，就重新拨了一个过来，想不到还是王金刚接着，把这本杂志说得比

* 替杂志编辑部的人骂一句：『操你妈的，当初让你卖，你自己没本事做了缩头乌龟，现在又眼红别人赚钱！』

** 将倾的大厦，从来都是先从内部腐朽的。窝里斗，侮慢读者，最终祸延自身。

第一次还要糟糕。对方就感到其中大有名堂，请问他叫什么名字，王金刚死活也不肯说，见对方不问出来决不收兵，就吧唧一下把话筒挂了。

过了几天，孙文夫收到一封远方来信，信上写着："可怜的总编先生，全世界都没有你们这样倒霉的杂志，一边写着欢迎订阅，一边又说傻子才买！"后面的落款是，"一个愤怒的邮购者"。孙文夫基本上明白了是怎么回事，按照信后附的电话，立刻给来信人打了一个，说自己就是那位可怜的主编，请对方诉说他邮购杂志的遭遇。那人就把事情的经过，原原本本说了一遍，孙文夫说："谢谢你，从现在起，你已成为我们的荣誉读者，可以享受一年的免费杂志！"

放下电话，他就装作取书的样子，来到销售科里，见这个科的几个卖书人，都学着勤杂科的样子，关起门在打牌，只是甩牌的响声小些。王金刚抬起头来，翻了孙文夫一眼，也不打声招呼，只有马车一人笑着问道："孙总有什么事？"

孙文夫说："取一本书，顺便还问问，听说大约在七天以前，有一位边远地区的读者打电话来，要求邮购我们的杂志，有一个人回答他说，白送都没有人要，就他个傻子才买，我想知道说这话的是谁。"

大家互相望望，都不说话，一把把牌都悬在手里，集体和孙文夫展开僵持。王金刚已把孙文夫恨入了骨髓，有心气他道："不说不知道，一说吓一跳，我们这里还隐藏着这样的阶级敌人，我得把他查出来，吧唧枪毙了！"

大家见王金刚如此潇洒，就嘻嘻哈哈地笑了起来，以为这是无中生有的事，一个说："谁说的我操他娘！"

另一个说："谁说的我操他奶奶！"

王金刚白白挨了大家一顿臭骂，又不能发火，就催着说："出牌！出牌！"

大家就当着孙文夫面，理直气壮地接着出牌。

编辑部每天都要收到大量来信，有的读者在信中说，尊敬的编辑先生，感谢你们在文学的低谷，放飞了一颗最亮的星。还有的作家主动向这里投稿，附信的赞美之辞比普通读者更有文采。阿里巴带领他的部下，忙得屁颠颠的，给要求回信的读者回信，把作家误投的稿子退给作家，感谢他的支持，解释说这本杂志是选刊，是不发原创作品的。

于剑死后，孙文夫忙着物色替补的编辑，陆续来了几个文化人应试，吴诗言都说关系不好调来，把人草草打发走了，最后赵小月亲自找了一个，是他老婆单位的小办事员，名叫黄硕，人长得英俊而又魁梧，像个七十年代中国电影里专演正面角色的，又是研究生毕业，学的是政治经济学。编辑部的人都不买账，却又反对不了，正好孙文夫来取备选的作品，见没选出几篇，面带不悦，杨梅偷偷扫他一眼说："知道你有意见，嫌我们工作不力，以后你引进的那位得力的人来了，你就没意见了。"

孙文夫才明白他们消极工作，原来是在抵制黄硕，就洗白道："谁是我引进的人？那是赵伯乐牵来的一匹马呢。"

东方白说："俗话说隔行如隔山，隔着一座山怎么干活儿？你又是三人班子里的人，他们两人是外行，你这个内行怎么就不能说句行话？"

孙文夫说："越是外行，才越是金口玉言，别说隔一座山，就是隔着太行王屋两座大山，我们这些愚公也移不走的，要依了我，我宁可把空缺留给扫厕所女人的那个读北大的儿子！*"

两人这才明白，孙文夫的立场是在他们这一边的，只是抵挡赵小月不住，就不再难为他了。

英俊魁梧的黄硕，以迅雷不及掩耳之势，第二天就背着书包，准时来上班了。按照社里惯例，新人来还得召开一个欢迎会，阿里巴便吩咐杨梅，去买点儿糖块瓜子，水果饮料回来，大

*呼应前文中谢婆子为其儿子求职一事。

家一边吃着喝着，一边谈着以后的工作。杨梅心直口快道："我建议大家分一下工，原来的几人选稿编稿，新来的小黄就搞搞编务，比方说给读者写写回信，给作者发发稿费，给有关单位和人士寄寄杂志什么的。"

阿里巴想了想说："还是大家一起干好，和过去于剑在时一样，我们可以把黄硕当作活着的于剑。"

杨梅说："可是于剑在时，哪里有这么多的读者来信？"

阿里巴笑道："人家都给你写信你不高兴，难道人家都不理你才高兴吗？"

杨梅说："反正我是不回信的，信上都叫的是编辑先生，要回你们这些先生去回。"

阿里巴仍然笑道："这都是读者看多了三十年代的小说，一想到编辑，眼前就出现一个鼻子上架副眼镜，身子又瘦又弱的男人，最好还穿件长布衫子，得个肺结核之类的病，咳咳咔咔地看稿，有时还咯出一口血来。你看我们这几个老少帅哥儿，谁是这样的编辑？读者要知道编辑部里金屋藏娇，还有这么漂亮的一位小姐，恐怕信就更加多了，每封都写给编辑小姐，写着写着就写出作品以外的内容了。"

东方白说："我有一个办法，可以让读者来信不叫编辑先生，只叫编辑小姐，在杂志上开个窗口，登个启事，直接写上来信请寄杨梅小姐收。"

杨梅生气道："那我不成打杂儿的了？"

大家正争议着，黄硕忽然开了口说："杨小姐说得对，我刚来没有经验，又不是学文学的，可以一边打杂儿，一边向诸位老师学习，回信的事就包给我了。"

这样一说，杨梅又觉得伤害了黄硕，反而不好意思起来道："可别小看了回信，很多文学大师给青年读者的回信，不仅指导着青年成了文学新秀，而且回信本身也成了不朽名作。"

黄硕先是憨憨地搓着两手，接着又使劲儿摇摆道："我可当不了大师，我可指导不了别人，我先试着写封回信，写得不好，还要请杨小姐来指导。"

编辑部的人原本对赵小月心怀不满，存心想在他硬性塞来的人身上，给点儿颜色看看，现在见这小伙子如此虚心，手脚又勤快，慢慢地就转变想法，觉得赵小月是赵小月，黄硕是黄硕，又开始喜欢他了。*

魏子野没来参加新人欢迎会，他仍然每周上一天班，其余时间在家闷头写作。昨天李中国从巴黎寄来一封信说，他的那本小说在法国出版以后，专家们的评价都很高，当天就销了两百多本，有三家文学刊物分别进行了选载，还有几家报纸发表了评论文章，那家出版社还计划翻译出版他一本新书，催他借此机会，多写一些好的作品出来。社里人看见魏子野的稿费今天一笔，明天一笔，源源不断地给他寄着，不少都对他有了意见，却当面不说，背后在吴诗言面前捣鼓，希望他向上反映。吴诗言就把这些意见扩大十倍，转告到赵小月那里。

赵小月对魏子野的反感，本来就是大于阿里巴的，这种反感一部分来源于周泉，一部分来源于吴诗言，一部分来源于自己的观察和思考。他觉得此人虽然非党非官，无帮无派，然而行为举止，思维言论，在年轻人中颇有影响，是个可以动摇他领导地位的危险分子。又知道魏子野曾经是老社长看中的人才，却不继承老社长的遗志，不为本社出力，硬要当个野人。在他接任社长之后，正想下个大的决心，着手整治一下魏子野，却不等他着手，魏子野竟抢先提出要到作家协会，去当一名专业作家。这时恰好孙文夫调来，赵小月请他检阅这里的阵容，孙文夫来前就知道魏子野的，首先就提出把他留住，说是老九不能走。** 魏子野走而未脱，便和编辑部达成协议，一周只来上一天班了，稿子都拿回家里去看。赵小月初听吴诗言反映，魏子野如此自由散漫，大为

* 这种事要是换了吴诗言、王金刚之流，当不做如此想。

** 又是孙文夫，原来在阿里巴之前就留了魏子野，再补一笔其爱才之心，想为凤凰腾飞出力之愿。

恼火，但再一想，这样也好，人在家中，一些奇谈怪论传不到社里面来，对他的威胁反而小了。因此对吴诗言的报告只持应付态度，说：“这个人你不要管他，让阿里巴管他就是。”*

吴诗言没摸透赵小月的心理，就真的找到阿里巴，要他管住魏子野。阿里巴说：“你怎么谁都想管，一天不管人身上就痒，有些人是能管，有些人是不能管的，像野哥这样的人，本应该是管我们的，过去他在外语杂志的时候，他把主任让给了周泉，周泉把任意球让给了他，他俩一个得了官，一个得了自由，各得其所，双方已订下了潜在的合同，现在他被我要了过来，我怎么能破坏这个合同呢？”

吴诗言说：“你是他的领导，你有权力把他管住。”

阿里巴说：“别一口一个领导，一口一个权力，我和野哥都不在乎这个，他的本事远远在我之上，昔日凤雏先生屈任耒阳县宰，每天饮酒高卧，一百多天积下的公案，不到半天就处理完了，要按这个工作效率，他一周上一天班，精神太可嘉了，应该一年上两天班才是。”

吴诗言听他处处袒护，又叫野哥，知道他俩的感情不浅，就阴着一张脸说：“听你口气，你野哥的本事何止在你之上，简直在赵社长之上，什么时候选你野哥当了社长，你们也就服了气了。”**

阿里巴笑道：“你看，这就是人和人的区别，我要是选我野哥，我野哥不当面骂我才怪。***”

这次吴诗言根本不用扩大，只对赵小月把原话说了，赵小月就气得浑身发抖。恰好于剑的哥哥于戟回家以后，果然找了一位律师，到当地法院起诉凤凰社，说是于剑的死，与该社领导污辱性的批评有关，要社里赔偿死者家属一百万元的损失，当事人还要负刑事责任。于戟下了一番功夫，让当地法院受理了此案，传票发来，通知开庭，凤凰社的律师认为无论此说是否属实，被告

* 政客的权谋之术。

** 又一个狐假虎威的下流角色，上有赵小月，下有吴诗言，什么人就会带出什么人。

*** 阿里巴直肠直性，这是在直骂赵小月。

所在地是在京城，当地法院是无权受理的，起草一份管辖权异议书寄了过去。于戟誓不罢休，又到京城法院起诉，京城法院虽没受理，但多事的小报记者却兴风作浪，写成豆腐块大的文章，刊登在京城晨报上，*题目叫作《一位青年诗人之死》，文中竟点到赵小月的名字。

京报一登，一花引来万花开，全国各大城市的晚报几乎家家转载，有的还设法从于剑那位写诗的老乡，女子保镖学校的文化教官那里，找到于剑生前的照片，生前写的诗，和报道文章一道发表出来，有一家还登出了于剑跳山自杀的遗照，还有他哥哥于戟悲痛欲绝的样子。于剑遗诗中所有的隐喻，都让人联想到诗人生活的氛围。赵小月看了报纸，认为上面的照片和诗，都是魏子野给提供的，因为于剑生前和他谈得最多，于戟前来料理于剑丧事的几天，赵小月避而不见，却听说魏子野流泪流得很真诚，于戟把魏子野认作知己，两人说了很多心里话，心想这次于戟告状，也一定是魏子野在暗中策划。**

眼看元旦将近，社里要办一个庆祝橱窗，因为李先来能写会画，吴诗言就把这个任务交给了他。李先来不负众望，把橱窗办得漂亮之至，前面有序言，后面有尾声，中间有诗歌和图画，还插进一篇短小精悍的寓言，讲的是山中有一只老猴子，因为贪污小猴子们从地里搬回来的玉米，最后被小猴子们轰下台去，把它本来就红的老屁股，抓了个鲜血直流，红上加红。***

这篇寓言谁都喜欢看，谁看了都忍不住笑。郑三发便对李先来说："我越想越觉得赵头儿糊涂，尽干水牛拉磨，母猪犁田的事。"

李先来意识到郑三发屁股一翘，准是要拉什么玩意儿，却明知故问道："怎么叫水牛拉磨，母猪犁田？"

郑三发说："这不是秃子头上的虱子，明摆着吗，你又会选稿，又会写稿，明明是个编辑部副主任的角色，偏偏让你当印制

* 此处作者对小报记者明贬暗褒，记者同情于剑，兔死狐悲，才有此『兴风作浪』之事。

** 还是以小人之心度君子之腹！

*** 呼应前文中魏子野讲的猴子爬楼梯的故事。

科的副科长，黄硕牛高马大，不懂文学，明明是个在我手下跑腿扛包的料，偏偏让他去顶那个诗人的班！*”

李先来心里美滋滋的，直希望赵小月从厕所出来，正好把这话听进耳里。转而又一想不对，这个庆祝橱窗是设在女厕所的对面的，赵小月绝不可能从里面出来。

女人们在女厕所出来进去，参观橱窗的机会比男人更多，财务科的两个女人，把那篇寓言看来看去，看得遍数多了，好像看出了其中的奥妙，黄莲花就对张洁说："你看那个被轰下台的老猴子，像不像我们的赵头儿？**"

张洁说："可不是吗，社里的钱他都给领光了，那不就是我们这些小猴子的玉米？"

两个女人正说得来劲儿，吴诗言去部里开会，正好从女厕所和橱窗之间的楼道路过，板着脸问："你们两个站在这里说什么话？"

吴诗言是总务处长，兼管人事，和那个河南的拖拉机手一样，张洁也是在他的手上调进来的。吴诗言的弟媳妇下了岗，求吴诗言在凤凰社给她找点儿事做，吴诗言怕本社人说闲话，就把弟媳妇介绍到另一家兄弟出版社，兄弟社管人事的是办公室主任，正好也有一个下岗的弟媳妇，想安排同样怕本社人说闲话，两个管人事的干部，都是很会搞鬼的人，于是商量出了一个鬼办法，把两个弟媳妇交换一下，你的弟媳妇到我的下面来，我的弟媳妇到你的下面去。*** 两个弟媳妇都没上过大学，都当不了编辑，两个大伯子的鬼办法又来了，让两个弟媳妇先去读一个会计速成班，设法拿个毕业证书，然后到两个社来求职。两个内应早在社里把要人的舆论都造足了，中央财务精神，加强财务管理，完善财务制度，补充财务人员。赵小月不懂财务，财务是总务中的一务，管总务的吴诗言说话比赵小月管用，兄弟社管人事的弟媳妇一来，吴诗言亲自面试，一下子就通过了，与此同时，吴诗

* 说出了李先来想听的话。

** 处处从别人眼里写黑板报的寓意，为后文中的李先来、周泉以及吴诗言做引线。

*** 一语双关，汉语的精妙正在于此，隐含了这种利益交换后面还有别的肮脏关系。

言的弟媳妇也在兄弟社顺利过关。

因为这层秘密，吴诗言之于张洁，不说是救命恩人，也算是就业恩人，张洁见了吴诗言，和男人在床上说的话都得向他汇报，何况和女人在厕所外说的话呢？*张洁就笑了说："我们两个在说，橱窗里那篇寓言写的老猴子，多吃多占小猴子的玉米，有点儿像是我们赵头儿。"

黄莲花不是吴诗言调来的，她的恩人是已退休的老处长，她可以不如实地向吴诗言汇报，就瞪张洁一眼说："什么是我们两个说的？我可是没有说的，都是你一个人说的！**"

吴诗言拿眼睛扫了一下橱窗，板着脸说："一只巴掌拍不响，一个人还能说话？"

黄莲花害怕吴诗言去告诉赵小月，以后对她不利，就极力地狡辩说："一个人怎么不能说话？我家那位夜里睡觉，就喜欢一个人说话。"

吴诗言心里暗想，你家那位恐怕早就不跟你睡在一张床上了，他夜里说话你听得见吗？嘴里却说："你们蒋委员长那是说梦话，他做梦想反攻大陆，抢班夺权。"

黄莲花见他脸上虽然板着，嘴里的话却是软的，就放宽了心说："他哪敢有那样的野心，你才是那样的有胆有识的人呢！"

吴诗言终于笑了说："我早就发现你们对赵头儿有意见，有意见怎么办？那句话是怎么说的，有臭意见到厕所提去。***"

黄莲花也终于承认了说："我们不就是在厕所外面提臭意见吗？"

* 再次点明二人的关系，就业恩人当以身相报。

** 是非之人，却又胆小怕事！

*** 多么有恃无恐的官僚心态才能讲出这样肆无忌惮的话！自古防民之口甚于防川，如今芸芸众口，莫之奈何！

33

因为有了这个插曲，吴诗言上午去部里开会，会都没有开好，总想着两个女人说的话，脑子里一片乱哄哄的，好像在放一部动画片，一个老猴子上蹦下跳，嘴里吧唧吧唧，抢小猴子的玉米吃，小猴子一吱声，它还瞪着猴眼吓唬它们。吴诗言忍不住笑了一下，被做报告的部长看见，以为自己讲得幽默，在入会者中引起了共鸣，散会时专门向他走来，和他亲切地握了个手。* 吴诗言心里明白，他笑的不是部长的话，而是张洁的话，别看张洁没什么文化，她那么去理解橱窗里的老猴子，可能还真是李先来的本意。赵小月让郑三发管印厂，李先来管版片，李先来觉得管印厂能大口吃回扣，管版片狗屁也吃不着，心里是恨着赵小月的，说不定就趁着办橱窗的机会，来写文章对他进行攻击。

下午回到社里，赵小月要吴诗言汇报上午的会议精神，吴诗言耳朵听着部长讲话，心里想着老猴子吃玉米，手上的笔记有一句没一句的，现在汇报起来，自然有一定的难度，赵小月见他吭哧吭哧，一脸苦相，憋得像大便干燥，拉不出屎的样子，替他着急说："汇报不出全部的内容，你就像部队喊操一样，说个一二三四也行！"

吴诗言忽然抬起头说："对了，部长就是军人出身，他说第一是要加强政治思想教育工作，第二也是要加强政治思想教育工作，第三第四还是要加强政治思想教育工作。"赵小月叹着气说："你这个同志啊，你肯定是没有好好听会，部长的话从你左边耳朵进来，从你右边耳朵出来！"

吴诗言只好老实坦白，却隐去了两个女人道："赵社长我就实话实说了吧，今天上午我的确没有好好听会，因为昨天我听人

* 作者见缝插针，不失时机地再用金针一刺。

说，橱窗里那篇寓言是骂你的。我昨晚一宿没有睡着，今天上午路过橱窗时，特意把那篇寓言又看了一眼，发现确实是攻击你的，把你比成老猴子，说你多吃了小猴子的玉米，最后被小猴子轰下台了。”

赵小月皱着眉问：“橱窗不是你安排人写的吗，写了你怎么当时不看？”

吴诗言说：“我做梦也没想到，李先来会有这大的胆子！”*

赵小月就这个老猴子的问题，及时召开新的三人会，他让吴诗言把周泉叫来，三人关上门分析，李先来为什么要写这篇寓言，有多少人看到了这篇寓言，有多少人看懂了这篇寓言，有多少人在谈论这篇寓言，有多少人把这篇寓言中的老猴子和他挂上了钩。吴诗言就按照自己的想法，分析了李先来为什么恨他，但是为了去除赵小月的顾虑，却一口咬定说：“那篇寓言没看的人是多数，看得懂的人是少数，私下议论的人微乎其微，把老猴子和他挂上了钩的人，可能就只那一个了。”

赵小月一定要追问那人是谁，吴诗言怕他叫人对证，就随口安在病退在家的老翻译罗戈尔身上，让赵小月对起证来也不容易，说罗戈尔昨天来报销药费，正好看到了那篇寓言。** 周泉闭着双目，很负责任地听完吴诗言的分析，摇了摇头，睁开眼说：“你说的那篇老猴子寓言，其实当天我就看了，也看懂了，只不过对谁都没有说罢了。可你怀疑李先来用寓言来含沙射影，攻击领导，你这是抬举了李先来，李先来是个小聪明，能写会画，但那是照葫芦画瓢，创作他却是不会的。***”

吴诗言说：“你说谁会创作？”

周泉闭口不说，直把赵小月看着，吴诗言又说：“社里只有魏子野是个作家吧？”赵小月的眼睛突然一闪，随后那光就暗淡下去，吴诗言明白了他俩的意思，皱着眉头说：“可是橱窗里所有的东西，的确是李先来一个人写的，别人动都没动呀？”

* 我做梦也没想到，吴诗言竟然如此下作，这就开始狗咬狗了。

** 罗戈尔何其无辜，被小人推到了枪口上！

*** 前面吴诗言是点火的，这会儿周泉是个引火的。

周泉问道："照你这么说，报纸上的编者按都是编者一个字一个字按上去的？"

吴诗言皱着眉又想一阵，猛地笑了说："我明白了，你的意思是，有可能是魏子野创作的老猴子寓言，李先来用毛笔抄出来的。"

周泉又闭口不说了，再把赵小月看着，赵小月点了点头，却把脸转过去，装作取背后的一本书说："这件事我已心中有数，不要再追究了，不要再传播了，也不要再老猴子老猴子地挂在嘴上了。"

两人答应着，看见赵小月说不要追究的时候，暗淡的眼睛又闪了一下。* 新的三人会一散，周泉就去印制科找李先来，想了解那篇寓言终究是从哪里来的，以此作为自己的智力测验，同时悄悄给李先来透一个风，说他胡编乱写，险些惹出麻烦，是自己暗中保护了他，要他以后学会认人，也学会防人，认人自然是认识自己，防人自然是防备吴诗言。**

门一推开，周泉吓了一跳，李先来和郑三发面对面地坐着，不说也不笑，不扭也不动，就像是金庸武侠小说里写的那样，被武林大侠点了穴道。周泉慢慢地走过去，搬把椅子坐在两人之间，这时才听郑三发开了口道："相倒是个好相，天庭饱满，地廓方圆，嘴巴也大，耳垂也长，本来命里是可以当个官儿，和赵小月差不多大的，只可惜右额靠边儿那里，有豌豆大个小坑儿。要是碰上别的相士，十有九个看不出来，都会说些恭喜贺喜的话，只管多向你要钱，今天碰上了我神相郑，我一分钱都不要你的，可我要实话告诉你，下一任的领导班子里，没有你的份儿了！"

周泉方才明白，两人原来是在看相。郑三发见周泉也凑过来，就问："你也想看一个？"

周泉知道他俩之间的误解，此生难以消除，怕他像对李先来一样，利用看相对他挖苦一通，摇手笑道："我长的是个哭相，我

* 这种事情没法明着追究，但赵小月绝不会如此宽宏大量，这一闪，暗地里怕是要给魏子野下圈套了。

** 周泉周全，任何时候总想得这么周全，当然是对自己有利的周全。

自己对着镜子看过无数遍的，不用请你看了。”

郑三发却紧紧抓住他不放道：“你又不懂装懂了，相书上说哭相可以变成笑相，苦相可以变成福相，凶相可以变成吉相，这就是你们文人嘴里常说的破涕为笑，苦尽甘来，逢凶化吉这一类词儿。我看你的这个哭相，只要把三个地方动一动，以后就变成一个笑相了。”

周泉听他说得有板有眼，有辩证唯物主义，还有一连串的成语，好像真懂一点儿相术，一时放松警惕，失口问道：“动哪三个地方？”

郑三发说：“你的眼睛和嘴巴，角角都是往下吊的，要能变成往上翘，赵小月看着就更加舒服，下届班子就有你的份儿了。*”

周泉后悔到底又进了他的圈套，心里冷笑着道，我就是不变这个哭相，赵小月不也看着舒服，下届班子不也有我的份儿吗？面子上他却故意相反，用两只手的四个指头，把两个眼角和两个嘴角使劲儿往上撑着，问郑三发说：“是这样吗？”

郑三发说：“正是这样，记住，每日三次，每次三分钟，三十天后保证见效。”周泉在心里计算了一下，一个月后正好是领导班子改选的日子，郑三发莫非真有特异功能，已经预知他的前程了？正要再问，却听李先来抢着问道：“郑神相，你再看看我有没有戏？”

郑三发又看看他说：“的确没有你的戏了，百家姓里本来安排有你的，你听，赵、钱、孙、李，按照先后次序，“李”排在第四位，社里有三个姓李的，李中国现在国外，李享大今年五十九，剩下就是你了。本来前面三人里选掉一个，你是可以补进去的，可惜你下面的周、吴都要上来，就把你挤出去了。**”

周泉过去从没研究过大家的姓氏，这次听郑三发一说，暗暗称奇，社里大小头儿的姓氏，的确是这么排的，便又逗他道：“周、吴下面又是郑、王，莫非你和王金刚也要进班子来？”

* 讽刺周泉拍赵小月的马屁。

** 虽是信口胡诌，却说出了凤凰社的现状，说明赵小月的所作所为，大家都看在眼里，心知肚明。

郑三发说：“我们要进班子，那就成短枪班了。”

李先来叫道：“短枪好哇，挎短枪的就是首长，背长枪的那不是小兵了？”

郑三发说：“我给自己看过相的，命里只有女人缘，却没有官、财、寿。”

李先来反过来看他的相道：“我看你这辈子官是不大，财也不多，可阳寿还是长得很。”

郑三发说：“不长，不长，早晚得栽在女人身上，被人给吧唧了。*”

说完突然咧开嘴巴，发出一阵坏笑，在李先来的头上摸了一把，转身去上厕所。

周泉趁他出去这会儿，抓紧问李先来道：“我问你件事情，你在橱窗里写的那个寓言，是从哪里抄来的？”

李先来嘻嘻笑着，反问他说：“你问这个什么意思？”

周泉低声说：“有人说你用老猴子影射赵头儿，赵头儿知道了，正在得人调查你呢，是我从中保了你，说这个寓言是别人编的，你不知其意，只是照本宣科地抄在纸上而已。”

李先来笑道：“你说得对，我的确是不知其意，看着橱窗里还有一块空地儿，没有东西可写，就去编辑部里借了一本杂志，拿来翻翻，觉得那篇寓言怪好玩儿的，就抄在上面了，我可没有那么复杂的思想，只有你们编辑才会搞什么影射。**”

周泉问：“你这杂志是不是从魏子野的手里借的？那篇寓言是不是他介绍给你的？”李先来从周泉的问话里听出了猜疑，甚至还有暗示，就严肃起来道：“你们是怀疑是魏子野让我写的？绝对不是，你知道魏子野很少来上班，我写橱窗那天他根本不在。***”

周泉也严肃起来道：“这事你可得想好了，大家都是明白人，要说没有影射是不可能的，你愿代人受过，到时只怕你受不起。”

说罢他就用眼睛注视着李先来，李先来在他的注视下低头想

* 都说医不自医，卦不自卜。这郑三发也是口无遮拦，不知是信口胡说，还是真有神算能力，竟然能一语成谶！

** 或许真是无心为之，正好歪打正着，大家就对号入座了。

*** 这下智商检测不周全了。

了一会儿，忽然抬起头说：“你们要这么想，那我就坦白了吧，那篇寓言是我姐的孩子参加晚报征文写的，得了个少年组一等奖，上周日我姐拿给我看，我一看就觉得很符合我们社的情况，写橱窗时就把它抄进去了，要说我影射了赵头儿，影射了就影射了吧。*”

周泉发现李先来说的都是真话，大出意外，一句话也不再说，又坐一会儿，郑三发从厕所回来，就推说忘了一件事情，起身回编辑部了。

吴诗言没把元旦橱窗办好，怕赵小月生气，就想在元旦会餐上补一把火，争取像五十年代的社会主义一样，要多快好省地进行建设，多玩点儿花样，速战速决，吃好喝好玩儿好，还要省钱。社里也实在没钱可花了，这笔会餐的经费还得瞒着孙文夫，从那一百万投资款里开支。吴诗言不在酒店包席用餐，也不租用会堂联欢，更不在歌厅舞厅搞什么活动，却派人把社里的会议室打扫一下，中间用会议桌摆一大席，卸下窗帘，洗一洗晾干了，铺在上面作为桌布，四角用办公桌摆四小席，在餐馆订了些鸡鱼肉菜，自己再买了些水酒瓜果。

全社人听说这次是开宴会，比历次开会都到得整齐，因为这是世界人民的新年，不分国籍，普天同庆，英国专家斯蒂芬和美国翻译玛丽娅也都来了。大家分席而坐，边吃边喝，边说边唱，斯蒂芬第一次在中国过年，觉得新鲜过瘾，起身走到女士们的面前，看样子是想跳舞，女会计张洁原来在工厂时，据说又是厂花，又是舞后什么的，今天想在凤凰社露一手，特意穿了一条旋转起来很好看的红裙子，一见斯蒂芬走来，她就情不自禁地迎了上去，但是斯蒂芬经过她时没有停下，继续走到杨梅的面前，笑着伸出一只长胳膊来。张洁站在原地，屁股坐不下去，脸上的颜色比裙子还红，周泉见机行事，冲上去挽救了她**。斯蒂芬和杨梅配合得好极了，两人旋到费英雄的身旁，费英雄见英国人搂走

* 不是李先来有担当，作者特留伏笔与后文作对照。

** 周泉到底还是周全，关键时候总能补缺。

了中国姑娘，不甘示弱，一心要让中国人搂来一个美国姑娘，就和玛丽娅也跳上了场，比斯蒂芬和杨梅还要欢实，直跳得汗流滚滚，粗脖子像烟囱一样冒出烟来。

宴会一时进入高潮，紧接着又上场了十几对舞者，其余不跳的人就大唱其歌。赵小月带头唱了一首日本歌曲，钱思奇唱了一首英国歌曲，孙文夫不会唱外国歌，也不会唱流行歌，就试着清唱了一段京剧，不想却博了个满堂彩。*下面要求每个部门出两个人，唱两首歌，轮到编辑部时，阿里巴足足想了半天，开口唱道："我们是害虫，我们是害虫……"

大家听出是电视里杀虫剂的广告歌，他又没有音乐细胞，唱得五音不全，一时笑得东倒西歪，挥手轰他下去，说是这首不算，赵小月也半真半假地批评他道："我们是什么害虫？我们是党和国家的文化战士，我们是中外文化交流的使者，我们怎么成了害虫呢？"

阿里巴急忙中想不出第二首来，索性一屁股坐下，喝着饮料说是等会儿再唱，东方白就接替他，唱了一句："一个外国人，不远万里，来到中国"，然后如何如何，年轻人从来没听过这种歌曲，又笑又叫又拍巴掌，玛丽娅受了这首歌的感动，挣开紧紧搂着她腰的费英雄的手，径直奔到东方白的面前，喘着气说："我和斯蒂芬不也是不远万里来的？我还两万多里呢！**"

大家又鼓起掌来，阿里巴歇了口气，忽然想起最近在金铃子那里看的一部旧电影，里面有首老歌，调子怪怪的，词儿也不同寻常，在心里预习了一遍，就重新站起来唱道："老天爷，你年纪大，你耳又聋来眼又花。老天爷，你年纪大，你看不见人来听不见话。杀人放火的享尽荣华，吃素看经的活活饿杀。老天爷，你不会做天，你塌了罢，你塌了罢！"

这次大家听不出来历了，都夸词儿挺好的，唱得还是不行。赵小月又半真半假地批评他道："怎么尽是这些怪东西，一会儿说

* 京剧是国粹，孙文夫又是国语书刊杂志总编，当下又只有国语书刊能为凤凰社带来利润，故有此满堂彩。

** 看来荣誉面前，人人有附会之心，不论中外，概不能免！

自己是害虫，一会儿又骂老天爷，这个歌词是从哪里来的？”

阿里巴答不上来，魏子野替他答道：“这首歌的歌词是有出处的，最初见于晚明的一本拟话本小说，艾衲居士编著的《豆棚闲话》，第十一则《党都司死枭生首》，抗战时期胡适把它抄给赵元任，赵在美国把它谱成曲子，托一个在耶鲁大学学习作曲的音乐家，名叫谭小麟的带回上海，名字就叫《老天爷》。胡那时候是驻美大使，赵是美国大学的教授。这是一首爱国主义的歌子，曲子又采用的是民间歌谣，北方大鼓的形式，当时有一位名叫李志曙的人首唱的，影响很大，就是半个多世纪以后，现在听着也不是没有意义。*”

杨梅却乘机攻击阿里巴道：“只是很可惜，那么好听的歌子，经阿哥的破锣嗓子一唱，民歌不是民歌，摇滚不是摇滚，五音不全，上气不接下气，要让李志曙的魂魄听见，还不气得活了过来？”

魏子野替他打圆场道：“也未必，书里只写了有人唱着一只边调曲儿，没写那只边调曲儿是怎么唱的，艾衲居士又不识谱，也不会跟现在拿工资的专业的作家一样，动不动就花公款坐公车，到好吃好玩儿的地方去采风。如果有人听过原本是怎么唱的，说不定会认为小阿的调子比赵元任更像，因为老百姓都饿坏了，哪里还会唱出那么好听的美声？”

大家觉得他言之有理，也都像听歌似的叭叭鼓掌。赵小月听魏子野引经据典，谈笑风生，做出一副音乐评论家的模样，也不知是真是假，由此更加觉得此人可恨。** 宴会快要进入尾声的时候，突然门被推开，进来几个头戴大盖帽，身穿公安制服的人，把所有的人都吓了一跳，歌舞说笑戛然而止。吴诗言心里直犯嘀咕，却强作镇静迎上去说：“我们是在庆祝元旦，进行正当的唱歌跳舞，几位是不是以为我们在搞什么非法活动？”

一个大盖帽摇手说：“不是，我们是来调查一件事的，谁是你

* 再次映衬出魏子野的学识渊博，赵小月的孤陋寡闻。

** 又被魏子野抢了风头。

们的社长？”

吴诗言听说调查一件事，立刻联想到于剑的死，想到于戟的起诉，直想把赵小月掩护过去，还在支吾着，赵小月却自己站起来说：“我是凤凰社的社长，请问你们有什么事情？”

大盖帽出示了工作证说：“我们是枪岛市公安局的，你们《凤凰文选》的主编涉嫌经济诈骗，已经立案侦查。*”

全屋人的眼光立刻惊惶起来，四处乱射，最后落在孙文夫的脸上。孙文夫正酝酿着，下一步再唱个什么京剧段子，这时脸色蓦地变白，脑子里螺旋桨似的飞速转着，回忆那次去枪岛，做过哪些可能被误认为诈骗的事情，转来转去，也只转出向张义夫要的那一百万块钱，一下想到答应投资的张义夫，条件是当一个名誉主编，心想是不是张义夫出了问题，便试着问大盖帽道：“请问，那位涉嫌诈骗的主编叫什么名字？”

大盖帽果然回答说：“张主编叫张义夫，已经被我们抓起来了，另一个副主编叫李建党，目前正在写检举材料。**”

孙文夫松了口气，全屋人都松了口气，赵小月说：“你刚才说的那两个人，一个是我们的名誉主编，一个是我们的特邀副主编，他们只是我们的投资人和联系人，实际上和我们一点儿关系都没有的。”

大盖帽说：“既然是投资人，怎么能说一点儿关系都没有？据他交代，他诈骗的钱有一百万投资到你们杂志来了，有没有这回事？”

孙文夫坦白承认说：“有这回事。”

大盖帽说：“我们此行的目的，就是把这笔巨款追缴回去。”

孙文夫急了道：“这怎么可以？他向我们投这笔资，我们之间是有合同的。”

大盖帽说：“因为这笔钱的来源是非法的，所以这笔钱的使用也是非法的。”

* 作者在最热闹的关头，当头浇下一盆冰水，行文跌宕，也是世态之常情，俗话讲乐极生悲，正是此意。

** 当时对张义夫俯首帖耳的李建党，现在反咬一口，真是讽刺！

孙文夫还在据理力辩说："可是我认为，即便这笔钱来源是非法的，但它用在了对国家有益的文学事业，就不能认为它也是非法的，何况这笔钱我们已经用了，要追缴也追缴不回去了。"

大盖帽一下火了，刷地冷下脸说："怎么，想阻挡我们执法吗？你是什么人？"

孙文夫说："我是这份杂志真正的主编。"

大盖帽点头说："好聪明的主编，因为太穷，一百万卖给人家一个名誉主编，一个得钱，一个得名，真正的主编还是自己当着！这下可好，这下赔了名誉又丢钱，聪明反被聪明误了！"

赵小月害怕两人因此争执起来，后果更是难以想象，就拍拍大盖帽的背道："有话好说，请到我的办公室来。"

大盖帽就随他走了出去。大家兴致索然，围绕这件事发了一阵议论，然后不欢而散。东方白为了证实自己的英明预见，边走边对阿里巴说："那天我俩正睡着午觉，一个黑脸哑巴闯进来卖菜刀，叽里哇啦，嚼里叭啦，一通乱叫乱剁，当时我就说这是不祥之兆，预兆着事情的突然中断，你还不信，现在你该信了吧？*"

阿里巴心里不是滋味道："你还有心情幽默，我可没有，我得去想法助孙总一臂之力。"

庆完元旦的宴会厅里人去屋空，一大四小的餐桌上杯盘狼藉，地上也扔满了骨头和纸巾，吴诗言想叫几个人来清理打扫，在走廊里叫了一通，一个人也不响应，这时看见谢婆子提着一把拖布，一摇一晃地走了过来，便对谢婆子说："来来来，进来把这里打扫一下。"

谢婆子白眼翻着他问："这是男厕所还是女厕所？"

吴诗言笑道："你在厕所里开宴会吗？"

谢婆子探进半个身子，望了一头说："原来不是拉屎撒尿的地方，那怎么搞得这样脏巴拉叽的？"

吴诗言说："不脏我让你来打扫？"

* 呼应前文哑巴卖刀一事，也呼应了魏子野测字一节的四句偈语：清风忽来，一虫化鸟，惜无梧桐，却又去了。

谢婆子又翻他一眼说："俺跟你们订的合同是扫楼道和厕所，你要说这是楼道和厕所俺就扫，不是楼道厕所俺就不扫。"

说完又一摇一晃地走了，气得吴诗言在后面小声骂道："我看这个破社，真他妈的快要玩儿完，别说社里的大爷大妈，连这一个扫厕所的臭老婆子都成精了！*"

*天作孽，犹可恕；自作孽，不可活！

34

孙文夫从枪岛带回的一百万元赞助款，此时已经花去一半，还剩下的另一半，枪岛公安局人从账上尽数转走，说是回去以后再作研究，花去的一半如何处理。印制杂志的资金突然就没有了，发行商老胡的销售款又不能及时收回来，这正是本年最后一期刚刚出来，明年第一期准备印制的时候，形势急转直下，本来欣欣向荣的事业，转眼间面临绝境。孙文夫急得团团转，四处寻找新的老板，希望有一个新的财主能及时地出现在眼前，替代张义夫接着给钱，支持他们的文学事业。然而越是财主越想继续发财，已有的钱财却一分也不舍得乱花，再也没有人像张义夫那样，为了圆一个文学梦而一挥百万金的了。陷入绝境的孙文夫此时丧失了觉悟，竟然怀念起被捕的张义夫来，心头泛起一种知音难觅的辛酸。

倒是先后有几个文化公司的总经理，听说这事以后，提着密码皮箱亲自上门，让孙文夫开一个价，他们索性买下这个杂志，以后凤凰社什么都不要管了。孙文夫苦口婆心，试图说服对方，怎样找到一个折中的办法，先说一方来编，一方来卖，对方说是不行；又说双方共编，一方独卖，对方也说不行；再说双方合为一方，共编共卖，对方还说不行。* 孙文夫的脸上就霍然变了颜色，说：“我明白了你们的意思，你们是想乘人之危，巧取豪夺，把一座文学的圣殿买去，变成杂耍场和精神妓院，还要把我这个主编的名字挂在门口，你们以为给我多少钱我会同意？”

对方说：“也给一百万怎样？如果嫌少，可以再谈。”

孙文夫突然站起身来，一挥手说：“不必谈了，请你们走吧。” **

* 文学在金钱面前，何其无力！

** 为孙文夫的骨气喝彩，也为《凤凰文选》的未来担忧。

见对方还坐着不走，孙文夫自己走了出去，一出门就再不回来。

赵小月要孙文夫在十天之内，想出挽救的办法，如果过了期限还没找到财主，那么只好忍痛割爱，宣布停刊。钱思奇和孙文夫商议停了日语杂志的事，赵小月永远记在心里，难以忘怀，就对孙文夫说："只要不能给我们带来经济利益，什么杂志都应该停的。"

孙文夫知道他话里的意思，心里正有着火，便抵触道："给你带没带来经济利益，你自己可以算一笔账，这一段又是死人，又是伤人，又是应诉，又是还债，我不知道这些钱是从哪里来的，只知道张义夫投给杂志的那笔资金，杂志本身还没有用到一半的一半。"

赵小月制止道："不要再提你那个诈骗犯学生了，他把我们的名誉已破坏够了，我们还要向他起诉呢。"

孙文夫听他这样一说，自己就无言以对了，心里虽然怨着张义夫的鬼迷心窍，但是更恨的却是赵小月的翻脸无情，如此势利。他觉得自己为办这份杂志费尽了神，操碎了心，磨破了嘴，跑够了路，只差没有把性命都搭进去，现在却落得这样一个可悲的下场，* 从现在起，他已决定不再挽救这份杂志，不仅是杂志，连人也恨不得马上离开这里。

杂志是去年的此时正式创办的，到现在正好是一周年，本来应该有一个庆祝活动，现在却因故停了，编辑部的人都旧情难断，好像只养了一岁的孩子，活蹦乱跳，白胖可爱，正在顺理成章地往大人长着，突如其来，说夭折就夭折了。东方白中风似的坐在那里发呆，杨梅甚至流起泪来，阿里巴的心里比哭还要难受，但他故意笑着，反而还逗杨梅说："过去都以为你是现代派的女性，想不到还是一个林黛玉，看见咱们这朵奇花落了，也会伤心地哭啊！"

* 阿里巴《老天爷》的唱词，竟一语成谶，成了孙文夫的判词。

杨梅用一只手挡着眼睛，从鼻子里哼出一声说："谁个伤心了？我早就希望这朵花落了！你还别说，这真是一朵奇花，自开自败，自生自灭，花枝招展时都来争春，花容憔悴时就没人理了，眼看着花落花飞，枝残叶枯。这下没有了才好，花谢人亡两不知，大家八仙过海，各谋各的生去！"

今天正好是魏子野大驾光临的日子，魏子野依旧背对着大家，悠然地品茶，入定地看书。杨梅实在忍不住了，走过去夺下他的书说："野人，你别装模作样，像个给人做法事的高僧了，我就不相信你还看得进一个字去！"

魏子野端起茶杯，又喝了一口茶说："我用眼睛看书，用耳朵听你们说话，两不耽误，不信我给你们讲一遍书中写的什么，再讲一遍你们说的什么，讲出来要是不错，你给我买一包正林牌的瓜子来吃。"

杨梅正要打赌，东方白赶快阻止她道："别上他的贼当，他有这个本事，已经吃人家不少东西了。*"

魏子野对杨梅笑道："其实我跟你是一个观点，你说我做法事，超度亡灵，现在我就给你打句偈语，你听着，凤凰须涅槃，方能得新生。"

杨梅说："什么偈语，这不是郭沫若诗中的意思吗？"

魏子野说："你说得对，郭沫若一生写了那么多的诗歌文章，我欣赏的不过几首，《凤凰涅槃》就是其一。如果隐去作者名字和写作年代，让后来的学者研究此诗，说它是写给今天的凤凰社的，未必有错。如此看来，眼前这里发生的一切，未必就是一件坏事。"

阿里巴想不到他一向敬重的人，此时居然说出这样的话来，愣怔了一会儿问道："你真的是想它死？它死了还涅得了槃，还新得了生吗？我看它死就死了，灰飞烟灭，呜呼哀哉了！"

魏子野说："这又有什么不好呢？"

* 若无此本事，怎会博闻广记那么多经史典故！

阿里巴自知辩不过魏子野，就低下头去，不再说话。

说完这话的当天晚上，阿里巴突然又接到一个电话，一听声音是璀璨打来的，说她刚从香港飞回来，现在就住在台湾饭店，这次来是想看看她的那本书出版了没有。阿里巴心想这女人真像一个幽灵，四海漫游，随风而至，可惜来得早了一点儿，就如实地告诉她说：“你的那本书目前还没有出版，正在进行文字三校，封面已经设计好了，这个月底可以发到印厂。”

璀璨听了哇的一声就叫了起来道：“怎么这样慢，怎么这样慢？好多领导和朋友都等着我向他们赠书，我每夜做梦都梦见我的书出版了，你们怎么这样慢哪？”

阿里巴按着性子，劝她别急，本想对她打个比方，说是急婆娘嫁不到好汉，想了想觉得此语不妥，因为她虽然心急，却至今连赖汉也没嫁到一个，就临时换了个比方说：“心急吃不得热豆腐，我们出书是有一定进程的，只要按照合同上的要求，元旦保证让你看到新书就行，晚了你可以诉我们违约。”

璀璨在电话那头沉默良久，忽然说道：“那么好吧，既然书还没出，我就再调整一下里面的作品，把原有的抽三篇短的下来，再补充一篇长的进去，总字数并不改变，上次从你们这里走后，我又认识了一个大企业家，他同意我写他一篇报告文学，我刚把初稿写好，今晚开个夜车就完了。”*

阿里巴心里一怔，断然回答说：“这可不行，这样一换，整个编校工作就乱套了，再说你新写的文章审都没有审读，连写都没有写完，怎么就能横插进去？图书又不是肉包子，把牛肉换成羊肉，猪肉换成狗肉，想怎么换怎么换的。出版合同其中有一条，全部文字一次性交付对方，就是预防发生类似的事情。”

璀璨却根本不听他这一套，死乞白赖地辩道：“别把我说得那么难听，什么猪肉狗肉的，也别跟我讲什么合同，当时签合同时我连看也没看，我是信任你才在上面签字，才把书稿交给你的。

* 纸厦将倾，各种妖孽都来助阵。先有袁飞北，再有张义夫和李建党，现在再来一个璀璨，各用一把力，何愁纸厦不倒！

如果不是为你，我这本书哪里不能出版？要是在别处出版的话，没出以前我就不信不能换几篇文章！加的文章是歌颂企业家的，他又不是什么坏人！”

阿里巴听着心里发毛，耳朵嗡嗡直响，还想继续给她讲明道理，一开口却又被璀璨的声音盖住了，璀璨说：“你别说不行了，我马上打车到你们社来一下，找你们的社长赵小月先生，问问他行还是不行。”

阿里巴见她搬出赵小月来，口气一下就坚决了道：“你要找他就找他吧，他说不行你就和他去闹，他说行你就让他编你的书，反正从此以后不要再找我了！”

璀璨一听硬的没用，就变软了说：“你别生我的气好吗？不管怎么说我是为了出书，而不是为了干什么坏事，我其实是相信你的，我是不会去找赵小月的，我刚下飞机，疲劳得很，你就打车过来看我，我请你吃饭，请你看看我新写的这篇文章好吗？”

阿里巴听她口气一软，心也软了，却仍大着声说：“你千万别说请我吃饭，这样一说我倒成了吃人家的嘴软，不同意也得同意了，所以要吃饭也得我请你吃，毕竟你是香港来客嘛。不过今天就算了，你也疲劳，我也有事，明天我们再联系吧。”

璀璨说：“不行，你必须马上过来，我还有一件重要的事情想和你谈。”

阿里巴疑惑道：“什么事？”

璀璨说：“我从网上看到，你们的杂志因为经费和销售的问题停办了，我知道你是个工作狂，事业迷，心里一定很难过的，我也和你一样难过，我想帮你一把，让它死而复生。”

阿里巴心里大惊大喜，惊的是这个女人如此神出鬼没，连他们停刊的事情也能知道，喜的是她神通广大，居然还有起死回生的灵丹妙药，眼前仿佛看到一颗救星从天而降，立刻忘了刚才的不快，对璀璨的印象大为改变，急切地问道：“你想怎样帮我？”

璀璨从容笑道："我自然有办法的，等你过来我再告诉你，如果你今天有事，那就明天再联系吧。*"

阿里巴一下急不可待道："我哪里有什么事，什么事又有这事重要？你等着我，我马上就打车过来，你住台湾饭店几层几号？"

璀璨说："909 号房间，你来了请按三下门铃，OK？"

阿里巴比绵羊还要顺从，放下电话就直奔台湾饭店，在 909 号房外按了三下，房门开了，却不见人，阿里巴料定璀璨隐在门后，便擦着墙边直往前走，眼睛把门后看着，果然一个火球从门后一跃而出，正是璀璨，穿一身大红色的加厚内衣裤，从后面抱住阿里巴的脖子，跳起来就在上面吧唧亲了一口。阿里巴猝不及防，夸张地苦着脸道："你请我是来做正经事的，你得讲信用啊。"

璀璨双手推他在床上坐下，自己却坐在他对面的圈椅上说："我告诉你，今天你就是想跟我做不正经的事，我也不跟你做的，我已经名花有主，找到一个远远在你之上的老公了，从此以后，我要忠诚于他，为他保持贞操了！**"

阿里巴刮目看她一眼，心里如释重负，想起来前在电话里，险些还说她急婆娘嫁不到好汉，没料到她正好嫁了一个，就站起身来，和她握了个手，道了一声恭喜。璀璨说这话本是试他，一见他竟满脸是笑，毫不遗憾，更加证明他的心里从来就没有自己，情绪一下又低落下来，虽然在继续说着笑着，神情和语调却有些不自然了。阿里巴看出她的失落，忽然猜中了她的心里所想，觉得自己的恭喜有些残酷，就装出一副受了打击的样子，闷闷不乐着，低了头不再说话***。

璀璨的两眼一下闪出奇亮，在他脸上滴溜溜地飞转，顿时得意起来，叹道："唉，你们这些臭男人呀，都是这样些臭毛病，就像在水果市场，水蜜桃送到你的面前，你看着总觉得不好，可是一旦被别人买走，心里又后悔了！"

阿里巴憋着劲儿想，哪里是水蜜桃，分明比猕猴桃的毛还

* 欲擒故纵，这女人玩弄阿里巴算是一玩一个准。

** 作者如此落笔，使前面行止与此时言语作对照，刚亲完阿里巴却说为找的老公保持贞操，笑煞人也！

*** 猜中了何不将计就计，又做此不明不白之情态，苦了自己不说，也纵了璀璨之淫心骄态。

多，比核桃的皮还厚，比不上金铃子半点儿的温柔。但他仍沉闷地坐着，让璀璨觉得他的心理已被她一语道破。璀璨竟真是这样认为他的，一屁股又坐到他的身边来说：“不过你要后悔还来得及，就是现在，我也可以把那位辞掉的。”

阿里巴听她说辞就能把那位比他还好的老公辞掉，就像那位不是她的老公，而是她的打工仔，一时想起刁参谋长对阿庆嫂的那句唱词，觉得这个女人真比阿庆嫂还不寻常，急忙摇头说：“我现在可没有心思吃水蜜桃，我一心想的是我们的杂志，你不是说你能帮我，让它死而复生吗？*”

璀璨心又凉了，重新坐回到圈椅上，高跷着腿，点燃了一支女士香烟徐徐抽着，从烟雾中斜看着阿里巴的脸，口气又硬了说：“没错，按我目前手上掌握的财团，别说是一家杂志，就是十家杂志，也能一下子收购过来。”

阿里巴说：“可是我们已经向上面打了要求停刊的报告，杂志从下月起就没有了。”

璀璨仰脸向上，轻轻吐出一个烟圈儿说：“迂腐，打了要求停刊的报告，再打一个要求收回要求停刊的报告，停了的刊物不就不停了吗？主管这事的机关和人，我也都认识的，这事容易得很，不容易的恐怕还是在别的问题上。”

阿里巴问：“在哪方面？”

璀璨说：“我虽有借尸还魂之术，却不知你们的头儿愿不愿意舍己为人。”

阿里巴说：“怎么不能舍？无非是舍己为人，又不是舍身饲虎，如果是我，只要能治好一个死症，除了性命我什么都舍得**，就是不知道你怎样借尸还魂。”

璀璨说：“那你就回去对你们的赵小月说，让你们的人都给我下来，不管是编刊的还是卖刊的，是当官的还是当兵的，先都在门外规规矩矩站着，*** 我扶植你当主编，我当副主编，或者你当

* 想是阿里巴为了杂志，委身求全，才有此情状。

** 哈，阿里巴现在不就在舍身饲虎吗！母老虎。

*** 这女人口气够霸气的，但愿不是另一个马翠花！

社长，我当主编，我负责资金和销售，你负责编辑和印制，再从下来站在门外的人当中，挑几个又正派，又有才能，又有责任感的，和他们签订合同，让他们会编的编，会卖的卖，我就一定能把杂志救活。”

阿里巴心里一动，想不到这个女人还怀有如此的野心，并且真还抓住了社里的本质，指出的问题一针见血。但他嘴里却说：“赵小月才不会采纳你的意见呢，因为这场改革一旦实行，第一个下来的就会是他，我们杂志的主编孙文夫，或者野人魏子野兄，却可以留下代替他的，而我不行，我顶多还是担任现在这个角色。”

璀璨恨铁不成钢道：“原来你还是个不想当元帅的士兵。”

阿里巴纠正说：“士兵倒不至于，当个上校比较合适。”想想又笑了说，“刚才你说的这一番话，我听着有点儿耳熟，仔细一想就想起来了，是吕奉先曾对曹孟德说过的，公为大将，布副之，天下不难定也！”

璀璨说：“吕布说得对，我要是曹操，我当时就同意了。”

阿里巴说：“那是罗贯中写的小说，连小说里都不行，何况现实。我们凤凰社的先例是，自己家的婴儿要饿死了，你找上门去喂奶可以，让他另认爹娘却是不可以的。”

璀璨叹口气说：“连个狗屁权力都死抱着不放，还说是除了性命什么都舍得！真是个既无能又自私，而且还狠毒无情的家庭，这种人家生的婴儿，谁会找上门去喂奶，谁又敢找上门去喂奶呢？其结果只能是让好好的孩子，活活饿死在襁褓中了，孩子生在这里，真是不幸投错了娘胎。”

阿里巴又从璀璨的话中，想起那个刚刚倒霉被抓的男人，为他们杂志投资一百万的张义夫，觉得这个女人对社会的把握，竟比男人还准确得多，她简直要成精了。看着璀璨吞云吐雾，阿里巴知道他们关于杂志的谈判已经结束，这件事情已是无可挽回的了，便起身要告辞，璀璨坐着不动道："慢着，你还想跑？你还没有请我吃饭呢，吃罢了饭，你还要给我看稿呢。"

阿里巴只好又坐下来，等着她把一支烟抽完，才催她出去找个馆子吃饭。璀璨却转身进到卫生间里，又是洗脸，又是化妆，又从旅行箱里取出一件绛红色的落地长裙，当着阿里巴面，脱了身上的那套红运动衫，而把红裙子穿在外面，在脱衣服裤子的时候，雪白的肚皮都露出大半截来，裙子换好以后，仍不急着要走，却用模特儿步走到阿里巴的面前，转着圈儿地问他道："我好看吗？我好看吗？"

阿里巴苦着脸不表态，逼得急了，方才实事求是道："我看还不如刚才那个大火球呢。"

璀璨似乎对他的打击早有预备，停止旋转，骂了一声"我看你坏"，一纵身就扑了过来，面对面地抱住阿里巴，用她的脸贴着他的脸，胸脯抵着他的胸脯，大腿绞着他的大腿，像一条结实粗壮的蛇，全身缠着他的全身，疯了般地大声喊道："我不吃你的饭了，今天我要吃你的肉！我要你跟我睡觉！我要你日我！我根本就没有什么老公，我刚才说的都是骗你的话，我的老公就是你，我一见到你就忍不住了！"

阿里巴感到自己怀里的璀璨，像一条急切需要水分的鱼，大口大口地喘气，浑身颤抖着，一对乳房像是双枪，滚烫而又坚实，有力地顶住他胸前的肋骨，使他的身体渐渐起了变化，一些部位软塌下去，另一些部位却硬挺起来。他把眼睛闭上，开始还让自己守住意念，但是守着守着就守不住了，终于劝说自己何必不逢场作戏，今天再干她一次呢？只不过要速战速决，干完还得回去看她的稿子，就一下抱起她的双腿，将她咚地一响扔在了床上。璀璨日夜渴望的就是这个，立刻手脚并用，把刚刚穿上的落地长裙几下褪了，用脚踢到一边，又快速扒了内衣内裤，随便往枕边一塞，不等阿里巴伏上身子，就开始幸福地哼哼起来。

阿里巴怀着任务观念，只想早干早完，却不料因为这样想了，只有动作，激情跟不上来，忙了半天也不能结束。心想也是怪了，和金铃子在一起时，恨不得两人无休无止，就这样干上一辈子才好，然而不出一会儿，他就完了事，心里后悔得不行。现在换了这个璀璨，情况恰恰相反，越想完越不能完，就像有部贺岁电影的名字一样，简直没完没了。想起金铃子，忽然他有了一个办法，只当身下的璀璨不是璀璨，而是金铃子，反正他是闭着眼的，就算自己骗自己，自己打自己的马虎眼好了*。

于是这样试了几下，不想果然见效，璀璨感觉到他突然有了激情，以为是自己的成绩，在下面奋力配合，事情到底完了。阿里巴觉得自己像条死狗，睁开几乎翻白的眼睛，看见了身子下面的璀璨，脑子里的金铃子立刻像清风一样飘飞而去，他在喉咙里哼了一声，转过背就昏昏地睡过去了，半梦半醒之中，他觉得有两片肉乎乎的东西贴着他的后背，喃喃地叫着："我谢谢你，你真棒呃！"

* 若金铃子有知，情何以堪！

35

第二天璀璨来到了编辑部，丝毫不是昨天的模样，进门就一屁股坐在阿里巴桌前，闹着要看她那本书的版式和封面，阿里巴无精打采地坐在沙发上面，缠她不过，只好从杨梅的桌上拿来让她看了。谁知她只看一眼，张嘴就提出几十个问题，一会儿版式不好，一会儿封面不美，一会儿书里的字体字号不对，打开书稿一页一页地翻着，发现几乎每一页上都被改了一些字词和句子，又叫起来道："哎呀，你们为什么随便改我的文章？"

杨梅一听就走过来，要当面指出为什么要改，阿里巴对她挤个眼睛，让她走开，自己顶上去，一一指给他说："你这不是不小心写错了吗？你看这个'像'字，要人旁你却没有一个人旁，这个'分'字，不要人旁你偏给它一个人旁，这个'的'字，应该是个'得'字才对，这个'骚'字更是错了，尿是排自体内之物，它本是肉旁之'臊'，屈子当年赋楚骚，亏你还是一个女作家，真是有辱风骚啊！*"

杨梅忍不住咯咯笑着，捂着嘴快步走了出去。璀璨红了脸说："我这都是在报刊上发表过的文章，哪里会有那多错字，一定是你们的人打字打错了！"

阿里巴听她强辩，就搬出她托王金刚转来的复印稿，又指出一个改过的地方说："你看你在报刊发表的文章是个什么样子，那些地方上的小报小刊，你也要以它们为标准吗？就算是我们的人打字有错，也不会把文章中一个被打得七窍流血的人，错打成'七窍生烟'吧？倒是你把我气得七窍生烟了！"

璀璨见他居然当众出她的丑，揭露她用词不当，红脸气得发白，一时不再说内容了，从包里掏出一张纸来，递给阿里巴说：

*将『臊』写成『骚』，真是有辱风骚，作者真是绣口锦词！写这一系列的低级错误，都反衬出璀璨的写作水平实在不敢恭维。

"上次附在书稿里的那个作者小传，我回去又改写了一下，出书时换这一个。"

阿里巴说："封面勒口文字都打排好了，不好再换。"

璀璨又像在昨天电话中的蛮横道："怎么不能换？我还想换封底勒口上的一幅照片呢！"说着又从包里掏出一张纸包着的照片，打开了递给阿里巴说，"这是我和贾茂*先生的合影，他就是我要加进书中的那篇报告文学的主人公，用它换下我和锅城晚报总编的合影。"阿里巴看着照片上那个一脸蠢相，像头肥猪一样的老男人，心想这黄金岁月，真是有钱能使鬼推磨，若是阮籍坐在这编辑部里，必会感叹时无英雄，遂使蠢猪成名。心里琢磨着这位贾茂的名字，忽然问璀璨道："是不是还要加上一张你和一个叫伪劣的合影？"

璀璨问："哪有叫这个名字的人？"

阿里巴说："天下之大，有假冒的，就没有伪劣的？"

璀璨这本书的封面，是东方白亲手设计的，听她一口一个不好，闹着要找人重新设计，东方白不想和她当面争论，觉得这是一个罕见的女人，分明不懂艺术，却要不懂装懂，实在恶俗得很，就声称去上厕所，一出了门再不进来。这里只剩下黄硕一人陪着阿里巴，兢兢业业地坚守在编辑部里，听她胡搅蛮缠。阿里巴重又后悔起昨天的事来，早知她说要挽救杂志的命运，无非是一句空话，甚至是一个话题，目的是钓他上钩，自己为何就那么老实，找上门去做姜太公竿下的鱼呢？但是后悔已莫及了，只好被动地听她摆布，把她新写的作者小传拿在手里，看了一遍，"扑哧"笑道："这次按你写的换了，出书后引起不良后果，你可不能来找我的麻烦。"

璀璨说："你别吓我，有什么不良后果？"

阿里巴用手指着她的小传，咳了声嗽，一字一句地解说道："你听着啊，璀璨，女。"

* 贾茂，假冒！既然姓贾，何必还一定要取个『茂』名，野莽先生比钱老爷子还要顽皮。

璀璨睁大眼道："对啊，不是女我还是男不成？"

阿里巴说："别急，你往下听，七十年代出生，这一句就得推敲了。你原本的小传上是七四年出生，我理解你的意思，你是想全国广大读者认为你更年轻，把七四年改成七十年代，让他们误以为你是七九年出生，但是假如他们偏偏不这样想，却误以为你是七〇年出生的呢，你本想占五岁的便宜，可是一岁也没占着，倒过来还吃四岁的亏了。"

璀璨想了想，觉得是这个道理，沉着脸说："那就还是七四年出生吧。"

阿里巴说："其实七四年出生有什么不好，七四年小平同志又出来主持中央工作了，再过两年就一举粉碎"四人帮"了，中国就要走进新时代了，我想七四年出生还不行呢。"璀璨向门口飞快地望一眼说："别废话了，你再说下面哪里不好。"

阿里巴又往下念道："九二年进南大读书，这一句更得推敲了。你原本的小传上没有这句话，我知道你在南大是走读生，走读生在校旁听一年的课，完了只算结业，没有文凭，也不算学历，你想让读者知道你读的是大学本科，是学者化的女作家，又不敢称是某年南大毕业的，就只好含糊其词地说是某年进校。可是你含糊读者却不见得含糊，万一有人见你只写进校，没写毕业，误认为你是一个被校方开除的大学生，而女大学生被校方开除，十有九个都是男女之事，这样一来，你不就又吃大亏了？"

璀璨脸上一红一白，低着声道："那就把这句话给我删了。"

阿里巴继续念着："作家协会会员，这一句同样是值得推敲的，你原本的小传上写的是省作家协会会员，这次你把省的名字去了，目的是想让读者认为你加入的是中国作家协会，但他们要怀疑你是县区的作家协会会员呢？现在的作家协会可是如雨后春笋一样，满山遍野都是，不光是县里有区里有，连村子里街道上，居民委员会里都有啊！"

璀璨烦躁地摆着手道：“算了算了，不要念了，还是用原本的那个作者小传。”

阿里巴把重写的作者小传还给她说：“早知这样，害我瞎费口舌干什么！”

阿里巴叫来负责此书排版的人，按照她的审美改了版式，打出一份清样让她过目，又找到东方白，请他重新设计一个封面，东方白说是和这样的女人讨论嫁衣，好比对牛弹琴，坚决不再设计。阿里巴只好给一家专业公司打电话，请他们来人面谈一本书的封面，那家公司雷厉风行，十分钟后就派了一个小姑娘来，阿里巴当着璀璨的面，谈了对封面的要求，又从书中抽了两篇文章，让小姑娘带去参考，争取明天拿出两个方案送来，阿里巴要小姑娘报个价格，小姑娘打电话问过了公司，放下话筒回答他说：“一个封面设计包括出片打样，根据难易程度，一千五至两千不等。”

阿里巴一挥手说：“回去告诉你们经理，哪里有这样的天价，我不用你们设计了，别为了一本书的封面，这本书的内文印不出来了！”

小姑娘听出阿里巴是个内行，慌忙赔着笑说回去和经理商量，争取能够优惠一点儿，璀璨却害怕小姑娘一回去就不再来，没人给她设计封面了，慌忙从中调和道：“就按你说的最低价吧，这笔钱不要出版社出，由我另付好了，给我开张发票就是。”

阿里巴见她当着公司来人，像个一掷千金的大款，又要发票，知道是羊毛出在羊身上，便不再反对，将所有的文字资料，还有她和贾茂的合影交到小姑娘的手里，约好明天的这时候在这里等她，小姑娘欢天喜地走了。

次日此时，璀璨早早又坐在阿里巴的桌前等候，小姑娘果然如约而至，从文件袋里抽出两个电脑打印的封面草图，请两人过目。阿里巴草草瞥了一眼，觉得比东方白的设计差远了，却什么也不说，转手递到璀璨手里，让她在两个里面选出一个。璀璨一手拿着一个，皱着眉头左看右看，上看下看，感到除了她和贾茂的合影印得极其清晰，其他仍是不大满意，但她又怕再费周折，年底出书时间恐怕来不及了，就从中挑了一个花哨些的，又对小姑娘谈了一些自己的构思，要求她转达给电脑设计师，把这些构思糅合进封面里，明天的这时候再送到这里，她再看看效果如何。

到第三天，小姑娘按时送来第三次封面打样，璀璨皱着眉头又看了半天，这才表示基本满意，阿里巴怕她今晚睡过一觉，明天一早又变卦了，把一支笔塞进她的手里，催她在认可的封面打样上签了自己名字，这才挥手让小姑娘赶快回去出片，明天开好发票送来。果然不出所料，当天下午璀璨回到台湾饭店，就给阿里巴打电话说："我在书店里看到一本埃及艳后的传记，也想在封面上印上自己的肖像。"

阿里巴吓得直说："晚了一步，公司刚刚打电话来，说是封面的四色胶片已制出来了，明早八点就能提前送来。"

璀璨在电话里遗憾得要死，阿里巴怕她不惜重金，还要重新设计一个，忙劝她说："千万别遗憾了，埃及艳后一生嫁了三个男人，情夫不算，还引起了一场两国战争，不是个好女人，你学她干什么？你至今一个男人也没有嫁，为了神圣的文学事业，你是一个高尚纯粹的女作家呵！"

璀璨终于放弃遗憾，在电话里被他逗笑了说："你到底是几十年前出生的人，难道说我是没有道德，没有脱离低级趣味，对人民不利的人？"

阿里巴说："说什么话，那人是我！"

璀璨哈哈大笑道："既然你那么坏，今晚就过来吧，我等着你来干坏事！"

阿里巴说："不，从今往后我得学好了，我不是还要看你写那个贾茂的文章吗？"

璀璨在台湾饭店住下不走了，等着凤凰社出版她的新书，每晚几百块钱的住宿费，连同她飞来飞去的机票，都由这本书里的主人公们用公款报销。白天一日三餐，不是她请别人，就是别人请她，京城几乎到处都是她的朋友，大到部办市委，小到厂矿企业，报刊杂志电台电视台里，更有她的铁哥铁姐们儿，神通真是广大得很。

这期间阿里巴推说忙她的书事，再也没到她那里去过了，只是等她电话打来的时候，向她报报这本书运行的进度，而自己一有时间，就到梦园去找金铃子，趁着金铃子还没出国之前，抢着和她多见几面。每当跟金铃子在一起时，他的感觉都和跟璀璨在一起时大不相同，从上到下，从外到内，身体的每一个细胞都活跃起来，每一根毛发都颤动不已，每一次做爱都激情万分，完事以后无比舒服，在床上摊开四肢，仰面朝天地躺在她的身边，听着她轻轻喘气的声音，闻着她那特别的体香，让自己神魂游荡，随风吹拂一般飘到无极之境。

半醉半醒之中，他常常无法使自己明白，同是一个女人，全部的肉体，所有的器官都是一样，却为什么会有这样大的差别。他觉得从自己酥软的身体内部，已经蜘蛛吐丝一般，抽出一根绵延的线来，那一头连在了金铃子的身上，这根线他不知道究竟有多长，一旦金铃子像风筝似的飞到美国，会不会因为距离遥远而扯断，从此永远也不能接上。

36

好像是命中注定，一个月后，孙文夫过去主编的那份杂志又复刊了，他从报纸上看到了这个消息，一时百感交集，想起过去的那份辉煌，感到这真是命运和他开了一个玩笑。一天晚上，孙文夫过去的一位同事突然给他打来电话，说他当初到这里来，是一种可以改正的错误，诚心地邀请他回去，重招旧部，光复大业。孙文夫长叹一声，几乎不假思索，就在电话里作了允诺。

孙文夫一夜未眠，第二天清早按时来到社里，对赵小月公开了他的决定。和他的意料一模一样，赵小月正巴不得他早一些走，甚至觉得他原本就不该来，这次走得越远越好，一去永不回头，最好连钱思奇也跟着走，留下自己独霸一方，顺顺利利地进行新的组阁。但是在面子上，赵小月却虚晃一枪地挽留了几句，浪费半天宝贵的时光，最后才说表示理解。

按照凤凰社的惯例，有人出国或是调走，社里要开个欢送会的，如同有人回国或是调来，社里要开个欢迎会一样。孙文夫是副总编，欢送会理当比别人更隆重一些，可是这次孙文夫离去，社里似乎并不打算开会欢送，吴诗言见赵小月以身作则地埋头工作，也就领悟了他的意思。孙文夫直到临走的前一刻，才把这事告诉了阿里巴，又到编辑部去和大家道别。* 大家都感到意外，阿里巴瞪着眼睛想了半天，想不通说：“那次你不要我走，我听你的，留下来了，可是这次倒好，你自己却先走了！”

孙文夫心里承认欠了他的，不觉苦笑道：“是啊，那次你说的后会有期，我想这话还是有道理的。”

阿里巴琢磨着这话的含意，觉得是一种暗示，只是摸不透是指他以后有可能回来，还是自己有可能出去，相逢在别处，两人

* 当初挽留魏子野和阿里巴，现在自己却抽身先走了。

就默默地互望着，在对方的眼睛里找着想说的话。

孙文夫在这里有不少书籍杂物，一个提包是装不走的，社里应该派辆小车送他。但是社里的小车还是那次被方三儿摔坏，花了七八千块钱，修好后一直停在露天院里，方三儿开不了，别人也开不了。方三儿的破脑袋瓜子已拆了线，院方催他出院，回家再养一周，吴诗言拿着支票去办手续，他却死赖在病房里不出来，说是脑袋里还有点儿遗留问题，一动里面就有响声，像是里面掉了个什么东西，把打过补丁的头直往吴诗言的怀里面塞道："不信你动一下，听是不是咯咚咯咚地响。"

吴诗言哪里敢动，害怕动出人命来，只想把他吓回去，就撒了一个谎说："你想再住也可以的，不过社里正在进行医疗改革，以后的医药住院费，公家报销一半，另一半从本人的工资里扣。"

谁知方三儿偏偏不吃这个，一听这话又大叫大嚷道："谁他妈敢动我一分钱的工资，我就把他妈的谁给吧唧了！"

边说边拿过一只罐头瓶子做的水杯，吴诗言以为要吧唧他，吓得双手抱头，倒退到门边站着。方三儿知道他误会了，自己并不想打人，只想同时摇动装水的罐头瓶子和自己的脑袋，让他听是不是有咯咚咯咚的声音。吴诗言明明听出那是水响，却怕方三儿过来吧唧一下，不敢当面点破，只好顺着他的话说："我知道了，如果真的还有问题，那就再住一段日子吧。"

站在一旁的医生和护士发出苦笑，心想只要单位不断地送来支票，想住就让他住下去，一万年不算太久，何必只争朝夕。

吴诗言交了支票，却没有接回人来，在院里不敢对方三儿乱说，回社就向赵小月如实汇报，说是方三儿的脑袋早就好了，外表看着天衣无缝，他就是赖着不肯出院，还扬言要打人。赵小月没有了专人开车，行走起来很不方便，这下生了气说："停交他的住院费，看他出不出院！"

吴诗言说："那他就要打我。"

赵小月说:“你说是我让停的!”

吴诗言说:“那他就要打你。”*

赵小月不吱声了,过一会儿说:“一个开车的有什么了不起的,你慢慢再给我物色一个!”

吴诗言就等着这一句话,因为他已物色好了一个司机,是他过去部队上的一个战友,又是河南老乡,复员后一直待在农村干活儿,便乘机说:“我看这事是当务之急,还不能慢,还得快些,明天我就公开招聘。”

第二天快下班时,他把一个名叫龚吊古**的河南老乡叫来,嘱咐他见到社长,千万别说是自己的战友和老乡,就说是从一百多个应聘司机中挑选出的,各项合格,有驾驶执照,还是一名共产党员。说罢就带他到社长办公室,和赵小月一见面,龚吊古按他教他说了,赵小月想着马上就有了车坐,当即拍板接收。

可是第二天来坐车时,才知道这位河南老乡的执照,是驾驶手扶拖拉机的,气得把吴诗言叫来,大发了一通脾气,吴诗言苦着一张脸,直拍自己的脑门子说:“这真是的,这真是的,我还以为汽车和拖拉机是一回事呢,不过人已经来了,现在怎么办?让他去驾校学习,争取一个月内拿下本子怎么样?”说完问龚吊古道:“你自己对社长表个态,中不中?”

龚吊古像在部队一样,“叭”的一个立正,表态说:“咱用生命向首长保证,中!”

因为没有司机,阿里巴把孙文夫的书籍杂物用箱子装了,搬到大楼门口,去马路上拦了一辆出租,正要上车,谢婆子从楼道里走了过来,看看孙文夫,又看看阿里巴说:“这不是孙总吗?他要走了?又到哪里当大官儿了?”

阿里巴笑了笑说:“孙总是只想干事业,不想当官儿的。”

孙文夫也笑了笑,打量着谢婆子说:“看着你好面熟的,你是在食堂里工作吗?”

* 恶人自有恶人磨,赵小月、吴诗言之流的阴招只能对付讲道理的知识分子,对泼皮无赖无计可施。

** 龚吊古,这名字也够别扭的。人如其名,别扭人带来麻烦事。

* 从谢婆子嘴里，再描出孙文夫为人品质。

谢婆子咯喽咯喽地笑着，直摇头说："俺不在食堂里工作，俺在厕所里工作，俺是扫厕所的谢婆子，还记得不，有天一大早在楼道碰到你，那次你们一个年轻人失踪了，俺还对你说想让俺儿子来抵他班的，你答应到时俺把儿子给你带来看看，可是你说话不算话，过不几天就要了个人来。"

孙文夫说："记起来了，你的丈夫是个农民作家，出名后忘本变质了，你的儿子很争气的，上了北大，学习又好，还会写诗，我本来是想等他明年毕业后把他要来，因为编辑部里急着用人，就把名额占了。不过社里以后还会要人，到时你还可以带他来应试。"

谢婆子又高兴了起来说："你这一走，叫俺找谁去？"

孙文夫说："你去找编辑部的小阿，就说是我介绍的。"

谢婆子说："是那个总爱听笑话的光头娃娃？"

孙文夫说："别叫他光脑壳娃，他是个主任，人挺好的。"

谢婆子说："你也挺好的，当多大的官，出多大的名，都勤俭节约，不忘本变质。"

孙文夫问："你怎么知道？"

谢婆子说："用你们的话说，俺也在观察生活呢，你们的人吃完了饭到厕所洗碗，猪肉包子扔得满地都是，连水池子都堵死了，就你不，你的碗里一颗饭渣子都没有，你洗完碗，把水龙头扭得一滴水都不漏，不像他们，人走了水还哗哗地流。"*

孙文夫说："年轻时我也和他们一样，后来住五七干校，我又种庄稼，又挑水，就学会爱惜了。"

谢婆子问："你在这儿干得好好的，为啥要走？"

阿里巴说："这个你就不要问了，原因复杂得很，说你也不懂的。"

谢婆子动了感情说："唉，你是个难得的好人，让俺送你一程吧？"

孙文夫说:“不用了，多谢，多谢。”

出租车司机等得不耐烦了，大声问道:“你们到底还走不走了?”

阿里巴赶快抱了书籍杂物，塞进车屁股里，然后和孙文夫弯腰钻进车子。

孙文夫走了以后，杂志编辑部的人转入编书，阿里巴自然记起袁飞北的那部长篇，委托老胡拿去印制销售，至今没有消息，便打电话去问，却又出现了上次那样的问题，办公点永远占线，住宿处永远没人，大哥大永远关机。正窝火着，突然接到袁飞北的电话，这次和过去的风格不同，不再转弯抹角，却开门见山地问道:“我的书印出来了没有?”

阿里巴如实回答道:“还没有呢。”

袁飞北又问:“什么时候可以见书?”

阿里巴说:“还说不准。”

袁飞北又问:“是不是已经印出来了不告诉我?”

阿里巴听着愣了一下，透过话筒，觉得袁飞北的话好像有点儿阴森森的，心里窝着的火就扑的一下蹿了出来，反问他说:“你说这话是什么意思?”

袁飞北居然冷笑一声道:“我这话的意思是，我的书如果印出来了，就应该及时地告诉我，不要瞒着我让人在外面牟取暴利，侵犯我的名誉权。”

阿里巴气得傻了，发疟疾似的身子直抖，把声音也弄得直抖道:“连我都找不到那个帮你印书销书的人，你怎么就知道他牟取了你的什么暴利，还侵犯了你什么名誉权?”

袁飞北又冷笑了一声说:“我告诉你吧，我不知道，可是我有朋友知道，我有一位画家朋友去上海举办画展，不仅在上海书摊上看到这本书了，还看到这本书的宣传画了，还看到这本书的宣传画上，把我的名字都印错了!”

⊙葫芦　於可训、黄中凡 绘

阿里巴无论如何也不相信，现在这样对他说话的人，是当时那样低三下四，求他给他出书的袁飞北。不由得大声问道：“你是那个求我给你出书的袁飞北吗？”

袁飞北回答得嘎巴脆道：“没错，我就是袁飞北，《中国作家大辞典》第二百五十页，那个一级作家袁飞北，不过我要纠正你一句话，不是我求你给我出书，而是你愿意为我出书，你是我的责任编辑，你应该担负一个编辑的责任，我是你的书稿作者，我应该享有一个作者应有的权利。”

阿里巴已经确定他是袁飞北了，但仍不相信他是正常的袁飞北，抖着嗓子又问：“袁兄，你今天是不是喝醉酒了？”

袁飞北冷静地回答他说：“谢谢你叫我袁兄，也谢谢你对袁兄的关心，袁兄因为有心脏病，一向是不喝酒的，头脑任何时候都清醒得很，你是不是希望袁兄在说醉话？”

阿里巴此时已实实在在地明白，正如柏诸子和鲁一叟所言，他是真的遇上了一个流氓，心里有无限的悔与恨，却已经来不及了，就也冷笑一声道：“你这个第二百五十页的一级作家，你这个作不出什么好东西来的二百五，是你先称我为兄，我才称你为兄的，既然你认为不配，我也就直呼其名了。袁飞北，你想达到一个什么目的，你就实话说了吧！*”

袁飞北竟真的说实话道：“我要你们寄给我样书，发给我稿费，并且赔偿我的名誉损失。我的那位画家朋友告诉我说，你们的招贴广告上把我袁飞北的名字都印成了‘哀之兆’**，难怪这些年来我的创作不顺，就是这个名字给兆的，我要向你们起诉，至少要向你们索赔十万元！”

阿里巴的冷笑转为大笑，说：“有句好听的俗话，不知你在锅城听说过没有，叫作拉不出屎来赖茅厕，想必你就是那位拉不出屎，写不出好作品来的无赖吧？即便说‘哀之兆’能够预兆你的悲哀，别人的招贴广告是近几天的事，你的创作却是近些年的

* 看到此处，读者难免会觉得阿里巴愚蠢。殊不知看《纸厦》者是旁观者清，阿里巴在《纸厦》内，是当局者迷。就像电影里看着坏人在背后准备捅刀子，受害人却浑然不觉，观众急得跳脚，恨不得冲进银幕里把受害者扳转个身儿，却怎么也使不上劲儿。

** 此『哀之兆』并非袁飞北之『哀之兆』，实乃凤凰社之『哀之兆』。

事，这使我想起上小学时读过的一篇课文，在上游喝水的狼诬赖在下游喝水的小羊把河水弄脏了，你这个所谓的一级作家也该读过这个寓言的吧？你要起诉，你就起诉好了，开庭时我将不要律师，我会亲自和你辩论，向法官讲述你设圈套出书的卑鄙故事！”

阿里巴想用自己的话，结束这次可怕的会谈，不等袁飞北再怎么说，就叭地一响把电话挂了。他认为刚才的事情是一个梦，生活中是不太有这样的事情，即便是有，也不太容易让他遇上。可是接下来他就确定，他认为是梦的事情恰恰不是梦，恰恰是现实中的，生活中的，因为挂上电话足足比五分钟还久，他还清楚地记着这个电话，记着袁飞北的每一句话，每一句话的语气，还有冷笑。他不由得想起了曾经提醒过他的柏诸子和鲁一叟，希望他们在这时候能够帮助自己，但又不好意思把这件事情告诉他们，害怕遭到他们的嘲笑。想到嘲笑，他除了嘲笑自己，还嘲笑起袁飞北来，真是可怜而又可耻，可悲而又可怕，为了出版一本破书，居然精心策划了这样一场阴谋，实在又很可笑，在自己的名字上也做了文章，声称招贴广告把他的袁飞北印成了“哀之兆”*。

阿里巴忽然笑了起来，他分析了一下那三个字的形状，的确和袁飞北的名字相似，回忆自己在过去的校对中，发现的一些不可思议的笑话，其中最荒唐的一次，是在一位老作家的回忆文章中，写到京剧样板戏《智取威虎山》中夹皮沟里的常猎户，电脑排字工把常猎户错打成了“吊猪厂”，被他用红笔校对过来，排字工第二遍却改成“尝猫尸”了，气得他在校稿上写了一行字道：“常猎户，你这个蠢猪！”第三遍的校样送来，这回一字不错，上面改成了：“常猪户，你这个蠢猎！”** 阿里巴联想起这件事情，怀疑一心扑在钱上的老胡，很有可能会把袁飞北的名字印错，如果真是这样的话，这个错误实在是太幽默了，简直比得上“常猪户，你这个蠢猎”的经典错误了，它将脍炙人口，广为传播，足

* 这倒不一定是袁飞北自己做的文章，这种人就是再卑鄙无耻，也不会在自己的名字上做文章，因为他就靠这个招摇撞骗。

** 哈，没文化，多可怕！这跟前文中说周作人在校对稿上写『看清楚了，你这只猪』如出一辙。

以和袁飞北的卑鄙相抵销。

他决心今晚就是打一个通宵的电话，也要把老胡找到，如果再找不到，他就在电脑的因特网上，以出版社的名义不客气地发出通知，首先落实第一步的事实，书到底印出来了没有，已销售到了哪些城市，张没张贴促销广告，然后追问老胡，为什么不告诉出版社，再责令他立刻把样书和广告样品寄来。

结果电话只打了一分钟，耳听着永远的空号和忙音，阿里巴就完全失去了耐心，他愤怒地打开电脑，发出的不是通知，而几乎是通牒，勒令老胡在三天之内，圆满地做完一切应做的事情，否则出版社将采取应有的措施，禁止此书在全国的销售。这一招果然管用，第三天的中午，阿里巴就收到了老胡的特快邮件，打开看了，里面除了袁飞北的书，还真有一张招贴广告，初看一眼，书印得相当精美，阿里巴的心放了一半，另一半却仍悬着，急着去看广告文字，那广告把这本书吹得天上才有，地上绝无，广大读者不买是活不成的，只是再看作者的名字，袁飞北竟真的印成‘哀之兆’了，拳头般大小的黑体字，老胡的商人眼睛竟然至今没有看出，原样不动地给他寄来*。

阿里巴一看就傻了眼，把广告一把扔在地上，人就坐在那里一动也不动了，心想那小郎可恨，介绍一个老胡更加可恨，社里有人攻击他说，引狼入室，引狐进洞，当时他听着生气，如今再想，原来人人都比他明白，他是活该有此报应的。又想这狼和狐狸虽然可恨，却是自己找人家卖书卖刊，两个文化奸商，自然不想赔钱帮忙，最好乘机发一笔财，这种心理常人还可理解的，而那袁飞北，完全是死不要脸地求上门来，一步一步设下圈套，专门要他一头钻进去，然后突然翻脸，置人于死地，这种人格常人却是难以想象的了。正越想越恨，又收到一个特快专递，这次不是老胡寄的，而是来自锅城，寄者是袁飞北。阿里巴一见这个名字，恨得发出一声冷笑，心里先做好了准备，迎接专递里意想不

* 我认为应该是袁飞北手写的颤抖体造成的误解，哈哈，一笑。

到的恶劣。

专递里是一张印制低劣的小报，叫作什么《锅城早报》，报上头版头条的标题，有些像古代章回小说的回目，为了引起读者的注意，还用鲜红的颜色套印着，上句是“大作家遇见大怪事”，下句是“袁飞北变成哀之兆”，下面是豆腐干大一篇报道，从内容到口气，和袁飞北在电话里对他讲的一样，* 报道的结尾写得像一句悼词，说，“哀哉袁先生，此大作受辱之兆也”。小报中还附有一页袁飞北的信，依然是颤抖体，不知是激动还是心虚，颤抖得比过去更加厉害，有些笔画都抖断了，全信只有七个字：“我看你往哪里逃！”

阿里巴已有准备在先，反而不如上次生气，心想这样的狗屁报道，三岁的儿童略微小了点，九岁的少年却是提笔都能写的，随即想好了一个标题，也仿着章回小说的回目，二八一十六个字是：“写不好何必硬要写，哀之兆实在太可哀”，接着又写了一篇文章，罗数袁飞北这本书的来龙去脉，快速寄给那家锅城的早报，要求拨乱反正，以正视听，然后就等着那里发表，给他寄样报来。但是等了几天，泥牛入海一般，没有等来任何消息，便按照小报上的电话，打给那里的主编，自报家门，追问那篇文章的下落。小报主编满怀歉意地回答他说：“这件事是很复杂的，真真假假，虚虚实实，调查起来很不容易，一不小心就会惹起官司，这样的文章不敢发表，请阿先生谅解。”

阿里巴质问道：“那么几天前的那篇文章你们怎么敢发表，你们就不怕惹官司吗？”小报主编说：“那是我不在家的时候，值班副主编发的，具体情况我不清楚。”

阿里巴丝毫不相信道：“我怀疑你说的都是假话，你一家地方小报，只想哗众取宠，不敢面对真实，就这么偷偷摸摸，躲躲闪闪，就不怕别人说你心虚吗？”

小报主编说：“袁飞北先生是我报一位记者的岳父，是他自己

* 这报道应该也是出自袁飞北自己的手笔。

跑来告诉他女婿的，我相信他不会说假，我心虚个什么？*”

阿里巴说：“你到底说漏嘴了，因为袁飞北把女儿嫁给了你们小报，所以你不希望我把这事的真相公布于世，可是你不过是一家地方小报，我哪里找不到一家比你大的中报！”

*这袁飞北为了此事，真是无所不用其极！

37

阿里巴在和小报主编打赌的同时，就想到了《北国书虫》的金铃子，话筒也不摘下，转而就给金铃子拨了过去。金铃子不在，接电话的又是一个男音，依然很警惕地问道：“请问您是谁，找金小姐有什么事，要不要我给金小姐留张便条？”

阿里巴听着他的音色和音调，都仿佛有些熟悉，一想就想到了曾经接过他一次电话的社长，正敷衍着要挂电话，却被那男音猜出是他来，笑问：“你是不是金小姐的朋友阿里巴先生？”

阿里巴只好承认说：“是的。”

男音哈哈大笑道：“我一猜就是你，我是金小姐的同事，《北国书虫》的社长总编，上次金小姐要我把你调过来，任我这里的副总编，我把接风宴席都摆好了，你却忽然又变了卦！*”

阿里巴也笑道：“谢谢老总，真是抱歉，那时因为我们的杂志缺人，头儿死也不让我走，现在杂志停了，我想是可以投奔你的麾下了。”

社长说：“欢迎欢迎，随时欢迎。”** 又问，“你找金小姐有什么事，可以告诉我吗？”

阿里巴只好告诉他说：“是这样的，出于工作需要，我写了一篇小稿，急着想发出来，想问问她，你们的报上能不能够提供一点儿园地。”

社长不假思索地表态说：“怎么不能，你的文章只能为拙报增辉，我们上门去约还约不来呢，为什么还要问金小姐，直接给我就是了。***”

阿里巴心里一喜，道了感谢，放下电话，把那篇文章从电脑里调出来，重又打印了一份，装信封时，忽然觉得还是交给金铃

* 如若当时不变卦，后面袁飞北的阴谋也就没法得逞了。

** 江慕才还真是有爱才之心？是因为金铃子才这样吧！

*** 言外之意是不要联系金铃子，直接联系他本人。

子，让她再转交此人。金铃子在中国的日子不多了，机票都已订好，他得抓紧和她相聚几次，送交稿子也算是一个由头。

晚饭后他坐车到了梦园，按响门铃，金铃子开门看见是他，有一种意想不到的惊喜，放他进来道："怎么不打电话你就来了？"

阿里巴说："原本并没想到来的，是突然遇上一件事情，才想到过来找你。"

金樱子正提前为姐姐准备着行装，把柜子里的衣裳摆得满床，一件一件地在身上比着，决定哪些让姐姐带走，哪些给自己留下，见了他来，又听他说遇上事情才来找姐姐，就对一脸喜色的金铃子说："别喜了姐，人家要不是突然遇上一件事情，还不会想到过来找你呢。"阿里巴知道他和金铃子的秘密，早已瞒不过金樱子了，就索性嬉笑着说："要不是怕你，我恨不得天天过来找你姐姐。"

金铃子见他们两个又打起了嘴仗，笑着也不阻拦，过一会儿问："遇上了一件什么事情？"

阿里巴就把袁飞北精心设下的圈套，细细地给她演说了一遍，金铃子听得直摇头说："我们中国怎么还有这样的作家！"

阿里巴戏说道："不要说我们中国，而要说你们中国，忘了你已经是一个美国人了。"

金铃子说："我不可能不是一个中国人，也不可能不为这样的中国作家感到羞耻。"

金樱子却幸灾乐祸道："你这个可悲的农人！你这个可悲的农人！终于遇上反咬一口的蛇了吧？"

金铃子问："让我看看，你写的都是些什么东西。"

阿里巴把打印好的文章给她看了，金铃子的两根弯眉皱了起来说："这样的东西我们是不会发的。"

阿里巴急了道："下午我打电话找你，又被你们社长接着，他从口气里猜出是我，并没问我是篇什么文章，就一口答应给我发了。”

金铃子一怔道：“你想错了，正因为他猜出是你，才不会轻易给你发的。”

阿里巴也一怔道：“这是为什么？”

金铃子低下头去，停了一会儿，才轻轻叹口气说：“这人乐意为你办事，想的是要我付出代价。”*

阿里巴心里就明白了，回忆着他电话里高兴的笑声，不由得“哦”了声说：“难怪他埋怨我不该变卦，还欢迎我去当他的副总编呢。”

金铃子说：“幸亏你当时没去，不然我可是难以走脱了。”

金樱子听他们两个说着黑话，衣裳也整理不下去了，凑过身来问道：“什么天王盖地虎，宝塔镇河妖的，该不会是一场见不得人的交易吧？”

金铃子霍地沉下脸道：“不要胡说！”

阿里巴认清了那位社长的货色，决定不在他的报纸发表文章了，坐在那里闷着，重新来想可以回击袁飞北的阵地。金铃子说：“《北国书虫》是家书评报，发这样的文章也不合适，况且又不在一座城市，如果在那个袁什么住的那个什么城里发出来，效果肯定是最好的。”

阿里巴经她一说，脑子里顿时出现了住在锅城的璀璨，回忆那天她说在京城要住几天，一直等到她的新书出版才走，心想这下倒是正好，心乱如麻地又待了一会儿，急着要去台湾饭店找她，**就起身对金铃子说：“你说得对，我得回去查查朋友的通讯录，看谁和锅城的报纸有些关系。”

金铃子见他一会儿站起来，一会儿坐下去，屁股上着了火似的，并且金樱子今晚又在，不好留他在这里过夜，便送他出门下楼，又陪着走出梦园小区，在院墙外的一棵柳树下面，两人紧紧

* 果然慕才是假，借此猎色才是真，又一个伪君子。

** 这样一波三折，再引出璀璨在台湾饭店的事。

地吻抱着，见有人从这里路过，放慢了脚步看着他们，他们居然旁若无人，毫不顾忌，就像这整个世界只有他们。阿里巴觉得要是过去，金铃子是不会这样做的，而今分别在即，她竟为了他而改变了自己，心里不禁又是一阵感动。这时路边有一辆出租车飞奔而来，阿里巴最后吻了金铃子一下，毅然松开了她的腰，扬手让车子停在身边，他拉开车门，钻进车里，对司机说声去台湾饭店，就把车门砰地关了。出租车掉一个头，一溜烟地向那方向奔去。阿里巴把脑袋伸出车窗向后看着，他看见金铃子还站在那棵柳树下面，眼睛像两颗黑夜里的小星星，隔了这远的距离，还向他闪动着幽幽的亮光。

出租车送阿里巴到了台湾饭店，他付钱时又摸了摸写好的稿子，然后径直来到 909 号门外，按了一下门铃。房门迟迟没开，阿里巴疑心璀璨把自己关在房里看着电视，电视的声音太大，把门铃的响声覆盖住了，便又连着按了两下，这次果然听见里面人问：“谁？”

正是璀璨的声音，随后门就开了，阿里巴故意站在门外不动，璀璨一见是他，先是一脸愕然，紧接着就双脚蹦了个高，嘴里高兴地埋怨着说：“你来怎么也不跟我打个招呼？”

边说边用双手拉住他的胳膊，把他拉进房里。阿里巴看见房里还坐着一个西装革履的男人，那人一见璀璨对他如此亲近，忙从圈椅上站了起来，足有一米九〇的个头，而且又粗又壮，竖在阿里巴的面前像座立式中央空调。璀璨走过来对两人说：“我来为二位介绍一下吧，这位是京城凤凰出版社的编辑部主任，著名编辑阿里巴先生，这位是东北建筑集团公司总经理，模范企业家金万能先生。*”

中央空调似的男人就弯下身子，和阿里巴礼貌地握了个手，让贤一般把身后的圈椅让给他说：“阿先生请坐！”

阿里巴说：“你个子大，坐在那里划算，我是瘦子，就坐写字

* 金万能，这跟袁宝珠倒很相配！

凳吧。”

说着就在写字台前坐了下来。金万能见阿里巴出语幽默，举止潇洒，又见璀璨开门的时候对他那般亲近，知道这人来历不凡，关系匪浅，就听话地依然坐回圈椅上，看他今晚来有什么名堂。阿里巴急着要说明来意，顾不得回避金万能了，便直接对璀璨说：“我今晚来有件事情，想请你帮忙的。”

璀璨惊问道：“请我帮忙？我的妈呀，你还有请我帮忙的事情？”

阿里巴严肃道：“这是真的，你们锅城有个所谓的老作家，名字叫作袁飞北的，你认不认识？”

璀璨说：“都是一个城里的作家，怎么不认识？前些年他还托人送过我一幅字，落款写着为璀璨小姐补壁，那时我还没买房子，没有墙壁让他补呢。”

阿里巴说：“闲话少说，这是一个老流氓，不能和他有交道的。”

璀璨想了想说：“你一说我想起来了，这人的确是有点儿无聊，自从他送了我的字后，就一天给我打一个电话，问我喜不喜欢，又说字如其人，他就是那个风格，当时我就心想，他的字一抖一抖的，可能人老得拄拐棍了，都这大一把年纪了，还到处讨年轻小姐的好，真是个老色鬼。”

阿里巴说：“我说的不是这个意思，我说的是他设下圈套，讹诈为他出书的出版社。”

璀璨立刻联想到自己因为出书，到出版社闹下的一些不快，担心阿里巴当着金万能的面含沙射影，小心地问道：“袁飞北怎么讹诈你们了？”

阿里巴就把袁飞北求他出书的经过，从头到尾说了一遍，璀璨方才确信他是真动怒了，大骂袁飞北道：“这个老流氓，这真是个老流氓！”骂完又对阿里巴说，“人不犯我，我不犯人，人若犯我，我必犯人，既然他对你无情，你就应该对他无义，你准备怎么还击他？”

阿里巴从兜里掏出写好的文章，递给她说：“我就是想请你利用你的关系，把这篇文章刊登出去，让世人知道这件事情的真相，在你马上要出版的这本书里，你不是写过一篇《锅城晚报》的报告文学吗？你正好可以寄给它们发表。”

璀璨这下来了劲儿说：“你是一个清高的文人，你哪里看得起这样的文章，看得起这样的小报！”

阿里巴事到如今，只好求着她了，就赔着笑说：“言过其实，言过其实，现在看来，小报还是有小报的作用！”

金万能一直坐在圈椅上听他们说，这时突然笑出声道：“看来你们都是一些文人，只知道写文章，你写过来，我写过去，写来写去管什么用，还不如来他个有效的法子。”

璀璨转过脸去问他：“你有什么有效的法子？”

金万能说：“好法子多得是，就看你们听不听我的。”

阿里巴说：“怎么不听？”

金万能说：“最好的法子是从我集团公司派个人去，捡块砖头用报纸包了，找个没人的地方，照那老流氓的后脑勺子吧唧一下，他就讹诈不了你们了。”

阿里巴吓一跳道：“打死了怎么办？这不行的！”

金万能说：“说你是个文人不是？想叫他死，他才会死，不想叫他死，他怎么死得了呢？那砖头攥在手里，角度找准，力度也掌握好了，不轻不重，叫他放一碗血，缝七八针，在医院睡个十天半月，出来后一想到你就头疼。这事儿我们一年总要做个几起，效果挺好的。*”

阿里巴只当说笑话道：“到底是搞建筑的，又是角度，又是力度，听起来技术还很复杂。”

璀璨补一句说：“胆子也太大了一点儿。”

* 原来是白道黑道两边混的人。

金万能坦然一笑说："有个顺口溜是怎么编的，你们知不知道？说广东人什么都敢吃，上海人什么都敢穿，北京人什么都敢说，东北人什么都敢干！"

阿里巴沉思地点点头说："中国的顺口溜是一种伟大的民间文学，比那些装模作样的狗屁诗歌要强得多，赶明儿我当了作协主席，我就建议设一个张打油奖，到时还希望得到金先生的支持。"

金万能痛痛快快地表态说："不就是赞助一笔钱吗？这个好说！"阿里巴忽然想到自己停办的杂志，如果那时候就认识这个集团公司的总经理，岂不是还能挽救过来？可是现在刊已停了，号已撤了，孙文夫也走了，什么都来不及了。

两人否定了金万能的最佳方案，依然回到在《锅城晚报》发表文章的事，璀璨见阿里巴心急如焚，卖过一阵子乖，这才答应他道："你放心吧，这件事就交给我了，我们保证把这条死不要脸的老癞皮狗打个落花流水，屁滚尿流，替你出了这口窝囊气，让我们好人不能遭到恶报。*"

如果是在此前，阿里巴听她满口粗话，肯定会觉得俗不可耐，但这次是她为他打抱不平，又一口一个我们，俨然是一对共患难的夫妻，不由得受了感动。想起那天在编辑部里，因为书的版式和封面，还有她文章中的错字病句，他对她无情的讽刺和挖苦，心里又责备起自己来，觉得璀璨虽然对书的要求过于偏执，死不承认文章中的字句有错，又不懂得遵守编辑出版的规程，把一个编辑部的人搅得走的走，逃的逃，惹得自己生气上火，但这都是她的性格所至，而不是人格问题，与卑鄙无耻的袁飞北相比，即便再严重一倍，也算是个有时招人讨厌的好人，他本是不该那样对待她的。这样想着，眼里的泪水都要漫出来了。

璀璨当下就掏出手机，叽叽地拨号，喂喂地呼叫，在一家歌舞厅里找到了《锅城晚报》的老总，开口也不寒暄，直接就要他安排四分之一个版面。晚报老总问："什么广告？"

* 还是那句话，恶人还得恶人磨，用璀璨对付袁飞北倒是不错，希望这次璀璨人如其名，把袁飞北给摧残了，哈哈。

璀璨说："你想得美，上周才给你拉了一个，这周你又想要，再要只能是卖你老婆的广告！"

晚报老总在那头嘻嘻地笑，璀璨正经道："这次是篇文章，京城一位大腕朋友写的，明天你就给我登出来。"

晚报老总说："东西我都没有见到，明天怎么能登，你快发我一个 E-mail，争取后天登出来吧。"接着又嘻嘻地问，"是你的什么朋友？"

璀璨说："叫你登文章你就登文章，问这个干什么？我承认是我的男朋友，情人，老公，这下你该不再问了吧？"

阿里巴坐在写字凳上，浑身不安，满脸通红，任她怎么说也不能制止，侧眼扫了一下坐在圈椅上的金万能，正好与那个东北大汉的眼睛在空中相遇。那人的眼光直愣愣的，身子和他一样左右晃动，两脚不停地变着位置，一会儿跷起，一会儿放下，手掌把手背搓得呼呼直响，后来又伸到脖子下面，把领带勒着的衬衣领口往外拉拉，可能那里面已经发热出汗了。阿里巴恼火璀璨出卖了他，断定这人相信她的话了，此时只想装作大便，躲进卫生间里蹲上一会儿，等她电话打完再走出来。

晚报老总一听说是这种关系，果然一句也不问了，璀璨却主动提醒他道："你怎么也不问问什么内容，就不怕万一惹出麻烦？"

晚报老总又嬉笑起来道："璀小姐男朋友写的文章，别说不会给我惹什么麻烦，就是真的惹了什么麻烦，璀小姐是个通天的人物，也会给我摆平的，退一万步说就是摆不平，把我的主编撤了，饭碗砸了，我正好来给璀小姐打工，帮你抄抄书稿什么的。"

璀璨故意把身子转向阿里巴，又把手里的话筒抬高一些，让他能够听到对方的话，满脸得意地朝他笑着，嘴巴却对着话筒又说："现在作家早都换笔了，早都用电脑写文章了，谁还要你给我抄稿！”

说完就咯咯地笑。晚报老总忽然小了声问：“你笑什么？你的那个男朋友现在是不是在你身边？”

璀璨斜了阿里巴一眼，越发笑着大声说道：“是啊，你想不想和他聊聊？”

晚报老总吓得赶快说：“不聊了，不聊了，时间太晚了，你们要休息了，晚安。”正要挂断电话，忽然又补一句道，“刚才你说的那篇文章，快用 E-mail 发给我吧！”

璀璨叭地关了手机，脸上漾着成功的喜悦，身子在屋里转了一圈儿，正好停在圈椅面前，仿佛这才发现金万能的存在，见他一脸尴尬地坐在那里，赶忙对他笑道：“金总，今晚你还有什么事情？大家都是朋友了，我们三人一起去玩儿保龄球吧，我请客！”

阿里巴玩儿保龄球的水平不高，不想在久经沙场的金总面前献丑，何况料定打完保龄球后还要吃夜宵，吃完夜宵还要留下，陪她睡觉，慌忙告假道：“让金总留下，陪你跳一跳舞，我一定得赶回去的！”

璀璨说：“不行，你想跳舞，我就陪你两人跳舞。”

阿里巴说：“三人怎么跳舞？你陪金总一人好了。”

金万能在他俩说话的时候，偷偷看了璀璨一眼，又看了阿里巴一眼，觉得璀璨刚才留他，却没留阿里巴，好像他俩早已说定，根本不用她留，他本来就是要留下来过夜。刚才璀璨明里是留自己，暗里却是赶自己走，剩下他俩在一起，玩儿什么保龄球，还不知道玩儿什么球呢！就把明白藏在心里，假意看一下腕上的表，嘴里知趣地说：“璀小姐，阿先生，我就不陪你们了，十点以前公司有事还等着我，你们二位好好玩儿吧。”

说罢起身就要告辞，却被阿里巴双手拦住，阿里巴也站起身说：“金先生别走，今晚我来冲断了你们的谈话，现在我的事已办完，你们接着谈好了。”

他要抢在前面告辞，金万能口气坚决地说：“不，还是你留下来！”

阿里巴的口气比他还要坚决，而且更加坚决的是直推过来的双手，他说：“不，还是你留下来！”*

金万能发现他是真的要走，一时犹豫起来，又偷偷把璀璨看了一眼，忽见璀璨竟然当着他面，一个纵步挡住了阿里巴的去路，手里拿着他写的那篇文章，霍然翻脸道：“你要是走，你的文章就别想发了！”

阿里巴只得站住，金万能这下终于看清事情的结局，迈开大步，毅然决然地奔到门口，回头对璀璨一扬手说：“璀小姐再见，采写我们集团公司的事，我们改日再谈！”

说着还怕璀璨挽留，伸手替她拉上了房门。璀璨把阿里巴推到床上坐下，又打开房门追了出去，直送着金万能进了电梯，对他嫣然一笑说：“今晚实在抱歉得很，改日我一定去看望你！”

金万能大家风度地抬一抬手，嘴里只吐出两个字说：“理解。”璀璨等电梯砰的一声关上了门，就忙不迭地回到房里，把房门反手锁上，扑过去就抱住了阿里巴，用嘴贴着他的嘴说：“这回可不是我请你来，这回可是你自己找上门的！”阿里巴脑子里还在想着那个被她赶走的大个子，觉得挺对不起人家的，把嘴从她的嘴边躲开了说：“多好的东北人啊！”

璀璨双手松开他的腰问：“这话什么意思？”

阿里巴实话实说道：“我看这个金总是个忠实可靠的人，对你很痴情的，如果你嫁给他，是你这辈子的福分。”

璀璨也实话实说道：“谁想嫁他，我原本是想他的公司给钱。”

阿里巴顺着她的话说：“是啊，他不光是有钱，而且个头也大，听说人体上的零部件都是按比例长的，想必家伙也大，嫁给他不吃亏的。”

璀璨气得一掌推开他道：“家伙大算什么，要的是一个感觉！

* 如此互相推让，让璀璨情何以堪！阿里巴是真推让，金万能是识时务。

你自己不要我，却劝我嫁给别人，我告诉你，我就是嫁给了这个大家伙，也不会放过你的！只要是你不死，我看你往哪里逃？*”

阿里巴今晚本来对她心存感激，可是一听她恶狠狠地说出这些话来，情绪立刻一落千丈，又听着最后这句话似曾相识，稍稍一想，就想起袁飞北给他写的那七个字，竟和璀璨说的一字不差，突然“扑哧”一声，把一挂鼻涕笑了出来，喷得璀璨脸上都是。

* 一个袁飞北，一个袁宝珠，这阿里巴造了什么孽，总是落在姓袁的手里。

38

阿里巴脑子里一天到晚想着袁飞北的事，又急又气，又恨又悔，直把自己弄得昏昏沉沉，清早走来脸色灰蒙蒙的，眼睛都窝进两个坑去。乘车来到社里，走进厕所都忘记要解裤口，站在尿槽前面，傻呆呆地望着对面的白墙，觉得那上面的瓷砖就像袁飞北做好的枷锁，一块一块地要把自己的脑袋夹住。忽听到身旁一阵水响，侧脸一看，见是赵小月，才想起自己也是来撒尿的，就忙解开裤口陪他尿着。阿里巴感觉赵小月像是特意要和他站在一起，甚至是见他进来才跟着进来，因为两人并肩撒尿的时候，赵小月连一眼睛直一眼睛地将他看着，脸上的肌肉一动一动的，似笑又非笑，非笑又是笑。正琢磨着，果然就听赵小月咳了声嗽，对他打了个招呼说："尿完了你到我这里来一下，我想和你谈件事情。"

阿里巴抓紧尿完，把裤口拉严实了，来到赵小月的社长室里，在他对面的沙发坐了下来，等着他开口说话。赵小月像在厕所里面那样又咳了声嗽，方才望着他问："你知道我和你要谈的是什么事吗？"

阿里巴摇头说："不知道。"

赵小月停了一下说道："其实我不说你也应该知道的，最近一段你连续出了几个问题，开始是朱土改那本书遭了禁止，接着又是袁飞北那本书惹了麻烦，对凤凰社带来了一些不好的影响，领导班子里有人提出要打你的屁股，比方说免去你的编辑部主任职务，我却想征求一下你的意见，是不是请你写个检查，这个屁股暂时可以不打，不知道你本人有什么想法没有？"

阿里巴本来毫无心理准备，但他稍稍一愣之后，立刻笑道：

“当然有想法了，我告诉你，我本人的想法是你们的这个决定，是非常不公正的。”

赵小月也一愣道：“你说是怎么不公正？”

阿里巴说：“你刚才说到的那几件事情，都是我的脑袋干的，脑袋干的事情为什么要打屁股，古往今来屁股怎么就该那么倒霉？如果你是一个明君，不对，如果你是一个清官，哪怕是很小的一个，就应该枪毙我的脑袋才是。”

赵小月找他谈这番话，本来只是想一箭双雕，既要他对钱、孙二人产生仇恨，又要他对自己心怀感激，乖乖再把检查送来，以后随时都有用处，却不想他毫不买账，竟抓住什么屁股脑袋，对他进行一番调侃，便在心里叹口气道：“我不是和你开玩笑的，既然你没有什么想法的话，那么从明天开始，你的工作就由黄硕同志暂时接替，我希望你在思想上不要背上包袱。”

阿里巴响亮地回答说：“你放心吧，我们都相处这些年了，你怎么还不了解我这个人，人和人是不同的，我从来都不像你一样，把一个小破职务放在眼里。我会服从黄硕同志的领导，干好我应干的活儿。”

说罢不等赵小月再说一句，起身就回到编辑部里，一进门见黄硕手里握着一根拖把，已把屋里地板擦得明光铮亮，从解开的脖领那里冒出一股热气，乡下的炊烟一样袅袅升起，见了阿里巴进来，并不停止劳动，又换了抹布去给大家桌上抹灰。阿里巴见他这样积极，怀疑赵小月早在找自己谈话之前，已找他谈过话了，而所说的暂时可以不打屁股，只是玩儿的一个伎俩，屁股终究还是要打的。这样想着，就什么也不用说地坐下，趴在黄硕擦干净的桌上整理书稿。杨梅不知底细，走过来和他打了个招呼道：“哥们儿，下午我得早些走，德国佬又要请我吃西餐呢。”

阿里巴面无表情道：“走吧，从明天开始，这事就不要对我说了。”

杨梅说："不对你说我对谁说？"

阿里巴见她真没感觉，就对着黄硕的后背努了下嘴，恰好这时黄硕擦洗已毕，双手端着拖把和抹布到厕所里去淘洗，杨梅一下明白了道："嘿，这姓赵的真够阴的，当时你要调走，是他留住不放，把你留住之后，再把职务免掉，他是想让你光着身子，看你调到别处去干什么。*"

阿里巴笑道："他哪里能了解我，我就是光着身子，想走也还是要走的，到哪里不能打出一个天下！"

东方白说："其实我早就有预感了，全社的人有预感，就你本人还蒙在鼓里，你是当局者迷。"

阿里巴听他话里似乎一语双关，就点头笑道："你们旁观者清，怎么不早告诉我？"杨梅说："我是想早些告诉你的，可是魏子野劝我别告诉你，说是告诉你又能怎样？像你这样的马大哈，错误和挫折总是难免的。"

东方白还要补说什么，黄硕淘完拖把和抹布回来，三人便闭口不再说了。这件事对阿里巴基本上没有什么打击，只像是蚊子在他受伤的地方又叮了一口。他告诉自己要忘掉一切，集中精力和袁飞北进行战斗。

反击文章经璀璨从网上传过去后，迟迟不见《锅城晚报》寄来报纸，阿里巴着起急来，怀疑事情有变，他打电话追问璀璨，要搞清她和那个主编到底是什么关系，他怎么就会那么听她的话？璀璨一下子恼了火，口出粗言道："真没意思，为你办事，反倒还要接受你的逼供，他是一个死老头子，就是有女人让他搞，谅他也搞不了，不过就爱在电话里过过嘴瘾而已。再说不管我和他是什么关系，我让他发的文章，他还敢不发吗？寄你的报纸肯定还在路上，目前你没看见，并不等于锅城人民没有看见，不等于袁飞北没有看见，再等一到两天，你不就看到了吗？"

阿里巴关心的是自己的文章，而不是她和那个死老头子的关

* 完全按照吴诗言的建议一步一步实施了对阿里巴的打压。

系，就笑一笑耐心等着，可是一连又等了三天，等到第三天的晚上还没收到，再也等不住了，第四天清早一上班，就在出版大楼的对面找到一个报摊，问那里有没有《锅城晚报》。卖报的老爷子朝他支过一只耳朵问："什么城晚报？"

阿里巴说："锅城，锅就是煮饭炒菜的那个锅。"

老爷子好了奇说："锅大的城市也出报纸？我还从没卖过，你到前边邮局去看看，说不定锅铲儿大的城市出的报纸，那里都有卖的。"

阿里巴听他说得有理，到前边邮局报刊零售部一问，果然有《锅城晚报》，不过前几天的却没有了，只剩下当天的，阿里巴买了一份拿在手里看着，忽地一眼，见头一版的最脚下登着一条消息，标题是《好一本奇书，好一件怪事》，模仿着"好一朵茉莉花，好一朵茉莉花"的风格，说的那件怪事就是这件事情，心想莫非是自己的那篇文章，被璀璨认识的主编改头换面，在报上刚发出来？接着往下一读，心都差点儿要气炸了，原来是一个署名归南的人写的，继续按照袁飞北的口径造谣。阿里巴看那文章出言吐气，料定那个归南必是袁飞北的化名，不禁又气又笑，心想这老无赖背着一本臭书稿，冒充大雁，飞到北方站不住脚，只好又归回南方，没有本事写出好的长篇，转而来写豆腐块了。

阿里巴随手把报纸丢在地上，转身就走，卖报的小姐冲他背影叫道："那位先生，您的报纸掉了！"

阿里巴只当没有听见，小姐就从报摊里走出来，捡起地上的报纸送到他的手中，笑着嗔怪他说："先生您的耳朵有毛病啊？"

阿里巴听着一笑，接过报纸对她道了一声"谢谢"，等她刚一转身，却又把报纸揉成一团，丢进路边的果皮箱里，小姐生了气道："这人真是怪事了，买份报纸只看一眼就给扔了，难怪报纸上不是这里出了怪事，就是那里出了怪事，这世上的怪事真多。"

正唠叨着，却见这人又走了回去，从果皮箱里取出刚丢的报纸，叠进几折塞进裤兜，以为是听了她的责备才这么做的，得意地说：“这就对了，第二版上还有好看的呢。”

阿里巴听了，再次对她笑笑，心想只怕她这辈子也会不明真相，他是要把报纸带给璀璨看的。阿里巴乘车直奔台湾饭店，见了璀璨，一句话也不说，只把报纸扔到她的面前。璀璨一看就跳了起来，大骂那个在电话里一口答应的死老头子是个骗子，骂完了又拿起手机给他拨号，电话通了却没有接，璀璨忽然转过脸来，对阿里巴说：“你不说我的书明天就出来吗？我明天晚上就带上样书回去，当面骂他个背信弃义的老王八蛋！”

第二天印厂真的送来璀璨的书，印得十分精美，璀璨心里本来是满意的，但她有意不把满意暴露出来，偏要在书中吹毛求疵，噘着嘴说这里的纸色不匀，那里的油墨太浓，又说有一本她与名人的合影上，她的眼睛下面有一个小黑点儿，阿里巴心里不耐烦极了，因为有事求她，也只能好言伺候道：“这个小黑点儿沾在你的眼睛下面，倒像是当年毛延寿在王昭君的画像上点的一颗痣，让汉元帝不要纳她为妃。”

说着用一根手指头在上面抹了一下，又轻轻一吹，小黑点儿就没有了。璀璨听他把自己比作昭君，立刻就笑了起来，反而埋怨他不该把那颗痣吹了，她想再看看自己长痣的样子。阿里巴说：“你要它干什么？那是丧夫痣，连汉元帝也害怕的，现在你没长那玩意儿男人都不敢要你，你要长了就更找不到男人了。”

璀璨恨道：“你就是我的夫，我就要嫁给你，目的是要把你害死！”

阿里巴无心与她纠缠，又转到书上来说：“我的同事一致认为，这本书的外表比起这本书的里面来漂亮多了，有一种说法叫作形式大于内容，这话就是对此书而言的。”

璀璨居然大度地笑道：“我知道你从来是瞧不起我的，谢谢你没有说它是一肚子糠的绣花枕头，没说它是金玉其外败絮其中，谢谢。”

因为书已出版，璀璨急于回去赠送书中的老板，一反此前对阿里巴的态度，无心恋战，让印厂把几千册新书从铁路发运过去，自己只装了一箱随身带上，当晚就上了飞机。回到锅城，璀璨匆匆赠完了书，就乘车去找晚报的主编算账。死老头子正在接一个电话，一见璀璨，猜定是为那篇文章而来，抓紧和电话里的人把话说完，笑脸迎住璀璨道：“璀小姐风尘仆仆，是刚下飞机吧？”

璀璨面无表情道：“看来你对我还挺关心的啊？”

死老头子笑嘻嘻说：“当然关心，最关心你的人是我嘛！”

璀璨说：“少跟我来这一套，你知道我是来找你干什么的！”

死老头子依然笑嘻嘻说：“当然知道，是为京城大腕的文章来的。”

璀璨从鼻子里哼了一声道：“知道就好，那你说你为什么失信于我，又让我失信于人？”

死老头子这下才哭丧着一张脸说：“你听我说，那篇文章我已经安排好了，马上就要发出来了，这时又收到袁飞北的一篇文章，说的正好是一件事，只是说法完全相反，我立刻打电话向他落实，袁飞北接到电话人就赶了过来，又是请我吃饭，又是送我他写的字，痛哭流涕地对我讲了事情经过，我才决定先上他的这篇，然后再上你的这篇，让读者知道这事的来龙去脉。”

璀璨一咬牙说：“他那是什么狗屁字，见人就送一张，人家都拿它擦屁股了，只有你才当成个宝贝，吃他一顿饭就帮他颠倒是非，混淆黑白，你还有点办报人的良心没有？”

死老头子叫苦说：“袁飞北是我们本地的老作家，我们总得有点儿地方保护主义吧？”

璀璨冷笑说：“那你就去保护这个老无赖，从此永远别想和我再有交往，那篇文章不在你这里发了，请你马上还我，只当我根本就没有传给你！”

死老头子死也不还，对璀璨说：“璀小姐交给我的事情我没办好，心里总觉得欠了你的，这样你看可不可以，你实在不想在我这里发表，那我就把它转给别的报纸，市里刚则创办了一家午报，我就让他们发出来，这样袁飞北我也没有得罪，你我也没得罪，我的心里也就能平衡了！”

璀璨盯着他说：“那就按你说的办吧，我就站在这里看着你办！”

死老头子略微想了想词儿，就翻开桌上的电话本儿，拿起话筒拨了个号，听出接电话的是个女音，咳了一声嗓子说道：“请你们的吉总来接电话，就说我是晚报的老罗。”

对方放下话筒去叫吉总，过了不多一会儿吉总来了，问了声“罗总好”，死老头子开门见山道：“我这里有篇好文章，想推荐到你那里发表。”

吉总问：“什么内容？”

死老头子说：“关于一本书的出版纠纷，开始是作者说编者不对，这又是编者说作者不对。”

吉总笑道：“子曰：‘己所不欲，勿施于人’，既然是好文章，你这个老狐狸怎么不自己留着发，而要主动送给我呢？”

死老头子飞快地看了璀璨一眼，嘿嘿地说：“吉总不是说过，请我多多支持午报吗？现在我支持你，你却又搬出孔子的话来挡住我了。”

吉总说：“我是开你的玩笑，我知道人的年纪越大，胆子越小，怕惹出新闻官司，不敢越雷池一步。其实我已经听作家圈的人说了，有个名叫袁飞北的老家伙设了个套子，让京城一家出版社一钻进去，他就开始做文章了。你要给我的这篇文章，是不是他的文章见报以后，那边的人写的？”

死老头子说：“是的是的，你分析得一点不错。”

吉总说："那你就把文章传给我吧，午报刚刚创办，需要热闹一下，更需要有点儿正气。我看你们晚报和你一样，是日落西山，暮气沉沉，而我希望我们午报和我一样，如日中天，把一切阴暗的东西都暴露在阳光之下。*"

死老头子高兴地又看一眼璀璨，对着话筒里说："吉总，你是个好样的！"原来吉总是柏诸子和鲁一叟的朋友，早就听两人讲过袁飞北的故事，近日看了早晚两家报纸的文章，一眼识出是袁飞北做的手脚，打电话问柏诸子和鲁一叟，得知果然如此，正想请两人针对这件奇事，在报上发表一点议论，不想有人却把当事人的文章当作礼物送上门来。阿里巴的文章次日就登在午报的头版，一时锅城大哗，报社的来电来函不断，全都是打听袁飞北的，有人从报社编辑那里要了袁飞北的电话，非常刻薄地质问他说："为了出书怎么要挖下陷阱，为了出名怎么要设下毒计，一个老同志怎么要坑害一个年轻人，以怨报德，还算人吗？"

* 吉总是阿里巴的吉人了，人间总要有些正气在，否则恶人岂不更嚣张！

39

袁飞北从家里躲到作协，电话打到作协，从作协回到家里，电话又打到家里，一个又一个的电话像幽灵一样跟踪着他，他听着电话里的声音有些似乎是熟悉的，这么说过去的熟人和朋友，难道也都相信了阿里巴的文章，也都瞧不起他了？袁飞北有点儿后悔起来，一听到电话铃响，立刻感到紧张，心跳不已。他想不到事情怎么会变成这个样子，早知这样，还不如不出这本书，或者出了书后，还不如不闹这场事了。现在战斗已经打响，袁飞北只能前进，不能后退，硬着头皮也要把这场战斗进行到底，截至目前，他不仅恨死了阿里巴，而且还有一个比阿里巴更为可恨的人，那就是异军突起的午报的吉总，针对阿里巴在这张报上披露的事实，他又写了一篇文章，将它抄了两份，一份寄给早报，一份寄给晚报，希望这一早一晚两张报纸，夹攻不早不晚的午报。但是早报把他的文章发了，晚报却不再发，死老头子这回说话算话，他要在璀璨面前做一个中间派，坐看两报龙虎相斗。

阿里巴在京城也不断接到朋友的电话，这阵子他的心情好像雷雨转晴，阳光灿烂，出了一口恶气之后，当初的愤怒就全然消了，连袁飞北这人都恨不得忘掉才好。正好社里也空前忙碌起来，过道里人来人往，一天到晚神秘兮兮，赵小月一会儿找这个聊天，一会儿找那个谈话，几次说要找他，都被别的事情给冲断了，最后一次在厕所里两人遇上，一人占着一个尿池子，肩并着肩，双手握着撒尿的物件，听着两腿下面哗哗地响，赵小月突然笑了笑说："尿完了你到我这里来一下。"

阿里巴见他脸对着墙上雪白的瓷砖，开始不知道他在和谁说话，看看四周，厕所里只有他们两人，便知道他就是说话的对象，可是两股尿水落池的声音太大，听不清他说的什么，便问："你说尿完了怎么着？"

赵小月放慢速度重复一遍道："我说尿完了你到我这里来一下。"

阿里巴心里纳闷，想起上次也在这里，他说的也是这一句话，嘴上笑道："我的主任不是已免了吗，到你那里去干什么？"赵小月也笑道："我就不能和你谈点儿别的事吗？"

说罢率先结束，拉好裤口，回到社长室里去了。阿里巴断定自己终于要和别人一样，接受他的私下谈话了。只是不明白其中的内容，回想刚才他的态度十分和蔼，想必不会是坏事，于是也拉好裤口，跟着来到他的社长室里。

赵小月等他一进来，起身就把房门关上，请他坐在对面的沙发，自己也不坐办公椅了，走过来和阿里巴坐在一起，把手搭在他的肩膀上道："听人反映最近你的表现不错，虽然不当主任了，工作还是照干，也没有什么情绪，这样就很好嘛。有人还对我说，你在和一个什么人打笔墨官司，把你们发在报纸上的文章都拿给我看了，我很感慨，发现你还是维护社里利益的，这样下去，你的职务问题以后还可以再考虑的。"

阿里巴坦白一笑道："我并没有想维护谁的利益，更没有想恢复什么职务，之所以没告诉你的原因，完全是好汉做事好汉当，相信自己有处理这事的能力。谁给你打的小报告？是吴诗言还是王金刚？"

赵小月摆手说："今天找你不是谈这件事的，我是要听听你对下一任领导班子的意见。"

阿里巴说："是不是孙文夫走了，需要补充一个头儿？"

赵小月随口问道："你觉得谁最合适？"

阿里巴笑了一笑，张嘴就说："你问我觉得谁最合适是吗？那我可就说了，我觉得舍魏子野其谁。"

赵小月一听魏子野的名字，一张脸马上就黑了下来道："我就知道你会说他，可他一不是党员，二不是处级，三又是个无政府主义者，又不每天上班，哪里像个领导的样子！"

阿里巴问："领导样子是个什么样子？是不是撒尿都绷着脸，像在考虑国家大事？还要这员那级的，全都符合那就是演员了。他不每天上班，那是作为他那样的人来说不必要每天来上，我测算了一下他的智商，仅仅当一个编辑，只需付出百分之三十，当一个主任，也只需付出百分之五十。"

赵小月皱着眉头问："照你这么说，只有当社长和总编辑，才需要付出他的百分之百？"

阿里巴摇头说："不，像我们这样的小社，只需付出百分之七十就行了。"

赵小月脸色微微红了，接着问道："你是不是特别崇拜他，特别希望他当社长和总编辑？"

阿里巴说："这倒不一定，人和人是不一样的，你想当的他未必就想当。"*

赵小月忽然笑道："你别这么掩盖，我很懂得你的心理，你恨不得选他当美国总统才好。可是在我们中国，像他这样的领导就算我通得过，报到部里也通不过的，你再说除了他还有谁？"

阿里巴想了想又回答说："那就是我了。"**

赵小月越发严肃道："我不是在和你开玩笑。"

阿里巴也严肃道："我也不是在和你开玩笑呀。"

赵小月顾不得和他绕弯子了，撇开这话一个急转问道："你觉得周泉这人怎么样？"

阿里巴瞪着眼睛反问他说："什么怎么样？你是说当魏子野的助理？我敢保证，魏子野绝对看不上他。***"

两人就再也谈不下去了，赵小月重重地叹一口气，手从阿里巴的肩膀上放了下来，起身坐回自己椅上，遥遥地望着他说："你

* 这话赵小月应该听着耳熟，早先阿里巴对吴诗言也讲过，吴诗言当时照模照样跟他学舌，把他气得浑身发抖。

** 哈哈，阿里巴本意并不在此，只是不进赵小月的圈套。

*** 故意从圈子里边绕出来，总是不上套儿，看来袁飞北这一课让阿里巴在对付奸险小人的策略上长进了。

这人很有才华，也有能力，就是政治上糊涂得很，太不成熟，今后再在这上面努一把力，你就还能回到领导岗位上来了。”

阿里巴笑道：“要那么成熟干什么？果子太熟就该烂了，还不如青一点儿，酸酸的脆脆的才有味道。”

赵小月苦笑着说：“不和你谈了，你下去再想一想，过几天社里就开选举大会。”阿里巴嘴里打了一个呵欠，又伸了一下懒腰，从沙发上站起身子，晃晃荡荡地走出去后，也不回手把门带上。赵小月望着他的背影，不可挽救地摇一摇头，走过去把门关了，坐下犯了一会儿愣，然后给吴诗言打了一个电话，要他通知东方白也来一下。

阿里巴刚刚回到编辑部里，吴诗言就来通知东方白了。东方白不知道阿里巴是从那里回来，一边缓慢地起身，一边对他唠叨着说：“圣上有旨要召我晋见，不知有什么吩咐。”

阿里巴心里明白，却装糊涂说：“莫非是要封你一个官儿吧，如果封你的官儿你可千万不要推辞，越不想当官儿越是要当官儿，不然就被某些一心想当官儿的人把官儿当了，对我们这些不想当官儿的人就不利了！*”

东方白说：“我人老嘴笨，又是个死心眼，比不上如今的年轻人，社里就是还缺个弼马温，我也当不了。”

杨梅自然听出他的意思，飞快地看了身边的黄硕一眼，接过他俩的话说：“我看你们不是嘴笨，而是嘴逗人恨，如果幡然醒悟，改了这个致命的弱点，中国的官儿你们都当得了！”

黄硕伏案在纸上写着什么，可能又是什么申请之类，就像自己没长耳朵，什么都听不到似的，时而哗地翻一页过去，证明申请还不算短。** 魏子野今天正好也来了，正埋头看一本书，一副超然入定的样子，阿里巴走到他的身后，用手一捅他的背说：“等到东方回来，下面就该轮到你去谈了。”

心想着魏子野听了这话必然追问，轮到他去谈什么了？不料

* 由此呼应刚才一说，纯属捣乱，不让赵小月阴谋轻易得逞。

** 学政治经济学的到底城府够深啊，不管他多么年轻！

魏子野头也不抬地说："他把全社人都谈完了，也不会和我谈的。"

阿里巴吃了一惊，反问他道："他是谁？谈什么？你怎么知道？"

魏子野笑道："我还知道过几天召开的选举大会上，因为一个人物的出现，会使这位四处找人谈话的人大为意外。*"

阿里巴目瞪口呆，琢磨着这句话里的意思，越发觉得魏子野神秘莫测，是个不动声色的高人，不由得想起有好几次，赵小月一听到他的名字，一张脸立刻就黑成那样，想必是心里已经害怕他了。

第二天阿里巴去了金铃子那里，魏子野和东方白也都不在，杨梅正对黄硕讲着昨晚的足球，黄硕听也不是，不听也不是，这时一人敲门走了进来，手里拿着一书本，杨梅随口问道："找谁？"

那人说："找谁都行，你俩是刚来不到两年的吧？"

杨梅一听这话，便知此人有些来头，起身让座道："请坐，要不要我打电话让头儿来一下？**"

那人忙说："不用了，明天大家总是要见面的。"说罢就退出身去，走了一步又回过头问，"魏子野坐的是哪张桌子？"

杨梅把魏子野的桌子指给了他，那人就走过来，把手里拿着的书放在桌上，随手取过一张信纸，写了几个字夹在书里，这才出门，接着去敲其他房间的门。杨梅等他前脚走后，后脚走到桌边一看，见书里夹着的纸条下露出一个名字，叫李中国，又看那书是一本外国文字的书，不是英文也不是日文，书名她不认识，著者却是野人，而译者是李中国，正好与纸条下的名字相同，忽然想起前日听阿里巴讲过，凤凰社的副总编是一位出色的法文翻译家，曾经把魏子野的一本小说译到法国，出版后大受巴黎读者的青睐，莫非刚才这人就是李中国？***心里正这样猜测着，却听耳边有人小声叫她，转脸一看原来是黄硕，一脸黄豆大的热汗

* 再为后文埋下伏笔，让人迫不及待想看看选举大会。

** 在杨梅心里，还是只把阿里巴当作头儿，只是这话黄硕听了应做何想，目前看不出此人心性，不敢妄断。

*** 这应该就是魏子野口里所说的那个在选举大会上将要出现的人啦。

珠子，就像是刚洗过桑拿浴似的，吓了一跳，忙问他道：“你怎么了？”

黄硕抖着嗓子说：“刚才那人可别是新来的领导吧？你刚才在对我说什么？好像在说足球对吧？”

杨梅心里也在打鼓，外表却做出洒脱的样子说：“领导又怎么样？领导更应该懂得足球，不懂得如何调动球员运球的领导，他队的球是射不进对方球门的。”

黄硕急得都快要哭起来了，后悔不迭地跺着脚说：“可是我们毕竟不是球员，毕竟是在上班哪！哎呀，你为什么不早不迟，偏偏这时候和我说足球呢？”*

杨梅用手敲了他一下脑门道：“真不超脱，比你的前辈于剑差远了！”

黄硕为自己辩解说：“我要是有于剑超脱，不也成为众尸中最年轻的一个了吗？”杨梅见他痛苦成了这样，“扑哧”一声笑了起来，安慰他说：“你放心吧，我看这人长得像个白面书生，就是领导，也是个学者型的，不会因为讲几句足球就把我们斩首示众。”

因为明天要召开选举会，吴诗言提前挨个部门发出通知，要大家务必都要参加，不许一人请假不到。首先通知到外语部时，费英雄想了想问他说：“你这句话也针对我们吗？”吴诗言说：“全社一致，你们当然也不例外。”

费英雄听着点了点头，当下就用英语对斯蒂芬和玛丽娅说了一句话，两人听了就直向吴诗言看，嘴里说着“OK”，吴诗言不懂费英雄叽里咕噜说的什么，只觉得和他有关，便问费英雄道：“你对他们说的什么？”

费英雄说：“不是传达你的指示，让他们参加选举会吗？”**

吴诗言说：“我说的是中国人，没有说外国人，他俩又不是我社的正式职员，下午到会的人要投票选举，要是有人攻击你，说斯蒂芬是你的洋部下，玛丽娅是你的洋女友，你拉两个外国人来

* 处处写黄硕胆小与圆滑。

** 费英雄还是欠火候，真要让俩老外参会，何不等吴诗言走了再说，到时人已到场，赵小月也不便当场将两人赶走。

开会，是让他们投你的票怎么办？”

费英雄哈哈大笑，握握他的手说：“说得有理，可是我已经按你的指示通知他们了，覆水难收，外国人又是特别讲信用的，我不好再向他俩解释，要解释你自己去解释吧，我这去上个厕所，不陪你了。”

说着就从桌上拿起一卷手纸，起身走了出去。吴诗言明知他是故意与自己为难，回想以往，几乎每次相处都是这样，不明白是为什么，心想赵小月曾经想把他纳入新班子，后来又想把费英雄也纳入新班子，会不会这事被费英雄知道了，就将自己作为对立面，处处作起对来。* 吴诗言心中恼火，下不来台，害怕斯蒂芬和玛丽娅明天真去选举，依着外国人的个性，想选谁就选谁，想不选谁就不选谁，完全不按照赵小月的意图，打乱计划可就出大麻烦了。但他却不会说半句英语，又觉得两个外国人听中文可能也有障碍，要想收回费英雄发错的通知，看来得费一番功夫，就走到两人的背后，双手同时拍了拍他们的肩膀。两个外国人吓了一跳，扭过头来，见是凤凰社那个管总务的，便笑着说了声“你好”，吴诗言像首长一样，也说了声“你们好”，接着就哑巴似的连比带划，告诉他们说：“明天的会是选举我们社头儿的会，你们就不用参加了。”

不想两个外国人一点障碍也没有，比中国人反应得还快，两人竟同时问道：“什么是社头儿？”

吴诗言说：“就是领导，社里的一把手。”

两人又同时问道：“怎么选领导要选个一只手的？”

吴诗言说：“这是我们中国人打比方的话，不是一只手的意思，而是第一只手的意思，当领导的手比别人的手要长，要大，一只手要当别人好几只呢。”

玛丽娅眨着一双美丽的蓝眼睛，穷根究底道：“既然你们中国当领导的，一只手要当别人好几只，那为什么不把他们叫三只手

* 费英雄追女人不行，玩手段也欠火候。

呢？”

吴诗言整天板着的脸这时苦笑着，耐心地解释说：“三只手是小偷，是贼，不能把领导叫小偷，叫贼。”

玛丽娅一听越发来了兴趣道：“你们中国人说话学问真大，贼是三只手，而领导是一只手，这个意思是不是说，三个领导加起来才比得上一个贼？*”

吴诗言和她解释不清，索性不再解释，学着他们的样子耸耸肩膀，两手一摊，表示他们的谈话可以结束了。谁知玛丽娅结束了，斯蒂芬却还没开始，这个英国人刚才听了吴诗言的话，心里一直是不满的，这时问道：“我要和你辩论一个问题，你刚才说你们的会我们不用参加，我们不远万里，来到中国，在你们这里工作，请问大家坐在一起，是叫你们还是叫我们？”

吴诗言无心和这英国人辩论，他还要去通知其他部门，然后布置会场，做一个选票箱，去花店买一盆鲜花，隆重地摆在会议桌上，便随口答道：“当然得叫我们哪。”

斯蒂芬就较了真说：“既然工作时都是我们，开会时怎么要分你们和我们呢？而且，过去这里开会都要我们参加，这次开会怎么不要我们参加了呢？”

吴诗言好言劝道：“这次的会不是其他的会，而是选举的会，这事和二位没有关系，再说二位翻译工作很忙，所以就不用参加了。”

吴诗言不敢再说“你们”，怕被这个英国人揪住不放，就一口一个“二位”。不料斯蒂芬自己却把这话忘了，继续较真道：“你们的事怎么和我们没有关系？没有关系我们怎么会干你们的事？你们学习我们的选举，这个很好，但是你们不要我们参加选举，这个就不好了，你们应该让我们根据我们的认为，给你们选举个好一把手，你们现在这个一把手，我们认为不是个好一把手。”

* 这个解释更是奇绝，作者下笔如刀，入木三分。

吴诗言表面上不动声色，心里暗自吃了一惊，由此觉得赵小月不让两个外国人来参加选举，真是一个英明的决策，而自己更要把好这一关了，便机智地把话转移开说：“我说斯蒂芬先生，刚才你还说不该分你们和我们，又说你们外国人是最讲信用的，可是我看你一点儿也不讲信用，刚说的话就忘了，自己分起你们和我们来，这就是你的不对嘛！*”

* 想起了一个顺口溜，用在此处做注解，再合适不过。对吴诗言这样的人：你跟他讲道理，他跟你耍流氓；你跟他耍流氓，他跟你讲法制；你跟他讲法制，他跟你讲政治；你跟他讲政治，他跟你讲国情；你跟他讲国情，他跟你讲接轨；你跟他讲接轨，他跟你讲文化；你跟他讲文化，他跟你讲老子；你跟他讲老子，他跟你装孙子；你跟他装孙子，他跟你讲道理。

40

编辑部的门大开着，里面只有一个黄硕，正兢兢业业地整理着桌子，把报纸一张一张嵌进报夹，报夹一副一副搭在架上，在屋中形成一个“A”字，又把杂志分成十本一摞码好，规规矩矩靠在墙边，忙得像个猴儿似的。吴诗言匆匆来到门外，往里看了一眼问道：“你们还有几个人呢？”

黄硕如实回答：“都到餐馆喝酒去了。”

吴诗言皱着眉头又问：“阿里巴也去了？”

黄硕说：“阿主任带着去的。”

吴诗言瞪着他说：“你还叫他主任？你忘了现在他不是主任，而你是主任了！他从来都没个主任的样子，自己去喝酒，却让别人干活儿！”

黄硕急忙叫道：“不是他让我干活儿，本来他拉我也去，是我自己不会喝酒，才死活不肯去，干活儿也是我自己要干的，不干活儿我身上发痒，谁也没有让我。*”

吴诗言又问：“他们为什么喝酒？到哪里喝酒去了？”

黄硕指着窗外说：“是野人老师来了一笔稿费，他们就闹着到天堂酒家喝酒去了。”

吴诗言恨铁不成钢地瞪着黄硕，见他好不容易不把阿里巴叫主任了，却又把魏子野叫起老师来，真是青竹竿扶不起猪大肠，不觉叹一口气。自知和编辑部的几个人不是一路货色，与他们的关系还不如费英雄，不好到天堂酒家去找他们，但是不去又无法通知他们明天开会，正左右为难着，一侧眼见身边闪过一个手持拖把的老女人，把拖把靠在前面的墙角，人就空着手向楼下走去。吴诗言认出是打扫厕所的谢婆子，就一声叫住她道：“谢婆子

* 黄硕胆小，作如此言，又衬其圆滑。大多胆小之人都能圆滑，本性使然。

你去哪里？”

谢婆子回头一看，见是每月发她工资的总务处吴处长，忙笑着答道：“俺肚子饿了，扫不动地了，出门去买袋方便面吃，你吃不吃？要吃俺就多买一袋。”

吴诗言说：“谁吃你的方便面，我要你路过外边天堂酒家的时候，顺便进去给几个人带句话，就说我通知他们明天开一个重要会议，谁也不许不到。”

谢婆子说：“俺这就去，里面是几个啥人？”

吴诗言说：“都是我们本社的人，见了面熟的你就说，你记好了？”*

*用谢婆子传话，又引出一段故事。

谢婆子说：“俺记好了。”

谢婆子走进天堂酒家，迎面就看见脸朝大门坐着的阿里巴，上下席是魏子野和杨梅，东方白背对大门，双手捧着一本菜谱，很近地贴在眼睛跟前，正在向小姐点菜。点一个小姐在单上记一个，等点够了，小姐一扭身进了伙房。谢婆子这才走到桌边，笑呵呵地叉起个腰说：“吴处长派俺来下通知，俺以为是谁呢，原来还是你们几个。”

阿里巴也笑道：“我也以为是谁呢，原来还是你，吴处长什么时候和你换岗了？”

谢婆子说：“俺可不敢和他换岗，他管的都是文件纲要，俺管的都是拉屎撒尿。”

杨梅笑得捂着嘴问：“管文件纲要的派管拉屎撒尿的来下什么通知？”

谢婆子说：“说是明天要开一个重要会议，别的俺就不知道了。”

阿里巴说：“你不知道，我却知道，来来来，你也坐下喝一杯吧。”

谢婆子眼瞅着小姐把酒菜端了上来，在裤腿上使劲儿地蹭着手，身子直往后退说："俺一个扫厕所的老婆子，身上不是屎就是尿的，咋敢跟你们大知识分子一起喝酒？"

杨梅知道她嘴上是这样说，心里还是很想来的，就起身搬来一把椅子，放在自己身边说："来吧来吧，他们平时总说你会讲故事，我一次也没听过，今天敬你个酒，喝了你得好好地讲几个给我听听。"

谢婆子一边客套着，一边却凑了过来，不敢贴着杨梅的身子，隔着尺把远的距离坐下，用眼睛寻找自己的酒杯。魏子野笑着提醒她道："你想好了，今天是在天堂酒家，可不要讲人间脏话，过去讲的那些都不合适了，要讲得讲个干净些的。"

谢婆子就想了想说："萝卜干净，从地里拔起来，泥巴一洗就能吃了，俺给你们讲个萝卜吧。* 说是有个小姐，二十八了还没有嫁出去，夜里睡在床上想情郎，想啊想啊想得睡不着觉，就起身到厨房里，拿了一个萝卜……"

大家都静下来听，东方白听着却"扑"地一笑，制止她说："快别讲了，我们杨小姐今年也是二十八岁。"

杨梅大大方方地说："我今年虽然二十八岁，可是我已经有情郎了，而且还是个德国情郎，讲吧讲吧，我不会对号入座的。"

谢婆子这才想起有女编辑在场，这个段子是有些不大合适，闭着嘴一句也不肯讲了，杨梅不肯罢休，使劲儿催着她说："讲吧讲吧，你把我们的胃口吊起来了，不讲不行！"

谢婆子只好含糊着讲道："后来那个萝卜断了，小姐快要死了，她家老爷给她请来一个郎中，郎中走进小姐闺房，说是让我瞧瞧，掰开小姐的腿子……"

大家都勾着头笑，东方白笑得喘不过气来，杨梅又打断谢婆子的话说："你说慢点儿，刚才我没听明白，那个萝卜好好的怎么会断，小姐好好的怎么要死，平白无故的怎么要扯出个郎中来呢？"

* 谢婆子想的干净跟魏子野说的干净，不是一样的干净。

东方白语不成声道："别讲了别讲了，大家快喝酒吧！"

杨梅说："不行，我非要问个水落石出不可！"

谢婆子无奈，只好横下一条心来，一作鼓气地讲下去道："你这个傻女子，那个萝卜断到小姐的肉里去了，郎中张着个嘴，掰开小姐的腿子一挤，萝卜嗖的一下飚进郎中嘴里，郎中吧唧咬一口说，嗯，味道酸酸的，像是四川泡菜。"

大家哄的一声大笑不止，杨梅这下终于彻底听懂了，脸红得像盘里的西红柿，直骂谢婆子道："你这个死老婆子！"

谢婆子端起杯子，吱儿地喝了一口说："本来俺不想说，是你硬逼着俺说的。"酒菜都上齐了，小姐又端来一碟凉菜，是一些颜色黄黄的茎块，含笑说道："这是我们老板送你们的，不收钱。"

阿里巴说声谢谢，小姐刚转过身，他又叫住她问："请问这菜叫什么名字？"

小姐回头又一笑说："是酸萝卜，四川泡菜的一种，很好吃的，先生一尝就知道了。"

阿里巴顿时想起谢婆子刚才讲的段子，慌忙端起那碟老板的赠菜，起身送还给小姐说："对不起，我们都不吃这个东西，再一次谢谢你们老板！"

小姐接过碟子站在那里发傻，远远地见那一桌客人都笑了起来，一时不知道自己做错了什么事，又走过去向他们道歉说："对不起先生，我刚来不久，有服务不周的地方，还望几位先生原谅，这碟菜还是请你们尝一尝吧。"

阿里巴一挥手说："不尝了，端走吧，不是你不好，是酸萝卜不好。"

说罢不再啰唆，端起酒杯和大家当地一碰，喝干了说："今天大家都很高兴，萝卜的事情都不要再想它了，现在想个别的好不好？我用四句打油诗编一个谜，说出来请大家猜，是一个人的名字。"

杨梅拿筷子指着他问："谁猜中了你喝一杯酒？"

阿里巴说："当然，猜不中他喝一杯。"接着就念道，"女鬼一千八，好女不在家，田土送与人，是个大傻瓜。"

话刚落音，魏子野就笑道："我猜出来了，你喝酒吧。"

杨梅讶然道："我不信你有那快，说出来大家听。"

魏子野说："我是猜谜大家，谁敢说我是大傻瓜？"

杨梅用尖尖的指头在桌上划了一阵，才明白是'魏子野'这三个字，便逼着阿里巴喝了一杯，想了想说："原来诗谜还是这样编的，我也来编一个，你们听着：无女不婀娜，太阳落土坡，疤脸没有病，是个坏家伙。"

魏子野望着阿里巴直笑，阿里巴忽然明白了说："你怎么编起我的名字来了？快喝快喝！"

杨梅赖了半天没有赖掉，喝毒药似的抿了一小口，转过脸就吐在地上了。魏子野说："我编一个很难猜的，谁猜中了喝一杯酒：云破走苍龙，日出天不红。"

杨梅沉吟道："这是谁呢？"蓦地从第二句打开缺口，指着东方白说，"说的是你！"

魏子野笑道："猜中了，喝酒。"

杨梅叫道："怎么是我喝酒？"

魏子野说："我刚才说了，谁猜中了喝一杯酒，你猜中了不是你喝，难道还是别人喝不成？"

杨梅高声叫道："作家会玩儿文字游戏，我上你的当了！"

说着趁东方白不注意，把自己杯里的酒倒在他的杯里，以魏子野之道治东方白之身说："谁让你叫这么个名字害人？谁的名字谁喝！"

东方白不胜酒力，替她喝了一杯，脸就红了，头也晕了，坐在那里直着眼睛看杨梅，想编出一个她的诗谜，却怎么也编不出来，谢婆子看出这个老编辑的意图，挺身而出道："俺帮你来编一个，你们猜她是谁。”

大家一听谢婆子要编诗谜，立刻来了精神，纷纷放下手里的杯筷，鸦雀无声地将她盯着。谢婆子毫不怯场，也仿着他们的声调念道：“看着红丢丢，吃着酸溜溜，走拢来一摸，是个漂亮妞。”

由于特别的浅显易懂，大家听到一半就猜中了，又是笑又是点头，阿里巴说：“说的倒是杨梅，但是第三句不能用‘摸’，应该改个‘瞅’字才对。”*

杨梅对谢婆子刮目相看道：“到底是农民作家的前夫人，多年来跟着他耳濡目染，受了熏陶，也算得上是个农民诗人了，本来是很般配的，他怎么却要变心呢？”

谢婆子正在高兴头上，一下被人说到痛处，忽地变了脸说：“不说他个没良心的东西了！”

说罢不用人劝，自己主动端起杯来，“吱儿”的一响，杯里的酒就一滴也不剩了，然后抄起筷子大口吃肉。

午休时间都已过了，还不见他们几个回编辑部，连带话的谢婆子也没了影子，吴诗言担心谢婆子话没带到，这几人一顿酒会喝到下班，然后直接回家，明天开会人数不够，赵小月会找他麻烦，心里窝火，觉得一个扫厕所的老婆子到底不可重用，决定亲自去跑一趟。来到天堂酒家，果然一眼发现他们还坐在那里说笑，连谢婆子也参加进去，正双手抓住一个东北大棒骨啃着，就老远咳了一声，把气发在她身上说：“我说谢婆子，我叫你来通知人的，你自己却坐着吃了起来，这个月的工钱你别想要了！”

谢婆子扭头见是总务处长，又听说不给她的工钱，身子一个颤抖，把嘴里的棒骨抖掉在桌上，“咚”的一响，慌忙伸手去捉，没捉住却又把它碰落在地，谢婆子怪可惜地看一眼脚下，转而又看吴诗言的脸说：“你看看你看看，这都是你害的，你凭啥要扣俺的钱，俺哪点儿没扫干净？”

魏子野笑着对吴诗言道：“怪她什么？她是替你来通知的，都

* 赵小月一伙在费尽心机算计升官加禄，魏子野四人倒是优哉游哉，喝烧酒，说笑话，用相互的名字猜字谜下酒，多么快活！读者须对照着看，方知作者用心。

通知到了，我们明天不打算来，并不是因为她的缘故。”

吴诗言吃了一惊，连阿里巴和东方白也都一愣，杨梅以为他是故意逗吴诗言玩儿的，也补一句说：“没事的人才整天开会呢，我们明天有事，都不开了。”

吴诗言说：“怎么没事？选举社里的头儿，可是我们的头等大事。”

魏子野“哦”了一声说：“原来还是选头儿，我们还以为是新春茶话会，心想我们元旦已经喝过一次，今天又喝了一次，喝的并且是酒，明天就不用再喝茶了。既然是头等大事，那我们当然要来参加，下午你赶快把候选人的名单，还有他们的事迹宣言发给大家，人手一份，我们今晚抓紧看了，明天好投他们的票。”

阿里巴方才明白魏子野的意思，对东方白和杨梅分别递个眼色，三人一起把眼睛盯在吴诗言的脸上。吴诗言脸色刷地一白道：“大家都在一个社里，知人知面，还要个什么事迹宣言？”

魏子野笑道：“你长期从事行政领导工作，怎么连人民选举制度的程序都不了解，你说知人知面就行，那我们选你好了，因为知道你人叫吴诗言，面是国字脸，何必还开什么会呢？”

东方白附和道：“俗话说知人知面不知心，我们不选就不选，要选就选个知心的人。”

阿里巴赞成说：“如果是做形式，走过场，玩花样，搞猫腻，背地里拉好了选票，再假装让我们来选，选的结果也不公布，把个红票箱捂得像个新娘子的红盖头似的，那我们就集体宣布不参加了。”

东方白说：“红盖头最终也要揭开的，我们要选头儿，得先选个揭红盖头的人。”

吴诗言讽刺他道：“你是不是想做这个揭红盖头的人？”

东方白索性说：“如果是红盖头，我怎么不能揭？如果是红裤衩，我就不能揭了。”

几个人大笑起来，杨梅本来也想了一句精彩的话，正想出口，听东方白把红票箱比成红裤衩，比阿里巴更加刻薄，却也有几分恰当，便使劲儿皱着眉头，要把笑忍住，这么一忍，已到嘴边的妙语也一道忍回去了。*

吴诗言知道和他们说话，是自讨苦头，就及时为自己收场道：“那我就回去了，把你们的意见如实地告诉赵头儿，看他怎么安排布置，至于你们参不参加会，只要我通知到了，去不去由你们自己。”

说罢转身就走，谢婆子毕竟害怕得罪了总务处长，以后寻个岔子扣她工钱，甚至把她扫厕所的岗给下了，也起身跟在他的后面，临走时又扭过脸来，看了一眼地上那根只吃了一口的棒骨。魏子野看看阿里巴，阿里巴立刻会意，就冲着吴诗言的后背说道：“你回去对赵头儿说，只要他按程序选举，我们就一定参加，而且还要投他一票。**”

最后一句，使吴诗言回过头来，在他们每个人的脸上看了一眼，好像验证这话是真是假***。东方白不解其意，小声埋怨他说：“像他那样的人，不趁这个机会送他下台，你怎么还要投他的票？”

魏子野替阿里巴笑道：“阿老弟进步不小，小计策用得不错嘛。”

杨梅恍然说：“原来还是用计，骗得赵小月就范，然后把这个贪官干掉。”

魏子野说：“谁也干不掉谁，干掉和被干掉的都是自己，气数已尽，他这次是必掉无疑了。”

杨梅听他讲到气数，一时惑然，忽然想起昨天的事情，便问魏子野道：“昨天那个给你送书留言的人，他就是李中国？”

魏子野说：“是。”

杨梅又问：“他出国以前是社里的副总编辑，这次回来了还是

* 可惜了这句没说出的妙语，我倒是很想听听。

** 人都是在斗争中学会进步的，阿里巴还会放诱饵了。

*** 看前面在印杂志和报销的事上吴诗言对阿里巴处处作梗，让人窝火，此处总算扳回一局，解气！

不是？”

魏子野说：“那也要看明天的选举，如按程序，你们这些后来者一定会对他有所了解。”

阿里巴说：“不了解的还可以问我，我看此人至少比赵小月强。”想了想又说，“可惜孙文夫走了，不然我们就让他坐头把交椅。”

四人又坐了一会儿，魏子野掏钱买完单，就都起身走了。

赵小月听了吴诗言的汇报，恨得直咬牙道：“肯定又是魏子野在从中搞鬼！”

吴诗言说：“我看也是他，小阿明里领导着他，实际却是被他领导着，你说他在搞鬼，他们还说是你在搞鬼呢。”

赵小月害怕部里明天来人，发现他们几个真的罢选，造成不讲民主的印象，坏了他的大事，就只好按照他们说的，让候选人自己写个事迹宣言之类，明天各念各的，大家听后投票。这样做对周泉和吴诗言自然不利，因为他俩的确没有任何事迹可言，言也宣不出个什么。但是从现在的形势看来，还必得走这一步，不然这次选举就会被他们抗了，自己多时的策划就会落空。于是下了个狠心，对吴诗言道：“既然这样，那就好吧，你马上去让周泉准备一下，你自己也准备一下，把事迹写好，写足，尽量写感人些，不要过于谦虚，明天上午再告诉钱思奇，并且当着他面也告诉费英雄。*”

吴诗言小心地提醒他说：“刚刚回来的李中国，你是怎么考虑的……”

赵小月拧眉考虑道：“对了，还有一个李中国，不早不晚赶在这时回来。不过这两年他在国外，社里没有政绩，一些年轻人不知道有这个人，你可以大胆让他作个自我介绍。”

吴诗言学他样子拧着眉说：“开会之前我再对他说吧。”**

赵小月明白了他的意思，拍拍他的肩膀笑道：“就这样吧，现

* 是想让这两人猝不及防，来不及准备。

** 领会了赵小月的精髓，想用对付钱思奇和费英雄的办法对付李中国，而且更紧迫。

在你可以郑重其事地去通知那几个人了，就说一切按照选举的程序进行，我看他们谁个还敢不来。”

吴诗言一字一句听着，把他的精神吃深吃透，溶化在血液中，深入到骨头里后，才答了声“是”，转身去落实在行动上了。

41

选举正式开始之前，吴诗言手里握着选票，为了慎重起见，又仔细点了一遍人数，点来点去还缺一人，便要各个部门的头儿清查自己部下，看看到底是谁没来，结果清查到印制科时，却查出缺的是头儿郑三发。吴诗言想着这人平时的作为，认定他是谁也不想得罪，才故意用这法子进行逃避，真是个老滑头，便假意问黄莲花说："你家那位怎么没来，不会是家里有什么事吧？"

黄莲花最近一连几个晚上，都没和郑三发在一起，郑三发在外过夜已是常情，黄莲花是为了保住面子，才把这事瞒着不说。听到吴诗言问她，就随口答道："昨晚睡觉时他说是身上不舒服，今早我走他还没起床，可能是老毛病又发了。"

王金刚乘机诡笑说："他那个老毛病也该治一治了。"* 大家都知道王金刚说的老毛病，和黄莲花说的老毛病不是一种毛病，也在下面偷偷地笑着。吴诗言料定郑三发不会再来，就当众宣布了郑三发弃权，然后把票发给大家，详细讲了投票的规则。大家都先把票上印的候选人名看了一眼，琢磨着在谁的头上画一个圆圈，这时会议室的电话突然响了。谁也顾不得去接电话，任凭它响得一阵比一阵紧，吴诗言担心电话的声音会破坏选举，走过去提起话筒，本想把它搁在一边，但一迟疑又放到耳边听了，却没想到一听就愣在了那里，眼睛直往赵小月看。

等吴诗言放下话筒，这边的投票就已经完毕了，就火速补了自己的一票，这才走到赵小月的耳边，对着他的耳朵说了一阵子话，赵小月的脸立刻白了，嘴唇直打着哆嗦说："怎么会出这样的事呢？怎么会出这样的事呢？"

吴诗言宣布选举结束，当场封好票箱，交给部里派来监票的

* 此事总由王金刚挑起，文字百忙之中，不落一笔。

人，要大家暂时退场，等着公布结果。屋里顿时响起一片挪动椅子的声音，大家纷纷起身，黄莲花跟在张洁的背后，正要出门，赵小月对她招招手说：“你别走了，你等一下。”

黄莲花以为是发挥她的会计专长，统计票箱里的票数，便又规规矩矩坐回原处，等着部里人的吩咐。却不料赵小月劈头对她说了一句：“你家郑三发出问题了！”

黄莲花的屁股从座椅上一弹而起道：“他怎么了？”

赵小月顿了顿说：“他杀了人，公安局已经把他带走了。”

黄莲花脸色煞白道：“他杀了谁？”

吴诗言说：“事到如今也不能瞒着你了，就是那个过去跟他胡搞的女人，人家已经找好男人了，马上就要结婚了，他不允许人家结婚，要人家一辈子跟他胡搞，两人争吵起来，他就把人家一刀杀了。*”

黄莲花咬牙骂着：“那个不要脸的田婊子，我早知道他要死在她的手里！”

吴诗言秉公说：“一个巴掌拍不响，这样的事怎么能全怪人家！他搞了人家这些年头不算，还不许人家嫁人，自己也不离婚，要人家做他的二奶，人家不同意就杀人家，再怎么说也是他的错大！”

赵小月催着黄莲花说：“别再说了，你现在已经是杀人犯的家属了，还不快到公安局里见他一面！**”

黄莲花突然“哇”的一声哭了起来，边哭边说：“赵头儿你可要帮帮我哇，刚才我可是投了你一票的！”

郑三发杀人的消息，像春风一样吹遍了全社，所有的人都停下手里的工作，群策群力地分析着这件案子的起源，追溯郑三发和那个姓田的婊子，在一起胡搞已有了多少年的历史。又回忆最近一段看见郑三发，是什么时候，什么场合，他说了一些什么，做了一些什么。周泉想起他有一天去找李先来，调查是谁编的那

* 前文中王金刚一伙人喝酒说到郑三发，还假设黄莲花会找人干掉郑三发，没想到，竟然自己先动手了！

** 此时再怎么也不该说出这样的话，可赵小月若不落井下石，就不是赵小月了。

篇寓言，正遇上郑三发为李先来看相，最后说自己的相里无官无财，也没有寿，说不定哪天就吧唧了[*]。周泉觉得从这句话里，可以得知郑三发的杀人不是一时兴起，而是早有预谋的，如果公安局的刑侦人员调查到他，他就可以举出此证，使破案有个突破性的进展。[**]

选举结果很快就出来了，得票超过半数的人名只一公布，赵小月就慌了手脚，虽然也和大家一样叭叭地鼓掌，但那每一下都像是击打在自己心上，疼丝丝的不是味道。因为当选的人中，不仅没有周泉和吴诗言，连他自己都没有了。他不明白他的票数怎么会那样少，简直还不到三分之一，选举前他一个一个地找人谈心时，大家对他分明是那样敬重，那样信任，有的甚至十分露骨，把希望他连任的话都直说了出来。

被选上的一个是钱思奇，一个是李中国，这两个人都是他想到过的，也是他重点防备的对象，私下里曾经对他们采取了一定的措施，想不到他们这次还是上了。余下还有一个费英雄，还差一票就可以当选，可惜有人就是不肯给那一票，如果让翻译部的两个外国人，斯蒂芬和玛丽娅也来参加选举，那么费英雄必然稳操胜券。为此费英雄除了恨吴诗言，也恨在吴诗言背后操纵的赵小月，一听到赵小月落选的消息，他的心里立刻就平衡了，[***] 散会之后他特意晚走一步，等赵小月走到面前的时候，突然站起身来，紧紧握着对方的手说：“祝贺你终于取得了解放，以后可以干点儿自己的事了！”

赵小月大为意外，接着却发现他说这话是真诚的，丝毫没有讽刺的意味，心里就涌起一股对不起他的感觉，脸上红红的，顺着他的话说：“是的是的，这多年我一直是这么想的，过去我是身不由己，以后我就身心自由了！”

大家一回到各自的办公室里，话题立刻从郑三发的杀人，转移到这次选举的结果。印制科的郑三发一出问题，还剩下李先

* 当时郑三发说自己会死在女人身上，果不其然，一语成谶，这么快就应验了！

** 落井下石者还不止赵小月一人，平时待人多不义，遇到祸事众人喜！

*** 看来费英雄爱美人更胜于爱官场。

来一人，没人和他说话，就端了一杯茶来到勤杂室里，坐在李享大的桌子对面和他来说。李享大桌上的纸烟盒子又码到新的一层了，他采取的方法是码好一层，端走一层，组装在已经成型的摩天大楼上，而那座一天一天建设起来的摩天大楼，则像他的秘密武器一样，被他摆放在这间屋子墙角后面，一个储藏杂物的暗室里。*

李先来今天表现得很激动，因为社里突然发生的两件事情，对他来说都是好事。一是郑三发杀了人，这一下肯定是完了蛋，即便不是死刑，至少也是无期，就别想再回来当什么科长了，空下的这个位子自然成了他的。想不到郑三发在外面辛辛苦苦地搞女人，把别人搞死了，把自己也搞死了，却把他搞活了，给他搞出个正科长来。二是赵小月下了台，赵小月过去一直是扶郑压李，让郑三发的臭屁股骑在他的脖子上，独霸一方，对上勾结大贪官赵小月，对下串通丑婆娘黄莲花，吃足了印厂的回扣，发够了肮脏的横财，这下子终于吧唧一声倒了，什么都没有了，比起要死的郑三发来，只是活了条命。

李先来满面红光，头上冒汗，对李享大说："别码了吧，一天到晚码这玩意儿，有个什么劲儿？你知道郑三发在杀人之前，怎么说我们姓李的人吗？"

李享大眨着眼问："我们姓李的惹了他了，害他说我们的坏话？"**

李先来说："也不是什么坏话，他说社里的头儿是按《百家姓》排的，想不到还真是这样。"

李享大麻木着脸道："你是指姓李的当了头儿？可他一不是你，二不是我，你高兴个什么？"

李先来说："一个'李'字掰不破，再怎么他也比姓赵的强呀！那姓赵的明里暗里贪污多占，用的也净是像他这样的人，这下子倒的倒了，抓的抓了，我怎么能不高兴？现在我才告诉你，

*这样一项伟大工程，只能在暗室中进行，寓意纸厦暗无天日。

**一下就想到说的是坏话，可见郑三发平时之作为，但这次却冤枉他了。

上次橱窗里的那篇寓言不是我在哪里抄的，是我自己编的，赵小月就是那个贪污多占的老猴子！”

李享大恍然大悟道：“原来是你，害得他们四处调查，连我这里都问到了，怀疑是魏子野，你真是差点儿连累了人家！今天这是赵小月倒台了，他要不倒台，你敢承认你骂他是猴子吗？”

李先来竟像喝了酒一样，把手里的茶杯往桌上重重一放说：“怎么不敢？别说是骂他猴子，就是骂他孙子我也敢承认！我是谁？我是一个天不怕地不怕的人！”

骂完一通，李先来又端着茶杯去销售科，去对王金刚说郑三发的坏话。那间屋子的门紧关着，李先来一掌推开了，却看见王金刚站在屋当中，也正气忿忿地对马车骂着，不过他和李先来相反，骂的不是赵小月，而是钱思奇和李中国，他说：“操他妈的，老子恨不得把那个鬼票箱子一把火给点了！”*

李先来理解王金刚的心情，因为赵小月这一倒，意味着他也倒了，就走进去附和着说：“真是吃饱撑的，没事选个什么举，赵头儿不是当得挺好的吗？”

马车也说：“我说也是，不如一把手还让赵头儿当着，余下的抓阄儿，谁抓住什么就当什么。”

王金刚又不同意道：“那也不行，让那个开拖拉机的龚吊古来，抓着一个副社长，也让他当不成？”

马车觉得他驳得也对，就笑了说：“那就还是由赵头儿任命，叫谁当谁就当，叫当什么就当什么。”**

李先来却故意说：“那也不行，赵头儿一直想周泉和吴诗言当他的左右臂，一个是副总编，一个是副社长，也没你俩的什么事儿，你俩不还是坐在这里卖书吗？”

王金刚受不了这个激将，放低声音对他说实话道：“这你就不知道了，副总编和副社长是左右臂，社委会主任才是主心骨，权力其实比那两人大的，若是赵头儿不下，那个主任就是我的，腾

* 有人欢喜有人怨！李先来和王金刚各有不同。

** 这帮围着赵小月的利益既得者是做如此想。现在靠山下台了，以后好处捞不到不说，估计也不能这样天天上班时间打牌闲聊了。

出的这个科长也就是小马的了。”

马车说：“我倒不想当什么科长，只是你的主任丢了怪可惜的。”李先来长长地“哦”了一声道：“原来还是这样，这就像宫廷里的秘密组阁一样，要不是这场意外的变故，恐怕现在就已经成功了。”

王金刚越想越气，憋不住又骂了一声“操他妈的”，突然伸出手来，在桌上猛击一掌，把马车和李先来吓得各自打了一个哆嗦。王金刚沉着脸道：“等着瞧吧，老子是不会给他们卖命的！”

李先来浑身兴奋得不行，一心想着找人说话，同时也想听听别人说些什么。* 他端着茶杯从销售科出来，路过总务处时，想了想又推门走了进去，却没有看见吴诗言，原来散会以后，吴诗言情绪低落到了极点，根本没回总务处，直接就溜到周泉那里，虚掩了一半的门，在里面说着知心的话。李先来不知就里，又一脑袋从门缝里伸了进去，只听吴诗言小着声儿说：“去看看赵头儿吧，我看他可怜的，难中好识人，别让他觉得我们势利。”

李先来赶快缩头，记起刚才王金刚说的话，越发证实了这屋里密谈的两位，都是赵小月的死党，就悄悄退出来站在门外，贴着墙壁偷听。吴诗言和周泉只顾商量着，并没有觉出门外有人，周泉的情绪本来比吴诗言还要低落，这会儿却使劲儿地振作着，掏出烟来递了他一支，自己也叼上一支，也小着声儿说：“要去也不能这时候去，要去也只能是晚上，去他家里坐坐，不必多说什么，大家心里都烦，表达一下意思就是。**”

吴诗言平时从来不抽烟的，并且执行社里规定，不许各个部门有人抽烟，这时却昏头昏脑，把周泉递他的烟接到手里，在打火机上点燃，吸了一口，呛得眼睛都眯缝了。周泉以抽烟使自己镇静，从吐出的烟圈儿里望着吴诗言的脸说：“你的脸色怎么这样难看？”吴诗言一笑掩饰道：“我的脸色是你这烟熏的，你的脸色也不是太好。”

* 势利之人最怕别人看出自己势利，这就如同缺什么就会在意什么。

** 周泉想得周全，去家里既不会被现在当选的领导看到，又能让赵小月承情。

42

整个一层大楼里面，只有编辑部的门大开着，东方白大发感慨道："远来的和尚好念经，身边有人削尖脑袋，费尽心机，想当头儿没有当上，想不到从国外回来一个，忽地一下就当上了。"杨梅还想着昨天喝酒编诗谜的事，就接口道："你刚才说了一句什么？'远来和尚好念经'对吗？我给你续一句'无意插柳柳成荫'怎样？"

东方白笑了说："你这一续，把我们前任总编的名字给续进去了。"

杨梅问："前任总编是谁？"

东方白说："你是个桃花源中人，连《红楼梦》的英文译者也不知道，谈何凤凰社的女才子。"

杨梅故意笑道："你说的是那个和马克思同名不同姓的霍克思吧？"东方白说："霍克思翻译的是《石头记》，而我们的柳成荫先生翻译的才是《红楼梦》，所以我再给你续一句：'杨家丫头好大胆'。"

杨梅点头道："我真是孤陋寡闻，只知道本任总编是赵小月，不知道他还有那大一个前任。你这句续得更好，下面该谁了？"

阿里巴哪有心思续诗，两眼直向魏子野那里望去，却见一直闷声不响的黄硕也向他们靠了过来，脱口冒了一句道："我也学着说一句吧：'屋里说话要小心'。*"

说着就走到门口，伸出头去往外张望了一眼，然后把门关上了。大家一愣，继而都笑起来，杨梅夸张地点头赞道："很好，很押韵的。"

东方白也附和说："不仅押韵，也很有思想性。"

* 再衬出黄硕胆小，黄硕是赵小月引进的人，这样是怕评论的话传入赵小月耳中。

两人说罢又笑，黄硕也附和着笑，一边笑一边回到原位，规规矩矩地坐下看书。阿里巴刚才正要对魏子野说的话，被黄硕的续诗和大家的笑声冲断了，想了一下才接着说：“野哥，昨天要不是我们听懂了你的意思，来它个突然袭击，社头儿肯定不是这两个人了。”

魏子野笑道：“这不是我的意思，这是天的意思，你想想看，凤凰社早不改选晚不改选，怎么恰好在这时改选？李中国早不回来晚不回来，怎么恰好在这时回来？这两件事居然就遇到了一起，赵小月心里一定也是这么想的，可能他还会怀疑部里，是不是有意安排好的。”

阿里巴一直怀念着孙文夫，想不通道：“说是天意，老天怎么在这个节骨眼上，突然让枪岛的张义夫出问题，迫使我们的杂志停刊，孙文夫负气而走呢？如果坚持再办上两期，社头儿必然是孙文夫的了。”

正说着话，电话响了，黄硕见大家都懒得去接，忙快步走过去抓起话筒，“喂”了一声，接着就“哦哦”地应着，然后挂了电话，随口对魏子野说：“野头儿，你们刚才说的那个李头儿，请你过去一趟儿，可能你们两个头儿有要事商量。”

魏子野一边起身，一边对黄硕笑道：“你怎么见人就喊头儿？我哪是什么头儿？你以后别叫什么这头儿那头儿，听着很肉麻的，再说你也是个小头儿了，难道要我们也这样叫你？”

黄硕顺从地说：“那我就还是叫野人老师好了。”

魏子野说：“也别叫老师，不然总有一天会后悔的，又不好改口，只好当面叫一样，背后又叫一样，倒不如趁早直呼其名，叫野人也比叫老师好。*”

黄硕挨训似的站在那里，搓着双手不知道怎么表达，阿里巴见他尴尬，就替他解围道：“以后立个规定，凡是年纪小的，一律叫他野哥，叫我阿哥，叫东方白老白。”

*淡泊之人，总能看到目光之外更远的地方！难怪总能洒脱自如，远离是非，作壁上观。

杨梅一听就叫了起来："你们是哥，他是伯，倒高出我们一辈了，我一个都不叫了。"

李中国回国以后，已和魏子野见过几面，谈的多是把他作品译往国外的事，社里的事很少涉及。魏子野推门进到李中国的办公室，见钱思奇也坐在那里，两人一副促膝谈心的样子，等他人一进来，才拉开了一点距离，起身让座。魏子野看这形势，便知道不是为他在国外出书的事了，果然一坐下来，李中国还没说话，钱思奇却率先开口道："多时我就想听听你的高见，苦于没有一个名正言顺的机会，过去社里放着一座金矿不来开采，而去刨些无用的土坑，实在是有眼无珠，可笑得很。这次李中国一回来就对我谈起了你，正合我的意思，凑巧我们两人被大家推到这个位子上来，想着人单力薄，就希望请你出山，替我们做点儿事情。*"

魏子野看李中国一眼说："这要看是什么事情。"

钱思奇说："你知道的，赵小月原本要成立一个社委会，被我和孙文夫抵制掉了，不是那个机构不好，而是那个人选不对，现在我们想请你来当主任，不知道这是不是叫作高射炮打蚊子，大材小用了？"

魏子野摇摇头说："你们也知道的，我要当官，我早当了，至少要当在做梦都想当官的周泉前面。可是我一见他们你争我夺，尔虞我诈，我就恨不得远离三尺，羞与为伍了。既然我选择了清静寂寞，就不愿再进入是非热闹当中。**"

钱思奇毫不退让道："小小主任，对于你一个大作家来说算个什么屁官，我们只是要你受点儿委屈，付点儿牺牲，说是帮助我们，其实也是帮助自己的凤凰社，渡过眼前的困难时期。我知道你和李中国是好朋友，你不妨朝李中国看，他本来是一个顶呱呱的好翻译，国内国外都有名的，我也一样，我们能够暂时放弃翻译，来当一任社长主编，难道你就不能暂时放弃写作，来当两年

* 这种时候，若是赵小月说，则是恩赐，钱思奇是求贤的口吻，希望心口如一。

** 再与周泉、吴诗言之流一比。

主任吗？听说李中国在法国的时候，还把你的作品译到国外，就算是私人答谢，你也应该助他一臂之力吧。*”

李中国仍是一句不说，只盯在魏子野的脸上，看他一会儿皱眉，一会儿苦笑，一会儿反过来看他一眼。钱思奇趁热打铁道：“我说出三个原因来，你就知道我是真诚的了。** 第一你有才华，也有成就，可是离托尔斯泰和巴尔扎克也还差一点儿，等你体验两年过去不熟悉的生活，再去写书也许就能赶上他们了。”

魏子野说：“说得好，第二呢？”

钱思奇说：“根据我的观察，这个政党还不会完，在它们的下面当个芝麻小官儿，大可不必有什么担心。”

魏子野笑道：“你是在激将我，第三呢？”

钱思奇也笑起来道：“你不屑一顾的这个玩意儿，有人不顾一切都想来抢，可是我们以事业为重，想要的不给，不要的偏劝，我们劝你千万不要让我们伤心。”

魏子野又看了李中国一眼，希求谅解似的笑一笑说：“容我想想怎样？”

魏子野走了以后，钱思奇的脸唰地拉了下来，觉得刚才的谈话丢了他的面子，封官的人积极主动，被封的人却无动于衷，事情本来应该是反过来的，刚被选上社长，反常的事就被他碰上了，便问李中国道：“这人是真清高还是假清高？***”

李中国反问他说：“我得要先问你，你是要真干事还是要假干事？”

钱思奇说：“这个就不用问了，可我和他说话，总觉得不大对路，他一口一个远离三尺，一口一个羞与为伍，难道我们在他眼里都是狗屎一样的东西？”

李中国急了道：“你要想他一听这事欢天喜地，谢主隆恩，你就看错人了，还是趁早别打他的主意为好，在周、吴、郑、王中随便物色一个，人家都会感谢你一辈子。可惜你和赵小月不同，

* 前面是晓之以理，现在是动之以情。

** 钱思奇能做到这样，也实属不易！

*** 看来钱思奇还是不懂魏子野，难怪魏子野再三推辞不干。

你还不是一个俗人，当年周公寻姜尚，刘备访孔明，开头也都闹了一点儿不愉快的。”

钱思奇听他说出这话，忽然笑了说：“你去国外两年，倒更会说中国话了，你把我比得太高，把他也比得太大了吧？*”

说罢就大笑起来。李中国也笑起来说：“你是不了解这个人的，这个人明事理，讲义气，有见地，重信用，你就容他想想，我相信他会认我这一份感情的，其实你刚才有一句话已经打动他了。”

钱思奇问：“是哪一句？”

李中国说：“你说体验两年过去不熟悉的生活，再去写书就如何如何了。”

魏子野还没回到编辑部，在门外就听阿里巴在里面气得大声叫着：“真是个流氓无赖！”

杨梅一边在旁边劝着，一边过来关门，却见魏子野一步走了进来，就掩着嘴小声笑道：“你走这一眨眼的工夫，阿哥就当上被告了！”**

魏子野问：“谁个告他？”

杨梅说：“他中了锅城一个老家伙的诡计，老家伙写了本破书寄给他，最初说是自己花钱出版，光说却不给钱，接着又说有他书店的朋友包销，寄合同去也没人理，后来就请他找个书商投资，卖了书不给稿费，只给他一百册样书送人就行，谁知书一出来，老家伙说书商的招贴广告上印错了他的名字，在报纸上大做文章，这位一气之下也写了一篇文章，发表在另一家报纸上，把老家伙的老底都兜了出来，老家伙恼羞成怒，说是名誉权受到了侵犯，把他和那家报社一道告了。”

魏子野愣了一下说：“是不是那个名叫袁飞北的？”

杨梅问：“你怎么知道？”

魏子野对阿里巴说：“上次你退了他的书稿，过几天他又寄

* 这句话对了一半，把钱思奇确实比高了，但对魏子野的比喻并无夸大。

** 袁飞北的事还没有了结。

来时，我不是要你别理他吗？前几天他还给我寄过一张贺卡，把他的书法印在贺卡上面，称我为野公，说是读了我一篇写狗的作品，始知文学为何物，接着又说不日将寄我一篇他写的东西，请我推荐给有关杂志，我都没有理他。”

阿里巴恨得咬牙道：“能够自制贺卡，证明他还是有钱的，请我找书商为他投资印书，就更是一个骗局了。*”

杨梅插嘴说：“这种人，求人时又可怜得要命，害人时又可恶得要命。”接着又笑得捂嘴说，“真好意思把你叫野公，如在中间再加一个字，人还以为他是个红杏出墙的女人呢。”

大家都笑起来，杨梅的笑声冒出手指缝，满屋子咯咯地响着。东方白笑罢却说：“这样的人哪里叫人？应该叫狗，你再写个狗的续篇，发表出来给他读读，让他更加知道文学为何物。”

魏子野一笑说：“既然是狗，人又何必理他？”**

阿里巴说：“不是我要理他，而是他要理我，狗要咬人，我就要学鲁迅先生，一棒把他扫落在水中，再迎头痛打一顿。”

魏子野说：“狗在锅城，人在京都，棒长莫及，怎么打他？”

阿里巴说：“我会在锅城法庭上大声朗读出他写给我的信来，对于这条老狗来说，就是一字一棒了。”

杨梅忽然置疑道：“我记得民法通则上说，受理诉讼案件的法院，应该在被告的户口所在地，那为什么他不来京城，而要你去锅城呢？”

阿里巴一下也愣住了，眼睛就向魏子野望来。魏子野说：“这是因为除你之外还有一个连带被告，那家发表文章的报社是在那里，法院就近执行。同时原告也愿意在本地起诉，觉得可以得到地方的同情和保护，对自己有利，而对敌人不利。”

杨梅一听不利，就劝阿里巴道：“那你就不要去了，随他把你怎么样吧。”

魏子野说：“不去就更不利了，对方希望的是你不去，到时

* 此时方才醒悟，悔之晚矣！

** 也只有魏子野能够如此洒脱超然！阿里巴要能学学他，也不至于现在麻烦缠身，惹狗乱咬。

来个缺席判决，你恰恰应该出人意料地出现在被告席上，据理力辩，侃侃而谈，并且反诉于他，即便不能胜诉，人格和道义上也是胜的。”

杨梅又转而为他打气道：“获胜是必然的，要不要我陪你去？”

黄硕一直泥塑似的站在旁边，想插又插不上嘴，这时突然搭讪着说：“如果需要的话，我陪你去一趟。”*

大家都用异样的眼光望着他笑，杨梅说：“你是我们的头儿，山寨不可一日无主，我们都能陪他，唯有你是不能陪的。”

黄硕被她说得满脸通红，立刻闭嘴不说话了。魏子野转过话头对杨梅说：“你说必然，我说不然，得让他有个败诉的准备，以免当场气倒在地，要知道现在的法官有很多本身也是犯法的，你没听人说过，现在不是打官司，而是打关系，还有一首顺口溜说，‘几等公民大盖帽，吃了原告吃被告’吗？”

* 胆小的黄硕主动请缨，是因为赵小月下台了，知道李中国欣赏魏子野，想融入魏子野他们的圈子中。

43

大家正说着话，猛觉得屋子里光线一暗，眼睛便不约而同地转向门口，只见那里站着一人，西装革履，头发是刚吹过的，胳肢窝里夹着一只黑公文包。魏子野和东方白都不认识那人，杨梅看着他仿佛有点儿眼熟，忽然用指头捅了一下阿里巴说：“你看他像不像那个写《黄村》的作者，名字叫牛八爷的？”

阿里巴定睛一看，就笑了说：“不是他是谁，打扮得我都认不出来了！”* 接着就喊出他的原名道，“朱土改，你今天来干什么？”

朱土改笑嘿嘿地走了进来，步态比第一次来时稳健得多，也随便得多了，看见屋里人多，并不急着叫阿老师，走到屋子中间站定，左右打量其他的几个人说：“请问这几位是？”**

阿里巴笑道：“你想我给你介绍，我就给你介绍一下吧，这位是我们的女编辑，叫杨梅，你们曾经见过一面的，这位是我们的老编辑，叫东方白，这位是我们的大编辑家兼大作家，叫魏子野。”

朱土改一听作家，忙把右胳肢窝里的公文包换到左胳肢窝里夹着，伸出右手首先来握住魏子野说：“你也是个作家？幸会幸会！”

阿里巴直言道：“听你说这话的口气，好像你这个作家还当在别人前面似的，我说出来你别不好意思，你在他的面前无非是小巫见大巫，人家可是名副其实的大作家，笔名叫作野人，作品在国外都有影响的，不知道你读过没有？”

朱土改身子一软，胳肢窝里的公文包扑的一下掉在了地上，慌得顾不得捡，握住魏子野的手又加了一只，夸张地叫道：“哎

* 一夜成名跟一夜暴富是一样的，这朱土改也不能免俗，失了那份憨厚和质朴，不知道以后还能不能写出好作品。

** 这就开始装模作样了，与上次来时已判若两人。

呀，原来是野老师，久闻大名，如雷贯耳，今日一见，三生有幸！”*

魏子野弯腰捡起地上的公文包，拍一拍递到他的手里，忍不住笑道：“哪来的这些套话，像从旧小说里学来的一样，老这么说，对你的创作可是不利。”

朱土改连连点头说：“野老师说得对，写小说要用生动活泼的语言！”阿里巴想起那次郑三发和王金刚去图书市场，清查《黄村》的盗版时遇见朱土改在签字售书，回来对他说过的话来，就有意提醒他说：“快别这么叫了，记得那次你来找我出书，把我也叫的是阿老师，后来书一出版就叫我阿老弟了，今天你又叫野老师，再出一本书会不会叫他野老哥呢？”

朱土改忘了那天对郑、王二人说过的话，气得赌咒发誓道：“我哪里叫过你阿老弟，我一直是叫你阿老师的，我要是叫过你阿老弟，我就是一条没有良心的狗，刚才我不是还这么叫你吗？”

阿里巴笑道：“大家作证，刚才你可是什么也没叫的。”

朱土改愣了一下，慌忙笑道：“那就是我心里每天都这么叫着，一见面反倒忘了，要是真的没叫，我就补叫一声吧，今天幸亏我来，不然阿老师受了别人的挑拨，在心里恨我我还不知道呢！”

杨梅见朱土改急成这样，笑着从中调解道：“你这个人真是迂腐，是就是不是就不是，赌什么咒发什么誓呢？他这是被一些没良心的作家坑苦了，才见了草绳也当条蛇的。刚才你在门外听到没有，锅城有个老不要脸的也是因为出书，这次把他告上法庭了。”

朱土改气得满脸通红道：“世上真还有这样的人，这样的人连人都不能算，还能算什么人类灵魂的工程师！你告诉我这个人是谁，我要用自己的稿费买票坐火车去，找到他的家里，骂他一个狗血喷头！”

* 跟当日初见阿里巴时可有一比。

杨梅冷笑说："人不畏骂，奈何以骂惧之？"

朱土改听出了这个年轻女编辑的学问，眨着眼问："姑娘你这句话是什么意思？"

杨梅说："古人曰：'民不畏死，奈何以死惧之？'我把这句古言歪曲在今人身上，觉得敢做那事的人就不怕你骂，你怎么还能用骂来吓唬他呢？"

朱土改理解了她的话说："还不如把这句话索性再改一下，改成人不要脸，还给他讲什么脸呢？"

杨梅笑道："你理解得对，就是这个意思，你把它通俗化，变成你们黄村的话了。"

朱土改忽然想起一件事来，说："他不要脸，我还有一个办法，他不是告到锅城法院了吗？那个法院正好有个我们村里的人，是我老婆娘家的叔伯侄子，要是案子落到他的手里，我就坐车去找他，保证能够给你摆平，刚才老师们说话我都听见了，说现在不是打官司，而是打关系，那我这次就帮阿老师打一个关系吧。"

东方白笑道："这倒是好，刚才还念了一句顺口溜，说是'几等公民大盖帽，吃了原告吃被告'，不想这马上就有给他送吃的了，你打算让他吃你多少？"

朱土改自负地说："我要他吃我个狗屁，这些年他家里的老爹老娘吃我的葱花豆腐脑儿，给过我一分钱吗？他要是不买我的账，对不起，我就在法院当着别人的面给他兜出来，看他脸往哪儿放。"

杨梅笑道："才说人不要脸，你又把脸捡起来了，再说在法院干事的人多，会不会是个食堂做饭的？"

朱土改回忆了一下，摇摇头说："不像是做饭的，我记得那年回村时头上还戴着大盖帽，走到村口，他家的黄狗认不出他了，汪的一声就扑过去，把他头上的大盖帽扑得掉在沟里，后来还是他娘捞起来，晒了半天才晒干的。”

阿里巴听他说得有根要据，心里有点儿动了，问道：“你记得他叫什么名字？”朱土改又回忆了一下说：“姓冷是肯定的，好像叫冷什么路。”

阿里巴一愣说：“是不是冷明路？”

朱土改大声叫道：“就是他！莫非就是他审你的案子？”

阿里巴觉得这个世上的事情，一件一件真是巧极了，中国这么多要当作家的人，他怎么就碰上了一个朱土改？接着又碰上了一个袁飞北？朱土改写的第一本书怎么出得那么顺利？袁飞北写了大半辈子怎么出得那么窝囊？招贴广告上怎么会把袁飞北的名字印错？收到诉讼通知书时朱土改怎么正好赶来？负责此案的审判长怎么竟是他的叔伯妻侄？而这位叔伯妻侄的爹妈怎么吃了他多年的葱花豆腐脑儿没有给钱？阿里巴觉得老天是公平的，知道他好心结了恶果，便在暗中绕了这么大一个圈子，造了这么大一个机关，冥冥中派了一个知恩图报的人来，去对付那个恩将仇报的人，想不到这位使者竟是土得可笑的朱土改*！

朱土改自从《黄村》出版以后，进步不小，已学会了观察生活，洞悉心理，两只眨巴眨巴的眼睛，把阿里巴的思想看了个一清二楚，态度越发坚决起来，对阿里巴说：“就这么说定了吧，我马上坐火车到锅城去，找到我老婆娘家的叔伯侄子冷明路，讲明你上当的经过，请他从中关照一下，大不了塞点儿东西，如今到处都讲这个，你没听人家是怎么说的？有钱就叫鬼推磨，没钱大磨碾死你！”

杨梅慷慨道：“只要能够打消那个老不要脸的气焰，你的一切开支都由我们集资好了，不会要你花一分钱的。”

朱土改表现得更加慷慨，叭叭地拍着胸脯子说：“姑娘你说哪里话来，没有阿老师就没有我的今天，我就是把那一本书的稿费全花光了，不够还要倒贴，回家去砸锅卖铁，把葱花豆腐脑儿店

* 人算不如天算，可叹蝇营狗苟的算计之人，机关算尽，到头来因果相报，只落得一场虚空！

判给别人，也完全是应该的。*”

大家见他说得脸红脖子粗，眼泪都要掉下来了，看样子是真诚的，心里感动起来，不知道各自想的什么，都把眼光转到魏子野的身上。魏子野好像脑袋后面长着一双眼睛，一笑说道：“不会要你卖豆腐脑儿店的，这些钱我都替被告出了，到时把出庭的细节好好讲给我听，让我写篇小说，再挣回来就是。**”

朱土改见事情就这么定下来了，这时候打开公文包，从里面取出一本书稿，双手递给阿里巴说：“阿老师，上次分手的时候，你握着我的手鼓励我继续努力，我死活记住了你这句话，回去又写了一部小说，名叫《黑庄》，是《黄村》的姊妹篇，你也把它给我出版了吧，上本书你改得很好，我服你了。”

大家都笑起来，觉得这人颇有心计，并不是刚才想象的那样忠厚老实。阿里巴也笑了一下，指着魏子野说：“那都是大作家放下手里的大作品，帮你修改润饰的，要不怎么能达到出版的水平，怎么能一炮走红？”

朱土改瞪大眼睛，“哦”的一声，乘机松了书稿，又紧紧抓住魏子野的手，一边摇着，一边说着感激的话。阿里巴只得把书稿接到手里，见比上次那部手写的整齐多了，是请人用电脑打印出来的，便随手留在桌子上说：“怎么这快的速度，照这么写下去，巴尔扎克哪里是你的对手？”

朱土改谦虚道：“哪敢和人家巴尔扎克比，能比得上野人老师的一只小脚丫子，这辈子死也能闭眼了！***”

开庭的日子法院定在三天之后，朱土改说话算话，真的收拾行装，买了去往锅城的车票，提前给妻侄冷明路打点去了，临走时又给阿里巴打了一个电话，说在锅城等他，让他高枕无忧。

这几天阿里巴累得够呛，两脚四处奔走，心里更是忙乱不堪，像一只三伏天渴极寻水的狗，一刻也不能够安宁。既要编书看稿，还要拿着拟定的选题，去搞图书市场调查。袁飞北的官司

* 用朱土改和袁飞北做对比。

** 魏子野如此说，一是不想让阿里巴有负担，二是也好让朱土改放手去做事。

*** 朱土改的话虽然有拍马屁的夸张成分，但也是实情。

眼看日近，即便气炸心肺，他也得去出庭，当面对驳那个老不要脸的。而且更加荒唐的是，这事作为他个人的事情，什么时候去，什么时候回，还要向黄硕请假。开庭的日子又不早不晚，恰恰定在金铃子登机的那一天，原本他已和她说好，那天他要把她送到机场，眼看着她风筝一样飞上天空，把小说中常写的那种与红颜知己生离死别的滋味，亲自感受一番，然后深深地刻入心中，直到永远，可是他的这个想法要落空了。他暗自计算了一下时间，金铃子奔往机场的时候，他已提前赶到车站，金铃子在天空飞行的时候，他却躺在火车的卧铺车厢里，而金铃子平安降落在美国的时候，他正好步入锅城的法庭，坐在被告席上，和老不要脸的袁飞北唇枪舌剑。*

他只能争分夺秒，和金铃子度过最后的一个夜晚。这一次金樱子不再避他，一反常态，竟主动和他说话笑闹，就像他是她们姐妹两人的朋友似的，又提议与其在家里浪费时光做饭做菜，还不如出去找个地方共进晚餐。金铃子立刻响应妹妹的号召，三个人走出梦园，来到门口那一长排打着各种名号的酒家。阿里巴一眼看见了正宗毛家菜馆的旗子，心里打起鼓来，担心进到这里，和那个湖南老板见面，老板为了巴结主顾，说出上次和璀璨来过的事，万一把她们中的一个认成璀璨，那么今天这个夜晚就糟糕透顶了。阿里巴直着一根脖子，尽量把眼睛躲开毛家菜馆，带领姐妹二人向前穿行，耳边只听着餐馆小姐的一片招呼声，南腔北调，热情非凡。忽然金铃子碰了一下他的肩膀，用手一指道：“怎么不到那里去了？”

阿里顺着她的手指一看，吓了一跳，原来正是正宗毛家菜馆，站在门口一个小姐立刻向他们扑来，横刀立马地站在街心，要把他们往里面请。阿里巴看这小姐面生，虽然认定又是个新的，却害怕惊动了里面的老板，慌忙率先突围，指着金铃子说她是位美国华侨，一片辣椒也不敢吃的，下次有了国内的朋友，一

* 如此跌宕，才显得真实！世上之事，往往就是这么凑巧，无事时一人不登门，有事时百事一堆凑。

定带他们来大吃一餐。三人往前走了十几步远，见有一间清静些的木房，有点儿半中半西的样子，里面的吃客并不很多，都是两三个人一桌，边吃边喝，金铃子对阿里巴道：“你说我是美国华侨，我们又是三人，这一家就是最合适的。”

三人便走进去，找张贴墙的桌子坐下，点了一些酒菜，金铃子这时才问他说：“你不是很喜欢正宗毛家菜，喜欢对人讲火宫殿的臭豆干还是好吃的吗，今天怎么不进去对樱子也讲讲？*”

* 这个话题由金铃子提出方才自然，为引出后面跟樱子的对话。

阿里巴故意讨好着金樱子道：“我知道樱子妹妹的，她哪里瞧得起这些臭烘烘的东西，别说吃坏了胃口，就是闻坏了鼻子，我也负不起这个责任。”

金樱子果然承认说：“那是当然，想必你们和火宫殿的臭豆干子是臭味相投。”

阿里巴听她说话一口一个当然，就笑着说：“那你姐姐今晚就是当然的主席了，金主席，我先敬你一杯！”

金铃子只抿了一小口，呛得直咳，脸上就绯红了一片，放下杯把头埋在桌子上面，上半截身子都一起一伏着。阿里巴这才想起，过去他俩在一起的时候，她是从来没有喝过酒的，便伸手拿过她的杯说：“让我代你喝了吧。”

说罢就要一饮而尽，金樱子却站起身子，一把夺下他手里的杯说：“慢着，世上哪有自己敬自己的道理？姐姐，今天是你们最后的晚餐，这杯酒就是喝醉你也得喝了，到了美国，你可以永远记着醉酒的滋味。”

阿里巴见金樱子逼她姐姐喝酒，不由一愣，又听她说到最后的晚餐，心里又是一酸，看着对面的金铃子，眼光一阵阵发起呆来。金铃子居然听信了妹妹的话，抬起绯红的脸，眼睛盯着阿里巴的眼睛，突然从他手中要过酒杯，把剩下的酒都倒进了嘴里。

三人走出餐馆，迎面的小凉风一吹，金铃子感觉舒服多了，想不到在临走之前的一个夜晚，她竟学会了喝酒，这完全是被樱子逼的，她能猜着樱子为什么要逼她喝酒，就像是樱子嘴里说的那样，是想让她记住这个夜晚。她对自己的妹妹充满了感激之情，同时心里也含着一丝羞涩，还有一丝隐隐的歉意，但是这些她都不能向她表达，一旦出唇反而破坏了眼前的默契，一切只能靠着她去体味，金铃子相信随着岁月的流逝，妹妹自然会理解得更深。

回到自己的房子，金铃子又找到了家的感觉，是的，这里是她刚建不久的家，但这个家与她的美国丈夫无缘，这里更像是她和阿里巴的栖身之地，还有她的妹妹。明天她走之后，这房子就剩妹妹一人独守了，他还会偶尔来一次吗？带着怀旧的心情，就像瞻仰她的故居，想念他们过去的日子，也许他会来的，但是也许不会，这得取决于他和樱子两人。

金铃子半坐半卧，在沙发上静静地想着，厨房里传来哗啦哗啦的水响，樱子在洗着白天为她买来的水果，阿里巴手里端着两只盘子，站在樱子的背后等着，樱子被他随口说出的一句妙语逗乐了，嘿嘿地笑个不停，似乎还用水淋淋的手打了他一下。* 金铃子突然生出了一种想法，禁不住心口一阵狂跳，她怀疑这个想法是不是早已有了，它秘密地埋伏在她的心底，连她自己也没发觉，一直隐藏到现在，等到今晚这个最后的时刻，方才像脱兔一样放了出来**。

阿里巴和金樱子各自端着一盘洗净的水果，从厨房里双双而出。金樱子选出一个最大的鸭梨，削好了皮，在阿里巴的面前晃了一下，待他双手前来接时，却又送到了姐姐的手里。

阿里巴笑道："其实你不应该给她梨吃的。"

金樱子也笑问道："应该给你是吗？"

阿里巴作古正经道："也不应该，因为'梨'和'离'同音，古人忌讳这个字，和亲友在一起时是不劝人吃梨的。"

金樱子说："你这是吃不到梨说梨不对，同样也是狐狸的逻

* 此时金樱子对阿里巴态度好转，一是不想在姐姐临走前打破这种难得相聚的温馨，二是想以后姐姐走了，就算两人发生点什么，也无不可。

** 金铃子所想跟金樱子应是一样的。

⊙芭蕉　谈歌 绘

辑。我只听说古人不把梨分开来吃，表示不与亲友分离，却没听说一个完整的也不许吃，如果按你所说，果农的梨子都是种给敌人吃的？”

阿里巴看金铃子一眼说：“谁愿吃谁吃，不管分不分开，反正有个谐音在里面，我舍不得和你姐姐离，我是一口也不吃的，我宁可和你分吃一个苹果，祝你姐姐一路平安。”

金樱子朝他撇嘴道：“男子汉大丈夫，一口一个舍不得的，你不觉得太肉麻吗？苏子曰‘两情若是久长时，又岂在朝朝暮暮’，你倒是大文人的风流没有学成，只学会了迂腐痴呆。况且按照你的说法，苹果也不能够分开，如果分开，不是叫作感情平分了吗？”

阿里巴眨着眼说：“对呀，这并没有错呀，无论是我和你平分对你姐姐的一份感情，还是我和你姐姐平分对你的一份感情，还是你和你姐姐平分对我的……”说着说着，阿里巴听见身边的金铃子“扑哧”笑了起来，而对面的金樱子脸上却换了一副表情，才一下子意识到，刚才的第三句话里有问题，让樱子和她的姐姐平分对他的感情，那他不成了她姐妹二人的情人了吗？阿里巴慌忙住口，设法掩饰着自己，伸手拿过一串葡萄，连皮喂进嘴里面说，“我和狐狸一样，还是想吃葡萄，葡萄，不逃，我不许你往美国逃！”

金樱子这才笑了，也给姐姐递过一串葡萄去吃。樱子陪着坐了一会儿，自觉地回到对面的西房，关上房门，把所有的空间都给了他们，让他们尽情享受有限的欢乐。

阿里巴指望的就等着这个，看看墙上的挂钟，时针都快指到十了，慌忙起身行动，拉着金铃子进了东房，房门关得比金樱子还快。因为晚餐上各自喝了点儿酒，两人的心跳都比平时快了一倍，呼吸急促，浑身发热。他们互相拉着对方的手，把它按在自己的脸上，接着又双双把手放弃，脸和脸直接贴在一起，突然间这两张脸又松开了，却把两臂伸到对方的颈子后面，闭上眼睛，两张嘴忘情地亲吻着。这一系列的动作如此和谐，如此默契，几乎就在同一时刻发生，就像是受着同一颗心的指使。想着即将到来的别离，和离后无期的相逢，阿里巴真想把她溶进自己的体内，让她化为自己的一个器官，使她和自己无法分开。一阵难耐的焦躁和灼热，好像火山爆发前的岩浆，从自己的内部奔涌而出，他一下子松开了她的颈子，却抱起她的整个身体，快速走到她的床前，比每一次都更急切地脱光他们的衣服，在被子里紧紧地抱成一团，两具滚烫的身体颤抖着，蠕动着，像风中的烈火一样，呼呼地燃烧在一起了。

这夜他们通宵不眠，彼此都万分珍惜着对方的每一个动作。金铃子经不起阿里巴的苦苦哀求，竟难得听话地让自己第一次放荡起来，用她柔水一样的身体，迎接着他一次次战船的冲击，嘴里同时呓语似的，不断地轻轻呼唤着他的名字。阿里巴感受到了前所未有的满足，这一次他没有使用任何一种技巧，一切都是顺乎自然，水到渠成，他直觉得全身的每一个毛孔都舒服透了，幸福得快要哭了起来。要说唯一的缺憾，只是他总想着睡在对面房里的金樱子，不敢把床上弄得太响，也不敢像过去那样大嚷大叫。他也不断地轻轻呼唤着她的名字，并且俯视着身下的她，一遍又一遍地不厌其烦地问道："铃子，我的铃子，你一定要回答我，过去你从来没有回答我的，今晚你感到舒服吗？幸福吗？满足吗？是不是比过去每一次都舒服、幸福和满足？铃子你这次一定要回答我，我求求你了！"

金铃子的泪水滚了出来，仰望着他的一双期待的眼睛，透过自己蒙眬的泪光，看到了他眼里的痛苦和焦急，终于含着笑点点头说："今晚我舒服极了！幸福极了！满足极了！今生今世，走到哪里，永远都不会忘记我们的这个夜晚！"

天明起来，刚刚穿上衣服，两人立刻又紧紧相抱，好像两尊拥为一体的雕塑。昨晚他们已说了无数，用相互的身体和语言，说尽了人间的真谛，此刻的寂静仿佛一切都已死去。他们各自要努力忘记一切，听着墙上挂钟悄然的脚步，真想让这一刻变成永恒。阿里巴突然率先松开了手，从兜里掏出去往锅城的车票，看看印在上面的时间，呓语一般轻轻说道："我们都要走了！"

金铃子也想好了一句话，只想把目光深深望进他的心里面说："我要你答应我一件事，我走之后，你要好好照看樱子，对她就像对我一样！" *

* 终于在临走前把心中所想说出来了！

44

去锅城的火车开到中途，就晚点了半个小时，阿里巴听着火车播音员的报站，声音倒是很温柔的，但他越听心里越急，一会儿看表，一会儿又看表，见女列车员过来给他倒开水，就向女列车员逼问是怎么回事，女列车员开始也像播音员一样，对他很温柔地道歉，后来见他没完没了，问出的问题自己无法解释，声音一下子就变粗了，回答他说:“我怎么知道这是怎么回事？现在什么不晚点？法院开庭审判人还晚点呢。”

说完这话怕他继续纠缠，趁着一车厢的人发出笑声，提起水壶走到别一节车厢去了。阿里巴愣了一下，心想才是怪了，她怎么知道我是去赶法院开庭的呢？不过这句话倒是提醒了他，他就掏出手机，穿过走道，来到两节车厢相接的地方，给朱土改住的宾馆房间打电话，告诉他火车晚点的消息，但是没人；又给法院的冷明路打，要他晚点儿开庭，也没人。阿里巴无计可施，只好听天由命，悲观地想着现在这个世界，简直是已乱了套，天天都有意外出现，处处都是问题发生，好心帮忙，却被人告上法庭，挺身应诉，他按时间，火车却不按时间，如果因此影响了开庭答辩，这列火车到底负不负责？

整整晚了一个小时火车才到站。阿里巴打了一辆出租就直奔法院。果然像女列车员说的那样，法院根本就没开庭，朱土改一个人孤零零地站在门口，伸着脖子朝马路张望，一见他从车门里钻出来，扑过去就接他手里的提包。阿里巴把包交给他时拍了拍说:“可以给老不要脸的看看，里面只有两本路上看的书，没有他要的赔偿金。”

朱土改说:“老不要脸的以为你不来了，正对我那妻侄要求，要法庭作被告缺席审判，我说不忙，肯定缺不了席的，这不，被告到底来了不是？”

阿里巴说：“看来你这趟来得对，在妻侄那里起了作用，不然还不就判我赔他十万了？”

朱土改笑得像个有功之臣，低声道：“我一来就直接到他家里，找到我那妻侄媳妇，明人不打暗语，开口就问她收了那老不要脸的多少东西？妻侄媳妇死不说实话，只起身从柜子里拿出一张纸，说他就送的这个，我一看上面的落款，就故意哈哈大笑，说这几个字写得缺胳膊断腿，别说装裱了挂起来，就是放在家里也够丢人的，[*]过几天我回北京，找那个末代皇帝的老弟溥杰写几个好字，裱好了给你寄来吧。妻侄媳妇不知道溥杰是谁，但一听是皇帝弟弟，当场就把老不要脸的字塞给侄孙儿说，拿去擦屁股吧。”

阿里巴笑了一下就不笑了，轻轻叹口气说：“他做得固然很无耻，你说得也未免太尖刻，算是一比一平。[**]”

朱土改说：“难怪这锅城满大街都在唱心太软，我看你就是心太软，这哪里是一比一平？你好心帮了他忙，反落他一个诬告，让他阴谋得逞，我看是你的亏吃大了！”

阿里巴笑道：“无非是花几个坐车钱，睡觉钱，饭在哪里都是要吃的，回去把故事卖给野人，让他把这些票据统统都给我报了。”

朱土改想了想，迟疑着说：“有些钱是开不了票的，他出我出都是一样。”

阿里巴盯着他问：“你塞了你的叔伯妻侄多少？”

朱土改吞吞吐吐道：“不多不多，不说算了。”

阿里巴逼道：“不说怎么行呢？人家越是大作家，写作越是要小细节的。[***]”

朱土改这才坦白说：“不过是一二十张。”

阿里巴又想起那首关于大盖帽的民谣，摇摇头道：“被告二十

* 袁飞北的书法，这应该是送的东西中最不值钱的一件了，故而才拿了出来。

** 此时还讲这种话，不骗你骗谁？

*** 这是不想让朱土改出力又出钱。

张，原告想必少不了三十张，这只是屁大一点儿知识产权，若是碰上一宗大的经济案件，你那叔伯妻侄的公民等级恐怕就要往上调了，什么冷明路，我看他走的却是暗路。”

朱土改说：“这就是你的不是了，你不感谢人家，反倒说人家的坏话，非要人家和那个阴谋陷害你的袁飞北一样，你心里才高兴不成？”

阿里巴一时语塞，只是叹气连声，忽然一看手表，叫声“快走”，便在头里大步朝着审判庭走去。

审判庭的门口站着一些人，样子像是报社记者之类，有的还带着照相机和摄像机，看见一人风尘仆仆地走了进来，大多猜出他是一个被告，就把目光转向他的身上。阿里巴有生以来是第一次走进审判庭，却居然半点儿也不紧张，一走进庭里他就看见了袁飞北，他觉得袁飞北比当年老多了，脸皮浮肿，肌肉松弛，两道眼缝更细，看上去就像在一只风干的老苹果上，用刀拉开了一个小三角口子，一对小眼珠子就躲在那两道口子里，碉堡里的机枪似的盯着他外面的人。* 他的对面坐着一位老先生，两人之间是一个胳膊上戴着审判长牌子的大盖帽，两人从两个方向，你一言我一语地向大盖帽问着话，从问话的内容听来，老先生似乎是《锅城午报》的出庭代表。两人的身后站着一群男人和女人，可能是他们的同事和亲友。

袁飞北听到身后来人，眼珠一转就看见了阿里巴，他居然还像个老朋友似的，热情地向阿里巴伸出手来，笑着问道：“阿老弟来了？”

阿里巴心想这真是大手笔，便也学着他的样子，伸出手去和他握着，也笑道：“来了！”

袁飞北上下打量着他说：“几年不见，阿老弟的样子一点儿都没有变。”

阿里巴说：“倒是袁兄的样子变了，不过也许你本来就是这个

* 这个比喻够奇绝，也够贴切！碉堡里的机枪专门盯着阿里巴这样的人背后放冷枪。

样子，只是当初我没有看出来而已。*”

袁飞北听出他是一语双关，转而又笑了问：“住下没有？没住下就住在我家？**”

阿里巴说：“住是还没住下，但是不必打扰你家了，找家饭店住着，有小姐侍候着，又有保安保护着，这些都是你家没有的。”

袁飞北脸上沉了一下，接着哈哈大笑说：“阿老弟过虑了，就你目前这身行头，还不至于有人谋财害命吧。”

阿里巴拍拍手里的包说：“袁兄差矣，这里有你的十三封亲笔书信，可以说是一钱不值，但也可以说是价值十万，你的索赔款不是十万元吗？”

袁飞北听到这句，便不笑也不说了，只是默默和阿里巴对望着，两人的样子看上去都有些滑稽。两人有几年没见面了，其实也就是那时在楚长城下，他们匆匆忙忙地见过一次，袁飞北是跟着柏诸子和鲁一叟一道，和阿里巴相识的，没有柏诸子对旅游者的讲典，他们谁都不会认识谁的。阿里巴觉得世事真是荒唐，人心真是莫测，那次他们临别时握了个手，说是再见，这次再见时又握了个手，却是在这里再见，手也握得别具意味，话也说得独出心裁。

朱土改抢上前去一步，将阿里巴拉到戴牌子的大盖帽面前，对他们介绍道：“这就是冷审判长，这就是被告阿里巴。”

阿里巴和冷明路握手的时候，他看见袁飞北瞪了朱土改一下，朱土改立刻以眼还眼，狠狠地回瞪了袁飞北一下，这时他才忍不住笑出声来。冷明路面无表情，先请袁飞北和他的律师在一张表上签了字，又请《锅城午报》的出庭代表签了字，再请阿里巴也签了字，然后明知故问地问道：“两被告没有律师吗？”

《锅城午报》的出庭代表说：“我就是午报的法律顾问。”

阿里巴看了一眼袁飞北，微微一笑说：“我不需要律师，因为我不仅懂得法律，而且还懂得如何表达，在当编辑之前，我原本

* 虽然是一语双关，说的倒也是实情。

** 这袁飞北还真不是一般角色，笑脸相迎也就罢了，还能邀请被告在家住，也算是厚黑一派的佼佼者啦！

是打算当律师的。”

庭审开始，原告和被告各就各位，袁飞北和他的律师坐在一边，阿里巴和《锅城午报》的出庭代表坐在一边，正中是审判长冷明路，以及两个陪审员和一个书记员。台下的听众也分成两边坐着，朱土改坐在阿里巴这一边的首排，袁飞北那一边的首排坐着一男一女，手里各拿着一张图书宣传广告，向台上仰首翘望着，随时要出庭作证的样子。分坐两边的记者们已摆开架势，做着笔记、录音、拍照和摄像的准备。冷明路宣读了原告的诉状，接着请原告和被告各自陈述一遍案件发生的原委，袁飞北的两颗眼珠躲在小三角口子里，机枪似的盯着对面的阿里巴，一声不响，一动不动*，由他的律师作了激动的发言。

*这是做好准备，伺机向阿里巴扣动扳机。

《锅城午报》的代表也讲了发表阿里巴那篇文章的过程，以及被告报社对这事的看法，接着便是阿里巴的长篇大论。台下的听众一直静静地听着，听阿里巴讲得抑扬顿挫，绘声绘色，哪里像是答辩，分明是讲故事，有人就小声地议论起来，还有人偷偷地笑。冷明路提示阿里巴道：“台上雅静，被告注意陈述方式，时间快到！”

袁飞北通过这话，以为审判长是站在他这一边的，觉得他的钱和字已起了作用，于是信心大增，身上的热量也增加了，皮肤发起躁来，便挺了挺胸，把衣服扣子解了两颗，谁知冷明路又及时地转向他道：“原告注意仪表！”

下面是原被告双方出示证据，证人发表证词，这时坐在袁飞北那边前排的一对男女马上起立，齐声说道：“我们是锅城书店的总经理范玉基，周玉莲，原告袁飞北先生被侵权作品的宣传广告，已经散布到我店，由此可见影响之广。”

说完由范玉基正步走上前去，把广告双手递到台上。阿里巴看这人如此庄严，忍不住偷着笑了一下，却突然觉得两人的名字好生熟悉，似曾在哪里见过，也似曾在哪里听过，再一想就想起来了，原来是袁飞北为了骗他出这本破书，说是有人抢着销售，给他寄来长长一串书店经理的名字，第一个就是范玉基，第二个就是周玉莲，但他按照地址寄去合同，二人却没有签字寄回，事后鲁一叟在电话里为他解剖，就说这是袁飞北的一个圈套。此后不久，赵小月在本社中层干部会上，说是锅城有一个书店，书店有两个经理，一个叫范玉基，一个叫周玉莲，他要在那里建个联络处，让两人担任联络员，由王金刚直接领导他们的工作。

这个计划由于受到钱思奇和孙文夫的联合抵制，联络处没有建成，王金刚也没有任职，想必是赵小月说了屁话，无颜见锅城夫妻，就把内部的机密泄了，让二人不要恨他姓赵的，要恨就恨姓钱的姓孙的。正好这次姓赵的下台，姓钱的上台，这一对夫妻联络员豁出来了，害不了钱思奇，就来害一下钱思奇接管的凤凰社。阿里巴借鉴鲁一叟的深刻思维，将这二人解剖完毕，在台上居高临下地望着他们，点了点头，接着又笑了一笑。

袁飞北律师的举证是那份《锅城午报》，《锅城午报》出庭代表的举证是阿里巴的文章打印稿，阿里巴的举证是袁飞北的一沓子书信，还有图书广告属于销售行为，而非出版行为的文件说明。他把袁飞北写给他的信朗读一封，交给审判员一封，神情和语气比刚才的发言还要精彩。他听见台下有人出声地笑了，这一次冷明路似乎忘了说雅静，* 严肃紧张的审判庭一时间活泼起来，阿里巴想起当年国家提倡的八个大字，可惜这台上是不可能有团结的了。**

冷明路宣布休庭一会儿，由陪审团组成合议庭，研究一下对此案的处理。阿里巴趁着这时，走到对面袁飞北的面前，想和他聊几句闲话，却见一个艳妆女子从台下小跑着上来，身后紧跟着一个年轻男人，除了身材比他瘦高一些，眼睛长得几乎和他一模一样。那一男一女忙乎着，从兜里掏出一个什么玩意儿，塞进他的嘴里，艳妆女子用手揉揉他的胸口，过一会儿又转到他的身

* 一是朱土改使的劲儿起作用了，再说，这么精彩，估计冷路明也想听听。

** 那八个大字是：团结、紧张、严肃、活泼。

后，双手捏成一对拳头，在胸口的背面轻轻击打着，嘴里低声地安慰他道："爸爸别气！爸爸别气！你一定能赢！你一定能打赢的！"

阿里巴这才发现，袁飞北的脸色发白，嘴唇发乌，身子往后仰躺在原告席上了，想必是被他那几封信念的。* 奔上台来的那一对年轻男女，大有可能是他的儿子和儿媳，塞进他嘴里的那个玩意儿，也可能是一粒速效救心丸之类的东西。阿里巴被眼前的景象吓了一跳，突然害怕起来，不知道袁飞北如果就这样死了，法院会不会追究他的责任，开庭前他对冷明路说他懂得法律，那无非是胡说八道，虚张声势，故意说给袁飞北听的，其实他哪里懂得多少？

阿里巴提心吊胆，却装作一副镇定自若的样子，转身匆匆地走下台去，找到听众席上的朱土改，向他了解刚才的答辩效果。好在重新开庭之前，袁飞北又缓过气来，在原告席上使劲儿坐起身子，藏在三角口子里的眼睛又对准阿里巴了。审判长冷明路坐回原位，并不宣布合议庭的意见，却问原告说："同不同意当庭调解？"

袁飞北吃过救心丸后，元气已经恢复，用高昂的声音回答说："不同意！"

冷明路转而又问被告："同不同意庭下和解？"

《锅城午报》的出庭代表说："同意。"

阿里巴见袁飞北人又活了，口气仍大，就又坚定起来，声音比他更加高昂地回答道："我也不同意，我要反诉原告，要他向两被告赔礼道歉，并且负责两被告的全部经济和精神损失！"

见双方态度都如此强硬，台下听众不由得感到振奋，记者们纷纷议论着，希望听到法庭的当场判决，回去好在报上发表消息，有的甚至已打好了腹稿，文章标题正在酝酿之中。审判长冷明路这时却大声宣布道："本次庭审到此结束，原被告双方调解不

* 该不是老狐狸上演的苦肉计吧？一般来说，这种不要脸的人，心理素质都是很强的，哪能是几封信就能打垮的！

成，只好在七日之内等候判决。*”

然后率先起身离座，留下书记员拿着一本庭审记录，让原被告过目并在上面签字。阿里巴见今日事毕，这才和坐在同席的《锅城午报》出庭代表相视一笑，紧紧握住他的手说：“株连大驾，对不起了，回去代向贵报的总编辑问好，我会记住今天这个并肩作战的日子！”

出庭代表的脸还板得和庭审之时一样，回答他道：“为了正义和真实，这一切都是应该的和必然的，你的思维敏捷，逻辑性强，论述清楚，口才不错，以后再作被告，注意一下用词的准确和严谨，语气的冷静和严肃，如按法庭的严格规定，审判长今天应该对你发出警告了。**”

阿里巴望了迎面走来的袁飞北一眼，故意大声笑道：“谢谢前辈，以后若是再作被告，一定切记前辈指导，如果再遭恶狗所咬，就说是被人类最好朋友的牙齿侵入体内。”

出庭代表板着脸道：“这也不行，是狗必须说狗，只不过最好不称其为恶狗。”***

阿里巴去签字的时候，正好和签完字的袁飞北对面，便又和他握了个手，表示分别的礼节，依然和见面的时候一样，两人心领神会，相视一笑。这次是阿里巴先说了一声：“再见。”

袁飞北也说了一声：“再见。”

说完这一句话，两人同时又笑了，可能都想起了当年在南长城下说的那一声“再见”。

阿里巴觉得袁飞北的手掌心里汗津津的，握在自己手里有些恶心，就走过去和他的律师也握了个手，把手里的汗转握到他的律师手里，心想让他们两人最后再去相握，这恶心之物自然又物归原主了。握完手他走下台来，经过范玉基和周玉莲的座位时，笑着向这夫妻二人问道：“二位证人的联络处建好了没有？”见他们不答，又换句话问，“二位证人既然不肯卖你们朋友写的破书，

* 再留下一个关节，如此顿笔，方能使后文波澜层出不穷。

** 这个身为律师的出庭代表对阿里巴先扬后抑，意思是阿里巴这个编辑还是做不了他这样的律师。

*** 用法律的尺度去衡量文学的表达，这个律师对阿里巴之前说本想去做律师的话心存芥蒂。

那就把本书的销售合同寄还给我吧。”见他们还是不答，又换句话问，“二位证人要不要请我代问一下赵头儿王头儿好？”*

夫妻二人听到这里，发现阿里巴的心里什么都是清楚的，就索性一不做二不休，四只眼睛恶狠狠地向他瞪着，范玉基说：“你别得意，我们永远团结在赵社长的周围，战斗在袁作家的身边，告不倒你，决不收兵！”

阿里巴听到这类语言，再看他们夫妻二人的年纪，大约都在半百左右，想了想笑道：“你们是当年的红卫兵吧？锅城什么造反团的？”

阿里巴走出法庭，见身后没有了朱土改，回头一看，朱土改又返了回去，弓着腰正向冷明路问着什么，冷明路就像不认识他似的，对他一脸漠然地摆一摆手，朱土改却向他连连点头，转身小跑着赶上了阿里巴。阿里巴说：“他对你这个姑爷这样冷淡，换了我早不认他这个妻侄了，你却还去对他点头哈腰！**”

朱土改又是挤眉又是皱眼，神秘兮兮道：“这里是什么地方，他能对我热情？刚才他一摆手，那是让我放心地和你回去，难道你还不明白这是什么意思？”

阿里巴这才明白，心里一喜，好像不等回到京城，就提前收到了免于追究的判决书，继而又想到袁飞北，此时还眼巴巴地盼着获胜发财，不禁又为他可怜起来。

两人回到朱土改下榻的宾馆，阿里巴给柏诸子和鲁一叟各自打了一个电话，告诉他们自己现在锅城，是应袁飞北的诉讼而来，已经过完了堂，因为真理在胸，想必不会败诉。二位作家一听，一人在电话里把袁飞北痛骂一顿，一个要接他到家吃饭，一个要前往宾馆慰问，阿里巴一一谢辞，说他们毕竟都是原告的同事，如果和被告过于亲密，只恐把自己也卷了进去，倒不如暂时回避一下，什么时候到京再叙。***

阿里巴因为预知打了胜仗，执意要坐飞机回京，朱土改心疼

* 直肠直性之人，总是要把自己所想和盘托出，就为出一口恶气。

** 阿里巴清高的知识分子做习惯了，哪里能知道求人的难处，何况还是为了他自己的事求人。

*** 对朋友总是想得周到，对自己却稀里马哈，照出阿里巴为人的随性与善意！

着他的钱，嘴里却说怕飞机从天上掉下来，死也不肯坐，阿里巴只好又改坐火车。返回途中两人的心情好极了，再没有在法庭上的那些顾虑，从文坛说到法院，从作家说到法官，阿里巴想起一件事来，笑着提醒朱土改道："你对你妻侄媳妇许过的愿，回去可别忘了。"

朱土改惑然问道："许什么愿？"

阿里巴说："果然忘了是吧？你不是要送她一幅皇帝老弟写的字吗？我看你到哪里去找那个皇帝老弟！"

朱土改笑道："这个容易，别说是皇帝老弟，就是皇帝老子我也能够找到，哪天到京城潘家园去买一张就是，五十块钱能买两张。*"

阿里巴说："你是说送她一张假的？"

朱土改说："如今什么东西不是假的？我就是送她一张真的，她知道那是真的吗？再说她也不稀罕这些东西，她只认钱，假的我都不想送了，二十五块钱我都不想花了，她家墙上也只配挂袁飞北那几个屁字。"

阿里巴说："可是你害人家把袁飞北的字给孩子擦了屁股，墙上没有挂的了。"

朱土改想了想说："挂什么字？等你的案子一结，我就给她打个电话，让她买张包公像给她男人挂在墙上。**"

* 朱土改倒有这样的机变，难怪当时能说得那么理直气壮。

** 包公答应吗？你这是让他学包公，还是让他气包公？

45

回到京城车站，两人在站口匆匆分手，朱土改直到这时，才提起他给阿里巴的那部稿子，说是再过几天时间，他来听听阿里巴的意见。阿里巴笑着一口答应，随手要了辆出租车，要司机先把他送到凤凰社，再绕道到他的住处。车到出版大楼门口停下，阿里巴让司机在这里等着，提着包直奔编辑部，在门口正好和杨梅碰着。杨梅一见他便一连串地问道：“哥们儿回来了？胜败如何？怎么不先回去休息一下？忙忙颠颠地赶来干什么？”

阿里巴说：“按照社里规定，回来得给部里头儿汇报一下，把假销了，过去你们出门回来，不都要先给我打一个电话吗？那个什么黄硕呢？”

杨梅笑道：“你自己向自己汇报，自己给自己销假吧，我们这里哪里还有黄硕。”

阿里巴稀里糊涂道：“什么意思？”

杨梅说：“社里昨天开会宣布，你还是这里的头儿，黄硕调到销售科去卖书去了。[*]”

阿里巴一下愣着，过一会儿说：“这又是谁的主意，原本那样不是挺好的吗？”

杨梅笑道：“我不知道这是谁的主意，只知道魏子野已经不是我们部里的人了，他现在是赵头儿一直要给王金刚封的那个职务，直接管着我们的。[**]”

阿里巴不禁哦了一声，接着哈哈大笑道：“洞中方七日，世上已千年。真是出了天大的奇闻，连野人也出山来当官了。”

杨梅却一点儿不笑说：“你认为这不应该吗？不是他谁又能理解你？你还得给我们买糖吃呢。”

* 还真应了郑三发曾经对李先来说过的话，不过不是去印制科跑腿扛包，而是去了销售科卖书。这当然是赵小月下台的结果。

** 侧面写出魏子野已经答应了钱思奇的邀请。

阿里巴说："又不补发我的工资，我拿什么买糖，倒是你们得买糖迎我还朝。"

杨梅说："行，我们这里真给你留了一包糖。"

阿里巴一愣问道："莫非你趁我不在的时候，和小罗伯特结婚了？"

杨梅瞪着他道："我和别人结婚和你有什么关系？凭什么要趁你不在？告诉你吧，这是费英雄和玛丽娅的糖。*"

阿里巴又一愣道："他们两个结婚了？"

杨梅说："看来你还是个伪自由派，风流其言，潇洒其表，骨子里还是一个老古董，一说到糖就想到结婚，一说到结婚就发愣，他们就不能不结婚？就不能到美国结婚？就不能……"

阿里巴打断她的话说："你别说了，我明白了，此人脚下一直是踏着两条船的，国内一条，国外一条，这次改选没他的份儿，他就把这只船上的脚一缩，身子重心都到那只船上的脚上去了，而且顺手牵羊，还牵走一头小母羊。"

杨梅说："前一半你分析得不错，后一半你却分析得不对，不是他牵着羊走，而是让羊牵走他，牵到羊的老家去，你忘了玛丽娅本来就是一只美国的洋羊，而他却是一个中国的牧民？"**

阿里巴佩服道："这么说他早就有醉翁之意了。"想了想又摇着头说，"不对，他的醉翁之意不是早有，而是受你冷遇之后才有的。"接着又说一句，"我倒忘了，你才是一只中国小羊，将来会不会被外国牧人牵走？"

杨梅立刻板下脸道："别又扯到我的身上，我可没有他那样的心计，我不是羊，我是人，你以后再胡说我，小心我把你的事情也说出去，你以为我不知道，你那个名叫金铃子的美人儿也是一只美国羊呢！"

阿里巴吃了一惊，想不到她突然说出金铃子来，而且知根知底，连新加入的国籍都那样清楚，看来她是早就注意着他了***。

* 看来费英雄听了魏子野的建议，去伪存真，终于抱得洋美人。

** 就怕这个中国牧民牧不了这只美国洋羊！

*** 注者也吃了一惊，这种事竟然能知道得这样清楚，可畏可畏！

见阿里巴脸上的颜色都变白了，傻子一样站在门外，杨梅又对他“扑哧”一笑，刚说是故意吓唬他的，这时听得外面的汽车喇叭一声接一声地响着，好像是在催人，阿里巴猛地想起他让人家出租车等在楼外，慌得转身就往外跑。

第二天清早，阿里巴刚一到社，坐下来正拆阅着桌上的一堆来信，吴诗言喜笑颜开地走了进来，把他叫到钱思奇的办公室里，当着钱思奇和李中国面，发给他一张复职通知，然后就重点看他脸上的神情。阿里巴脸上神情自若，和他被免职的时候一样，绝口不提这事昨天已听杨梅说过了，接过通知只看了一眼说：“二位新领导，这是什么意思？”

钱思奇说：“你说是什么意思？干事业的意思！从现在起，你就大刀阔斧开展工作，积极配合社委会主任魏子野，多编好书，快编好书，创造效益，扭转局面。你知道我们面临的是一个什么局面吗？账上亏空两百多万，外面欠的款收不回来，欠外面的款付不出去，*听说了社里的人事变动，纸厂，印厂，打字社，电脑制作公司，还有画家，作家，社外翻译，校工，近几天不断地打电话来要钱，人家以为我们要破产了！”

正说着别人要钱的事，就听得外面有人“梆梆”地敲门，阿里巴起身过去把门开了，一个红脸大汉手里提着一只黑包，摇晃着身子走了进来，开口就问谁是社长，钱思奇回答说：“我就是，请问你有什么事？”

红脸大汉径直走到他的面前，从黑皮包里掏出一张名片，递给他说：“我叫王大蒙，京郊第八印刷厂的厂长兼党委书记，贵社的郑三发科长去年底欠我厂的一笔印刷费，今天我是专门来结账的，厂里的工人等着这钱来发工资，大家都快活不下去了。”

李中国见钱思奇愣着，就把话接过去说：“你先坐下，我想问你，郑科长在你厂印的是什么书？”

王大蒙坐下说：“是一本名叫《黄村》的小说，印数还不老

* 赵小月留下的这个摊子还真够烂的。

少，一次好几万册呢。*” 阿里巴一听笑道：“这不可能，幸亏我就是这本书的责任编辑，据我所知，这本书从来没在一个名叫京郊八厂的地方印过，这是其一；这本书我社交给一位名叫小郎的人包销包印的，合同上说好一切费用由他结算，这是其二；这本书年底以前被禁止了，谁也不敢公然再印的，这是其三。你说郑科长欠你厂的印刷费，你可有他开的准印单？”

王大蒙不慌不忙，又从黑皮包里掏出一张单据，笑着递给阿里巴说：“你说的是不是这个东西？”

阿里巴接过单据一看，眼睛就瞪大了，这正是郑三发开的准印单，上面白纸黑字，盖着印制科的公章，签着他的名字。阿里巴一下傻了，把单据转递给钱思奇和李中国看，两人凑在一起看了一阵，也确认了是出自郑三发之手，就对王大蒙说：“单据留在这里，你先回去，因为当事人暂时不在这里，等我们查证落实之后，当付你钱是要付你钱的。”

王大蒙老练地要过单据说：“这东西不能留在你们手里，将来上法院打官司，这是物证。”接着又问，“刚才两位领导说了，当事人暂时不在这里，他到哪里去了？”

阿里巴说：“这是欠账以外的事，没必要告诉你的。”

王大蒙冷笑说：“是不是他到一个好玩儿的地方去了，这辈子永远也不回来了？” ** 阿里巴又一愣说：“是不是你打听清楚了他的情况，才弄来这个单据向我们要钱的？”

王大蒙一下子火道：“你的意思是我知道他人要死了，死无对证，趁这机会来讹诈你们？”

两人就大声吵嚷起来，钱思奇和李中国好不容易才把他们劝开，请这位厂长书记回去略等几日，今天不仅科长郑三发不在，会计黄莲花也不在，别说账上亏了二百多万，就是还有二百多万，也是付不出去的。王大蒙居然连黄莲花的情况也都清楚，口气缓和了些说：“两位领导说的是实话，等他老婆离完了婚，再来

* 引出郑三发私印《黄村》。

** 可见刚才是在明知故问，这个王大蒙是有备而来啊！

上班，账上有了钱时再通知我来取，今天我算是登了个记，回去就等你们消息。”

王大蒙闹了一通走后，钱思奇说：“这人对我们这里的一切都了如指掌，我怀疑他是和我们的人里应外合，互相勾结，把钱套出去双方分赃，过去郑三发仗着赵小月的保护，黄莲花的配合，不知搞走了多少钱，这二百多万的亏空里面，少不了有他的一笔功劳。”

阿里巴奇怪道：“黄莲花为什么要在这时和郑三发离婚，难道是不愿担杀人犯家属的名誉？”

李中国说：“恐怕不是名誉，而是利益，死者家属通过法院，要向杀人凶手追索赔偿，如果她不离婚，两人的存款都会赔掉，如果离了婚，存款各自一半，她的一半就可以保住了。”

阿里巴叹道：“到底是会计，在男人的生死关头还如此精明，要换了编辑，就只会想到整理杀人犯的遗嘱了。不过这黄莲花也够惨的，担惊受怕地弄几个钱，本来打算后半辈子和男人有福同享，她却没有想到，男人活着时拿它去搞别的女人，男人要死了又拿它去赔别的女人家属，要早知道这样，她还不如不要那些惹是生非的钱，给自己男人创造搞别的女人的条件。*”

钱思奇说：“不谈别人了，言归正传，谈谈自己的工作吧。”阿里巴立刻苦着脸说：“我知道你是要我使劲儿编书，可是编了得有人卖，如果还是过去那个销售科，金刚不动，马车不开，书编得再好也不好，编得越多越赔钱。”

钱思奇笑道：“这个你就放心好了，我们当然要抓销售的，但不一定是指望王金刚和马车，我们正在酝酿三个大的计划，一是和国外一家文化公司合作，二是和国内一家出版单位联营，三是高薪引进一位图书销售界的大腕。”

阿里巴一听图书销售界，立刻想到小郎和老胡，不由得身上打了个哆嗦，随口问道：“这个大腕叫什么名字？谁介绍的？”

* 可惜世人明白这个道理的不多，等明白了，也都晚了！

李中国说：“前任社长赵小月虽然下了，但他还是想着社里的事，这人是他介绍的，名叫陆为码，绰号卖书大王。”

阿里巴嘴里反复念着这个名字，觉得好生耳熟，像是一个著名的成语，不觉笑了一下，接着又正经说道：“赵头儿和钱头儿本来政见不同，这下钱头儿又取代了赵头儿，我姑且不怀疑赵头儿如此热情，心里到底是怎么想的，但就冲着他在这方面是个十足的外行，我也要怀疑那个卖书大王的来路了，图书销售界的大腕名手我知道的不少，还从没听说有个陆为码的。”

李中国看了在座的魏子野一眼，笑了笑说：“你也是担心我们吃亏上当，这个不必担心，到时我们会和这人签一个合同，如果他能如何，我们就对他如何，如果他不能如何，我们就不对他如何。*”

钱思奇一脸自负道：“我们是仁义之师，以高薪相聘，以真诚相待，就打算他原本是赵小月的人，不打算为我们出力，但终究也会受到感动，和我们同心同德拼着干的。**”

阿里巴怪笑道：“但愿如此。”

在他们谈话的时候，魏子野自始至终不发一言，谈完了话出来，阿里巴在走廊里拉住魏子野问：“你怎么一句话也不说，当的是个哑巴官儿？”

魏子野说：“在你没来时我已经说过了，你的话无非是我的再版，看二位君子的诚信风度，这话如果说到三遍，就会被疑成是小人之心了，世上的路只有在走过几步之后，回过头来才能看明白的。”

阿里巴说：“等到明白，恐怕已经晚了。”

两人正说着话，吴诗言从背后跟了上来，对阿里巴说：“把你这次去锅城的车票住宿费给我，填张单给你报销了吧，每天补助就按出差标准。”

阿里巴大觉意外道：“这次不是出差，是我处理一件自己的事

* 一纸合同就可以让他不再指鹿为马？可笑可叹！

** 俗话说：秀才造反，三年不成。书生迂腐至此，为之奈何！

情，顺便看望那里的朋友。”

吴诗言说：“你人都是社里的人，事情不也是社里的事情，朋友不也是社里的朋友？”

阿里巴笑道：“你的好心我领了，我怕别人说我将来讨的老婆也是社里的老婆，坐花轿的钱也要你给报销。”

吴诗言说：“坐花轿算个什么，费英雄这次带老婆出国坐的飞机，不都要我给报销吗？”

阿里巴说：“他是英雄，我就不必了吧。”

说完就转过脸去，耳朵听着魏子野说话，心里却想着吴诗言，感到今天有些异常，过去他和孙文夫办杂志时，出去送取稿件胶片不给派车，坐出租车也不报车费，怎么这一下突然变得无原则的慷慨，莫非是看魏子野当了主任，又知道他和魏子野好，有心当着魏子野面送他一个人情，或者还另有什么想法？

阿里巴回到编辑部里，把社里准备高薪聘任一位卖书大王的事，说给东方白和杨梅听了，要大家抓紧编书，以防供应不上，拖了大王的后腿。东方白一听就大笑道：“只怕不是卖书大王，而是吹牛大王吧？不信谁和我打一个赌。”

说着就伸手在衣兜里掏钱，掏了半天只掏出一个白花花的大钢镚儿。杨梅说：“怎么只有一块钱？”

东方白不承认自己没有钱了，却掩盖道：“因为吹牛大王是不值钱的，一块钱我还嫌贵。”

阿里巴说：“这事只是初议，还没定下，暂时不要说他。”

杨梅却认了真道：“东方白是我们这里的异人，我从来都是迷信他的，如果真要来个吹牛大王，将来我们编的书他没有本事卖出去，对社里不利，对我们更不利，倒不如我们一道到两个新头儿那里，去把大王给抵制了。”

46

刚刚说到抵制大王，吴诗言推门走了进来，手里拿着一张打印了文字的纸，反手把门关了，走到三人面前来说："我在门外就听你们说要抵制什么，是不是也听说了那件事情？"

阿里巴反问道："什么事情？"

吴诗言神秘兮兮地说："原来你们还不知道，部里要给我们派来一个主管行政的副社长，据说这人是个小学文化程度，过去和老婆谈恋爱都是请人写信，现在要来领导凤凰社这样的文学圣殿，全社的人连新来的司机都想不通，就可想是你们这样的文人，大家联名写了一封信，要集体进行抵制，你们是不是也在上面签个名字？"

杨梅劈手夺过联名信去，见上面打印了几行字，下面签了社里许多的人名，果然是如吴诗言所说，连拖拉机手龚吊古的名字也在上面，就拿起笔来，在纸上签了自己名字，又逼着东方白也签了，然后递到阿里巴的手里说："哥们儿是我们的头儿，我们要充分尊重他自己的意见。"

阿里巴接过联名信去看了文字，又仔细查找上面的签名，并没看见钱思奇和李中国，便问吴诗言道："两个新的社头儿怎么不签？"

吴诗言知道他会问出这个问题，有备而笑道："正因为是社头儿，才不好出面抵制要来的社头儿，你连这个也不明白？"

阿里巴低头想想，又抬起来看看吴诗言的脸，忽然也笑了说："为了你的光明前途，我也签一个吧。*"

吴诗言一下红了脸说："你这话是什么意思？"

阿里巴仍然笑道："不知道什么意思你怎么会脸红？"

* 明知吴诗言另有所图，却依然顺其所用，就像明知袁飞北在欺世盗名，也一样中其圈套，阿里巴总是如此！

吴诗言怕他当众把话说穿，就什么也不再说，看他签完了字，拿着联名信又去了别的部门。杨梅等他走出门外，抓紧问阿里巴说："你俩是不是在说天王盖地虎，宝塔镇河妖？"

阿里巴问："说的是什么黑话？"

杨梅说："承认了是黑话吧？那你俩刚才说的就是黑话，我们一点儿也听不懂。"

阿里巴说："你是个傻姑娘，你没发现他从来无事不登三宝殿，别处都去就是不到我们这里来的，今天突然光临，眼睛都成了那种颜色。*"

杨梅回忆说："他的眼睛好像是红红的。"

阿里巴说："何止是红红的，简直快要滴出血了，那都是盯着副社长的位子盯的。"

东方白笑道："真是五十步笑百步，说别人是小学文化程度，他不也是初中文化程度吗？"

杨梅方才恍然大悟道："难怪他不抵制那个吹牛大王，而只抵制那个不会写老婆恋爱信的！这么说，我们都被他利用了！"

东方白慢慢地起身倒茶道："别相信什么联名抵制，这都是小孩子家闹着玩儿的，上面要派当官儿的来，别说几十个人名，就是几百几千个大活人，也是抵制不了的，那玩意儿就像每年夏天的洪灾一样，洪水猛兽，势不可挡。"

杨梅吐出舌头来说："我的个妈，万一真像你说的，那个势不可挡的洪水猛兽来了，不要把我们一个一个开刀问斩？"

东方白说："斩肯定是要斩的，不过不会斩我们这些老百姓，都斩了谁来给他干活儿？不信你看着吧，要斩只斩他吴诗言一个。**"

当天下午，吴诗言就把卖书大王陆为码领来，和钱、李二人面谈聘用事宜。二人看他只有二十来岁，长得眉清目秀，白皮嫩肉，开口说话也尖声细语的，初一见像是一位腼腆的少女，心里

* 你倒是不傻，看得清楚，还是处处中圈套。

** 如果真如东方白所言，这吴诗言的总务处长也算是做到头了，又一个机关算尽一场空的角色。

各自打了一些折扣。但一谈到图书销售，陆为码立刻滔滔不绝，声音也渐粗渐亮，并且起身走到一张中国地图前面，伸出手指作为箭头，一会儿指向这里，停顿一下，表示在那里建一个销售网点，一会儿指向那里，再停顿一下，表示在那里再建一个销售网点，不出多久除了台湾省外，几乎把全国都指遍了*。二人看他俨然一位作战的将军，刚见面时的印象大为改变，对他倍加客气起来。钱思奇亲自为他倒来一杯水，顺手拍拍他的肩道："真是年轻有为，大将风度，先委任你当我们销售科的负责人，一年以后，再正式提升为科长，你看这样好不好？"

陆为码坐回原位，摇摇头说："不好，名不正则言不顺，言不顺则令不行，一个单位任职含糊，就好比一个人说话不清，是无法开展工作的。**"

钱思奇和李中国交换一个眼光说："那就一步到位，直接委任你为科长好了。"陆为码头不摇了，却转为思索，眼睛望着吴诗言问："凤凰社是不是局一级的出版社？"

吴诗言说："是啊。"

陆为码又问："销售部门是不是社里的二级部门？"

吴诗言说："是啊。"

陆为码笑着转向钱思奇道："这我就不明白了，按照中国的级别，局下面应该是处，而不应该是科吧？"

钱思奇听懂了他的意思，又和李中国交流了一个眼光说："你说得对，以后我们要加强销售力量，可以考虑把销售科升为处级。***"

陆为码这才点点头说："过去这个部门有多少人？"

吴诗言回答说："正副科长两人，业务员三人，司机一人，仓库保管员一人，总共七人。"

陆为码又摇头说："远远不能适应工作的需要。"

钱思奇说："这些人全部归你领导，另外再给你补充两人，连

* 有备而来，否则怎么能指鹿为马？

** 道理也确实是这个道理，但还要看用的什么人。

*** 卖书行不行还不知道，但忽悠钱、李两位迂腐的夫子倒是很在行。

你本人在内达到十人怎样？”

陆为码嘴里计算着说：“这是最基本的销售队伍，仅有人还不行，必须要有两辆汽车专管运货，三台电脑上网，一人一部无绳电话。同时所有人员应该由我重新组阁，原来的七人我并不能全部接收，比方说正副科长，那是打死我也不能要的。”

钱思奇和李中国同时问道：“这为什么？”

陆为码做了个微妙的手势说：“恕我不便直言。”

二人又互相看了一眼，李中国试探道：“通过这种组阁，你可以达到一个什么效益？”

陆为码微微一笑说：“不说是改地换天，至少也是旧貌变新颜吧。”

钱思奇也笑了说：“能不能再具体化，数字化一点？”

陆为码从上衣兜里掏出一个计算器，在上面按了一阵，然后收进衣兜说：“在有充足货源的前提下，保证码洋一千万，纯利一百万，如果二位老总嫌少，还可以再上一个台阶。”

钱思奇适可而止地一抬手说：“第一年就这样，以后再根据情况，逐年递增。”李中国这时才说：“如果没有什么异议的话，那么我们就可以签合同了。”

陆为码不慌不忙地笑道：“李总真是个急性子，到底是刚从国外回来，最关键的东西还没谈呢，二位打算每月给我多少报酬？”

钱思奇方才想起，的确还没想到这个问题，便也试探道：“我是一个革命了三十多年的局级干部，李总比我只少五年，参考我们二人的工资总和，作为你的基本工资，奖金额外再发你看怎样？”

陆为码渐渐收了笑说：“钱总别跟我开玩笑了，你们都是国家终身俸养的人，看起来工资少，实际上收入大，而且很多东西都是不怎么花钱买的，而我可不一样，若是按照你们的标准，哪里还有我的饭吃？”

二人又相对看着，钱思奇笑了笑道："你说得很有道理，工资问题我们可以考虑给你从优，另外你还有什么条件，也一并说出来供我们参考。"

陆为码似乎早就等着这句话了，这时端起钱思奇递他的水喝了一口，润润嗓子又说："如果可能的话，为了照顾我的生活，促进我的工作，最好把我夫人也调来，给我们租一套公寓住下，尽量离幼儿园近些，这样我就没有了后顾之忧，就能全力以赴为二位老总冲锋陷阵了。*"

这一次钱思奇和李中国对视的时间，足足长达一分钟之久，然后钱思奇回答他说："今天谈得很好，我们很真诚，你也很坦率，因为涉及的方面很多，容我们下去再和大家商量一下，改日再签合同吧。"

说完这话，二人就注意看着他脸上的动静。陆为码却表现得异常沉着，立刻站起身来，和钱思奇和李中国分别握了一个手说："那么再见，商量好后，随时拨打我的电话。"把陆为码送走以后，钱思奇回来关上了门，这才坐下生起气来，两眼望着李中国说："这不明明是欺我蜀中无人吗？**"

李中国劝道："如果我们蜀中的确是无人，这个人又的确是个人，能来蜀中体现出他的价值，由此取得相当的报酬，我认为是应该的；如果我们蜀中本来有人，能体现出和他一样的价值，取得和他一样的报酬，我认为也是应该的。因此不妨公开投标，让大家八海过海，各显神通。"

钱思奇觉得这话有理，气也消了一些，起身叫来吴诗言，要他把销售科的王金刚和马车，以及刚调过去的黄硕都召集到这里，让大家来开一个八仙过海，各显神通的会。不一会儿的工夫，人都鱼贯来了，一人手里捧着一个水杯，有的是不锈钢的，有的是紫砂的，有的是瓷的，进来各自抢个背静的角落坐下。王金刚手里的是个玻璃水杯，比谁的都大，原本是装罐头的瓶子，

* 这只不知是鹿还是马的大王胃口还真不小！

** 书生口吻。

里面的鱼籽酱吃完了用它装水，装满了可以喝上一天，倒出来洗个脸也没问题。王金刚手握水杯，身子贴着门口坐下，眼睛直瞪着墙上的美人挂历。

钱思奇说："今天请大家来，是想商量一下关于图书的销售，争取定出一个指标，一年卖多少书，赚多少钱，全科做出多少贡献，每人领取多少奖金，请随便发言，不要客气。"

大家低头呼呼地喝水，好像渴坏了，眼睛都不朝钱思奇那里看。钱思奇点名道："王金刚先说，你不是说过等我当了社长以后，我再撤你吗？现在我不撤你，我要让你好好工作，听听你的想法。*"

王金刚眼望墙上美人的屁股奶子，正在怀念去年和赵小月在锅城时，在范、周夫妇家策划建立联络处的事，这时听到点他名字，一双眼睛半睁半闭着说："是啊，现在你当社长了，可是我没有什么想法，我只是想听你的想法，你要我们怎么办，我们听你的怎么办就是了。"

吴诗言看见钱思奇脸色一变，赶快制止王金刚道："有什么困难都可以摆嘛，怎么能够这样说话！"

钱思奇接着又往下点道："马车你也说说。"

马车换了一个方式继续抵触，按着吴诗言的提示，一样一样地摆着困难，把自己说得寸步难行，最后看了二人一眼说："如果认为我们无能，你们就另找高明好了。**"

钱思奇的眉头皱成疙瘩，脸上阴得要掉下雨来，想了想又点到黄硕头上道："我再听听你的高见。"

黄硕这回吸取了前一阵子在编辑部的教训，再也不敢有半点儿积极了，勾着头道："我是一个小兵，领导指挥我怎么干，我就跟着领导怎么干吧！***"

钱思奇问："你指的领导是谁？"

黄硕回答说："王科长和马副科长。"

* 显示宽宏大度的一厢情愿之词，以为王金刚会感激其不撤之恩，再衬其迂腐。

** 知道钱思奇拿他们没办法，所以有恃无恐。

*** 黄硕的胆小圆滑还是一如既往。

钱思奇冷笑一声说：“如果给你换一个领导，你能好好干吗？”问完不等回答，随口对吴诗言道，“把今天的会议情况记录下来，散会！”

大家正巴不得他说这话，各自端起水杯一哄而散。王金刚感到有些意外，朝马车看了一眼，迟疑着想留下来说句什么，钱思奇却站起身来走到门边，丝毫没有再谈的意思，便只好出门，一路和马车嘟哝着，喝水的大罐头瓶子也忘了拿走。钱思奇关上了门，对李中国道：“看见没有？我有心让自己的人干出个样子，他们倒好，咚的就给了我当头一棒！”

李中国叹口气说：“你还说欺你蜀中无人，你看你的蜀中到底有多少人？”

钱思奇居然笑道：“刚才的会议开得很成功，这一棒子把我打清醒了，打得我痛下决心，让吴诗言立刻通知那个叫陆什么码的，答应他的一切条件，请他明天就来签合同。*”

*估计陆为码做梦也没想到，竟然是他准备清出队伍的王金刚和马车两位销售科的正副科长帮了他的忙！

47

吴诗言策划的联名信果然不起作用，部里派来的副社长郭铁汉走马上任。欢迎会上，吴诗言努力掩饰着内心的惊慌，手里提着开水瓶子，过去给郭铁汉倒茶的时候，手腕一抖，一股开水倒在了杯子外面，吓得放下瓶子四处寻找抹布，一时间找不到，急着就用自己的西服袖子去擦，嘴里还连说对不起。郭铁汉怎么也挡不住，眼睁睁看着他的一只袖子擦得透湿*。坐在下面的阿里巴觉得好笑，心里想到东方白说过的洪水猛兽和势不可挡两词，使劲儿憋着嗓子，不许自己笑出声来。

杨梅把东方白佩服极了，连一眼直一眼地向他看去，东方白却已经坐在椅子上睡着了，脑袋歪搭在王金刚的肩上，王金刚眼睛斜看着身边的李先来在纸上画画，身子一动也不敢动，一动东方白的脑袋就会倒下来，打在椅子上发出响声，这就等于把他给出卖了。李先来画的是两个古代武士，一个腾空而去，一个飞身而来，王金刚小着声问他："昨天又看金庸的武侠小说了？"

李先来说："什么五侠六侠，你没看两人衣服是古装的，人物却是现实的？"

王金刚又问："什么意思？"

李先来说："走了一个英雄，又来一个好汉，而且是铁打的好汉。"

王金刚仔细一看，飞身而来的一个身穿铁甲，相貌魁梧，和坐在台上的郭铁汉有几分相似，腾空而去的一个侧面却像是费英雄，两人之间放着一把虎皮交椅。王金刚一下子明白过来，忍不住捂着嘴笑，又用手指着画上的费英雄说："背上再背一个金发女郎，就更现实了。"

*将功补过也不至于如此，纸厦制下，总出此等人物！

李先来果然“嗖嗖”几下，在他背上画了一个女人，王金刚摇头说：“不像不像，倒成猪八戒背媳妇了！*”

另一个被欢迎的人物是陆为码，紧挨在郭铁汉的身边坐着，一脸深沉地望着对面看他的人。欢迎完了，人一散场，陆为码就雷厉风行地开始组阁，先让王金刚和马车靠边站了，其他人员暂时留用，自己带来的两名随从，一人掌管电脑，一人看守电话，又提出让他的夫人白芍担任他的副手。钱思奇为事业着想，前面都对他言听计从，只是听到最后一人的安排，犹犹豫豫地对他劝道：“你们二人最好别在一处，免得给人以夫妻店的非议。”

陆为码不满地说：“合同上已把我的夫人写进去了，钱总该不会第一天就违背合同吧？”

郭铁汉急于显出领导能力，当着钱思奇和李中国面，问吴诗言道：“社里共有几个处室，你都报给我听听。”

吴诗言就老老实实报给他说：“一个社委会，一个总务处，两个编辑部，一个翻译部，一个销售处，一个印制科，一个财务科，一个勤杂科。”

郭铁汉问：“印制和销售虽然性质不同，但是级别平等，怎么一个是科，一个是处呢？”

吴诗言替钱思奇解释说：“这两个部门原本都是科，是为了引进陆为码这个人才，才临时升了一格变成处的。**”

郭铁汉转过脸去对陆为码说：“从单位人事关系上讲，既然你是该处的处长，你的老婆就应该回避在该处的工作，你先下去办事，把你老婆安排在哪里合适，让我们再研究一下，你老婆是学什么的？”

陆为码说：“我夫人是学环保的，完全是为了我的事业才付出的牺牲。”

郭铁汉一边嘴里念着“环保”，一边转身和钱思奇走了。陆为码见这新来的副社长也反对他夫人做他副手，态度比钱思奇更

* 这才更形象啊，王金刚不懂李先来的寓意。

** 看来在跟钱、李二位的谈判中，这匹马是大获全胜啊！

加坚决，并且不把他的夫人叫夫人，而一口一个老婆，心里老大不悦。

钱思奇见这个名叫郭铁汉的，终于被部里派了下来，一来就喧宾夺主，出言吐气俨然是个一把手，心里也不高兴，却又无奈，按照三人的分工，行政和人事管理方面，还得听从他的意见。* 因为要陆为码尽快开展工作，他老婆的安排就成了当务之急，钱思奇又让吴诗言把除开销售处外，所有部门的头儿召在一起，认真讨论这个问题。吴诗言上月给总务处申报了一个名额，原是准备留给他老乡的侄儿，因为那位老乡安排了他的外甥女，这时生怕把陆为码的老婆硬塞给他，就首先发言道：“人是第一个可宝贵的，我真想把这个人要来，但总务处缺的是文秘，她学的要是文秘专业就太好了。”李先来接着用另一种方式，大着胆子拒收道：“印制科的专业要求并不太强，只要任劳任怨，不怕苦怕累就行。但印制科的都是力气活，她一个女人怕干不了，要是个男人就好了。”费英雄走后，翻译部的重担落在女翻译罗银娜的肩上，罗银娜赶快关闭大门道：“都说男女搭配，干活不累。这些年来我们部里女人过剩，简直快成《镜花缘》中的女人国了，如果现在要人，我们也宁可要个男人，当然应该是个至少懂两门外语的男人。”

下面轮到两个编辑部了，周泉和阿里巴都闷头坐着，好像比赛看谁沉默得最久，钱思奇眼睛一左一右地看着他们，开口问道：“看样子只能落在编辑部了，你们两个谁要？”

周泉谦让说：“当然应该给小阿，一个萝卜一个坑，他那里走了一个黄硕，还他一个白芍，天经地义，公平合理。”**

王金刚和罗银娜也齐心协力，帮着周泉把人推给阿里巴，好像不把一个要吃饭的推进一家住户，坐到桌前端起碗来，左邻右舍的心里就定不下来。王金刚嘿嘿地诡笑着说：“世上的事情真是叫巧，才端走一勺黄的，就端来一勺白的，先不说吃，就是看

* 赵小月时代的三足鼎立变成了现在的二虎对峙，换汤不换药，凤凰之病难医矣！

** 每个人推辞的方法各有不同，但都各是各的口吻。

着，白的终归也比黄的好吧。”

罗银娜说：“吃着也是，比方说是鸡蛋，我就喜欢吃蛋白，而不喜欢吃蛋黄。”

阿里巴嚷道：“别以为我这里是垃圾桶，你们都不要的东西，黄的白的都往我这里倒！”

钱思奇赶忙制止他道：“你不想要你不要就是，何必把话说得那么难听？你认为应该把她装在哪里合适？难道让她到勤杂科，去和那个码纸烟盒子的李享大做伴？”

阿里巴想了想，居然说出一句更难听的话道：“她不是学的环保吗？何不把谢婆子辞退了，让她担任那份工作，这样她既专业对上了口，社里又节省了一人的开支，合同上写着合理安排他家属的工作，我看这个工作是比较合理的。*”

大家听了都笑，唯有郭铁汉一人刚来，不明不白地问道：“谢婆子是谁？”

吴诗言回答：“是一个打扫厕所楼道的山东女人，每月给她几百块钱。”说了眼睛就看着郭铁汉，以为他也会笑，却不想他竟认真地点着头说：“对呀，这又怎么不可以呢？”

钱思奇终于发表了不同的意见说：“人才为重，我们从照顾陆什么码同志的情绪着眼，还是给白芍同志另作安排，我想能不能让她到财务科，从财务科换一人到销售处，这样一切问题不都解决了吗？”

大家都觉得卖书大王占了个大便宜，嘴里却都不再反对，让钱思奇一锤把音定了。当天下午，白芍便去财务科任了出纳，原本的出纳张洁调到销售处，去给销售处管理卖书的账目**。

在几乎全社都在积极安排陆为码老婆的时候，李中国和魏子野在隔壁一间屋里，忙着制订图书的选题。他们共同趴在一张桌子上，把计划出版的图书分为两个系列，一个系列是外国作家的作品，一个系列是中国作家的作品，形成呼应之势，两人根据各

* 本是阿里巴随口一句戏言，不料竟被新来的好汉当了真。

** 张洁通过吴诗言的关系进来的，这样安排吴诗言怕是不满意，且看下文。

自的优势，作了一下分工，李中国负责国外，魏子野负责国内，力争要在短时期内，让第一批新书闪亮登台。正忙得昏天黑地，钱思奇开完那一个会，又赶来开他们这一个，听他们有些什么绝招。魏子野去年曾经听说，李中国在法国访问期间，翻译着一本法国当年最畅销的小说，这时忽然想起这事，便对李中国说："你回国后我一直忘了问你，你的那本法国小说译完了没有？我们现在急需好书，可不可以拿给我看看，只要书中没有什么禁忌，何不就在本社出版，让我们这只老凤凰生个大蛋，给大家卖笔好价钱，也算是你这游子归来的进见之礼了。"

李中国摇手说："这不行的，我早已经和长江社签了协议，擅自毁约，是要被对方追究责任的。"

魏子野笑道："要说是黄河珠江，这事倒会引起很大的麻烦，但要说是长江，这事就一点儿麻烦也没有，长江的老总是我的同窗好友，只要我出面说一下，我敢保证他会放马归山。"

李中国犹豫道："这事得容我再想一想，会不会我和人家毁约，你又向人家说情，把这本书从别人手里夺了过来，但到头来却被人误认为是一本别人不要的书，只好拿到自己这里来出版呢？*"

魏子野激将说："你这样小心翼翼，像个初进大观园的林妹妹似的，哪里有个副帅的风度！你这不是为了社里的利益，而是为了自己的利益吧？"

李中国说："还没有谈到版税译酬，怎么就说我为了自己的利益？"

魏子野说："名即是利，你怕污了你的一世清名。"**

钱思奇说："你们两个不要舌战，下次开会我建议在社章里增加这样一条：凡本社作家和翻译家创作及翻译的作品，必须优先送交本社审查出版，经本社研究因故不能出版者，方可另投他社。"

* 侧面写出李中国的为人处世，对自己的声名清誉颇为在意。这样的人做学问可以，当官怕是不行的！

** 呵呵，还是魏子野一语中的。

魏子野说：“我正在设法挟持着他，怎么把我也牵连进去了，你这一条可是违背著作权法的，不可实施。”*

钱思奇武断地说：“不可实施，非常时期也得实施。”

魏子野本想和他争辩，但再一想，这话恰恰是帮他征服李中国的，便点头说：“那就这么试行一下吧，试点就是这本畅销小说。”

阿里巴看完李中国的译著，大感兴趣，一边打电话给魏子野的同窗好友，逼着他取消合同，放弃这一本书，只当是以浩瀚的长江之水，舀一勺给将飞的凤凰，一边就叫来陆为码，听听他对此书的看法。陆为码也把书草草翻了一遍，得知译者是李中国，立刻就感到为难起来，想不到受聘而来的第一本书，就碰上顶头上司的译著，如果说书不好，卖不出去，这样虽然有利于将来推卸责任，但他却怕得罪了李中国，同时还怕本社不出，还让长江社出，市场上一下子畅销起来，一版再版，那时他就不好对社里交代；如果说是书好，李中国倒是不会得罪，但他的责任可就大了，万一没本事卖出去，造成积压，引起亏损，那时他就会露出原形。

陆为码左思右想，前后掂量，不知怎么表态才好，憋了好一阵子过后，才吞吞吐吐，含含糊糊，遮遮掩掩，躲躲闪闪道**：“这本书嘛，无疑的还是一本好书，尤其好的是翻译的文笔，那真是世界一流的水平啊，听说过去社里请过一个叫小郎的人，还有一个叫老胡的人销售图书，这个办法嘛倒是不必否定，如果内外结合，两条腿走，我看这本书是可以出的。”

李中国听得云天雾地，没能听出一个头绪，想不通一个高薪聘来的卖书大王，为什么一定要和别人一道才能卖书，而且那个别人还得另一个别人去寻找。魏子野皱着眉头听了一阵，后来终于听明白了，想了想笑道：“过去我们有一种图书审稿单，以后在这个基础上改进一下，形成一个综合卡片，让各个部门的负责

* 哈，野人兄这一当官，就被限制了自由出版自己作品的权利，可见有得必有失啊！

** 一连四个叠声词，活画出了一个滥竽充数的吹牛大王即将显形时的窘态。

人在各个栏目里，发表各自明确的意见，然后决定图书的出版与否，把卡片原件收存下来，以后根据这个检查责任，你的意思我听懂了，你可以把你说的话变成文字，写在卡片上面。*”

李中国喜欢听这和阳光一样透明的话，就点头道："这是个好办法，法国的出版社也有类似的管理。"

陆为码一听要把每人说的写进单里，白纸黑字，有据可查，心里又打起鼓来，但面子上却很沉着，低头思索良久，最后恶狠狠地瞪着他说："我明白了你的用心，你是想用一根绳子把我拴起来。"

魏子野笑道："人是一个复杂而又矛盾的东西，既想逃避管理，又要寻找管理，就比方你，此前生活得自由自在，无拘无束，可是你并不满意，才来这里和我们讨论问题。"

陆为码咄咄逼人道："你是说我来找拴的？"

魏子野见他又气又急，正要用一句妙语来作解释，李中国却插嘴说**："你的这个'拴'字用得很好，我在法国的时候有人问我，中国有句俗话是'马有笼头猪有圈，人无笼头纸笔拴'，这是什么意思？我说这个字是中国民间的形象用语，我说我们中国的'拴'，就是你们西方的管理。"

陆为码见李中国出面解释，就不好再辩驳，眼光也不再那样恶了，讪笑着说："看来李总要把我当猪当马一样拴起来了！"

钱思奇半笑半真道："你叫陆为码，你不就是一匹马吗？不是马我们高薪请你来干什么？"

陆为码嘟哝说："可我是千里马，你们不能老是拴着我呀。"

钱思奇说："不拴着你跑了怎么办？"***

陆为码见钱思奇脸上笑着，话却落音很重，一时琢磨不透这话的本意，就也笑笑不再说了。陆为码走后，钱思奇和李中国齐夸这个办法不错。魏子野对他二人说道："除了这种图书卡片，我还想设置一些其他方面的管理卡片。过去之所以亏损那么多万，

* 说话可以『吞吞吐吐，含含糊糊，遮遮掩掩，躲躲闪闪』，但落笔成文，总不能和稀泥了吧？魏子野打在了七寸上。

** 李中国插嘴的不是时候，没听到魏子野的妙语，可惜！

*** 似乎此时钱思奇也感觉到了这匹马并不靠谱。

原因就是干活人少，贪财人多，印书的拿回扣，卖书的拿书款，管钱的拿提成，管账的拿杂费，开车的没有什么可拿，就拿公家的汽车载几个黑客，拿公家的汽油卖几个小钱，因为眼睁睁地看着别人都拿，自己不拿心里不能平衡，能拿多少就拿多少，拿一点儿总比一点儿不拿好。当头儿的也曾经想管，可是他处处做着贪占多拿的表率，被那些贪占多拿的抓着了把柄，也就对谁也管不住了。这样一来，职务和权力就成了贪污的手段，大家各司其职，各贪其钱，剩下一些无职无权的，当然就不会好好干活儿了。* 这都是我们的旧体制下以人管人的弊病所在，如果代以科学管理，把各种指标订成制度，做进卡片，输入计算机中，情况也许就不同了。但是如果真是这样，势必会对某些人造成一些伤害，二位不妨权衡一下利弊。”

钱思奇说：“权衡个什么？有利要这样干，有弊也要这样干，不这样干这个社就完了。举逸民，继绝世，兴灭国，请你野人出山，就是来干这件事的。”

魏子野慌忙笑道：“这个比方实在令我汗颜，我虽是个逸民，却别说是继世兴国，没有一个好的体制，只怕连个公共厕所也看管不了。要知道就连上我国的厕所也标准不一，有人进去交钱，有人进去不交钱，有人交多有人交少，有人害怕屁股泄密，出门不上公厕，当年学大寨的时候，有人路上就让人驮着一间流动房子。当然这是当大官儿的，小官儿无缘享受这么高的待遇，但入厕费可以拿回去报销，等于是为了国家和人民的利益而大小便，因此应该让公家支出。”

钱思奇虚着眼问：“这是你即兴写的小说吧？”

魏子野说：“小说要写这些东西，哪里是新闻的对手？这事恰恰是昨天的报纸上登的。而且类似这样的事情，在你眼皮底下就曾有过，不过不是报销入厕费，而是出外参加所谓的会议时，在马路上吐痰的罚单，不也夹在机票一起报销了吗？**”

* 何其难也！

** 这当然是前任赵小月所为。

钱思奇正色道："还有这样荒唐的事，看来不管是不行了！"

魏子野很快就把图书卡片设计出来，把样卡交给阿里巴，因为编辑部是卡片上的第一个环节，然后才是销售处、社委会和总编社长的意见栏，要他先复印出若干份，通过一段试行，再让印厂正式印制。阿里巴见此卡设计得如此严谨，不觉惊叹道："都说作家连数也不识，去市场买菜把两块钱三斤的黄瓜，还价还成三块钱两斤，你怎么还会制表，还会和会计一样计算各项成本？"

魏子野问："这么说你是拥护它的？"

阿里巴反问："难道还有反对的不成？"

魏子野一笑道："你养过鱼没有？鱼池里本来有八条鱼，有人偷吃了两条，某天来人清点鱼数，你说那人是希望一池清水呢，还是希望一池浑水？"

阿里巴说："趁浑水摸鱼，这句经典的俗话难道我不明白？"

魏子野说："因此现在你就记着，有人一定会抵制填写这个要命的东西，即便填了，有一天还会设法销毁它的。*"

* 首先抵制的当然是打算浑水摸鱼的陆为码。

48

李中国翻译的那本畅销小说，还有朱土改写的第二本小说《黑庄》，都由阿里巴做了责任编辑。钱思奇对李中国的翻译小说一百个放心，却对《黑庄》心有余悸，觉得作者牛八爷曾给凤凰社惹过祸的，这次可别再犯前科，最后签字之时，手中的笔重于千斤。[*]阿里巴知道他心里想什么道：“上次《黄村》被禁，原因不在作者，也不在作品，而是书商小郎的曲意包装和过火宣传。这本《黑庄》在思想和艺术上都比上本成熟，内容野哥和李总都已审过，签过了字，不会有问题的。这是你新官上任第一把火，不乱点是对的，不点却是不对的，畏头畏脑，缩手缩脚，何以燎原，何以燃成漫天之势？”

钱思奇说：“千万别还没燎原漫天，先把我们自己烧了，凤凰可就成一只烧鸡了！”

阿里巴笑道：“你担心错了，凤凰成不了烧鸡，倒有可能成落汤鸡。”

见李中国和魏子野也都坐在一边笑着，分明是阿里巴的支持者，钱思奇就手上用一个力，提起笔来签了。

阿里巴再也不敢让小郎和老胡销售这两本书了，觉得像这一类人物，无论是个体书商，还是集团经理，全都是唯利是图之辈，没有什么信誉可言，他宁可让别人介绍引荐，自己再也不能卷进去了。第二天正好有个姓马的书商，主动找到凤凰社，希望有些合作项目，接待此人的是副社长郭铁汉，郭副社长看了马书商递给他的名片，直接把他带到陆为码那里，介绍他们两人见面说：“你叫马伟路，他叫陆为码，名字正好颠了个个儿，关于合作销书的问题，你们二马自己谈吧。[**]”

* 该小心谨慎时那么随意就跟陆为码签了合同，此时该有魄力时却又如此畏首畏尾，钱思奇实难作一军之帅也。

** 名字互为颠倒，马难成马，鹿难为鹿，各怀鬼胎，实难成事！

陆为码接管销售科后，门上的牌子就换了一块，上面的字改成了销售处，走马上任的第一件事，就是清理门户，让王金刚和马车从屋里搬出来，坐在隔壁的一间屋里，而去家具公司挑了一张老板台，让人送上门，安放在过去王金刚放桌的地方，自己就坐在那里办起公来。* 马书商进门和陆为码握过了手，彼此交换了名片，然后把他的老板台扫了一眼，嘴里说了声“好气派呀”，就坐下来谈合作的事。陆为码走过去把门关了，两人坐在一张长沙发上，一会儿大声，一会儿小声，一会儿笑着，一会儿又嚷了起来，这样谈了一阵，后来合作就谈成了。

马书商的年龄在小郎和老胡之间，陆为码把他叫作大马，谈完了合作的事说：“大马，咱哥俩出去喝一杯吧，我请客。”

大马说：“不，陆处长，我请客。”

两人就在酒席之间，把这本书的销售合同签了。双方文字约定，马伟路负责销三万册，陆为码负责销两万册。大马又听说另一本小说《黑庄》，原来是风靡一时的《黄村》的姊妹篇，也要求以上面的条件合作，陆为码巴不得把全库的书都给他，双方划分地盘网点，井水不犯河水，互不侵占领土。两本书稿当日就下厂印制，要抢在一年一度的全国图书订货会上，让它们隆重出版，闪亮登场。

不料这事刚刚谈好，第二天就出了问题。因为陆为码重组销售处，把王金刚和马车扫地出门，两派矛盾愈演愈烈，终于爆发，原来王金刚也认识这位姓马的书商，听说陆为码要和他合作，就带着马车赶到姓马的公司，掏出名片，说是凤凰社的前任销售科长，死活拉着大马出去喝酒。三人在席间喝得大醉，王金刚说一个马字掰不破，让马车和马伟路认了兄弟，然后把陆为码大骂一通，说是此人阴险诡诈，是个骗子，与人合作一贯收了对方的钱，不给对方的书**。陆为码将信将疑，掏出合同一看，上面果然写着先款后书，便趁着酒兴打开手机，要陆为码过来续签

* 虚张声势之徒的一贯做派。

** 王金刚此人，虽不能成事，但绝对可以坏事。

一份补充协议。陆为码不知道他和王金刚和马车在一起，火速开了车来，刚一见面，王金刚就是一杯酒泼在他的脸上，两人当场扭成一团，马车装着劝架的样子，暗中打了陆为码好几拳头，一桌酒席全都砸了，还打破了酒店的两扇玻璃门，酒店老板拨打了110，警察应声赶到，不问青红皂白，把三人一道都带走了。

凤凰社接到派出所的通知，要他们带三千块钱前去取人，把吴诗言急得团团打转，先是找不到财务科的人，因为郑三发一审判了死刑，黄莲花一边请人为他辩护，一边花钱安抚要娶田婊子的那个男人，一边转移银行里他们名下的存款，一边上法院闹着跟郑三发离婚，忙得烽火狼烟，屁滚尿流，连日来已经不能正常上班了。财务科每天都有上门讨债的人，一阵刚走，一阵又来，陆为码的老婆白芍刚当几天出纳，连门儿也摸不着，一人抵挡不住，索性把保险门咔嚓锁了，一头躲进男人的销售处里。吴诗言只好到销售处，在张洁手里挪了三千块钱的书款，接着却又找不到送钱接人的司机。方三儿自从那次翻车，脑袋缝了二十七针之后，出院回家再也不上班了，招聘来的那个拖拉机手龚吊古，还差三天才能拿到汽车驾驶本，吴诗言只好派他冒险去走一趟。

然而又是一个不料，不料龚吊古的车子开到一个环岛，就和一辆侧面开来的大卡撞了*，车破人伤，责任当然是在人家，但交警再一查，他却是无照驾驶，又给凤凰社打电话，要他们来人交钱取车，同时把违章司机送进医院。吴诗言只好又去销售处借了三千块钱，打了辆出租车赶到现场，把满脸是血的龚吊古从车里扒出来，像方三儿一样运到医院缝针，撞坏的车第二次拖去大修。一来二去，负债累累的一个穷社，这一下又花了好几笔冤枉钱。钱思奇气得拍桌大骂，要把打架的人和撞车的人一道处分，吴诗言却死劲儿地替龚吊古辩护，说他是因公出车负伤，根本不应受到惩罚，还应表示慰问才对。郭铁汉来后早就听说，那个不会开车的拖拉机手是吴诗言招聘来的，全社人民联名抵制他的信

* 屋漏偏逢连夜雨，船行偏遇顶头风。此处作者是一笔做三四笔用：一是陆为码；二是黄莲花；三是吴诗言；四是郭铁汉。四线都用吴诗言相串，以其为始，亦以其为终。

也是吴诗言串通好的，就在气头上的钱思奇面前极力鼓捣，撤了吴诗言的总务处长，把他塞到印制科里，暂时给李先来当个副手，看他要再不满，还将把他一撤到底。*

正在这时，那两本新书被印厂夜以继日地印了出来，通知销售处开车去取，陆为码却死活也不去，因为王金刚和他在酒店的那一架，打得马伟路撕毁合同，连人影也不见了。没有了书商在前面开路，陆为码这一边寸步难行，他恨死了王金刚和马车，真后悔那天在酒店里，没去厨房摸把菜刀，把这两人一刀一个都给杀了，就像听人说的郑三发杀他情妇那样。而那一边，印厂急着要腾出车间，一边自己用车把书给他们运来，一边催着快些结账，这一下书库里塞满了书，财务科也堵满了人，一天到晚大叫小叫，闹得社里人心惶惶。钱思奇整日催促陆为码快想办法，自己却一点儿办法也想不出来。

阿里巴正倾尽精力，在魏子野的总策划下，连日忙乎着这批即将问世的新书，忽然接到郭铁汉转他的本区法院的通知，要他速去取一份判决书。一听判决两字，阿里巴吓了一跳，接着想起郑三发杀人被判死刑的事，怀疑郭铁汉把名字给记错了，法院通知的要么是犯人家属黄莲花，要么是本社法人钱思奇，怎么着也不会和他有关。郭铁汉说是没错，法院通知的就是他，阿里巴只好骑车去了，一路提心吊胆，胡思乱想，回忆自己最近可曾干了什么坏事，不想到了区级法院一问，却是锅城法院转过来的，关于袁飞北的那桩案子，法院既没有判袁飞北胜诉，也没有判他胜诉，却是一张撤诉书，上面说被告出示的证据充分，原告只好把诉状撤了，诉讼费由袁飞北本人担负。**

阿里巴初时有些不信，把撤诉书贴在眼前，又字斟句酌地看了一遍，接着就欣喜若狂了，眼泪从鼻子两边往下淌着，止也止不住，擦也擦不完，人就站在法院的大厅里面，对着楼顶大喊了一声，喊得满厅的人都把眼睛向他射来，见他一身穿着整齐，头

* 果然应了东方白的预言，吴诗言机关算尽，到头一场虚空。

** 这是冷明路的手笔，吃了原告吃被告，因为两边都收了好处，现在就两边都不得罪。

* 引出后面大家的诗词应和。

也剃得干净，脸也洗得清洁，似乎并不是个疯子，就想象这个年轻人一定是受了天大的冤屈，现在案情已经大白，他忍不住才这么大喜大悲，这是可以理解的，也是应该原谅的。

回到编辑部里，阿里巴仍然心潮难平，书稿也看不下去了，一个人呆呆地坐在那里，直眼看着墙上挂的条幅。杨梅给他送稿子去，看他那副样子不像欣赏，也不像陶醉，以为是在那条幅中看出了什么破绽，因为那是李先来在郑三发杀人以后，坐上了印制科长的位子，趁着心情不错写的一幅工笔小楷，抄录的是诸葛亮的《前出师表》。杨梅顺着阿里巴的眼光，去看条幅上面的字，见那每一个字都写得精神，又回过头来看他的眼睛，竟猛地看见他一脸的泪光，有几颗还在往下淌着，不禁吓了一跳，以为是出师表里“鞠躬尽瘁，死而后已”那一句话，把阿里巴感动成了这副样子。阿里巴听得身边有人，转脸见是杨梅，忽然对她嘿嘿地笑，杨梅越发吓坏了道：“哥们儿，你该没得什么病吧？”

阿里巴笑声更加大了，身子一抖一抖地问：“你指的是精神病？就是疯子？就是在王府井大街上拉屎撒尿的那种直立行走动物？”

杨梅吓得身子直往东方白那里后退，东方白觉得奇怪，起身走过去，从他背后发现了桌上放着一份判决书，上盖一枚朱红大印，赫然醒目，伸手拿过来一看，便笑着恭喜阿里巴说：“恭喜你了，锅城之行，真应该载入你的史册啊！”

杨梅见东方白手拿一份文件似的东西，嘴里又说锅城，再回想阿里巴刚才那副表情，一下子想到了袁飞北，扑过去把判决书看了，果然那桩官司已经了结。

阿里巴仍然望着墙上的条幅说：“前些天我出师锅城，此时我也想做一篇出师表。”* 杨梅赞道：“诸葛丞相是‘出师未捷身先死’，而你是出师大捷，人还活着，你比诸葛丞相还了不起。”

阿里巴实在太高兴了，想了想却又说：“可惜我不会做赋，只会作诗。”

杨梅说：“想作就作吧，诗来了是不能憋在心里的。”

阿里巴就开口念道：“中南有异人，蔷薇花开绝，欲得满城香，蒙面写厚黑。”

杨梅细细领会着说：“全诗重在李卓吾先生所谓的‘厚黑’二字，第一句是厚黑者的诞生和出没之地，第二句是厚黑者其人其书，第三句是厚黑者的心机所在，第四句是最绝的，形象动作一下子都出来了。真想不到，脸厚心黑如袁飞北者绝，一张白脸一颗红心如阿里巴者也绝呀！”

东方白说：“我也想了一首，杨小姐也给我点评点评。”说完念道，“自古捣鬼易，从来成事难，奇闻终作丑，坐厕一屁谈。”

杨梅点评道：“此诗用典于鲁迅先生《捣鬼心传》，揭示了古往今来一切捣鬼者的必然规律，只是‘坐厕’二字不雅，‘屁’字更不雅，东方老师都这大岁数了，得保持晚节，改成‘举杯一笑谈’怎样？”

东方白正考虑着改还是不改，忽然门被推开，魏子野从外面走了进来，边走边摇手道：“不改不改，岁数大的人怎么就不许放屁了？笑谈肮脏之人，应在肮脏之地，喝酒的时候谈他岂不败兴！要知道‘屁’字入诗，并不是东方白的首创，李汝珍的《镜花缘》里有首诗是：‘到处嫣红娇又丽，那枝开了这枝闭。此诗岂可算题花，只当区区放个屁。’陈森的《品花宝鉴》里也有一首：‘咭咭咯咯梆子腔，咿咿哑哑唱二簧。裤花白似秋云薄，上得巫山屁亦香。’李百川在他的《绿野仙踪》里放的屁比谁都多，什么《臭屁行》《臭屁赋》，屁声如机枪鞭炮，络绎不绝。* 还有一个大人物也写过一句屁词，可惜我们这里只有两人读过，而有两人没有读过。”

阿里巴说：“野哥小看人了吧？”

魏子野问：“你和杨梅是哪一年出生的？”

* 再写出魏子野的博闻广识。

杨梅笑道：“佳人今年妙龄二八，别的就恕我不说了。”

阿里巴哈哈大笑道：“古代女子二八妙龄是指一十六岁，你今年二十八岁，应该称作四七大龄。”

魏子野说：“无论如何你们都是新时代出生的人，错过了那个必读红宝书的年代，因此谅你们也不会读到那句词了。”

阿里巴炫耀道：“然而我不仅读了，而且会背，不仅会背此句，而且还记得某公对于此句的赞美，不信我念给你听：‘纵观数千年的中国文学史，敢以此字入诗词而不流于卑琐油滑者，惟某公一人。……惟大英雄不守绳墨，惟大诗人不拘一格，才有此惊人之笔。’”

东方白说：“世上竟还有评屁的人，既然写放屁诗的是大英雄、大诗人，那么评放屁诗的也就是一个大学者了，如今什么都是文化，都有学者研究，若是成立一个屁文化研究会，这位屁评家可以荣任会长。而且不仅是放屁诗，我记得好像还有一个写拉屎赋的，说九殿阎君‘金臀高耸’，想不起赋者是谁了，你们谁也给我也引证一下？”

杨梅两眼紧闭，龇咧着嘴，以手作扇，在鼻子前面奋力地扇着，痛苦万状道，“打住！打住！千万不要再引证了，臭不可闻！丑不可闻！”

阿里巴越发来了劲儿，偏不打住说：“同样是一个屁，还有香屁臭屁之分，同样是一个臀，还有金臀银臀之别，按照这位屁评家的意思，野哥刚才说的李汝珍啊，陈森啊，李百川啊，还有东方白啊，不都是放臭屁长银臀的卑琐油滑者了？”

东方白说：“我的臀哪里配叫银臀，只有……”忽然看了杨梅一眼，嘴里嘿嘿地笑着，忍住不往下面说了。

杨梅一直恼火阿里巴笑她“四七大龄”，这时可算抓住机会，连东方白也一道挖苦道：“有人连自己的生日都记不住，看稿子把这一本里的人物安在那一本里，对屁评论家对屁诗的马屁评论却能横溜倒背，还知道歌颂阎王爷干什么的赋，可见也是个难能可贵的屁编辑、屎编辑了。”

阿里巴立刻反击道：“有人刚才还建议东方白把‘屁谈’改为‘笑谈’，怎么这会儿自己也从俗了？”说完故意猖狂地大笑，笑得脸上挂着的眼泪都淌了下来，用手擦擦，接着又说，“真是愤怒出诗人，今天我诗兴大发，还想做一首好诗，刚才那首是五绝，这次来首七绝给你们听听。”

魏子野笑道：“什么五绝七绝，当今文人没几个懂绝句的，都不过是张打油而已，我听你念一首打油诗，打完我也来打一首。”

阿里巴一听魏子野也要参加，更加来了精神，想了想又念道：“锅城竟然有奇锅，自编自导自鸣锣，人不开言天开眼，大笑三声泪滂沱！”

魏子野点头说：“‘奇锅’二字有点儿味道，不过还不如‘黑锅’，要打油就索性一提子伸下去，俗得到家，土得掉渣，反而就雅了，文了，成为艺术品了，你听我的。”说完咳一声嗽，也念了一首道，“阿里巴巴背黑锅，扑通一脚进网罗，一盆狗血泼过来，看你当不当东郭？”

众人鼓掌大笑，杨梅捂着肚子直说笑岔气了。魏子野问：“最后一句像不像谢婆子说的？”

杨梅挣扎着点头道：“像像像，简直就像是谢婆子的话，再把‘东郭’改成‘蠢货’，你就活脱是个谢婆子了！”

阿里巴只管奉承道：“不仅像谢婆子的，还像鲁迅的。”

魏子野提醒说：“好了好了，官司也赢了，心情也好了，诗也做了，人也笑了，要抓紧干活儿了，我就是和周扒皮一样来向大家催工的，到时候可别编不出书来，卖书大王没法交代，就把罪责一竿子打到你们的头上，我可是提前忠告你们了。”

大家一想也是，立刻闭嘴，趴在桌上忙乎起来。阿里巴忽然又说：“我倒突然想了一个选题，把中国从古至今的著名无赖荟萃一书，讲述他们如何讹诈的故事，个案分析，警世警人，最好配上文坛名家的评点，这书也许很好卖的，野哥来做这个点评人吧。”

魏子野一枪将他戳穿道：“我知道你是项庄舞剑，意在沛公，袁飞北无非是一个文坛小无赖，为他大动干戈不值得的，大编辑应有大的胸怀，他射你一箭，你报他一诗足矣。何况这位袁飞北的无赖，又和青面兽杨志所杀的牛二不同，他原本是因为没有作家的才能，却浪得作家的虚名，先是写不出来，后是写了印不出来，受不了身边作家的耻笑，百般无奈，才设下这个圈套让好心而老实的编辑来钻，并非想损人，只是想着利己，而你恰好具备好心和老实这两个标准，又是个编辑，命中注定就被他选中了。若是认真思考起来，这场官司是你的悲剧，更是他的悲剧，导演还是我们的荒唐体制，写不出作品的人还要他当什么作家呢？当了作家还发他什么工资呢？如果所有的人都量体裁衣，能当市长就当市长，会擦皮鞋就擦皮鞋，这样的假冒伪劣的作家也就不消自灭了。*”

阿里巴大受启发说：“听你这样一说，我又想编一本打假的书了，第十章是除了商场的假货，还有官场的假官，情场的假爱，文坛的假作家，肉店的假火腿……”

魏子野说：“更重要的是背后的假主义，如果作者的胆识不是假的，这本书的价值就远远大于无赖者传了。**”

* 与谢婆子在后文中讲如何管理凤凰社作对照，人尽其才，物尽其用，天下一理。

** 这才是一切假的根源。

49

阿里巴了结了这桩官司，浑身轻松，心情一好，又想起离他而去的金铃子来，想她此时远在大洋彼岸，再也不能像过去那样，什么时候想起她了，什么时候就到梦园去和她幽会。他记起了金铃子临行前托他照看妹妹的话，这段时间又是去锅城应诉，又是回社里编书，又是大气大怒，又是大悲大喜，悲喜交加的时候又做着打油诗，竟连电话也忘了给金樱子打一个，便想着等这段日子忙完，把手上的这一批书编完，诸事毕了，再亲自去梦园看看金樱子，于是就玩儿命地加班加点，几乎每天干到半夜过后，次日清早起来又接着干。

这日上班，阿里巴在他桌上的一堆书信中，发现了一个书画院的信封，上面的字迹好生熟悉，拆开看了，居然是袁飞北的一帧请柬，仍称他阿老弟，说近期在京城举办个人书法展，邀请他“明日务必光临，不吝赐教”云云*。阿里巴“哼”地一笑，随手就把请柬连同信封扔进废纸篓里，接着坐下又笑起来。

不料第二天上午，他睡过一夜早把这事忘了，正埋头看着书稿，传达室打电话来找一个名叫阿里巴的，他说他就是，传达室说大楼门口有位朋友专来见他，要他马上出去一下。阿里巴丢下书稿就出了门，远远看见门口停着一辆车，一个年轻人站在车门和楼门之间，分明是在等人，这人好像他在哪里见过，只是一时想不起来，但人家对他的印象却深刻得很，一见面就扑了过来，双手握住他的一只手说：“阿主任您好，请上车，我爸爸要我来接您，他在馆里等着您的。”

阿里巴苦想着问：“你是谁？你爸爸是谁？”

年轻人说：“你们是多年的老朋友了，我们也有一面之交的，

* 看来当日袁飞北跟他握手说『再见』时，是想真的要跟他再见。

就在最近不久，阿主任真是贵人多忘事。先上车，上车我们再慢慢说吧。”

阿里巴被他连劝带拉，弄进车里坐着。司机就把车子开动了，年轻人坐在他的身边，正要对他慢慢说，阿里巴突然从他脸上的两个三角口子里，发现了藏在里面的一对小眼珠子，不觉叫道：“你爸爸是袁飞北？你是他的儿子？上次在锅城法庭上给他捶胸的那个，是你的爱人？”

年轻人笑了说：“正是，您算是想起来了，我就是他的儿子袁依东，上次都是我爸爸痰迷心窍，多有得罪，还望您能看在你们过去的情分上，给予原谅。*”

阿里巴问：“你是给爸爸做说客的吧？”

袁依东说：“不，是我爸爸要我来接您的，请您去参观他的书法是次，借此机会向您赔礼道歉才是主要的。”

阿里巴说：“不必了，你爸爸那几个颤颤抖抖的破字我也看过了，官司也已经了结了，我也没输，他也没赢，吓得他把诉撤了，我的气也就消了，这事也就忘了，以后再也不想记起来了。我还有事，我要下车。”

说着就叫司机停车，袁依东却对司机说道：“这里不能停车是吗？请对直开到美术馆的门前。**”

阿里巴说：“你爸爸没有让你绑架我吧？别说把我送到美术馆，就是把我运到美术馆，我也下车就往回走。”

袁依东不管他说的话如何难听，只当耳朵没有听见，用自己的身子把他挡在里面，让他不能跳车逃走就是。车到美术馆的门口，司机要停，袁依东却让他往前再开一截，把车停到那家酒店门口。阿里巴才又发觉，根本不是请他看那颤抖体的破字，而是请他吃饭，不知又要设下什么圈套，心里越发反感，嘴里冷笑道：“赶快劝你爸爸，千万不要请我吃饭，就说这事本来完了，我已决定忘了，一泡屎不臭了，如今又撩起来臭，谨防我一喝了酒，

* 袁飞北给儿子取名袁依东，那给女儿取的名字应该叫袁靠南。他女儿不是嫁给了《锅城早报》的一个记者吗，第一次发文章诬陷阿里巴就是靠这个女婿干的。

** 有其父必有其子啊！厚黑术有传人了。

脸一抹就不认人，出来就和你爸爸反诉上了！”

袁依东依然不听他的威胁，等车停下，拉开车门，双手架着阿里巴慢慢地走下来，就像保护一位中央首长或者高龄老人，下地后还迟迟不敢松手。

酒店门前早已站了一干子人，袁飞北一个人在最前面，见了他老远叫了一声“阿老弟”，然后就把他的手捉住，一下一下地摇着。* 阿里巴的眼睛不由得一大，门前这干人里除了袁飞北，居然还有一个是凤凰社的王金刚，阿里巴正想着他们两个是怎么勾结上的，再一眼又认出王金刚的身边站着范玉基，范玉基的身边站着周玉莲，周玉莲的身边站着一个艳妆女人，长得有些像她，但是比她年轻一倍，正是那天在锅城法庭喊袁飞北爸爸，双手给他捶胸的那一个，就一下子摸清了这群男女的关系。袁依东这才松开阿里巴的胳膊，抢上前去从女到男地介绍道：“这位是我的夫人范彤彤，这位是锅城书店副总经理周玉莲，这位是……**”

阿里巴打断他的介绍说：“不用介绍了，我都认识，我来给你们介绍一个，这位是凤凰社的前销售科长，现在的下岗待业人员王金刚。”

王金刚一下子红了脸，却仍装着若无其事的样子笑道：“我是被奸臣所害，钱大傻子高薪请来一个陆大骗子，他不把我一脚踹开，他的骗术还不被我一眼看穿，这不和玩魔术的一样，你能站在他的眼皮底下看他搞鬼吗？”

袁飞北滚动着三角口子里的一对小眼珠，一手抓牢阿里巴的手，一手把王金刚赶鸭似的往店里赶道：“什么都不说了，和为贵，斗无益，曲则全，里面请！”

阿里巴自然能够听出，这些三字一句的话都是对他说的，心想这老不要脸的如果真这样想，哪里还有锅城的事！又想着他们的三次相见，两次相别，第一次相见在南长城下，分手时说是“再见”，第二次相见却在锅城法庭，分手时又说“再见”，第

* 应了一句话：人至贱则无敌啊！

** 这位范彤彤应该是范玉基和周玉莲的女儿，读者是否还记得，当初在锅城赵小月入住的酒店房间出现的就是此女。

三次相见又在京都酒店，这次分手，还不知第四次在哪里相见，千万别是监狱或者刑场！

阿里巴口口声声说是要走，但因王金刚在场，最终还是被推进一个雅间，按在上席坐下，而且左边是袁飞北，右边是范玉基，看押要犯似的把他夹在当中。阿里巴对袁飞北说："刚才在车上我就对你公子说了，说和你的案子已经了断，还请我来干什么呢？"

袁飞北笑得没了眼睛道："阿老弟应该学学古人风度，项羽请刘邦赴宴，刘邦不也去了吗？鲁肃请关羽赴宴，关羽不也去了吗？何况我辈还不至于是敌我，怎么说过去也曾是朋友，目前也只是闹了一点儿小小的纠纷，更何况如果想清楚了，还是一个作家和一个出版社之间的矛盾，而不是我和你之间的矛盾。上次在锅城时间太仓促，心情又不好，加上双方误会没有消除，总共只说了几句话，这次我来京都办展，正好是天赐给我们和解的机会，怎么能问我请你来干什么呢？*"

阿里巴冷笑道："我这是一朝被蛇咬，十年怕井绳啊。"袁飞北仍然半点儿不恼，同样笑道："如果我没记错的话，阿老弟整整小我两圈儿，我属蛇，阿老弟也属蛇，我在锅城的早报和晚报上咬了你，你也在锅城的午报上咬了我，一比一平。"

范玉基说："其实我对你阿主任说明白了，你这个客不是飞北请的，而是我请的，可能你还不知道，金刚也没给你说过，我家的小姐彤彤嫁给飞北的公子依东，飞北和我是儿女亲家，又住在一个小城市里，一个写书，一个卖书，你们朋友之间闹了误会，我有责任为你们消除啊！"

阿里巴笑出声道："你不是说不告倒我，决不收兵吗？"**

周玉莲替她的男人说："阿主任啊，他就是一张臭嘴，你别跟他一般见识！"

阿里巴转向她说："可是你不也有一张宣传画，比他那一张臭

* 厚黑之人，总是能找到符合自己的一套说辞，也难为此人啦！

** 当时言犹在耳，现在全然不顾！

嘴更厉害吗？”

范彤彤又替她的父母说：“阿哥哥，等会儿我要敬你一个酒，代表我的爸爸妈妈向你赔情！”

阿里巴仍不客气道：“你的公公叫我阿老弟，你却叫我哥哥，你家一向是乱套的吧？”

范彤彤娇嗔道：“我是看阿主任年轻，阿主任不喜欢做哥哥，那我就叫你叔叔好了，只怕你这个小叔叔还没给我娶婶子呢。”*

说了就当着父母和公公，以及自己男人的面，直向阿里巴飞着媚眼，捂着红嘴嘻嘻地笑。范玉基看不过去，** 这时把话接过去说：“刚才你说到宣传画，我正好要和你说说宣传画的事。”

这时酒菜陆续端了上来，袁飞北首先向阿里巴敬酒，然后是他的亲家和儿子儿媳，一个一个轮流着来。范玉基敬完了酒，偷偷看了王金刚一眼，接着刚才没说完的话道：“有件事情关系到那张宣传画，阿主任如果愿意配合，我们双方都可以在经济上有些效益。”

阿里巴眉心一跳，斜眼望着他说：“还有这好的事情？有话你就直说了吧。”

范玉基见他脸色有些红了，心里计算了一下他喝的杯数，便大着胆子直说道：“事情是这样的，这次你和我亲家的这个案子，冷审判长都对我讲了，之所以不赢不输，打了个平手，原因就在那张印错了作者名字的宣传画，不是出版者印的，而是销售者印的，如果原告重新起诉，你承认是你们安排的印厂把袁飞北印成了哀之兆，我亲家就可以获赔一大笔钱，那时候他就从中拿出一半，作为你的报酬。***”

说完就死死地盯着阿里巴的红脸，袁飞北领着满桌子的人，也都用这样的眼光把他盯着，坐在对面的王金刚站起高大的身子，抄起一双公筷，夹了一只红亮亮的油焖大虾，放在阿里巴的碟里，然后坐下来也那样看他。阿里巴看虾一眼，又看范玉基道：

* 这一家小丑登台，一个替一个解围，其丑态栩栩如画。

** 袁飞北和袁依东竟能看得过去！

*** 自己被钱迷了眼，不要脸，以为天下所有人都跟他们一样，见了钱就什么都不顾了，所以才能有此奇想。

“估计能有多少？”

范玉基把手里的筷子架成一个“十”字，轻了声说：“至少有这个数吧，也就是说，你只需说一句话，至少可以得到五万块钱。”

阿里巴低下头想了想，忽然又抬起来，望着给他夹虾的王金刚问：“你认为呢？”

王金刚做出一副莫名其妙的样子，眨巴着眼说：“你们刚才说的什么，我连一句也没有听到，我这人只顾着吃。你也吃呀，大家都吃呀！*”

阿里巴又望着袁飞北说：“你肯定听到了，你认为呢？”

袁飞北说：“我听是听到了，只是不懂，我是个纯文学的作家，在经济学上是个白丁，**玉基玉莲是开书店的，他们替我和你商量一下，定个大体方案就是。”

周玉莲一直在观察阿里巴的反应，这下听到亲家点到她的名字，便及时地插一句说：“如果阿主任觉得自己在社里工作，这样做要担一定的风险，相比之下报酬嫌少，那么我们还可以把五五调为四六。”

阿里巴问：“什么四五六的，我闹不懂。”

周玉莲解释说：“五五就是甲乙双方各占一半，四六就是甲方占四乙方占六，就说获赔十万吧，袁先生得四万，你得六万，数额越大，你得的越多。”

阿里巴让自己理解着说：“什么经济学，不就是小学数学里的比例分配，市井商人中的利润分成吗？”

满桌人都笑了，气氛一下活跃起来，范、周夫妇几乎同时拍手，同时笑道：“阿主任是个聪明人，一听就懂。”

阿里巴说：“别表扬我，我还想问有没有三七二八或者一九的？”

夫妇二人又同时一愣，同时看了袁飞北一眼，范玉基首先笑

* 跟当时和赵小月见范玉基时如出一辙，这王金刚也是，连说出的话都懒得改一下，想必是这句话太熟了，说了很多次，每次遇到相同的场景就脱口而出。

** 这算是把厚黑之术发挥到了极致！

了道："阿主任是和我们开玩笑的，袁先生毕竟是原告，明着在外面使劲儿，你毕竟是被告，暗着在里面使劲儿，书又是袁先生写的，袁先生再不能少于四成了。"

阿里巴点了点头，又想了想，笑着转向王金刚问："这个里应外合的主意是谁出的？莫非也是个里应外合的人？*"

王金刚麻木着一张脸说："怎么你又扯到了我的头上？你们说到哪里去了，我还是一句都没听到。别光说不吃，吃呀，喝哇，我俩也来碰一杯吧，我这是借花献佛！"

说着他自己动手，端起杯子斟满了酒，起身举到阿里巴的面前要和他碰。阿里巴也站起身来，用手挡住他说："我俩要喝回去再喝，今天这是人家的酒，它不是花，我也不是佛，我只承认我是个正大光明的人，不愿做这种里应外合的事，请你原谅，也请在座的各位原谅。"

王金刚见他不给面子，又当众说出这样的话来，分明是把事情挑开了，态度也亮出了，刚才还是笑着的人，说翻脸就翻脸了，就也把脸一翻说："你是个正大光明的人，难道我就是个偷鸡摸狗的人不成？你喝就喝，不喝拉倒，我告诉你，我跟赵头儿在锅城喝酒，说喝多少就喝多少，一口一杯，一口一杯，你一个小阿里巴算什么？"

阿里巴说："我知道你俩在锅城喝酒封官的事，你俩感情深，所以一口吞，我俩感情少，何必吵吵吵呢？"

王金刚听他说到喝酒封官，就好像被人捅了一刀，顿时脸红脖子粗，缩回手来，连杯带酒叭的一响砸在地上，指着他的鼻子尖说："我也知道你跟那个野人好，他夺了我的位子，害我去受他妈的一个吹牛大王，一个江湖骗子的欺负，上次在酒店里面，我一顿还没有把他打好！"

阿里巴仰天叹道："真是可怜，真是可怜哪，一张可怜的桌子，有人躲之不及，有人趋之若鹜，这个世上总有比桌子更可怜

* 这次阿里巴是够清醒，但也希望够果断。

的人！可是你无论怎么恨魏子野，恨钱思奇和李中国，无论怎么怀念赵小月，也不能想出这样的毒招坑害自己的社，你就是一条狗，也是这条船上的狗啊！*”

王金刚见他一语道破，勃然大怒，嘴里喊了一声“操他妈的”，双手在桌下用力一掀，一桌杯盘碗碟就哗啦啦响着碎在地上，连同酒菜溅了半个雅间。** 满桌子人都吓得呼地站起，一个个身子迅速退后，屁股贴在墙上。阿里巴迎着王金刚那两只愤怒的红眼，冷笑一声走了出去。袁飞北和范、周夫妇，以及浓妆艳抹的范彤彤都傻站着，目送阿里巴出门的背影，只有袁依东一人最先醒过神来，拔腿就往出赶，赶到门外拦住阿里巴说：“现在我实话告诉你，今天这事都是我岳父范总的策划，你要回去说是王金刚叔叔，我就告你想强奸我的妻子！”

阿里巴坦然一笑道：“你要告我强奸你的妻子，我就反告你的妻子诱奸我，在你爸爸和我喝酒的时候，她假装过来劝酒，在我身上摸了一下，在她爸爸和我喝酒的时候，她又假装过来劝酒，又在我身上摸了一下，你不知道，这是真的！”

袁依东一下愣着，脸上红了又黄，接着突然变白，压低嗓子吼道：“你敢诬告我的妻子，我一定让你败诉！”

阿里巴打赌说：“我败不了的，上次你的爸爸在你们锅城法院，花钱送字都没打赢，何况这次他的儿子在我们京城法院，赤手空拳还想打赢？别忘了这次不是上次，没有《锅城午报》做连带被告，我的户口和单位所在地都是北京。”

阿里巴说完这话，轻轻推开袁依东挡道的身子，大步走上马路，向一辆侧面开来的出租车挥了挥手。***

* 不骂袁飞北，反骂王金刚，阿里巴是个明白人，如无王金刚们这些无耻之徒，袁飞北们也少了可乘之机。

** 阿里巴正是要借王金刚的力，掀翻这桌鸿门宴。

*** 吃一堑，长一智。阿里巴可算是成长了！

50

阿里巴记着金铃子走前，对他说过的话，一有空闲就想去照看她的妹妹，然而每次在电话里，金樱子都对他冷冰冰的，好像金铃子一走，他就也该走了，他无非是金铃子随身携带的一件行李。阿里巴有时候不免猜着，金铃子也许是永远不回来了，她是想让她的妹妹来顶替她，重演一个姊妹易嫁的故事，又不便对他直说，只能用这种方式向他做出暗示。这样一想，他就心潮澎湃起来，在自己的脑子里面，把这姊妹二人进行全方位的对比，一遍又一遍的，对比的结果是，这两个美人儿虽然不同，却各有其妙，只是金樱子如果再像她的姐姐，对他多些温柔和缠绵，那简直就更好了。于是就试着给金樱子打电话，希望这次她能热情洋溢，和他心中所想的一样，但是电话里她的声音一传过来，却仍和过去没有什么不同。阿里巴的心就像一杯热水融进冰里，耳听得嗞嗞地响着，温度迅速地降了下去。*

*侧面写出阿里巴一直没去看金樱子的原因。

这天正好接到金铃子打来的越洋电话，不等她开口问他，他就坦白地对她说了，说是自她走后，他还没去见过一次金樱子。金铃子听了长久无语，阿里巴知道她伤心了，就拼命地向她解释着，说他觉得金樱子一直是恨着他的，过去是碍着她的面子，才勉强地应付着他，他担心她这一走，金樱子就不会再理他了，甚至还会对他施加报复。金铃子又沉默一阵，然后轻轻叹口气说："原来你还是一个傻子兼懦夫，原来你还是这么看待我们的！"

说完这话又聊了几句其他的事，并且笑了起来，分明是在作着掩盖，让两人都转为愉快和轻松。阿里巴想起第一次随她去梦园时，两人好像庄周和惠施，在院口戏争着"子非鱼，焉知鱼之乐"之类的问题，暗自感到好笑。他领会着金铃子的每一句话，

* 借此引出魏子野评论美人一节。

她说他是傻子，还是懦夫，而且不该那么看待她们。最后她说到金樱子时，使用的是“我们”，就是说她和金樱子是一体的，她自然理解她们自己的思想，眼见着他把她们的思想误解了，她感到可叹。如此说来，她的妹妹金樱子莫非真是一条姐姐能懂，他却不能懂的美人鱼？阿里巴又想起这个风情万种的女人，趁着这会儿编辑部里没人，他打开抽屉，从一个笔记本里取出一张金铃子的照片，笼在手里痴痴地看着。正在这时门推开了，阿里巴吓得双手一抖，照片掉进了抽屉里，扭脸一看是魏子野，便松了口气笑道：“我还以为是杨梅呢！”

魏子野说：“偷看一个女人的照片，为什么害怕被另一个女人偷看呢？”

阿里巴不好意思道：“这个原因是说不清道不明的，可能是害怕她的一张嘴吧。”

魏子野笑道：“男人就没有一张嘴，东方白就没有一张嘴吗？你说的这个原因一攻即破。其实连你自己也不知道，你的意识深处隐藏着一种想法，就是你不希望这个女人发现你喜欢别的女人，你愿意让这个女人认为你是喜欢她的，哪怕她的这个认为仅仅是误认为。”

阿里巴把他这话想了一阵，才想明白，慌忙摇头说：“我哪里会有这种想法，有本事你把我的意识掏出来，也让我认识一下自己。”

魏子野说：“刚才我已经掏出一部分了，等会儿我再给你深掏一次，保证你会一样一样地认领，不得不服。你先把抽屉里的女人照片拿给我看看。”

阿里巴想起来道：“其实你是见过她的。”

说着老老实实拿出金铃子的照片，递给魏子野看。* 魏子野把照片粗看一眼，嘴里说了个“哦”，接着又左看右看，远看近看，看够了皱着眉问：“好像还真是她，上次匆匆忙忙没看好人，现在仅看照片，我怎么就看不出她有你说的那么美呢？”

阿里巴不觉愣道：“你不妨再仔细看看，我自信我看女人是有眼力的。”

魏子野又仔细看了一遍，忽然点头道：“我明白了，因为我非情人，所以她非美人。”

阿里巴更加愣道：“你的意思是说，她无非是情人眼里的一个西施？”

魏子野说：“如果是天下人眼里的美人，那就得符合一种天下人定的标准，不管是古典美人，还是现代美人，也不管是东方美人，还是西方美人，因美人类型而异，所定标准也不尽相同，你的这位是哪类型的？”

阿里巴想了想说：“当然是东方型，古典型的。”

魏子野手握照片，逐一点评道：“如属这类，天庭就应再饱满一点儿，额角应再宽阔一点儿，《诗经》中说美人‘扬颜’‘螓首’，前额长得像蝉的头，也就是现在说的有点儿锛儿头。‘广扬而颜角丰满’，但头颅的骨骼并不能大，身体四肢同样如此，《楚辞》中主张‘丰肉微骨’，司马相如作《美人赋》，也说是要‘弱骨丰肌’。另外，林妹妹的那个病蔫蔫的样子，把美人的标准带进了一个误区，其实美人的下巴不应该是尖的，窄的，而应该圆的，宽的，《诗经》中要求‘硕大’，屈夫人在《楚辞》中赞美‘曾颊’，曾者，重也，那就是美人还要长个双下巴。徐渭写《眼儿媚》，也说是身上的肉多些好，‘粉肥雪重，燕赵秦娥’，后人评论这八个字，包尽了天下美人的体貌。而上面说的这些，你的这位美人都不具备的。”

阿里巴哈哈大笑道：“锛儿头，双下巴，又肥又重，那不是像头母猪了？我可不要这样的美人，我宁可要我的金铃子！”

魏子野这才笑道：“我看你是个痴情种，原本想用这个办法，把你渡出无边情海，想不到你陷得很深，不能自拔，他人也不能把你拔出来。可是伊人已经走了，在水一方，人家又是个有主儿的，除非是二十年前有人用造她的模子，又给你造了一个，像是克隆一样，原件运走，把仿品留在你的身边。”

阿里巴两眼直瞪着他说：“你是不是知道这里有她一个妹妹？”*

* 魏子野只是随口一说，阿里巴心有所期，才会有此一问。

正说到这里，杨梅和东方白从外面进来，杨梅故意放高声音，问阿里巴说：“又在打听谁有一个妹妹？”

阿里巴随口胡诌道：“真是不好意思，说的就是你，野哥说美人的样子应该是锛儿头，双下巴，身上的肉还应该多，我一听就往你的身上想，可惜你已是在水一方的伊人。”

杨梅不相信道：“天知道你又在背后说谁的坏话！谁是锛儿头双下巴还一身的肉，我有那么丑吗？”

阿里巴说：“谁说身上有肉就丑了？杨贵妃没谁漂亮？”

杨梅笑道：“谁是贵妃？明知我瘦，真说我好，说我是飞燕还差不多！”

阿里巴努力正经道：“不能当赵飞燕，外国人是不喜欢瘦美人的，应该说你是处在环肥燕瘦之间的一个美人，刚才野哥已经作为个案分析过了，还说是‘摽有梅，其实三兮。求我庶士，迨其今兮’，直叹息一颗可爱的梅子，就要被一个外国庶士捡走了。”

杨梅看了魏子野一眼，见他面无表情，半信半疑道：“真的是在说我，我也还没老到那个程度，树上最少也是‘其实七兮’，不会那么着急来人捡我吧！”

大家热闹一阵，阿里巴趁着话题已经转开，把金铃子的照片火速放回抽屉，锁结实了，又正正经经看起稿来，耳边却总回响着魏子野说的话，心里想着那个仿品。当天下班之前，就准备了几本近期出版的新书，吃罢晚饭，直接乘车去了梦园。

金樱子开门见是阿里巴，初时微微一愣，接着淡淡一笑，既不怎么欣喜，也不怎么惊讶，说了声“请进”，就把他放了进去。阿里巴发现屋里预先已有了两个人，坐在客厅沙发上聊天，见了他一齐站起身来，金樱子为他们做着介绍道："这两位都是我的师兄，都是在读博士，都姓王，他叫王洪，他叫王秋吟，这位是我姐姐的朋友，凤凰社的编辑阿里巴先生。"

阿里巴和他们一一握手，觉得那个名叫王秋吟的，好像他在哪里见过，那人也在扶着眼镜仔细看他，阿里巴从他镜片后面的那一双眼睛上，忽然认了出来，原来就是那个曾经为小郎搞过图书宣传的博士，便一下笑道："这位王秋吟博士，是不是别号秋竹？"

秋竹也认出他来，简练地说："世界真小。"

金樱子望着他俩发了怔说："你们认识？是朋友还是熟人？"

阿里巴模仿着他的方法答道："后者。"

说完自己忍不住笑了，找个位置坐下，从书包里掏出送金樱子的书，特意从中抽出那本《黄村》，指着印在封面上的那几句话，笑着对金樱子说："这就是你这师兄的杰作，不仅使本书成了一本黄书，还使我成了一个因为编辑黄书而受到批评的人。*"

秋竹的脸马上红了，慌忙伸手在阿里巴的肩上拍拍，示意他别提这事。金樱子一见这位师兄成了这样，越发好奇，从阿里巴的手里接过那一本书，一字一字看着封面上的文字，逼他讲出事情的原委说："原来你俩还有这场奇缘，快从头说给我听听。"

阿里巴看了秋竹一眼，却见秋竹的眼睛正向金樱子看，脸上的颜色已经红中带紫，犹豫了一下，最后还是如实说道："说起来话长，当初还是你姐姐的媒体作用，因为我们国家出版社的人端的是铁饭碗，长的是老爷脸，管印制的印的书贵，管销售的销不出书，你姐姐为了帮我，把她们报社一个名叫小郎的朋友介绍给我，做这本书的总销售人。而秋博士正好给小郎做图书策划，两人就瞒着我们，把这本其实很乡土的书策划成了这个样子，作者倒是一夜成名，销售者也发了大财，只是害我代人受过，如果今天不是在你这里见面，我是不会再理他了。**"

* 博士为了五斗米而做的不堪之事。

** 阿里巴直肠直性，说话毫不遮掩。

秋竹硬着头皮一笑，双手抱拳，对他拱一拱说：“这是我们的营销策略，真对不起。”

阿里巴问：“这个策略要值很多钱吧？”

秋竹深沉地坐着，并不回答。金樱子皱眉道：“真是俗不可耐！”

王洪博士觉得由于这个光头的到来，打破了他们原本很好的气氛，形势急转直下，现在对他的师兄相当不利了，便想办法打圆场说：“樱子师妹，今天我们正好是四个人，大家不妨来玩玩儿扑克吧，边玩儿边聊天。”

阿里巴最讨厌打扑克，就推辞道：“你们三人打吧，我不会打扑克的。”

王洪博士笑道：“据我所知，在中国的十三亿人口中，不会打扑克的人微乎其微。”

阿里巴说：“我就是那种微乎其微的人，一直都对它没有兴趣。这玩意儿虽然是西方人发明的，可它的体制却是封建社会的一套，大王永远是最大的，小王永远是老二，哪些人物有资格挂像，哪些人物连脸都不应该要，我真怀疑它也是中国的发明。*”

金樱子在他面前一直严肃着的，这时没有憋住，“扑哧”一下笑出声说：“恐怕不玩儿扑克不是因为这个，而是根本就不会玩儿吧？”

王洪博士就说：“那我们来玩麻将好不好，麻将可是我们中国的文化，博大精深，没有大王小王，也没有一帮贵族，只要组合得好，每一线牌都可以成就大事，正好符合阿先生的民主意识。**”

阿里巴一听麻将，就想起凤凰社那帮打麻将成瘾的人，想起谢婆子说的那个打麻将的荤故事，不觉又笑道：“惭愧得很，正因为麻将文化太博大精深了，所以我也不会打。不过王博士说得对，尊重民主的西方发明了君主专政的扑克，固守封建的中国却

* 这个评论倒是新奇，也许正是在现实中不能集权力于一身，就在游戏中获得，才有此发明。

** 此发明的主旨或许正好和纸牌相反，现实中都被一级一级压制着，那就在游戏中获得平等和公平。

发明了轮流坐庄的麻将，这真是一种有意思的现象，也许此前还没有人作过研究和比较，你可能和你们的导师一道写部论著，书名叫作《中西方桌上游戏之初探》一类，解剖一下中国麻将与从政、经商、交友，包括在交结异性朋友中所起的作用，写好了交给我出版。”

王洪博士看了身边的秋竹一眼，见他仍阴沉着脸，似乎发誓要把沉默进行到底，怀疑阿里巴的话十有八九，是冲这位师兄而说的，便替他以攻为守道：“阿先生真是一个好编辑，随时随地想的都是编书，简直都有职业病了，每年的薪水一定不少吧？”

阿里巴说：“哪里哪里，其实和你们一样少得可怜，连到这里来还坐公共汽车。但若是为了年薪，我还不如向秋博士学习，把才智卖给商人，一下水就会捞起鱼来，可是这和玩儿扑克麻将一样，我也不会。*”

三人话不投机，秋竹的脸色越发不好，看得出他是看在金樱子的面上尽力忍着，王洪估计再谈下去必有风险，就转脸对金樱子说：“樱子师妹，我们今天已玩儿好了，按照先来后到的顺序，前客让后客，让阿先生再待一会儿，我和秋吟先告辞了。”

说罢眼睛看着金樱子，身子就坚决地往起站着，下面却用手悄悄碰了一下秋竹，示意这是假的，要他稳住别动。秋竹就大智若愚，坐在那里顺手拿过一本书看，装作什么感觉也没有的样子。阿里巴看在眼里，嘴上笑道：“你们是两个什么博士，还默守着先来后到的陈规，现实中多的是先来后走，后来先走，走而不来，来而不走的事，还是你们留下和师妹玩儿扑克吧，我回去还有事要做呢，改日我再来看樱子妹妹。”

接着也站起身来，王洪见他真的要走，就站着不动了，低头对秋竹做了个眼色，等着金樱子如何裁决，表态让谁先走，就此可以从中试出，阿里巴和秋竹二人在她心中的位置。谁知金樱子却谁也不看，长长地打了个呵欠说：“我什么都会玩儿，可是我今

* 没想到王洪的进攻不但苍白无力，却给了阿里巴反击的机会，而且一语中的。

天什么都不想玩儿，我想一个人去看一会儿书，阿编辑给我送来这么多好书，尤其还有我师兄参与策划的，我总得好好地拜读一遍吧，阿编辑你不要走，有什么看不懂的地方，我还要当面向你请教呢。*”

说完就抱着一摞书走到另一间屋里，剩下他们三人面对面地坐着。二王都感到有些意外，不知道金樱子姐姐的这位光头朋友，和她这个做妹妹的到底是一种什么关系。阿里巴也感到有些意外，反反复复地琢磨着她刚才的话，分明和她的两个师兄不同，是希望他留下来和她说话的，心里竟一下子激动起来，再也不提回去的事了。转而去注意秋竹的表情。见他眼镜几乎贴在书上，却迟迟没有挪动一行，脸上颜色时红时白，好像受了刺激，胸脯大幅度地起伏一阵，这样过了很久，最后他放下书来，终于站起身子，极不自然地对金樱子说了一声：“那么樱子，我们就先走了！”接着又对阿里巴说，“阿先生，失陪！”

王洪博士也只好跟着起身，和阿里巴握手告别道：“我们和师妹在校园朝夕相处，你俩再多聊一会儿吧。**”

金樱子果然没有挽留二位，抢在阿里巴的前面，把他们送出门外。

阿里巴内心已经喜出望外，等着金樱子重新回到屋里，关上门后，他却站起来怯怯地眼望着她，搓着两手，声音颤颤地问道：“真是对不起人，要不我也……走吧……？”

金樱子并不正眼看他，板着脸说：“谁留你了？我是要等着和你算一笔账，然后你再走不迟，你跟我来，看看你掉在我家的东西！”

阿里巴刚刚的喜悦一扫而尽，心里又打起鼓来，既看不透她的脸色，也听不懂她话里的意思，乖乖地跟她走进金铃子住过的卧室，见她掀开被罩，移动枕头，从下面拿出一本薄薄的书来，往他怀里扑地一丢说：“物归原主，你拿走吧！”

* 孰亲孰疏，由此可见。金樱子这是明显向二王下了逐客令啊！

** 言外之意是他们与金樱子更亲近，近水楼台先得月，希望阿里巴知难而退。

阿里巴接过书来一看，满脸一下子红如猪血，心口乱跳，喉咙里都快出不过来气了，恨不得打开窗户，从楼上一纵身跳了下去。原来这书正是他从地铁书摊悄悄买来，和金铃子一起阅读的《素女经》，最后一次看过之后，他竟一时疏忽忘了带走。

傻呆呆地站了一阵，他小声向金樱子求情说："樱子妹妹，原谅我吧！"

金樱子面向墙壁，背向着他，不让他看到自己脸上的表情，用冷冷的声调对他说："真想我原谅你，你得老老实实地回答我一个问题，我问你，在你那颗乌七八糟的心里，我和我姐姐有什么相同，又有什么不同？"

阿里巴无法看见她的脸，只能从声音里判断她的生气是真是假，他鼓了一下勇气，小着心问："你得先答应了别把我赶走，我才敢告诉你。"

金樱子面壁说道："我答应你，说吧。"

阿里巴方才又嬉笑说："相同嘛，是两人都美丽可爱，令人心动；不同嘛，是你姐姐属于楝科，性寒味苦，疏肝理气，止痛祛虫，而你则属蔷薇科，性平味酸，功能是，是……"他打住不敢往下说了，因为再说就是"固肾涩精，专治梦遗"之类了。

金樱子猛地转过脸来，本想怒目而视，但一看到他那故作吓呆的样子，顿时一口笑了出来说："看不出你这个风流浪子，居然还懂得一点伟大的祖国医学！"

阿里巴好不容易看见她笑，立刻心花怒放道："岂止是懂一点，我还知道你哥哥金龟子是昆虫科，是害虫呢！"

金樱子说："对了，你这一说我倒想了起来，听说我有个害虫哥哥小时候被一个坏人带走了，该不就是你吧？"

阿里巴将计就计，扑过去双手抱住她道："就是就是，你就是我的妹妹，快让哥哥抱抱你吧！"*

* 这下反应倒是快，不再畏首畏尾。男人惯技，一旦在女人面前看见一点阳光，马上就会灿烂起来。

51

罗伯特跨国文化集团派来的首席谈判代表，竟然是罗伯特总裁的弟弟小罗伯特，这位风度翩翩的德国青年一出现在凤凰社的门口，社里很多人都认出他来，因为一逢周末，他就开车来这里接走杨梅，还陪杨梅去过一次火葬场，参加自杀的青年诗人于剑的遗体告别。钱思奇却是第一次见到他，也是第一次听说他和杨梅的关系，灵机一动，让人通知杨梅也来参加谈判。杨梅心领神会，选了个钱思奇身边的位子坐下，望着对面的小罗伯特，静听双方的争论和建议，面带微笑，一言不发，直到双方为“共投资金，共担风险”的比例，迟迟达不成共识的时候，她才说了一句非常简单的话。杨梅提出让罗伯特集团担负百分之八十，而凤凰社担负百分之二十，原因是为了充分地尊重对方，同时让对方享有最大的获利机会。* 小罗伯特带来的助手听得连连耸肩，却听首席代表慷慨地表示了同意，脸上的微笑和中方小姐一模一样。谈判完毕，稀里糊涂的助手悄悄问小罗伯特道：“你是不是一下子就爱上她啦？”

小罗伯特巧妙地回答说：“是的，我一下子就爱上了这只凤凰。”

钱思奇对第一轮谈判非常满意，觉得自己实在英明，关键时让杨梅在里面发挥了作用。双方确定明天的此时，仍在此地举行签字仪式。然而小罗伯特刚出大楼，郭铁汉就板着脸告诉钱思奇，说是部里曾经下发过一个红头文件，有关意识形态方面的中外合作，须经部里审查特批方可，除此之外严令禁止。钱思奇听着一愣，问道：“谈判时你就坐在我的身边，还用笔在本子上做着记录，怎么不提前给我通个气呢？”

* 杨梅虽然与小罗伯特是男女朋友，却在这时完全站在凤凰社一边，保证凤凰社的利益，特此与赵小月、王金刚之流的损公肥私行为作对照。

郭铁汉反问道："你怎么也不提前给我通个气呢？直到我拿出笔和本子，才知道你们是谈这方面的合作。"

钱思奇想了想说："我和李中国商量这事的时候，你还在部里没有调来，我怎么和你通气？"

郭铁汉说："就是决定谈判之前，给我打个招呼也可以，包括这么重大的一个谈判，你让一个年轻的女编辑也来参加，还随便插话，这我都是不知道的。"*

钱思奇忍着火说："原来你是怪我没有事事向你汇报！那个女编辑是谈判代表小罗伯特的女朋友，我是临时才知道的，利用这个关系增加德方的投资风险，这件事做错了吗？好吧不说这个了，你说这事须经部里审查特批，那你现在就写个报告，他们什么时候批得下来？"

郭铁汉说："根据以往的经验，我看少则三个月，多则半年。"

钱思奇转而又生这个气道："等他们批下来时，不说德方可能又会变卦，我们自己也白浪费了工夫！"

郭铁汉说："有可能是这样，但这是原则，我们是不能违背这个原则的。"

钱思奇赌气道："如果为了社里的利益，我个人要坚持这样做呢？"

郭铁汉直视着他的眼睛，无比冷静地回答他说："我必然会向部里如实报告，部里必然会撤销你的一切职务。"

钱思奇也冷静了一下，忽然又问："你刚才说部里曾经下发过一个文件，那个文件怎么我没看到？"

郭铁汉趁这机会，又在吴诗言的头上栽了一赃道："这话你得去问你的总务处长，只怕是不仅一个文件，很多文件你都没有看到！"

钱思奇牙齿咬得咯咯地响，这一刻把吴诗言恨入了骨髓。由于郭铁汉的坚决阻止，凤凰社和罗伯特集团的合作尚未开始，便

* 又一个内部的壁垒，走了一个赵小月，来了一个郭铁汉。奈何！

⊙放声歌唱　陈应松 绘

告结束，郭铁汉打电话通知小罗伯特，由于不可抗拒的双方以外因素，明天的签字仪式暂时取消，何日续谈将另行约定。[*]小罗伯特不好向他的总裁哥哥交代，又打电话质问杨梅说：“看在你的脸上，我让公司吃了那么大一个亏，差点儿成了汉奸卖国贼了，你们怎么还人心不足蛇吞象？”

杨梅也想不通，哭笑不得道：“什么看在我的脸上，应该说看在我的面上！我们这里的事情复杂得很，以后我俩都别介入了吧，你到垂钓园见过钓鱼没有？社头儿是把我当作钓饵，用我来钓你这条大鱼，可是鱼钓上来了，他又想去吃熊掌了。”

结束了和罗伯特跨国文化集团的关系以后，凤凰社立刻转向和国内龙公司的合作。龙公司的总裁戴友仁先生，是钱思奇在英国认识的朋友，两人见面一拍即合，本着强强联合，优势互补，资源共享，利益均分的原则，双方签字约定，凤凰社投资人力，龙公司投资财力，全面出击，打开市场，力争在一年的时间内，打一个改变命运的翻身大仗，以龙带凤，让这只断翅的凤凰重新起飞[**]。

首批新书印出来后，实力强大的龙公司出面，召开了一个大型图书订货会，将全国三千六百家书店的人都请来，管吃管住，赠送礼品，在席上戴友仁亲自举杯，请大家宴罢填写订货单，少而不拒，多多益善。各书店来参会的多数是经理和副经理，少数也是可以当家的销售人员，一看这些书都不是课本教材，连辅助教材也不是，完全不和过去的销售对路，直害怕销不出去，就犹豫着不想订货。可是碍着总裁戴友仁的面情，又吃了人家的嘴软，拿了人家的手短，只得提出先要一些回去试试，如果销完，回头再要，如果发生了意外，就把积书退回来。戴友仁坚信这些都是好书，一旦发运出去，接下来就是洛阳纸贵，再版再印，便一口答应，不用签订协议，就把书发往全国各地。

谁知过了一月，各地纷纷来电告急，说是前去买书的人，都

* 内部力量的掣肘，纵有再英明的策略也无济于事，再好的合作方案也付诸东流！

** 钱思奇为了这只凤凰，也算是殚精竭虑，无力回天了！

是学生以及家长，除了教材，一眼也不往文学图书上看，如何动员都不肯要，后来和其他书店联系，好歹才转售过去一些，对方还不肯及时付账，说要等到卖得一本不剩时再结算。戴友仁大惊失色，马上组织人来盘点，发现所有新书仅发出去十之一二，还有十之八九不是压在自己库里，就是存在印刷厂中，正盘点着，又得知先期替凤凰社发出去的旧书，也一批一批地被人家退回，新的没去，旧的又来，新旧混杂，新也成旧，这才感到隔行如隔山，世上没有包打天下的好汉，立刻通知钱思奇，停止一切图书的编辑运作*。

钱思奇一切的指望，都集中在陆为码一人身上了，立刻去找这位卖书大王，由销售科升作的销售处里，却找不到他的影子。其他的人也不在，只有张洁一个坐在电脑台前，正用鼠标点击着屏幕里的纸牌，猛地看见钱思奇走到背后，吓得一个激灵站了起来，用身子去遮挡电脑，又只能遮挡住一半。钱思奇急着要找陆为码，只草草往她身后瞟了一眼，看见屏幕上花里胡哨的一片，却认不清那是什么东西，还以为是一些书的封面，**便对她说："忙你的吧，我找你们的陆为码，陆为码到哪里去了？"

张洁出了一身虚汗，一颗心落下来道："你问我们陆处长？我们陆处长到书店去了，我们陆处长说他去和书店经理谈一件大事。"

钱思奇一听书店和大事，心里踏实了一些，听她一口一个我们陆处长，想必陆为码在这里很有威望，就彻底踏实了，也以张洁的口吻说："等你们陆处长回来了，你让他到我这里来一下，说我找他也是谈一件大事。"

张洁巴不得他快走，不等他话落音就回答说："我会告诉我们陆处长的！"

钱思奇快要走出门时，猛地记起张洁过去是个出纳，为了安排陆为码的老婆白芍，才硬把她的出纳卜了，安插到这里来，如

* 文学类的书给了专门卖教材的销售商，这钱思奇的脑子里都在想什么？

** 能把纸牌看成图书封面，这钱思奇也是够奇的。

果按一般人的思维定式，或多或少会有些想不通的。然而她却一点儿都没有，不仅不怨恨陆为码，反倒对他如此敬重，心里对她就有了好感，回头关心了她一句说："从财务调到销售，你有没有意见？"

张洁笑眯眯地说："财务是科，销售是处，秃子跟着月亮走，我跟着陆处长沾了大光，升了一级呢，我还有什么意见？*"

*反话正说，钱思奇竟然没听出来！

钱思奇也笑了说："真没意见就好，如果假没意见，就请你顾全一下大局，为全社着想，为我着想，为你自己着想，为我们一百个人的前途和命运着想，要留住他这个人才，必须这样安排他的夫人，为了安排他的夫人，必须要这样付出牺牲！"

张洁懂事地说："只要能让他高兴，全心全意为我们社干事，别说让我把一个出纳让出来，就是让我把一条命让出来，我也会让的呀！"

钱思奇听她说得这样悲壮，这样凄切，心里不觉一酸，差点儿流下两滴泪来，嘴里却硬着说："我代表全社人民，谢谢你了！"**

**钱思奇竟然听不出张洁话里的真假，这个夫子真是一头扎进圣贤书，不知外界狗猫事！

张洁等他一走就关上门，又在电脑里玩儿起了纸牌，一边玩儿一边暗自笑着，觉得他们刚才的对话就像演戏，真是有趣得很。正在得意，听得背后又来了人，这次她有了经验，首先把电脑里的纸牌退了，然后回头去看，却见进来的是陆为码，便从容地和他打招呼说："陆处长回来了？钱头儿刚刚来找过你了，说有大事，让你到他那里去。"

钱思奇回到他的办公室里，恰好白芍推门进来，给他送一张资金收支平衡表，说是黄莲花让她送的，一字不多地说完这几个字，就屁股一扭走了出去。钱思奇正要问这表是干什么的，门口的人已没有影了，心想这个环保女人派头还挺大的，不过只怕她也是个外行，就自己拿起那张表来，用手指着慢慢地看。表上一会儿是出去的钱，一会儿是进来的钱，一会儿进来的钱又出去了，一会儿后面出现一个大窟窿，收支无论如何也不能平衡，钱思奇看得莫名其妙，脑袋发麻，却像面对一张秘密图纸，怎么也看不懂。正在这时陆为码走进屋里，便趁这机会站起身来，为他端座递茶道："夫人前脚刚走，你怎么后脚就来了，来来来，坐下帮我看看这张鬼表。"

陆为码疑惑道："不是你告诉张洁让我来的吗？"

钱思奇方才想起，刚才他是去找过陆为码的，这张鬼表把他的头都看昏了，就抱歉道："是的是的，听说你到书店谈大事去了，我就知道你是去忙工作，看来你这个人才我是要对了，形势怎样？"

陆为码看样子在书店谈事谈渴了，坐下来接过茶杯，咕咚就是一口，烫得直哈气，嘴里说出一串话道："形势大好，不是小好，也许比你们以往任何时候都好，可以说是形势相当喜人！*书店赖总是我的老朋友，我的事就是他的事，只来了三圈儿，事情就基本上搞定了，我输了他一个数，他要了我十个数。"

边说边又试着喝了一口。钱思奇只看见陆为码手也是动，嘴也是动，从嘴里叽里咕噜出来一些数字，却像是对那张资金表一样搞不明白，就问他说："什么三圈儿，什么一个数十个数的？"

陆为码放下杯子笑道："钱社长真是一心扑在工作上，社会上的事都一概不知，**三圈儿就是我陪赖总打了三盘麻将，一个数就是我输了赖总一万块钱，十个数就是赖总要了我十万册书。"

钱思奇圆睁两眼，大为意外道："你不是出去忙工作吗，怎么变成打麻将了？你输他那么多钱，你用什么还他？"

陆为码的眼睛睁得比他还圆，比他还意外道："现在出去工作不打麻将怎么行？不输钱怎么行？不是一方打不过另一方输给他，而是一方有求于另一方故意输给他，这叫放水，只有这样做才不是行贿受贿，一方才能大明大白地给，另一方才能理直气壮地要，这钱不是为我输的，当然不应该由我出，这钱是为社里输

* 讲出这种话的人，钱思奇作为经历过浩劫的过来人，听着这么熟悉的腔调，不觉得刺耳吗？

** 钱思奇要是知道社会上的事也不会被你这匹马忽悠了！陆为码这句话一是为自己后面的事做铺垫，也是在讥讽钱思奇不懂世事。

的，当然应该由社里出。”

钱思奇简直大吃了一惊说：“这笔钱社里怎么能出？”

陆为码立刻反问他说：“不出这笔钱怎么能销社里的书？”

钱思奇呆望着陆为码的那一张脸，忽然觉得这张脸有些可恨，早知道这位卖书大王的撒手锏是靠打麻将输人家钱，何必要高薪重利把他聘来，又封处长又调老婆呢？钱思奇直觉得自己是个吃了黄连的哑巴，现在连句后悔的话也不能说了。* 陆为码反问出那一句话后，就盯在他的脸上看他怎么回答。

钱思奇的头在他的逼视中低下去了，想了一会儿才说：“我是不懂财务的，这事容我听听李、郭两位，还有财务科的意见，然后再答复你好吗？”

陆为码点一点头，端起茶杯又喝了一口，这才站起身说：“好，你行我就行，你快我就快。**”

说完就走出门去，出去后又回头把门轻轻带上。钱思奇觉得他说出的话软中带硬，脸上的表情也笑里藏刀，真想赶过去，伸出手来在那脸上抽一耳光。

钱思奇及时去找李、郭两位商量这事，出门时又看见桌上的表，想了想觉得还应叫上黄、白两位，便顺路去了财务科，进门看见坐在保险柜边的白芍，忽然记起她是陆为码的老婆，就招招手只叫了黄莲花一人。四人坐在一起，关上了门，他把陆为码的话复述了一遍，果然大家异口同声地表示反对。李中国声音都发了抖说：“这件事要是传出去了，在全世界都是一个笑话，外国人会大肆攻击我们中国。我在法国看到一则中国官员用公款嫖娼的新闻，要再出个用公款输麻将的，而且是故意输，钱数还这样大，凤凰社可就一下子闻名全球了！”

郭铁汉说：“我一来就听很多人说，这里来了一个骗子，开始我以为指的是我，心里很生气，*** 后来才知道是说这个人的，看来有句老话还不过时，群众的眼睛是雪亮的啊！”

* 当初魏子野和阿里巴力劝不听，现在悔之晚矣！

** 反将一军，看钱思奇如何应对。

*** 哈哈，郭铁汉竟能这么想，主动把自己跟骗子挂钩，有点一日三省吾身的意思呀！

黄莲花近来心情万般不爽，天下最坏的事都让她遇上了，男人郑三发在外搞了女人，又把女人杀了，判了死缓不算，还要赔偿死者的家属，她想离婚却离不掉，眼见着钱从她的存款里哗哗地拨走，多少年的积蓄一水冲了个干净。面对世人同情的眼光，自己还得装得像个女强人似的，硬挺着来上班，心里有苦只能对张洁说说。可是无缘无故的，张洁也被调走了，又不明不白的，塞来一个什么白芍，熟人换成生人，身边连个交心的女人都没有了，一腔怨恨没地方出，看见白芍就转向白芍，想到她的男人就转向她的男人。这时就勾着头，也乘机插一句说："还有更难听的，我一直都不敢说。*"

钱思奇用手指着她说："你说你说。"

黄莲花抬头看了钱思奇一眼，又勾下去说："还是不说的好，听了会把你们气死的。"

钱思奇坦然一笑道："别搞得神神鬼鬼的，你就说出来，看能不能把我气死！"

李中国说："其实我已经听说过了，说我们捡个破狗卵，却当个金元宝，那都是王金刚和马车被陆为码组阁掉以后，在外面四处散布的。要知道我们最初并没有下决心要人，之所以后来痛下决心，完全是因为他们消极罢工，销售科总要搞销售吧，在这种情况下社里才引进了陆为码。"

黄莲花摇摇头说："我听到的不是这个，我听到的是赵小月下了台不服气，为了坏你们的事，故意给你们送来个一泡狗屎，你们真的就一口叼走了。**"

钱思奇发了火，红着脸叭地一拍桌道："真是胡说八道，这哪里是攻击赵小月，这明明是攻击我的嘛！我又不是个瞎子，怎么就连狗屎也认不出来？***我就是眼睛瞎了，鼻子怎么也闻不出来？我就是鼻子坏了，用手也摸不出来？狗屎是什么感觉？人才又是什么感觉？"

* 后文中李中国听说的议论，由黄莲花引出。这样一波三折，才使文辞跌宕起伏。

** 这个说法靠谱，说得也形象，可见群众的眼睛还真是雪亮的，可惜领导看不清明！

*** 岂止是瞎子，还是个聋子！

黄莲花吓得直小声嘀咕道：“我说是你听了会气死，你说不会，你要我说，到底还是气死了吧！”

李中国和郭铁汉都笑了起来。钱思奇不好意思道：“我不气，我不气，我们继续讨论吧，刚才大家说打麻将输的钱社里不能出，这件事就这么定了。”

第二天，书店的赖总从上午等到下午，还没等到陆为码给他送钱去，怀疑事情有变，就主动打了个电话来问，陆为码嘴里吭吭叽叽，口气远不是昨天那样慷慨，推说社头儿去了欧洲五国，等回来后就可以签字取钱了。赖总又怀疑是缓兵之计，故意哈哈连声，问他该不是要赖皮吧，陆为码正因为这事办得不顺，心里有火无处可发，就在电话里对他迎头痛击道：“你才是要赖皮呢，想要钱怎么不向我们社头儿去要？一个臭卖书的，什么赖总，是不是你正好姓赖，想充赖总你就当个总赖皮！”

赖总见他一夜之间，就为这一万块钱撕破了脸，自己的脸也就不顾了道：“我是臭卖书的，你不也是臭卖书的吗？我早就听说你是个骗子，看来真是名不虚传，*居然骗到你赖大爷的头上，既然你无情，就别怪我无义，从今往后，你就断了我这条销书的路吧！”

陆为码听到电话里的一声长响，这才意识到最后一句话的分量，慢慢地冷静下来，明白自己刚才这一冲动，将来就是用十万块钱，也休想买回的损失。心里后悔得不行，又知道怎么后悔也来不及了，他已经永远地得罪了赖总，赖总已经永远地弃他而去了。这样心烦意乱地想着，竟在心里埋怨起了钱思奇，觉得这件事的根源是那一万块钱，而那一万块钱不能守信地送给赖总，则完全是钱思奇的责任。这么一想，他好像得到了一种解脱，又不怎么感到后悔了，觉得这损失纵然再大，也无非是社里面的，只要社长钱思奇愿意，那就让它损失去吧。**

正翻来覆去地想，看见李中国从对面走来，远远地向他打了

* 行内人都知道陆为码是骗子，推荐来的赵小月自然也知道，唯独钱思奇不知道，还不听魏子野和阿里巴的劝。

** 呵呵，反正自己处长到手了，老婆工作也到手了。

一声招呼，估计是想问那本翻译小说的销售情况，便主动告诉李中国，说马书商听了王金刚的挑拨，已经撕毁合同，致使那本书造成了积压，为了回这个败局，他不惜委曲求全，请书店的赖总帮忙，用打麻将的方式输给对方一万块钱，原说好今天送去，可是这钱却被钱社长卡住了。陆为码揣测着李中国急于销书的心理，激将他道："这些天我又是找马书商，又是找赖总，腿都跑断了，嘴都说肿了，请客吃饭也好，打麻将输钱也好，说到底都是为了你。李总你想一想，你翻译的书如果销不出去，压在库里，你的部下会怎么看你？你的上级又会怎么看你？所以你还得帮我说句话，把赖总的关系给我保住了！"

李中国听着听着，刷地一下板下脸说："我告诉你，这是不可能的，就是我翻译的书造成积压也不可能。我希望你搞好每一个书店经理的关系，但是不希望你采取这种手段。"

陆为码没有想到，竟连这个白面书生也如此严肃，不由得感到好笑道："我也告诉你，你希望这样而不希望那样，这也是不可能的！*"

* 自恃应对白面书生绰绰有余，所以才觉得好笑。

52

刚出版的第一批书，果然就造成了积压，陆为码绝口不提打麻将输钱不能报销的事，书店经理和他翻了脸，却一屎盆全部扣在阿里巴的头上，一口咬定这些书没有一本不是垃圾，白送都没人要，别说还要掏钱买了。消息传到阿里巴的耳朵里，阿里巴气得牙齿咯咯直响，直想去抽他一个大嘴巴子。魏子野劝道："千万冷静，我告诉你一个办法，你不妨把卖书大王说的那些垃圾给我一些，让我交给其他社的同仁，如果到了人家手里，垃圾成了宝贝，社头儿就应该亲自去认识一下那些垃圾了。*"

阿里巴依计而行，把精心策划的图书选题都给了魏子野，让魏子野拿到别社去做验证。本社的书却一下子断了源，下一次的京城图书订货会上，凤凰社的展位上只有旧书，没有新书，钱思奇亲自跑到书会，左看右看，上看下看，看遍了全国各社的展位，最后落脚在自己这里，皱着眉头问道："都是国家的出版社，为什么别人那么火爆，为什么我们这样寒酸？"

陆为码喉咙里的话早已准备好了，摊开双手，绕口令似的回答他说："我是管卖书的，不是管编书的，人家编书的不给编书，我这卖书的就没书可卖了，钱社长你说是不是这个理？"

钱思奇把他的绕口令听明白了，是借这机会诉阿里巴的苦，脸色一下子沉了下来，一回到社里，低着头就去找阿里巴。** 阿里巴却站在李中国的办公室里，正在大骂着陆为码，骂得慷慨激昂，声情并茂，全没注意到身后来人。钱思奇在他背后找个位子坐下来，想听他骂势弱了，才插口问话，但他却骂得滔滔不绝，看样子一时半会儿弱不下去，就咳声嗽说："你一个编书的人不编书，却大骂一个没书可卖的卖书人，未免有点儿不公平吧？"

* 引出后文中图书订货会上陆为码和钱思奇的对话。

** 这钱思奇也太好对付了，一句话就被说得找不到北了，难怪这匹马能这么嚣张！

阿里巴正在火气头上回头见是钱思奇，竟不惊不慌道：“我听你说话的这个语气，怎么有些像那个高价请来的卖书大王？莫非你也是从订货会上回来？”

钱思奇说：“然也。我重点看了我们的展位，发现和周围的相差甚远。”

阿里巴拍手道：“发现得好，不知道你还发现了没有，就在我们的展位的左侧，有一家出版社隆重推出了一套谈古今绝事的书，编者名叫佟哥爱的？”

钱思奇说：“当然发现了，你看那书编得多好，那个佟哥爱才是真正的编辑，各地的客户都抢着订货，什么时候你能争一口气，也编出一套那样畅销的书来？”

阿里巴笑问：“如果我编出来，有人说是垃圾怎么办？”*

钱思奇毅然决然道：“我就把他当垃圾处理了。”

阿里巴忽然做出严肃的模样，点点头说：“现在我正式告诉你，那套书就是我编的，佟哥爱者，忍痛割爱也，无非是随便署的一个化名。你肯定没有打开看看序言，那是我请野哥写他不肯写，只好让佟哥爱自己写的，其中还提到我们凤凰社呢。”

说完哈哈大笑，笑得眼泪都流了出来。钱思奇愣着看他，脸上现出愠色，李中国也恼火道：“好书为什么不留给我们自己？”

阿里巴又严肃了说：“谁说它是好书？谁说我没有留给自己？你们都忘了上次的选题会上，我话还没有说完就被卖书大王定为垃圾，为了验证到底谁是垃圾，我才把它献给别人的，如果坚持留给自己，肯定还会是一堆垃圾。这主意都是野哥教给我的，我自己还没有这高的智商。”

李中国听说这主意是魏子野教给他的，就觉得这其中必有根源了，想了一会儿，想起选题会上他和陆为码争吵的事来，一时无语，直把眼睛向钱思奇望着。钱思奇却把这事忘了，也不想再记起来，** 他想的是另一个百思不解的问题，紧皱眉头，审问似

* 阿里巴也学会了下套。

** 一忘。不想再记起来，自欺者人必欺之！

的对阿里巴道："我实在不能明白，既然是你说的好书，为什么他要说是垃圾，既然是他说的垃圾，为什么在别人那里又成了好书？你们两个前世无冤，今世无仇，为什么他要这样恨你，你为什么要这样骂他？*"

这时魏子野推门进来，和李中国谈他那本翻译小说的事，说没几句，李中国的脸就白了。钱思奇的脑子还用在刚才的问题上，见了魏子野，就正好也这样问他，只把人称换了，让魏子野也来为他解谜，并且把阿里巴刚才的话兜出来说："听说还是你出的主意，让自己人把好书送给别人？"

魏子野看了阿里巴一眼，笑了笑说："想不到我好心救人，获救者却把我出卖了。"阿里巴红着脸嚷道："我可是万般无奈才说出你的大名，证明这个抉择的英明。"

魏子野说："钱总提的问题，有两个战国故事可以回答，一个是有人给胡亥牵来一只鹿，一个是有人给齐宣王引来一个吹竽的人，**鹿和吹竽人对满朝大臣本无仇恨之心，但若是有人提供场所，建议骑鹿出战，或者面君独竽，那样一来，本无仇恨之心的人就要对这提供者心生仇恨了。我就是为了让他们避免仇恨，减少争吵，才对他出此下策的。"

钱思奇眉头倒是舒展了，但心里却不舒服道："我明白了，不管你说秦二世也好，说齐宣王也好，你无非说我是个昏君，既不识货，也不识人。"

说了就紧盯着魏子野的眼睛，原以为他也会像别人一样否定，不想他却没有，仍是坦然地笑着，转脸又去和李中国谈译书的事。钱思奇心里更加不高兴了，又不能说魏子野说得不对，因为是他让魏子野说的，就把话题依然转到阿里巴的身上，对他说道："刚才你说，我看到的那套好书是你给我们编的，陆为码说是垃圾你才转给别人，那你给我送一套来，让我再送给陆为码，我看他怎么说！"

* 我也不明白，下去了一个贪子，上来了一个傻子。

** 这两个故事分别是指鹿为马和滥竽充数，钱思奇不是不知道，而是只知道在书本中，不知道在现实中！

阿里巴说："书成了人家的，我哪里还有权力送你一套？想要就得花钱去买。"

钱思奇拍板说："那你就去给我买一套，开张发票，让陆为码给你报销。"

阿里巴冷笑道："别以为你的改革措施很强，一套小书款在全社的大损失中，那只是沧海一粟。"

钱思奇觉得他说得有理，却也无可奈何道："那你说怎么挽回这个损失？用有人一贯的话说，把他吧唧枪毙了行吗？*"

阿里巴对钱思奇的态度很是不满，笑出声说："钱头儿何必故意这么夸张？除了吧唧枪毙，相应的处理还是应该有的吧，和他签的不就是一个聘用合同吗？"

钱思奇被阿里巴抢白了一句，板着脸有些下不来台，还想再说合同的事，阿里巴却已经气冲牛斗地走了出去。再看李中国和魏子野，两人正从自己的左右两边，用笑笑的表情夹击着他，等着他的表态，便知道陆为码已彻底地失去了人心。心里生着气，想表态却不好表，因为事情关系到人，人又关系到合同，当初社里急需用人，合同上只写了应给他的报酬，至于他应尽的责任，双方争来讲去，最后都被一笔划了，如今再说解聘，只怕已经解不掉了。

正气着悔着，左右为着难，外面又有人敲门，这次进来的是周泉。进门见这屋里坐着三个人，其中一个是曾被他争走了主任，后在他手下做着编辑的魏子野，周泉脸上的颜色就有些不自然，靠在门边不说话了。这是钱、李上台之后，周泉第一次主动来找他们，此前他一直是沉默着的，像条假寐的鲶鱼，一声不吭地卧在水底，两人吩咐他干什么就干什么，不吩咐他就不干。魏子野看他一脸尴尬的样子，就自觉地问："是不是党内又出了什么事，需要我暂时回避一下？"

周泉慌忙解释说："哪里的话，我是看见你就想起我们一起编

* 自己不是才说了『把他当垃圾一样处理了』吗？转眼又忘了？再一忘。

刊的事，上面这一断奶，刊物吧唧停了，树倒猢狲散，有人要离开这里，我怕你听了心里难过。另外还有一件事，刚才著作权保护委员会把电话打到我那里，说是受好多位作家的委托，向出版社催要稿费，那几位作家的书已经出版很长时间了，再不付费他们就要诉诸法庭。我听了一下书名，印象中这些书大多都是你的策划，小阿小杨的编辑，我怕你听了心里也难过。”

钱思奇正想和人说说别的事，一听这话就问：“别人给我们写了书，我们为什么不给别人稿费？”

周泉回答说：“因为权保会逼我马上答复，那会儿你们又都不在，我就去财务科问过黄莲花了，黄莲花说那些书都没有卖完，哪里有稿费给？*”

* 此处再补一笔黄莲花之恶，为后文做伏线。

魏子野笑道：“一派胡言，每份出版合同上面明明写着，出书后一月之内付酬，一月之内怎么能把书全部卖完？一月之内又怎么能把书款全部收回？即便能够做到，我们也不应该规定哪位作家的书卖完了，哪位作家才能享受报酬。”

周泉把钱思奇和李中国各看一眼，然后小了声问魏子野道：“羊毛出在羊身上，这些钱从哪里出？”

魏子野嘴里的笑已变成冷笑，反问他说：“你的意思是先用空头支票牵了人家羊来，杀肉拔毛，却连羊钱都不想给？同时本来留着公家买羊的钱，又挪去喂了私人的猪，这些钱当然就没处出了。”

周泉听魏子野居然说得这样明确，直后悔不该用话逼他，又看了一眼钱、李二人，担心节外生枝，他们乘机追查谁是私人的猪，都吃了公家一些什么，那时他们在赵小月手下所占的便宜，又得重新曝一次光，便慌忙改作玩笑说：“作家总是为作家着想，有你在这里，谁的稿费还会少了一分？”

钱思奇关心的是刊物停了，还有什么树倒猢狲散的事，对周泉生了气说：“刚才是你说树倒了？我告诉你，这棵树长得好着呢，没听一个女歌星是怎么唱的？好大一棵树，绿色的祝福，对不对？有人想走就让他走好了，猢狲要散谁都拦不住它，你说想走的不是你吧？”

周泉刚后悔完不该和魏子野论辩，又后悔这个比方没有打好，惹钱思奇也生起气来，忙又解释着说：“哪里的话，你也不是树，我们也不是猢狲，我们还能往哪里走？我们是决心和凤凰社同呼吸共命运的，除非你赶我们走我们才走。* 我说要离开这里的，不是社里的任何一个中国人，而是斯蒂芬。”

钱思奇皱着眉问：“这个人是归翻译部管的，费英雄走了，管他的人应该是罗银娜，怎么轮到你来管他了？”

周泉红了一下脸说：“我哪里愿管这个破事？是罗银娜不管，推给吴诗言，吴诗言说他的总务处长已经撤了，又推回给罗银娜，罗银娜没处可推，说斯蒂芬的工作是把中文译成英文，而管杂志中文的是我，是我把中文作品发给斯蒂芬的，所以又把他推到我的身上，我还想把他推给谁呢。”

魏子野不由得好笑道：“我有一计，可以把这只英国台球变成欧洲西瓜，由推来推去变成抢死抢活。**”

李中国一听是斯蒂芬，就回忆着问：“我记着是我去法国的时候，斯蒂芬来中国的，合同还没有到期，这涉及国际人才交流问题，来去都要告诉英国驻华大使馆，怎么能随便让他提前走呢？”

周泉说：“自从外语杂志没了，他也就不上班了，待在公寓无事可做，就骑着一辆自行车，背着一架照相机，满京城乱跑，跑到哪里吃到哪里，拍到哪里，说是要写一本书，不知道书里都写些什么，这个老外，总让人想着不放心的！

李中国说：“失去工作的原因在于我们，而不在于他，既然无事可做，他想做什么就做什么好了，只要不做有损于我们国家的事。合同期间的工资我们还得照发，我们曾经养过多少闲人，至少这些人还在养着，为什么偏偏在乎他一个外国人呢？有什么不

* 奴才做久了的人，再也站不起来！几句话画出了周泉的奴才嘴脸，也只有他每次说话都这样周全。

** 出计总在魏子野，可惜被人打断没看到！

放心的？在国外多年，外国人的思维方式，有很多是值得我们借鉴的。*”

周泉说：“不是我们不发他工资，是他从停刊的那一天起就自动不要了，黄莲花第一天发给他，第二天他就骑车退回来，嘴里还念念有词，说什么不在其位，不谋其政，不谋其政，不得其利，一会儿老子一会儿孔子地乱扯一通。**”

李中国笑道：“真是个好同志，我们的人要是个个都有这高的觉悟，那就好了。外国人钱多，他执意要自费考察中国，那就让他自费就是，人就还算是我们的人吧。”

周泉说：“那不行的，是我们的人我们就得为他负责，而他这个责任实在是不好负的，有一次他去一个寺庙，拿相机拍一座金刚菩萨，庙里的老和尚说照相会破坏菩萨的金身，要他交一百块钱，他说如果真是破坏了，一百块钱哪里够赔，就说老和尚敲诈了他，跟老和尚打了起来，那老和尚有武功，一出手他趴下了。像这样的事还不止这一件，只怕长期这么转悠下去，迟早会闹出麻烦，依我说呀，既然他自己要求提前中止合同，那就不妨同意了他，到时出了多大的事也和我们无关了。”

钱思奇也觉得他说得有理，便点头说：“那你就给吴诗言说，先去给他办回国手续，买张机票，然后再准备开个欢送会。”

阿里巴嘟哝着说：“孙文夫走我们还没开欢送会呢！”

魏子野笑道：“此一时也，彼一时也，那次是赵小月的小肚鸡肠，君子孰能效仿？而对这位活跃在当代国际文化战线的英国的白求恩，我们当然要迎之以礼，送之以礼。”

李中国对钱思奇说：“刚才还说吴诗言发牢骚，说把他的总务处长撤了，他就不管事了，你怎么又让他去办斯蒂芬的事？”

钱思奇拍拍头说：“看我这个记性，*** 让他去办事他嘴里不愿意，心里哪有不愿意的，别以为我撤他职是吓唬他，其实少了他不行，刚过几天又让他官复原职了！为了不让他产生这个误解，

* 法国游学回来的李中国，到底思路还是开阔些！

** 特与中国一帮不干事还拿钱的人做对比。

*** 第三忘。钱思奇昏聩之状，思奇思奇，凤凰死期。

这事就让铁汉亲自去办一下吧。”

周泉说：“郭副社长初来乍到，又日理万机，如果他抽不出时间，这点儿小事就交给我做好了，我和英国航空公司方面是很熟悉的。”

钱思奇这次对周泉产生了不错的印象，心想过去对他的反感，主要还是因为赵小月。赵小月拉拢周泉和吴诗言，排斥自己和孙文夫，错在赵小月而并不在周泉，现在难得周泉能够幡然悔悟，向他靠近，这是应该得到理解，得到鼓励的，便对周泉笑道：“好，你愿意多做点儿事，以后你就多做点儿事吧。* 至于斯蒂芬，他想写书让他回伦敦去写，这个英国佬，他想写一本什么书呢？”

周泉猜测着说：“这还用说，自然是中国印象记一类的。”

钱思奇警惕起来道：“那我们得制止他，不许把社里的丑事都写进书里面了。”

魏子野笑道：“你怎么制止得了他这个？人性相通，英国人的逆反心理未必不如我们中国人，你越是制止，他越是要写，把你如何制止他的事都写了出来，让人看了，那才真正成了全球丑闻。”

周泉突然来了灵感，觉得有一句话可以同时讨好眼前的三个人，便笑了说：“他能往丑处写，我们就不能往美处写？你们一个是大作家，两个是大翻译家，一写出来就有了全世界使用最多的三种文字！”

果然大家都愉快起来，哈哈笑着，只有魏子野边笑边说：“我倒是觉得，既无丑事，何必怕人说丑？既有丑事，何必不让人写？兴许我为了反丑而写的书，写出来后比他的还丑，到那时我就不能向大家交代了。**”

钱思奇的笑声戛然而止，对比着周泉的每一句话，他觉得从魏子野嘴里出来的话都太刺耳，过去和魏子野交往甚少，这种感

* 领导这么说的时候，往往就是要给此人升官了。

** 影射了一部《纸厦》的来由。

觉还有些朦胧，现在他们接触渐多，一个格格不入的魏子野就越来越清晰地站在他的面前，轮廓分明，气息可闻，* 他就又板下脸来，不再和魏子野说话，却转过脸，拍拍周泉的肩说："你到我这里来一下，我想和你谈件事情。"

周泉几乎受宠若惊，随着钱思奇去他那里谈事，凭着肩上被拍的感觉，周泉知道他要谈的是好事，不是坏事，心里激动得不行，出门时竟咚的一响，脑袋撞在了门框上。魏子野嘴里说着"小心"，走过去把门关上，返回来坐在原处，眼望着李中国说："其实我目前坐的这个位置，让周泉那样的人坐着是很合适的。"

李中国愣了一下说："你又不想干了？"

魏子野说："本来就不想干，是看着你的面子才勉强干了这一百天。你应该看得见的，这一百天我简直是在夹壁中跳舞，要提高印制质量，降低图书成本，身子往左一动，碰了印制科的李先来；要增加销售数量，扩大图书市场，身子往右一动，又碰了销售处的陆为码；脑袋往上一伸，想找一条出去的路，郭铁汉搬来一摞一摞的文件挡着；眼睛往下一看，想认清账本上的鬼名堂，黄莲花又把它捂得铁紧。这就像是大家坐在一条破船上面，想它远航，想它不沉，但这边人脚手并用，奋力摇桨，那边人却嘴里乱叫，手上不动，甚至还冷不丁地倒推一把。于是这边人就指责那边人，那边人反而又指责这边人，两边人打了起来，另还有更多的一群人，坐在船中只感到船身乱晃，但个个都像瞎子，看不见谁对谁错，也不问谁是谁非，怨的怨恨，咒的咒骂，这边人已累得无力分辩，那边人就正好乘机栽赃。** 两边人告到船长面前，船长若是个糊涂的，接过桨去当作军棍，在两边人的屁股上各打五十；若是个更糊涂的，把棍子全都打在不乱叫的人屁股上，打得稀烂，当众羞辱，让一些人痛心，一些人冷笑。*** 阿里巴年少气盛，胸无城府，早晚是要挨一顿打的，这种荒唐结局我是预先都知道了，之所以明知故犯，是只能把自己作为代价，让你看到

* 忠言逆耳，自古如此！

** 这边人是阿里巴等人，那边人是陆为码等人。

*** 直指钱思奇，遥指赵小月。

一台戏，看到那戏中的一幕一幕都是我对你讲过的，直到剧终人散，无一不是我最初的预言。”

李中国深思说：“你就不相信有不糊涂的船长？”

魏子野笑道：“你何不直接问我，就不相信有不糊涂的大副？这我也是想过了的，我并没有歪曲和轻看钱思奇的意思，但是即便船长和大副都不糊涂，你们又能怎么样呢？还别说把瞎捣乱者扔进水里，被鲨鱼吃了要赔他一条人命，就哪怕不发给不划船者面包和淡水，造成虚脱，船到码头有人告上一状，也要够你们受一阵子的。同时钱思奇也是有误区的，花高价买来一个陆为码，作为赌注，一宝押下，只知道用他来否定过去的赵小月，却不知道他对赵小月的感恩超过了对钱思奇，两难之中，先是希望谁也不被否定，但是后来的结果，被否定的只好是他，是你们这届赵小月的接替者。更何况即便此人真肯出力，究竟又有多大的力气可出？你们想的是重赏之下，必有勇夫，那勇夫必须是有武艺高强作前提的，若是没有，黄金万两也是白拿。你是一个秀才，钱思奇也是个老秀才，俗话说秀才造反，三年不成。要知道改革也是一次造反，你们在造反之前都已有了定论，这就是命。[*]”

李中国直视着魏子野的脸，觉得上面有一种近乎残酷的表情，是他过去从没有见过的。他把眼睛转了开去，对着墙上挂的一张图书招贴画，画上一片洪水滚滚而来，几个男女在水中苦苦挣扎。[**] 他把眼睛转向窗外，看向对面的那两座红色塔形建筑，一座是新闻大楼，另一座就是他们的出版大楼，两楼之间露出一长条狭窄的蓝天，他就望着那线蓝天说：“其实你说的这些，我也意识到了，我嘴里劝着你干，心里却连自己也不想干了，口是心非的，想起来真觉得对不起你。我没有像你一样把心里的话说出来，是害怕伤了钱思奇的心，怕他独臂更加难支，恨我存心拆他的台！[***]”

魏子野在李中国的面前通体透明，半点儿也不隐瞒自己的心

* 一部《纸厦》，是一部寓言，也是一部预言。

** 这些水中的男女，如同处在《纸厦》中的这群人。

*** 明知不可为而为之，又一个自欺欺人者！

理道："我没有你高尚，或者说是我比你自私，我不愿没完没了地委屈自己的生命，还有人格和价值，已经付出的这三个多月，我只当是命中注定的百日牢狱之灾。如今百日已满，我只想你看在曾是知音的份儿上，先把我放出去，你自己再慢慢想法解脱。接替我的人我都想好了，让周泉干，他会感恩涕零，觉得离社长的宝座近了一步，钱思奇也会得心应手，觉得此人天生就是他的助手。"

李中国什么也不再说，只是叹了口气，眼睛又看向对面的红色塔楼。恍然间他觉得，那风中的楼体有些摇晃，好像那不是钢筋水泥的真实建筑，而是木头做的模型，甚至比木头还要轻薄脆弱，是纸板做成的。* 他把目光收了回来，重新望在魏子野的脸上。忽然两人相对一笑，是两个无可奈何的苦笑。

* 点题之笔，寓意凤凰社这栋钢筋水泥的大厦其实就像一座纸厦，脆弱得不堪一击。

53

魏子野突然间又辞去主任，成了凤凰社一个不解之谜，社里人一时胡乱猜疑，有说是钱思奇容不下他的狂傲，有说是他受不了钱思奇的约束，还有的说他和郭铁汉发生了冲突，更多的还是说他和李中国当时签的合同，就是干一百日，如今百日期满，他依然要去做野人了*。大家无论怎么去想，都觉得这人与众不同，王金刚想得发疯的位子，赵小月死命要设的位子，钱思奇和孙文夫合力抵制的位子，主动送到他的面前，屁股还没坐热，怎么说扔他就扔了。王金刚感到过年一样的高兴，唯愿第一种说法可靠，是魏子野得罪了钱思奇，如果钱思奇前思后想，回心转意，说不定自己还有坐上那个位子的可能。这样想着，当天下午就来到钱思奇的办公室，向他汇报自己这段时间做的事情，却不想刚一进去，钱思奇就板着一张脸，问他上次和陆为码在酒店打架，被派出所关了几天之后，现在还想不想打架了？王金刚被问得好没意思，看出钱思奇丝毫没打他的主意，就黑红着脸唔噜几句，转身走了出去，一路在心里臭骂着钱思奇，反而为魏子野叫好，对钱思奇这样的人，就是不要买他的账。

吴诗言也积极活动起来，再一次向郭铁汉作着检讨，愿意为龚吊古撞车的事情负责，**并且料定那次联合全社人抵制郭铁汉的事，早晚也是瞒不住的，甚至已经传进他的耳朵去了，不然自己怎么会为了一件小事，栽了一个大跟头呢？就又硬着头皮向他承认错误，骂自己鬼迷心窍，不安好心，鸡蛋碰石头，胳膊拧大腿，骂得痛哭流涕，好几次举起手来，直要扇自己的大耳刮子。

郭铁汉其实心里早就知道，却偏偏装出一副不知道的样子，劝他不要这样去想，自己也不会记着这事，作为一个共产党员，

*种种猜测，都是捕风捉影，但也都不是空穴来风。

**利诱小人心，先是王金刚，后是吴诗言，再后是周泉，三人三种笔法。

一社之长，这么一点儿起码的肚量还是有的，只要他以后好好地干，仍然还有光明的前途。* 吴诗言一听到光明，立刻就看到了希望，抬起一双泪汪汪的眼睛，请郭铁汉在钱思奇的面前，为他多说几句好话，争取让他早日回到总务处里，协助他们做些社里的工作。吴诗言绝口不提总务处长的职务，更不提魏子野留下的那个空缺，却暗暗想着如果把他调整一下，让他去当权力更大的社委会主任，他倒是阿弥陀佛，歪打正着了。郭铁汉心里一声一声地冷笑着，脸上的笑容却温和而又真诚，满口答应一定一定。

* 政客口蜜腹剑，口是心非，活活如画。

和上面这两个人相比，周泉简直占有绝对的优势，首先他通过斯蒂芬回国一事，成功地改变了在钱思奇心中的印象，然后他再接再厉，一会儿去陆为码那里问问销了多少图书，一会儿去黄莲花那里问问收了多少书款，刚还在向李先来打听每本书的印费，眨个眼就和阿里巴谈起选题上的事了。

魏子野回到编辑部后，又恢复了过去的潇洒，编编别人的稿子，写写自己的书，来了和阿里巴他们痛快谈笑，走了把桌子留给他们堆放书报杂志。周泉来到这里，自自然然地往魏子野的椅子上一坐，阿里巴笑道："我刚刚才明白一个道理，野哥之所以深受大家的欢迎，就因为他的位子形同虚设，他本人无心去坐，屁股一抬，别人谁想坐谁就可以坐了，刚才王金刚来坐过，走了吴诗言又来，椅垫还是热乎乎的，又被你给抢占了。**"

** 阿里巴说的位子当然不是编辑部办公室的这个座位，是指魏子野刚辞去的社委会主任的位子。三人三画之后，此处再一总。

周泉脸上微微一红，立刻笑着掩盖了过去，老练地接过话说："这皮椅子坐着本来就舒服，如果再改一下革，在下面开几个小孔，坐着放屁能透过去，那就更舒服了。"

说着哈哈大笑，阿里巴和东方白也笑。杨梅却板着脸不客气道："一个萝卜一个坑，坐在哪里就要做哪里的事，只会破坏空气，污染环境，那算什么本事！"

周泉听出了这话的含意，但他大智若愚地继续笑着，又说出一句下流话道："说得好，杨小姐的那一个坑里就只坐一个萝卜，好萝卜，洋萝卜，有本事的萝卜！”

还没说完就从椅子上站起来，害怕挨打似的歪趔着身子，一只手护着头，说是到勤杂科去，看看李享大的摩天大楼码到多少层了。杨梅并没起身打他，只是冷笑着目送他出门，东方白等他一走出去，就把门关上了，回过头来对阿里巴说：“刚才你那几句知心的话儿，可算是说到他的心窝里了。”

阿里巴莫名其妙道：“刚才我说什么话了？”

东方白说：“你说魏子野一走，王金刚啊，吴诗言啊，还有他啊，都来抢着坐那个位子，说得周泉的脸都红了。”

阿里巴“哦”了声说：“其实我哪里有那么机智，完全是随口说了句实话，说者无心，听者有意，看来生活本身是有象征性的，倒让他认为我是讽刺他了。”

杨梅从鼻子里哼了一声道：“你讽刺他，他听出来了装作没听出来，他讽刺你，你却是真的没听出来，这说明人家就是比你要高一招！”

阿里巴问：“他满嘴又是萝卜又是坑的，那明明是说你，他讽刺我什么了？我哪里有坑？”

杨梅连声叹气道：“可悲！他说要在椅子下面开几个小孔，能把屁透过去就更舒服了，那是指你说话像放屁，你这个傻子，你还在笑！*”

阿里巴冷静地想了想，一下灰了脸说：“这很像是他一贯的风格，让我一不注意又吃了个亏，倒变成说者有心，听者无意了，早知道他敢骂我，我刚才就该说句更难听的，说是野哥丢根剩下的骨头，害得三条馋狗都想来啃！”

三人在这里笑着周泉，周泉这会儿却又坐在了勤杂室里，一边抽烟，一边看李享大码着烟盒，背后的复印机边，提前已站着一个黄莲花，在复印机前印着材料，呼噜一张，呼噜又是一张。周泉想看清她印的是什么东西，右眼盯在李享大的烟盒上，左眼

*到底女人心细，听出了其中所指！难怪杨梅后来会那么说，是想替阿里巴出口恶气。

直往她那里斜，黄莲花好像背后长着眼睛，中途更换材料的时候，身子死死地把它挡着，周泉见她那般神秘，就猜想不是财务科的报表之类，而一定和她男人的案子有关，脑子里就跳出个郑三发来，坐在监狱里等着挨枪，想起那年评高级职称，他还动员郑三发投过他一票，第二次再评时他也投了郑三发，没想到郑三发不知道为什么却误会他了，认死了他是一个不守信用，不讲感情，不凭良心的人，直到杀人入狱，也再没好好和他说过一句话。如此看来，没有几天活头的郑三发将带着对他的怨恨，离开凤凰社去往另一个世界，在阴间里也不会原谅他的。想到这里，周泉感慨不已。

自从钱、李上台以后，这间勤杂室就没人打麻将牌了，李享大住在里面码摩天大楼，也要把门严严地插上，有人进来，他得赶紧抓张报纸盖在上面，假装读报纸上的新闻，等人走后接着再码。* 由于这个原因，工程进度大大延缓，码一码停一停，有时几天还比不上过去的一天。周泉坐在李享大的对面吞云吐雾，把烟递他一支，他摇手谢辞了，一门心思仍在码烟盒上，满脸的事业心。周泉没话找着话说："我这才体会出来，你家哥们儿几个名字取得真好，李享大，李享远，李享高，还有一个妹子叫李享美，一个人活在世上，总得要有个理想的，不管这理想远也好大也好，高也好美也好，有一个总比没有的好，就像你这向世界吉尼斯纪录冲刺，成功了不也是一种辉煌吗？"

李享大边码边说："你说得对，全凤凰社一百个人，我就喜欢听你说话，你的思想水平最高。将来我死了，你给我的碑上写一句话，就写刚才你说的那句。"

周泉严肃地批评他说："大楼还没码起，世界纪录还没完成，说什么死不死的，你有理由死吗？有资格死吗？你死了谁给你写墓志铭？对不起，我是不会写的！"

两人一口一个死呀活的，周泉忽然想起复印材料的黄莲花

* 此处特特再描一笔李享大，为纸厦的工程进度做一个交代，为后文设下伏脉。

来，慌忙住口，向她后背飞快地看了一眼，又压低声音对李享大道：“刚才我还忘了说，你这辈子还没尝过女人的滋味，更不应该死了，说到这里我倒想起一件事来，这里有个现成的女人，再过几天，你何不把她接管过去？”

李享大抬头看了他一眼，见他嘴巴直往黄莲花的后背噘着，听懂了“再过几天”的意思，不由得身子一抖，手里的一只烟盒抖落在桌上。他的春心明明动了，嘴上却强憋着说：“听你胡说个什么！”*

周泉仔细看这老头儿神态，觉得这事没准儿能成，正要把玩笑转成正经。这时有人从外面推门，推了两下没有推开，周泉想起他进来时，李享大要他把门给插上了，便拿眼睛对李享大打个招呼，李享大立刻拖过一张报纸，盖在摩天大楼身上，然后正襟危坐地开始看报。周泉这才起身把门开了，原来是年轻的女翻译罗银娜，带着她五岁的小儿子金金，进来看这里有没有足球。金金的手里拿着一把电子手枪，进门就找靶子，过去他曾跟罗银娜到财务科，一来二去认识了黄莲花，就跑过去用手枪抵住黄莲花的瘦屁股，小嘴里模仿着电视里的公安刑警，大喝一声：“不许动，动我就枪毙你！”**

黄莲花并没有动，但金金还是开枪了，只听他嘴里“叭”的一响，接着又“叭叭”连开数枪。黄莲花回头看他一眼，脸色死白，目光恐惧，突然间仰面朝天，咕咚一下倒在地上，手里还没复印的材料散落了自己一身，就像在身上覆盖着几面白旗。罗银娜以为她是逗金金玩儿，笑着呵斥金金道：“看你把阿姨吓得，还不快拉阿姨起来！”

金金便扔了手枪，双手去拉黄莲花，却怎么拉她也不动，见她两只眼睛向上翻着，从嘴里流出一堆白花花的泡沫来，大声喊罗银娜道：“妈妈，妈妈，阿姨不起来，阿姨给金金吐泡泡玩儿！”

* 当初李先来也说过这样的玩笑，没想到周泉也这样想，虽然都是戏语，但人生如戏，这还真说得老头儿动心了！

** 小儿无心之游戏，偏遇上了心里有事之莲花，假中有真，真中有假，真真假假，莫能辨也！

罗银娜一听这话，觉得有些不对劲儿了，跑过去仔细一看，吓得一声尖叫道：“快来人哪，快来看黄莲花这是怎么了！”*

周泉一个箭步就扑了过去，随后是放下烟盒的李享大，手里的大楼都来不及用报纸遮盖，跑去就掐黄莲花的人中。罗银娜猛地想起急救电话，抓起话筒就拨 120。周泉趁这机会，草草看了几眼她要复印的材料，原来是给各级领导的信，为了保密没有请人用电脑打印，是她自己亲笔写的，一字一字工整得像账上的钱数。通过材料后面罗列的寄发名单，可以看出从中央，到凤凰社钱思奇社长，各级党政纪、工青妇、公检法组织，除了军队和武警以外，所有要害机关几乎各送一份，她是想让有关领导都知道，她和那个姓田的女人一样，也是一位被害者，只不过被害的方式不同罢了。周泉这才明白过来，黄莲花的心理压力太大，神经高度紧张，听金金喊叫一声枪毙，就以为郑三发最后的时辰到了，顿时精神崩溃，于是就一头栽倒在地。**

救护车很快就赶到这里，但这时黄莲花已经醒了，就像睡了一觉似的爬了起来，爬起来的第一件事就是惊慌四顾，两手在地上一通乱抓，把散飞的材料都抓回手中，又挣扎着向复印机奔去，从里面取出印好的东西。周泉等人坚决要把她抬到救护车上，她比他们更加坚决，死也不去，众人见她头脑这样清醒，动作这样敏捷，完全是个没事的人，也就只好罢了。周泉对救护车上的医护人员连声道歉，又掏出烟来请他们抽，被他们一人狠狠地瞪了一眼。医护人员警告他们以后小心，若再随便拨打急救电话，轻者罚款，重者追究刑事责任。周泉又连声保证，把他们送出门外，一直送进救护车里，想和他们一人握一个手，他们却都把白手套放在怀里，谁都不和他握。

罗银娜心里有愧，转身出门，去大楼对面的超市买了一盒巧克力，逼着金金塞到黄莲花的手里，黄莲花坚持不要，说是怎么能怪孩子，只怪自己心脏不好。但她最终也没有辞掉，就对金金

* 此处枝节横生，补出黄莲花精神已近崩溃，才有后文中的意外之举。

** 纸厦之内，看起来黄莲花贪婪可恨，是害人者，其实在此沉疴痼疾的管理体制下，她是害人者，也是受害者。

说了声“谢谢”，当场把盒子打开，给大家一人发了一块，最后发到金金的时候，破例发了两块，并且伸出手去，摸了摸他的小脸蛋。罗银娜一颗心收回肚里，惭愧而又感动，今天她发现了一个奇迹，在这个终日阴沉的女人身上，居然还有一点儿温柔。在此之前，她和她身边的女翻译们一直认为，黄莲花根本就不是一个女人，郑三发的另寻新欢，以至情杀犯罪，都是她这张脸给逼的，再好的男人遇上这个变态的扫帚星，就活该他倒八辈子大霉。

周泉见黄莲花有惊无险，为她吐了一口长气，又走过去问寒问暖。刚才他在医护人员面前所做的一切，黄莲花都看在眼里，听在耳中，知道了救护车也是他叫来的，心里对他充满无限的感激，嘴里却仍不说什么，只在转身出门的时候，眼望着他，半边脸上的肉动了一下，那模样好像有点儿笑的意思。周泉又点燃一支烟，继续坐在李享大的对面，一边默默地抽，一边回忆黄莲花刚才的表情。* 李享大经过这场意外，也无心码烟盒了，两人默默地对望，无声地摇头。李享大忽然想起黄莲花走得仓皇，取材料时忘了关复印机，便起身去关，这时郭铁汉一头闯了进来，问周泉是不是在这里，周泉慌忙说在，郭铁汉就说快走快走，钱、李两位找他有事。周泉一听就掐灭烟头，跟在他的屁股后面，来到钱思奇的办公室里。

李中国先开口说：“找你没有别的事情，主要是杂志停了，外国翻译走了，中国编辑也没活儿干了，我们想让你转行编书，和阿里巴一样，再搞一个图书编辑部，你看怎样？”

周泉吃了一惊，叫苦连天道：“那怎么行？这些年我都一直在编杂志，从来没有编过图书，俗话说隔行如隔山，你们可不能心血来潮，赶鸭子上架。**”

李中国说：“书刊书刊，书和杂志原本就是一家，怎么叫隔行了？姑且不说国外，就是国内的出版社，编辑也大多是身兼二职

* 黄莲花是花，周泉是水，此时落花有意也，不知泉水有情乎？

** 周泉倒是有自知之明，这恰是周泉周全处。

的。现在社里杂人过剩，编辑不多，尤其是缺好编辑，所以就是要赶你上架。”

周泉更急了说：“书和杂志虽是一家，过去却像内地和香港一样，一家二制，杂志是国拨银两，图书是自找市场，我都在铁饭碗里吃了半辈子饭，如今突然让我去化缘讨斋，只怕我连小和尚也比不上的。”

李中国不客气道：“我从来也没有把你当大和尚看，庙里的和尚论资排辈，看谁头上烧的疤多，我们却想一人做场法事，看看你的功夫究竟如何。”

周泉愣愣地坐着，看看钱思奇又看看郭铁汉，忽然对李中国一笑说：“李总该不会是以此为由，要炒我的鱿鱼吧？如果是就不妨直说，何必要弯来绕去地吓唬我！”

钱思奇这时才说：“别误解了李总的意思，李总是代表我，动员你上第一线，补充图书编辑的实力。既然编书不是你的专长，那就另外安排你的工作，到总务处接替吴诗言可不可以？”

周泉心里想的是魏子野留下的位子，听说是吴诗言有些意外，但只稍一思考，也求之不得道：“怎么不可以？每天的事务多是多点儿，可是总不至于他一个中学文化都干得过来，而我一个名牌大学出来的人干不过来吧？”

钱思奇说：“那就这么说好，希望你不要像他那样，利用手中芝麻大的职权，对这个进行拉拢，对那个进行抵制，结果反过来把自己害了。就像《红楼梦》里说的那样，机关算尽太聪明，反误了卿卿性命！”

郭铁汉听得出来，这话是说给他们两人听的，为了表示自己的真诚，不惜把吴诗言给卖了，意思一是要周泉承他的情，二是要自己买他的账，因为当初自己要调来时，吴诗言上蹿下跳，阴谋阻止，而他却光明磊落，不予排斥，便也以说周泉的口气，向钱思奇表达自己的思想说：“听钱头儿的，你是一个什么样的人，我们以后都会看得清楚。*”

周泉听他二人说话的口气，知道事情可能就这么定了，只是还没听到李中国说话，便向他斜了一眼，接着向他们共同表了个态说：“好吧，你们以后就看着好吧！”周泉一走，李中国立刻就表示不满道：“我这里还在使劲儿动员他务点正业，你们那里就把他的行政官儿都封好了，既然早有那个安排，为什么不和我商量一下？”

钱思奇胸有成竹地笑道：“你看他那个水平，能编出什么好书来吗？你要是真打他的主意，那时既害了他，也害了自己社，倒不如把这些边材角料来个废物利用，让他管管杂事，腾出有用的人来务正业。”

郭铁汉半笑半真道：“别说什么正业不正业的，让我们这些搞行政的听着难受，前面有人上阵打仗，后面总得有人喂马呀！李总你说对不对？**”

李中国却认真道：“喂马也是一门学问，可不能人喂肥了，马喂死了。***”

* 双关语应对双关语，郭铁汉的言外之意是，我是什么样的人，以后钱头儿也会看得清楚。

** 说者或许无意，听者已然有心！

*** 孙文夫、阿里巴就是喂死的马，吴诗言、黄莲花等就是喂肥的人。

54

凤凰社现在到处都是矛盾，室内室外，人与人间，整日充满了斗争的气息。陆为码顶替了王金刚，黄硕顶替了马车，两派人在外面打了一架，现在余恨未消，上厕所撒尿都不站在一排，看样子斗争会一直坚持到底*；李先来顶替了郑三发，郑三发杀人被判死刑，关在狱中无法开展斗争，不然肯定也斗争上了；周泉顶替了吴诗言，是因为吴诗言被撤了职，被发配到了印制科，看来两人的斗争难免。而且不是两人，而是三人，李先来过去是在吴诗言的下面，而今成了吴诗言的上级，吴诗言怎么想就怎么别扭。正别扭着，周泉呼哧一头，又去占据了他过去的位子，这等于把他的路给堵死了，即便是他再改过立新，将功赎罪，也没有了回去的希望。想不到没有挡住别人的社长，自己的处长也给丢了，真是吃了一个大亏，吴诗言心里冤枉得不行。原本他和周泉是一派的，两人都是赵小月的心腹，左膀右臂，暗中组阁的班子成员，这么一来，不仅是他别扭，周泉比他还要别扭。

接任的当天上午，周泉就主动地找到吴诗言，递他一根烟抽，对他诚恳地表露心迹，说是来干这个并非自己所愿，只是杂志停了，没了正业，一个头儿逼他去编图书，一个头儿要他来干行政，左右为难他才听了这个头儿的，弄了一个弃文从政。吴诗言不愧是当过军队干部的，不管到底是哪个级别，也不管到底是管多少人，他默默抽完一支烟后，居然显得通情达理，实事求是，说他的那个饭碗是在周泉来前丢的，而不是周泉来了抢走的，就是周泉不端别人也会去端，这里面的时间顺序，变化规律，别人不明白他是明白的。何况周泉本来就是一个处级，这次屁股挪了，官却没升。更何况他们毕竟是一派的人，位子落在他

*哈，俗话说尿不到一个壶里，这句说得形象，让人捧腹喷饭。

的手里，总比落在别人手里要好。更何况，就是退一万步说，因为这事他要恨人，也不会恨一根藤上的周泉，要恨只会恨摘瓜种瓜的郭铁汉。两人都说了一番推心置腹的话，说到这个份儿上，彼此只差没有指天发誓，临别时紧紧握手，互相都看见了对方眼里的泪光。

紧接着魏子野甩手不干了，人们正琢磨着这回又该谁去顶替他，却突然听说是那个黄硕，一下子就感到了万分的意外，说是魏子野名叫野人，其实毫无野心，这小杂种黄硕才是一个小野心家呢，既不会编书，也不会卖书，只会一天到晚写入党申请书，总有一天他会混进党内，把钱、李、郭的权都给夺了，把全社的家都给当了。王金刚闻知此讯，差点气昏了头，立刻不恨魏子野了，而且相反，不仅敬重起魏子野的才华，更敬重起魏子野的人格来。一时也忘了和陆为码打架的事，心里的怨气全部转移到黄硕的身上，当天中午就纠集一帮子人去下馆子，坐下就说好由他掏钱，只管要酒点菜，在席上呼呼地喝着，叭叭地嚼着，大骂钱思奇瞎了狗眼，早晚要死在这小杂种的手里。*

却想不到黄硕刚一上任，就做了一件令王金刚目瞪口呆的事情。黄硕从魏子野压下来的一大摞报销票据中，挑出四五张写着王金刚名字的，全都是在外出差不应有的项目，金额总共是六千六百块，他在背面一一签上了字，拿去放在王金刚的桌上，又写了张纸条一并用墨水瓶子压着，纸条上说："很对不起，压得太久。"王金刚半信半疑地拿着签字的票据，怀着试一把的态度，竟真的从黄莲花的手里取到了这笔象征着六六大顺的钱，这下才服了黄硕的手段，又看出他是有心为自己开的绿灯，比起一块铁板的魏子野来，不知好到哪里去了**。王金刚狭隘的思想豁然开朗，从这沓钱中抽出六张，拿去放在黄硕的桌上，也写了一张纸条用墨水瓶压着，纸条上说："有借有还，再借不难。"

周泉和黄硕的斗争是谁都想不到的，斗争的起源在黄莲花这

* 特特有此一骂，为后文狼狈为奸时作对照。

** 才刚骂过的小杂种，言犹在耳，这下就被征服了！有奶便是娘，什么才华人格，暂放一边。黄硕有慧眼，金刚只认钱。

里。本来黄硕上任以后，还曾对黄莲花叫了一声莲花姐，那意思不说自明，全凤凰社只有他们两个姓黄，一个黄字掰不破，一男一女，一小一大，一个给人签单批钱，一个见单给人付钱，社里的经济命脉差不多捏在他们姓黄的手里面了。但是无论他多么少年老成，人小早熟，就是天才神童也罢，凤凰社的复杂关系，人心事态，把握起来他还是火候不到。

莲花姐女生外相，并没把家族的姓氏放在人生的首位，自从那天被罗银娜的儿子金金一枪吓倒，外姓人周泉对她的关心和爱护，使她一颗痛苦而大寂寞的心里，深深地种下了他这个人。* 她站在会计的角度，认为签字批钱这样重大的权力，更应该握在总务处长周泉手里，在魏子野不问青红皂白地接过手去之前，吴诗言也一直都是掌权之人。黄莲花把王金刚报销票据的事告诉了周泉，说是那笔钱本不应报，魏子野当时也压着不签，要他在社长面前告上一状。** 周泉觉得这个女人说得不错，就对钱思奇说了，钱思奇当场表了态说："以后这都是你的事情，若要偷懒，让别人做，我就唯你的屁股是问！"

黄硕的权力很快就旁落了，王金刚再也没有还过他的钱，他再也没有签过王金刚的票了，每日里他被头儿们使唤得东奔西跑，屁颠屁颠，几乎成了一个给各处室打杂的人。事到如今他悟出了一个道理，他哪里能和前任魏子野比，魏子野的威望不在职位，而在自身，即便身无一物，随便往那里一坐，仅凭那一张嘴，从那嘴里说出的话，嘴边溢出的笑，也让人觉得那是资格，而他哪有这个东西。黄硕心里明白了，那个奸夫嫖客之妻，杀人凶手之妻，惨遭遗弃的黄莲花，原来并不是他的莲花姐，而是他最阴险最隐蔽的敌人，她和周泉联合一道做了他的手脚。明白过来的黄硕不动声色，远比年龄是他两倍的王金刚沉着冷静，他们两个真应该颠倒一下才对。他不喝酒也不骂人，仍然满脸是笑，逢人就叫老师，反正他还年轻，君子报仇，十年不晚。

* 可怜这落花有意！

** 黄莲花这一算计，招致二黄相斗，最终却因此致使自己丢了会计岗位。

事实上连十天都不到，黄硕就得到了一个报仇的机会。这天清早，刚一上班，社里来了一位某家纸张公司的业务厂长，手里拿着一张郑三发当初签过的票据，到财务科去讨要旧债，黄莲花带着厂长去找周泉，周泉提起笔来就在上面签了字。黄硕记下了票上的数额和年头，趁出纳白芍去银行取支票的时候，找到知情人李先来核实，李先来嘿嘿地诡笑，摇手摆头像个哑巴，黄硕心里就有底了，转身就把这事报告了郭铁汉，建议要去库里清查，看到底有没有这一批纸。结果一查就查了出来，根本这就是一件天方夜谭的事，前来讨债的厂长一见事情露馅，吓得驾起车子一溜烟儿就跑了。

郭铁汉武断地做出结论，这是一桩里应外合的经济犯罪案，幸亏黄硕及时发现，才使社里免受损失。黄莲花的脸比黄花还黄，心比黄连还苦，害怕又像那天一样咕咚倒地，她仍坚强地挺着，一口咬定，这都是马上要死的男人郑三发干的，与她无关。郭铁汉想起那天权保会打来电话，替作家催讨稿费的事，冷笑道：“难怪作家们取不到稿费要打官司，原来稿费都到你们这些作假手里去了，*既然罪犯在牢里还能和你勾结，你再在这里待下去，就有可能也进牢里去了，请你马上办理交接手续，把手上的工作交给张洁。”

黄莲花离开财务科时，泪汪汪地看了周泉一眼。周泉差点儿被她绕了进去，自身都有些难保，对她只有同情的份儿，丝毫也营救不了。**张洁觉得自己是在做梦，当时莫名其妙地调到销售处，现在又稀里糊涂地调回财务科，回到出纳岗位已是万幸，想不到还能升作会计，以后和黄莲花一样掌管财权，这前前后后变来变去，既不是她有什么过错，也不是她有什么功德，完全是因为别的女人的缘故。为了感谢头儿的安排，庆祝自己的运气，她特别认真地工作，暗中记着纸厂讨债这一类的怪事，在和黄莲花办移交的时候，接二连三又查出了几笔黑账，一来她要立功，体

* 郭铁汉能说出这样的话，也不枉在文学圣殿中身居要职！

** 可叹这泉水无根，落花泉水空去也！

现出自己的会计水平，二来平时也恨黄莲花在这里一手遮天，公然捞钱，根本不把她这个出纳放在眼里，便把这些事情一五一十地告诉了钱思奇。*

钱思奇气得拍着桌子大声骂娘，和李、郭两人商量了一下，两人也都义愤填膺，原本他们已打算把黄莲花放在陆为码的下面，去书店书摊销售图书，现在一气之下，为平民愤，索性连这岗位也想不给她了。钱思奇想起阿里巴曾经提过的建议，当时听着觉得荒唐可笑，这下越思越想越有道理，便改而决定，真的让她去当保洁员，在新上任的总务处长周泉那里领一只拖把，接替谢婆子去打扫楼道厕所。这且不算，过去在账目钱款上搞的鬼，查证落实还要原数追回，一分都不能少。黄莲花屋漏又遭连阴雨，这一回彻底蔫了，害怕事情闹大，像男人一样也蹲进局子，回家睡了三天，第四天忍气吞声，面黄肌瘦来到社里，从周泉的手中乖乖地将拖把接了过去。

谢婆子的保洁工作干得有声有色，全社的人都有目共睹，却突然通知她被解聘，心里很想不通，一时间站在走廊里发起愣来，想着她在这里再干一阵子，北大中文系读书的儿子就毕业了，原本她想求孙文夫把儿子要了，在他手下这里做个编辑什么的，孙文夫走时把这事托付给阿里巴，阿里巴已答应在社头儿面前说说好话的，但她这提前一走，恐怕茶就凉了**。周泉哪里懂得她的心事，催逼着她马上就去新任会计张洁那里，领取本月的保洁费，见她僵在那里纹丝不动，就有些不耐烦了说："还愣个什么？今天才十六号，发你一个月的工资，你足足占了十四天的便宜，天底下哪有这好的事情？"

谢婆子过去一直是听吴诗言处长的吩咐，对周泉不大熟悉，一双眼睛瞪着他说："你这话是咋说的，俺这辈子没占过谁的便宜，俺不去占这十四天的便宜，俺不在乎钱，俺只在乎理，吴处长在的时候总说俺扫得干净，咋地你这一来，说赶俺走就赶俺

* 雪中送炭半个无，落井下石随处有！黄莲花之贪在先，张洁之恶在后，种恶因得恶果，一笔不差。

** 谢婆子对人情世态总看得清明，若她知道她这个差事是阿里巴一时图嘴上爽快给弄没的，不知又做何感想！

走？不行，俺得找吴处长去！”

周泉见她不肯买账，换个口气又说：“不是我赶你走，是社领导的决定，这项工作有新同志来担任了，就是吴处长在也留不住你，何况他已经不在这里，连他都调到别的部门去了。”

谢婆子横直把自己豁出去了，大着嗓子在走廊里嚷道：“要来的是个啥女人？俺不信她比俺扫得还要干净！你把她叫来跟俺比比，她要是比得上俺，俺就服了她的，要是比不上俺，那就八成是你得了她的好处，再不就是你们两个狗扯羊腿！*”

周泉又气又急，却哭笑不得道：“你别这样瞎猜疑人好不好？她不是那样的人，我更不是那样的人，我们都是党的干部，怎么能做那样的事情？再说哪里是她要干这个，她又不是你们山东的乡下女人，她是服从组织安排，才由一名干部变成一名保洁员的！”

谢婆子不相信道：“她是个啥干部？干萝卜吧！干部咋来干这闻屎闻尿的事？”

周泉只要她走，只管讨好她说：“你别把干部看得太神秘了，其实干部里面比不上你的也大有人在。”

谢婆子果然高兴了说：“别听你呱呱啦啦说了这老半天，就这一句是个实话，天底下最好当的就是你们干部！俺给你们冲了两年屎尿，可把你们的肠肠肚肚都看穿了，说句不好听的话，别管是啥科长处长，局长部长，别看俺没文化，你们这些大小头头俺都是当得了的，不信让俺当着试试。俺想好了，俺一上台，俺就叫你们先都在门外面站着，啥头头俺都不认，一人给俺选个事做，做对了的给他碗饭吃，做好了的给他个官儿当，啥都不做的俺就拿他当屎尿，拿拖把一家伙给他扫出去，谁干坏事，俺当打的打，当杀的杀，俺连厕所都整得干净，俺就不信你们一个社俺整不干净！**”

周泉大吃一惊，万万没有想到一个打扫厕所的乡下老婆子，

* 谢婆子心中自有一杆秤，却说出了朴素的道理，能者上庸者下。

** 呼应前文中魏子野说的话：『如果所有的人都量体裁衣，能当市长就当市长，会擦皮鞋就擦皮鞋……』此处由谢婆子口中说出，自是谢婆子的风格。

临走时竟能说出这番话来。他无形中觉得，这番话很像是阿里巴说的，只不过被她粗俗化了，语言不同，思想却是一样，便由此想到，这老婆子常去阿里巴那里讲荤故事，阿里巴一定也把自己的思想传染给她了*。周泉迫切想她早些离开这里，好把黄莲花顺顺当当安排下去，学着她的山东话说："你说得对，以后你当了头儿，俺就规规矩矩地在门外面站着，你发给俺一把拖把，叫俺扫哪里俺扫哪里，别给俺分个女厕所就是，这下该行了吧？好吧，现在你去领工资吧。"

谢婆子这样发泄了一通，心情渐趋平静，胸怀宽广了一些，眼光也远大了一些，觉得只要自己不嫌脏嫌臭，怕苦怕累，身体上又没有病痛，这样的饭碗哪里都可以找到。至于儿子毕业后的工作，到时也许还有比这里更好的。**想到儿子，谢婆子自然又记起好人孙文夫来，心想何不再到他调去的那个单位，看他一眼，顺便也问问有没有打扫楼道厕所的事。这样想着，嘴里虽然仍在唠叨，两脚却向财务科迈去。

还没跨进那道保险门，却听屋里吵声一片，先是柜台外的一个男人和柜台里的一个女人单吵，接着柜台里站起另一个女人，和那一个女人吵了起来，再接着柜台外又来了一个男人，和那一个男人也吵了起来，然后就是两男两女混合双吵***，吵声震得保险门嗡嗡发响，直到门外走进第五个人，叭的一掌拍在柜台上，把柜台上的三合板拍了个大洞，一片吵声方才停了，四个人都理直气壮地瞪着这一个人，嘴里吼吼地出气，等着他的表态。

谢婆子认出把柜台一掌拍破的那人是姓钱的社长，从钱社长的表态里她听明白了，一个名叫陆为码的人去找一个名叫张洁的会计，报销一张请客吃饭的发票，会计张洁不给他报销，一个名叫白芍的出纳不帮柜台里的会计张洁说话，却和柜台外的陆为码一道攻击张洁，一个名叫王金刚的这时也拿着一张请客吃饭的发票来，嘴里嚷着要报他也要报，于是就开始了一场混战。钱社长

* 也可能是谢婆子影响着阿里巴。

** 谢婆子已经看清了这里的面目，想必也不太想把儿子送进这危如累卵的纸厦之内。但哪里又比这里更好呢？

*** 哈，混合双吵，一笔使当时情形毕肖，犹如眼见，犹如耳闻。

把柜台拍破以后，他的态是这么表的：“谁吃的找谁报，张洁你吃了没有？没吃？没吃就别报了！而且就是吃了，要报也是你们自己去报，它和凤凰社没有关系！”

四个人都不吵了，谢婆子乘机认准了那个名叫张洁的会计，走过去传了话，说是周处长要她来取本月的工资。张洁是认识谢婆子的，成心借此气一气陆为码，对她的态度竟比对他要好十倍，立刻开单，要白芍给她数钱，在她临走时候，还说欢迎以后她再回来。谢婆子把钱塞进腰里，见那两个闹报销的男人眼睛都盯出血来，便一人瞪了他们一眼，出门时小着声说：“你们这些活神仙，每天吃了拉，拉了玩，玩了闹，总有一天把这座楼给闹塌了，看你们再闹！”

黄莲花吃里爬外的事情，不到一天就传遍了全社，一时间人人切齿，连终日码烟盒的李享大，灵魂深处也受到了大的震撼。这孤老头子听了周泉的建议，本来已动了春心，想等着郑三发枪毙之后，让她转到自己名下，两人好好过几年夫妻生活，现在也死了这一条心，宁可一辈子到死不娶老婆，五十九年都熬过来了，眼看要退休的人了，千万要守住晚节，不能做第二个蒋委员长。

55

黄莲花下岗去扫厕所的消息一传出去，凤凰社有一大半的人感到高兴，王金刚恨她多年以来，每逢他们领取各项补贴，不管多少都要从中提取一笔，雁过拔毛，拔不着就以账上没钱的借口进行拖延，让他们分文都取不到。出差时又总是限制他们，不许坐飞机，不许住五星级宾馆，上次去锅城收款，要不是拉着赵小月一道，她是绝对不会给他报销机票的。马车同样也恨她在图书的销售回款中提成，下手太狠，好不容易卖几个钱，有时她得的竟一分不比他少。李先来本来就怀疑郑三发吃印厂的回扣，郑三发案发以后他接手这事，和印厂的人一打交道，怀疑立刻被证实了，估计这些年至少吃了好几十万，恨他一直吃独食，身边人分文莫想，上班时请他理了一个头发，虽说是免费，却点名要了一包红中华烟，算起来比付钱还贵。如今他恨郑三发恨不着了，就把这恨转到黄莲花的身上，因为那些不干不净的钱终归是到了黄莲花手里的。大家就心往一处想，随时给保洁员增添一些麻烦，比方说打扫完自己的办公室，端着一簸箕垃圾去倒，一路上装作和人说笑，不小心泼洒一些在走廊上，有时还故意在刚擦的地上扔一支烟头，害得黄莲花再去收拾一遍。

全社最恨黄莲花的一个人，大家都不容易猜到是方三儿。* 那次翻车住院，医生等着要缝他的脑袋，社里却迟迟不给他送支票去，方三儿认定是这坏婆娘从中作梗，想要把他害死。自从吴诗言把龚吊古调来以后，方三儿实际上已经没有了事做，每天待在自家院里，和邻居家的女人打牌，看来下岗只是早晚的事了，谁知事情突然又有转机，那个顶替他的拖拉机手龚吊古，刚开汽车就和别人撞上，社里又要他开起车来。老天爷有眼，想不到方

* 特特再描出一个方三儿，在黄莲花落难时再踏一脚，为后文中黄莲花的过激行为做铺垫。

三儿还没下岗，黄莲花倒抢先下岗了，这世上的事情真她妈有意思。

方三儿开车送郭铁汉去部里开会，开完会陪着郭铁汉足吃足喝了一顿，然后又拉郭铁汉回来，路上都有些憋不住了，车一停在门口就去上厕所。方三儿进门见黄莲花站在洗手池子前面，对着墙上的镜子照自己的脸，正把两手握着的拖把放进一只手里，腾出一只手来抿抿翘起来的一绺头发。方三儿心里想笑却忍住了，装作没认出她的样子，手里解着裤子嘴里嚷道："嘿，嘿，这是哪位女士，上厕所走错门了吧？要化妆坐到柜台里化去，在这里臭美个什么！"

黄莲花从镜子里看见那张缝过针的黑脸，认出是久违了的方三儿，知道他是故意取笑她的，居然不动声色，面对着镜子回他一句道："真是，这辈子算是臭美不起来了，本来多好的一张黑猪皮呀，怎么就被人给弄破了，缝出那长一道拉链，叫人猛一看还以为是小孩举着一个破钱包，要交给警察叔叔拾金不昧呢。*"

说完也不回头看他一眼，拿着拖把走了出去。方三儿听明白了，黄莲花把他的脸比成猪皮缝的破钱包，对着镜子看看，觉得倒也是像，自己也忍不住笑，心里对黄莲花却恨得更狠，一边解开裤子蹲进一个包厢里面，一边想着使坏的主意。过一会拉完大便起来，把手纸随手扔在地上，水也不冲，门也不关，趁着刚给郭铁汉开了趟车，两人又一起吃了餐饭，便跑出去找到郭铁汉说："郭头儿，厕所里实在是臭得难闻，我本来想去拉一泡屎，进去了又把我熏出来。我就感到纳闷儿，谢婆子过去一直打扫得很干净的，今天怎么突然懒成了这样，再这样就把她给辞退了！"

郭铁汉不明真相，一下子就进了他的圈套说："谢婆子已经被辞退了，现在黄莲花是保洁员，只要是厕所里的问题，你只管向她去提意见。"

方三儿瞪圆了眼睛说："郭头儿骗我的，你敢让黄莲花打扫厕

* 这女人嘴上也是够刻薄的！

所，我们还想不想要工资了？再说她是多讲卫生的女人，每回数完了钱，都要打肥皂洗三遍的，既然她去打扫厕所，怎么连屎都不管冲呢？我看八成是她嫌脏嫌臭，转手又包给别人去扫，她在里面得几个包头的好处费呢。不行，你这当社长的一定得亲自看一眼。”

郭铁汉一时不能摆脱，就随他往厕所走，果然还没进门，一股奇臭冲鼻而来，慌忙捂了小半个脸，还得亲临现场参观。一进方三儿刚才蹲的那个包厢，险些一脚踩了地上的擦屁股纸，眼睛同时也看见了卧在坑里的屎橛子。郭铁汉飞快地逃出来，从手指缝里冒出嗡嗡的话道：“妈那个 ×，这是谁拉的狗屎！”

方三儿跟他出来，沉住气说：“不管是谁，不讲卫生总是不对。不过我估计肯定是那一阵子停水了，拉屎者想冲也没办法冲，打扫厕所的人一会儿来一次，她来了应该放水冲了的呀！”

郭铁汉说：“你说得对，黄莲花第一天上岗就不合格，还当个什么保洁员！她是中级职称，扫厕所就该扫出中等以上的水平，如果不合格的话，连这个岗也给她下了！”

方三儿听郭铁汉当着他面发了脾气，还不满足，又跟他来到走廊，亲眼见他把黄莲花找着了，不客气地训了几句，这才暗自笑着，偷偷躲进王金刚的屋里去说给他们听了，把大家笑了个不停。这一头黄莲花平白挨了一顿训，差点儿脸都没处搁了，内心恨死了郭铁汉，腿脚却乖乖回到厕所里去，嘴里骂着“是哪个烂屁眼的干的事情”，双手还得捡起扫帚，把那泡屎橛子扫进孔里，再拉水冲干净了，又在其他几个包厢里检查了一遍，这才洗手出来。由于出了这事，黄莲花很不是个滋味，总觉得那泡屎橛子横卧在她的喉咙里，咽又咽不下去，吐又吐不出来，上不上下不下的，堵得她难受极了。

这天中午黄莲花连工作餐都没吃好，刚刚一动勺子，眼前就出现了那泡屎橛子，像只大蜗牛似的卧在碗里。王金刚他们几个就坐在她的旁桌，喝着啤酒，说着闲话，鸭子一样嘎嘎地笑着，黄莲花觉得那些怪笑都是冲她来的，突然受不住了，起身把碗里的饭菜扑地倒进桶里，哗哗地洗干净了碗勺，端在怀里提前走出饭堂的一层，向着二层走去。* 饭堂的二层是领导和客人就餐的地方，一层是本单位的群众就餐的地方，黄莲花此时已经打定主意，要上二层去找把她由会计变成保洁员的人。

黄莲花去晚了一步，当她走进前一道门的时候，钱思奇正好从后一道门里出去，他的后面跟着保镖似的郭铁汉，身子使劲儿往前倾着，手里握了两根牙签，自己用着一根，把另一根递给钱思奇，被钱思奇回手挡住了，钱思奇的牙齿整齐而又密集，从来不用牙签。黄莲花眼睁睁地望着两人从二层走下一层，从领导就餐的地方走到群众就餐的地方，她的眼光像火苗一样暗淡了一下，看来有些失望的样子。正这时她看见了他们三个人中的最后一个，那就是李中国。** 李中国在这里吃饭也像吃西餐，盘碟勺叉摆得齐全，进食速度比别人略慢，这时吃罢了饭去水池子冲洗一应器具，黄莲花决定把他抓住，就快步向水池子去，等李中国洗完了盘碟勺叉，把脸一转过来，就毅然横过自己的身子挡住了他，硬着嗓子说道："李总你别走了，我心里有话想和你谈谈。"

李中国发现她脸上的表情不对，看一眼手表，又看一眼摆在门边的一排沙发说："现在？是到我的办公室，还是就在这里？"

黄莲花说："你说在哪里就在哪里。"

李中国还没等她说完，就坐在一只沙发上了，拍拍贴身的另一只说："坐下谈吧，十分钟行不行？"

黄莲花一屁股坐下来说："你别给我限什么时间，我已经想好了，今天你不给我一个满意的答复，我是不可能放你走的！"

李中国问："你想我答复你什么？怎样答复你才满意？"

黄莲花身子朝他挪了一下，问道："我要你答复我，你们这样欺负一个弱女子，心里过得去吗？"

* 一递一进，层层加码，把黄莲花的情绪推到了爆发的顶峰。

** 李中国何其无辜！

李中国对她黑吃黑拿的作风已恨之入骨，却听她自称是弱女子，心里暗自冷笑了一声，笑到脸上却平和了说：“怎么说是我们欺负了你？应该说是你的丈夫郑三发同志欺负了你吧？”

黄莲花一听到郑三发的名字，脸上立刻由黄变红，接着又由红变白，眼光也一下子变得凶狠起来，和李中国足足对视了一刻，蓦地从沙发上一纵而起，身子扑倒在李中国的上面，伸出双手去撕李中国的嘴，厉声喊着：“你再跟我提那个混蛋，我就撕了你的嘴！”

这个扑倒的动作太突然了，像是一个诱捕在逃案犯的女警察。李中国倒在下面有些发愣，不明白她怎么说着说着就来这么一手，对眼前发生的事情似乎还不大相信，一边用手把脸护住，一边对黄莲花大声喝道：“黄莲花你给我起来，有话好好说，这样成何体统！”

谁知“成何体统”四字正好提醒了黄莲花，她不仅不起来，反而变本加厉，把身子下面的李中国压得更紧，嘴里变喊为骂道：“你他妈的还知道体统，你只想着你的体统，你想过别人的体统没有？你叫我到厕所去给人扫屎扫尿，我的体统呢？*”

二层饭堂的领导基本上都吃罢了饭，回去睡午觉了，剩下一些还在吃的，都是来这里联系工作的客人，听得这边有人打闹，一时嘴都停了，瞪大眼睛往这里看着。另有一些吃罢饭了要走的，这下也不走了，索性折转身子走到这里，不远不近地站着观看，像看一场不花钱买票的好戏。** 黄莲花的双手被李中国牢牢地抓住了，她没有能力撕到他的嘴，于是又把一颗脑袋向他拱去，用一嘴牙齿去咬他的手，目的是把自己的手营救出来，李中国的身子在沙发里窝成了一团，下面是沙发垫子，旁边是沙发的靠背和扶手，上面是黄莲花的整个胸脯，别看她平时那么干瘪，这时却无比的坚韧而又有力，像锅盖一样把他盖在锅里，让他休想能够翻身。两人就这样激烈地搏斗着，四只手和两颗脑袋就连

* 人在气急情绪失控时的口语，音容画面毕肖。

** 这围观的看客，跟一百年前在菜市口看杀人的场面有何不同？只差了有人拿了馒头去蘸人血！

在了一起，两个身子也一上一下地纠缠不清。

黄莲花手抓嘴嚷，累得呼呼喘气，声音穿过二层的窗户传到一层，一层的人也跑上来看热闹。喝红了脸的王金刚从来都不放过这样的场合，一马当先，马车和方三儿跟在他屁股后面，拨开前面的人走近一看，认出上面的一个女人是黄莲花，下面的一个男人是李中国，都张着嘴站住了，紧接着就高兴起来，大声说着一些劝解的话，却一步也不向前走了。*

方三儿心里明白黄莲花找头儿闹事，十有八九是因为他拉的那泡屎没有冲，手纸也没有扫，郭铁汉把她训了一顿，她背了冤枉，觉得委屈，窝在心里难受才这样干的。但他却不对王金刚和马车说，只是一个人嘿嘿地诡笑，拍着手道："如今的女人真是翻身了，压在男人的上面了，过去人说我不相信，现在眼见为实，我相信了，大天白日的都敢干那事！"

马车望着他说："看不惯？那我们上去拉一拉吧。"

王金刚说："谁拉谁他妈的手痒，这好看的黄片你们不看，真是两个傻帽儿！**郑三发在外面搞别个女人，自己女人长期闲着，都快闲出病了，逮住男人就要发泄，换了我在下面，我就悄悄地把裤子脱了，随她怎么整，舒服着呢，又不花钱，如今哪找这样的美事去！"

旁观的人中有的看不下去了，终于冲上前去，妄图把黄莲花拉起来，救出下面的李中国，胳膊却咚地挨了黄莲花一脚。这人打个踉跄，一边拍打着胳膊上的脚印，一边退回到马车身边，不想再上去管闲事了。马车不由得骂了一声"这个女人太猖狂了"，挣开王金刚的手，刚刚往前走了一步，一个人从斜面走来挡住了他，扭头一看是吴诗言。吴诗言小着声说："谁太猖狂？是男人猖狂还是女人猖狂？你们一个个本来干得好好的，呼哧一下子都下岗了，到底是谁个猖狂？糊涂！"***

马车听懂了他的意思，心里冷笑，想着我们下岗你也等于下

*又一拨看客，但跟前一拨不同。

**王金刚之恶，尤胜众人。

***此时总出吴诗言，作者将一帮宵小之徒一个也不放过。

岗，想不到我们站在了一条战线，那会儿扣着我们的补贴不给，逼着我们提成，除了会计黄莲花，不也有你总务处长一份吗？不过尽管那时不能随心所欲地拿钱，毕竟比现在要好多了，便对吴诗言点了个头，一挽袖子，像古代武士那样鸭步走了过去，嘴里说着“行了行了，你这个女人打够了吧”，手伸出去做出挡驾的样子，却扑的一拳落在李中国的肩上。接着王金刚也走到他的背后，对着他的后颈一拳捅去，边捅边在黄莲花的身上按了一把，念三字经似的假装劝道：“别打了，别打了，你看看，多丢人！”*

方三儿过去是吴诗言的人，自从吴诗言聘来河南老家的拖拉机手龚吊古，他曾经骂过他一阵子，但是龚吊古撞车住院，让他仍回社里开车，想起吴诗言从前对他的好处，如今他回到了原位，吴诗言的位子却给丢了，他反而同情起他来，不再骂他，有时见面还丢给他一支烟。吴诗言走到方三儿面前，这回他掏出烟来，丢给他一支，又摸摸他那缝过针的头道：“你可别去管人家的闲事，人家说了要节省开支，过几天就把车卖了，开车的也不要了，等着下岗吧你。”

方三儿知道他说的那个“人家”不是别人，肯定是李中国，就点上烟吸了一口，仰脸吐出一个大烟圈儿道：“他要我下岗？他敢要我下岗我就敢打他，不信我现在就打几下给你看看！”

说完狠着劲儿连吸几口，扑地把烟头扔在地上，一脚把它踩扁，就朝着那排沙发走去。吴诗言原本已站在了圈子里面，见方三儿这个动作，立刻就退到圈子外面，掏出手机叭叭地拨着号，忙忙乎乎向楼梯走去，走了两步又回头对方三儿说：“我可是什么都没看见，我连来都没有来过啊！”**

方三儿冲着他的背影骂道：“好汉做事好汉当，谁他妈要你看见，谁他妈要你来呀！”

黄莲花已经丧失了理智，不顾什么是丢人了。多少天来憋在心里的委屈，悲伤，悔恨，愤怒，此时全都搅和在了一起，一

* 一场乱架，每个人形象如画，李先来是李先来，王金刚是王金刚。只是可怜了这个游学法国的学者李中国，代人受如此羞辱，可气可恨！

** 再补出吴诗言和方三儿。

齐翻涌上来，冲开闸门，涨满了全身的各个部位，从自己的一根喉咙里，两条胳膊两只手上，身体的每一个关节和器官中往外冒着。她的头是昏的，眼也花了，被压在自己身子下面的这个男人，她一会儿觉得是在爱情上背叛了她，在名誉上损害了她，把她置于如此尴尬境地的郑三发，一会儿才发现是和这些不相干的李中国。不过她马上又告诉自己，李中国她也不能饶过，他是社里的头儿，撤了她的会计，让她去扫厕所，这些绝事都是他们干的，他们眼看着她就要当寡妇了，却不仅对她半点儿也不同情，并且还落井下石，恨不得一棒将她打死。如今她身下的李中国，就是他们中间的一个，至少是新的领导班子的三分之一，她得对他进行报复。

围观者们直到这时，才呼啦一下子冲过去，七手八脚，好不容易才把黄莲花和李中国的身子分开。* 李中国的裤子没掉，黄莲花的裤子却差点儿掉了，她蓬头散发地站在二层饭堂门口，见眼前有这么多人围观，看看正从沙发里往出爬的李中国，又看看自己的这副模样，突然感到不好意思起来，像个少女一样双手捂脸，撒腿就跑下了楼去。

* 看客们看戏看够了，不妨再装模作样地做做好人！

56

李中国当场就被送到了医院。司机方三儿打完人后就悄悄溜了，而另一个开车的龚吊古伤还没好，凤凰社没人出车，是现场几个外单位人打 120 电话，叫来一辆救护车给运走的。李中国坚决不肯去医院，说是没事，下午还要看翻译稿，救护车上的人员见他越是嚷叫，越是认为他的颅内蛛网膜受到冲击，对神志产生影响，吓唬说要给他打一针镇静剂，李中国方才老实，躺下来任人摆布。到医院后拍了一个片子，结论是还好大脑没有问题，只是身体外部神经组织轻度受伤，因为主要凶手是个女人，采取的手段无非是女人的一套，又撕又咬，下手并不很重，另几人的拳脚也没有落在要害位置，目的是羞辱和示威，并不想置人于死地。医院大夫一致认为凶手到底是出版社的人，看过有关方面的书籍，为了他人和自己的生命安全，打人都有一定的分寸。

直到下午上班以后，钱思奇才得知这个消息，气得他还在走廊上就大嚷起来："反了，真是反了！"

郭铁汉比他还早几分钟知道，却摇摆着身子走到他的背后，轻轻拉了一下他的衣袖说："冷静一点儿！"

钱思奇一点儿也冷静不下来，又回过头来对他嚷道："冷静冷静，你叫我怎么冷静？敢打总编，就不敢打我这个社长吗？"

郭铁汉见他当着众人对自己发火，也有些不高兴了说："正因为你是社长，我才劝你冷静一点儿，你总不能去把打人的人也打一顿吧？听说最近北方一家杂志社也发生了类似的问题，甚至比这里还要严重，新上任的杂志主编要清理前任的账目，下面的女会计拒不执行，主编就要女会计下岗，女会计的老公是本地的作家，一听这事就用报纸包块砖头，把主编的脑袋拍了，总共缝了七针，你猜后来怎么？主编要求逮捕作家，公安局下来一调查，说是要缝八针才够逮人的标准，因为还差一针，这事就不了了之了。* 所以我们还是慎重一点儿为好。”

钱思奇对他一挥手道：“你的意思是李中国的脑袋没挨砖头，既没有破，也没有缝，打人凶手就没有错误是吗？既然这样你就去慎重吧，我得先去看望受害者，回头再找他们算账！”

说罢转身就走，郭铁汉一把没有拉住，钱思奇一个人就下了楼，在门口打了一辆出租，直奔救护车把人救去的那家医院。但是那家医院的住院病房里已经没有了李中国，两个护士也在急着找人，四处都找不到，就断定他是擅自跑回家了。钱思奇气得又在医院里嚷：“你这个书生，你这个傻子，你挨了打连院也不住，你跑回家去干什么呢？”**

钱思奇接着又打车去李中国家。这一头郭铁汉去调查情况，自然首先就调查到周泉和陆为码那里，因为打人的四个人中，两个是总务处的，两个是销售处的。陆为码不在，周泉却正在电话里面大着嗓子训斥方三儿，一见郭铁汉进来，料定必是为了此事，就索性当着他面，把音量又加大一倍吼道：“这事你不给我好好检讨，明天你就别来上班了！”

周泉把电话“叭”的一声挂了，又余怒未消地呼呼喘了一阵，这才请郭铁汉在沙发上坐下。

郭铁汉说：“看来你已经知道这件事了，那就把你知道的情况给我说一说吧。”

周泉仍呼呼地喘着气说：“首先我要申明的是，我并不是现场目击者，不过听外面的人说，除了他们四个打人者和一个被打者外，现场还有凤凰社一个人，就是吴诗言。吴诗言目击了这一切，却并没有上去阻止，不知道是个什么原因。另外，事情发生以后，总务处的两个打人凶手我已经训过了，先训的是黄莲花，把她都训哭了，后悔得不得了，表示要接受处分，但她认为李中

* 哈，还有这种奇葩规定？作者讽世戏言，不可当真。

** 为书生一叹！也以此与之前方三儿住院的情形作对照，二人天上地下，云泥之别。

国作为一个领导，处理事情的方式方法的确是有些问题。接着我又训方三儿，刚才你进来时都听到了，他还委屈得不行，和黄莲花的看法是一样的。可是销售处的两个打人凶手呢？他们却还在逍遥法外，整个大楼都在议论这件事，难道他们的头儿陆为码就不知道吗？”

郭铁汉听得直皱眉头，听出周泉是利用这个机会，把吴诗言和陆为码各自点了一炮，同时又巧妙地打了李中国两板。他急着让周泉言归正传，转开话题道：“先不说这个了，下去后我再分别找他们两个人谈，我想知道事情到底是怎么发生的。”

周泉摇头说：“这我就不知道了，刚才我就说过我不是目击者，我之所以对你提到吴诗言，目的就是让你去找他问问，也许他是这个事件的唯一见证人。”*

郭铁汉觉得这是一个滑头，就起身出门，转而去找吴诗言。吴诗言好找得很，一推开印制科的房门，迎面就看见他挺直腰板，坐在那里兢兢业业地工作，显出曾经是个部队军人，又曾经是个考勤干部。郭铁汉走进去不看吴诗言，却对着李先来说：“我来找他问一件事。”

李先来放下手里的一卷画片，通情达理地走了出来，并且回手把门带上。郭铁汉就坐在李先来的热椅子上，这才望着吴诗言说：“你知道我要问你什么事吗？”

吴诗言眨着眼睛笑道：“我知道，你是想了解我最近一段的思想状况，在部队时我也是做这个工作的。你放心吧，一切正常，我知道你们把我放在这里，是对我的考验。”

郭铁汉反而被他说得一愣道：“我是要问你今天午饭时候打人的事！”

吴诗言吓一跳说：“谁打谁了？”**

郭铁汉越发愣道：“四个人打了李总，难道你真不知道？”

吴诗言反问说：“因为来了几个部队的战友，我连午饭都在外

* 保全自己的时候还不忘给别人背后来一下，周泉真是做得够周全。呼应前文中与吴诗言推心置腹，执手相看泪眼的场景，一笑一叹！

** 在李中国被打这件事上，周泉和吴诗言的反应，一个是主动往外推，一个是被动推，各是各的伎俩，丝毫不乱。

面吃的，刚刚回来不多一会儿，哪里知道打人的事？问题是李先来可能也不知道，他也没有对我说呀？”

郭铁汉仔细看他脸神，觉得那脸诚实得没有半丝儿破绽，转而却怀疑起周泉的话来，低头自语说：“这就怪了，有人亲眼见你在场，但不阻止，莫非这里有两个吴诗言不成？”

吴诗言苦笑道：“这件事真的是怪，两个吴诗言是不可能的，倒有可能那人看花眼了，如果是我在场，怎么会不阻止呢？别说李总是我们的领导，就是一个不认识的外人，我也会出面干预的。”

郭铁汉现在已经难以确定，周泉和吴诗言的话究竟谁真谁假，觉得凤凰社的事情真是复杂透了，他既怀疑周泉落井下石，乘机再干吴诗言一下，又怀疑吴诗言死乞白赖，一口咬定他不在场。如是前者，周泉真是一个可怕的人物，如是后者，吴诗言这个人物就更可怕了。郭铁汉决定找到四个打人凶手之后，再把吴诗言是否在场的问题搞个水落石出。*

* 这是郭铁汉来凤凰社独自处理的第一件事，且看手段如何。

直到快要下班的时候，郭铁汉才把四人找齐，他把他们集中在会议室里，让他们在他的对面坐成一排，听他问什么就回答什么，要说实话，不许撒谎。

郭铁汉板着脸问：“你们谁先动手？为什么动手？”

黄莲花哭哭啼啼道：“是我先动的手，我本来是想找你和钱社长的，你们都在前面走了我才抓住他，我是要找你们当领导的论个理儿，那泡屎是有人故意害我才不冲的，今天上午大楼根本就没停水，不信你去别的楼层打听！”

郭铁汉皱眉头说：“别说什么屎呀尿的，也别说什么领啊导的，就说你一个女人家又撕又抓，爬到一个男人的身上搞了半天，你臊不臊？你丑不丑？你丢不丢人？你男人知道了一张老脸往哪儿放？”

黄莲花勾着头，红着脸，一个字也不答，问到男人的时候她的身子抖了一下。方三儿把她这动静看在了眼里，故意把话挑开来说："郭头儿真是，她男人这会儿还顾得这个？"

王金刚和马车都忍不住要笑，郭铁汉方才想起郑三发犯的案来，将他们三人各瞪一眼说："你们还笑！你们知道她男人杀人犯了法，你们不知道自己打人也犯了法吗？说，接着又是谁动的手，为什么动手？"

三个人都互相看着，承认自己是动了手，但没有打人，一口咬定是好心去拉架时碰了李中国。王金刚边说边看郭铁汉的脸色，后来又承认他的确是对李中国有看法，因为有些事明明是该郭社长管的，可李总编偏偏要管，狗咬耗子多管闲事，管又管不好，越管越乱套。* 不过他就像打鱼一样，一网撒去，又及时收回来说："可是看法归看法，我们也不至于动手打人哪！"

郭铁汉的心被他说动了，其实他对李中国早有同感，但面子上却要顾着班子的团结，就继续训斥王金刚说："你别东扯葫芦西扯瓜，牛胯扯了扯马胯，你说的我都不听，我要听的是你们打人的事，你说没打，谁能证明你们没打？"

马车大着胆说："那谁能证明我们打了？"

郭铁汉一时被问住了，索性把吴诗言抖出来道："谁能证明？当然有人能证明！听说吴诗言当时在场，他是怎么讲的？为什么不阻止？你们也可以说一说嘛！"

王金刚和马车明知道郭铁汉恨透了吴诗言，当初听说郭铁汉要来凤凰社当副社长时，吴诗言动员全社职工签名抵制，逼着他俩也签了字。这时互相又看一眼，琢磨着在这关键时刻，是不是把吴诗言卖了，向郭铁汉讨一个好，也好减轻一点儿自己的过错。但是正这时候，只听得方三儿嚷了一嗓子道："我哪里看见过吴诗言？你们看见了这个人吗？你们也没有看见对吧？** 当时要是看见姓吴的，说不定我们真打人了，不是打李总，而是打他，社头儿要整我们，不就是听他打的小报告吗？"

* 王金刚总是能说出郭铁汉心中所想，是其奸诈之处。

** 呼应前文中在打架现场吴诗言对方三儿说的话。

郭铁汉听方三儿这样一嚷，王金刚和马车又不作证，黄莲花勾着个头只是哭，就更摸不着事情的真假虚实了，阴着脸沉思一阵，后来一挥手说："好了好了，你们都给我走，下去一人给我写个检查，等着组织上的处分！"

四个人走了以后，郭铁汉一个人坐在办公室里，把刚才调查的情况理了一遍，得出的结论是他们肯定打了李中国，吴诗言也肯定在场，只不过他们攻守同盟，矢口否定罢了*。不过再想李中国这人，也的确锋芒毕露了一些，许多事情公然越过自己，擅自主张，这次吃一点儿亏也好。正这么想着，外面有人敲门，以为是方三儿他们来问检讨是怎么写的，硬着嗓子说了声进来，却没想到进来的是周泉。周泉站在门口规规矩矩地请示道："部里通知马上去人开一个会，还很重要，很紧急的，规定要去一个社级领导，钱社长和李总编都不在，看来只好你去了。"

郭铁汉嘴里骂着开个什么鸟会，身子却本能地往起站着，收拾了钢笔本子还有茶杯，一刻也不敢耽误，跟着周泉就出了门。门外早已把车备好，是周泉同时安排的，开车的还是方三儿。郭铁汉弯腰坐进车里，觉得刚才还把方三儿训了一通，转眼又坐他开的车，浑身上下都感到别扭，还怕他路上故意使坏，眼睛紧紧把他手里的方向盘盯着。方三儿却像没事的人似的，厚着一张缝过的黑脸，嘿嘿地对郭铁汉说："郭头儿，散会晚了就别回家了，我请你吃炸酱面。"

说着又是检查他这边的车门关好没有，又是帮他把安全带系牢。** 郭铁汉心里方才踏实一些，身子却动也不动，嘴里还严肃着说："就是吃了你的炸酱面，你的检讨还是免不了的！"

会议只开了半个小时，往返路上却多花了一倍。郭铁汉坚决不吃方三儿的炸酱面，要他开车直接送自己回去。路过李中国住的那幢楼时，他忽然改变了主意说："把我停在这里，我要去看看李总，你自己开车走吧，别管我了！"

* 郭铁汉并不糊涂，就看在权力角逐中是否公正。

** 知道他的命运系在郭铁汉手里，才如此殷勤。

方三儿嘴里嘟哝着，要求陪着他一道去，郭铁汉不想带他，独自一人跳下车子，去一个水果摊子买了几斤香蕉，提着来到李中国的家里。他让自己坚持一个原则，只是嘘寒问暖，问伤得怎样，心情如何，最后把那三男一女骂了一通，却绝口不提在部里开会的事。*

* 部里的开会内容应与凤凰社今后的命运相关。

第二天清早上班，在走廊里老远就见到了钱思奇，见他脸上的余怒未消，知道还是为了昨天那事，就快步迎过去，先说了昨天下午周泉通知部里开会，他和李中国都不在，只好自己去了，接着又开始传达会议精神，钱思奇烦得一挥手，打断他的话道："别四个字四个字地说了，你就说要我们干什么吧？"

郭铁汉笑了笑，就停止四个字的传达说："我看这次的会议精神对李总不利，不是领导批评群众，而是群众批评领导。"

钱思奇瞪着他问："李中国挨打的事你说没说？我俩没去开会的原因你说没说？"

郭铁汉信口敷衍说："我说了，我怎么会不说呢？我一进会场就汇报了，说李总为什么不能来，你为什么也不能来。"

钱思奇急着问道："那他们是什么态度？"

郭铁汉心里暗笑，脸上却一本正经说："他们的态度是一切都得等到以后再说。"

钱思奇听着这话生气，死瞪着郭铁汉的脸，见他一脸的庄严，好像带回了一道圣旨，就叹口气说："我知道了，既然是你听的会，你就去向全社传达吧，我不想参加了，我现在心里是乱透了，一听到开会就烦，就恨不得骂娘！"

郭铁汉正巴不得这样，自从到这凤凰社后，他一直是排在钱、李两人的后面，连开会也是第三个发言，这下终于可以独当一面，把握一次全社的会场了。他在心里感谢着那三男一女，感谢李中国的受辱和钱思奇的生气，感谢在这样一个情况特殊的时候，周泉通知他去部里开了一个意义非凡的会。

但是到会的人数比过去要少得多，整个编辑部里的人，要不是东方白时至中场才摇晃着走来，简直全体缺席。其他处室的人也到得不齐，就是来了也要么藏在门边，要么窝在墙角落里，只有李享大今天来了劲儿，见钱思奇和李中国都不在场，就落落大方地挨着郭铁汉坐下，并且还带着笔和本子，绿屎汪汪的两只眼睛眨巴眨巴着，听郭铁汉传达上级精神，一会儿记那么几句，一会儿又记那么几句。

花了一个多小时传达完了，郭铁汉喝一口水，请大家围绕精神议论一下。大家似乎都没兴趣议论，眼睛故意望着别处，好像一屋子的泥塑木雕。郭铁汉觉得自己第一次主持开会，居然把会给开死了，老大的不高兴，担心落人话柄，就学着电视里的领导样子，眼睛满场子巡逻着点人发言，看见东方白坐在自己正对面，双手抱在胸着，身子往后仰着，像魏子野过去那样闭着眼睛，心里有火，却笑着点了他一名说："东方先生说说，你是凤凰社的名编，一定有很多真知灼见，我们洗耳恭听。"*

开会的人听出这话像是讽刺，就一片声地哄笑着，死板的气氛一时间活跃起来，都想听东方白有什么妙语应对。东方白不慌不忙睁开眼道："你以为我睡着了？其实我哪里睡着，听你一边讲一个字是什么二个字是什么，三个字是什么四个字是什么，我一边也在想这个事**。我想起有个人的一二三四比你们编得有水平。他说一字是善，善为至宝，生生用心，要作良田世世耕；二字是愿，愿天常生好人，愿人常行好事；三字是养，安分以养福，宽胃以养气，省钱以养财；四字为当，无事以当贵，早寝以当富，安步以当车，晚食以当肉；还有五节六戒，七勿八轻，九莫生十要得，还想不想听？"

大家都来了精神，眼睛斜看着郭铁汉，这里冒出一句"想听"，那里冒出一句"说啊"，又有人把头藏在背静的地方怪叫怪笑。郭铁汉脸上勃然变了色道："哪来的这些封建主义的东西！你

* 有意想出对方的丑，可没想到会自取其辱。

** 东方白讲的这种一二三四的官腔怕是人人都曾如雷贯耳。

说的有个人是谁？就是你们几大名编里面的吧？”*

会场上又笑起来，知道郭铁汉怪错人了。东方白也认了真，针锋相对道：“不管他是谁，这可是你点名要我说的，我不说你要我说，我说了你又不乐意。你先别说这是什么主义，你先说这些话总结得对不对？句子通顺，又有文采，工整对仗，朗朗上口，比你们编的一二三四好听得多，你看你看，一不小心你都犯了第三个字吧？”

郭铁汉气得声音发颤说：“你何不说我犯了第一个字，说我不善，说我是个恶人？”**

会场上一时骚动，一时肃静，大家的眼睛都像一盏盏探照灯，在东方白和郭铁汉的脸上扫来扫去。王金刚、马车和方三儿坐在一个墙角，黄莲花一个人坐在一个墙角，他们原本都低着头一声不吭，时不时地互看一眼，准备着郭铁汉在会上点他们的名，不想东方白把会场的主角抢了，使得郭铁汉转移了话题，个个心里都暗暗地高兴，巴不得他们两个也打起来才好，这时见郭铁汉的一双眼睛从远处向他们望来，吓了一跳，正大气不出地等着挨训，却听他忽然长叹一声，然后说出一句话道：“同志们哪，我要是个恶人，这次有几个人可就要去蹲局子了！可是我这样做了吗？我不是至今还体谅着他们，保护着他们，等待着他们清醒头脑，提高认识吗？***”

三男一女都听懂了他的意思，抬起头来，似乎不大相信地看着他，黄莲花的眼里第一个流出了泪水。

* 勃然变色是自己独当一面的风头被东方白给抢了，说出的话则衬出其对文化的无知。

** 哈，这郭铁汉似乎总有自知之明，对自己的判断总是比较恰当！

*** 恶人有两种，一种是作恶，另一种是纵恶，第二种比第一种更可恨，郭铁汉恰恰是第二种纵恶。

57

魏子野怀里抱着一本大书，手里拿着一张图纸，东张西望来按李中国家门铃的时候，李中国从门孔里看见是他，一时有些愕然。自从魏子野辞去职务以后，两人就从未在私下见过，偶尔在走廊碰到过一两回，李中国都是匆匆忙忙地去赶会议，魏子野便点一个头就过去了。在李中国的心里，无论是魏子野对他也好，还是他对魏子野也好，两人的友谊分明是淡了。但他却仍然能为魏子野着想，想想一个人的个性，又想想一个有个性的人所处的环境，觉得人家的选择竟是对的，并且那些想法自己何尝又没有过，之所以还在努力地撑持着，无非是不好对钱思奇交代，而魏子野相比之下却比他来得潇洒，竟对他道一声歉就是了，末了还要取得他的谅解*。

李中国身上几处倒不怎么疼了，只是头昏得厉害，在室内行走都很缓慢，脸上又苍白无血，看着像个老人，全然不是过去那般风风火火的样子。他猜测魏子野是听说了打人的事，专程前来看望他的，因为魏子野平生最不喜欢串门，加上南方人的通病，不会辨别东西南北的方向，又记不住路，他去过他的家里几回，他却一回也没到他的家里来过，又见他手里拿着一张纸上画满了房子和箭头，可想是下功夫问过社里的人了。

魏子野进门脱了皮鞋，门内有拖鞋他却不换，就打着一双赤脚进去，仰躺在大厅的沙发上。李中国的夫人住在国外，家里也没请个保姆料理，来了客人，他就自己提水来沏咖啡，魏子野却说不喝，改冲牛奶也说不喝，边说边把怀里抱的那本大书封面打开，原来并不是书，而是一盒精装的茶叶。李中国方才记起他的癖好，又忙着换了一只茶杯，让他打开自带来的茶叶冲了一杯。

* 强为难为之事，必遭无妄之灾。可惜李中国没有悟透！

魏子野居然不怕开水烫嘴，端起来轻轻呷一口道：“此物最好，剩下的就归你了，让你学会享受一点儿清淡之福。”

说了就直望着李中国笑。李中国觉得这话一语双关，是专门说给他听的，就也笑着望他，单等他过问那天的事情。魏子野却对那事只字不提*，开口谈的仍是书，兴致勃勃道：“昨天我去潘家园旧货市场，在旧书摊上挑了几本有头无尾的破线装书，见其中一本里面有首好歌，大俗大雅，大丑大美，足可以与《红楼梦》里的《好了歌》相比，我念几句给你听听，看你有没有本事把它译成外文：‘老夫闲来没事干，诌了一篇歌扯淡，自从盘古到而今，个个都是精扯淡。我见世间扯淡人，我也跟着去扯淡，早晨扯淡到黄昏，天明起来又扯淡……’”

李中国笑道：“这不是那个什么《扯淡歌》吗？几年前就有人给我看过了，当成国粹似的，我记得前面还有几句你给漏了，什么将相君王如何如何，安邦名士如何如何，当时我没有译，没看完就扔一边了，觉得无非是一些押韵的民间牢骚而已。”

魏子野假装一愣说：“牢骚又怎样，离骚不也是骚吗？这可是人称清朝怪杰的石成金老先生的传世妙语。过去我读《红楼梦》，见栊翠庵的妙玉品诗论文，说是古人中自汉、晋、五代、唐、宋以来皆无好诗，只有两句好，那就是‘纵有千年铁门槛，终须一个土馒头’。我一直查不着前面的两句，读过这本破书，才知道前两句是‘家山随处可松榴，荷锄携壶似醉刘’，是劝人学习那个把天当作上衣地当作裤子的醉鬼刘伶的，难怪正对妙玉的胃口。**”

李中国仍然坚持道：“我总觉得这类东西太颓废，意思不大。”

魏子野说：“这么说我也是个颓废的人，颓味相投，不过我却觉得意思不大总比没意思好，尤其是比起那些自以为有意思，并且意思很大的文学作品来，它的意思已经很不小了。你是译过老子的《道德经》，译过庄子的《逍遥游》的，《扯淡歌》何尝不是

* 提起来只会徒添李中国的尴尬和气恼，非魏子野所为，特此与周泉、吴诗言之流对照。

** 应该也对魏子野的胃口，否则不会一直记着去查前两句。

它们的通俗版，幽默版，甚至是现代版，你不觉得整个凤凰社的人，每天唱的都是《扯淡歌》吗？”

李中国一听到凤凰社，心情一下子就暗淡下来，不想再谈这个，就转而问魏子野说：“听你大讲扯淡，知道你终于是自由了，最近又写了一些什么？”

魏子野摇头说：“写是写了几篇东西，连自己也觉得不满意，倒是又犯了编辑的职业病，刚才说到《扯淡歌》，我想把类似的一些中国民间歌谣整理汇编成一本书，譬如糊涂歌，无用歌，不如歌，玩玩歌，得过歌，爱驴歌，知足歌，醒迷歌，等等，加上注文，再加上点评，书名就叫《中华民谣》，我想它出版后可能会有人来买的。*”

李中国沉吟了一阵子说：“书名《中华民谣》，会让人怀疑是社会上那些讽刺贪污腐败的顺口溜，什么‘小贪戴手铐，中贪吓一跳，抬头一看，大贪正在作报告’一类的，给出版社带来不好的影响，不如改个书名，叫作《中国古谣》。”

魏子野半笑半真道：“到底是总编辑，书名取得比我高明。”

李中国见魏子野还不过问那件事情，怀疑他是否真不知道，忍不住自己试探着说：“别转弯抹角地谈编书了，你今天是来慰问我的吧？”

魏子野果然回答说：“我慰问你个什么？我知道你伤的不在身上，而在心里，心里的伤要用心来治，我进门就给你念了那些好听的歌谣，这就是我的别有用心之处。”

李中国方才明白什么都瞒不过他，叹口气道：“自从发生那件事后，我就更加理解你了。当天下午钱思奇来看我，我已经对他谈了我的想法，第二天又给部里写了报告，要求就此辞去社里的职务，要么好好当一名翻译，要么又去国外做访问学者，同时兼带着给国内，也给本社做些引进版权和文化交流的工作。那件事我当时的确是想不通，但是后来就想通了，我觉得你有一次说得

* 所有这些歌谣，都是在旁敲侧击，想让李中国放下对凤凰社和钱思奇的执念之心，安心做一个自己擅长的学者。

很对，你说如果是在加州，或者是在国内一个改革比较成功的开放地区，我们是可以轰轰烈烈地干一番文化事业的，可是在这里绝对不行。这不是几个人的问题，而是整个环境，整个体制，整个观念的问题，因此我并不太恨那几个人，他们代表着一个在改革中正在失去利益的群体，既没有分析事物的水平，也没有重新选择的能力，内心一定也很痛苦，就把我当成了对立面，即便不动手打人，心里也是恨死我了。”

魏子野只是闷头喝茶，听着他喃喃地说，时而由衷地点一个头，脸上并没有露出半点儿的惊讶，听他说完方才补一句道：“他们这种恨也是有道理的，人家原本都活得很好，就像是在一条大船上面，吃喝拉撒，说笑打闹，看起来和和气气，团团结结，平平安安的，是你长着一双贼亮的眼睛，封神榜里的杨任似的，觉得这船歪了，接着会沉，就叫嚷着这人要干什么，那人不要干什么，不然就不得了。但是不行，因为有的人乐意，有的人不怎么乐意，一下子就跟你闹起来了。你呢，你以为你是船长，起码是大副吧，可以把握船上的局面，但是又不行，因为真正指挥这条船的人却不在船上，他不要你搁浅，他要你前进，和船上所有的人抱成一团，抱不成也要抱，这样才能减少阻力，增加动力。你不同意这个搞法，觉得荒唐，认为明里是紧紧地拥抱，暗里却是互相捅刀子，你主张分开，各就各位，其实你本意并不想得罪一个人，但客观上你却得罪一批人了，这批人就和你展开英勇的斗争，逼得你退回原地，或者另换一个船长大副，大家还像过去那样活着。你以为隔岸观火者会支持你吗？不会，他们会认为你是一介书生，一个失败的教条主义者。更何况你们这船上掌权的几位，本身的团结就是假的，有人愿意大包大揽，有人正好能推就推，你且想想，这次拳头能落到你的身上，下次责任不会也要你负吗？”

李中国坐立不安地听着他讲，自己却像累了似的呼哧直喘道：

"谢谢你给我讲了一个寓言，我今天才发现你是个一流的说客，你几乎要把我说服了。"

魏子野仰脸倒在沙发上，呵呵地大笑着说："恐怕不是说客，而是黑客吧，不过我再怎么知彼知己，也从不主动袭击别人，总是以别人认为传毒的方式，保护自己和朋友的软件，想起来也很可怜。"

说着忽然看眼墙上的挂表，想起晚上还有一篇约好的文章要写，起身说走就走。李中国还在思考着他说的话，这时只好也站起身来送他，快要走出门外的时候，猛地记起一件要紧的事来，又站住说："回去你告诉阿里巴，我原本答应给他翻译的那本书，作者已从网上授权给了别人，凤凰社现在的名气不好，信誉也差得很，最近不知道又从哪里传出的小道消息，说是上面要取消这个社了。*"

说了以为魏子野会追问，不想他却笑道："我也听说了这个消息，我不认为它是小道，你想过没有，我们国家的很多重大决策，不都是先从小道传出来的？但是我早说过，这条破船沉了也好，只有闻之船沉，船上的人才会停止内斗，操练水性，如孙子兵法所言，置之死地而后生。只怕在船沉的时候，还有一本长篇小说要送给我写，凤凰社的这一百个人，到时人人都有一个精彩的故事。"

李中国沉思说："不过真要写时一定注意隐蔽，以免引起著作纠纷。回国后我明白了一个道理，也可以说是发现了一条规律，无用之人无事，无事之人容易无聊，无聊之人被人揭露容易无赖，而无赖之人一旦受到攻击，就会变成疯狂报复的无耻之徒了。**"

魏子野想起阿里巴曾经劝他写一本凤凰社的书，他当时的回答时"兔子不吃窝边草"。而现在他的观点完全变了。他望着李中国那张苍白憔悴的脸，坦然一笑道："谁也报复不了我的，这是

* 小道消息往往都是真消息。

** 这些人凤凰社里都有，读者身边也有，有好事者，不妨可以对号入座。

生活，有人不是说过，生活是创作的唯一源泉吗？让他们去报复生活，报复他们自己好了。这一百天的生活告诉我说，文学是不能太隐蔽的，在一个一半人民都是文盲的中国，在一个平均文化不到大专的凤凰社，太隐蔽了他们怎么看得懂？*至于纠纷，我现在变得不那么清高了，有进步了，也懂得市场经济了，作品有了纠纷容易畅销，畅销书作家容易拿高版税呢！”

李中国默然不语，目送着他出门下楼，上了马路。魏子野乘车回到社里，看见每间房都关门闭窗，连走廊里都没个人的影子，不知人都去了哪里，气氛显得有些不祥。忽听楼外哇的一声，接着又扑的一响，好像停在树上的乌鸦看见了什么，惊叫着飞了开去。**魏子野联想着小道消息，心里感到好笑，推开编辑部的门，却见几个人都在里面，杨梅和东方白背靠背地坐着，手里各自拿了一本杂志，闭着眼睛休养生息，靠窗的一方坐着阿里巴，正翻桌倒屉地清点东西。魏子野走过去问：“要调走了？”

阿里巴转脸认出是他，点头承认道：“你怎么知道？”

魏子野说：“你什么时候瞒得过我？是金铃子过去的地方，还是孙文夫现在的地方？”

阿里巴疑惑道：“是孙文夫告诉你的？”***

魏子野说：“是你自己告诉我的，你说你们两人分手的时候说了一句后会有期。又见你秀才搬家，全都是书，眼睛都盯在那一堆一堆的杂志上，我就自然想到这两个人了。不过你也未免太心急了一点儿，又不懂国情，调动工作的事，在我们这样的衙门没有年把半载是办不成的，说走怎么就能走呢？”

阿里巴住了手说：“道理我是明白的，只是我一秒钟也不想再待下去了。”

魏子野说：“越是想怎么样，越是不要露出想怎么样，这就是中国人所说的成熟，像你这样张牙舞爪，大叫大嚷，只怕到时顺利不了。我正要告诉你的，我刚从李中国家来，他说你手里那本

* 再次点名了《纸厦》之由来。

** 纸厦将倾，连飞禽走兽都有了感应！

*** 这么一说，阿里巴要去的地方应该是孙文夫那里了。

书的作者决定不授权了，因此他也别译，你也别编了，以防浪费宝贵的劳动。不过你还得做出一副一切正常的样子，不然对你和李中国谁都不利。*”

阿里巴听着一怔，接着点头说：“我明白了，不光是我要撤，李总也要撤吧？”

杨梅和东方白听着他们说话，却仍然闭着眼睛，只用耳朵探听李中国的消息。魏子野说：“撤什么撤，是撤离中国还是撤离地球？”

阿里巴两眼向上翻着，像被捉出水面的鱼儿那样，过了好一阵子，竟然当着杨梅的面说：“野哥我不瞒你说，这段日子不知怎么搞的，我的心里痛苦极了，空虚极了，很想和你去找一家背静的小馆子，喝一喝酒，说一说话，就我们两个人，别人一个不要。”**

杨梅斜看了东方白一眼，撇着嘴说：“听他说的，就好像我们都赖着要跟他喝酒，跟他说话似的，其实我们谁愿跟一个痛苦而又空虚的男人去喝酒说话呢？”

阿里巴这才发现杨梅原来是醒着的，一不小心又把她给得罪了，赶快设法为自己开脱道：“我知道你没有睡着，我就是专门说给你听的，那天你和张洁出去吃饭就不请我，别以为你们女人有私房话说，我们男人就没有私房话说，二十世纪末的中国男人脆弱着呢。”

大家都笑起来，杨梅笑得咯儿咯儿地响，声音里透着一种女人的得意。忽然间发现中了他计，是他故意用这可怜的说法来使她原谅，便戛然停了笑说：“你脆弱吗？怎么我昨天还听你给一位小姐打电话，说她姐姐不在，你就是她的保护神，她要是知道你原来那么脆弱，泥菩萨过河自身都难保，还敢把自己交给你来保护吗？***”

阿里巴的脸一下子红透了，知道自己昨天给金樱子打的电

* 魏子野身在其中，心在其外，所以看得真实，看得透彻。

** 是该尽兴一醉，以消心中块垒。

*** 由杨梅眼中所见，口中所说，补出阿里巴和金樱子的情状。

话，也被这个假装睡着的杨梅全都听了去，一时想不起电话里他还说了一些什么，这样的电话他还打过多少，傻呆在那里不说话了，听天由命地把她望着。杨梅这才觉得大获全胜，咯儿咯儿地笑着跑出去了。

杨梅的话提醒了阿里巴，他昨天在电话里和金樱子约定，让她今天下课后回到梦园家里等他，然后两人一道去吃晚餐。看看腕上的时间，四点半都过了，不能再这么胡侃下去，便索性做出一副险些误事的样子，赶快动手整理桌上的书稿，随手挑出一本装进包里，说是要去公寓等候一位外国学者，乘着杨梅出去还没进来，慌慌张张地走出门去。

四点半后正是城市的高峰时间，人们要忙着下班回家，无论是公交车还是出租车，都在路上堵成一条懒龙，停上半个时辰挪动一截，接着再停半个时辰。阿里巴坐在出租车的副座里，直后悔不该早没动身，担心这样坐到梦园，只怕灯都亮了，不知道金樱子会气成什么模样。樱子可不是她的姐姐铃子，生起气来会真不理他，赔罪不行说笑话也不行，解释原因有时还会火上加油。在金铃子出国后的这些日子里，他和她在一起得到了无限的快乐，同时也尝到了不少的苦头。但他没有本事越过前面的车辆，只好坐在车里听天由命，耳朵听着司机播放的一曲曲情歌，心里却像猫抓一样。

车到梦园虽然大街没到亮灯，但也过了普通的晚饭时间，阿里巴心中怦怦打鼓，喉咙里装满打好的腹稿，仓皇地按响了金樱子的门铃。和他想象的截然不同，金樱子今天打扮得像个新娘，满面春风，笑眯着一双凤眼，打开房门做了一个请他进去的手势。阿里巴嘴里刚说了一个“路上太堵”，金樱子立刻就堵住他的话说：“你别说了，我都知道。”

阿里巴简直不相信会有这样的好事，他就傻呆呆地站在门后不动，看着金樱子在屋子里跳来跳去，给他端水沏茶又削苹果，活像一只快乐的小鸟，看够了方才试着问道："是不是你姐给你来信，要你马上也去美国？"

金樱子瞥了他一眼说："别一天到晚都想着我姐，想着美国，世上的好事多着呢，告诉你吧，我的论文要发表了，连我的导师都说要请我吃饭，今晚你还不好好地请我一餐？"

阿里巴这才在沙发上坐下，接着又把身子往过挪了一些，腾出位子让金樱子坐在他的贴身，嘴里高兴地说："为什么写的时候不给我看，要发表了才告诉我呢？"

金樱子笑道："还不是因为少女的虚荣，担心文章质量不高，笑掉你这名编的大牙！"

阿里巴一路上就盼着她的亲吻拥抱，这时早已耐不住了，抓住这话就叫嚷道："原来你还嫌我的牙齿长得太大，大又怎么样，大能一下咬掉你的舌头！"

边叫边就伸手捉住金樱子的手，把她按坐在自己身边，嘴里呼唤着她的名字，双手捧住她脸就是一阵暴风雨般的狂吻，吻得她快要出不过气来，一只手又乘机溜进她的上衣，在里面像鱼一样地到处游走。金樱子突然挣起身子，一张脸涨得通红，累得呼哧直喘道："刚才我好像听你叫我姐的名字，你要是再把我当作她的替身，我就跟你翻脸，下次跟你在一起时，我也可以叫我师兄的名字！"

阿里巴明白自己叫错了人，却嬉笑着说："我叫你姐，是因为我们毕竟相爱过，你叫你的师兄，难道你也爱过那位给书商做黄色广告的下流博士吗？"

金樱子脸又红了，真的生了气说："世上就你红色，就你上流好吧，既然这样，你还跑到我这里来，找我这个任谁都爱的人干什么？"

阿里巴听她与其说是谴责自己，不如说是向自己作着表白，心里反而激动起来，两手捉住她的一只手，像哄孩子那样哄着她说:“我不是来看望妹妹，祝贺妹妹论文发表吗?”

不想金樱子一下将手抽了回去，气上加气道:“别这么讨好我，你一口一个妹妹的，恰好证明你的潜意识里和我姐联为一体，而没把我当一回事！更何况说，你来之前哪里知道我的论文要发表?”

阿里巴辩她不过，只好不再辩了，加上路上坐车一个多小时，又渴又饿又太累，就腾出嘴来喝了杯水，又拿起削好的苹果几口吃了，然后两眼一闭，仰躺在沙发上面装作要睡的样子。金樱子独自抱怨一通，听到耳边没了声音，侧脸一看他已睡了，大张着嘴巴向上出气，跟打呼噜没有什么两样，气得将他鼻子捏住，又用手堵住他嘴，气喘喘道:“你一来就挑起战火，没话说了又以逸待劳，我叫你睡，我叫你休息得成！”

阿里巴被她乱整一通，假装整醒过来，迷瞪着眼看了她好一阵，突然纵身而起，一把将她搂在怀里，嘴里大喝一声道:“你说我以逸待劳，说不要我休息得成，那我就真的要和你挑起战火了！”

他把她用力地抱离地面，一路踉踉跄跄，直往她的卧室奔去，金樱子这才告饶，推说等到吃过饭后。阿里巴好歹把她放下地来，得意地望着她笑，金樱子鬓发散乱地说:“你是一个土匪！”

金樱子对镜整理了一遍头发，又打开柜子，选来选去，最终选了一条姐姐留下的长裙，换下身上这套休闲牛仔，方才带着阿里巴去吃晚餐。这时外面的街灯已亮成一片银海，夜光下看着行走的金樱子，阿里巴想起刚才她的生气，想起他失口叫错的名字，竟真的觉得金铃子又回到了他的身边。

满大街都是大大小小的饭店，金樱子仰着个脸，边走边看那些霓虹灯闪烁的店名，进去瞅瞅又退出来，挑挑拣拣地说是这个太闹，那个太俗，还有几家里面的人太杂乱，走了半天还没选中一家，忽然想起一件事来，站住问阿里巴道：“你总提起我姐，我不妨考你一下，你还记得你和我姐第一次去吃饭的地方吗？”

阿里巴张口就答：“怎么不记得，正宗的毛家菜馆呀！”*

金樱子说：“那你打个什么埋伏，还不又带我到那里去吃？”

阿里巴心里想着那个老板，自己喝多了酒胡说八道，答应带导演来请他扮演角色，可是至今也没结果，担心见面不好交代。又想带到那里去吃饭的人，除了他和金铃子外还有璀璨，上次那老板把璀璨错认成金铃子，差点儿害他露馅儿，今晚若再带去一个金樱子，只怕又闹误会，这金樱子最不是好糊弄的，万一说岔了嘴他可是难得应付。嘴里就支支吾吾着，说是那里的菜太辣，肉又太肥，不适合她这样的斯文雅人去吃，还是另外换家淮扬风味的餐馆为好。金樱子哪里知道他的苦衷，只管逼着他说：“照你这么说，我是斯文雅人，我姐倒是豺狼虎豹了？辣也罢，肥也罢，即使不吃，你敬我杯酒表示一下心意也行！”

阿里巴不敢再推托，只好硬着头皮，带她走到那家菜馆的门口。毛家菜馆门口的迎宾小姐又换了两位，自然又不认识他了，红红的嘴里叫着先生，几乎要把他生拉进去，阿里巴回头看眼金樱子，小姐便松了手，红嘴里转而又叫小姐，说是二位请进。阿里巴头前跨进门里，迎面就见经理台内站着那位穿灰色长袍的高个子经理，在他的对面经理台外，是一位肌肉丰满的年轻女郎，正把双臂伏在台上，拿笔在一本书上写字，从背影看这女郎好生眼熟。穿长袍的经理一抬头看见了阿里巴，拍手叫了一声阿先生来了，就快步从台里迎了出来，女郎听他这么称呼，转过脸来一看，哇的一声叫道：“真讨厌，你怎么知道我在这里？”

说着就把写好字的书递给长袍经理，轻声说个“请您指教”，竟当着他面扑过来和阿里巴拥抱。阿里巴一眼认出她是璀璨，猛地吃了一惊，嘴里毫无准备地说道：“我怎么知道你在这里？我是陪朋友来吃饭的，想不到在这里碰上了你……”**

* 如此落笔，是为了引出下文去毛家菜馆。

** 冤家路窄，担心什么来什么，而且来得远比他想的刺激得多。这下看阿里巴如何应对？

⊙出去玩……　何立伟 绘

璀璨两脚原地跳着，一双拳头擂鼓一般捶打阿里巴的胸脯，一口气地撒着娇说：“你骗我的，你真坏，天下哪有这巧的事，你一定知道我又飞到北京，又到这家菜馆来了，你才故意来找我的！你的朋友在哪里？叫她过来和我们一起吃饭，这次还是我来买单，告诉你吧，我已经调到中央电视台了，暂时就住在台湾饭店，心情特别的好，今晚我们来个一醉方休！”

阿里巴好不容易挣开她的双手，红着脸转身来找金樱子，却连她的影子也不见了。*

* 当初带璀璨来这里吃饭，是特意为此时留的一个伏笔。

58

结果这餐晚饭没有吃成，阿里巴顾不得理睬璀璨，转身出门就去寻找金樱子，几乎找遍了一条街道，一路找一路喊着樱子的名字，路边一对对男女不断地侧眼看他，小声地怪笑着，冲着他的后脊梁说：“你看这个光头喝醉了酒，连女朋友都丢了，到处喊什么阳子阴子的！”

阿里巴隐约能够听到一些，却没时间跟他们计较，仍是一路找一路喊着，但他哪里还能找到金樱子，满大街穿漂亮裙子的女孩儿无数，绝没有金铃子留给她妹妹的那一条了。他沿着来时的路线，一直找回梦园，料定樱子此时已经回家，正把自己关在保险门里，趴在床上伤心流泪。便在外面使劲儿地按着门铃，没有人开，又换成用手敲门，仍是没有人开，后来他就边敲边喊，声音越来越大，惊动了对面的住户，只听哐的一响，铁门上方打开一个书大的窗口，从里面露出一把明晃晃的菜刀，一个壮男人的粗嗓门对他吼道：“你想干什么？黑灯瞎火的，再闹我们就报警了！”

阿里巴又害怕得罪了她的邻居，忍着火气不敢争辩，只好乖乖下楼，站在楼下的花坛边上，一层一层地去数楼层，确定了哪一层是她的窗口。过去那是铃子的窗口，现在又是樱子的窗口，无论是谁的窗口，它的上下各层都有灯光，唯独它那里面没有，黑乎乎的像个无底洞。阿里巴的心也变得无底起来，知道这次樱子的气生大了，要在黑暗中把自己关上一夜，哭上一夜，骂上一夜。他的两脚急得直在楼下乱跺，想着对面铁门里晃动的菜刀和凶恶的吼叫，又不敢再上楼去敲门，也不敢在下面呼喊，害怕他要的金樱子不出来，他不要的左邻右舍却出来了，像住她对面的壮男那样对他发出怒吼。阿里巴在黑地里傻站了一阵，觉得今晚彻底没有了希望，决定只好让她受这一夜委屈，明天一早再来向她细说根苗。

走出梦园，他又想去向璀璨作个解释，猜她这时肯定已离开了毛家菜馆，回到下榻的台湾饭店，要去他就直接赶到那里。* 因为不管怎么说，那次为了文坛无赖袁飞北的事情，璀璨倾尽全力，调动关系，浑然不顾自己的利害，帮他在《锅城午报》发表过澄清是非的文章，尽管那篇文章后来引起一场官司，她的那份情意他却是要领受的。今晚两人在毛家菜馆突然碰见，完全算是一次巧合，虽然她当众表现得亲热过了，但那是她一贯的性情使然，并非存心要气走金樱子。他站在人行道边想来想去，想去想来，见一辆无人乘坐的出租车亮着红灯，开到他的身边减速停下，以为他是个要打车的，阿里巴好像从梦中醒来，随手一挥，对司机随口说了一声：“去台湾饭店。”

司机打开车门请他进去，但就在这一瞬间，阿里巴又犹豫了，他害怕璀璨抓住他不许走，今夜留他在宾馆睡觉，那样他可就真的对不起金樱子了。司机见他迟迟不肯进车，有些不耐烦道：“要去台湾饭店还不快去，晚了那里可就没房间了！”

阿里巴嘴里嘟哝着说：“既然那里没房间了，我还去那里干什么？”

司机在车里瞪了他一眼道：“你这人有毛病吧？我是说去晚了没有房间，谁说现在就没有房间了？”

阿里巴这时已决定下来了说：“不管有没有房间我都不去了，对不起师傅您走吧。”**

司机恶狠狠地骂声“我操”，吱的一下就把车子开走了。

阿里巴在路边又站了一会儿，埋怨自己刚才为什么不坐这车回他的单身公寓，真是脑子一乱，人都变糊涂了，白挨了司机一声臭骂。于是又拦了一辆车，让司机扭转车头送他回去。

* 这与当时丢掉大学初恋女友王妮儿何其相似，若是在同一个地方摔两次跟头，那就不是倒霉，而是愚蠢。

** 还好阿里巴已经没那么蠢了！

这晚他辗转反侧，一夜未能入眠，天亮时分眼睛半睁半闭地迷糊了一阵，却被自己上的闹表声音叫醒，振作一下精神，起床洗漱过了，骑上自行车出门去吃早点，预计吃罢就该到了上班的时间，直接先去社里一趟，问问昨天下午可有什么要事，顺便说说今天要去哪里会见作者，然后再到梦园看金樱子，打算花上一天一夜的工夫，把她昨晚的误会解除。

但是一进大楼，就闻出里面的气氛不对，一大队干部模样的陌生男女，有的拿着钢笔本子，有的拿着胶水纸条，在几个年纪稍大的头儿带领下，分成若干个小组，从凤凰社的第一间房子开始，一间一间地进去登记，从墙上的壁挂式空调，到窗台上的电话机，再到地上的电脑，打印机，复印机，桌椅沙发，书柜以及柜里的大部头图书，但凡是值些钱的统统入账，然后贴上盖了红印的标签。*社里的人都乱哄哄地站在走廊里，猜测着这是要干什么。阿里巴知道不是好事，穿过人群走进自己的编辑部，见一个男干部和一个女干部正围着魏子野桌上的一堆稿子，商量着这个玩意儿如何处置，东方白坐在旁边看着他们发笑，杨梅却一人制止着他们说："别动，这东西一不是固定资产，二不是公共财物，它是野人的私人作品！"

女干部伸出去的手便一下缩回来说："什么，你们这里还有野人？"

东方白笑道："怎么没有？未经允许登堂入室的都应该是。"

女干部本想发火，一看东方白的年纪比她要大得多，说话时脸上又挂着慈祥的笑，就也笑笑罢了。男干部听杨梅说得神圣，用手指着那堆稿子问："这东西值多少钱？"

阿里巴走过去对他怪样地一笑，接过话说："据我所知，比你们两个加起来还贵。"

男干部回头看了一眼阿里巴，想说一句什么却没有说出来，女干部对他飞了个媚眼说："快些登完我们走吧！"

* 呼应前面李中国和魏子野说的小道消息。

两人在屋里忙乎了一个时辰，怀疑仍有遗漏，又东张西望了好一阵子，这才退着走了出去。阿里巴回手关上了门，对杨梅和东方白说：“时间到了。”

杨梅看眼手表说：“你才到了多久，还不到十点呢，就想着要吃饭了？”

阿里巴说：“我是说这只老鸟已经活够了，五十而知天命，知道它再也活不成了。”

东方白听明白了说：“我知道了，凤凰社要破产了，电影里公司要破产时就是这个样子。”

三人正说着悲叹的话，有人在外面敲门，杨梅以为又是那对男女干部，发现漏了什么重要项目，二次进来复查，就不客气道：“进来吧，你们还忘了一样东西，中午去食堂吃饭的铁饭碗。”

谁知进来的一男一女不是刚才的两个，比那两个要年轻得多，打扮更是时髦，其中染红头发的小姐杨梅似曾见过，那个留板寸头的男人她却从不相识，正要问他们来找谁，只见阿里巴冲那红发女子愣着，接着叫了一声璀璨，杨梅立刻有了印象，原来她是那位从锅城坐飞机来出书的女作家。璀璨发现阿里巴正在这里，高兴起来，拉着板寸头男人就向阿里巴走来道：“阿大编辑，今早我给你公寓打电话，没有人接，打你手机也没有开，一想可能来上班了，果然是的。来我给你们介绍一下吧，这位是我那本书的责任编辑阿里巴，这位是我的男朋友，姓贾叫贾小刚，东方稀陶有限公司的总裁，稀陶公司你知道吗？噢对了，他的老爸你知道是谁吗？就是你们上级的上级，主管你们的贾部长！*”

贾小刚递他一张自己的名片，然后把腰挺得笔直，就用那只递名片的手来握他的手，脸上却始终没有一丝笑意说：“你好！”

阿里巴接过手来摇了两摇，也递他一张名片说：“你好！”

璀璨站在他们之间略微靠后一点儿，冷静地看着两人握手，像是担任着这对行将开战的拳击手的裁判。杨梅发现他们三人正

*贾部长，但愿这次部长和男朋友都是真的！

好形成一个三角，联想到那种关系，忍不住笑了一下，又急忙掩上嘴，转脸和身后的东方白对看一眼。

阿里巴见她只字不提昨晚在毛家菜馆的事，自己也就不提，心里却想，一定是他扔下她而去找金樱子，连她的话也没听完，使她受了刺激，又在请她赐书的长袍经理跟前丢了面子，心里更加不能平衡，正好身边新找了一个男人，昨晚想了一夜，今早就带着男人来报复他了。

这样想着，见璀璨的一双眼睛灼灼地向他逼来，里面装满了得意和挑战，直觉得有些好笑便笑了说："真对不起，你们来得太不是时候，沙发上刚打了封条，糨糊还没有干，连个坐的地方都没有，要不我们出去找个地方喝茶，我请你和这位贾公子？"

璀璨扫了屋里一眼，见他说的是真，立刻夸张地惊问道："为什么？这是为什么？"

阿里巴随口说："我不知道，我还想请你回去问问我们的贾部长，是不是要把这只老凤凰挂起来呢。"

贾小刚双手抱在胸前，向后仰着头说："我爸爸可不管这些鸡毛蒜皮的事情。"

璀璨白了他一眼说："部长为什么不管部下？为什么高高在上？衣食住行，吃喝拉撒，只要是关系到部下生活的方面都应该管，何况这还和工作有关。不是有关，而直接就是工作的条件！他应该管，你回去不对他说我对他说，我不以你的女朋友的身份，我以中央电视台节目主持人的身份，去积极地参与这件事情。"

阿里巴见璀璨既不想坐，又不想走，害得贾小刚也只好陪着她，抱着膀子站在屋中，检查工作似的四下张望，气派比刚才登记财物的那一拨人要大多了。阿里巴知道她今早带了这位部长公子前来，是准备打持久战，借此要说很多话，露很大脸的，心里着急要去梦园找金樱子，正想着怎么才能脱身，璀璨却比他更

* 阿里巴遇上璀璨，总是没有还手之力！

急，催着他道：“刚才你说请我们喝茶，我看你别请了，还是我请你们吃饭吧，我们正好没吃早餐，再过一会儿也就到了午餐的时间，就在你们附近找个地方好吗？这位编辑小姐和这位老先生也去，我这是又调工作又交朋友，双喜临门，不对，是三喜临门，还在你们这里出了一本书，你们都应该庆贺庆贺我吧。”

东方白双手抱拳，作揖似的对他们一拱一拱道：“我庆贺你，可是我就不去吃饭了，我的喜事也不少，女儿上大学了，前妻从国外来信了，我又找了一个新夫人，过一会儿她就到我这里来，要我陪她去琉璃厂看看古玩。”

大家听着都笑起来，杨梅索性趁这时候溜了出去。阿里巴眼看逃不过了，心里一横，只好跟着两个人出去吃饭。*

一辆新式的奥迪车黑油油地停在楼外，璀璨指挥着贾小刚开车，她和阿里巴坐在后面，阿里巴看了迟迟疑疑的贾小刚一眼，觉得这样安排不妥，提出让她坐贾小刚身边的副座，见璀璨坚决要按她的，就自己去坐前面那个，却又被璀璨一把扯了回来。璀璨装模作样道：“我有问题要向你请教呢，编辑部里没地方说话，我们就坐在车里说好了，你说我下一本书应该怎么写？”

阿里巴害怕她又在车里动起手来，看看贾小刚旁边的反光镜，就把身子紧贴在车边坐下，远远地和她保持着距离，回答说想怎么写就怎么写。璀璨看着他这副滑稽的样子，竟放肆地哈哈大笑。阿里巴觉得那笑声比人还丑，想不通前面这位驾车的公司总裁怎么两样都能接受，却努力绕开去说：“是啊，生活中的确有很多可笑的东西。”

璀璨立刻说：“不，我笑的是你。”

阿里巴发现怎么也绕不过去，就索性豁了出来，也放声大笑道：“我也笑的是你，笑你连普通话都说不标准，居然还当上了中央电视台的节目主持人！刚才你介绍你男朋友是一家公司的总裁，我一直在琢磨那家公司的名字，叫什么名字不好，要叫东奔西逃有限公司？”

璀璨从贾小刚抖动的背影，看出他刚才冷笑了一声，忽然正经了说：“什么东奔西逃，是东方稀陶，东方是我们中国，稀陶是稀有陶器，记住了啊！”

阿里巴故意玩笑道：“原来是倒卖陶器，该不会倒卖文物吧？不过我说的也不错，在我们东方开公司赚够了钱，就往他们西方逃，幸亏是有限的，要是无限我们东方就更惨了！”

贾小刚终于沉不住气了，冒着危险火速回头看他一眼说：“谁不允许你也这样？”

璀璨见他们话不投机，担心两人较起真来，阿里巴会中途下车，便为贾小刚辩解着说：“你们两个刚刚见面，相互之间还不了解，其实小刚并不是你说的那种公子，他的公司完全是凭着他自己的实力干起来的，连他老爸都佩服他，说是将来退下来了就靠他呢。”

阿里巴不再和他们说这类话，心想坐在这里真像坐牢，不小心今生坐这一次，但愿以后再不坐了，想着就佯装头晕，闭上眼睛养起神来，暗自盼着快开快到，早吃早走，然后他把嘴巴一抹，速速去找金樱子。然而车子总不停下，璀璨说的是在附近找个地方，贾小刚却一开起来就没个完，不知道是炫耀轿车的性能，司机的技术，还是他对京城餐饮事业的熟悉程度，或者两人兜里的钱，开过一个酒店又一个酒店，拐过一个红灯又一个红灯，最后竟放开车档，嗷的一声上了高速公路，风驰电掣，腾云驾雾一般。阿里巴睁开眼睛，看见璀璨正一脸诡谲地望着他笑，这下蓦地醒过神来，怀疑她知道了他要去找金樱子，特意把他拉到远处，越远越好，远得不坐她的车子就不能回来。

果然车子一直开到京郊，开进一座县城，又往纵深处开了一段，再开就到边缘，进入河北省的地带了，贾小刚这才停下，找了一家日本人新开的酒店，进去坐下，点酒点菜，要真正的岛国风味，还要几个穿和服的日本娘们儿吹笙伴舞，又吃又喝，又玩又闹，把一个部长公子和公司老板的特色全都露了出来。阿里巴如上贼船，心急火燎，却只能任凭摆布，好容易熬到把饭吃完，时间已是下午两点，贾小刚还醉醺醺地卧在椅子上，丝毫没有要走的意思，阿里巴心想这个蠢猪，璀璨这样做是存心要报复我，而你除了感谢我白白送你一个女人之外，哪有什么可报复的，若是真的惹恼了我，今晚就让你床上的女人没了！又坐了一会儿，见贾小刚还不觉悟，实在忍无可忍，对两人说声告辞，起身就要去乘坐回市的长途公共汽车，璀璨这才大笑着站起身子，扔给日本人一叠日元，摆手说是不用找了，然后由她开车上了返回的高速公路。

回到市里已经快三点了，贾小刚死猪一样，睡在车里呼呼打鼾。璀璨并不怀疑他是假睡，转脸对阿里巴飞着媚眼，问他是去出版大楼，还是去单身公寓，问完又嘻嘻嘿嘿地笑，从反光镜里看他的脸。阿里巴觉得她是明知故问，却不能说是去毛家菜馆旁边的梦园，害怕下车又被金樱子遇见，雪上加霜，今生休想再洗清了，就用手一指说："就把我扔到那个地铁口上，后面的事你别管了！"

璀璨对他挤了个眼，极自负地一笑道："不要这么说嘛，以后有用得着我的地方，什么时候给我打个电话，我都会尽力帮助你的，当今之世，就是如此，你是一个聪明绝顶的人，何必讲什么自尊，逞什么强呢，更何况我还不是外人！"

阿里巴不等她把话说完，就挥手说声"拜拜"，转身走进了地铁口。

来到梦园已是五点过了，比昨天到来的时间略微早些。阿里巴飞步上楼，噌噌来到金樱子的门口，大气直喘，伸手就按门铃，竟和昨天一样没人开门，改用手敲，同样不理，铁门冷冰冰的，而且又硬，一如金樱子昨晚以来对他的态度。今天不是双休日，若是有课她可能还在导师家里，大学校园里晚上也常有讲座，还有舞会之类的活动，他并没有和她约好今晚要来，再说既然她生他的气，必然会故意地躲着他，因此他根本无法判断这屋里有没有她，而她今晚到底回不回来。想起昨晚对面铁门里的菜刀，阿里巴张了张嘴，却再也不敢呼喊她的名字了。

在门口又傻站了一阵，觉得断然不会出现铁门突然一开的奇迹，他决定再去校园看看，便又噌噌地跑到楼下，最后看了她的阳台一眼。阿里巴突然发现，阳台上晾着一件白色的圆领衫，胸口上印着几个吊儿郎当的黑字，左半边是“烦着呢”，右半边看不太清，他转了一个方向再看，却是“别理我”。*

阿里巴从没见过金樱子有过这样的衫子，她穿衣服从来与众不同，满北京城流行一时的文化衫，比她姐姐还清高的金樱子哪里会瞧得上眼。这么说来，难道这件衣服，这六个字，是她专门为他买的，料定他来，晾在这里，让他明白她烦，明白她不想理他了吗？

阿里巴喉咙里面咕的一响，不禁发出一个苦笑，不知道自己是去校园，还是又返身上楼才对，一低头看见地上有张谁扔的报纸，就弯腰把它捡起来，铺在背后的花坛上，腿子一软就坐了下去，闭上眼睛回忆和金樱子相爱的时候。他实在是太累了，他应该安慰一下自己。

* 可见金樱子昨晚在家，知道阿里巴上蹿下跳找她的情形。

59

次日清早，一个捡垃圾的老头儿拖着一只麻袋经过这里，看见花坛的水泥台上睡着一个人，吓得一声惊叫，把阿里巴叫醒过来，发现自己怎么会在这里睡着，一个翻身爬了起来，拔腿就要往园子外走，这时从楼里呼地走出好几个人，其中一个鸭子似的胖老太太一边向这里晃动，一边把一只红袖箍往胳膊上扯着，大家来到他的面前，摆成一个扇形把他去路挡住，戴红袖箍的胖女人问：“你是干什么的，为什么睡在这里？”

阿里巴有些心慌，又不敢说是金樱子的男朋友*，就胡编乱造道：“我是东方稀陶有限公司的推销员，昨天我们的经理打我手机，说这里有人要看我们的宣传品，当时我正和一位朋友喝酒，喝完酒我就直接送宣传品到这里来了，谁知按照经理说的门号找人，却没人开门，可能是主人不在家，我只好在楼下等着，不知道怎么等着等着就在这里睡着了。”

红袖箍提出疑问说：“白天来不好，怎么偏偏要晚上来呢？”

阿里巴对答如流道：“经理通知我时自然是白天，一顿酒喝罢就成晚上了。”

红袖箍又问：“那你怎么不改天再来？”

阿里巴又答：“经理电话里说是要得很急，我不想丢了这笔业务。”

红袖箍又问：“怎么没有看见你们的宣传品呢？”

阿里巴又答：“我从门缝里塞进去了，让她一回来就能看见，然后及时和我联系。”**

红袖箍又问：“你找的那户是几楼？几门？几层？几号？”

阿里巴两眼望天，回忆着说：“让我想想，经理报的是梦园小

*一是怕影响金樱子，二是怕万一红袖箍较真跟金樱子核实，正在生气的金樱子不承认这个男朋友，给他难堪。

**哈，不愧是凤凰社的名编，这胡编乱造的说辞张口就来！

区65楼2门4层1号。”

红袖箍低头扳着短粗的指头，嘴里同时念念有词，猛地两眼发亮，紧紧盯住他道：“这户住的是一位单身小姐，你说她叫什么名字？”

阿里巴随机应变道：“我不知道这位住户的名字，经理只告诉我要买陶器的电话是从美国打来的，是一个住在美国的中国女人，名字叫金铃子，她是为她的妹妹购买陶器。”

红袖箍还要再问，站她身边的一个男人点点头说：“他说的对，那是个女记者，长得挺漂亮的，老公在国外，几个月前她才出的国。”

阿里巴见形势已有好转，紧张略微缓解一些，却担心住在金樱子对面的那家子人，这时突然下楼认出了他，事情可就又复杂了，觉得还是早些脱身为妙，想起兜里装着一张贾小刚的名片，便把它摸出来，双手递给红袖箍说：“大妈您看这样好不好，这上面有我们东方稀陶有限公司总裁的电话，我们贾小刚总裁的老爸是个部长。我的上级璀璨小姐原本是中央电视台的节目主持人，就是《世纪之约》栏目，白白胖胖挺洋气的那一个，最近下海做了他的公司经理，不过她还经常回台里做节目的，说不定你们打开电视就能看见她。您可以随时向我们总裁问我们经理，再向我们经理问我，保证一问就知道。昨晚我一夜没有回家，老婆孩子还以为我出了车祸呢，这年头车祸实在是太多了，叫人一天到晚提心吊胆，我得早些回去。接着还去公司报到，这位住户要买的陶器，我只能在公司等她消息了。谢谢大妈，还有几位师傅，真是不好意思。”

红袖箍接过名片，细细地看了一遍，又传给几个男人看了一遍，一致认为没有破绽，又听这位光头青年很会说话，彬彬有礼，极其诚恳，虽然是个推销陶器的打工仔，看样子却像读过书的，就不想再为难他，各自把身子散开一些，表示为他放行的意思。阿里巴趁这机会拔腿就走，刚走几步，忽听背后又是一声喊道："站住！"

阿里巴便又站住，回头一看，仍是那个胖老太太，胳膊上的红袖箍快要掉到袖口了，胖老太太还浑然不觉，鸭子似的向他追过来说："要你记着，家里有老婆孩子，往后在外面少喝点儿酒！*"

*这大妈真够操心的！

阿里巴笑着应道："是，我记着了。大妈您的红袖箍要掉下来了，您得把它往上扯扯！"

离开梦园，阿里巴转危为安，心情好了许多。想着今早楼下闹得惊天动地，楼上的金樱子都没有任何动静，他便断定昨晚她的确是不在家，这么说他在楼外白睡了一夜。阿里巴在路边截了一辆出租车，要司机直达北大校园，他要继续去寻找金樱子，昨晚的露宿花坛，今早的接受盘问，辛苦疲劳又加羞辱，他更要去找金樱子讨个公道了。

阿里巴在校园门口下了车，直奔湖边的女生宿舍，这一段路实在太长，沿途看见拿着饭盒的男女大学生去食堂吃早餐，他想起自己的肚子还空着，还是昨天在县城日本人开的酒店吃过一顿，也只是一些酒菜，没有粮食作物，晚饭更没有吃，又在露天消耗一夜，熬到现在其实早就饿了，因为急着找人，一时还不觉得，这时一见大学生们的饭盒，一下子心慌起来，恨不得眼前蹦出一家卖早点的小摊，让他吃饱了肚子再见金樱子。然而眼前没有，而他又怕在吃早点之际，金樱子恰好从这里走过，那才是真正叫作失之交臂。于是他就强行忍着，心想即便要吃，也得请金樱子来一道才对。

金樱子的寝室房门居然开着，却劈中间拉了一道白色布帘，上下空了半截，只可挡住外面人的脑袋和上身。阿里巴听出里面很多人的说话声中，有一个是金樱子的，心里反倒一阵紧张，在门外迟疑了一下，先把手从帘子的侧面伸进去，在门上敲了一响说："金樱子同学在吗？"

金樱子没有作声，倒是另一个女声回答他说："正吃着呢，请进来吧。"

阿里巴就一掀帘子走了进去。他看见屋里有两男两女，男的是上次在梦园见过的秋竹和王洪，女的是金樱子和她的同室女生，一个笑眯眯的四川胖妹儿，四人正在吃着早餐。* 金樱子似乎料定他此时会来，眼睛并不看他，继续望着盘中餐说："来了？找个地方先坐下吧。"

三人都不知道他俩最近两天的事，以为是开玩笑，坐在金樱子身边的秋竹转过脸来，有点儿别扭地对他笑着点了个头，接着又低下头去默默地吃着。王洪吃得呼呼地响，三把两下把早餐吃完，用手在秋竹肩上按了按说："我们走吧，让师妹和她的客人好好聊聊。"

金樱子仍不看他，嘴里说着："走个什么，大家一起聊多来劲儿，聊完了我也要走呢。**"

王洪对阿里巴笑笑，推着秋竹往门外走。秋竹嘴里还在吧吧地嚼着，很不情愿地回头望了一眼，王洪掀开帘子把他推了出去。四川胖妹儿沉着地收起碗盘，拿到外面哗哗洗了，回来时一边在门背后擦手，一边也笑眯眯说："我要去会一位老家的亲戚，今天就不回来了。"

金樱子突然起身，一把抓住她说："什么老家亲戚，什么不回来了，你这点鬼心眼子，哪里瞒得过我？今天我偏要你在这里帮我陪这位客人，听他对我说些什么，说的是真是假，你可别小看了他，他是一位编书的高手，可会编了。"

四川胖妹儿知道他俩闹了别扭，走也不是，留也不是，一只手被金樱子死死抓着，只好暂且坐回床上，随时准备为他们调解。阿里巴见她已在室友面前把矛盾公开，脸就刷地红了，但再一想，又觉得有人在场其实对他有利，因为他本无愧，如实诉

* 还真如王洪说的跟师妹朝夕相处啊！

** 跟上次在家里单独留阿里巴的情形不同，小女儿心态。

说，金樱子若再无理取闹，在场的人就会秉公论断，从中调解。这样想通之后，他就立刻开始讨好四川胖妹儿起来，满脸是笑道：“师妹请坐，请问师妹芳名什么？”

金樱子在一边冷笑道：“酸不酸，俗不俗呀？问了芳名什么，是不是还要问芳龄几何？你总共才读了多少书，怎么她也成了你的师妹，你这辈子究竟有多少师妹呀？*”

阿里巴脸红得快要流出血来，直觉得心里也是如此。四川胖妹儿赶快收了笑说：“樱子不要瞎说，人家毕竟是客嘛！”

接着转向阿里巴又笑了说：“我的姓不好听，名字也不好听，叫巴蜀男，下里巴人的巴，乐不思蜀的蜀，男女老少的男。”**

阿里巴沉吟道：“谁说这个姓不好，我的最后一个字，正好是你的开头一个字，我们也算是有缘分了。名字也好，最初恐怕不是‘男’，而是‘难’吧，蜀道难，难于上青天，后来你老爸觉得不能太给你为难，才给你改成‘男’的，希望你少点儿女儿的柔弱。”

巴蜀男吃一惊说：“你怎么知道？我可是连金樱子也没有告诉的。”

阿里巴微微一笑道：“这有什么，不过说明你爸和我的思维有着相似之处罢了。不过最近我倒觉得，你们女儿最大的缺点不是柔弱，而是多疑。并且刚才说到难，我还觉得，上山也不难，上天也不难，人间最难的还是心灵的沟通，唉！”

金樱子听着想笑，却让自己使劲儿忍住，瞪着眼睛看他，也不说话。巴蜀男分明已听出他的意思来了，笑着看了金樱子一眼，见她那副表情，就劝阿里巴说：“有什么难处你就对我们说吧，我们都善解人意，愿意和你沟通呢。”

阿里巴低头谁也不看地说：“从前有一个秀才，喜欢上了一个姓张的小姐，两人约好三月三日出去相会，不料秀才刚走到一棵柳树下面，从树后‘噌’地蹿出一个姓李的小姐，张小姐以为秀

* 问别人酸不酸，自己倒有酸味了，也难怪，前天的醋捂到了现在，那是挺酸的！

** 这名字是够有地域特色的，只要一说名字就知道是哪里人了。

才和李小姐也是约好了的，一气之下转身就走了。秀才知道她吃错了醋，扔下李小姐就去追她，张小姐誓不开门，对面邻居把秀才当成了坏人，大骂一通，还拿菜刀要来砍他，吓得秀才落荒而逃。但他仍不死心，第二天晚上又顺原路找了来，却见小姐的绣楼上挂着一面白旗，秀才以为她是向他表示投降，就坐在楼下等啊等啊，等到后来都睡着了，小姐还没露面，第三天清早醒来，险些被看园子的抓住当贼打了一顿。”

巴蜀男听着嗤嗤直笑，金樱子却仍板着脸说：“别听他的，我早说过他是有名的编辑，果然故事编得很能打动小姐们的心吧？”

嘴上虽然这样说着，想起那晚她不开门，耳听着他在门外被人吼了一通，心已开始软了，又听他说绣楼上挂着一面白旗，他就在那白旗下面过了一夜，就相信了这话都是真的，心里又气又笑又有些疼，脸上到底没有板住，“扑”的一口笑了出来。

巴蜀男见这两人终于和好，陪着他们说笑了一阵，就又谎称老家来了亲戚，坚持要去看人家一眼，然后早些回来，陪金樱子上图书馆。金樱子仍不放行，阿里巴却虚晃一枪就松了口，说是一言为定，等她回来三人一道吃饭，他再给她讲个秀才故事，巴蜀男笑眯眯地满口答应，但是一去就不回头。两人等到中午，还没有人挑帘进来，阿里巴实在是饿得受不住了，听着自己肚里狼似的叫着，就毅然起身，大胆地拉了金樱子手，说是再不吃饭人就死了，金樱子看他满脸苍白，二目无光，一对眼眶两夜之间就大了一圈，而且颜色发青，说话声音也越来越弱，光头上面都是一层毛毛虚汗，早已同情起他来，硬着心肠说了声“饿死都是活该”，身子却随他站起，锁了宿舍的门出去找餐馆吃饭。

两人寻到一个清静地方，一餐饭吃了一个多小时，冤怨全消，* 直坐得店里客人走了一批，又来一批，饭后单都买了，坐在那里仍没有走的意思，阿里巴又要了一壶茶慢慢喝着。小老板心里抱怨他们占了座位，挤走客人，却不好开口催促，只是提着

* 一场风波，由吃饭始，再由吃饭终。

龙嘴大铜壶，一遍一遍地往瓷壶里加水，殷勤得金樱子不好意思起来，方才起身说走，阿里巴虽不尽兴，但也只好随她离座。两人出了店门，约好晚上在梦园见，金樱子想着巴蜀男这会儿可能看罢了所谓的亲戚，回去拉她一道上图书馆，转身回了宿舍，阿里巴则乘车回出版大楼，看看社里又发生了一些什么。

凤凰社这会儿还真是热闹非凡，大楼门前过节似的扯起了一条过街红布，布上用大头针别着一排白纸剪的大字，一看就是李先来的书法，写着“迎接新世纪，图书大甩卖”，标语下面一字儿摆着办公桌椅，每张桌上堆满了图书，桌后并列着两把椅子，坐在椅上的两人一个卖书，一个收钱，地上的图书比桌上更多，码得像是一条连绵的山脉。阿里巴下车走到楼前，抬头看看过街红布，又低头看看人和书，不由得想起错过季节的服装鞋帽和质量低劣的日杂用品，心里涌出一股悲酸。

他看见排头一张桌子上，陆为码别出心裁地放着一只台秤，台秤边是用尼龙绳子扎成一捆一捆的图书，长短大小，并不归类，远看像是食品店里好坏搭配的各色果脯。桌子的两腿之间贴着一张毛笔写的广告，说是“名家名著，一元一斤”，* 是陆为码的字，写得赖啦吧唧，比李先来的要差八个档次，但却很有号召力的，很多顾客都离开其他的销售点，一窝蜂地向他拥来，裤筒一挽蹲在地上，一捆一捆地挑书，买上很多也才花十多块钱。陆为码坐在那里一动不动，庙里的得道高僧似的，卖书收钱都是身边一个女人，那女人不是凤凰社的，阿里巴也不认识，估计是花钱聘来的临时工。

阿里巴在卖书的队伍里发现了钱思奇，所有的人中数他卖得最起劲儿，** 瘦脖子上吊着一只黄铜喇叭，一手向上托着，把喇叭嘴对着自己的嘴，像个足球场上的铁杆球迷，又像一个要把游客引向一个景点的导游，王婆卖瓜，自卖自夸，哇啦哇啦地大肆宣传，另一手在空中灵活地比画着价格。年轻人黄硕坐在他的

* 名家名著，竟然被放在秤上论斤作两，售价比白菜还贱，这是陆为码对名家名著的轻蔑，也是对凤凰社钱思奇、李中国等学者的轻蔑。

** 钱思奇不堪处，自己先轻贱了自己，人不辱而自辱之。

身边收钱，嚷叫得比他喇叭声音还大，嚷着收着，有时就把一张大的现金误放进自己兜里，却从桌上的书款里面，取些零的补给顾客。*钱思奇睁着一双眼睛，却视而不见，反而还体谅黄硕累了渴了，抓起一瓶农夫山泉塞进他的手里，让他润润嗓子接着再嚷。

阿里巴很想见到魏子野，和他谈论一番最近的事，说说自己想法，听听他的高见。他记着早在社里发生打人事件之前，他就没有见到魏子野了。但是魏子野从不参加这种场合，阿里巴在卖书人中只看见了杨梅和东方白，他俩正好坐在一张桌子后面，一反常规，卖书的是杨梅，收钱的却是东方白。阿里巴远远地打声招呼，向着他们那里走去。杨梅在众多人里看见了他，高声叫道："你可来了，郭头儿这两天到处找不到你，说你闹罢工呢！"

阿里巴说："胡说，昨天清早我还帮部里下来的人清理固定财产，告诉他们野哥的书稿值多少钱，那时只怕他姓郭的还没有到。野哥不来他屁都不敢放，只敢惹我，而且只敢在背后耍八面威风！他要当面问我，我还要问他这卖书到底是谁的工作，又有哪个卖书的帮我编过书？他人在哪里，怎么没见到他？"

一个顾客问杨梅有没有一本叫什么的书，杨梅答应说有，从书山书海中找出一本递过去，又回头对阿里巴说："人家当头儿的，还有要紧的事要做呢，比方说找个名义开会什么的。"

阿里巴惑然不解道："钱头儿怎么还在这里，傻老爷们儿似的拿个喇叭哇里哇啦？"

杨梅朝过街红标语下面一望，看见还不止阿里巴说的那样，钱思奇一只手举着喇叭大叫，另一只手里还多了一面小红旗，正频频地摆动着，像是要指挥读者买什么书，便笑得身子一抖一抖道："他是愿意离开领导的宝座，自告奋勇来卖书的，你看他两手都不闲着，一把手变成两把手了，这是不是一个象征？"

东方白还记着那天在会上和郭铁汉辩论的事，这时也插话说：

*当然不是误放，作者反话正说，不可被瞒过。

“我看天下的怪事都出在凤凰社了，三个社头儿，一号卖书，二号挨打，三号趁机组织人马抢班夺权，接下来有好戏看了。”

杨梅似乎被东方白一句话提醒，突然哦了一声说：“还真有可能是你说的那样，我看他们那几个人都是跟钱、李两人不对路的，什么周泉，吴诗言，连打人的王金刚都去了。对了，还有一个多久不见的赵小月，穿得像要跟谁结婚似的，白西装里打条红领带，他都已经下台的人了，难道还想复辟不成？”

阿里巴遥望那边的钱思奇一眼，摇头叹气道：“只怕不是复辟，而是政变，到时这位球迷朋友自己就成了一只足球，被人家一脚踢出场外了。”

三人说着闲话，忽听门口有人压扁着嗓子叫阿主任，阿里巴往那里一看，见李先来正在朝他招手，神秘得像个偷情的女人，* 以为他写卖书广告时遇上了不会写的书名，明着不敢声张，只想向他暗中请教，便走过去问他有什么事，李先来却诡笑着说：“好事好事，赵小月不知听谁说的，你认识贾部长的一个在中央电视台工作的儿媳妇，他要我悄悄给你说，请你通过贾部长的儿媳妇，在贾部长那里说一句话，争取不要取消了凤凰社。赵小月说了，如果你能把凤凰社保住，下一届的社领导班子给你一个位子。**”

阿里巴嘿嘿地怪笑说：“你不是骂赵小月黑吃黑占，是头喂肥了的大公猪吗，你什么时候又跟大公猪搞上了？我认识贾部长的儿媳妇不错，可是我怎么好对她说，她又怎么好对她的公公说，她的公公又怎么好把已经定案的事情推翻呢？何况我就是对贾部长的儿媳妇说了，贾部长的儿媳妇也对她公公说了，她的公公看在儿媳妇的面上答应了，凤凰社保住了，但问题是赵小月已经下台了，连自己的位子都没有了，哪里还能给我一个位子？再说到底给我一个什么位子，还得事先跟我签好合同，别像糊弄孙猴子一样给我封个弼马温，那可不行！”

* 哈，有时偷情倒比这事还磊落些！

** 赵小月还想在这只将死的凤凰上苟延残喘。

李先来一双眼睛在他脸上滴溜溜转，仍看不出他说的是真是假，只能把话往好处说道：“怎么会呢，还不说你，就连我也会有个安排的。你别看赵小月下台了，他们这回就要把他抬出来呢。”

阿里巴明白了说：“中国从古至今，总有人善于搞这套把戏。”

李先来问：“管它把戏不把戏的，你到底干不干？”

阿里巴说：“我要干我是你的儿子。”

60

璀璨还不知道阿里巴已发过了誓，当天又打他的手机，问他有没有请她帮忙的事，阿里巴说是没有，璀璨要他再好好想想，工作上的，事业上的，单位上的，阿里巴还说没有，璀璨实在憋不住了，就在电话里挑明了道："你们凤凰社眼看要垮台了，你还不请我力挽一下狂澜？"

阿里巴像回答李先来一样回答她说："我求求你，千万别力挽我们的狂澜，我现在就等着听它吧唧一响呢。"

璀璨见他不知好歹，嘴硬似铁，说声"你别后悔"，叭地就把电话挂了。但她身子却仍焊在那里，指望着他冷静下来之后，再把电话打过去。* 等了很久电话也没有响，才发觉他居然真的没有后悔的意思，又憋不住打一个过来说："电话里我就闻到一股酒气，你今天是不是喝多了酒，失去理智了？"

阿里巴故意笑道："我哪里喝什么酒？活了三十多年，我的头脑从来没有像今天这么清醒过。"

璀璨气得在鼻子说了个"哼"，这次挂了电话再不打过来了。阿里巴乐得没人打扰，独自坐在编辑部里静静地想金樱子。一日之间，这间屋子里的人都已各自有了今后的打算，东方白是真正到了退休的年龄，谁也留他不住；杨梅终于答应了小罗伯特，到他哥哥的文化公司任中文翻译，因为早在小罗伯特迷上杨梅的同时，公司也瞄中了她；唯有阿里巴自己听了魏子野的一番话后，反而变得听天由命，顺其自然，哪里也不想主动去了，一心等着船破落水，亲眼看看船上人的百般态度，那时再考虑以后的事情不迟。

又到了下班的时候，楼门口摆摊卖书的人都精疲力尽地打扫战场，统计着打折卖书得来的钱，把剩下的书依然捆扎起来，搬

*『焊』字用得奇绝，描出了璀璨对阿里巴求她办事的执念。

上卡车重新入库，准备明天再卖，然后收兵回营。大家刚一上楼，郭铁汉组织的一帮子人正好策划已毕，由周泉一一告诉大家，说是部里刚才来的紧急通知，明早八点二十，准时在会议室里召开全社大会，贾部长亲自到场，宣读一个文件，发表两点意见，提出三条要求，公布四种选择。大家觉得黑云压城，形势越发严重，简直到了世界的末日，回家的路上仰脸看天，太阳落了月亮还没出来，四面八方都是昏惨惨的。

第二天清早不到八点，绝大多数人都出奇的积极，没人考勤也没人召集，就提前来到会议室里，找个能够看到贾部长，却不被贾部长看到的地方坐着。勤杂室里的李享大属于极少数人，他仍把自己关闭在那间屋子里，抓紧完成最后的工程。原计划的时间快要到了，一百层的摩天大楼已盖到九十九层，最后一层的封顶仪式就在眼前。这些天来李享大激动得彻夜难眠，所有的人都关心着凤凰社生死存亡的大事，唯有李享大关心的是他的吉尼斯世界纪录。他觉得这才是人生真正的伟大事业，一旦成功举世皆知，永载史册，其他一切他都冷眼笑傲，他才不管什么凤凰孔雀，乌鸦麻雀的呢。昨天周泉坐在他的对面，抽着一支香烟，偏着一颗脑袋，看他良久之后问他：“社要没了你用什么买米？”李享大头也不抬地反问他说：“你知道打破一项世界纪录要值多少钱吗？”周泉摇一摇头，离他而去。

谁知码着码着，忽觉脚下有一个什么东西在动，李享大不想分散精力，把脚挪了一下位置，那东西没有了，过一会儿大楼模型却动了起来，像是乡村和小城里大年初一四处拜年的彩船一样，颤颤摇摇还带着响。李享大猛地吓了一跳，一手按住模型的腰部，勾头去找摇动的根源，却发现一窝肥兜兜的老鼠，正集中在大楼的第一层里，吃着从哪里弄来的早餐，听到一丝动静，老鼠们的身子一炸，四条小腿迅速做好逃跑的准备，却仰头望他一眼，小眼睛里闪动着机灵而又智慧的光芒，见是一个干瘪的小老头子，就都不打算跑了，只是用两只滴溜乱转的小眼睛和他较量。李享大的血压“噌”的一下就升高了，嘴里大喝一声：“操你妈的这些小杂种，看老子怎么来收拾你们！”

边骂边就放开模型，腾出手去扑打老鼠。老鼠们的身子散了开去，仍是不走，龇咧着雪白尖利的牙齿向他示威，有的还发出叽叽的叫声。李享大越发生气，转身从墙角里找来一根拖把，倒举过来，把一团又脏又湿的布条顶在肚子上，用木把这头去捅那窝可恨的老鼠。老鼠们见他动了真格儿的，不等木把捅来，就“叽”的一声全部跑了，李享大明白它们是权宜之计，万不得已方才撤退，走了还会卷土重来，对摩天大楼迟早都是一种威胁，只想斩草除根，以绝后患，便抽出拖把去追一只最大个儿的老鼠，认准这是它们的领袖，心想擒贼擒王，看好它的尖脑袋一棒打去，嘴里“嗨”的一声怒吼，但那老鼠领袖果然与众不同，别的老鼠沿着墙根乱跑，它却跑了半间屋子之后，猛地掉过头来，围着摩天大楼转圈儿，李享大知道今天遇上老鼠精了，将他的心理掌握得一清二楚，料他护着模型，不敢贸然下手，恨得咬牙切齿，追了两圈儿头也晕了，腿也软了，就停下来呼呼喘气，老鼠精见他已累得不行了，对他龇牙“叽”的一叫，不仅不乘机跑掉，反而向他面前走了几步，李享大恨得再也忍不住了，挥起一棒对它打去，却连老鼠精的尾巴尖儿都没碰着，只听扑的一响，那木把扫在了模型的一个尖角上，摩天大楼一连晃了几晃，稀里哗啦倒了下来，变成一个个五颜六色的纸烟盒子，乱七八糟地散了一地。李享大的眼睛顿时黑了，身子往后一仰就倒了下去。*

隔壁的会议室里，全社的人都坐着等贾部长，郭铁汉让周泉一遍一遍地清点人数，自己坚持站在门口，一辆一辆地看小轿车，一见有高级车子开来，立刻咧嘴笑着迎上去，迎了几次却都不是要迎的人。这一头周泉按他说的，手里拿着一本全社职工的花名册，用脚尖站在地上，伸长颈子，查看一个人名，对照一

*纸厦是全书暗线，现在这栋纸厦终于轰然坍塌，这条象征性的预言预示了凤凰社最终的命运。

个本人，行刑时验明正身似的。验来验去还差三人，一个是李中国，周泉知道他挨打后一直待在家里，对外说是要闭门反思，其实已有单位闻讯找上门来，要请他去任职了；一个是魏子野，他也知道这人是从来不愿意开会的，过去勉强参加一次，坐在那里却像睡着了一样，久而久之，社里有会也不通知他了，有事用电话传达便是；还有一个是李享大，这老头儿虽然没有正经事干，平时开会却是很积极的，今天这会比任何一次都更重要，不来倒是不正常了。周泉便问有人看见李享大今早上班没有，三个人同时回答，说是上得还挺早的，不到八点勤杂室的门就开了，是不是昨天通知开会时，他正好在厕所里没有听着，今早来了也没人补说，所以这会儿还在屋里码他的摩天大楼。

周泉便把花名册往胳肢窝里一夹，转身去通知李享大，推门一看，不觉吓了一个倒退，李享大仰面朝天倒在地上，身边散满纸烟盒子，肚子上压着一根拖把，像是遭了歹徒的暗算。周泉害怕歹徒还藏在屋里，此时正在翻箱倒柜地找钱，不敢进去捉拿，转身跑回会议室的门口，喉咙里已经说不出话来，只是对着屋里胡乱招手，一下招来十好几人，这才壮足了胆，带着大家浩浩荡荡地冲进勤杂室去，大声指挥着，捉的捉杀人犯，救的救被害者，自己抢先蹲在李享大的身边，伸手在他鼻子下面试试，好像还有一丝儿气，扭头对着身边的人喊："赶快去叫方三儿，开车把人送到医院抢救！"

身边的人转身去叫方三儿，方三儿却抱着膀子，坐在会议室里一动不动道："我哪里会开车，吴处长调来的他那战友老乡才会开车呢！"

那人又转身去把这话告诉了周泉，周泉明知他是故意刁难，气得骂道："这个丧尽天良的黑狗屎，上回他出事人家救他，这回人家出事他却不救人家了！不救也罢，再去叫龚吊古来！"

去叫的人刚一出门，就听得门外笑笑呵呵，原来是郭铁汉领着一男一女正往会议室走。周泉在关键时刻，也顾不得问那男的是不是贾部长了，抢先一步追了上去，抓住郭铁汉的手小声说了句话，郭铁汉立刻站住，嘴里说了个“啊”，接着对他一挥手道：“你派一个人去处理一下，其余的都来开会，你也要来，这可是个关系到我们生死存亡的会啊！*”

会议室的人坐着无聊，手上戴了表的不断地看表，没戴表的就向旁边的人打听时间，先是见周泉招手叫了一些人出去，继而又来人叫方三儿，方三儿不动再叫龚吊古，那些先出去的人却一个一个地回来坐下，不是摇头就是叹气，脸上的颜色分明不大对劲儿，等到郭铁汉陪着一男一女进来的时候，九点二十都已过了。郭铁汉边走边带头鼓掌，大家便都鼓掌欢迎起来，同时伸长颈了去看，但怎么看那两人都不像贾部长，因为凤凰社的人跟皇城根儿下的所有人一样，比外地百姓多些见识，明白在中国能当上部长的人，年龄至少也应该在六十上下，而郭铁汉陪进来的这两个人，无论是男是女，看脸上的皱纹还不到四十。有人忽然发出小声的惊叫，说这一男一女有点儿像是那天来清理固定资产的两人，这个说法很快就得到了大家的认可，于是会场再也庄严不下去了，纷纷在下面说着小话，有的还发出嗤嗤的嬉笑。

唯有郭铁汉一人兴奋不减，毅然把钱思奇撇在一边，请二位坐在主席台的正座，又叫周泉安排人倒水沏茶，然后对大家解释说，贾部长突然有事不能亲自来了，特地派了两位部里的同志，代表他来参加这个会，会议精神仍和他来是一样的。介绍完毕又率领大家再一次鼓掌，大家觉得受了戏弄，这次的掌声稀落多了，并且有人偷懒，用一只巴掌拍着自己的大腿，声音迟缓而又干巴，像是拍打吸血的蚊子。郭铁汉担心部里来的两人听出问题，挥手制止了掌声，接着就请这一男一女讲话，这对男女互相推让了一阵，终究男的干咳一声先开口说了，刚刚说到出于什么什么原因，部里决定撤销凤凰社时，龚吊古突然从门外一头闯了

* 郭铁汉心中，李亨大生死事小，凤凰社生死事大。

进来，呼哧直喘，脸色惨白道：“李享大都死了，还要我往医院里拉，将来如果有人害我，说是因为我车开得不好，人才死在我的车里怎么办？”

所有的人都一下愣住，眼光齐齐地射向了钱思奇，连部里来的两人也都侧脸看他，钱思奇比看他的人还要吃惊，慌得起身就往外走，却被身边的郭铁汉双手拦住，又按回原来的座上。郭铁汉本来就反感着龚吊古，认准了这是吴诗言的人，觉得他是受了处分心中不满，故意当着部里的人来冲会议，瞪着他道：“死活你都给我拉到医院，由医生说了算，不然就真的追究你的责任！”

龚吊古哭丧着脸又退出去了。大家骚乱了一阵，郭铁汉又请部里的人继续讲话，钱思奇勉强坐下听着，却没有听进一句，耳边总响着龚吊古的那一声喊，突然他站起身子，也不跟谁打声招呼，不走部里人和郭铁汉这边，却掉头从另一边走了出去。所有的人又是一愣，这时只听有人极短促地哇了一声，随即那哭声就被手捂住了，大家循声望去，认出是坐在墙角的黄莲花，原来一听说李享大死了，黄莲花立刻想起周泉为他们两个做媒的事，又联想到判了死刑的郑三发，还想着自己被赶出财务室，去厕所里做了保洁员，一时难过，出于七股八杂的综合原因，就忍不住在众人面前失声哭了。

部里的人并不了解其中内情，以为这个女人是为凤凰社的取消而悲伤，这种心理代表了凤凰社的一百个人，便正好抓住这一反应，讲出最后的一段话说：“我知道同志们都很难过，我们也很难过，毕竟半个世纪以来，她是同志们的一个美好的家园，现在旧的世纪就要离去，新的世纪就要到来之际，同志们却不得不告别她，我们的心情都很沉重，刚才我们已经听到有人哭了，说实话我们也想哭，但是同志们再想一想，难过，沉重，哭，又有什么用呢？与其悲悲伤伤地哭，还不如快快乐乐地笑，让我们一起面对新的组合而放声大笑吧！”

郭铁汉从他声音的由低到高，以至戛然而止，知道演讲已到此结束，立刻站起来叭叭地鼓掌。大家都敷衍塞责地鼓了几下，就开始挪动座椅，散会走人，唯有方三儿一下都没有鼓，嘴里骂骂咧咧道："笑，笑你妈的个 ×，就你们有饭吃，老子都没饭吃了，谁还有心思去笑！"

大家都抢在部里人的前面，好像逃难的人群，一窝蜂地拥出门去。阿里巴却端坐不动，等着大家都走完时才站起身来，郭铁汉一看见他脸就黑了，本不想去理他，想了想还是叫了他一声说："小阿我问你，昨天我让李先来找你来商量一件事，他找到了你没有？"

阿里巴面无表情地说："找到了啊。"

郭铁汉问："他说了那事没有？"

阿里巴仍然面无表情地说："他说了啊。"

郭铁汉又问："那你为什么不为自己的命运着想？"

阿里巴这下笑了说："我没有认为这种命运有什么不好啊。"

郭铁汉见他完全是一副玩世不恭的样子，脸又黑了，接着点点头说："好，很好，尤其是我，这样一来我可以回部里去了，可是你们呢？你呢？"

阿里巴说："你本来就不应该从部里来，你和我们本来就不是一码事，我和他们本来也不是一码事，是一个奇怪的东西强行把大家连在一起，现在这个东西终于没有了，你不觉得真的是一件很好的事情吗？"

郭铁汉看着他的嘴唇上下直动，从里面出来的话像根山中老藤，在自己的耳朵眼里搅来搅去，搅了半天也没搅明白，就不再跟着他的思路走了，又点点头说："真好就好，真好就好。"

阿里巴从一群垂头丧气的人中穿过，经过编辑部的时候他没有进去，好像是人随着脚走，直接就迈出了大楼。他此时的感觉有点儿奇怪，觉得自己是一只曾经被踢进网中的足球，现在又被门将捉了出来，抛回绿茵场中了。他在大楼门口默然站了一会儿，回头看眼那块金色的招牌，然后转过脸去，一扬手叫来一辆出租车，对司机说了一声“梦园”，拉开车门就坐了进去。

晚上他和金樱子又去了毛家菜馆，这回他深信不会遇上璀璨了，因为今晚有《世纪之约》节目的现场直播。那位穿长袍的经理再次迎接了他，一边用湖南的口音说着“欢迎光临”，一边用生意人的眼光在金樱子的脸上转来转去，却再也不敢胡言乱语，随便认人了。阿里巴找了一个靠墙的背静位子，和金樱子面对面地坐下，向小姐要了两瓶啤酒和几碟正宗毛家菜，让金樱子尝尝从来没有尝过的味道。

阿里巴努力营造欢乐的气氛，只字不提凤凰社的事。小姐把酒菜送了上来，他一个劲儿地劝着金樱子吃，还学着长袍经理的湖南口音，逗得金樱子咯儿咯儿直笑，一边笑一边追问是真的吗？这时候因为有人调换频道，电视的声音蓦地加大，满屋回响，把他们的欢声笑语都淹没了，阿里巴听见他的脑袋上面，一个女主持人的声音朗朗说道：“今天上午北京时间十点，一家有着五十年辉煌历史的出版社被宣布解散……”

阿里巴抬头看了一眼，屏幕上的璀璨宛如从天而降的仙女，漂亮得差点儿让他没认出来。她手握话筒，一脸淡妆，衣裙摆摆，长发飘飘，背后是美丽的蓝天白云，一轮血红的太阳正向她的脚下落去。

金樱子被眼前的画面吸引住了，手里的酒杯停在空中，疑惑地说：“这人我好像在哪里见过……”

阿里巴把杯里的酒一口喝了，起身让小姐递过遥控器来，轻轻一按，屏幕上出来一个放羊的老汉，满脸沧桑，哑巴似的坐在黄河边上，远看就像是一具铜人。*

*子在川上曰：逝者如斯夫！让一切虚幻的浮华随大河滚滚而去，留给世人无言的感慨与思索！

图书在版编目（CIP）数据

纸厦 / 野莽著 ; 陈泽评点. -- 北京 : 中国工人出版社, 2020.7
（中国当代长篇小说·绘画评点本/野莽主编）
ISBN 978-7-5008-7444-7

Ⅰ. ①纸… Ⅱ. ①野… ②陈… Ⅲ. ①长篇小说—中国—当代 Ⅳ. ①I247.5

中国版本图书馆CIP数据核字(2020)第103820号

纸 厦

出 版 人	王娇萍
责任编辑	宋 杨 严 春
责任印制	黄 丽
出版发行	中国工人出版社
地 址	北京市东城区鼓楼外大街45号 邮编：100120
网 址	http://www.wp-china.com
电 话	（010）62005043（总编室） （010）62005039（印制管理中心） （010）62379038（社科文艺分社）
发行热线	（010）62005996 82029051
经 销	各地书店
印 刷	北京市密东印刷有限公司
开 本	880毫米×1230毫米 1/32
印 张	17
字 数	530千字
版 次	2020年9月第1版 2020年9月第1次印刷
定 价	78.00元